国家社会科学基金重点项目"山陕豫黄河金三角区域神话传说文化意蕴与当代表述研究"(编号：15ASH010)

国家社会科学基金重大项目"山陕豫民间文化资源谱系与创新性发展的实证研究"(编号：19ZDA185)阶段性成果

国家社科基金丛书
GUOJIA SHEKE JIJIN CONGSHU

晋陕豫黄河金三角区域
神话传说研究

Research on Myths and Legends in the Golden Triangle Region
of the Yellow River, Shanxi, Shaanxi and Henan Provinces

段友文 著

人民出版社

责任编辑:刘　畅
封面设计:石笑梦
版式设计:胡欣欣

图书在版编目(CIP)数据

晋陕豫黄河金三角区域神话传说研究/段友文 著. —北京:人民出版社,2024.7
ISBN 978－7－01－024221－7

Ⅰ.①晋… Ⅱ.①段… Ⅲ.①神话-文学研究-山西②神话-文学研究-陕西
③神话-文学研究-河南 Ⅳ.①I207.73

中国版本图书馆 CIP 数据核字(2021)第 253491 号

晋陕豫黄河金三角区域神话传说研究
JIN SHAN YU HUANGHE JINSANJIAO QUYU SHENHUA CHUANSHUO YANJIU

段友文　著

人民出版社 出版发行
(100706　北京市东城区隆福寺街 99 号)

北京中科印刷有限公司印刷　新华书店经销

2024 年 7 月第 1 版　2024 年 7 月北京第 1 次印刷
开本:710 毫米×1000 毫米 1/16　印张:40.5
字数:661 千字

ISBN 978－7－01－024221－7　定价:179.00 元

邮购地址 100706　北京市东城区隆福寺街 99 号
人民东方图书销售中心　电话 (010)65250042　65289539

目　　录

绪　论　晋陕豫黄河金三角区域
神话传说与民族精神

晋陕豫黄河金三角区域因文化相近、人缘相亲的地缘关系形成了一个文化发展的整体场域，是华夏文明的最早发祥地之一，积淀着丰富的神话传说资源，孕育了古老的东方文明。通过对黄河金三角区域神话传说文化意蕴的深入挖掘和其背后承载的民族精神内涵的有效揭示，可以彰显出神话传说之于民族发展的重要价值及对当代社会文化建设的现实意义。同时，以"流域+地域"的开放性研究视野兼具"朝后看"与"朝向当下"的双重视角，展开对黄河金三角区域神话传说资源的搜集整理与研究探索工作，既可以对活态的文化资源进行整体保护，同时又有助于推进中国神话学研究的现代转型。

一、晋陕豫黄河金三角"流域+地域"的
神话研究模式

"黄河金三角"是指黄河中游包括晋南、晋东南、陕西关中、豫西等地在内的地理范围，是华夏文明产生的核心地带。金三角区域的神话传说资源高度密集，形成了类型丰富、意蕴深远的神话传说集群，是追溯中华上古文明、找寻失落神话精神的祖根圣地。就其地域性质而言，随着文化的多元发展，"黄河金三角"逐渐发展为既是经济实体又有文化意义的一体化共享区域。作为文化融汇区的黄河金三角，在漫长的历史发展中，催生出广义的空间场域，黄河金三角区域神话资源也因此扩大了地域的流布范围，并且呈现出鲜明的文化空间格局。黄河金三角神话传说研究的提出，首先与时代的发展密不可分。社会稳步前进、政策有力扶持、学术繁荣发展的时代背景，为现代神话传说的研究奠定了坚实的基

础。尤其是在大力复兴优秀传统文化的背景下,神话传说作为传统文化的重要组成部分,在新时期更需要发挥文化软实力的功用,成为建设社会主义文化强国的战略资源。其次,是源于对学术的敬畏与责任而形成的文化担当。20世纪80年代,张振犁带领其学术团队在中原地区搜集、整理了一批活态神话资源,被称为"中原神话"。中原神话研究开辟了以中原地区神话传说为核心的区域性研究的先河。黄河金三角神话传说研究以"流域+地域"的视角,在继承前人学术研究范式的同时进一步扩大视野,以地域空间为着眼点,创造性地使用现代神话传说理论对文本流传现状进行文化阐释,并力求为"当代神话学科的建设和繁荣"提供学术支撑。立足于扎实的田野调查资料,关注"传统的民间神话传说的现代演变问题",以"流域+地域"的开放性研究视野兼具"朝后看"与"朝向当下"的双重视角,避免"神话研究的地方本位色彩",将神话传说作为一种实践资源,将神话传说作用、意义、价值的发挥作为一种实践行为,在调查与研究中,充分展示出"神话学的光明前景"①。如果说中原神话的研究意义在于"开启"与"奠基",那么黄河金三角神话传说的研究意义则在于"深化"与"延续"。

中原神话研究文本的搜集范围大致以河南省为主,涉及一些周边地区。如果将中原文化视为一种强势的区域文化,在研究中原文化的核心命题下,中原神话的研究范围绝不止步于此。"中原"作为一个地理名词,并不指实际的行政区划,其地域界定不断发生改变,概念内涵随着时代的变迁逐渐由单义变为多义。宽泛的中原概念,以渭河流域和晋陕豫三省临界地区为中心,范围几乎遍及陕西、山西、河北、河南全境。② 在历代对中原的概念界定中,河南、山西、陕西始终是核心地区,河北、山东是核心边缘区域,安徽、湖北作为边缘区域也多有涉及。甚至在东晋、南宋时期,直接以河流流域划分界限,统称黄河下游为中原。③ "中原"指称的变化,反映出社会文化对地域空间的影响。与"中原"概念发展演化历程相联系,"黄河金三角"也由单一的地理空间符号,逐渐发展为经济合作一体化区域名词,并引发了跨区域文明视域下更加深刻的内涵变化,发展为一个独特的区域文化符号,成为华夏文明形成中不可缺少的地理板块。人们通常会根据某种特殊的文化现象,赋予某一地域空间以特殊的称谓,进而形成一种影响深

---

① 张振犁:《钟敬文与中原神话研究——怀念恩师钟老》,《西北民族研究》2002年第2期。
② 徐光春:《中原文化与中原崛起》,河南人民出版社2007年,第4页。
③ 《辞海》,中华书局1936年,第1936页。

远的地域文化。黄河金三角文化区域是一种以黄河中下游流域特殊的自然和人文地理为背景,并在此基础上形成的具有认同性与趋同性的文化体系。

与中原神话研究所开创的地域空间研究模式相比,黄河金三角神话传说研究将地域空间考察的视域由"核心地区"扩展为"大河流域",其研究范式突破了地域的空间界限,实现了由"区域"到"跨区域"的空间转向,并且延伸至对人类文明起源与发展影响更大的自然质素——"大河流域"空间范畴的关注。这种研究模式是由神话传说的本质特点决定的,神话首先作为原始先民群体性的生存感悟与文化心理而存在,并非个体性的生存体验。因此从根源上决定了它产生与流传范围的广泛。同时,河流是文明诞生的温床,人类早期的文明足迹总是沿着大河流域产生。黄河之所以被称为华夏民族的母亲河,就是因为河流对于民族文明的孕育之功,文明孕育了河流的不朽,使其在自然生命的基础上产生了文化生命。神话是黄河流域文明演变进程的历史见证,是人类对河流文明早期审美认知的文化结晶。因此,这种最本真、原生的生态文化还原视角,为黄河金三角神话传说研究开辟了新的范式,它不仅兼顾了黄河文明与黄土文明共同缔造的区域文明,而且兼具了文化的整体性特征与极强的区域特性。所以我们提出神话的"流域性文化空间"分布特征,黄河金三角地区形成了以中原文化为根基,兼具晋陕豫多地文化特色,拥有农耕文化、游牧文化、海岱文化等多元区域文明特色的金三角文化体系。该体系的形成源于其地域上的连续性、核心地区的稳定性、地理位置的重要性以及文化的传播性,它影响着整个中国历史的发展。广义上的黄河金三角文化体系构成了一个和谐统一的文化生态系统,它是由相近地域的自然环境、经济文化、社会组织、精神文化等组成的复合体,反映出某一族群为了适应共同的生存环境而进行的长期的、艰苦卓绝的生存创造。① 因此,以大河流域作为黄河金三角神话传说研究的文化空间视角,拓宽了区域文明的整体观视野,使得神话传说的播布区域成为一个拥有相同的文化基因、共有的审美传统的"公共文化空间"。同时,从发生学的意义来讲,河流文化生命是一种催生民族凝聚力的文化倾向,流域的研究视角更加关注人类文明产生的起点,更有利于发掘民族精神早期形成的轨迹。

---

① 李子贤:《存在形态、动态结构与文化生态系统——神话研究的多维视点》,《云南师范大学学报》(哲学社会科学版)2006 年第 3 期。

二、晋陕豫黄河金三角区域神话传说生态场

茅盾划分的"北部神话"是指以黄河流域为中心的北方民族所创造出的神话。① 黄河中下游流域是"北部神话"的重要构成部分,在华夏文明的起源、发展过程中占据着极其重要的位置,也是我国文化聚落规模较为宏大的地区,繁衍着资源密集、类型多样的神话传说群。晋陕豫黄河金三角神话群将"北部神话"的流传地域范围进一步聚焦,作为其代表性区域,金三角神话传说圈展现出中华民族早期的文化发展形态。晋陕豫黄河金三角地区因地域关系、族群关系、社会结构关系而建立起必然的历史联系,呈现出以神话资源的集群分布为表征的文化特点。黄河中下游流域神话传说形成时间之久远、流传内容之丰富、播布地域之广阔,是其他地区无法比拟的,以黄河中、下游为天然坐标,将丰富的神话传说类型依序排列,形成了黄河金三角的优势文化区域。中游的黄帝、炎帝、蚩尤、尧、舜、禹、后稷等神话传说,在逐步实现部族融合,构建华夏文明,创建农耕文明的漫漫征程上,呈示出鲜明的民族特色和独特的东方智慧;下游的伏羲、女娲、盘古、夸父等神话遗产资源,同样为中华文明起源构建出一幅壮美绚烂的图景。在时空的双向维度中,黄河中下游流域神话资源围绕"金三角"的核心区域建立起一个立体的、完整的金三角神话体系。

人类历史的发展,遵守的是一种从混沌勃动中不断序化整合的规律,而非遵循既定的规律。② 因此在某种程度上说,历史文明的演进具有随机演化的特点。晋陕豫黄河金三角作为一个地域邻近、文化基因相似的生态场,呈现出随机演化中的必然性特质,文化的生成与演化都脱离不了环境的影响。自然是文化产生的生态场,人类衍生于自然环境,依赖于环境而生存,并坚定不移地与自然融合抗衡。《淮南子·地形》:"坚土人刚,弱土人肥,垆土人大,沙土人细,息土人美,耗土人丑。"③自然环境对于人的作用是显而易见的,环境、人、文化始终相互影响,生存的环境必将会以某种形式刻印在生存于该环境的人类身上,进而凝定

---

① 茅盾:《中国神话研究初探》,上海古籍出版社 2011 年,第 6—15 页。
② 王锺陵:《中国前期文化—心理研究》,上海古籍出版社 2006 年,第 301 页。
③ 刘文典:《淮南鸿烈集解》,冯逸、乔华点校,中华书局 2013 年,第 170 页。

为一种群体性的生存特征。自然地理条件对一个民族的形成具有持久的影响,由自然环境影响形塑的原始心理与思维方式成为理解文化生成思维模式的重要因素。因此,不同自然环境孕育出的文化是反映其生态场的重要指标。作为具有生态、地域同质性的晋陕豫黄河金三角地区,其覆盖的空间在地域生态上具有天然的同源性;在经济发展上具有唇齿相依的密切关系;在社会文化上,更是因共同孕育在大河流域,故而文化相近、人缘相亲。正因三地文化具备了类同的文化基型,才使得黄河金三角区域共同成为华夏文明的重要发祥地。

(一)地域生态环境

黄河中下游流域的自然生态环境作为孕育文化的土壤,是塑造金三角神话群落特征的主要因素。这里是中国农耕文化的重要发源地,农耕文明的文化基因决定了中国文化的本原特征。"文明"的发生总是在实现"生存"的愿望之后,人类历史上凡是伟大的文明都诞生在大河流域,地理环境和自然条件成为人类文明发源的先决条件。蒙昧的先民必须依靠稳定的水源来维系生存,作为母亲河的黄河流域,成为孕育早期文明的圣地。原始初民在此生息繁衍,他们写满了曲折的生存历史、印刻着文明的前进痕迹,成为我们追寻上古文化真相的起点。某种意义上说,文化是一定地理——气候下特定的人类集群为适应自然求得生存的一种设置。[①] 在某一空间内部人类的社会关系是由人与自然的相互关系所决定的,自然是他们积极生存活动的有益载体,在抵御自然与征服自然的互动活动中,人们相应地产生了自己独特的文化。

从地理环境和气候条件来看,晋陕豫黄河金三角区域属于北温带,地处内陆,气候干燥少雨,是最早进入农耕文明的区域之一。据考古气候学研究证明,距今 8000—3000 年,黄河流域处在气候的最佳时期,即仰韶温暖期,降水充沛,植物生长茂盛。[②] 特别是黄土高原地带,是原始人群采集与狩猎的绝佳区域。水流充裕、土地肥沃的生态环境孕育出聚族而居、耕作劳动的农业文明。金三角地区流传的神农炎帝制耒耜种五谷、嫘祖养蚕缫丝,农神后稷教民稼穑等神话无一不体现出这片大河流域的农耕文明特色。宜居的自然生态环境是原始部族文

---

① 王锺陵:《中国前期文化—心理研究》,上海古籍出版社 2006 年,第 301 页。

② 竺可桢:《中国近五千年来气候变迁的初步研究》,《竺可桢文集》,科学出版社 1979 年,第 495 页。

化产生的物质基础。对于土地与河流等原始生产资料的占有是先民们最真实、迫切的生存需求,成为早期战争神话发生的起因,因此大河流域周围宜居的自然生态,成为神话的发源空间。对于原始先民而言,群居状态是抵御生存困境的重要途径,群居生活中产生的权力中心,是实现生存资源占有的前提。在对资源的争夺中,原始的凝聚与扩张产生。不同权力主体对资源的分配引发了部族间的战争,创造出中华民族雏形构成的早期条件。为了寻觅新的生存空间,以炎帝、黄帝、蚩尤三个部族为主体的诸多部族在黄河流域展开了旷日持久的战争,争夺资源的低级生存诉求奠定了民族融合的基本格局。宜居的生态环境决定了其孕育的神话带有资源型特点,同样属于农耕部落的蚩尤部族发展迅速,其部落依盐湖而建,得盐泽之富,掌握了早期金属冶炼技术,从而发展强盛,具备了与黄帝、炎帝抗争的实力,因此产生了上古历史中著名的蚩尤黄帝部族战争神话。

(二)初民灾害记忆

神话奠定了人与自然、人与人之间的原初秩序,在认识与征服自然的过程中,人与自然的关系逐渐清晰并最终确立,这一变化在原始灾害神话中体现得最为明显。初民们对自然的灾害记忆,体现了人类从与自然一体的主客不分的混沌期,发展到人具有独立生存意识的觉醒期这一过程。灾害与治灾神话集中体现出人类从依赖自然到征服自然再到与自然和谐相处的进化过程。作为人类早期文明的发源地,黄河金三角区域的地理时空见证了初民生存的灾害记忆。

黄河流域虽然以大河流域的天然宜居环境作为背景,但是"人类在这里所要应付的自然环境的挑战要比两河流域和尼罗河的挑战严重得多。作为古代中国文明的摇篮,这里除了有沼泽、丛林和洪水的灾难之外,还有更大得多的气候灾难"[1]。水草充足的大河流域既是孕育文明的最佳地区,同时又因原始生产力的落后不得不面对很多生存的自然困境,这些难以避免的自然灾害现象同样是神话产生的重要生态条件。在黄河中下游流域最频发的自然灾害是水灾和旱灾,因此洪水与旱灾成为金三角地域内最典型的灾害神话题材。世界各地的原始神话中都涉及很多灾害神话,并且形成了灾害叙事母题。以杨利慧的《中国神话母题索引》为参照,黄河金三角地区的灾害神话主要类型包括以下几类:

---

① [英]汤因比:《历史研究》,曹末风等译,上海人民出版社 1966 年,第 92 页。

洪水滔天(索引编号为900),天塌地陷(索引编号为961),多日并出及其造成的极大旱灾(索引编号为 232.1.1,887,952),火灾(索引编号为 951),地震(索引编号为 958)。除了上述影响巨大的灾害外,还有寒冬(索引编号 953)、大雪(索引编号为 954)等少见的灾害。① 中国流传最广的四类灾害神话,女娲补天、大禹治水、后羿射日以及洪水后兄妹再殖人类神话都在黄河金三角地域内广泛扩布。

1. 洪水:洪水神话是中国上古神话中最重要的神话类型,洪水后造人神话同样是人们追寻生存真相的创生神话中的重要部分。黄河金三角区域内水患频生,因此孕育出丰富奇特的洪水神话。包括共工怒触不周山、女娲补天、洪水后兄妹再殖人类、鲧禹治水等经典洪水神话。

2. 旱灾:远古时期黄河流域旱灾时有发生,对于自然的气候现象,初民运用原始的智慧进行了诗性的描述。帝尧时期,"十日并出,焦禾稼,杀草木,而民无所食"②。初民出于对旱灾的恐惧,想象出天上有十日的怪诞画面,将后羿塑造成为民除害的上古英雄;夸父逐日,"入日,渴欲得饮,饮于河渭;河渭不足,北饮大泽。未至,道渴而死"③。既是对夸父锲而不舍精神的赞誉,同样也是对古代旱灾状况的间接反映。

3. 严寒:《淮南子》记载,"有冻寒积冰、雪雹霜霰、漂润群水之野,颛顼、玄冥之所司者,万二千里"④。颛顼活动范围大致在今河南濮阳一带,严寒体现出中原地区先民们的远古气候记忆。

4. 天塌地陷:据《淮南子·天文训》记载,"昔者共工与颛顼争为帝,怒而触不周之山。天柱折,地维绝,天倾西北,故日月星辰移焉;地不满东南,故水潦尘埃归焉"⑤。这是先民对于人类世界初创的环境描写,反映了他们朴素的地理空间观念。灾害神话与因此产生的抗灾神话是中华民族先祖主动征服自然、战胜灾害的积极行为写照,其中体现出的不畏困难、坚韧不拔的精神成为影响后世民众生存智慧的源头。

---

① 杨利慧:《世界的毁灭与重生——中国神话中的自然灾害》,《民俗研究》2018 年第 6 期。
② 刘文典:《淮南鸿烈集解》,冯逸、乔华点校,中华书局 2013 年,第 305 页。
③ 袁珂校注:《山海经校注》,上海古籍出版社 1980 年,第 238 页。
④ 刘文典:《淮南鸿烈集解》,冯逸、乔华点校,中华书局 2013 年,第 224 页。
⑤ 刘文典:《淮南鸿烈集解》,冯逸、乔华点校,中华书局 2013 年,第 95—96 页。

神话是人类心理在最基层水平上的象征和形象表现,所以它的共通性和民族差异性都非常明显。① 晋陕豫黄河金三角神话传说生态场独特的地域环境,形成了金三角区域特定的、与其他文化区系有极大差别的文化形态,因此也孕育出较之其他民族更加独特的民族文化气质。

三、晋陕豫黄河金三角区域神话传说的文化意蕴

原始社会是人类进程史上第一种独立的社会文明形态,神话是这一时期初民生存状态的诗性反映,是人类早期文明的集中展现,具有独特的民族文化意蕴。晋陕豫黄河金三角区域神话传说的演进历程清晰地记录了中华文明立体、递进的谱系序列。从开天辟地、造人创世神话,到经受自然严酷考验、英雄崛起救世的灾难与英雄神话,再到文明曙光到来之后的农耕生产、勤政治国等神话,其中所潜藏的文明密码,是中华民族文化发展之本,精神发展之源。其神话传说资源主要类型有:创世神话、部族神话、英雄神话、圣君贤臣神话以及历史先贤神话传说等。

(一)创世神话与华夏始祖文明

创世始祖开天辟地、化育万物的伟大功绩使得创世神话居于中国远古神话之首。创世神话是原始初民对生存问题的最早探索,是先民们对宇宙本原的集体想象。汉族、彝族、苗族、拉祜族、纳西族、白族、哈尼族、阿昌族等不同民族的创世神话共同形成了中国特有的创世神话体系,汉族的创世神话在黄河金三角地区广泛流传,其产生多与河流、土地、气象、灾害等自然条件息息相关。在黄河流域洪水泛滥、天地混沌的自然背景下,盘古神话、伏羲女娲神话成为华夏文明肇始时期的见证与记录,表现出鲜明的造人创物原始精神,是华夏始祖文明的集中体现。

黄河金三角地区是较为完整地保存母系氏族与父系氏族社会文化形态的远古文明发祥地之一,因此成为中国创世神话的重要流传地。在母系氏族社会时期,女性作为先进生产力与生育权利占有者,很容易被尊奉为神灵。因此,女娲

---

① 赵沛霖:《先秦神话思想史论》,学苑出版社 2002 年,第 353 页。

神话成为中国最早的创世神话。"神话所述的始祖群永远都是借着妇人的出现。神话所显示的不是父亲的创造能力，而是女性自然的生育能力。"①延至父系氏族社会兴起，男性地位逐渐提升，并且带来了更为先进的生产力，同时逐渐占有生育权，于是产生了男性崇拜的信仰。这一过程集中反映在金三角地域内创世神话的类型演变中——创世神话由女性大神女娲的神话逐渐演变为伏羲、女娲合体的两性神话，并同时出现了单独的男性大神盘古神话，创世大神的形象也由单独的女性发展为男女合体或者单独的男性。女娲的功绩主要体现在"造人""补天""创婚姻""止淫水"等方面，其活动几乎都与创世时期的灾难密切相关，折射出黄河流域作为中华文明发源地的自然历史背景。在走出蒙昧时期后，女娲神话逐渐扩展为伏羲、女娲神话，二者经常以对偶神的形式同时出现，并称为中华民族的始祖神。伏羲、女娲"双性合体"现象的出现，源于人类对两性文明的渴望与发现。② 伏羲女娲创世造人神话，集中表现了初民生命意识勃发之下的生殖崇拜现象，是我国根祖文化的本源。与女娲的原始创世之功相比，伏羲的贡献更倾向于人类在迈向文明时期过程中的创造。伏羲的功绩除了"男女结合、创造人类"之外，集中体现在"作八卦""发明渔猎工具""造书契""创历法"等方面。因此，女娲神话反映了人类初创的历史时期，故女娲被称为"创世始祖"。而伏羲神话代表了原始初民迈向文明时代的阶段，故称伏羲为"人文始祖"，二者并称为中华民族始祖。盘古创世神话是我国古代各民族交融影响之下自己创造出来的关于宇宙来源、天地开辟的神话。③ 盘古神话通过完整的"天地混沌""天地开辟""尸化万物"等系列创世情节，形成了中国创世神话的完整体系。虽然没有单独的"造人"情节，但是"尸化万物"的造物能力，亦表现出盘古与伏羲女娲同样的创世之功。而且在中原地区还广泛流传着盘古造婚姻传说，例如桐柏县流传的《盘古令》《盘古山》《盘古歌》中关于盘古夫妇、盘古兄妹"滚磨成亲"等神话。这样盘古就兼具了宇宙开创与文化创造的功业。

在黄河金三角区域流传的伏羲、女娲、盘古三位上古大神的创世神话，呈现出中华远古文明的四大内涵：一是创造发明，即造人与造物，这是开启人类文明

---

①　[英]马林诺夫斯基：《两性社会学》，中国民间文艺出版社1986年，第104页。

②　段友文、郑月：《"单性异体"与"两性合体"——从女娲神话到伏羲女娲神话考论》，《贵州大学学报》（社会科学版）2015年第4期。

③　刘起釪：《古史续辨》，中国社会科学出版社1991年，第89—91页。

的密码,奠定了华夏文明的创新之魂;二是两性结合,这是人类社会伦理初步产生的象征,是人类走向文明的见证;三是探索人与自然的关系,是人类积极建构生存秩序的标志;四是奉献牺牲精神,正是以己之力化生万物的牺牲精神创造了人类早期文明。黄河金三角区域的神话群落,生动地演绎了上古初民曲折而顽强的生存之路,展现了中国民众最本真的原初生命伟力,这种文化特质既是构成整个华夏民族文化根基的动力源泉,也是新时期人们在实现中国梦道路上需要不断追寻的精神气质。

(二)炎黄时代与多元一体格局

中华文明形成早期阶段表现出的由多元并存到趋于一体的历史发展趋势,以及国家形态由部族方国到广域王国的认同过程①,在中国上古神话资源中得以充分展示。尤其是上古部族神话的存在,为混沌的原始社会赋予了秩序,对野蛮的生存现象进行了象征性的价值阐释。由于远古部族迁徙无常,以三大部族集团文化为代表的遗迹和神话传说遍布多个省市,黄河金三角地区是其密集分布区。这一事实既证明金三角地区的独特地域性,同时也证明中原地区并非中华文明的唯一发源地,而是文明的重要起源地与文明成果的汇合地,炎黄所创造的华夏文明是"一体"格局中的"多元"之一。从考古发现来看,中华文化的多元区域性发展,在旧石器时代初现端倪,在新石器时期呈现出清晰的轮廓。地理的生态结构总是反映着民族的早期格局,黄河中游的新石器文化序列依次为前仰韶文化——仰韶文化——庙底沟二期文化及河南龙山文化,黄河下游的新石器文化序列可依次为青莲岗文化——大汶口文化——山东龙山文化——岳山文化。值得注意的是,距今 5000 年左右,仰韶文化在黄河中游地区突然衰落,黄河下游的文化则呈现出向中游渗透的趋势,继而形成了河南龙山文化与陕西龙山文化。② 这一流域内部文化的交融发展现象说明不同的文化创造主体——部族集团之间相互交融、斗争的事实。反映在神话中即形成了炎黄时期以部族战争、帝王世系为主要内容的神话历史。

炎黄时代的历史见证了华夏民族早期局部性多元一体格局的形成,即以炎

---

① 田广林、翟超:《从多元到一体的转折:五帝三王时代的早期"中国"认同》,《陕西师范大学学报》(哲学社会科学版)2018 年第 1 期。

② 费孝通:《中华民族多元一体格局》,中央民族大学出版社 2003 年,第 52—54 页。

黄为主体的华夏集团与东夷、苗蛮三大集团并立的多元一体格局。中国创世始祖带领先民走出了漫长的鸿蒙时代,而炎帝、黄帝、蚩尤、少昊等部族首领则领导着不同部族的先民们构建起华夏民族的雏形。炎黄时代的多元一体格局,奠定了中国早期的文明秩序,既包括地理空间上的稳定格局,也包括早期的文明建构。炎黄时期产生于各部族的神话大致可以分为创物神话、战争神话与英雄神话。

1. 创物神话。各部族首领作为军事、文化的权力中心,因其显著的造物功绩而产生了创物神话。例如炎帝始作耒耜、发现谷物的农业事功神话,黄帝制器系列神话,颛顼绝地天通、作历象等神话,形成了独具特色的帝王造物神话。造物是部落首领拥有的独特能力,代表了当时日益发达的社会生产力与逐渐强大的部族军事力量。

2. 战争神话。战争是促进部族融合的重要手段,是上古部族力量演变的客观规律体现。蚩尤部族争雄好战神话、炎黄之战神话等,映射着黄河流域早期文明的形成。战争以人类鲜血和生命为代价,但同时又是文明产生的新蹊径。

3. 英雄神话。世界各民族的文明起源时期都有一个英雄时代。远古先民在经历了天地混沌、巢居、渔猎、游牧阶段之后逐渐进入较为稳定的农耕时代,完成了从野蛮走向文明的历史征程。炎黄时代涌现出大量的神话英雄人物,例如射日的后羿、逐日的夸父、治水的鲧禹,他们为了部族群体的生存利益奋起抗争,建立起更加稳定与成熟的社会形态。

一个民族,只有当他们认同了共同的神话时,它才是一个真正的民族。① 上古神话中形成的部族空间格局与文化格局,成为追溯民族文化发生的起点。部族神话反映出原始先民逐渐打破生存界限,由分到合,祈求建立一个更为强大的生存空间的发展蓝图。炎黄时代的部族格局,反映出华夏民族形成的艰难历程,因此我们更应反思当下民族团结的重要意义。炎黄文化与华夏族核心位置的确立,造就了中华民族内生性的向心力与凝聚力。通过对炎黄蚩尤等部族神话演变、民族文化轨迹的探寻,可以更深刻地认知神话传说对当代中国血缘认同与民族认同、家园共建与文化共享的现实意义。

---

① [德]谢林:《中国:神话哲学》,《德国思想家论中国》,江苏人民出版社 1995 年,第 135—140 页。

（三）圣君贤臣与德政盛世愿景

晋陕豫黄河金三角区域是中国古老文明的孕育之地,是雅斯贝斯轴心时代诸子百家经典思想的发源地。儒者"言必称尧舜",尧舜禹以及三代的最初活动地域都在这里。尧舜禹时期处于我国原始氏族社会向早期国家过渡的阶段,这一时期出现了协和万邦、尧天舜日的治世盛景,圣君贤臣神话反映出的德政盛世理想,成为中国封建社会统治思想的核心。

尧、舜、禹神话建构出原始先民进入父系氏族社会以后的第一个太平社会,他们受命于"政微弱"的政治时局,用仁孝伦理德化后世,开创了受禅继位的继承制度,是古代圣君贤臣文化的集中写照。尧天舜日的理想政治,是上古时代构建有序社会的策略,是人类进步的共同意愿。中国古代国家政治发展的基本模式是围绕君臣秩序展开的,君臣和,各主其政,则天下万事兴矣。故而君臣关系的和谐是理想政治的基本要素。春秋之后,中国文化在理性的时代复制和发展着上古神话中所表达的基本文化精神和心理范型。① 例如《尧典》《五帝本纪》等著述都极力宣扬尧舜时期圣君贤臣的历史典范。《论语》云:"大哉! 尧之为君也。巍巍乎! 唯天为大,唯尧则之。"②孔子将尧与天作比,尧能法天而行教化。尧舜齐名的治世神话,使得人们以"舜日"来匹配"尧天"的功绩。在神话传说中,尧天舜日理想实现的第一步是明君形象的塑造,第二步则是明君之下的贤臣形象,这正是儒家思想极力推崇的明君贤臣思想。明君要符合"内圣外王"的特质,例如"其仁如天,其知如神"③的尧,所到之处"一年而所居成聚,二年成邑,三年成都"④的舜,"身执耒锸以为民先"⑤的大禹。贤臣的出现,往往是社会生产力发展的客观要求与体现。例如在帝尧时期,帝尧大臣的设置基本涉及了农业、科技、生态、领土、文化等多个方面。因此才出现了羲和制定历法、皋陶创造刑狱、后稷教民稼穑、鲧禹治水、舜平定四凶等神话事件。

《墨子·尚贤》:"古者圣王之为政,列德而尚贤。"⑥尧舜禹禅让制的形成,

① 张开焱:《神话叙事学》,中国三峡出版社 1994 年,第 106 页。
② (清)刘宝楠:《论语正义》,中华书局 1990 年,第 308 页。
③ (汉)司马迁:《史记》,中华书局 1959 年,第 15 页。
④ (汉)司马迁:《史记》,中华书局 1959 年,第 34 页。
⑤ (清)王先慎:《韩非子集解》,钟哲点校,中华书局 2003 年,第 443 页。
⑥ (清)孙诒让:《墨子间诂》,孙启治点校,中华书局 2001 年,第 46 页。

从本质上说是华夏部族与东夷部族文化结合的产物,从更为深远的文化意义上来看,它是被赋予特定社会历史意义的政治神话产物。尧让位于虞舜,因天下明德皆自虞舜始,故虞舜成为后世的德圣孝祖;大禹作为古代脊梁式的人物①,因治水有功,通过禅让获得帝位,成为上古圣贤中的第三位帝王。在尧舜时期担任农业之官的后稷,从单纯的谷神自然崇拜演变为具有宗教特征的祖先崇拜,最终成为周朝始祖,是社会伦理文明不断发展的体现。圣臣皋陶,辅佐尧舜禹三代君王,与尧舜禹并称"上古四圣",《史记》中言"皋陶为大理,平,民各伏得其实",②一方面反映出早期社会对文明法治秩序的渴求,另一方面表明当时社会文明的进步。神话是一种非常事件的叙述,圣君贤臣的神话内容体现了早期国家形态的初立,即从此建立起一个部落的社会秩序、经济组织、技术工艺等。③ 圣君贤臣神话伴随着上古华夏农业文明的历史进程而产生发展,其中表现出的"德政""孝道""奋进""民本"的思想是中华民族的传统文化精髓,为当代构建社会主义和谐社会、建设美丽中国提供了强大的精神支撑。

（四）历史先贤与地域文化精神

历史人物传说是历史真实的艺术化处理,它渗透着民众深层的文化心理,蕴含着民族文化精神的因子。因此追忆历史先贤,构建民众伦理道德、审美情趣的地域文化精神具有重要的人文价值。黄河金三角区域作为炎黄尧舜遗风圣地,流传着丰富的历史先贤人物传说,其地域文化的核心精神要素可凝练为"忠义仁勇、爱国爱民"。地域精神是地域文化的灵魂与标识,是地域内群体广泛认同的精神理念与文化内核。凝练地域精神,对于加强民众的历史认同感和内聚力,提升地域文化经济发展品格以及构建当代社会主义核心价值观都发挥着重要作用。同时,在中华民族多元一体格局视野下,"多元"的地域精神是国家意识的具体表现,是形成"一体"民族精神的有机组成部分。兼具差异性与同质性的多元地域文化精神,体现出民族精神的多层次与多向度。

起源于黄河中下游晋南地区的台骀神话,塑造出一个与滔天洪水搏斗的治水英雄形象。台骀传说为帝喾时人,他带领民众治理汾河、洮河水患,因此获封

---

①　潜明兹:《中国神话学》,上海人民出版社 2008 年,第 45 页。

②　(汉)司马迁:《史记》,中华书局 1959 年,第 43 页。

③　[英]马林诺夫斯基:《文化论》,费孝通等译,中国民间文艺出版社 1987 年,第 73 页。

于汾川,并在死后被尊奉为汾神。但是台骀并没有形成像大禹一样的声望,根源在于地域性文化的内部滋养能力要明显胜于外部影响力。台骀治水之功成为域内民众根深蒂固的历史记忆,得到汾河流域民众的世代崇祀。这种现象也间接证明地域文化精神与国家民族精神的高度统一性。"割股奉君""抱木燔死"的介子推不仅是一心事主的忠臣,而且是不贪图名利、为民请命的人民代言人,山西民众以"寒食节"的方式缅怀介子推的忠臣之德和文人气节。介子推传说在河南灵宝等地也广泛流传,成为当地夸父山的山神。介子推的忠孝精神已经跨越地域,成为人民共享的精神财富。智勇双全、忠心为主的晋国士大夫狐突,受到统治者与民众的共同崇奉,其死后逐渐被神化,成为当地民众信仰的神灵。狐突从人间士大夫发展为地方雨神,进而成为地方全能保护神的传说信仰发展轨迹,反映出山西地理环境、地方社会文化以及民众文化心理之间的同构关系,是中国传统农耕文明社会发展的缩影。在山西晋南、晋北、晋东等地广泛流传的赵氏孤儿传说,被历代民众不断加工、演绎,提炼出以褒扬赵盾为核心的祖先崇拜观念、以颂扬程婴为核心的家国意识、以尊奉赵武为雨神的民间情怀的三重层阶性地域文化蕴涵,积淀着独特的山西精神,构筑着具有地域特色的民族品格。一方面地域精神滋养、形塑了历史先贤的精神品格,另一方面历史先贤人物又以更加鲜明的个体精神凝练、强化了地域精神。无论是"心声成象"还是"集异成象",三晋历史人物传说凝聚着地域民众对传统文化的心理认同,具有超越时代、超越阶级、整合人心的强大功能,有益于当代民族文化和社会主义精神文明的建设。

四、晋陕豫黄河金三角区域神话传说的民族精神

晋陕豫黄河金三角作为中国神话资源的典型发生地域,因其独特的人文自然环境,为中华民族精神的孕育奠定了物质基础,形塑出中华民族早期文化心理的代表形态,集中反映了民族精神意象世界的风貌。"民族性"是神话的最基本特征,一个民族的形成、发展历程总是深深地刻印在民族神话的血脉中,一个伟大的民族必然会酝酿出属于本民族的优秀精神文化,并且在历史的长河中不断发展和演进。可以说,没有神话就没有民族。[1] 民族精神作为民族特质的集中

---

① ［德］谢林:《中国:神话哲学》,《德国思想家论中国》,江苏人民出版社 1995 年,第 136 页。

体现,其产生必然与民族独特的生存环境与社会历史密切相关。越是文化发达的国家和民族,对人类幼年时期的实践活动和心理活动,越表现出强烈的兴趣。这种兴趣的产生在于试图找到现代文明与远古文明之间的联系,以及一个民族潜在的动力和惰性,并找出本民族文化在整个人类文化起源中的恰当位置,以增强民族自信和应有的反思心理,以更为冷静的科学态度去规划未来。① 因此,神话对于当代民族的发展具有重要的启迪作用,把握和阐发神话中蕴含的民族精神,是唤醒民族灵魂的重要途径,是激励民族前进、保持民族特性的不竭动力。

中华民族精神是中国人民在长期奋斗中培育、继承、发展起来的伟大民族精神,是民族生存延续、国家兴旺发展、社会和谐进步的动力来源。中华民族精神包括伟大创造精神、伟大奋斗精神、伟大团结精神、伟大梦想精神②。神话作为民族精神孕育的母体,是最早呈现民族精神基型的文化资源。黄河金三角神话传说体系中拥有丰富的神话传说资源,其蕴含的民族精神涵括了上述伟大民族精神的内容,具体表现为创造与探索精神、团结与尚和精神、奋斗与梦想精神、爱国与牺牲精神。

(一)创造与探索精神

创造与探索精神是一个民族进步的基本动力。从原始社会到文明社会的进化,先民们的创造与探索精神发挥了重要作用。神话是沟通古今世界的文化桥梁,在原始神话的真实记录中,我们得以领略那些推动中华文明进步、充满生机的伟大创造精神。正是这种原始的创造精神,不断引领、启迪着中华民族在前进的征程中奋勇向前、自强不息。

创世神话的形成是人们开始探索自身存在的最初体验,是人类自觉文化意识产生的表现。人们开始追问自己从哪里来,世界是怎样形成等原始朴素的哲学问题,这是每一个古老民族必然要经历的黎明前的拷问。在万物有灵的思维影响下,先民们认为人类个体无法承担自身命运抉择的责任,因此要依靠某种强大的外力。于是盘古开天辟地、女娲抟土造人、伏羲女娲造婚姻等神话便应运而生,一方面它满足了人类对于生存的求知欲望,另一方面也折射出人类逐渐开化

---

① 潜明兹:《潜明兹自选集》,上海人民出版社 2007 年,第 1 页。

② 习近平:《在十三届全国人民代表大会第一次会议上的讲话》,《人民日报》2018 年 3 月 21 日第 2 版。

的心智与探索未知世界的好奇。在神话图景的描摹中,先民们刻画出人类诞生、成长、创造的艰难历史进程。想女娲造人创世之苦,故要保持厚生爱民精神;思伏羲造物画八卦之举,故要坚守创造探索精神;知盘古开天辟地之功,故要秉持开拓进取精神。上古神话中的诸神表现出非凡的创造之力,使得蒙昧的原始世界变得秩序井然。这种根植于中华民族血液中的精神基因世代沿袭,成为推动民族、国家进步的巨大力量。始祖神话是先民开始探索人类文明的第二阶段,炎黄时期是华夏文明产生的重要奠基期,炎黄文化最大的核心要义是"开创"精神。中华民族是传统的农耕民族,农耕文化孕育了华夏文明的文化主体,炎帝作为中华民族的农业始祖神,其"三岁而知稼穑般戏之事"①,"斫木为耜,揉木为耒"②,首开中华农业之功,反映出浓厚的农本思想和尚农意识。除农业事功外,炎帝"尝百草发明医药""作陶冶斧斤""作琴瑟""创集市"的发明创造神话,也反映出农耕时期先民们凭借智慧所创造出来的文明成果。黄帝作为华夏文明的另一始祖神,享有"发明百物圣王"的美誉,他发明了医药、舟车、音乐、指南车、蚕桑、历法、水井、文字、城池等众多早期文明,既为人类的生存提供了物质保障,也见证了人类逐渐走向文明的辉煌征程。朴素的先民们总是乐于将首创之功归于某一位圣王,他们对于先进生产力的渴望转化为对生命、生存探索的不懈追求,将群体的生存智慧凝结在某一位神话人物身上。先民们从混沌步入文明,从无序到达有序,开启了中华文明的新篇章。中华民族是一个具有非凡智慧与伟大创造力的民族③,伟大的中国人民始终秉持在创造中求发展,创新中求生存的理念,在创造与探索中展现中国智慧,凝练中国精神,培养中国气度。

(二)团结与尚和精神

自古以来,中华民族就是一个向往和谐、团结共进的伟大民族,这种民族自有的内生气质在中国上古部族神话中表现得十分突出。团结与尚和精神在上古华夏族主体的形成历史中得以体现。上古时期,在广袤的中华大地上氏族林立,分布着众多的原始部落。随着生产力的不断提高,部族与部族联盟开始出现。

① [日]安居香山、中村璋八:《纬书集成》,河北人民出版社1994年,第589页。
② 黄寿祺、张善文:《周易译注》,上海古籍出版社1986年,第572页。
③ 中共中央文献研究室:《十六大以来重要文献选编(上)》,中央文献出版社2005年,第488页。

按照空间分布可大致分为居于中原地区的华夏部族、海岱地区的东夷部族、南方地区的苗蛮部族三大主要集团。三大集团的融合发展反映了华夏民族形成的历史镜像。因部族战争神话的特殊性，在战争中胜利者往往被誉为正义一方，失败者被认为邪恶一方。尽管这样的认知具有片面性，却反映出先民们模糊而深刻的战争观念，战争的发生意味着正义的力量受到邪恶的挑衅，和平应是正义者的追求。三大集团之间的关系，和平相处为常态，战争状态却是暂时的，远古先民热爱和平的基因早已烙刻在神话的苍穹中。但是和平的常态并不能引起人的注意，故三大集团之间少有的战争神话得以世代流传。① 炎黄之战、黄帝蚩尤之战、颛顼共工之战、舜征三苗等都是上古神话中有名的部族战役，战争与冲突是促进原始部族融合的基本手段，是民族融合的必经之路，其根本目的是缔造更为强大的社会组织和更为先进的生存方式。尽管战争是不被推崇的，然而作为一种被动融合的手段，战争使得上古社会文明的秩序得以建立。民族的早期融合理想，一方面是通过部族凭借强大的军事实力向外兼并扩张得以实现，另一方面是通过受他族强大文明所吸引而产生的主动认同来实现。炎帝部族发达的农耕文化是一种强势的文化类型，本为游牧生存方式的黄帝部族逐渐东迁，与炎帝族交融混合，在不断的学习与同化中，形成了华夏族强大的主体炎黄族系。"族"为会意字，其甲骨文像旗下一矢，众矢之所集，表聚结、集中之意。② 原始部族群居的生活方式使他们更加倾向于一种安定、集中、和平的生存局面。

尚和文化是中国古代神话所涵蕴的独特民族精神，是当代构建社会主义和谐社会的精神来源，"和也者，天下之达道也"③"和合故能谐"④，向往统一的核心意识造就了中华民族热爱和平、珍惜和平的大国情怀。中华民族之所以能屹立于世界民族之林，正是得益于五十六个民族形成的同呼吸、共命运的团结的命运共同体。

（三）奋斗与梦想精神

习近平总书记谈及中国伟大梦想精神时举出七个中国古代神话故事，他认

① 徐旭生：《中国古史的传说时代》，文物出版社 1985 年，第 93 页。
② （清）段玉裁注：《说文解字注》，上海古籍出版社 1981 年，第 312 页。
③ （宋）朱熹：《四书章句集注》，中华书局 1983 年，第 18 页。
④ （唐）房玄龄注，（明）刘绩补注：《管子》，上海古籍出版社 2015 年，第 112 页。

为盘古开天、女娲补天、伏羲画卦、神农尝草、夸父追日、精卫填海、愚公移山等神话深刻反映了中国人民勇于追求和实现梦想的执着精神。① 神话中的人物形象是先民们通过想象塑造出来的极具现实意义的人物,这些神话人物捍卫先祖文明、为人类生存而抗争,其所蕴含的奋斗与追梦精神成为民族精神中宝贵的精神特质。

在原始语境中产生的中国远古神话,表现出浓厚的农耕文明发展特点。自然灾害作用于初民,蒙昧的初民以原初的抗争性反作用于自然,在降灾与抗灾的双向互动过程中,初民们形成了自强不息的奋斗精神,产生了早期的理性自觉意识,以有限的个体力量向未知的生存困境发出挑战。古代凡是具有奋斗精神的英雄无一不与原始劳动相关。鲧禹父子两代人前仆后继的治水经历,反映出原始先民生命不息、奋斗不止的顽强精神。鲧窃帝之息壤以湮洪水,治水失败被帝所杀。但英雄猛志常在,鲧复生禹,帝乃命禹卒布土以定九州。② 大禹继承父业,用"疏导"的方法治理洪水,在治水过程中"三过家门而不入"的一心为公奋斗情怀为我们树立了道德的榜样。炎帝之女游于东海,溺而不返,化身为精卫鸟,常衔西山之木石以填东海。③ 在表现强烈个体生存意识的基础上,形成了明知自身力量弱小仍有为理想而勇敢奋斗的逐梦精神。夸父与日逐走,未至,"道渴而死""化为邓林"④。虽然夸父逐日未果,但是他知其不可为而为之的执着精神、坚定不移的追求精神成为中华民族精神形成的重要来源。愚公移山是反映中国古代劳动人民在人与自然生存的天地间,坚持不懈、奋斗抗争的传说故事,愚公以"子子孙孙无穷匮也,而山不加增,何苦而不平?"的子子孙孙奋斗精神,使得"帝感其诚,遂助其移山"⑤。鲧禹治水、精卫填海、夸父逐日、愚公移山等神话故事中的宝贵精神已经成为融入中国人血脉中的文化基因。

在与自然的抗争中,人类虽然难以摆脱失败的命运,但是在强力面前不退缩不低头,哪怕以英雄的悲剧收场,这种抗争精神展现出中国民众原初的生命力量。初民群体性的生存智慧,被华夏子民代代延续,深入血液,付诸实践,成为构

---

① 辛鸣:《论中国人民的伟大梦想精神》,《北京日报》2018 年 3 月 26 日。
② 袁珂校注:《山海经校注》,上海古籍出版社 1980 年,第 472 页。
③ 袁珂校注:《山海经校注》,上海古籍出版社 1980 年,第 92 页。
④ 袁珂校注:《山海经校注》,上海古籍出版社 1980 年,第 238 页。
⑤ 杨伯峻:《列子集释》,中华书局 1979 年,第 161 页。

成整个华夏民族文化根基的动力源泉。

（四）爱国与奉献精神

　　爱国与奉献精神是贯穿于中国古代神话中的核心精神,是中华民族团结奋斗、自强不息的精神纽带。一方面爱国精神具有不同的精神内涵,另一方面又表现出明显的时代特征。熔铸于神话传说中的爱国精神,其重要内涵之一是家国情怀。其形成的基础是个体对家庭、社会以及国家的认同与热爱情感。从尊亲爱幼的家庭伦理观到天下为公的国家情怀是个人、家庭与国家之间关系的良性互动。虞舜开创了我国孝悌文化的先河,尽管"父顽,母嚚,弟傲",虞舜仍"能和以孝,烝烝治,不至奸"①,由爱家人推而广之,到爱天下所有臣民,最终演变为爱国家的博大情怀。《礼记》言:"忠臣以事其君,孝子以事其亲,其本一也。"②由齐家到治国,以对家庭的孝道为基础,演绎出对国家的忠诚,形成了中国人特有的家国同构观念。神话传说中爱国精神的另一内涵体现为忠君思想,狐突的为国献身、程婴的为主尽忠、介子推的割股奉君等传说人物精神都是忠君思想的不同演绎。在封建社会里,君主即国家的象征,忠君即为爱国。在新的社会发展时期,忠君思想的核心"忠"进一步发展为对人民之忠、对国家之忠,成为新时期爱国主义思想的重要精神来源。"爱民"同样是爱国精神的重要内涵体现,开启于尧舜时期的德政盛世,以民为本是其德政的主要特点。帝尧爱民如子,百姓"就之如日,望之如云"③。帝尧崩,"百姓悲哀,如丧父母"④。帝舜勤政爱民,目睹"黎民始饥"遂派"后稷播时五谷",见"百姓不亲"遂命契"敬敷五教"⑤。尧舜二帝的爱民思想缔造了尧天舜日的政治神话,形成了中国古代社会理想的政治图景。奉献精神是中国神话传说人物的主要精神内涵,是爱国情怀的具体表现,爱国与奉献二者互为表里。舜帝南巡葬身于苍梧,大禹治水三过家门而不入,狐突有勇有谋为晋国献身,程婴大义舍子救主等牺牲精神生动地诠释了爱国的最高境界。

---

① （汉）司马迁:《史记》,中华书局 1959 年,第 21 页。
② （清）阮元校刻:《十三经注疏》,中华书局 1980 年,第 1602 页。
③ （汉）司马迁:《史记》,中华书局 1959 年,第 15 页。
④ （汉）司马迁:《史记》,中华书局 1959 年,第 30 页。
⑤ （汉）司马迁:《史记》,中华书局 1959 年,第 38—39 页。

爱国不是一个空洞抽象的概念,而是与一定国家历史、社会思潮、民族心理紧密相连,可以转化为特定时代具有特定意义的精神体系。爱国乃天下之盛事大业,孕育于神话传说中的爱国精神,在中国历史的不同发展阶段呈现出不同的内涵。时代赋予了爱国精神以新的内涵,体现出爱国精神的时代延续性、与时俱进性与独特民族性。例如以爱国、进步、民主、科学为核心的五四精神,以心系祖国、矢志不渝、勇于奉献为核心的井冈山精神,以救国救民、艰苦奋斗、不怕牺牲为核心的长征精神,以全心全意为人民服务、艰苦奋斗、自力更生为核心的延安精神,以锲而不舍、忠于祖国人民、勇于牺牲为核心的红岩精神等都是爱国精神在不同时期的具体表现。深化与凝练中国神话的精神价值,继承和弘扬神话的精神品格,对于培育和提升时代精神,提炼中国元素,凝聚中国力量具有重要意义。

小　　结

当代美国批判社会学家贝尔认为,现代主义的真正问题是信仰问题,其问题的实质反映出一种精神的危机。① 神话作为特定的历史记忆集合体,其旺盛的生命力和鲜明的现代意识,终将成为改变我们生活,并指引我们何去何从的精神旗帜。神话传说资源是人类生存不可或缺的文化之根和精神本源,神话首先为人之为人的基础生存法则提供了最初的精神力量,其次为人类获得真正意义上的生存信仰提供了最终的智慧力量。同时作为文化资本的神话思维和神话题材,是现代社会文化建设的重要资源。因此,神话研究要坚持传统性与现代性的统一。在神话的现代复归背景下,我们一方面要努力挖掘黄河金三角区域内部神话传说形成发展的真实状态与核心文化意蕴,以展示神话传说形成发展过程中的不同社会文化图景及其对培育华夏精神文化的突出贡献;另一方面也要关注古老神话资源的现代性演绎,重视神话传说资源的现代展演与流变。在新时代"五位一体"建设的背景下,黄河金三角区域形成了神话圈、文化圈、经济圈多位一体融合发展的互动共赢形态,为现代神话的传承发展创造了有利条件,使神话传说作为一种真正的生产生活知识的文化形态重新回归。

---

① ［美］丹尼尔·贝尔:《资本主义文化矛盾》,生活·读书·新知三联书店 1989 年,第 74 页。

第一编

创世神话与华夏初始文明

1

第一章 "单性异体"与"两性合体"：从女娲神话到伏羲女娲神话

在中国神话史上，女娲与伏羲常常以对偶神的形式同时出现，并被称为中华民族的始祖神灵。关于二者之间的关系学界已有涉及，但论述者或是论证自己学术见解时有所旁涉，谈及之处较为简略，或是虽花费笔墨较多，却对其转变痕迹缺乏系统辨析，原因探究方面有单一之嫌，不够全面。女娲神话和伏羲神话在我国神话史上占据重要地位，关于二者发展演变的历史轨迹及其内涵仍有挖掘探讨的空间。因此，对已有研究资料进行整合与爬梳，意在更好地还原女娲神话、伏羲神话的演变过程与发展脉络，探究两种"始祖"神话在传承中的特点与规律，试图综合各家之说，渗入典籍、历史、考古等方面的资料，对女娲伏羲神话的文化蕴涵作更加深入的论述。这项研究一方面，是对古史的回想与敬重，另一方面，也期待在探索中找到适合现代社会发展的精神气质与文化品格，既可怀古，亦能鉴今。

一、女娲：华夏始祖神的创生功能

关于女娲神话和伏羲神话的出现，从已有论述和各方面资料可知，女娲神话比伏羲神话产生的时间更早，且两者的发展呈现出一定的历史特点，即最初为女娲独尊神话，之后经过伏羲女娲平等抗衡的阶段，最终进入伏羲为主、女娲从属的神话发展时期。女娲早期以始祖的形象独立出现，早于伏羲并成为我国神话史上第一批女性神祇，有着多方面的材料证据。从历史发展演变的规律来看，人类社会经由母系氏族社会进入父系氏族社会。在母权制社会中，妇女既是社会经济生活的主导和中心，也是氏族部落繁衍的决定者，女性拥有绝对的社会权力,早期社会中女性的地位远高于男性,与此相应,女性崇拜与女神崇拜也极为盛行,因此最先出现在人类话语系统中的神祇为女性。并且,从典籍文献的记载可知,女娲较早出现于《山海经》《楚辞》等古籍之中,《楚辞·天问》有:"女娲有体,孰制匠之?"《山海经·大荒西经》载:"有神十人,名曰女娲之肠,化为神,处栗广之野,横道而处。"①从典籍文献产生的时间看,这两部先秦文献应是表现女娲神话原初意义的重要古史,而文献中都没有提及伏羲而只说女娲,也可知女娲产生时间之早。

通过女娲神话产生时期的历史发展规律及文献记录可知,该神话的最初流传形态很大程度上源于原始先民早期的生殖崇拜观念,与女性的"生"之能力有关。上古时期的原始初民由于对生育奥秘的未知,将"生"视为一种伟大而又神奇的力量,出于对女性繁衍能力的膜拜,创造出以"生"为主要功能的始祖神,女娲即为代表。关于女娲的"生"之内涵,典籍文献和相关学者都有提及。《说文解字》以"娲,古之神圣女,化万物者"②的记载,将女娲视为创生万物的神女。部分学者对女娲的生殖功能曾有论述,如王增勇曾将"女娲之肠"的"肠"作为"花肠"之说③,因古人曾以为胎儿乃女性肠子产出,因此,这里的"肠"实则为女性生殖器官的象征;又如赵国华曾利用"娲"与"蛙"发音相同、意蕴相似,认为"蛙"为女性生殖器的代表,随后发展为生殖女神④。不仅如此,考古学对女娲的生殖意蕴也有实证发现,在山西乡宁吉县人祖山的柿子滩,有一处距今约一万年左右的旧石器时代遗址,遗址内的一方岩画极为有力地证明了女娲早期的"生育"意象,经相关学者考证与鉴定,岩画所绘实为女娲,该人物特征明显,两腿分开并且乳房硕大,双腿周围散布着许多小点,为女娲育人之情境,具有浓厚的生育意蕴。⑤ 该岩画与汉代画像砖相比,既有时间早晚之分,也有内涵意蕴之别,不同于汉画像砖中"人首蛇身"的女娲形貌,它所体现出的女娲崇拜更加原始⑥,是父系社会之前远古先民最纯粹的崇仰图景。典籍文献与实地考证资料都表

---

① 袁珂校注:《山海经校注》,上海古籍出版社 1980 年,第 389 页。

② (清)段玉裁注:《说文解字注》,上海古籍出版社 1981 年,第 617 页。

③ 王增勇:《何为"女娲之肠"》,《民间文化》2001 年第 1 期。

④ 赵国华:《生殖崇拜文化论》,中国社会科学出版社 1990 年,第 371 页。

⑤ 靳之林:《中华民族的保护神与繁衍之神——抓髻娃娃》,中国社会科学出版社 1989 年,第 57 页。

⑥ 孟繁仁:《黄土高原的"女娲崇拜"》,《中国文化研究》1999 年第 2 期。

明,女娲神话的产生是母系氏族社会中女性权力与地位的象征,并且与当时的生殖崇拜观念密切相关。

女娲神话中的"生"之内涵,实则具有"育生""化生""促生"三个层面的意蕴。"育生"主要指女娲的创造能力,《太平御览》引东汉应劭的《风俗通义》载:"俗说天地开辟,未有人民。女娲抟黄土作人,剧务,力不暇供,乃引绳絚泥中,举以为人。"①女娲先以黄土捏人,后引绳于泥,人类诞生于女娲亲力亲为的造人活动中,显现了女娲自身强大的创育能力。"化生"则指女娲由己身化彼神、由己身化彼物的功能,"女娲之肠化为神""化万物者""一日中七十化"等都是对其化育能力的描述,她不仅化生出众多神灵,而且还以身体发肤化作世间万物,成为真正的创世始祖。"促生"之说,主要源于女娲高禖说,她为使人类能够长久不息生存繁衍,创制了婚姻制度,不仅典籍有"女娲祷祠神,祈而为女媒,因置婚姻,行媒始行,明矣"②"以其(女娲)载媒,是以后世有国,是祀为皋禖之神"③的记载,同时,在晋东南、晋南等地也有女娲与高禖相合附会的真实资料所印证,据考证,晋南河津高禖庙中所供奉的禖神即是女娲的化身,此地高禖庙的祭祀时间为农历三月十八,与传说中女娲诞辰一致。晋东南各地高禖庙数量众多,也与女娲曾在此区域内活动频繁有关,据孟繁仁考证,分布在黄土高原山西的众多女娲遗迹,基本都是在《尚书·禹贡》所记载的"霍山以南"的"冀州之域",即今日的山西晋东南、晋南一带④,该区域的女娲与高禖有形象置换及粘合附会之情形。从典籍文献及地域社会的资料可知,女娲以禖神的职责开创了男婚女嫁的新时代,也促进了人类社会的繁衍壮大。她不仅以自我之伟力创人,以自身之精华化人,而且还怀抱着人类长久传承的责任心和使命感,帮助人类延续种族生命,这也更加显示出女娲古老、伟大且崇高的始祖地位。

二、女娲伏羲:图腾生育信仰的象征表现

生殖崇拜观念是女娲神话产生的重要原因之一,而当人类更加明确地认识

---

①　(汉)应劭撰,王利器校注:《风俗通义校注》,中华书局 1981 年,第 601 页。
②　(汉)应劭撰,王利器校注:《风俗通义校注》,中华书局 1981 年,第 599 页。
③　(清)马骕:《绎史》,影印文渊阁四库全书第 365 册,上海古籍出版社 1987 年,第 81 页。
④　孟繁仁:《黄土高原的"女娲崇拜"》,《中国文化研究》1999 年第 2 期。

到男性在生育中的作用后,生殖崇拜也从单纯的女性崇拜转移到男性崇拜,这成为伏羲神话出现的一大因素。伏羲神话的产生时间晚于女娲神话,且其最初演发之际也为个体独立成形,与女娲并无关联。伏羲之名最早见于先秦文献《封禅》篇中,该篇列举了早期的古帝王系统:无怀氏、虑羲、神农、炎帝、黄帝、颛顼、帝喾、尧、舜、禹等,"虑羲"作为其中之一出现。在同时期的《商君书》《战国策》等典籍中也有对于伏羲的记载,其中均未提及女娲,可知伏羲神话的产生最初也是自成一体的。战国中期时,《庄子》有载:"是万物之化也,禹、舜之所纽也,伏羲、几蘧之所行终,而况散焉者乎!"①这里,庄子将伏羲列在禹、舜之后,可见此时伏羲的地位不及禹、舜二神,伴随着父系社会的发展,其地位方才不断得到擢升。台湾学者刘惠萍认为,伏羲最初或为母权社会过渡到父权社会时某个氏族部落中能力出众的首领、英雄,后来在"神话历史化"②及战国末年"五德终始"③学说的影响下,伏羲逐渐被神化,地位也有了新的提高。④ "从战国至秦汉,时代越往后,关于伏羲的记载越详细,伏羲功业越卓著,在古帝王世系中的地位越高。这说明,在传世的古代典籍中,对伏羲的记载经历了一个从神到帝,从凌乱到系统的衍化过程。"⑤

伏羲、女娲的结合,乃后人有意粘合,由此出现了伏羲、女娲"双性合体"的现象,这一原始神话思维,主要源于人类渴望从两性互补中达到强健的心理愿望。关于伏羲、女娲二人共同出现的时间,张光直认为,伏羲、女娲交尾图早在商代即已出现:"安阳西北冈殷王大墓出土木雕中有一个交蛇的图案,似乎是东周楚墓交蛇雕像与汉武梁祠伏羲、女娲交尾像的前身。"⑥此种观点虽为猜测,但从商朝简狄吞卵生契的神话传说及相关的历史可知,商代是母系氏族社会走向父系氏族社会的过渡阶段,伏羲、女娲并列的雏形在个别地域有所反映是可能的。至汉时,伏羲、女娲二者的结合已有了确凿的证据,究其此时出现的原因,一方

---

① (清)郭庆藩撰:《庄子集释》,王孝鱼点校,中华书局1985年,第150页。

② 神话历史化,主要是将神话看作历史传说,将天神下降为人的始祖,将神话故事当作史诗看待,构成一些虚幻的始祖及其发展谱系。

③ 战国时期阴阳家邹衍的历史观。"五德"指土、木、金、火、水五种德性或性能。"五德终始"指这五种性能从始到终、终而复始的循环运动,邹衍以此作为历史变迁、王朝更替的根据。

④ 刘惠萍:《伏羲神话传说与信仰研究》,陕西师范大学出版总社2013年,第19页。

⑤ 孙玉红、杨恒海:《中华文明起源的初探:伏羲文化》,光明日报出版社2012年,第36页。

⑥ 张光直:《中国青铜时代》,生活·读书·新知三联书店1983年,第266—267页。

面,该现象源于古老的民族文化心理,是一种"阳精"观念的表现,此观念是人类繁衍生存的灵化意识,将男性看作太阳,女性看作月亮,认为日月相合即为男女婚配,人们将伏羲以"日神"相待,曦本为"父曦",日月则为"曦月",伏羲女娲交尾图即是通过阳光受孕的"阳精"观念的体现。① 另一方面,从现实背景来看,一则汉代处于父权社会,伏羲神话作为巩固政权及提高男性主体地位的需要不断得以增衍,在其扩充发展过程中,伏羲女娲神话作为其中重要一支得到完善并成型;二则汉代正是阴阳五行观念勃发兴盛之际,女性主阴、男性主阳、阴阳结合的思想在汉时得以升华,关于伏羲的许多神话传说都与此观念有关,如伏羲观象制易、始作八卦,伏羲"制俪皮嫁娶之礼"等,并且,人类此时已摆脱早期原始思维的束缚,对于生育的认知更加成熟,许多神话由无性繁衍发展演变为两性繁衍,配偶神相继出现,而伏羲女娲神话也是其表现形式之一。整个汉代的社会背景及思想观念为伏羲女娲的神话传说提供了根基,经过汉代文人的加工,伏羲与女娲一同成为华夏民族的远古始祖。

伏羲女娲相互结合,二者融汇后的形象几乎都以"人首蛇身"出现。关于伏羲、女娲的形貌特征,《楚辞·天问》王逸注:"女娲人头蛇身,一日七十化。"《文选·鲁灵光殿赋》云:"伏羲鳞身,女娲蛇躯。"这些典籍记录为伏羲、女娲人首蛇身的外观提供了证据。除典籍记载外,伏羲女娲神话也形诸于画像。战国时期楚先王庙堂的壁画已有伏羲、女娲人首蛇身的形象,到汉代时陕西、河南、山东、四川等地都出现了"人首蛇身"的墓室画像。如山东境内保存的汉画像石中就有大量的伏羲、女娲像,无论表现何种主题,画像中伏羲、女娲都为人首蛇身状,且多数画像为伏、女交尾图。其中一幅为高禖、伏羲、女娲画像,此画中伏羲、女娲虽无交尾,但二者由高禖左右怀抱各一,将两人连接,因伏羲、女娲都有创制嫁娶的功能,此画像将高禖、伏羲、女娲融为一体,既直观地表现出伏羲、女娲的神妙功绩,同时也具有明显的生殖崇拜意蕴。伏羲、女娲同体时以蛇身为缠绕结合点,与我国古老的蛇图腾崇拜密不可分。图腾是早期社会氏族或部落的标志性或象征性符号,由于原始社会中频繁的自然灾害和低下的社会生产力,人们将动植物作为自己的亲属及保护神,将其视作崇拜物,以此寻求一种超自然力来保护自己。而图腾生育信仰是图腾观念的重要内容,伏羲女娲蛇身图,即是人们将蛇

① 张振犁、陈江风等:《东方文明的曙光——中原神话论》,上海东方出版中心1999年。

视为生殖力强大的外在表现。因此,蛇意象在神话的具体表述中,便代表了生命的起源与死亡,蛇在以无性繁衍的女始祖神话中,充当了男性的生殖力量,成为致使女性受孕的一种神奇的存在。同时,在蛇图腾崇拜中,蛇也被看作阴阳交合的象征和化生万物的伟大神力代表。蛇崇拜的核心是关于阴阳构精的信仰,以生殖和繁衍为主题,伏羲女娲交尾图便是阴阳构精的象征符号。① 伏羲、女娲人首蛇身交尾图大量出现的原因,除了有先民强烈的图腾崇拜和殷切生殖繁育心理外,也有人们对阴阳两极巫术力量的信奉与运用。

三、伏羲女娲:人类文明演进的艺术表征

女娲由人类始祖女神变为伏羲的配偶神,由独体的造人创世神到与伏羲共同成为人类始祖的转变,其深层内涵是隐喻着女性地位的下降,这也是人类文明演进中的一种趋势。此种现象在中国神话发展史上不乏其例,如楚人先妣由女禄高阳衍发出一对配偶神高阳与高唐,又如夏、商的始祖神姜嫄、简狄均配为帝喾之妻,成为依靠男性神存在的女神,失去了其作为始祖的特质,居于从属地位。② "从女神崇拜转换到男神崇拜的过程并非截然分立的,其间仍应有一段错综纷乱的时期。在这个过渡阶段,为成功地使女性的生殖能力转换到男性神灵身上,在许多民族中会出现'双性同体'神的现象。如汉唐墓葬艺术中的许多两尾相交或连体形式的伏羲女娲画像等,也都明显地标志着这一过渡期的痕迹。"③"双性合体"的现象实则为母系氏族社会向父系氏族社会过渡过程中一种典型的文化操控现象。伏羲地位的上升并非一蹴而就,必然伴随着社会过渡变迁的大背景,经由不同朝代民众的感知、认同、接受的社会心理活动逐渐得到认可,伏羲神话成为母系社会向父系社会过渡以及进入父系社会初始阶段之中,两种社会制度相互抗衡较量的一种文化表现。随着父权制全面取得胜利,后人还将许多其他神祇英雄的成果归于伏羲,其地位最终得以稳固,成为人们公认的三皇之首。然而在女神降位、男神上升的历史阶段,统治者出于政治需求,出现

---

① 王小盾:《中国早期思想与符号研究——关于四神的起源及其体系形成》,上海人民出版社 2007 年,第 837—838 页。

② 刘惠萍:《伏羲神话传说与信仰研究》,陕西师范大学出版总社 2013 年,第 159 页。

③ 刘惠萍:《伏羲神话传说与信仰研究》,陕西师范大学出版总社 2013 年,第 159 页。

了过度抬高宣扬的非理性现象,为了贬低女性地位,提升男性权力,以"产翁"为内容的神话成为统治者的舆论工具。如《山海经》所载:"鲧窃息壤以湮洪水,不待帝命。帝令祝融杀鲧于羽郊。鲧腹生禹。"①鲧本为男,这里却将禹的出生归于鲧腹所生,此神话便是"产翁"制的反映。伏羲的地位正是在父权社会迫切的政治需求中不断上升,位列三皇之一。关于"三皇"的说法虽各异,但除先秦时期将其归为"天皇,地皇,人皇"这种笼统的说法外,更常见的表述有"伏羲,女娲,神农""伏羲,神农,祝融""伏羲,神农,共工""伏羲,神农,黄帝"以及"燧人,伏羲,神农",伏羲均位列其中,而且几乎都居于首位,伏羲三皇之首的地位在西汉末年已成定论。从今天地域社会中的伏羲信仰也可观照到这一现象,甘肃天水保留着我国现存规模最大、气势最恢宏、保存最完整的明代伏羲庙宇建筑群。与物质遗迹相合,该地关于伏羲的非物质文化也十分盛行,1988 年天水恢复伏羲公祭,目前已发展为伏羲文化旅游节,文化的勃发促进了地方经济的振兴。除天水之外,山东泗水的羲皇故里,邹城、曲阜等地的伏羲庙,河南淮阳的太昊陵以及全国许多地方留存的伏羲遗迹,都是伏羲神话曾盛行一时的实物见证。

从对女娲、伏羲神话的发展轨迹及其内涵分析可知,女娲、伏羲神话的演变与历史、社会发展规律成正向比例,女娲神话的出现伴随着早期社会女性权力的主导地位,以及原始先民生殖崇拜特有的思维方式,其后成为伏羲的配偶神,女娲神话与伏羲神话的发展由单性异体经由后人粘合附会到双性合体,于是合体形象出现。并且,二位神虽都以"始祖"著称,但其内涵应是各有侧重,从女娲、伏羲二者的功绩看,女娲的伟大功绩主要集中在"创造人类""炼石补天""创制婚姻""制止淫水""制造笙簧"等方面,从其功绩可看出,人类初生、修天补地、男女结合这些女娲所进行的活动几乎都与创世时期的灾难与未知紧密相连。而伏羲的功绩主要集中在"始作八卦""发明渔猎工具""造书契""创历法""人工取火""制瑟作乐"等方面,卦画乃中国文字的雏形,书契、历法等都是文明时期的象征物,不难看出,伏羲所作的贡献几乎都为文明时代之后的进步之举。因此,女娲是人类初生时期我国最原始的女性神,以"创世始祖"为指向,而伏羲则是将早期初民带入文明时代的男性神,以"人文始祖"为特征,二者反映了不同时期的不同神话面貌,都被尊称为中华民族的始祖。

---

① 袁珂校注:《山海经校注》,上海古籍出版社 1980 年,第 472 页。

小　结

　　进入现代社会，我们不仅探索女娲、伏羲神话的演变轨迹，更要从二神神话所表现的民族精神入手，以古之始祖神话鉴今之社会发展。神话传说不仅是人类幼年时期的产物，而且还记载着幼稚天真的过去，并伴随着人类社会和民族文化的发展而前进，最终作为一种文化遗产而存在。伏羲女娲神话作为我国古老的神话脉系之一，早已深入我国传统文化的根部，成为其重要组成部分。女娲创造生命、关注人类生存，其中体现了强烈的母仪万世的"重生"精神；女娲修天补地、消灾除患体现了其无所畏惧的奋斗精神；女娲在混沌时期所具有的创生气魄、为天下生计着想的民族观念，正是当下我们在构建现代社会时所需要的重要品质。而伏羲的八卦符号成为华夏民族文化精神和哲学智慧最主要的源头，这一哲学思想成为中华民族解释世界、认识自然以及规范社会人伦的一把钥匙，其中包含的阴阳变异、和合大同的辩证思维，深刻影响了整个中华民族的思维方式和文化进程，铸就了中华民族的精神谱系。[①]　同时，伏羲在带领人们走向文明社会的进程中，创制生产工具、创造文字书契的创造开拓精神，那种自强不息、刚健向上和勇于创新的进取精神也同样为当今社会所汲取。追寻伏羲女娲神话生成、演变的历程，探索其中的必然规律与文化特质，将根祖文化的怀念与沉思重归于心，在重塑中国国民的精神文化气质、加强民族认同感和凝聚力、焕发中华儿女奋发图强之风貌等方面必将产生深远的影响。

---

　　①　杜松奇：《伏羲文化的精神特质与当代人文精神》，《甘肃社会科学》2013 年第 4 期。

第二章　晋陕豫女娲神话的民间叙事

　　叙事是贯穿于各类文学作品中的基本因素,民间叙事区别于文学叙事与官方叙事,不仅体现在民间文学作品里,而且以多种方式存在于民众及参与者的行为方式中,具有"向人陈述、向神陈述、向天陈述"的"通灵性"作用。神话是民间叙事的重要组成部分,完整意义上的神话一方面存在于民众的口头表述中,另一方面也常常体现在民众的仪式信仰里。因此,神话既包含着民间口头叙事,也包含着民间行为叙事。在活态叙事中,有声的语言是首要媒介,而部分口述民间叙事虽然依靠文字凝定、记录、保存,但创作主体依然为广大民众,保留着民间叙事的风格特征。典籍记载与活态文本共同构成了民间口头叙事,即民间叙事首先大量地存在于民间口头文本及被记录的民间文学作品中,其次是寄居在文人叙事的文本中。① 因此,伏羲女娲神话的民间口头叙事形态,可以从晋陕豫民间口传的活态信息、已被记录的民间文学作品以及典籍文献几个方面综合研究。

　　从古至今,从口传到文本,伏羲女娲神话的叙事内容不断变化。神话中的人物由最初的女娲独体一人,到后来多元人物加入,叙事内容逐渐丰满。本章以多元人物的加入为切入点,通过对伏羲女娲神话中的不同人物抽离分析,结合各地的具体流传情况,试图将伏羲女娲神话源流演变更清晰地予以呈现,同时也能够从宏观上把握各个地域伏羲女娲神话口头叙事的演述形态。

一、原生形态的女娲神话叙事

　　《山海经·大荒西经》载:"有神十人,名曰女娲之肠,化为神,处栗广之野,

---

　　① 参见董乃斌、程蔷:《民间叙事论纲(上)》,《湛江海洋大学学报》(社会科学版)2003年第2期;吕微:《神话信仰——叙事实践的内容与形式》,《民族艺术》2013年第5期。

横道而处。"①屈原《楚辞·天问》中有"女娲有体,孰制匠之"的疑问。这两部典籍文献所表现的女娲神话内涵,应是其较为原初的意义。早期典籍中关于女娲的叙述十分简单,没有过多的叙事情节,直至西汉淮南王刘安编撰的《淮南子》记述了女娲补天之事,才有了起因、经过、结果等完整的叙事要素。再至东汉应劭的《风俗通义》记载了女娲抟黄土造人的情节,其中涉及的人物都只为女娲一人,女娲炼石补天、抟土造人等叙事情节构成了女娲神话的人物原型。在晋陕豫女娲神话较为盛行的地区,部分地域的女娲神话依然保持着原始特色,叙事文本以女娲为主要人物。在讲述女娲神话信仰时,择取了其早期的神话情节作为依据和精神积淀,虽然在流传中不免夹杂有其他讲述类型,但仅为塞窄之语,对神话的整体面貌影响甚微。以上情况主要存在于河南济源、河北涉县等地。

济源市位于河南省西北部,北隔太行山,与山西晋城相望,南与洛阳毗邻,西连王屋山,东接焦作,距今一万多年前已有人类繁衍生息之迹。此地流传着大量的女娲神话传说,邵原县尤为丰富。邵原县播布的女娲神话展示了其原始神话形态,与当地的地貌风物联系紧密。该地与女娲相关的口头叙事主要包含了三个原生母题:"炼五色石以补苍天""断鳌足以立四极""杀黑龙以济冀州",并在其后的发展中进而演化为典型的风物传说。邵原遍布着许多银河峡五色石,石头整体上呈暗红色,石内胶结着许多小的鹅卵石,暗红石头据说为砂岩、叶岩、火山岩、花岗岩组成的大砾岩,也因此有了"天上银河星星稠,地上银河石头沟"的地方俗语。银河峡西侧有一座似乌龟样子的鳌背山,相传女娲补天时在此处砍下了乌龟的四条腿来撑四极,乌龟无法行走,便停留于此。同时,也有上古时期黑龙的栖息之处——黑龙潭,相关的地貌风物较多。除此,在当地的口述传说中,女娲造人神话与生活民俗现象、古话古语结合,衍生出了"好汉没好妻,赖汉娶个花滴滴"的传说:

> 因女娲抟土造人时将人分成三六九等互相配对,晒在太阳底下,谁知大雨倾泻,女娲搬泥人时用木锨铲、簸箕端,原来配好的对全部大乱,泥人们断胳膊断腿,有的塌了鼻子,有的歪了嘴。所以尘世上的人形形色色,十全十美的两口子不多,总难称心如意。②

---

① 袁珂校注:《山海经校注》,上海古籍出版社1980年,第389页。
② 济源市邵原镇人民政府、济源邵州文化教育研究会编著:《济源邵原创世神话群》,河南人民出版社2008年,第9页。此处引用有删减。

济源市流传的这则"好汉好妻"的传说将女娲造人的神圣叙事进行改编,严格上来讲,女娲造人的时代为上古时期原始社会,此时并无阶层等级的划分。而为了解释现实生活中多有出现的"好汉没好妻,赖汉娶个花滴滴"的真实现象,民众依据自己丰富的想象力将其和女娲造人情节相联系,便使得这一普遍但又似乎无法解释的生活现象寻找到早期依据,反而变得"合情合理"了。

河北涉县的女娲神话同样以女娲单独形象为主,主要强调女娲的补天、造人之功,据康熙年间碑刻《娲皇庙记》记载:"沙阳唐王山之巅,有古娲皇庙。其山为太行山之衍,中旷三洞……史称'炼石补天',殆其迹也。"[1]与济源不同的是,该地依托女娲神话信仰建有全国最大的娲皇宫,宫内塑有多尊女娲圣像,并以造化阁、补天阁来表现女娲的生育之能和补天之绩。以女娲宫等实体遗迹为核心,涉县每年农历三月初一至十五都会举办女娲庙会,辐射范围包含晋冀豫三省以及全国各地,信众中求子还愿者甚多,女娲的神话叙事也在此类的信仰活动中被不断讲述,世代传承延续。

女娲原始神话中女娲一人以始母神、创世神和英雄神祇的多种形象出现,展现了其博爱、坚韧、英勇的女性形象,架构了其最初的神话类型,同时民众在传承时对旧有情节作了筛选,关于"女娲之肠化十神"的故事并无过多附会与讲演,更多的是以女娲"炼石补天""抟土造人"为原型予以推演。早期神话出现的情节要素成为解释中华民族起源的文学样式,其中既有与各个民族相通的情节,也带有本民族的特色,如女娲以泥土造人,此类神话主题虽然在世界多个国家或民族神话中都存在[2],但以柳枝蘸泥甩出人类的叙述却几乎为中国独有,不仅带有人类共同的原始思维,同时也与本民族的特殊性相结合,成为女娲神话叙事的主干情节。

二、次生形态的伏羲女娲神话叙事

《民间文学词典》对女娲的解释为:"中国神话中人类的女始祖。相传她与其兄伏羲相婚繁衍了人类。一说她曾用黄土造人。女娲尚有补天一说。女娲造

---

① 涉县地名地方志办公室编:《娲皇宫》,内部资料,1998 年,第75 页。

② 在古巴比伦、古埃及、澳大利亚、新西兰等多个国家的神话中均有泥土造人神话。参见鲁刚:《文化神话学》,社会科学文献出版社 2009 年,第68—69 页。

人、补天之说反映了原始社会母权制时期的情况。"①该词典将伏羲释为女娲之兄,并且此观点得到学界一些专家学者的认同。其实,女娲与伏羲本为不同时代、毫无关系的神祇,产生之初都以独立的形象出现并各自发展,在汉之前出现粘合迹象,汉时开始并提,至唐代,伏羲正式成为女娲亦兄亦夫的配偶神,相关研究者已对此有过梳理论证。② 许多神话叙事将女娲与伏羲合而述之,两者之间的关系具体有三个方面:伏羲为女娲之兄,伏羲为女娲之弟,伏羲为女娲之夫。这三种关系在晋陕豫都有流传,并且出现混杂的局面,"有的说伏羲与女娲为兄妹,也有说他俩是姐弟的,以前者为多……所以沿袭到现在,当地人仍称夫妻为姊们俩。"③在这三种相互夹杂缠绕的关系中,以兄妹说和夫妻说较为常见。伏羲的加入,不仅丰富了伏羲女娲神话的叙事情节,也使得地方性的民间传说更加生动,具有趣味性。不同地方伏羲女娲的神话传说有所侧重,构成了各具特色的演述场面或风物景观。

(一)以女娲为主体的神话叙事

以女娲为主体,是指在该地的叙事话语中虽常将女娲、伏羲相提并论,但从实地访谈和收集的资料可以明显看出,相关的神话情节及人物描述都会有意识地突出女娲,二者的分量及地位并不均等,山西洪洞即是此类叙事的典型。

洪洞县赵城镇侯村相传为女娲陵冢地,洪洞地区的伏羲女娲神话以侯村为中心,形成了一个女娲神话传说群,有一则女娲与伏羲的故事在侯村及周边村子广泛流传:

相传,伏羲、女娲同为华胥圣母所生,都住在赵城侯村的女娲宫里。伏羲的职责是照料女娲生活起居。有一天,伏羲正在给女娲梳头,一位年轻美貌的宫女由面前经过,伏羲思想走神,没把女娲的头梳好。惹得女娲大怒,抬腿一脚,就把伏羲踢到九里十三步远的伏牛村去了。④

① 段宝林、祁连休:《民间文学词典》,河北教育出版社1988年,第398页。
② 除其他成果外,本人有论文从多重角度对此流变进行论述,参见段友文、郑月:《"单性异体"与"两性合体":从女娲神话到伏羲女娲神话考论》,《贵州大学学报》(社会科学版)2015年第4期。
③ 陈连忠:《河南民间文学集成·周口地区故事卷》,中原农民出版社1991年,第31页。姊们俩:方言,泛指兄妹、姐弟、姐妹俩。
④ 刘北锁编:《洪洞县赵城地区女娲娘娘的传说故事十则》,载《山西·洪洞女娲文化论坛文集》,内部资料,2015年,第102页。

伏羲本为一代人祖,受人尊敬。而在这则传说中,他不仅负责照料女娲,更因偷看美女走神而被女娲一脚踢到了伏牛村,一方面反映出伏羲与女娲地位的不平衡,女娲占有主导位置;另一方面也将伏羲女娲的夫妻之名深入到生活实景中,现实中的男性对"窈窕淑女"不免心有旁骛,伏羲因对美女的贪看受到女娲惩戒,带有民间生活故事中"巧媳妇和'呆'女婿"的原型因素。① 至今,距离侯村娲皇宫不远处有一"伏牛村",村中建有羲皇庙,庙中伏羲塑像的脊背后仍有一个大脚印,相传为女娲怒踹伏羲时留下的痕迹。

关于伏牛村,宋代罗泌《路史》曰:"今之晋之赵城南十五里有伏牛台。"《世纪》载伏牛台乃伏羲常居。伏牛村的碑刻《羲皇庙记》载:"初,伏牛名曰伏龙。谓龙者,帝王之像,非民可名,乃更曰伏牛。"虽然碑文中记载了伏羲的诸多功绩,如"探赜索隐、极深研几、仰观天文、俯察地理、近取诸身、远取诸物、创制立法"②,但一句"帝王之像,非民可名",认为"伏龙"之"龙"乃帝王之称,将"龙"改为"牛",也道出了伏羲在此地的位置不高。在赵城,人们多将女娲称之为女皇、娲皇、帝王等,不仅"娲皇宫"以"皇"命名,历代的碑刻资料也有"古无圣皇,万世窈冥。唯天地大,皇参其功"③"惟帝王乘时建极,驭世绥猷""想皇煌帝谛之符同"④等尊称之记载,民间百姓同样以"娲皇"称之,足见此地的民众更加尊崇女娲,女娲神话即使加入了伏羲这一人物,仍然是作为陪衬人物出现,叙事的主体依然为女娲。

(二)将伏羲女娲并列的神话叙事

以伏羲女娲为神话形象的叙事,主要是指在相关的神话叙事中将伏羲女娲并置,且伏羲在事件构成中发挥关键作用,与女娲共同组成了整个叙事的主体人物,此种叙事现象在河南新密非常明显。

新密市,位于河南省省会郑州之西,属溱洧之襟带,此地历史悠久,八千年前

① 钟敬文:《民间文学概论》(第二版),高等教育出版社2010年,第161页。
② 原碑立于金时,已佚,清同治五年重刊,碑刻规格:高210厘米,宽80厘米,厚30厘米,现存于伏牛村委会大院。参见刘北锁点注:《羲皇庙记》,内部资料。
③ 至元十四年大元国重修娲皇庙碑,载刘北锁收集整理的内部资料《山西·洪洞女娲文化论坛文集》,2015年,第5页。
④ 光绪二十一年皇帝遣官致祭女娲碑,载刘北锁收集整理的内部资料《山西·洪洞女娲文化论坛文集》,2015年,第25页。

的峩沟裴李岗遗址即在此处。同时,该地也有古城寨龙山文化遗址、夏早期都城新寨文化遗址以及春秋时期各诸侯国的古都城遗址,可谓历史悠久,文化底蕴深厚。新密的女娲神话与信仰曾一度中断、遗失,我们在实地调查中发现新密民国以前的旧县志中均没有关于女娲的记载。1983 年,张振犁带领的"中原神话调查组"在新密(当时称为"密县")搜集到部分伏羲女娲神话传说,成为新密地区活态口承神话记录的开端。之后的几年间,官方及地方学者的深入考察使得新密伏羲女娲文化得到系统全面的整理,在乡村百姓中更广泛地播布开来。新密地区流传的伏羲女娲叙事紧密相连,提及女娲必谈伏羲,两位神灵常常被一起纳入文本、挂于口头。明清时期,民间为其修建的祠庙也常被命名为"伏羲女娲祠",如:"伏羲女娲之为灵昭也,画卦开文字之始,炼石补造化之穹,载于史,著于传"①"密邑东三十里浮山岭有伏羲女娲之祠□者"②等,可知,此地将伏羲始作八卦制造文字之业绩与女娲炼石补天之功劳相提并论,二人相依相伴,如影随形,共同存在于新密地方社会。

表1　新密县女娲神话主要传播地③

传播地	物质依托	主要神话类型
浮戏山	伏羲殿、女娲祠	伏羲女娲滚磨成亲; 风物传说;灵验传说
来集镇浮山岭	伏羲女娲娘娘祠	灵验传说
青石河村	伏羲女娲娘娘庙	建庙传说;灵验传说
牛店乡打虎亭村	女娲娘娘庙	洪水神话;造人神话
平陌镇天爷洞	托天老母殿	女娲炼石补天;黄帝拜女娲的传说
摸摸顶	滚磨成亲山;石磨盘	伏羲女娲滚磨成亲;灵验传说
溱水上河源	华源祠	华胥与伏羲、女娲的传说
伏羲部落养生谷	伏羲女娲交尾像	伏羲女娲繁衍人类

从以上表格统计的信息可以看出,新密市关于伏羲女娲的神话传说可以分

---

① 《重修伏羲女娲祠碑》,清道光六年(1826),碑刻规格:高 172 厘米,宽 65 厘米,镶嵌在新密市浮山岭伏羲女娲祠墙壁上。
② 《重修伏羲女娲祠碑》,明万历二十四年(1596),碑刻规格:高 159 厘米,宽 60 厘米,镶嵌在新密市浮山岭伏羲女娲祠墙壁上。
③ 该表所列地域主要通过调查资料总结得出。

为三大类型:第一类为女娲补天、造人的神话,此类型神话在整个新密的流传范围较小,讲述人极少;第二类为伏羲女娲滚磨成亲、繁衍人类的神话传说;第三类为灵验传说,这类传说目前在新密流传甚广,实地调查时当地及祠庙附近的百姓几乎都会有意无意讲述,以此强调伏羲女娲神话的神圣性与神秘性。

新密的伏羲女娲神话传说与祠庙殿堂相结合,物质遗迹依托神话信仰而立,当地建有许多伏羲女娲祠,内供圣像既有女娲,也有伏羲。在建祠庙的过程中,许多相应的遗址传说和风物传说也随之建构:"为纪念三皇之神灵,县东来集浮山岭建有伏羲女娲祠,明清碑刻犹存。县西绥水之侧建有女娲祠,又名娘娘庙,规制宏大,碑刻详载。县西南天爷洞,山顶有三黄殿,系轩辕黄帝拜天祭祖处……在开旸山之阳有滚磨成亲磨合沟,有虎口救兄妹的老虎石,有女娲炼石补天五色石,遗址传说甚多。"①除此之外,还有浮戏山伏羲女娲庙,青石河村伏羲女娲庙,牛店乡打虎亭村女娲娘娘庙等多处祠庙,庙宇虽多,但除打虎亭的"女娲娘娘庙"为旧时遗址外②,其他多为近年选址新建。因此该地关于女娲的讲述带有现代社会的特征,围绕新建庙堂,民众能够讲述许多建庙传说和显灵传说。同时,新密有一座山顶名为"摸摸顶",站在"摸摸顶"上,可看到伏羲女娲滚磨成亲的磨盘山。相传当时伏羲女娲遭遇洪水逃生后,世间人绝物灭,伏女二人即在这两座山头"滚磨",两人分开,各自站在一座山头上,从山顶将磨盘滚下,最终磨盘合在一起。③ 新密的莪沟文化遗址出土了多套早期的石磨盘与石磨棒,成为伏羲女娲传说的实物"证据",进一步加深了该地民众对于伏羲女娲"滚磨成亲"传说的认同感。

《创建三皇文化纪念馆碑记》中有"轩辕黄帝拜天祭祖处"的记载④,碑记中提及的黄帝所祭之祖即为女娲与伏羲。民众将黄帝与伏羲女娲联系,并且解释了浮山之名。新密民间流传着一则传说:

---

① 《创建三皇文化纪念馆碑记》,2005 年立石。
② "女娲娘娘庙"内碑刻记载:"不知创自何代……但年深日久,风雨倾摧,门垣秃□,景色荒凉……协力修葺……"虽不知庙建于何时,但从立碑时间"康熙五十八年五月十五日"可知,该庙在清时已是"年深日久",修建年代久远。碑刻规格:高 44 厘米,宽 60 厘米,嵌于"女娲娘娘庙"内大门左侧墙壁。
③ 讲述人:杨建敏,男,河南省新密市人,干部。调查人:段友文、郑月、闫咚婉。调查时间:2015 年 8 月 18 日。调查地点:河南省新密市"摸摸顶"山。
④ 《创建三皇文化纪念馆碑记》,2005 年立石。

相传黄帝出行云岩行宫,蚩尤探知其行踪,以重兵回攻之。黄帝出意外,未有充分准备,被蚩尤打败,退至马眷岭上。西望河宽水深,又无船只,前有河水阻挡,后有追兵,紧急关头,只听咔嚓一声巨响,河西的一条山岭被劈为两半,东边的一半向马眷岭靠近,黄帝马上带兵上岭,山向西漂了一里后停止了,蚩尤只好放弃。原是伏羲女娲得知黄帝遇难相助。黄帝为感谢那条半拉山岭,起名叫浮山。①

在新密,既有"浮山",也有"浮戏山",两山均与伏羲女娲相关,谐音与"伏""伏羲"相通。黄帝是中华民族妇孺皆知、声名显赫的神灵,此则传说文本重在说明伏羲女娲救助过黄帝,从中不难看出黄帝与伏羲女娲之间的关系,也从一个侧面为伏羲女娲做了陪衬。新密的黄帝文化极为盛行,地方民众将不同的神话相互融合,既将本地的神话资源融会贯通,又使得叙事情节合情合理,不显突兀,这样更能够突出伏羲女娲的神性之大、地位之尊。

关于浮山上伏羲女娲祠缘何而建的传说同样值得关注:

很久以前祖师爷架起祥云到凡间周游,发现了浮山岭上的这块风水宝地,便将随身携带的宝剑插在这片土地上。后来女娲娘娘也下凡到这里看中了这块土地,高兴之余却发现了祖师爷的宝剑已经扎在那里,女娲灵机一动,脱下一只绣花鞋埋在宝剑下。祖师爷要在浮山岭上修庙时女娲娘娘赶了过来,和颜悦色地说:"对不起,这块地方我占住了。"祖师爷说:"我有宝剑在此,你有何物证?"女娲道:"我早把一只绣花鞋埋在这里了,你不信,可以自己扒扒。"祖师爷果然扒出一只绣花鞋,哑口无言。自知理亏,便叹了一口气住到现在的始祖山上去了。②

这是一则十分典型的"仙人争地型"传说。张紫晨在《中国古代传说》中归纳了二十一种传说的情节类型,"仙人争地型"传说的故事情节为:"某山风光好,二仙人相争,一仙人谓其先来,另一仙人说他早已到,查看事实,后来者将物证巧放前来者押物下,因得好山。"③在"仙人争地型"传说中,先到者往往为男

---

① 资料来源于当地民众刘金永手写笔记。讲述人:刘金永,男,1945年生,浮戏山田种湾村人。调查时间:2015年8月19日。

② 资料来源于当地民众刘金永手抄笔记。讲述人:刘金永,男,1945年生,浮戏山田种湾村人。调查时间:2015年8月19日。

③ 张紫晨:《中国古代传说》,吉林文史出版社1986年,第20页。

性,后到者多为女性。女娲与祖师爷争地的故事既可以反映出女娲神话传承的深度与广度,也可反映出其被民众的接受程度和认可程度。同时,据被调查者讲,叙述中的"祖师爷"即为伏羲,虽然他们讲不清为何将伏羲称为"祖师爷",但从讲述内容来看,虽然伏羲没有占得这片风水宝地,但此地依然有"伏羲女娲祠",说明民众心中已自觉地将伏羲女娲紧密结合在一起。这则传说和传统意义上的伏羲女娲传说略有不同,伏羲本是一位充满神性的神灵,现在却成为被女娲用睿智斗败的被动形象,完全与典籍史书所载的那个制八卦、结网罟等具有始祖性质的伏羲不同,这与洪洞侯村"女娲一脚将伏羲踢到九里十三步远的伏牛村"的传说旨趣类似,且宝剑、绣花鞋等物象的出现也与其所处的时代不符,皆属于地方百姓对生活中所见、所闻的故事的粘合与套用,也从一个侧面表现出在以伏羲女娲二者共为主体的神话中,二人虽为兄妹夫妻,且伏羲功绩卓著,但鉴于民间社会与百姓的生活认知,女娲的聪颖智慧依然超过伏羲。

(三)以伏羲为主体的神话叙事

以伏羲为主体,是指在相关的神话内容中,伏羲居于叙述事件与叙述结构的核心,发挥主导作用,女娲从属于伏羲。此类神话叙事形式以河南淮阳为代表。晋陕豫及其辐射的周边地域所流传的伏羲女娲神话,多以女娲为重;淮阳则与他地不同,更重伏羲,且以伏羲为主的神话叙事话语影响更为深远。淮阳太昊陵依据伏羲始为人祖的功绩传说发展成为旅游景区,并被评为全国文物保护单位。

"伏羲与朱元璋的传说"体现了太昊陵的神异性:

> 大明太祖年少家寒,为僧为乞……年长发奋,宏图大展。乘元末失驭,聚群雄揭竿,兵败,超跄羲陵避难,皇天后土眷佑,得以化险为安。洪武开国,一统江山。幸汴经陈,拜谒祖先,建亭于蔡水之滨,驻跸于皇陵侧畔。制文致祭羲皇还愿,以谢苍天。洪武三年,诏修陵苑,四年之春,御制祭篇,遣使代致,此心拳拳,太祖大明敬祖尊先,滴水之恩,报以涌泉,堪为楷模,可当师范,河水倾圮。①

从碑文得知,朱元璋在元末揭竿起义兵败,逃至伏羲陵避难,在伏羲的庇佑下躲过灾难,最终一统江山,明太祖对伏羲充满敬仰之情,成功后为还落魄时所

---

① 《洪武驻跸碑》,2006 年刻,现立于河南省周口市淮阳县太昊陵外广场。

许之愿,驻跸于伏羲皇陵侧畔,因此有了这一段佳话,即使在太祖驾幸之后,相关的传说依然历代久传。伏羲本为人文始祖,名享天下,此处又加入了其对大明开国皇帝朱元璋的庇护之说,更提升了伏羲的声望地位。淮阳当地所传伏羲的形象伟大、神圣、不可蔑视,和洪洞、新密等地被生活化了的人物形象迥然不同,其中蕴含着民众无限的崇敬之情。淮阳及周边地区流传的伏羲神话文本,从其出世、都于宛丘,到结网罟、养牺牲、兴庖厨、定姓氏、制嫁娶、始画八卦、刻书契、作甲历、兴礼乐、造干戈、诸夷归、以龙记官,以及最终崩于陈的事迹均有叙述,构成了完整的伏羲神话传说谱系。而关于女娲,则弱化其补天等创世之功与英雄神格,更多地凸显伏羲女娲相婚以及女娲作为女性的生殖、生育功能,两人的主次角色判然有别。

女娲与伏羲作为中国神话史上的两位重要人物,都有各自独立的叙事体系,但却又彼此贯穿,成为对方叙事内容中不可或缺的人物主体。晋陕豫不同地域在演述当地的伏羲女娲神话时,有的地区选择了以女娲原生形态为主的神话情节类型,突出女娲的创世造人之功,将女娲塑造为神性十足的女神以及开启人间世界的女皇,有的地区侧重选择将伏羲女娲共同作为制造、繁衍人类的始祖神灵,从二神并立的角度开展情节,但在其中仍然有所衡量,彼此有角色主次及地位轻重之分。各个地域或是附会地貌风物,或是结合庙宇祠堂,或是联系现实生活,创造性地传承并演绎了晋陕豫不同类型的伏羲女娲神话,构成了多样的地域神话叙事形态。

三、多重神格参与的伏羲女娲神话叙事

关于伏羲女娲的神话叙事,异文众多,在不同的内容讲述中,涉及的人物主要有伏羲、女娲、盘古、共工、华胥、高禖等。女娲原生叙事以及伏羲女娲叙事是神话叙事的主体,除此之外,其他人物的加入也是其必不可少的部分,多重神格的参与共同构成了伏羲女娲叙事体系,使其叙事情节更加完善。这些加入伏羲女娲神话叙事体系中的神明,有的为正面形象,有的为反面形象,有的起交代作用,有的起导引作用,文本不同,各异其趣。

(一)反面形象:共工

文学叙事中的人物形象性格多样,心理活动丰富,相比之下,民间叙事中的人物则较为单一简洁,更具符号的规定性和明确性——简言之,或是代表民间理想中的好人,或是具有否定意味的坏人。① 在伏羲女娲神话中,共工便为一个典型的反面角色,从相反方向上推动着伏羲女娲神话情节的发展前进。

伏羲女娲神话的原初叙事记载了女娲补天的缘由——"四极裂,九州废",而天因何而裂,却未提及。在后世的演变中,又增加了"共工与颛顼争为天子,不胜,怒而触不周山,使天柱折,地维绝,女娲炼五色石,以补苍天,断鳌之足,以立四极"的讲述,交代了女娲炼石补天之因是"共工撞倒了不周山"。由此,共工以恶神形象出现,成为女娲补天情节中的关键人物。其实,历史典籍对于共工较早的记载见于《左传》:"共工氏以水纪,故为水师而水名。"在此处共工还是一位与黄帝、炎帝、大皞齐名的贤德之君,迥异于女娲神话中的恶神。后在《国语》《淮南子》的记载中,共工形象善恶交杂,甚至出现了由善变恶的趋向。可以说,共工的形象有正、恶发展之变,其在伏羲女娲神话中始终以反面形象存在。在《淮南子》里已有对共工撞不周山之事的描写:"昔共工之力,怒触不周山,使地东南倾",但此时并未和女娲补天联系起来,"触不周山"与"补天"还是各自独立的叙事情节,随后两个故事情节的合并,大概因为共工撞倒不周山之后出现的天倾地裂现象与女娲补天前的世界类似,记叙者便由此为女娲补天找到了缘由,进而将二者粘合附会,使得女娲补天的叙事更加饱满。

在共工怒触不周山的这场战争中,其作战的对象并不是单一的,或与高辛氏而战,或与颛顼而战,或与祝融而战②,但目的相似,多为争帝,从实地调查搜集的资料来看,地方社会的讲述版本也不尽相同。我们在河南省西华县调查时收集到该地普遍传述的共工怒触不周山的神话内容大概为:

> 女娲熟睡之际宇宙间发生了一场战争。水神共工一向嫉恨火神祝融,这次他率领虾兵蟹将,向火神发动进攻。当先锋的大将相柳、浮游,猛扑火神居住的光明宫,把光明宫四周常年不熄的神火弄灭了。大地顿时一片漆黑,火神祝融出来迎战……共工被烧得焦头烂额,向天边逃去,一直逃到不周山,发现追兵已近的共工一头向山腰撞去,"哗啦啦"

---

① 董乃斌、程蔷:《民间叙事论纲》(下),《湛江海洋大学学报》(社会科学版)2003 年第 5 期。
② 《淮南子·原训道》:"与高辛氏争为帝,遂潜于渊。宗族残灭,继嗣绝祀。"《淮南子·天文训》:"昔者共工与颛顼争为帝,怒而触不周之山。"《补〈史记·三皇本纪〉》:"乃与祝融战,不胜而怒,乃头触不周山。"

一声巨响,不周山竟给共工撞折了。半边天空坍塌下来,顿时天河倾泻,洪水泛滥,地面也涌出了火红的岩浆,气候也失了常态。女娲点起了擎天大火,熔炼五色石子。①

该地讲述共工之战的对象为祝融,从"水神恼羞成怒""大水一退,神火又烧了起来""共工他们被烧得焦头烂额"等描述中可知,当地民众以丰富的想象力将共工与祝融的作战情节描绘得栩栩如生,细致入微。共工与祝融二人之间水火不容,双方力量此消彼长,不分胜负大战三个回合,最终水神共工战败,盛怒之下撞折了不周山,女娲为救苍生于危难,开始炼石补天。济源流传的叙事中,人物的矛盾双方也为共工和祝融,并且以二人之战解释了河水东流的自然现象:"不周山这根撑天柱子一折,天就向西北倾斜,从此日月总是向西移动,不周山被撞坏引起震动,使大地的东南角缺损,从此水总是向东流。"②地方民众以神话现象解释自然规律,虽是一种非科学的解说,但其却有着神话讲述的合理性,讲者与听众都不会因此对其过度追究和质疑。在女娲神话中,共工以反面、对立的形象出现,推动了整个叙事的发展,并在各个地域广泛流传,是叙事情节中至为关键的人物之一。

(二)身世追溯:华胥

伏羲女娲神话的主干叙事情节出现之后,因其口耳相传于各个阶层,人们给予更多关注,于是开始为始祖神寻求更多线索,以使伏羲女娲的存在更具生活性和真实性。在解答女娲"孰制匠之"的疑问时,常常与伏羲粘附在一起。

关于女娲之父,有一种说法认为她是炎帝之女,但此种说法并未盛行,也未得到认可。之所以有此种说法,是因《山海经》"炎帝之少女,名曰女娃"的记载,部分研究者因"女娃"与"女娲"音同将二者粘合附会。然而历史典籍及民间口承文本均对女娲之父的记载甚少,虽然有炎帝一说,但因其与女娲所处时代相距甚远,女娲时代为母系氏族社会,只知其母不知其父,所以说女娲为炎帝之女显得过于牵强,不具影响力,而此处的"女娃"实为精卫。而关于女娲之母,一说她

---

① 调查人:段友文、郑月、闫咚婉。调查时间:2015 年 8 月 24 日。调查地点:西华县昆山山子头村。此则资料以绘画形式绘于山子头村的村墙壁上。

② 济源市邵原镇人民政府、济源邵州文化教育研究会编著:《济源邵原创世文化群》,河南人民出版社 2008 年,第 9 页。此处引用有删减。

为涂山氏之子,另一说其为华胥之子。言其为涂山氏之子,是依据《史记·夏本纪》正义引《帝系》所载:"禹娶涂山氏之子,谓之女娲"①,大禹与女娲都为治水英雄,有着某些相似之处,但涂山氏为夏启之母,是夏朝的祖先神,明显晚于女娲,无法深推细研。言其为华胥之子,则多缘于伏羲,《帝王世纪》载:"燧人之世,有巨人迹出于雷泽,华胥以足履之,有娠,生伏羲。"类似记载还有许多,主要情节都为华胥履大人迹而生伏羲。伏羲之母为华胥,而女娲与伏羲为兄妹,因此有了"华胥氏生男名伏羲,生女名女娲"的粘合。关于女娲之母的说法,民众更偏向于对华胥的认同,在地方社会中流传着相关的传说。

在陕西,关于华胥的神话传说及遗迹较多。相传陕西蓝田为华胥生活及陵地之所在,此地有"华胥镇",镇内宋家村有"华胥沟""华胥河""华胥窑"及其感孕之地"雷泽"。同时,山西永济因有雷泽之地名,故有"华胥故里"之说。除此之外,甘肃、河南、河北、山东、四川等多地也都有华胥之迹。② 山西洪洞就流传着华胥在玉皇爷撒过尿的石头上坐了一下怀上女娲的传说:

> 解放前,赵城女娲庙的子孙娘娘楼上,塑有华胥圣母像。她的两膝攀附着一男一女两个小孩,男孩是伏羲,女孩是女娲。小时候听奶奶说,子孙娘娘(华胥)在河滩里踩着大脚印走路。怀上了伏羲;在玉皇爷尿过的石头上坐下休息,怀上了女娲。③

这则传说是对华胥履迹说的典型传承,伏羲女娲的降生由华胥"感生"而来,带有明显的神话性质,也生动地反映出早期社会只知其母不知其父的时代特征。有所不同的是,洪洞民众没有将女娲的出生与履迹结合,而是感玉皇爷尿过的石头而孕。因古籍记载中华胥履迹只生出了伏羲,民众在此处巧妙地衍生出一个新的情节,合理地解释了女娲的出生。这是地方民众在大的叙事主题下的自我创造,也是对"女娲由华胥而生"的认可。华胥因其"母亲"的重要身份被裹挟到伏羲女娲的神话叙事中而深受各地民众的敬崇。在调查中,河南新密市正在为华胥氏修建大殿,以感恩华胥对伏羲女娲的孕育之恩,供后人朝拜。

---

① (汉)司马迁:《史记》,中华书局 1959 年,第 81 页。
② 杨东晨:《中华始祖母华胥考——太昊伏羲氏和女娲氏生母的主要史迹探寻》,《西安文理学院学报》(社会科学版)2008 年第 1 期。
③ 刘北锁收集整理:《洪洞县赵城地区女娲娘娘的传说故事十则》,载《山西洪洞女娲文化论坛文集》,内部资料,2015 年,第 102 页。

小　　结

　　晋陕豫讲述、流传的伏羲女娲神话有着不同的叙事形态,虽然不同的内容体系在特定的地域范围内占据着话语权,但都未脱离、突破各自的地域界限,仅在本地区内部形成主导类型,有着较深的地理粘附性和较强的地方代表性,成为地域文化标识。河南济源、河北涉县在女娲原始神话的基本情节上传承发展,有着古老的神话韵味;山西洪洞流传的伏羲女娲神话更注重抬高、美化女娲形象,淡化伏羲神性,将伏羲神话生活化甚至"丑化";河南新密沿着伏羲女娲成亲、造人的情节,时刻将两位神灵联系在一起,并在后世传承中衍化出许多遗址传说、建庙传说以及显灵传说;依附河南淮阳太昊陵生存的伏羲女娲神话基本消褪了女娲的创世之功和英雄事迹,成为伏羲的配角;陕西蓝田从女娲之母的角度发展了华胥的神话传说。同时,共工这一典型反面角色的加入,使得女娲神话更具完整性,情节设置也更加合理。总体来看,不同阶段不同人物的杂糅以及形象角色的分配,增加、改变了女娲神话的叙事情节,构成了女娲神话的叙事体系,各个地区在讲述、传承女娲神话时虽有所侧重,但伏羲女娲并行的叙事话语似乎更占主流,人们已经习惯于将伏羲女娲作为夫妻配偶并论。

　　上古神话不是纯文本的文字或语言,而是一种信仰的叙事,交织、贯穿在信仰活动中。在现代社会,神话之所以能够传承至今,除了以语言作为表达形式外,也通过行为叙事宣泄内心的感念心意。这种方式内化在人们的亲身体验与感知中,形象真实,鲜活具体,弥补了被历史和文字忽略的记忆,也使得民众对神话的领悟更加深刻,突破了文本叙事的局限。因此,神话的实践性展演多以信仰和仪式的形式表现,进而构成民间行为叙事,并与内容规定性共同构成神话的完整定义。口头叙事的传承能够加深民众对女娲的理解、认知和认同,在长期的耳濡目染中延续对中国始祖神的忠诚度,行为叙事则更像是对口头叙事的一种反馈,对世间百姓来说更具生活的"指导性"。历代民众在不自觉地、自我建构的叙事世界中种下一份期许,达成一种对话,也找到了心灵的皈依。

第三章 高禖神话信仰生命美学意蕴的地方表述

神话是人类社会最早也是最重要的文化成果之一,表达了人类童年期对自己身内身外世界的认知与态度,潜藏着民族文化心理密码。中国神话的研究应该从神话的本土资源入手,寻找适当的理论方法进行探索,同时关注神话信仰的当代传承状况,方可对整个神话研究具有范式意义,高禖神话信仰的生命美学意蕴研究是这方面的一个尝试。

生命美学以生命观念为研究主体,认为人的生存是人类活动最现实的初衷,主张在生命意识的觉醒下关注生命。高禖又作郊禖、皋禖、高腜,"郊"即郊外立祠祭祀之意,"禖"同"媒",有"母"之意,"皋"与"高"相通,显尊贵之意。《广雅·释亲》中论"腜,胎也"①,既为妇女怀孕之状,也有胎儿之说,同时,《毛传》解《诗经·大雅·生民》中的"以弗无子"②为:"弗,去也。去无子,求有子。古者必立郊禖焉。"③可见,最初的高禖属女性,呈怀孕状,主管生育,未孕妇女必求于她,是我国重要的生育女神。高禖的产生是人们对自身本源拷问的结果,其形成、演变的轨迹深深渗透在人们的生命活动当中。高禖神的产生、地位的巩固及人们对其世代不变的崇拜,体现了人们在重生思想下渗透出的大美特性,构成了人类真正意义上的生命审美活动。

高禖作为罕有的官方承认的正祀生育之神,学界对其多有关注,主要成果集中在三方面。一是考证高禖形象的变化发展,论述高禖究竟为谁、为何,此方面

---

① 王利器:《吕氏春秋注疏》第1册,巴蜀书社2002年,第150页。
② 周振甫:《诗经译注》,中华书局2010年,第394页。
③ (清)阮元校刻:《十三经注疏》,中华书局1980年,第528页。

关注者较多①；二是高禖祭祀所体现的文化意蕴②；三是高禖之会及其在现代社会的习俗映射③。上述文章虽对高禖做了较为细致的研究，但关注点相对零散，不仅对高禖崇拜的真正内涵缺乏深入的发掘论析，也没有呈现高禖在地域社会的现存状况。本章借鉴已有研究成果，补其部分空白之处，糅合生命美学与民俗学的相关理论与方法，运用田野调查资料，透过人所具有的生物生命、精神生命、社会生命三重审美意蕴解读高禖的发生与发展，探索高禖崇拜在地方社会的真实呈现状况，在生与美的对读中领悟高禖神话信仰的多重意义。

一、高禖信仰圈的地域播布

今天人们所指的高禖是经过时间沉淀而抽取出的意义集中的生育女神。关于"高禖"④的产生，在不同时期，高禖曾与多位部族始祖有过不同的形象附会。从典籍文献及历史考证中可知，与高禖粘合度最高的神灵是女娲，因女娲所具有的强大的生殖功能和高禖契合，且其创制了婚姻制度，因此有"以其（女娲）载媒，是以后世有国，是祀为皋禖之神"⑤的记载。除女娲之外，高禖与先秦各朝始祖也有形象置换，形成一种独特的文化现象，如商时高禖为该朝先妣简狄，周时高禖为姜嫄，楚时高禖为女禄，此说已经诸多学者论述，不再赘述。先秦之后，文化发展愈加进步，求子神灵变得多元广泛，送子娘娘、送子观音、菩萨、碧霞元君等都成为生育神，并且民众也构拟出许许多多的求子神灵。在诸多神祇中，高禖因曾被载入文献且有正式地位，成为生育女神的代名词，专供求子，被整个中华

---

① 毛忠贤：《高禖崇拜与〈诗经〉的男女聚会及其渊源》，《江苏师范大学学报》（哲学社会科学版）1988 年第 4 期；方川：《媒神高禖崇拜》，《淮南师专学报》1999 年第 3 期；贺福顺、张深阁、魏萍、王跃花：《"女娲、媒神、高禖"商榷》，《四川文物》1996 年第 5 期；徐文武：《〈九歌〉与高禖崇拜》，《荆州师专学报》（哲学社会科学版）1989 年第 4 期；陈桂枝：《〈诗经〉与先民之"高禖崇祀"》，《阴山学刊》2001 年第 1 期；闫爱武：《女娲与高禖神——从河津高禖庙说开去》，《运城学院学报》2005 年第 6 期；闻一多：《高唐神女传说之分析》，《闻一多全集》第 1 册，生活·读书·新知三联书店 1982 年。

② 陈丽：《论"高禖"祭祀的文化意蕴》，《黑龙江教育学院学报》2005 年第 4 期；唐嘉弘：《西周"高禖"源流考》，《人文杂志》1987 年第 6 期。

③ 赵晓茂、周莉：《始制嫁娶与高禖之会》，《中国性科学》2004 年第 1 期；梁珊：《原始"高禖"文化的再现——关于登封嵩山摸摸会习俗的文化阐释》，《湖南工业职业技术学院学报》2011 年第 2 期。

④ 文章中带引号的高禖指生育神灵的代称，并非文献记载中意义明确的高禖神。

⑤ （清）马骕：《绎史》，影印文渊阁四库全书第 365 册，上海古籍出版社 1987 年，第 81 页。

民族所认可。"高禖"自人类早期社会即已产生,其发展与历代人们不同的生存需求相结合,活动轨迹不止于文献,在地域社会中也留下了鲜明的证据,成为目前研究高禖神话信仰的珍贵资料。高禖信仰集中的地域能在一定程度上反映高禖事象所体现的意义。晋东南、晋南、豫西三地有着相近的地理环境、历史发展进程及共通的社会文化心理,保留了对大母神高禖的信仰习俗,为后人研究高禖神话信仰的内涵提供了大量史实依据与活态信息。通过对地域性信仰圈内高禖祠现存情况的考察,我们能够更有力、更真切地感受人们力图超越生命、重建生命的审美历程。

信仰圈是指"某一区域范围内,以某一神明和其分身为信仰中心的信徒之志愿性的宗教组织"①。古时地域未被划分为现今我们所认识的行政区域,地域分隔概念还不甚清晰,晋东南、晋南、豫西毗邻相近,文化上互通有无,交流和对话较为频繁,三地以高禖为中心,形成了跨区而生的高禖信仰圈。晋东南地区的高禖信仰在三地中尤为盛行,范围较广,晋城市遍布着高禖祠及相关碑刻,资源颇为丰富;晋南河津高禖庙庙宇保存完好,规模宏大,是商时皇家祭祀高禖的主要场所;河南淮阳人祖庙、太昊陵以女娲生殖功能为依托,是当地人求子祈福的信仰空间。

表 2　晋东南高禖祠分布地点②

分布地域	祠庙名称
泽州	巴公镇三家店高禖祠、巴公镇双王庄高禖祠、川底乡张庄高禖祠、李寨乡上马台高禖祠、李寨乡西街高禖祠、柳树口镇薛细高禖祠、下村镇史村高禖祠、金村镇后峪高禖祠
高平	南城街道办事处谷口高禖祠、米山镇吴村高禖祠、米山镇米西村高禖祠、河西镇永宁寨高禖祠
阳城	下交村高禖祠、郭峪村高禖祠、白桑乡洪上高禖祠、凤头镇窑头村高禖祠

*注:除表格中列出的高禖祠之外,晋城市管辖的一区一市四县其他庙宇内也多有与高禖相关的碑刻资料。

晋东南、晋南、豫西三地高禖信仰之所以如此丰富,与此区域内早期所奠定

---

① 张宏明:《民间宗教祭祀中的义务性和自愿性——祭祀圈和信仰圈辨析》,《民俗研究》2002年第 1 期。

② 刘金峰主编:《寺庙观堂卷》(上),《晋城文物通览》丛书,山西经济出版社 2011 年,第143—152 页。

的文化基础息息相关。

首先,高禖曾与女娲相合附会,而晋地曾有大量女娲活动遗迹。据孟繁仁考证,分布在黄土高原山西的众多女娲遗迹,基本都是在《尚书·禹贡》所记载的"霍山以南"的"冀州之域",即今日的山西晋东南、晋南一带,他列举出存在于太行山及晋东南地区、吕梁及晋南地区的"娲皇窟""娲皇庙""娲皇行宫"多达二十一处。① 这些地方遗迹的内容除女娲补天外,还多与女娲造人的神话传说遇合,成为当地民众求子之地。如晋城浮山娲皇窟内的碑刻资料显示:"居民之为嗣续计者,往往祷于是焉。"②我们在实地访谈时,村民也说在这里求子非常灵验,妇女们会经常来此地进行祈子活动。因此,女娲在晋南、晋东南一带行迹活跃,成为该地高禖信仰盛行的一种客观辅证。

其次,简狄、姜嫄分别属商、周两朝女始祖,高禖与此二女相合附会,其信仰的定型与传播自然会受两朝活动足迹的影响。商朝的活动地域,从其起源到发展壮大至盘庚迁殷,主要集中于黄河中游晋、豫、陕三地。③ 而周朝前期定都西安镐京,后周平王迁都洛邑(今河南洛阳),该朝的活动区域遍及河南、山西、山东、河北等地。④ 可知,商、周两朝在晋、豫之地留下了深深的历史印记,两朝的文化遗留自然在这些地区影响久远,形成"晋南与晋东南两地盛传商神话与周神话"⑤的文化格局,与姜嫄、简狄相关的神话信仰也成为构筑该区域民俗文化景观的重要组成部分,因此推动了晋东南、晋南、豫西三地高禖信仰圈的形成。

二、生命美学视阈中高禖信仰的地方印证

人的"三重生命矛盾统一体"之说认为,人具有生物生命、精神生命、社会生命三个层面的生命。⑥ 不同时期的人们在本能的驱使下自觉或不自觉地追逐着三重生命的融合与统一,在挖掘生命力量的过程中创造出独具意味的生命之美。

---

① 孟繁仁:《黄土高原的"女娲崇拜"》,《中国文化研究》1999年第2期。
② 李俊民:《重修浮山女娲庙记》,收入晋城市地方志丛书编委会编著:《晋城金石志》,海潮出版社1995年,第404页。
③ 段友文、刘彦:《晋东南成汤崇拜的巫觋文化意蕴考论》,《中国文化研究》2008年第3期。
④ 萧璠:《中国通史·先秦史》,九州出版社2009年,第99—108页。
⑤ 阎文水:《刘毓庆:神话之乡晋东南》,《山西青年》2013年第11期。
⑥ 封孝伦:《人类生命系统中的美学》,安徽教育出版社1999年,第89页。

高禖之神正是在人们寻求多重生命意义的探索中得以确立,成为历朝历代以主宰生育为主要功能的神祇。

人的生物生命指生命存在本身,是以生存和繁衍为本质的生命形态。人的精神生命是人类生命的二次升华,是人之所以为人的根本标志之一。[1] 高禖神话与信仰是人类探求精神生命的产物,而其产生的前提与诱发因素则源于人对生命本体即生物生命认识的加深:在人类生命意识觉醒的时代,人们在发展中感知到自我强盛的生命力,对于生物生命的认识有所加深,在此种背景之下,为了对抗严酷的环境、延续种性,人们自觉地寻找出一位满足精神生命的主生神灵——高禖。

高禖神话信仰的产生透露出人类坚韧的创生精神,随着生命意识的日渐加强,与高禖信仰息息相关的生命崇拜、生殖崇拜及其他多种崇拜被鲜明地推举出来,对生命的认知及对生育神的心意信仰付诸于人的行动,乃至形之于特定的风俗习尚,构成了社会生命的丰富内涵,在高禖崇拜的后续活动中逐渐实现了一种生命之大美。晋东南地域社会中保留的高禖神话传说与乡村祠庙作为独特的口头叙事、空间叙事形态,构成了鲜明的区域文化特色。

(一)"重建"生命活动中的心灵祈盼

高禖神祇的确立通过与高禖相关的神话完成,在承托人们"生"之愿望的同时,其神格也在人类追求第三重生命即社会生命的过程中得到延伸。随着认知能力与水平的提高,以血缘关系为纽带而维系的家庭结构意识逐渐渗透人们心中,尤其是进入父系氏族社会以后,男性社会地位迅速提高,婴儿的降生已抛却早期仅为创造生命而具有的简单意义,承载了"种"的传承与血脉延续的家族社会使命,成为增进家族荣光的重要内容,人们对于个体生命开端的喜悦感也上升到对增添男丁的更高要求上。

延续祖宗血脉从"生"转变为"生男",演变为整个大时代当中必须、必然的一种思想共识,这种思想共识成为一种集体无意识内化于心,慢慢升华为影响整个社会的情感氛围,作为一种潜在的价值标准,以"审美场"[2]方式存在并影响着

---

[1]　封孝伦:《人类生命系统中的美学》,安徽教育出版社1999年,第94—106页。

[2]　每个人的审美取向、审美追求,与其所处的社会文化时空中的生活氛围息息相关,这种文化时空中制约社会审美变化的氛围即是审美场,它是重大事变作用于人产生的特定的社会情感氛围。

人们的生命活动行为。而且,审美场具有极大的感染性,当"不孝有三,无后为大"的生育观念成为一种带普遍性的社会情感,这种具有相同性和相似性的情感彼此影响传播,又迅速增殖,在相互摩擦中被反复强化,渗透进该时代当中每一个人的社会行为、情感思维和理性判断之中,深刻而又久远。

在审美场的影响下,人们为了实现第三重生命的新高度,力图"重建"生命,借神之能力使婴儿在出生前便转换性别。《礼记·月令》记载仲春之月的习俗:

> 是月也,玄鸟至。至之日,以太牢祠于高禖,天子亲往,后妃帅九嫔御。乃礼天子所御,带以弓韣,授以弓矢,于高禖之前。①

人们在春天到来之时祈嗣于高禖前,意即春日万物复苏的季节将生之愿望求于神灵,这是人类生命感受与旺盛的自然生命力相互契合的表现;弓矢为男士的佩戴物,象征着男子,"带以弓韣,授以弓矢"具有明显的求男意图,从此记载可知,人们对于高禖的寄托已不仅限于"生","生男"变为祈祷的主要目的;祭高禖由国家最高统治者携众妃共同前往,足见高禖当时的地位之崇高。

阳城县凤头镇窑头村的高禖祠内,有碑刻记载:"粤稽古昔仲春玄鸟至之日,以太牢祀于高禖,祈后嗣也。迨至后又观察使皇甫政者祈嗣堂宇,后果生男,遂捐堂三间,延至于今,处处建子孙神祠以奉祠,即古祀高禖遗意。"②此碑记录了世人向高禖求男的真实历史,求男成功后,该官员不惜花费大量人力物力财力在此处修祠三间,并"处处建子孙祠"以表其情,若是其妻终得一女,也许他不会如此大费周折立堂建庙。同时,该祠前悬挂的牌匾"告示"上也记载了河南分道大梁道布政白立家在此求男得子应验之事,两位高官都前来此处祷禖求子,一方面显示出此地高禖颇为灵验,众所周知,另一方面,也可看出高禖的影响扩布之广,陕西、河南等地官员都慕名而来求子。高禖正是在整个社会重男、重血缘传承的"审美场"中被寄予更多希望,也因其"灵验"之说变得更为神圣,其生育神的神格在人们力图生男以提升、扭转社会地位的努力中变得更为牢固。

应该说明的是,高禖地位的巩固在某种层面上伴随着一定的不合理性,人们在以高禖为媒介而进行的生命自由追求中造成了许多现实悲剧,因生男不成恶

---

① (清)阮元校刻:《十三经注疏》,中华书局 1980 年,第 1361 页。

② 《修建子孙神祠暨西栅棚记》,明万历四十五年(1617)四月吉辰所立,碑刻规格:高 120 厘米,宽 56 厘米,现存于晋城市阳城县凤头镇窑头村高禖祠内,碑刻嵌于墙内。调查人:段友文、郑月、樊晋希子。调查时间:2014 年 8 月 12 日。

弃女婴、休妻纳妾等事件频频发生,生命意识也与早期产生了巨大差异,民众集体求生的共同努力成为一种集体束缚,这是审美场所具有的非理性化特征的表现之一。但是,特定时代之下人们在求男成功时,自我认为社会生命得到提升并且美感得到满足,这一事实不容否定,如今被我们批判的价值取向曾在某种程度上为人们带来美的体验,是当时影响人们审美理想的重要因素之一。

（二）护生精神中的佑子图景

生命存在本身是"美"得以实现的最基本前提,生命意识勃发的过程也是美感孕育发展的过程,生命"未生"之前,人们在创生本能与乐生愿望的驱使下为生的到来百折不挠,甚至为生之逆转锲而不舍。而生命一旦脱离母体成为独立的自我进入世界后,新个体的介入激发了父母更强烈的护生精神,他们不仅要尽可能地创造"生"的机会,而且"生"之后还要努力维持、延续生命,让来之不易的生命体在顽劣的世界中坚强地成活。

我们在晋东南高平市米西村高禖祠调查时发现,该祠内不仅供奉有"总管奶奶""总管爷爷"(当地百姓对高禖的俗称),同时,正中供奉的"奶奶"旁还设有"右侍童""奶母","爷爷"旁设有"左侍童""白银奶奶""痘花奶奶";左侧(从左至右)依次设有"开山奶奶""揭枷奶奶""痢疾奶奶";右侧(从左至右)依次设有"送子奶奶""送子爷爷""张仙爷"等多位辅神。①"送子奶奶"右肩上坐一孩童,左手牵一孩童,"送子爷爷"身后背一孩童,这些儿童样貌活泼可爱,眼神清澈,应为孩子健康成长之象征,而且,在晋东南其他高禖祠中,"四奶奶"②或其配神怀抱婴儿的现象都较为普遍。"张仙爷"是一位送子神灵,具有保佑儿童免受天花病侵袭的功能。痘花、痢疾、天花都是婴幼儿的常见病,尤其古时晋东南地区山多地少,地域闭塞且经济落后,生存环境较为恶劣,不利于儿童健康成长,早期婴儿出生之后的低成活率深深困扰着人们,庇佑子孙健康成长的心愿也自然落到送子者高禖的身上。"揭枷"是幼儿在天花、痘花痊愈过程中揭掉伤疤的一项必经流程。配神阵容如此之大,且几乎都与孩童的健康成长有关,可知高禖神在主生的同时还附加有保佑儿童的功能,其所具有的意蕴已从"生"上升为"大

---

① 调查人:段友文、郑月、乐晶、樊晋希子。调查时间:2013 年 11 月 30 日。调查地点:高平市米山镇米西村高禖祠。

② 晋东南地区民众对于高禖的俗称。

生",不仅送子,而且佑子,高禖及众辅神不仅承担着"生育"之托付,而且出生之后保佑健康、生病之后保佑痊愈都是其职能的一部分。泽州县大东沟镇东沟村的高禖祠牌匾上也载,高禖全称"子孙保生元君"或"子孙圣母育德广嗣元君",管人间生育和保护儿童成长。①

随着医疗水平的提高、科学思想的普及,米西村高禖祠的香火虽不如从前,但据看庙老人宋线保②说,每年二月十五高禖奶奶生日这天,前来求子祭拜的人依然不少,并且本村谁家若有婴幼儿生病难愈,家中主妇在择医的同时也会带上贡品来庙里求吉,愿高禖及众辅神保佑其子早日康复。高禖对于孩童的保佑一直持续到13岁开锁仪式举行完毕,③从出生至13岁期间,当地妇女会分别在满月和13岁时祭拜高禖,满月时求其保佑孩子平安成长,13岁时谢奶奶多年恩惠之功。④

赋予高禖佑子内涵,是人们为优化生命品质而进行的一种自由自觉的抗争,高禖及众辅神作为其追求生命"永恒"的一种表达方式,体现的正是新个体进入开放天地之后的另一份生命需求。父母对新生儿的维护与努力,一则,源于其家庭地位提升后与生俱来的爱之情感,它作为一种支撑永远进取的动力,"使人感到生命力的强大,在爱中提升了生命价值的感觉"⑤。二则,帮助婴儿对抗种种顽疾的同时,不仅是为下一代建构其成长活动的机会,也是父母完善自我社会生命的过程,是人们在生命活动境地中所进行的又一种抗争与超越。爱之心切与个人生命实现交汇而成的护生精神成为一种驱动力,促使人们坚韧不屈地前进,也稳固了高禖在世人心中的地位。

三、世俗社会背景下高禖崇拜的当代展演

自主管生育的高禖神确立以来,人们在追求三重生命融合的过程中便时时

---

① 调查人:段友文、郑月、樊晋希子。调查时间:2014年8月12日。调查地点:泽州县大东沟镇东沟村白龙庙。

② 宋线保,男,1942年生,高平市米山镇米西村人,从事该村高禖祠看管工作。

③ "开锁"仪式是晋东南地区一种独具特色的青少年成人礼,一般幼儿在1周岁时戴"锁",13周岁左右"开锁"。

④ 讲述人:陈念,女,1926年生,晋城泽州李寨乡西街村村民。调查人:段友文、郑月、樊晋希子。调查时间:2014年8月12日。调查地点:晋城泽州李寨乡西街村村民家中。

⑤ 赵德利:《文艺民俗美学》,西北大学出版社1994年,第115页。

贯穿着各种有关高禖的祭祀,目的在于以祭祀之形式,行崇拜之实践,在祭仪中完成"形式与生命的统一"。祭祀高禖的实践活动自古而生,延续至今,古时关于高禖的崇拜活动与早期人们的原始思维息息相关,主要体现在两大方面,一是在祭祀高禖时,以"鸟"为对象的图腾崇拜物形成,《宋书·符瑞志》中记载了简狄祭祀高禖时因吞燕卵而生契的传说①,将"祀郊禖"与"吞鸟卵"相结合,是生命活动的表达关系在现实中得到认可的表现。青岛至今还保留着出嫁的女儿吃面燕和鸡蛋的习俗,意在娘家人盼望女儿早日生子②,该习俗便是高禖祭祀中鸟图腾崇拜的残留痕迹;二是以仲春之会为代表的图腾繁殖仪式,《周礼·地官》记载了仲春之月官方强制性的祭祀高禖、令会男女的仪式③,在仲春之会上,男女交合所带来的纯粹的生理快感已与传递生命、繁殖动植物的社会心理交汇在一起,既是真情表露,又是繁衍需求,体现出人们复杂丰富而又真实的审美情绪。

在文明程度与科学技术都大幅提高的当今社会,高禖崇拜仍然是人们努力创造生存条件而进行的一种生命行为。理性思维的发展虽使人们明白了祖先思维的"幼稚"与"可笑",但延续祖先创生活动的实践依然存在,求神祈子这种朴素稚拙的心意信仰并没有消失,人类在早期社会中对高禖崇拜的炽热钟爱得到保留,从晋东南地区民众现今延续着的高禖崇拜即可探知一二。地方资料的呈现能够更真实地展示新时期社会观念变化下高禖崇拜实践的另一番活动景象。

通过调查发现,晋东南高禖祠中保存的碑刻多为明清时所立。从碑刻内容反映出立碑的原因主要有三:一是对部分破旧坍圮的原有祠庙进行修补续建;二是念高禖"生生不穷"之功重建高禖祠;三是因求子成功为酬谢神灵报恩建祠。前两者多为村民捐资而为,第三种情况则是财资雄厚者独立出资。在众多碑刻记载中,民国二十五年(1936)依然有民众捐资修建高禖祠,同时,在泽州县川底乡张庄村高禖祠内的北墙壁上,有"一九九八年二月一日修补庙宇东三间寺奶奶殿,又修补院上东三间关圣殿,全体群众打扫寺院一次"的题记,可看出高禖崇拜在地方社会的延续情况,当今民众在很大程度上依然将求子之托祈于高禖。

历史上晋东南地区高禖崇拜之风极为盛行,"文化大革命"期间,部分庙宇

① (南朝梁)沈约撰:《宋书》卷二十七,中华书局1974年,第763页。
② 郭泮溪:《从青岛地区古俗遗存看远古图腾崇拜》,《青岛大学学报》(社会科学版)1989年第2期。
③ (清)阮元校刻:《十三经注疏》,中华书局1980年,第733页。

摧毁严重,只剩残迹,民众祭祀高禖的活动地点也随之精简,浓缩到个别更具"灵性"的祠庙中,高禖祠出现了一种"部分破败部分兴盛"的情况,而此现象正是民间信仰沿文化发展轨迹而行的一种表现。现存高禖祠内主神几乎都由"奶奶"与"爷爷"一同组成,且部分配神怀抱婴儿,乳房裸露,显示哺乳状,祠庙内的供桌上摆有各种婴儿所穿的纸鞋,构成典型的求子佑子图。祭拜高禖由单一神演变为男女同供,一是源于人们生育观念的成熟,出于"没有爷爷光有奶奶怎么生孩子"①之虑;二来也体现出民众对阴阳观念哲学思想的运用,因此有"阴偶阳奇,媒合孕灵根,永锡厥类,生生不穷"②"乾刚之义者,关帝称最,……□□之得乎坤柔之义者,郊禖称最,故资生之德,人民赖焉。是秉天地之柔而成其柔,□□天地同祠一庙也"③的表述。

　　晋东南地区的民众对于高禖的祭祀仪式主要集中在三个时间,第一是已婚未育的女子求子之时,祈祷者带上贡品进祠庙中烧香许愿,依据生男生女的心愿,将供桌上泥塑的"男孩"或"女孩"以红布包之,藏入衣服内带回家中,若如愿怀孕生子,则须将带走的娃娃配成一对还回高禖祠中。关于还娃娃之事,泽州县李寨乡西街村还流传着一个据说真实的故事,即当地一户人家在"偷"走娃娃且生子之后没有及时还回,从此家中人长病不起,甚至"偷"娃娃之人无法下地走路,致使自己的教书工作也难以进行,后该人醒悟过来,将娃娃恭敬还回,家中生病之人也都一一痊愈。④ 第二是当地孩子满月之时,父母要前往高禖祠进行"告奶奶"的祭拜,祈求神灵保佑孩子健康成长,祷后为婴儿打疫苗一双。第三是孩子顺利进入13岁时,在孩子生日的前一天或举行开锁仪式前,家中长辈到高禖祠内"敬谢奶奶",当地孩子举行开锁仪式时,家中叔伯舅父会准备一种名为"卷"⑤的吃食,五个

---

① 讲述人:李守仁,男,1953年生,阳城县北留镇郭峪村村民。调查人:段友文、郑月、樊晋希子。调查时间:2014年8月13日。调查地点:阳城县北留镇郭峪村。

② 《重修高禖祠碑记》,清雍正七年(1729)立石,碑刻规格:高190厘米,宽63厘米,厚28厘米,现存于高平市中村炎帝庙内,收于王树新主编:《高平金石志》,中华书局2004年,第247页。

③ 《重修玉皇殿暨关帝楼郊禖楼碑记》,清乾隆八年(1743)立石,碑刻规格:高26厘米,宽56厘米,厚27厘米,现存于高平市庞村,收于王树新主编:《高平金石志》,中华书局2004年,第255页。

④ 讲述人:赵清桃,女,1954年生,泽州县李寨乡西街村人。调查人:段友文、郑月、樊晋希子。调查时间:2014年8月12日。调查地点:泽州县李寨乡西街村街道。

⑤ 由白面及其他辅料制作而成的一种烤制食品,味发甜,圆形状。

"卷"为一摞,每一摞上需摆放一个"大猪"和十二个"小猪"①,共五摞,其中一部分要拿给"奶奶"以谢其恩,同时需要糊三层"凤头鞋"献给奶奶,酬谢"奶奶"多年恩泽,自此之后,高禖对孩子的保佑结束。此处,以"猪"状食品祭献高禖,或与其所代表的意象有关,因猪具有肥胖且多产的特点,其所象征的繁殖力与女性怀孕、繁衍子嗣之间具有类比的相似性,因此,"猪"之形状物成为人们表达生命感情的物象形式之一,而这种能够增强人类生命繁衍的物象,代表着最大的善与最好的美。② 以"猪"献祭是民众比类取象审美心理的表现。

当今民众对于高禖的祭拜仪式已不再如早期社会那样繁复壮大,而是有着文明时代的简洁精练。新时期人们延续生命的注意力很大一部分转移到对科学技术的寄托上,高禖崇拜的实践活动所展现出的生命冲动与生殖崇拜观念虽不如从前那样浓烈集中,但民众对于高禖神祇的崇仰之心依然虔诚珍贵,人们思维性格当中那种固有的、与生俱来的"求生""创生"心理已深深扎根。因人的精神生命对外在生命行为有相当大的支配力,所以长久积存于内心的生命信仰依然有着坚定的力量,阳城县留善村高禖祠内的东西墙壁上层层叠叠地悬挂着"有求必应,保子有功"的锦旗,即是有力的证明。医疗技术的成熟是人类社会一种理性的进步,而人们内心深处那种隐隐凸显的感性冲动也会一直存在,在愈渐理性的世界中,伴随着人们的生命审美活动依然存续。

小　结

审美活动需要而且只能从生命活动开始,正如封孝伦所说:"人类生命存在,才是人类一切活动最古老、最基本、最坚实、最有力的根源。它是人类一切活动的起点。"③高禖始于人们努力获得生物生命的起点,成为承载其精神生命的外化表达对象,又在人们满足社会生命实现自由超越的活动中达到新的高度。高禖神祇的确立、高禖地位的巩固以及人们崇拜高禖的仪式,是人们通过寻求三重生命的统一实现美感,并在探寻生命力量的过程中以生命实践为媒介所进行

---

① "大猪""小猪"为当地人俗说,实为形状像"猪"的馒头。
② 户晓辉:《中国人审美心理的发生学研究》,中国社会科学出版社 2003 年,第61—62 页。
③ 封孝伦:《审美的根底在人的生命》,《学术月刊》2000 年第 1 期。

的一系列审美活动。

高禖神话体现了人类极强的原初生命伟力和生命美感,这是其所具有的独特的文化特质与文化魅力。从生命美学的角度研究高禖神话信仰及其崇拜,不仅能够帮助我们更好的理解这位曾被官方与民间都大力推崇的生育女神,更深刻地透视华夏民族的根基文化,也能帮助现代人找寻那份热情浓烈且细致入微的创生精神,使中国民众以更积极的精神气质投入到现代生活当中。

我们在对晋陕豫黄河金三角区域神话传说的考察中发现,一方面古老的神话作为文化原型、历史回音,会积淀、回响在一代又一代人的记忆里;另一方面,许多神话经由千百年的时间冲洗,仍然存活在人们的生活中,以口头文本的形式传承着。这两个方面使得神话非但不会消失,而且会作为一种充满生命力和创造力的文化因素建设性地参与到地方社会的文化建构中去。

第四章　部族融合与地方记忆：晋东南
后羿神话传说的长程历史考察

　　一部五千多年绵延不断的中华文明史，实质上是由众多氏族、部族、民族文化不断交融发展与转化创新而形成的。徐旭生提出，我国古代部族可分为华夏集团、东夷集团和苗蛮集团①，其交融与发展、战争与冲突构成了丰富的史前文化。神话是原始初民以具象世界为蓝本、以原始思维为主导构拟出的精神世界，是上古历史的记录、民族记忆的存储、民众情感的表达。作为史前史的重要内容，部族交融在上古神话中得以保留，并随着时代变迁不断衍生。

　　后羿神话的产生，植根于上古时期东夷部族迁徙、夷夏交争的史实，承载着深厚的部族文化底蕴。在流传过程中，从后羿到三嵕这一身份转变，融合了历代民众与政治权威的声音，兼容民众情感与政治诉求。后羿神话作为上古神话的经典之作，研究成果颇丰，但从部族文化意蕴及当代传承角度论述者较少。因此，借助三嵕神话，可一窥年世渺邈、声采靡追的上古社会，激活独特的文化记忆。

一、东夷与华夏：晋东南三嵕神话的史实质素

　　"上古之事，传说与史实混而不分。史实之中固不免有所缘饰，与传说无异；而传说之中亦往往有史实为之素地，二者不易区别"②。神话虽不能等同于历史，但通过上古神话可勾勒出史前史的轮廓。东夷部族首领、射日英雄、"因

---

　　①　徐旭生：《中国古史的传说时代》，文物出版社 1985 年，第 39 页。
　　②　王国维：《古史新证》，清华大学出版社 1994 年，第 1 页。

夏民代夏政"……后羿所承载的不同身份是上古史实的凝练与留存。后羿其人其事由原始先民在上古历史的基础上经过原始思维加工改造而成,是部族史在神话中的凝缩。

(一)后羿实为东夷部族首领

检阅古典文献,令人惊异于后羿这一彪炳夺目的神话人物。不论是"射日"神话中的英雄形象,还是"嫦娥奔月"神话中的悲剧角色,他都是作为"神"出现的。事实上,后羿不仅存在于神话传说中,他所代表的上古部落群——东夷部族有穷氏,曾切切实实地活跃在历史舞台上。

古代史料中多"夷羿"之称。《天问》云:"帝降夷羿,革孽夏民。"[1]《史记·夏本记》正义引《帝王纪》云:"帝羿有穷氏未闻其先何姓。"[2]《左传》襄公四年云:"后羿自鉏迁于穷石。"[3]夷者,东方之人也。由帝羿、夷羿等称谓可知,后羿族属应是上古时期活跃于东方地区的东夷部族。

后羿这一东夷部族首领的形象,在典籍中记载甚少。孙作云提出,战国时代的青铜器"猎壶"颈部有一"怪人图"形象即羿。[4] 怪人图中之人,头上有双角,肩上有双矢,胸部纹有翼纹,两手各操一蛇,两旁各有一神乌践蛇。这一怪人图从侧面反映出后羿为东夷部族首领。"黄河下游一带的上古氏族,多尊鸟为图腾;同时'羿'字从'羽',也透示出了羿开始时的鸟的面影,后来,他才逐渐由图腾转化为人神。"[5]东夷部族以日乌为太阳神的象征,以鸟为部族图腾。"怪人图"中头上有双角,表示其是部族首领;肩上有双矢,表示其与弓箭有密切关系;胸部有翼、神乌践蛇,表示其所在氏族以鸟为图腾。综上可见,后羿是东夷部族首领,后羿神话最早产生并流传于上古的东夷集团。

既然后羿是东夷部族的首领,那么,他是哪个氏族的首领呢?《史记·夏本纪·正义》引皇甫谧《帝王世纪》:"帝羿有穷氏。"[6]《左传》襄公四年孔颖达正义曰:"羿居穷石之地,故以穷为国号,以有配之,犹言有周、有夏也。后,君也。穷

---

① 乐国培:《〈天问〉解读》,上海人民出版社 2016 年,第 139 页。
② (汉)司马迁:《史记》,中华书局 1959 年,第 86 页。
③ (晋)杜预集解:《春秋经传集解》,上海古籍出版社 1988 年,第 817 页。
④ 孙作云:《〈天问〉研究》,河南大学出版社 2008 年,第 209 页。
⑤ 刘城淮:《中国上古神话》,上海文艺出版社 1988 年,第 474 页。
⑥ (汉)司马迁:《史记》,中华书局 1959 年,第 86 页。

国之君曰羿,羿是有穷君之号。"①有穷氏是"夷夏交争之际继起的以伯益部族为首领的氏族"②,是少昊时代之后众多东夷部族中较为强大的部族。因此,后羿应为东夷部族有穷氏族的首领。

(二)东夷部族的迁徙轨迹

由于生态环境变化、部族冲突激烈、族群人口增多等不稳定因素,上古时期的许多族群都处在长期迁徙过程中,在广袤大地上留下了活动印记。与"发祥于渤海湾两岸,广布于松花江、辽河流域到长江下游、杭州湾一线"③、辐射面广阔的东夷文化相匹配的,是东夷部族的不断迁徙。从五帝时代到夏商周三朝,东夷部族的不同分支、不同部族始终处于迁徙之中,为文化交融提供了重要契机。

"'五帝'时代是一个大动荡、大分化、大改组的时期。"④五帝时代,各大集群相继通过战争和融合的方式来扩大势力范围。海岱东夷分支之一的少昊部族在与颛顼部族斗争中失败,失去了东夷地区的领导权,被迫离开东夷地区,迁徙至汾水流域。《左传》昭公元年载:"昔金天氏有裔子曰昧,为玄冥师。生允格、台骀。台骀能业其官,宣汾、洮,障大泽,以处大原。"杜预注:"金天氏,帝少皞……大原,晋阳也,台骀之所居。"⑤汾、洮,即今山西闻喜县东南。由是观之,少昊在失败之后迁徙至山西晋阳一带,其裔孙台骀迁徙到晋阳,治服了汾、洮二水,并定居于此。

夏商周三代,伴随着统治力量的变动和朝代的更替,东夷部族也因不同的政治关系而主动或被迫迁徙。夏初,少昊氏中的一支西迁至河南温县,随后又到山西屯留、壶关县一带。夏末政治腐败,东夷族中的一部分与胞族契(商)联合起来,共同向中原地区挺进以反抗夏王朝。商王朝建立后,东夷作为商的盟国,政治地位也随之上升,东夷部族大量西迁至中原地区,夷夏杂居,交流频繁;至西周,由于参加叛周活动,大量夷族人被迫南迁,"为虐东夷,周公遂以师征之,至

① (周)左丘明传,(晋)杜预注,(唐)孔颖达正义:《春秋左传正义》,北京师范大学出版社1988年,第836页。
② 张富祥:《东夷文化通考》,上海古籍出版社2008年,第382页。
③ 萧兵:《楚辞文化》,中国社会科学出版社1990年,第62页。
④ 张富祥:《东夷文化通考》,上海古籍出版社2008年,第226页。
⑤ (晋)杜预集解:《春秋经传集解》,上海古籍出版社1988年,第1196—1199页。

于江南"①。在颠沛流离的大变动中,夷民逐渐与当地民众融为一体,失去了自己的邦国,东夷部族也逐渐与其他部族相融合,退出历史舞台。

在一次次国破家亡流浪四方的迁徙过程中,夷民去到哪里,就将自身的文化传到哪里。在晋南、晋东南地区,后羿这一东夷部族首领的英雄事迹被流传下来,并在这片土地上生根发芽,融入当地民众的精神生活,成为夷夏文化交融的重要证明。

(三)"夷夏交争"与后羿形象的转变

作为民族精神和审美情趣的"根",神话如同"甩不掉的幽灵"徘徊在人类文明前进的每一阶段,承载着一时代的文化基因、时代特征。神话通过不断的自我改造,适应社会主流意识和思维模式,来延展自身生命力和存续力。傅斯年在《夷夏东西说》中认为,"夏后一代的大事现在可得而考见的,是些什么呢? 答曰,统是和所谓夷人的斗争"②,并把后羿与夏的斗争列为夷夏交战的第一件事。夷夏交争的历史结果,直接影响了三峻神话的政治书写,使后羿形象发生质的改变。

不论是五帝时代还是夏商周三代,东夷部族与华夏部族都有大量交互。鲧放羽山、夏人东迁、后羿代夏等或联姻或交战的接触,在一定程度上促进了部族融合。至周王朝,以姜姓为氏族的华夏部族"以夏变夷",以中原华夏部族为政治主体建立了新的政权。为谋求周王朝的长治久安,周公制礼作乐。此礼乐,是周王朝政治准则、道德规范、典章制度等社会上层建筑的总和,它以中原地区为背景,以华夏文化为主体;春秋战国时期,儒家文化继周礼而来,主张尊卑有别,重华夏而轻夷狄;至汉武帝时,"罢黜百家,独尊儒术",儒家成为正统思想,在其"尊夏卑夷""大一统"思想下,典籍记载在为华夏部族和汉王朝增添佐证的同时,只在东夷部族只鳞片羽的记载中夹杂着大量蔑视贬抑的内容。尽管东夷部族在中华文化交流发展的舞台上扮演着重要角色,并推动了文化的发展和文明的进程,但在夏民族掌握话语权之后,由于"夷夏之辨"观念的影响,后世许多文献在记载中失去了客观公正性,对东夷部族的首领、事迹及其创造的文明持反面

---

① 王利器:《吕氏春秋注疏》第 1 册,巴蜀书社 2002 年,第 573 页。
② 欧阳哲生主编:《傅斯年全集》(第三卷),湖南教育出版社 2003 年,第 206 页。

态度。

正因为如此，后羿的形象也从射日英雄、部族首领变为了篡国的"乱臣贼子"。在《左传》《史记》等记载中，后羿不再是神话中的英雄人物，而是不善理政、沉迷田猎而致身败国亡之人。《左传》襄公四年载："恃其射也，不修民事，而淫于原兽。"①《史记·夏本纪》张守节正义引《帝王纪》云："羿恃其善射，不修民事，淫于田兽。"②在儒家大一统语境和"尊夏贱夷"的书写下，羿身上的神话色彩逐渐被剥离，政治色彩愈益明显。羿从高大英雄形象一变而为篡国乱政的莽夫形象。

二、解构与重构：晋东南三嵕神话的历时展衍

东夷部族与华夏部族的文化交融，不仅留存于典籍文献之中，更在民间文学里留下了深刻烙印，晋东南三嵕神话便是夷夏交融的产物。后羿这一东夷部族首领与华夏地域风物、人物、习俗相附会，经过融合、积淀、新生，在历史演进和历代传承中实现文化的良性发展。尽管后羿在正史记载中多以反面人物来叙写，但在晋东南地区却是作为射日英雄、司雨之神来呈现的。借由附会风物、人物与生态，后羿神话在解构与重构中完成了在地化过程。

（一）英雄与风物：神话的地方化

古老的神话往往被拉进现实世界，同某一地方人物或风物相勾连，在进行当下人文阐释的同时打上深深的地域烙印。纵然典籍有羿、后羿、大羿等不同的记载，学界对后羿形象也有不同的阐释，然而在晋东南地区的民众记忆里，后羿被称为三嵕神。

三嵕一词，来源于屯留境内的三嵕山（现称为老爷山）。嵕者，数峰并峙的山。三嵕，即三山并峙。三嵕山由麟山、灵山及徐陵山三峰组成，三嵕神庙即在主峰麟山上。从后羿到三嵕神的转化，是地方民众文化解释的过程，也是部族文化融合的过程。从现存碑刻来看，三嵕神原为山神。三嵕山风大云多，雨水充

---

① （晋）杜预集解：《春秋左传集解》，上海人民出版社1977年，第817页。
② （汉）司马迁：《史记》，中华书局1959年，第86页。

沛,早晨常常云雾缭绕,傍晚每每细雨纷飞。民众因此认为三嵕山神是司风司雨之神,并在屯留县境内海拔最高点——东峰麟山之巅为其修建祠庙。保存于高平县(今山西高平市)河西村的北宋天圣十年(1032)《三嵕庙庙门铭记》曰:

> 若夫希夷同象,不可以智知;大道幽玄,莫将其识。识钻之弥,固仰之弥高。天地不能究其源,阴阳不能穷其始者,其唯神灵之谓乎?唯神成名静默,立德幽征。齐阴阳不测之功,壮天地无私之力。春秋冬夏,挥律□以明定四时;暑往寒来,吹灰管而潜分八节。而又三才共立,七气同分。显威风而以镇云雷,化雨露而苏草木。牧围得牺牲之滋盛;丁壮有黍稷丰登。在坎在土之黎民,赖神祉之重德。斯神也,三元至贵,九府极尊,赏罚无昧于吉凶,褒贬有凭于善恶,可谓威光自在,圣意逍遥。乘云游月殿星楼,控鹤绕丹台紫府。普天之下,皆承血物之恩;率土蒸民,尽荷无私之育。我皇陛下,统□天业,握振华夷,文教盛而古风生,干戈偃而狼烟灭。乾坤荡荡,山岳巍巍,银瓮不汲而自盈,丹甑不炊而已熟。还淳返朴,比肩与五帝三皇;端拱垂衣,挺生于八元十乱。天地静而为无为,日月明而事无事。①

在这通碑文中,三嵕神还只是山神。宁静沉默的三嵕山神主管"定四时""分八节",也就是掌管四时节气,风调雨顺,农牧生产繁盛。"乘云""控鹤",皆为神仙之流。由此可见,三嵕庙在北宋前期,供奉的依然是山神,是传统以山川为代表的自然神。

因相传羿射十日发生于三嵕山,在传播的过程中三嵕山神庙被附会成为后羿的祠庙,三嵕神也就变为后羿。宋崇宁二年(1103),三嵕神被封为"护国灵贶王",进入国家认同的正祀系统。金代天眷元年(1138)泽州建立三嵕庙时,请进士卢璪写了一篇碑文记:

> ……然三嵕之神,典祀载之旧矣!俚俗莫究□□,历世相传曰:"善射之羿也。"上党西北有元庙,见存碑刻具载。方陶唐垂拱之世,六月六日生于□□山下,始七岁而勇烈出众,人咸异之。时方苦旱。十日并照,铄石流金。神十八岁乃能弯弧,射九日,□除民害。尧嘉其功,封"有穷君"。巡游大海,□徐灵山,时乃得圣。自后远迩畏慕,怖若雷

---

① 王树新:《高平金石志》,中华书局2004年,第159页。

霆,历岁千□,□烈犹存……①

长子县小关村金贞元元年(1153)《潞州长子县钦崇乡小关管重修灵贶庙碑》载:

> 自隋开皇,迄于有唐,益见礼重。逮宋崇宁间,缘屯留县申请,山川神祇有不举者为不敬。郡守敷奏于朝,敕赐三嵕山以"灵贶"为额。②

在金代的神庙碑刻中,三嵕神已成为"善射之羿"。这一转变开始于何时,不得而知。但在金代,这一信仰主体转变已经完成。三嵕信仰,由最初的山神崇拜一变而为羿崇拜,与典籍文献中的"羿射九乌之地"形成勾连。英雄附会于地方风物,后羿这一历史神话人物成为护佑一地风调雨顺的神灵。

(二)神性与人性:神话的传说化

"神话大抵以一'神格'为中枢……神话演进,则为中枢者渐近于人性,凡所叙述,今谓之传说。"③在流传演变过程中,上古神话在当地民众创作和加工下,固有的幻想情节得以扩充,成为曲折离奇而又亲切可信的民间传说。三嵕神话中后羿的神性色彩不断削弱,而变为兼具人类喜怒哀乐和神灵神奇能力的存在,并与晋东南地区生态环境相融合,成为司风司雨的水神和守护一方的保护神。不论在历史记载中以怎样的形象存在,在三嵕传说这一权威的、在野的民间话语视野下,他都是民众心中的"老爷"。

在晋东南地区,三嵕老爷可以防旱、防洪、防涝、防冰雹等,具有水神的属性。在民间传说中,三嵕爷通过司风司雨来保证风调雨顺,如"北岗接神,故漳附灵"传说:

> 屯留县东北角的北岗村与长治郊区的故漳村的接壤处,是一片平川地。一旦遇到灾年,故漳的麦田往往被冰雹打个稀巴烂,颗粒无收,而北岗的麦子却安然无恙,照样收获。故漳人觉得纳闷,就请教北岗地邻问其中缘故。北岗人说:"我们屯留人,每年五月初一要上老爷山礼敬三嵕山神哩,你们潞城人(故漳过去一直属潞城管)没有这么好神灵

---

① (清)胡聘之:《山右石刻丛编》,《石刻史料新编》第 1 辑第 20 册,台湾新文丰出版公司 1982 年,第 15357 页。

② 碑刻规格:高 215 厘米,宽 73 厘米,厚 25 厘米,现存长子县小关村三嵕庙内。

③ 鲁迅:《中国小说史略》,人民文学出版社 2005 年,第 19—20 页。

保佑啊!"故漳人不服气地说:"我们潞城有都城隍,故漳就有土地庙,按节祭祀,顶礼膜拜,还不都一样吗?"然而故漳依旧有雹灾而北岗绝少,故漳人完全相信了。由社首牵头,率领一支四五十人的进香队伍(提前五天就斋戒沐浴,准备下整猪整羊,纸马香烛),朝西老爷山出发了。他们徒步到达目的地后,天已摸黑。众人献供敬香,叩首祷告,乞求三嵕爷分一点灵气,保佑平安!仪式已毕,大家就在三嵕庙过夜歇息。当天夜晚,社首梦见神人告他说:"要想土地灵,北岗接神明。二亩原神地,整猪整羊行。正月元宵日,锣鼓丝竹声!"一连梦了三次,社首牢记在心。他们返家后,依嘱而行。与北岗村协商通融,用五百两银子买了北岗村东南角二亩地为"原神地",每年正月十五日,乐队鼓吹,笙箫笛管引导在前,抗装抬装舞龙耍狮紧跟在后,浩浩荡荡地来到北岗村,中午由北岗村招待一顿饸饹饭,下午由八音会各路红火队在"原神地"卖力地表演,傍黑时虔诚地"接神"回村。据说,从此故漳的土地爷更灵了,受雹灾也少了。①

神灵被崇奉取决于他们的功用,民众对神灵在他们的生活中所发生的作用有所期待,而这些期待与民众的生产生活息息相关。当这些诉求无法实现或超出民众的能力范围时,民众便把这些祈盼诉诸于神灵。在晋东南民众心中,三嵕神是比土地爷还要灵验的神灵。人们用虔诚的信仰,来换取风调雨顺的功利性需要。

民众按照人格塑造着神格,并赋予他专属的职能。神灵是依据民众的需要产生的,因而神职功能也会随着民众的需要不断转变。只要在现实与理想之间有断层,那么神力就会相伴而生。三嵕神不仅是水神,更是民众心中的地方保护神。如"羿射九日化煤田"传说:

传说尧时有十个太阳,天下大旱。尧为了解除人民的痛苦,让后羿在屯留县三嵕山的麟山顶上,挽长弓,搭利箭,一口气射下了九颗太阳。羿射下的九日,变成九只三足金乌鸟坠入上党大地,化作了潞安煤田。

① 讲述人:崔大佑,男,42岁,长治市大辛庄村人。调查人:李燕,调查时间:2018年6月16日。调查地点:大辛庄村三嵕庙内。这个传说同时收入屯留县文化馆《屯留民间故事集》,内部资料。

为此,潞安矿工被称为是羿的子孙。①

时至今日,这一传说仍流传在屯留县境内。老爷山三嵕庙的楹联上分别刻有"羿为神福荫万代,乌化炭恩泽千秋",境内的煤矿也被称为"潞安羿神集团"。

(三)神圣与世俗:神话的故事化

神话发生年代久远,人物形象崇高,故事主旨深邃,与普通民众生活相去较远。在传承过程中,民众凝练神话叙事的核心要素,保留神话主要情节,将神话人物置于生活化场景,从而不自觉完成神话的传承。晋东南三嵕神话亦是如此,与张三嵕这一人物相结合,当地流传着后羿从出生、婚恋到死亡等一系列故事,形成了清晰的故事链。

与神话中"帝降夷羿"不同,民间故事中后羿化身为张三嵕的身世经历与寻常人并无太大区别:

> 相传,远在尧帝时期,屯留城南十多里的松坡湾附近,有个张村,村里有个卖砂锅的张三嵕。他性情温厚,力大无穷,擅长射箭。一日,张三嵕接到瓦泽岭(今老爷山)一带有人需要砂锅的口信,担起砂锅就出发。那时天上有十个太阳,赤地千里,烈日把石头都蒸烤成浆。当三嵕走到瓦泽岭山脚下的神居村(也就是当今上莲乡的神渠村),脚踩石浆,滑倒在地,一担砂锅摔了个粉碎。一气之下,他决定要把那些烈日射下来……他拿着大家赶造的青铜神箭,又将五丈长的桑木扁担弯成强弓,"吱……"拉弓、"怦"箭发、"飕……"箭响、"咚"箭中——一连射掉九个太阳。正当他搭上第十支箭,拉足弓欲放射时,一个鹤发童颜白须光顶的老人,从背后拍了三嵕一把说:"贤弟,箭下留情,过多亦为害,没有亦不行。"他就不再射了……当地的地方官吏,表奏尧帝,反映人民的愿望。尧帝听闻,大为感动,很快准奏:就在三嵕射日一带的最高山峰上为他修建庙宇,并封张三嵕为羿神,从此瓦泽岭上就改名三嵕山。②

① 讲述人:崔大佑,男,42岁,长治市大辛庄村人。调查人:李燕,调查时间:2018年6月16日。调查地点:大辛庄村三嵕庙内。这个传说同时收入屯留县文化馆:《屯留民间故事集》,内部资料。

② 屯留县志编纂委员会:《屯留县志》,陕西人民出版社1995年,第460—461页。

在这个传说故事里,张三嵕、卖砂锅、青铜神箭、扁担为弓都是后世在保留射日这一核心情节的基础上对后羿神话或有意或无意的添加,为后羿神话提供了世俗化的解释,拉近了与民众生产生活的距离。民间故事中的后羿神,不再是高高在上、虚无缥缈的上古英雄,也不再是不可捉摸、需要供奉的神灵,而是与人们共同生活的民众之一。通过传说化、故事化,晋东南民众将三嵕神话与地方风物相结合,将后羿神打上了深深的地域烙印,在完成神话在地化的同时,实现了神话文本叙事和现实生活的衔接。

三、无形与有形:晋东南三嵕神话的文化记忆

文化不会随着部族的消逝而消逝,亦不随神话的终结而终结。尽管东夷部族及其历史已消散于历史长河中,但其文化因子却在融合、传承中存续于民众记忆里,在互动与调适中寻求着多元文化的平衡点。作为东夷部族首领,"后羿"这一"三嵕神"不仅存在于晋东南民间文学中,更作用于当地民众生活与精神世界。作为部族文化融合的结晶和载体,三嵕信仰通过碑文、庙宇、庙会等互为补充的多维叙述,构筑了晋东南三嵕信仰的文化记忆,成为晋东南地区一种富有鲜明地域特色的民间信仰。

(一)三嵕神庙:官民互动的记忆之场

三嵕庙,又称后羿庙、护国灵贶王庙、灵贶王庙,是三嵕信仰的物质载体之一。因祈雨灵验,晋东南三嵕神庙呈"星点状"分布在晋东南各地。作为三嵕信仰的载体,三嵕神庙随信仰繁荣而繁荣,也随信仰式微而式微。当下三嵕神庙繁荣、修缮与坍圮三种不同的状态,分别映射出不同时期的信仰状态和民众记忆。

三嵕神的元庙坐落于长治市屯留县的老爷山三嵕山。由于神庙的灵验、信仰的强大,三嵕山神庙不断重修,庙内现存的明万历七年(1579)《屯留县重修三嵕山神庙记》①、明万历八年(1580)《重修三嵕山神庙碑记》②、清道光十六年(1836)《重修三嵕山神庙并西关庙行宫、沁州、平阳府岳阳县、泽州府高平县、陵

---

① 碑刻规格:高155厘米,宽69厘米,厚30厘米,现存长治市屯留区老爷山三嵕庙内。
② 碑刻规格:高161厘米,宽70厘米,厚25厘米,现存长治市屯留区老爷山三嵕庙内。

州县、沁水县、潞安府长治县、长子县、襄垣县、平顺□□施碑记》①等碑记详细记录了重修的过程。2005 年重修之后的三峻山神庙规模宏大,悬挂于宫殿中央的黑色匾额上刻有"神功盖世"四个金色的大字,两侧的楹联内容是"羿为神福荫万代,乌化炭恩泽千秋"。殿内正中央竖立的是羿神塑像,面目轮廓清晰,手持红色大弓。殿内四周墙壁绘有四幅羿神与各种猛兽激烈搏斗的壁画。沿乾行宫往里走,进入羿神与嫦娥的寝宫。寝宫内正中央从左至右分别塑有嫦娥和后羿的神像,神像两侧的楹联上内容是"护国护民护社稷,灵风灵雨灵赆王"。神像下面的供桌上平日摆放着当地百姓及香客敬献的各色贡品,供桌两侧放功德箱,功德箱上悬挂"有求必应"的锦旗。②

　　与景观式保护和大规模修复不同,长子县崇瓦张村三峻庙的小规模原址修缮工程开始于 2018 年,目前还在修复中。从院落布局来看,庙宇为一进两院式。院中仅存正殿结构。进入殿中,依稀可见四周墙壁上绘有壁画,内容已经模糊。正殿左侧立有清康熙四十五年(1706)《三峻庙重修碑记》③,正殿右侧存清光绪三十四年(1908)《重修三峻庙碑记》④,正殿院子右侧房墙壁镶嵌有清咸丰九年(1859)《三峻庙重修僧房碑记》⑤。

　　坍圮与消失是三峻庙的常态。长子县色头村的三峻庙位于人民剧场对面。尽管在 2011 年被列为长子县重点文物保护单位,但庙宇已经坍塌,院里也堆满杂物。⑥ 壶关县程村三峻庙也是如此,"只听老人们说过,上小学的时候就已经只剩点儿石头了"⑦。

　　作为晋东南民众主要的信仰对象之一,三峻庙的建立、修缮、坍圮会对三峻信仰和后羿神话的传承播布产生不同程度的影响。作为三峻信仰的载体,三峻庙宇建筑群是民众凝聚力的体现,维系着村庙与地方组织的关系。同时它作为神圣的空间而存在,每逢庙会或村中有重大活动需要在庙中举行时,村中百姓就会聚集在

① 碑刻规格:高 160 厘米,宽 63 厘米,厚 22 厘米,现存长治市屯留区老爷山三峻庙内。
② 调查人:段友文、林玲、李燕。调查时间:2018 年 8 月 23 日。调查地点:长治市屯留区三峻庙。
③ 碑刻规格:高 170 厘米,宽 54.5 厘米,厚 27 厘米,现存长子县崇瓦张村三峻庙内。
④ 碑刻规格:高 137 厘米,宽 43.5 厘米,厚 22 厘米,现存长子县崇瓦张村三峻庙内。
⑤ 碑刻规格:高 31 厘米,宽 94 厘米,现存长子县崇瓦张村三峻庙内。
⑥ 调查人:段友文、林玲、李燕。调查时间:2018 年 8 月 24 日。调查地点:长治市屯留区三峻庙。
⑦ 讲述人:李福林,男,1983 年生,壶关县程村人。调查人:李燕。调查时间:2018 年 6 月 15日。调查地点:程村超市内。

庙内。可以说,三峻庙是人神共处的神圣空间和人际互动的世俗空间的共同体。

(二)三峻信仰:民众自主的记忆释放

《礼记·祭法》载:"法施于民则祀之,以死勤事则祀之,以劳定国则祀之,能御大灾则祀之,能捍大患则祀之。"①神话中的人物演变为神灵,本质性原因是它具有了某种满足民众需要的功能,民众才将其抬升为"神"。三峻信仰之所以在晋东南地区广为流传,与其祈雨灵验有莫大关系:"雩禜水旱,星云洒润,殆不旋踵,需足下土,反丰年于旱暵,起讴吟于愁叹,可谓能御大灾、能捍大患、有功于民者也。"②人们将司风、司雨、司五谷以及驱蝗虫的诉求寄托于三峻神,并虔诚地祭拜以求获得期待的回应。

在后羿的所有神职中,晋东南民众尤为看重抵御旱涝的功能。在传统农业社会中,雨水对农业生产具有决定性作用,适时、适量的降水对民众的生产、生活具有重要影响。因此,在干旱地区,尤其是山西的晋东南地区,降水显得尤为重要。作为民众心中的水神,三峻神祈雨灵验深入人心:

> 宋崇宁间,岁旱,有司祷于山之神,甘霖响应,敕封灵贶王。③

> 时宣和四年……祈年谷,逆时雨,救旱灾,弭痾疾,一乡之民禬禳祷祝……俗传神主风雹,故民敬畏,异于他神。④

> (金贞元元年 1153 勒石)雨旸之应,有感必通。⑤

> 居人谓神祀冰雹,祷赛甚盛。⑥

> 或时遇水灾,或人罹疾疫,到之靡不避其凶害,赐之安康。⑦

---

① (清)阮元校刻:《十三经注疏》,中华书局 1980 年,第 1590 页。
② 《潞州长子县钦崇乡小关管重修灵贶王庙碑》,金贞元元年(1153)立,碑刻规格:高 173 厘米,宽 81 厘米,厚 26 厘米,现存于长子县小关村三峻庙内。
③ 申修福:《三晋石刻大全·长治市长子县卷》,三晋出版社 2013 年,第 393 页。
④ 《紫云山新建灵贶庙记》,碑刻规格:高 122 厘米,宽 67 厘米,厚 16 厘米,现存长子县紫云山灵贶王庙内。
⑤ 《潞州长子县钦崇乡小关管重修灵贶王庙碑》,金贞元元年(1153)立,碑刻规格:高 215 厘米,宽 73 厘米,厚 25 厘米,现存长子县小关村三峻庙内。
⑥ 长子县史志办公室编:《长子县志》(清乾隆四十三版、光绪八年版)点校本,山西人民出版社 2011 年,第 80 页。
⑦ 长子县史志办公室编:《长子县志》(清乾隆四十三版、光绪八年版)点校本,山西人民出版社 2011 年,第 468 页。

或遇天旱人皆登山诣庙,备礼置□,心诚求之,速获圣水,行祷即赐甘雨,亦同汤王爆沙,聚祠置□得水,及□金山祷得泥水,各有两应之灵。①

徐公起庵先生……会天雨雹,公为文祷于灵贶王庙,雹不为灾,谷乃被收。②

岁旱有司祷于山,神随大雨千里,因立祠祀之。后世祈祷屡应,由是邻封建庙崇祀。③

从诸多典籍记载,可知三峻神的灵验由来已久。至今,在长治市大辛庄村三峻庙仍有祈雨灵验这一说法。"每年六月初一给老爷唱戏的时候都会下雨,三峻爷是这附近最灵的。"④在三峻信仰相对式微的现代社会,三峻庙祈雨灵验的事迹仍有许多信众相信。

地方神祇的神职,大多并非孤立单一的,而是众多职能的交叉。民众把自身的美好诉求寄托于神灵,以虔诚的祭祀表达实用的愿望。灵验与否,是民众衡量信奉度的重要参照。在晋东南民众心中,三峻神不仅是作为水神作用于生产生活,更是无所不能的"全能神"。驱病、求子、升学……只要与切身利益相结合,人们便会选择到三峻庙来祈福。"我有事就来跟三峻老爷说,每天上午都要过来拜一拜"⑤。民众将三峻神的神职与日常生活紧密结合,自我塑造了根深蒂固的民间信仰,并用日常的行为不断巩固。"地方性神祇的地方性构成了他们影响力的一个必要的组成部分。"⑥从乡土情感和生活愿望出发,民众对三峻老爷这一地方神灵有着虔诚的信仰,并在一次次灵验中不断强化。

(三)文化景观:政府主导的记忆重建

在新时代非遗保护和文化资源整合的双重语境下,文化资源的开发利用成

---

① 《重修三峻庙山神行祠碑记》,碑刻规格:高160厘米,宽63厘米,现存于潞城安昌村三峻庙。

② 长子县史志办公室编:《长子县志》(清乾隆四十三版、光绪八年版)点校本,山西人民出版社2011年,第216页。

③ 《长子县志》(明弘治版、正德版、清康熙版、嘉庆版),山西古籍出版社2007年,第177页。

④ 讲述人:崔大佑,男,1976年生,长治市大辛庄村人。调查人:李燕。调查时间:2018年6月16日。调查地点:大辛庄村三峻庙内。

⑤ 讲述人:李娇兰,女,1960年生,长治市大辛庄村人。调查人:李燕。调查时间:2018年6月16日。调查地点:大辛庄村三峻庙内。

⑥ [美]韩森:《变迁之神:南宋时期的民间信仰》,包伟民译,中西书局2016年,第127页。

为政府的重头戏。"传说依附于一定的自然景观,就成为我们所说的古典神话遗址。"①后羿射日是家喻户晓的神话,为保护开发这一文化资源,屯留县政府利用三嵕山这一自然环境,打造了一系列文化景观,并在景观建造过程中完成新时代价值观的输出。

2005 年,在"文化搭台,经济唱戏"这一发展战略下和非遗保护的文化热潮中,屯留县政府以老爷山为核心,打造了老爷山风景区。在羿神庙、金禅寺和先师庙老爷山三大主要建筑群中,又以羿神庙为核心进行开发。羿神庙构造如图所示:

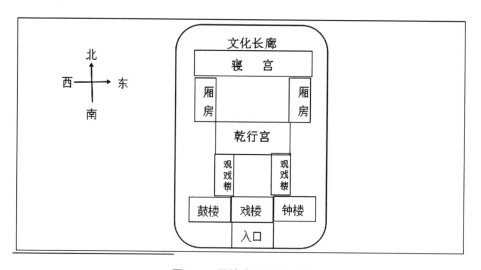

图 4-1　羿神庙平面示意图

美轮美奂的神庙、曲径通幽的林间小路、人迹罕至的射箭园,曲径通幽的观光长廊吸引着一拨又一拨游客。除三嵕山神庙外,老爷山风景区还是抗日战争教育基地,借助这一景区,屯留县政府完成了爱国主义教育和爱好和平的宣传。在老爷山文化风景区,文化传承、休闲娱乐、主题教育并行不悖,古老的神话资源被有效转化为新时代力量。

围绕"羿神射日"这一文化名片,屯留县政府在公共空间中不断强化,如屯留地标后羿射日塑像、屯留县城东森林公园的羿神塑像、屯留县城新华公园的嫦娥奔月塑像、新建的羿神公园、屯留县境内圆盘山的后羿射日塑像等,无不在拉

---

① 高有鹏:《〈山海经〉与中国古代神话群的地理发现》,《民俗与文化》2012 年第 1 期。

近后羿与民众生活的距离,使后羿形象更加立体化和生活化。潞安羿神能源焦化有限公司、羿神酒的命名更是无形之中强化了后羿这一文化标签。

尽管屯留是"羿神射日"的主要地,但对这一文化资源的开发并不仅仅局限于一地。高平市政府举办的"后羿杯"射箭比赛、壶关县政府元宵灯展中的"后羿射日"形象,都是政府主导下的文化景观的建构。这些文化景观,是政府主导下的新时代后羿文化的书写,在传承传统文化的同时,也强调了娱乐休闲功能,对于拓展民众生活有一定作用。

"一个群体可能觉察到文化传统的承续,就如同对当地民众的心理预期,事实上,它是对'新'文化象征意义的解释和再定义。"[1]政府主导下的文化景观建造,促进了民间资源的复兴,赋予其新的时代内涵和功能,增强了当地民众的地域认同感和文化自豪感,也为后羿神话这一民间叙事的传承提供了无穷的动力。

小　结

晋东南三嵕神话是后羿这一东夷部族首领与华夏部族文化相融合的产物,是上古部族文化交融的神话折射。以后羿为代表的东夷部族昌盛一时,"后羿射日"也随着部族迁徙而成为主要神话类型。这一古老的神话在晋东南地区与三嵕山、张三嵕相附会,经过神话的传说化、故事化实现了古老神话资源的在地化转化,成为兼容部族意蕴与民众记忆的叙事形式。由此而形成的三嵕信仰通过碑文、庙宇、庙会等互为补充的多维叙述,成为护佑一地平安、承载民众诉求的灵验之神,刻上了鲜明的地域印记和历史印记。从后羿射日神话到晋东南三嵕信仰,彰显了神话的生命力和当地文化持有者的文化创造力。以后羿神话为代表的中国古老的优秀民间文学蕴含着绵延不息的文化精神,在新时代语境下,挖掘其部族意蕴与民族记忆具有重要的历史价值和深刻的现实意义。

---

① David Y.H.Wu:《中国少数民族的文化变迁与民族认同》,冷非译,《贵州民族研究》1996 年第 3 期。

第五章　盘古神话的地方
叙事与当代演述

神话不仅仅以文本形态记载在典籍文献中,还存在于民众生活和地方讲述中,在研究中只有分析神话的叙事形态,才能将每个神话内在的独特性展现出来。盘古神话亦是如此,典籍中的盘古形象是单一的,与口承资源相互参照才能看到神话的全貌。盘古神话从最初的开天辟地到后来的传衍人类,系统的盘古的叙事体系开始被构建出来。本章主要从典籍与口承资源两方面的资料分析盘古神话的分布、类型与当代展演形式。

一、盘古神话的地域分布

盘古神话传承发展到今天已有数千年的历史,遗迹遍布全国各地,作为创世始祖神的盘古早已得到了中华儿女的认同。特别是中原地区的盘古神话资源,不仅在典籍里记载清楚,而且在民间也广为流传;不只是村落、姓氏保留了盘古神话要素,而且庙宇祠堂和民俗文化活动都传承着盘古神话信息。这些都可以看出盘古的形象已经深深地融入到了中华民族的血脉之中。各地的盘古遗迹和传说故事一直延续到今天,妇孺皆知,构成了一幅丰富多彩、形象生动的中原盘古神话的文化地图。

(一)桐柏:盘古育人类

典籍中记载:"盘古之君,龙首蛇身,嘘为风雨,吹为雷电,开目为昼,闭目为夜。死后骨节为山林,体为江海,血为淮渎,毛发为草木。"①学者们认为盘古与

① 《广博物志》卷九引《五运历年纪》,转引自袁珂、周明编:《中国神话资料萃编》,四川社会科学院出版社 1985 年,第 7 页。

淮河关系密切,唐宋时期编修的《元丰九域志》记载桐柏山是淮河发源地,其中涉及了淮渎庙和盘古庙等历史遗迹。① 明代李梦阳在其作品《大复山赋》中,将盘古与桐柏山的地理地形联系起来,把山中水帘洞以西的一道酷似人形的山脉称为盘古,这在地理意识上将盘古与桐柏联结在一起。另外,桐柏与盘古神话的联结还体现在民俗活动和民间习俗中所展现的盘古祖先意识。在桐柏县,嫁女儿时要扛着青竹帐竿,出嫁前挖出连根的两棵竹子,带着枝叶,系上帐子,由新娘的弟弟扛着送亲,远远看去就像是一把大扫帚。竹子的寓意为"足子",这是由盘古兄妹捏完泥人后,在下雨时用竹子做扫把往屋内扫泥人的神话传说而来,附有夫妻恩爱长存、子孙平安顺利之意。② 在桐柏民间传说中,正月初一是盘古的生日,盘古劈开天地太累了,这天要回到子孙这里过年休息,所以桐柏人是不允许在这一天打闹游乐的,以免惊扰了盘古。等到盘古离开,各种娱乐活动才可以在民间展开。③ 这些传承下来的敬祖意识和禁忌习俗经久不衰,可见盘古在桐柏民众心里深深扎下了根。

(二)泌阳:盘古护后人

泌阳流传着很多类型的盘古神话故事,形成了独具特色的盘古神话群,在传承中大多能和这里的山川地理、气候气象、村落建筑相联系,有实物佐证,有名胜相伴,有风俗相传,富有鲜明浓郁的地方特色,且流传覆盖面大,有千里之广,传承人较多,形成了盘古神话完整性、独特性的特征。如盘古造日月、盘古造水牛、盘古制衣、盘古分食、盘古降龙、盘古斗天师等。如果依照汤普森提出的对神话的"最低限度的定义",即"神话所涉及的是神祇及其活动,是创世以及宇宙和世界的普遍属性",这些叙事文本大都不能称为神话,但它们也都是关于盘古这位"神祇及其活动"的鲜活的材料。而且基于民众对盘古的信仰,因此我们仍将其视为神话。这些神话的流传虽然不如盘古兄妹婚神话那么广泛,但在当地的盘古神话信仰传统中仍占据十分重要的地位。这些神话主要是关于盘古与龙、玉帝、天师等相争斗的神话,姑且称之为"盘古斗法神话"。如果说在当地的盘古兄妹婚神话中,盘古爷是一位与盘古山一带有着密切联系的人类的始祖神;那么,在盘古斗法神话中,

---

① 《元丰九域志·唐州》,转引自陈钧编著:《创世神话》,东方出版社1997年,第141页。

② 马卉欣、韩芳:《桐柏文史资料第六辑·万代盘古论》,内部资料,2004年,第85页。

③ 李修对:《淮源论谭》,北京燕山出版社2014年,第64页。

盘古爷就完全成了当地民众的地方保护神。盘古爷与龙、天师以及其他势力的相斗相争,都是为了保护盘古山一带民众。这些产生并流传于当地的盘古斗法神话界定了盘古与当地民众的关系。这是当地民众崇敬和信仰盘古爷的重要原因,它一方面解释了民众对盘古的信仰,另一方面推动着盘古信仰的传承。

(三)西华:盘古女娲亲

在河南省西华县,存在着"盘古女娲是一家"的说法,认为盘古开天辟地以后,女娲补天的事件之所以会出现,是因为盘古开天辟地的过程中存在遗漏,女娲发现后,为了防止天塌地陷才去补天。在风物遗迹方面,西华县城东十八里,有个村庄古称"盘古寨",因盘古葬于此而得名。相传老盘古开天辟地后身体融入大自然,而人们缅怀盘古功绩,在盘古殉天处建一座墓冢怀念他。近年来进行文物考察时,还曾经挖出有"盘古寨"三字的匾额,字形古朴,同时还出土过石镰、石斧等文物。西华县既有盘古寨,又有女娲陵,城寨与陵墓比邻而居,遥相呼应,盘古女娲在一起生活的物证就出现了,这是他们共同创世的重要证据。

在西华县民间,口口相传的盘古女娲神话传说源远流长,《开天辟地》《盘古盘姑兄妹俩》等口头文本对上述内容都有详细的描述:混沌未开的时候,盘古和盘姑都如鸡蛋的蛋黄一样被孕育出来,吸收天地精气,力大无穷。后来两个人准备开天辟地,一个向上一个向下,盘古顶天,盘姑立地。天地被开辟了出来,盘古力竭而亡,其身躯化作了江河大地。但盘古竭力支撑出来的天并不完美,"天地残缺"的遗憾依然存在,盘姑就找来昆仑山的五彩石补好天上的缝隙,世界逐渐变得完整又有秩序。盘姑思念盘古,于是开始捏泥造人,自此以后,世界上有了人类。[①]这个叙事文本中,盘姑就是女娲,盘古女娲二人在民间被称为"盘姑爷盘姑娘",说明了他们的关系是多么紧密,留下了盘古女娲创世说的深刻历史记忆。

二、盘古神话类型的多元建构

(一)盘古神话类型的系统概括

根据母题研究方法,以解读盘古神话故事的基本情节单元为手段,早期文献

---

① 侯满昌:《问俗乡里——西华县非物质文化遗产调查》,现代出版社2018年,第12—13页。

中的两则具有代表性的盘古创世神话可以做出如下分析。

第一则是《五运历年记》所辑：

元气蒙鸿,萌素兹始。(A)遂分天地,肇立乾坤,(B)启阴感阳,分布元气,乃孕中和,是为人也。首生盘古,(C)垂死化身:气成风云,声为雷霆,左眼为日,右眼为月,四肢五体为四极五岳,血液为江河,筋脉为地里,肌肉为田土,发髭为星辰,皮毛为草木,齿骨为金石,精髓为珠玉,汗流为雨泽,(D)身之诸虫,因风所感,化为黎甿。(E)①

这段文字是学者们研究盘古神话常常征引的材料,除此之外,盘古事迹又见于《艺文类聚》：

天地浑沌如鸡子,盘古生其中。万八千岁,天地开辟,阳清为天,阴浊为地,盘古在其中,一日九变,神于天,圣于地。天日高一丈,地日厚一丈,盘古日长一丈,(F)如此万八千岁,天数极高,地数极深,盘古极长。后乃有三皇,数起于一,立于三,成于五,盛于七,处于九,故天去地九万里。②

以上这些记载构成了对盘古开天辟地创世神话的系统论述。首先是讲述盘古的成长过程,经过一万八千年的漫长演化,盘古长成了巨人,巨人盘古支撑着天地,天地逐渐有了雏形。盘古与天地同长,是当之无愧的开天辟地第一人。随即是万物的创生,即世间的自然现象和自然物质都是盘古用他的躯体创造出来的,至此,世界拥有了一个完整的形态。

以上面两则文本为基准,可以对盘古神话的基本单元做如下概括：

A 天地分开之前是一片混沌

B 天地的起源是从混沌中一分为二

C 人在天地中孕育而出,盘古是宇宙第一人

D 盘古死后,身体的各部分化生为如今见到的自然物

E 盘古身上的虫子化生为现在的人,乃为人类起源

F 盘古顶天立地,并随着天地的扩展而变大

由以上文本分析可知,典籍文献中的盘古神话便是"A—B—C—D—E—F"

---

① 《五运历年记》已不存,转引自(清)马骕:《绎史》卷一,上海古籍出版社1993年,第68页。

② (唐)欧阳询撰:《艺文类聚》卷一,汪绍楹校,上海古籍出版社1982年,第2页。

的开辟模式。而对于盘古神话的口头叙事则又有新的类型出现。

口头叙事中的盘古神话强调创造人类而非开天辟地,淡化了开天辟地模式,着重描写盘古夫妇是如何将人类的火种撒向大地。在盘古山地区,这个故事的开头、造人者、造人原因、造人材料、造人过程和结果,都有不同的讲法,多个环节的"不同异文"组合起来,构成的造人故事更加扑朔迷离。这类故事的开头一般有两种:以盘古开天辟地开头的,接下来讲盘古兄妹创造人类;以天塌地陷(或大洪水)开头的,接下来讲盘古兄妹再造人类。造人多是由兄妹二人合作完成的,但也有盘古独自造人的说法。盘古兄妹合作造人,也有三种不同的合作方式:未成亲、成亲未同房、成亲生子(或怪胎)。前两种都要捏泥人,第三种又有两种情况,其一是盘古奶生出八子,八子居住八方,盘古爷、盘古奶居住中央,盘古爷据此创造了九州。八子活了不到百年先后死去,盘古爷、盘古奶通过捏泥人繁衍人类;其二是盘古奶生出一个肉疙瘩,盘古爷把它埋掉,后来又生出一个肉疙瘩,盘古爷戳破怪胎,里面蹦出一百个儿子。盘古爷把先前埋掉的肉疙瘩挖出来剖开,里面有一百个妮子,因为埋得太久有臭味,所以叫"臭妮子"。盘古爷让他们相互婚配,给他们取了姓名,世界上就有了百家姓。盘古爷、盘古奶教他们种田、打猎、捉鱼,让他们到各地谋生,于是天下到处都有人了。捏泥人是兄妹造人的主要方法,虽然也有生育人、蒸面人的方法,但从当地的民间讲述状况来看,捏泥人是最为人所熟知的方法。

在民间讲述中,盘古兄妹造人故事不管多么纷繁复杂,有一点无法否认,那就是故事内部存在着某些重要的一致性,研究者藉此把它们归纳在同一母题之下。这些一致性主要有:人物——盘古兄妹,情节——兄妹成亲、繁衍人类,造人方式——主要是捏泥人。盘古兄妹,有时称盘古爷、盘古奶;有时泛称姊妹俩、兄妹俩、两个人。根据笔者在豫南地区实地调查获取的资料,这些造人故事按照造人者、造人材料、造人过程的不同,大致可以分为以下五种情节模式:

A 盘古捏泥人

B 兄妹成亲育人类

C 兄妹成亲,未同房,捏泥人

D 兄妹成亲,生怪胎,跳出百男百女

E 其他方式,如扫帚扫灰成人

在豫南,特别是盘古山地区传承的盘古神话中,盘古是故事中的主角,在有些故事中,开天辟地和捏泥造人都是盘古一个人完成的。有时盘古是兄妹二人的共名,名后加兄、妹或爷、奶只起到区分性别的作用。兄妹成亲的目的是造人,为天下繁衍人类。这就与典籍文献中的开天辟地模式有很大的区别,总的来讲,盘古神话故事的类型主要分为开天辟地型和兄妹育人型。

(二)开天辟地型盘古神话的历史分析

盘古神话的形成经历了久远而又漫长的过程,最早的神话雏形在先秦典籍中就已经出现,如《山海经》《庄子》中提到的"烛龙""混沌"等神性人物已经具备了盘古的各种特征。

关于"混沌",《山海经·西山经》有这样的记述:"又西三百五十里,曰天山,多金玉,有青雄黄。英水出焉,而西南流注于汤谷。有神焉,其状如黄囊,赤如丹火,六足四翼,浑敦无面目,是识歌舞,实惟帝江也。"[1]"浑敦"即"混沌",但是此处的"混沌"是指一种识歌舞的神鸟,与盘古神话中的"混沌"并非同一种物质。盘古神话中有关"混沌"的内容是一种"盘古出世前宇宙状态"的描述,即宇宙的初始状态,正如刘文英所言:"关于世界最初的状态,最基本的观念就是'混沌'。"[2]对于这种状态,较早记载的先秦文献是《老子》,在"敦(沌)兮其若朴,旷兮其若谷,混兮其若浊"的表述中就有了"混沌"的意识。《老子》又云:"有物混成,先天地生,寂漠! 独立不改,周行不殆,可以为天下母。吾不知其名,字之曰道,吾强为之名之曰大。"[3]此时的"混沌"已经具备了一定的哲学思想,老子对不知其名的混沌之物进行了抽象理解,并称之为"道"。在《老子》以后,屈原的《天问》也提及到"混沌":"遂古之初,谁传道之? 上下未形,何由考之? 冥昭瞢暗,谁能极之?"[4]根据朱熹对《天问》开篇语的解读,其中的"上下"就是指天地,"上下未形"就是天地尚未分开,混沌没有边界的状态。朱熹进一步解释《天问》:"冥,幽也;昭,明也;谓昼夜也。瞢暗,言昼夜未分也。"[5]所以《天问》开篇便提出了天地未开时的初始状态是如何的这个问题,《天问》的下文继续追问了

---

[1]　袁珂校注:《山海经校注》,上海古籍出版社 1980 年,第 55 页。

[2]　刘文英:《漫长的历史源头:原始思维与原始文化新探》,中国社会科学出版社 1996 年,第 642 页。

[3]　朱谦之:《老子校释》,中华书局 1984 年,第 100—101 页。

[4]　(宋)洪兴祖:《楚辞补注》,中华书局 1983 年,第 85—86 页。

[5]　朱熹对《天问》开篇语的释义,参见游国恩主编《天问纂义》,中华书局 1982 年,第 10 页。

关于宇宙和天地的多个问题。屈原在《天问》中虽未直接提及"混沌"一词,但从他对上古之时天地未分之前宇宙状态的追问,可见混沌母题在屈原之时就存在已久。《天问》开篇所问的问题都与创世相关,顾颉刚评价《天问》:"篇中先问宇宙的着落,再追问日月的运行,这就是所谓开辟的故事。"①刘起釪在《古史续辨》中提出:《天问》是"全面系统地叙述当时所有神话和古史传说的史诗"②,"是有原始依据的可靠的神话传说资料"③。这表现了《天问》的所载神话具有原始性和可靠性。庄子首次将"混沌"描述成为一个神化的形象:"南海之帝为倏,北海之帝为忽,中央之帝为混沌。倏与忽时相遇于混沌之地,浑沌待之甚善。倏与忽谋报浑沌之德,曰:'人皆有七窍,以视听食息,此独无有,尝试凿之。'日凿一窍,七日而浑沌死。"④

由此可知,早在先秦时期"混沌"神话母题在文献中就出现了,之后"混沌"作为一种宇宙初始状态在盘古神话中出现。徐整《三五历纪》:"天地混沌如鸡子,盘古生其中。"⑤《三五历纪》成书较晚,但其中记载的盘古神话依旧不乏原始性,刘起釪认为:"此说最后出,但其故事所指时期却又是比过去所有古史传说的时代都要早,是一种宇宙开创的神话。"⑥该书记载的混沌神话显然是我国学者对宇宙本质状态最初始的描述。从湖北神农架流传的汉族创世史诗《黑暗传》也能找到对混沌与盘古的吟唱,"一片黑暗和浑沌,天地茫茫无一人。乾坤暗暗如鸡蛋,迷迷蒙蒙几千层。盘古生在浑沌内,无父无母自长成。"⑦该诗篇比较完整地保存了混沌神话和盘古神话,如同《三五历纪》,也认为"混沌"这种状态是盘古神话的前奏。

在盘古神话中,盘古还有一个重要神格就是化生,他的化生所带来的直接效果是开辟世界和生成世界,不仅生成了自然世界中的风雨雷电等现象,还以身躯化为江河草木等自然物质世界。提到化生神话,人们首先想到的一个形象就是

---

① 顾颉刚:《战国秦汉间人的造伪与辨伪》,载吕思勉、童书业编著:《古史辨》(第七册上编),上海古籍出版社 1992 年,第 9—10 页。

② 刘起釪:《古史续辨》,中国社会科学出版社 1997 年,第 7 页。

③ 刘起釪:《古史续辨》,中国社会科学出版社 1997 年,第 13 页。

④ 《诸子集成》第 3 册,岳麓书社 1996 年,第 65 页。

⑤ (唐)欧阳询:《艺文类聚》卷一,上海古籍出版社 1982 年,第 2 页。

⑥ 刘起釪:《古史续辨》,中国社会科学出版社 1997 年,第 44 页。

⑦ 陶阳、牟钟秀:《中国创世神话》,上海人民出版社 1989 年,第 48 页。

女娲,《山海经·大荒西经》记载:"有神十人,名曰女娲之肠,化为神,处栗广之野。横道而处。"①《淮南子·说林训》对女娲化生也有如下记载:"黄帝生阴阳,上骈生耳目,桑林生臂手,此女娲之所以七十化也。"②从字面意义来看,此处女娲的"化"似乎不是化生万物的意思,但是许慎在《说文解字》中记载"娲,古之神圣女,化万物者也"③表明女娲神话也有化生型创世神话因子。所以盘古的化生并不是凭空编造的,早在先秦时期的典籍中就有迹可循。

史学家刘起釪对我国所有开辟天地的神话进行了总结,得出早在《山海经》成书时期,盘古神话的原型已经出现的结论,就是《山海经》中对烛龙、烛阴的记述,他认为盘古的神话是我国民族大融合的背景下出现的宇宙初始神话。④ 在《山海经》中,有关宇宙万物生成的神话形象是烛阴,即烛龙。烛阴是《山海经·海外北经》中的钟山之神,它"视为昼,瞑为夜,吹为冬,呼为夏,不饮、不食、不息,息为风,身长千里"⑤。在"西北海之外,赤水之北,有章尾山。有神,人面蛇身而赤,直目正乘,其瞑乃晦,其视乃明,不食、不寝、不息,风雨是谒。是烛九阴,是谓烛龙"⑥。由文本内容可以看出,盘古化生万物的神格与烛龙、烛阴这两个神性人物高度重合。《山海经》中这两则化生神话记载虽然不够完整,但是具有洪荒气息,被学者称为"准创世神话"。⑦

《淮南子·精神训》中也有一则对化身神话的记载:"古未有天地之时……有二神混生,经天营地……于是乃别为阴阳,离为八极,刚柔相成,万物乃形,烦气为虫,精气为人。"⑧陈建宪认为,"这里的阴阳二神,在《述异记》中也被提到过,就是'盘古夫妻',他们'万物乃形,烦气为虫,精气为人',具有典型'垂死化身'的情节元素"⑨。到了三国时期,徐整记录的《五运历年记》出现了盘古神话,此时,"化生"神话母题才得到了相对完整的演绎。盘古化生神话在文字记载中出现得比较晚,但它形成的基础是《山海经》《淮南子》等先秦文献中的化生

---

① 袁珂校注:《山海经校注》,上海古籍出版社1980年,第389页。
② 刘文典:《淮南鸿烈集解》,冯逸、乔华点校,中华书局2013年,第680页。
③ (清)段玉裁:《说文解字注》,上海古籍出版社1981年,第617页。
④ 刘起釪:《古史续辨》,中国社会科学出版社1981年,第89—91页。
⑤ 袁珂校注:《山海经校注》,上海古籍出版社1980年,第230页。
⑥ 袁珂校注:《山海经校注》,上海古籍出版社1980年,第438页。
⑦ 罗小东:《神话思维与神话解读》,《中国文化研究》1998年第4期。
⑧ 刘文典:《淮南鸿烈集解》,冯逸、乔华点校,中华书局2013年,第262—263页。
⑨ 陈建宪:《神话解读:母题分析方法探索》,湖北教育出版社1997年,第211页。

神话,诚如张光直所说:"盘古'垂死化身'在三国中的典籍中出现,便是化生神话发展成熟的表现。"①刘起釪也指出:"山海经中的烛龙或烛阴造物主式的神话已经同盘古神话比较接近,可以得出这是盘古神话的源头的结论。"②

(三)兄妹育人型盘古神话的横向比较

对于传播范围广阔的神话故事类型来说,要想弄清楚其确切的起源地以及传播路线比较困难。然而,如果证据充足,其局部的传播路线并不难揭示。我们认为,豫南的盘古兄妹婚是由豫东传入豫南的伏羲女娲兄妹婚神话演变而来的。基本情节上的相似并不能直接说明两种神话之间的传承关系。但如果在神话的细节上也颇为相似甚至如出一辙,就不得不说两种神话间有着某种传承关系。调查资料表明,豫东地区所流传的伏羲、女娲兄妹婚神话,与盘古山一带的盘古爷、盘古奶兄妹婚神话除基本情节一致外,在很多神话细节上也极为相似。

第一,在灾难来临之前,一般都有姐弟或兄妹二人"上学"或"打柴"的说法。在《中原神话通鉴》③所收17则豫东流传的伏羲女娲兄妹婚神话中,有14则提到了二人灾难前的生活,其中有9则提及"上学",另有5则提到"打柴"或"拾柴"。第二,两人放置在石狮肚中以度过灾难的食物都是"馍"。17则伏羲女娲兄妹婚神话中有15则提及为度过灾难,二人预先存放了食物,全部是"馍"或"烙馍",与盘古山的盘古兄妹婚神话相似。第三,关于灾难说法都是"天塌地陷",17则伏羲女娲神话中,16则有对灾难的说明,其中14则为"天塌地陷",具体的说法与盘古山盘古兄妹婚神话一样多与洪水有关。第四,灾难之后都常出现"补天"情节,且补天之处常为"东北角"或"西北角"。17则伏羲女娲兄妹婚神话中,有7则包含"补天"情节。这种情况与豫南的盘古兄妹婚神话也颇为一致。第五,卜婚的方式都以"滚磨"为主,且往往只有这一种形式。17则伏羲女娲神话中,有14则包含"卜婚"情节,其中12则包含"滚磨"的方式。在这12则神话中,又有11则只有"滚磨"一种卜婚形式。这与豫南盘古兄妹婚神话的情况比较相像。最后,繁衍后代的方法,都是生育与捏泥人两种说法并存,且在捏泥造人情节中经常带有对瞎子、瘸子等"残疾人"的由来的解释(因为晒泥人时

---

① 张光直:《中国青铜时代》,生活·读书·新知三联书店1983年,第267页。
② 刘起釪:《古史续辨》,中国社会科学出版社1997年,第78页。
③ 张振犁编著:《中原神话通鉴》,河南大学出版社2017年。

遇到下雨而推、扫碰坏的）。17 则伏羲女娲兄妹婚神话中,有 16 则含繁衍人类情节,其中 13 则含"捏泥人"说法,3 则为"生育"与"捏泥人"并存。13 则包含"捏泥人"情节的神话中,有 11 则解释了残疾人的由来。这种情况与豫南盘古兄妹婚神话如出一辙。两种神话在基本情节与重要细节上如此相似,很难用"偶然"来解释。它们之间必然存在一定的传承关系。也就是说,神话是从一地流传到另一地,只是更改了神话主人公的名字和部分细节。从以上情况推断,这种神话应该是从豫东流传到豫南,神话主人公的名字由伏羲女娲（或人祖爷人祖奶等）变成了盘古爷与盘古奶。

这种情况与上述"补天"的情况非常相似。两地的兄妹婚神话中都有"捏泥造人"这一母题。兄妹二人在成亲之后,通过捏泥而造人,从而成为后世人类的祖先。前文已表明,两地兄妹婚神话都通过捏泥造人来解释人身上的灰尘以及世间残疾人由来的情节。然而这种说法与"生育后代"的说法甚至与兄妹成亲本身在逻辑上不免相互矛盾。既然可以捏泥造人,那么又何必生育成亲? 虽然神话的逻辑往往不能以常理推断,但这种两部分情节明显相悖的情况却是相当独特的。虽然有讲述者试图将"生育"与"造人"撮合在一起,但斧凿的痕迹依旧太过明显,反而欲盖弥彰,更显示出其矛盾的一面。钟敬文把当代民间口头传承的"洪水后兄妹再殖人类"神话关于兄妹结婚的叙述分为三类:"兄妹双方（或一方）对结婚传代的事,开始就抗拒（不管神,动物或他们中一方的劝说、提议）,经过占卜后,他们勉强结合,但避开性的关系以捏泥人解决传衍后代的问题。这可以说是代表了强烈地反对血缘婚的态度。从它们在资料中所占的比重看,这种说法也是比较占少数的。"①之所以产生这种情况,是因为封建时代的婚姻制度及伦理观念的影响,从而使神话的讲述与传播发生了或小或大的变化。

这种情况的产生,是由于在中国汉族民间同时流传着的"捏泥造人"与兄妹婚神话这两种独立的人类起源神话在长期流传过程中发生了粘合。这种粘合之所以发生,一方面因为两者都涉及人类的创造,另一方面也是因为这两种神话都与女娲有关。以泥土造人,虽在世界各民族神话中都有讲述,但在汉族神话中,

① 钟敬文:《洪水后兄妹婚再殖人类神话》,参见《钟敬文民俗学论集》,上海文艺出版社 1998年,第 78—100 页。

与补天一样,都被视作女娲的专利,都是女娲最为显赫的功绩,并且在汉代时,就出现了女娲"抟土造人"的神话。单独流传的女娲抟土造人的神话,今天在豫东一带也不难看到,这种神话的核心是"用泥土造人",而解释人的贵贱之分、解释残疾人的由来、解释人身上洗不尽的灰尘,则都是相对次要的。正因为女娲"抟土造人"的神话在汉族民众中众所周知,"洪水后兄妹再殖人类"神话的女主角也多为女娲,所以盛行女娲信仰的地方的人们才会将这两种神话结合了起来,创造出了一种多少有点不合情理的成亲后又捏泥造人的神话。杨利慧指出,"兄妹始祖孕育生了正常或非正常的胎儿,是兄妹婚神话的常见模式。"[1]这很可能是由于汉民族中独立的女娲抟土造人的神话在民间流传的时间长,影响的范围广,因而当女娲被拉去充当"兄妹婚"中的女主角时,她原先的显赫功绩既不能被抹杀,便被一同糅进神话中,于是神话便出现了奇特的两种始祖诞生人类方式在成亲后捏泥人仍是唯一造人方式的神话中,更可明显看出"抟土为人"神话的顽强的势力。[2]

这种解释至少适合于豫东的情况,如果说"捏泥造人"这种情节出现在豫东的伏羲女娲兄妹婚神话中,还算合情合理,或者说是有迹可循的,那么出现在豫南的盘古兄妹婚神话中,就未免显得过于牵强。盘古在古代典籍中虽也有"垂死化身"之说,但最为显赫的功绩是开天辟地,"垂死化身"主要也是化为日月星辰山川河岳等巨型事物,其"身之诸虫,化为黎甿"之事,则少为人注意。"抟土造人"更是与其无关,盘古兄妹婚神话之所以也有捏泥造人的情节,最恰当的解释是它的主要情节都是从伏羲女娲兄妹婚神话传承过来的。如果盘古山一带的盘古兄妹婚神话是从其他地方传过来的,那么当不应有"补天"与"捏泥造人"的情节。"借用"的痕迹如此明显,足见盘古山的盘古兄妹婚神话是从豫东传入豫南的伏羲女娲兄妹婚神话传承演变而来的。

三、盘古神话的当代演述

"神话的民俗学研究,既包括口述神话、书面神话的语言的研究,物象的研

---

[1] 杨利慧:《伏羲女娲与兄妹婚神话的粘连与复合》,《北京师范大学学报》(社会科学版)1997年第6期。

[2] 杨利慧:《女娲的神话与信仰》,中国社会科学出版社1997年,第43—44页。

究,更包括了民俗行为的研究,通过仪式的叙事去分析神话的结构,神话的功能。"①考察盘古神话的地方民俗叙事与一般性的民间文学研究不同,它是将整个神话叙事作为一种民俗事象进行整合式的研究,具有活态性、整体性和立体性的特点。随着民间文学、民俗学的不断发展和交融,学者们的研究方法更加多样,研究视野也在不断扩展,民间叙事的研究对象不再局限于语言文字,而是扩大为人的行为方式甚至是文化空间的物象系统,构成了完整的地方叙事。

(一)方言和景观交融的活态演绎

神话叙事体系的构成是多层面的,语言、图像、雕塑、遗迹以及民俗行为等都是神话叙事体系的构成要素,这些要素之间相辅相成,互相解读。其中雕塑、遗迹包括景观在内的物质载体承担着对神话的讲述与传承的重要叙事功能。神话的语言叙事寄托在物象、地域以及现实景观的基础上就能实现创造性的拓展,强化神话的生命力。盘古神话之所以能够在豫南地区世代流传不息,一个很重要的原因在于盘古山一带的盘古神话是一种与当地的俗语、地名、地形、风物紧密结合的形成完整叙事系统的神话。

盘古山一带的方言体系里,有一些具有地区独特性的民间俗语,最有特色的是"回来啦""姊妹俩""没角捏"等。这些俗语来源于当地流传的盘古神话,在日常生活中使用频率非常高。走进盘古庙的大门,一抬头就能看到影壁墙上印着"回来啦"三个大字,庙里的看守人都会对前来朝拜的善男信女说一句"回来啦",语气喜悦又亲昵,让人听起来有一种熟悉的感觉。对于许久未归的游子以及来盘古庙寻根拜祖的人来说,更是洋溢着浓厚的亲情,给他们带来家的归属感。这句俗语源于当地流传的盘古兄妹繁衍人类的神话,毁灭天地的洪水过后,盘古爷和盘古奶分别生下一百个男孩和一百个女孩,这一百对男孩女孩又繁衍了人类,当地人认为所有的人都是盘古爷和盘古奶的后人。所以在当地人看来,盘古山是每个人的祖居地,不管来自何方,来到盘古山就是回到了最初的家乡,所以都会以亲人的口吻对你表示欢迎。"姊妹俩"这个词语本来是用来指称亲

---

① 田兆元:《神话的构成系统与民俗行为叙事》,《湖北民族学院学报》(哲学社会科学版)2011 年第 6 期。

兄妹或者亲姐妹,但是在盘古山,人们更习惯称夫妻俩为"姊妹俩"。这句俗语的来历依旧与盘古爷和盘古奶两兄妹滚磨成亲的神话有关,盘古爷和盘古奶为了将人类传衍下去,通过"滚磨"这种卜婚的办法结合繁衍了后代,他们之间的关系既是兄妹,也是夫妻。所以在盘古山地区,"姊妹俩"不仅仅是指兄弟姐妹,也是对夫妻俩的称谓。在盘古山周边地区,人们在表达自己或者他人不想做某件事情却又找不到理由逃避时,常常会使用"没角捏"来形容,这其中的典故则与当地流传的盘古"龙首人身"的形象有关,盘古头上长有两只犄角,他早期的子孙也有角,这犄角主要是用来作为武器抵御野兽和预示人的死亡。人年轻力壮时角硬,生病、衰老时角软,若人到了将死之时,犄角会变得更软。大家便时不时捏一下自己的角,以此来决定还要不要再寻食打猎。有些人弄虚作假逃避打猎,惹怒了盘古,就收走了犄角,谁再想找理由不干活就"没角捏"了。所以现在遇到难办的事情时都爱抓头,抓的位置刚好就是在原来长角的地方。

在盘古神话中,盘古山是盘古爷和盘古奶在灾难发生之前生活的地方,也是他们二人滚磨成亲、繁育人类的地方。在盘古山一带的民众看来,这些久远的故事就发生在他们世代居住的地方,这一方面使得神话听起来更加真实和亲切,另一方面也有助于在他们与这位创造人类的始祖盘古之间建立起某种特别的感情。不仅如此,盘古兄妹婚神话在长期的流传过程中已与当地的很多地名、地形特点以及地方风物结合起来,打上了深深的地方印记。这些地名、地形特点以及地方风物在神话中得到关于其来历的解释并成为盘古活动的"遗迹"。这些现实生活中仍可以看到的"遗迹"成为神话的构成要素,也赋予盘古兄妹婚神话更为强烈的地方感。

洪水后兄妹再殖人类神话往往有"卜婚"的情节。一般认为这个情节是在神话传承的较晚时期产生的,因为它是以浓厚的血缘婚禁忌心理为基础的。各地同类神话中卜婚的方式多种多样,有合烟、追赶、扔石头、头发相缠、滚磨等,在各地的神话异文中,往往多种方法先后采用,全部实现以后才可以成亲。在豫南的盘古兄妹婚神话中,卜婚的方式只有一种,那就是滚磨。之所以如此,应该与当地一扇被当作神话"遗迹"的大磨的存在有关。这扇磨的存在强化了"滚磨"这种卜婚方式,从而使其他卜婚方式日益式微甚至完全消失。在盘古山一带的众多村落中,最为有名的要算是"大磨村"了,当地民谣说:"泌阳县景致多,出南门过沙河,二十五里到大磨。"①大磨是盘古山东约六七里的一个村落,村中有一盘青石磨,原来安放在村口,"文革"期间被村民藏起来才得以保存下来,现在放置在村中一条马路的旁边。据说,这盘磨就是盘古爷与盘古奶滚磨成亲时所用的两扇磨之一,大磨村也因此得名。为什么只有一扇磨呢?一种说法是,盘古爷与盘古奶滚磨成亲时,一扇磨滚到了大磨这个地方,另一扇磨滚到了西大山;更为普遍的说法是,盘古爷或盘古奶中的一个不愿兄妹成亲,滚磨后看到两扇磨滚到了一起,一怒之下把其中一扇磨扔到了西大山。

"大磨"底面朝上放置,是磨的上扇,直径约 90 厘米,厚约 30 厘米,中间略鼓,上面倾斜地排列着磨齿。这扇大磨由于相传是盘古爷与盘古奶成亲时所滚的磨而变得具有"神性"。这扇磨的奇特之处是磨齿数不清,据说任谁怎么数都数不清,即使采用在磨齿上做记号的方法也数不清楚,前后数出的结果总是不同。当地民众解释说就是因为这扇磨是盘古爷和盘古奶使用过的,是神的物品,凡人当然不可能数得清。其实造成这种情况的原因很简单,在天长日久的风吹雨淋等外力破坏下,许多磨齿已经看不清楚,特别是在斜向排列的两排方向不同的磨齿相交的地方,磨齿十分短小,很难确定是否为一个磨齿。因此在查数的时候往往会犹豫不决,加上磨齿众多(据笔者不完全统计大约有 156 个),所以前后两遍的数据很可能不一致。由于它与盘古的关系,也由于它的"神奇","大磨"被赋予了浓郁的"神性"。逢年过节,村中总有人到磨前焚香磕头,祈求平安。

将盘古山一带的地名与地方风物融入盘古神话中,使特殊的地理环境具有鲜明的民族民间文化特色。其意义不仅在于使这些地名、地形的由来得到了巧妙的解释,也不仅在于使这些神话听起来更亲切可信,更在于正是这些叙事形态的出现使得盘古兄妹婚神话在形式上成为当地特有的地方性的神话,其主人公盘古因此成为与当地有着密切关系的、属于盘古山的始祖神。此外,盘古山还有许多盘古兄妹婚神话的"遗迹",如盘古爷的石箱子、石麦秸垛、石船、盘古井等,都被当地人解释为盘古爷与盘古奶一家在盘古山生活留下的"遗迹"。盘古兄妹婚神话使盘古山一带的山川、村落与地方风物得以神圣化,这些山川、村落以

① 讲述人:陈永记,男,1952 年生,泌阳县盘古庙管理人。调查人:段友文、秦珂、冀荟竹。调查时间:2018 年 6 月 12 日。调查地点:泌阳县盘古山盘古庙。

及地方风物也因此成为盘古爷和盘古奶的神圣叙事就发生在当地的一种"见证"。盘古山一带的民众之所以乐于聆听和讲述盘古兄妹神话,盘古兄妹婚神话之所以能够在当地世代流传不息,一个很重要的原因在于盘古山一带的盘古兄妹婚神话是一种与当地的山川河流、村落风物紧密结合的地方化的神话。

(二)信仰与仪式结合的行为表达

"行为叙事在多数情况下并不能完全脱离口头叙事独立存在,二者常常结合在一起共同进行,互相阐释。"①行为仪式的特质就是一种综合性叙事,盘古山一带的信仰仪式综合了盘古口头叙事和行为叙事,将盘古从虚无缥缈的文学想象世界里拉回到真实的世俗生活中,在精神层次上的慰藉功能和行为层次上的使用功能结合到一起,使盘古成为一个给当地民众生活带来安宁和满足愿望的"地方神"。民众重视的是盘古爷能够"凡有所求,无不立应",而在前往盘古山朝拜的香客看来,盘古爷也的确就是一个比较灵验的地方保护神而已。盘古爷的"灵验"在当地是有口皆碑的,每年盘古山庙会大量的还愿者也成为盘古爷"有求必应"的最好印证。作为信仰传统的实践方式的膜拜活动本身以及相关的言说,生产出了盘古的"灵验",进而真正促成了盘古神话在当地的流传与播布。

生育后代是人类社会得以延续的最根本保证,传宗接代或者说生育男嗣在中国传统农村社会更是非常重要的事情。对生儿育女的盼望不仅是一种"不孝有三,无后为大"的传统伦理观念在起作用,而且还是一种是实实在在的生活需要,孩子是老年的保障即所谓"养儿防老"。② 的确,中国的社会保障特别是农村的社会保障的最大的特点是严重依赖家庭,家庭不仅要担负起养育年幼子女的重任,还要供养年老力弱者。同时,"从夫居"的家庭模式决定了男性后代要更多地承担赡养父母的责任,"养儿防老"就是这种保障模式的现实表达。在社会保障制度没有根本改变之前,农村对子女的重视就不会轻易消失。在盘古山,送子神是奶奶庙中的送子娘娘,盘古爷在一定程度上也被当作送子神。

盘古庙中的求子仪式是在娘娘殿中进行的,送子神是娘娘殿中的几位"奶

---

① 程蔷:《祭祀与民间行为叙事》,《民俗研究》2001年第1期。
② 费孝通:《乡土中国》,商务印书馆2015年,第245页。

奶",似乎与盘古爷没有什么关系。但是盘古爷在求子仪式中也不是无关紧要的角色。虽然求子是在娘娘殿,但求子者一般还要到盘古大殿中磕头,而且还愿既要感谢送子娘娘的赐予,也要感谢盘古爷的恩惠。这表明人们至少把送子的一部分"功劳"记在了盘古爷的名下,"奶奶"之所以很灵验,是因为她们是依托了盘古爷的神力。我们在盘古庙进行调查的途中遇到来还愿的民众,表示自己已经有一个孙女了,二胎开放后就想要一个孙子,但是儿媳妇怀孕检查是一个孙女,所以由她前来求一个孙子,看盘古爷是否能让事情有转机,并且捐来 200 元钱香火。隔了些许时间,再去检查发现孙女真的变孙子了,于是前来还愿。庙里的庙祝表示求子也可以不采用"拴娃娃"的形式,直接向盘古爷跪拜祈祷就可以了,甚至可以在家里向盘古爷许愿。另外据说过去"拴娃娃"仪式也曾在盘古爷身前举行,要男孩,把红线套在盘古爷左手手指上,祈祷祝愿一番,再把红线取下,系在求子人的扣眼儿上;想要女孩,就把红线拴在盘古爷的右手手指上。①在后两种情况下,盘古爷又被直接视为送子神。

　　盘古爷成为送子神不是毫无道理的。当地的神话传说讲盘古爷首先是一位始祖神,他与盘古奶生育或"捏造"了许多"后代",是人类得以繁衍的首功之人,因此自然被认为具有保佑后代生育的功能。同时,盘古爷被认为是万能的神灵,自然也能管理生育大事。但盘古庙中之所以有一个专门用来求子的娘娘殿,可能因为生育神本身又有一定的特殊性。中国的生育神一般为女性,向专门负责生育的女性神求子,显然要比向一个非专管生育的男性神祈求更合适。

　　如果说祛病除灾、求子生育等主要是与个人、家庭的祸福相联系,那么求雨仪式则与当地民众的集体福祉相关,社会性更加明确。在中原农耕地区,集体仪式一般是与农事有关的内容,而农事祛灾是大多数地方神共有的功能。安德明指出:"作为与一方百姓朝夕相处的一位神祇,方神的功能并不仅限于农事禳灾,他具有十分显著的多功能神性。人们通过他来求雨、祛虫等只是使其发挥了功能之一项而已。不过,作为禳灾主神的功能,又似乎是方神所独具的神性。因为风调雨顺的自然条件是农业生产必不可少的前提,一方人民依赖的方神,必然会被赋予与此相关的神性。"②盘古爷作为盘古山一带的"地方保护神",自然也

---

① 马卉欣:《盘古之神》,上海文艺出版社 1993 年,第 48 页。
② 安德明:《天人之际的非常对话》,中国社会科学出版社 2003 年,第 141 页。

被赋予了维护一方农事的责任,盘古山一带与盘古爷有关的集体仪式主要就是求雨仪式。

　　求雨仪式以某个集体为单位进行,时间一般是农历六七月份,正值当地秋季作物种植及生长的关键时期,如果此时出现干旱的迹象,村社多会组织求雨。根据盘古庙守庙人陈永记介绍,最近十几年来也有过几次求雨仪式。求雨时前一天晚上,所有参与人员都必须沐浴更衣,至少要把脚洗得干干净净,凡是参与求雨的人都要戴上柳条编织的草帽,用一个酒瓶包上红布来代替雨瓶,这个雨瓶必须要由一个属相为龙的人双手抱好,上山时不定时吹奏乐曲。神路上不能随便说话,不许小孩吵闹,也不许东倒西歪或者拐弯歇脚。到山顶盘古庙以后,抱雨瓶的人将雨瓶放置在盘古大殿中的神台上,求雨的众人则虔诚地双膝跪拜在院内。随后开始放鞭炮,仪式带头人会念祈雨辞。祈雨辞的内容大概是向盘古爷禀告自己的村社正在遭受旱灾之苦,百姓心情焦躁,乞求盘古爷眷顾"老家来的子孙",发雨若干并承诺如愿后的还愿内容等。读罢,仪式带头人取一支香,插入雨瓶中,将祈雨辞烧掉,大家继续磕头发愿若干次。发愿之意也是说明天旱的情况紧急,乞求盘古爷发雨拯救子孙。求雨过后,只要一定期限内下雨,就必须及时履行祈雨辞上的还愿内容。还愿的内容一般是请剧团在本村唱戏,在下雨后当地人较为空闲时唱,可以推迟但是不能隔年。剧团唱戏,要在戏台对面摆一张桌子,放上盘古爷的塑像,说明盘古爷辛苦了,这戏是专门为盘古爷演的。演唱的剧种由村社自行决定,不作具体要求,一般是河南梆子、曲剧等,内容也大多是村民们爱看的传统剧目,演出时间至少三天或四天。①

　　求雨仪式的组织需要一定的物质支持和群众基础,具有相当强的社会功能。从个体意义来说,它对于因为干旱而心情焦灼的村民是有效的心理安慰,民众在对雨水的期待中虔诚祈福,而参与求雨仪式的符号表达,强化了村民与这位祖先神的联系,可以获得一种集体安全感。从集体意义来说,"在安土重迁的传统农业社会中,本地的民间信仰、民间传统往往成为维系乡土渊源的纽带,是抵御外部力量的象征"②。求雨仪式动能便是维系乡土渊源的这一纽带,村民们在求雨的过程中必须合作起来,举行仪式期间,分散的个体必须团结合作形成一个紧密

---

① 泌阳县文化局编:《中国·泌阳盘古山》,内部资料,2005 年,第 14 页。
② 赵世瑜:《狂欢与日常:明清以来的庙会与民间社会》,生活·读书·新知三联书店 2002 年,第 30 页。

的整体,这也实现了社区秩序的完善和整合。

(三)文化与政治融通的现代重构

盘古山现有两处庙宇分别供奉盘古爷和盘古奶,主要的一处名为"盘古圣地",也就是盘古庙。盘古庙高踞在盘古山山顶的高台上,处在庙宇正中央的建筑就是盘古大殿,盘古大殿内正中供奉着盘古爷的塑像,是一尊很端正的坐像,头长双角,大耳下垂,目光炯炯,腰缠槲叶,赤脚坐在神坛之上,手托圆盘,圆盘以中线为界有两幅图案,上日下月,整体看起来很有气势,左右分别站立一童子。关于盘古的形象,很多即使没有到过盘古庙的人也能说上一二,比如盘古头上有犄角、腰围槲叶、赤脚。传说盘古时代每个人额上都有犄角,一方面可以与野兽搏斗,另一方面可以预兆死亡。打着赤脚,腰束槲叶让人们认识到自己的祖先在荒远的过去面临着非常艰苦的生活,那时候还没有鞋只好赤着脚,用葛条束着槲叶遮蔽身体。

盘古的左右两侧分别是伏羲、女娲、神农三皇和黄帝、炎帝、尧、舜、禹五帝。[①] 三皇五帝是后来才出现在盘古庙中的,很少有人专门向三皇五帝或其中的某一位祭拜。现在庙中有新旧碑刻数十通,其中古碑约十通,新刻碑约二十通,在庙院南墙有序地摆放着,但是几乎没有民国之前的碑刻,有一块断为两截的碑历史比较久远,但是被随意地丢在旁边的地上,碑上文字已无法识别。据守庙人陈永记介绍,1949 年以前庙宇中有上百通碑刻,只是这些碑刻多数在"文革"以前已遭毁坏或挪作他用。

20 世纪 50 年代中期到 70 年代这段时间,国家权力对民间宗教信仰进行干预,大量庙宇建筑被拆毁或挪作他用,可能是由于盘古庙位于山顶,不便于拆迁,有幸在这些运动中得以留存,但是庙内神像碑刻等已经被摧残,庙貌破败不堪。与此同时,"神职人员在农村社会秩序中的地位受到了前所未有的冲击"。[②] 然而随着时代的发展,文化政策进行了调整,提倡发扬民族精神,保护传统文化,此时民间信仰被包装成为"传统民间文化"的新面貌,庙宇的身影又出现在了城乡

---

① 关于"三皇""五帝"是谁,历代有多种不同的说法,尽管盘古庙将神农和炎帝分别列为三皇之一和五帝之一的安排有问题,但也不必深究。

② 黄光勇:《壮族神职人员在农村治理过程中地位的变迁研究——以富宁县 Z 寨为例》,《滇西科技师范学院学报》2016 年第 1 期。

村落,庙会活动也可以光明正大地公开举办,正是文化管理政策的宽松才产生了这一系列的变化。但是,仍有一部分人将民间信仰视为封建迷信活动。2018 年 6 月,我们盘古神话调查小组一行三人来到盘古庙,在提到向盘古爷求雨的民俗事象时,守庙人心有余悸,闪烁其词,我们一再解释目的是要了解当地民俗文化,他才慢慢挑起话头,但是有关求雨的细节及祷告还是讲得很少。笔者通过田野调查,走访泌阳县盘古庙和桐柏县太白顶盘古寺,发现盘古庙在复兴的过程中有一套自己的文化逻辑。

首先是庙宇名字的正统化,即通过政府或者官方组织的命名而官方化。高丙中认为:"中国社会内部自近代以来逐渐滋长出多种紧张的关系,其中一个采用的有效方式是作为文化传统并被作为政治艺术运用的双名制。"①泌阳县盘古庙在民众口中是"盘古庙""盘古爷庙",在官方话语中又被命名为"盘古圣地",桐柏县太白顶下的盘古庙又被中国民间文艺家协会命名为"中国盘古之乡"。这些庙宇都是以两个名字出现,一个是官方名称,一个是民众俗称。这样,盘古文化在官方话语中就代表了中华民族的优秀传统文化,庙宇成为官方推进文化传播和倡导民族精神的重要场所,使得盘古信仰在国家政府层面得到认可。

其次,是对民间信仰活动的新型建构,旧时的庙宇主要就是一个容纳神祇、祭拜神灵的场所,如今将庙宇定义为一个开展文化活动的公共空间,官方在此举行祭祀大典,组织者也把庙会安排成集文化娱乐、经济发展于一身的公共参与事件。其形式不光是沿袭旧时的庙会活动,请地方的戏剧名角来演出,还融合现代流行歌舞戏剧等因素,使当代庙会成为一场民众狂欢仪式,带有"封建迷信"色彩的传统庙会转变为新式庙会,被主流意识默许。

除此之外,将一系列宗教活动制度化、规范化,也是实现庙宇复兴以及庙会合法化的有效途径,保证寺庙管理制度、宗教管理方针符合中华人民共和国宪法总纲中指定的宗教条款。这就将民间相对散乱的宗教信仰组织进行制度上的规约,使地方信仰具有了法制性与合规性。民间宗教组织在内部进行自我整顿,在外部以法制为规范制约自身行为,不断提高宗教人员的整体素质,努力向规范自身、服务社会的方向发展。我国是政教分离的社会体制,政治与宗教并没有真正

---

① 高丙中:《一座博物馆—庙宇建筑的民族志——论成为政治艺术的双名制》,《社会学研究》2006 年第 1 期。

的瓜葛联系,这种社会体制是以法制作为基本原则的,所以宗教想要符合国家政治主流意识形态,必然要选择"法制化"途径,从而为其存在提供合法合理的证明。此时,宗教信仰制度化与社会主义法制特征相互作用,为社会有序发展奠定了牢固基础。

文化资源是区域经济与文化发展的重要支撑性资源。"从静态分析,文化对区域发展的影响力可以说是巨大的。"①民间神话资源作为区域文化的重要组成部分,对提升文化软实力具有重要意义,而文化软实力必将成为区域竞争的经济优势。如今民间文化是地方政府开展旅游策划与文化交流的载体,要想提升综合经济实力,必须要将文化资源的发掘与利用放在关键位置。盘古神话作为豫南盘古山地区重要的文化资源,对当地的综合实力发展做出了重要贡献。

泌阳县文化馆干部张正根据自己采风的记录编辑了一本《盘古山故事》,在此书的前言中,张正说:"壮丽优美的神话传说,使人们对盘古山产生浓厚的兴趣,同时也感念盘古,因而,每逢农历三月三山花烂漫之际,周围及邻县群众便纷至沓来,登高朝拜或祈求吉祥。当地人士组织演出民间文艺节目和举办农特产商品交流,遂形成了传统的'三月三'庙会。改革开放以来,随着人民物质文化生活的空前提高,到此踏青及进行民俗旅游者,则更蔚然成风。"②这里不仅提到盘古庙会的物资交流方面的意义,而且也肯定了它在"演出民间文艺节目"和"踏青""民俗旅游"方面的意义,对其"登高朝拜""祈求吉祥"的内容也表现出明显的肯定态度。令人欣喜的是这本《盘古山故事》在泌阳县政府的大力支持下成书,由泌阳县人民政府常务副县长刘文超作序。这些官方话语的代表们对盘古神话及其信仰传统和盘古庙会的态度较以前出现了根本性的转变,盘古神话被认为是"民间文学瑰宝",盘古爷人类始祖的地位和"开天辟地""恩泽人间"的功绩被充分肯定,盘古庙巍然矗立于盘古山上,被称为"盘古圣地",变成重要的旅游资源。一言以蔽之,盘古神话信仰传统在官方话语中已由"封建迷信"变为一种具有旅游开发价值的"民族传统"。

国家经济、文化与宗教政策的改变,不仅改变了地方政府的主要任务,而且也改变了他们对盘古庙这样的民间信仰的态度。盘古神话以及信仰由一种封建

---

① 张佑林:《区域文化与区域经济发展》,社会科学文献出版社 2007 年,第 40 页。
② 张正:《盘古山故事》,中州古籍出版社 2009 年,第 5 页。

迷信变成了一种值得炫耀与可以带来经济利益的文化资源。2007年,泌阳县文化局作为保护单位将"盘古神话群"申报国家级非物质文化遗产并取得成功,至此,盘古文化的文化价值、学术价值和社会价值得到官方的全面认定。通过盘古文化在民间扎根的浓厚信仰系统和官方的推介,民间兴起了一股"寻根热"。追根寻祖是人类与生俱来的本能和欲望,文化越是发展,社会越是进步,人类的寻根意识就越强烈,越自觉。① 盘古文化寻根热的兴起,是民众对世代传承的盘古信仰与崇拜的必然结果,也是社会经济与文化发展的需要。2006年10月30日,桐柏县举办了"全球华人首次祭祀盘古大典",并将每年农历九月初九定为祭祀盘古日。这种寻根意识存在于每一个炎黄子孙的心里,河南桐柏成了炎黄子孙寻根的聚合点,在追寻盘古文化根源的过程中,中华大地"同源共祖"的观念也深入人心,对民族精神的凝聚具有重要作用。盘古垂死化生,以自己的身躯化为天地万物,蕴涵着重要的"天人合一"的宇宙观,其中包括许多和谐思想的因子。盘古与天地同生,一开始就与天地融为一个整体,死后化生万物更是"天人合一"和谐观的具体化。民间盘古文化亦强调尊重自然规律和人与人、人与自然的和谐相处,这对于今天构建社会主义和谐社会无疑有重要的启迪意义。

地方政府用种种方式宣传、支持和利用盘古文化,使盘古文化不仅成为豫南地区的文化名片,也成为区域文化资源,从而极大地推动了当地文化产业的发展。从20世纪90年代前期开始,"盘古"就逐渐成了当地不少市场、宾馆、饭店、药店、厂家的名字,走进泌阳县城,"盘古商城""盘古宾馆""盘古旅馆""盘古药业""盘古药房"等带着"盘古"二字的招牌不时映入眼帘。毗邻盘古山的桐柏县的商人也不甘落后,桐柏县酒厂设计了"盘古醉""盘古玉液""盘古窖酒"等盘古牌系列酒的商标。不仅如此,近年来,桐柏县积极推进"中国盘古之乡"建设,抓住了县域经济社会快速协调发展的机遇,创建"中华盘古寻根文化园项目",打响了以盘古文化为龙头的文化旅游品牌。泌阳县在转型发展中率先走在前面,建设盘古山景区并于每年"三月三"在景区内举办盘古文化节,开展文化旅游、美食品尝等活动,节日期间与此相关联的住宿、餐饮、购物以及各种文化纪念品销售等产业收入迅速增加,形成文化旅游大市场,培育和发展了文化旅游

---

① 陈建宪:《神祇与英雄——中国古代神话的母题》,生活·读书·新知三联书店1994年,第3页。

产业并使其迅速成为地区发展的新兴产业之一。

小　　结

在中国神话体系中,盘古作为一个开天辟地的创世大神在文献中出现的时间虽然略晚,但早在远古时期原始先民就对宇宙的产生和自身的来源表现出极大的关注,并凭借自己对周围世界的观察和想象述说了他们的种种幻想和猜测,只是一直比较松散未成体系,其原型早在先秦文献中就已经出现,主要体现在"混沌""烛龙"等神话母题中。口承文本方面主要采用豫南盘古山地区流传的盘古神话为材料,分析盘古神话在地方文化中的叙事形态,盘古山地区所流传的盘古神话不能笼统地称为"开辟神话"或"宇宙神话",当地民众现实生活中所流传的众多盘古神话中,几乎看不到以"宇宙卵"或"垂死化身"为核心母题的开辟神话的痕迹。我们在调查中了解到的实际情况是,盘古山一带民间流传的盘古神话的主要内容是在全国各地广为流传的"洪水后兄妹再殖人类"神话,另外流传较为广泛的是盘古降龙和斗法神话。从豫东地区传播到豫南的伏羲女娲兄妹婚神话与当地原有的盘古神话相粘合,产生了盘古兄妹婚神话。在西华一带流传的神话中,盘古爷与盘古奶一起成为洪水之后再造人类的始祖而不是开天辟地化生万物的创世神。盘古兄妹婚神话在流传过程中与当地的山川、村落以及地方风物相结合,使其自身得以地方化。这种地方化对于桐柏、泌阳两地民众来说,更拉近了盘古与世俗大众的关系,盘古斗法神话就是产生并流传于当地的地方性神话。在盘古降龙、获私雨以及盘古斗天师等神话故事中,盘古与当地民众的关系得到进一步提升,成为"盘古山一带"这个边界模糊的地域的地方保护神。盘古兄妹婚神话的地方化以及盘古斗法神话的产生和传承,使当地民众对盘古的信仰和膜拜获得了正当性。同时应当指出,在当地的盘古神话中,盘古的神格又是矛盾的,民众塑造的盘古既是一位普世性的或民族性的始祖神,又是当地人民的地方保护神。普世性与地方性共存共荣,是一对辩证的矛盾统一体,如果缺乏普世性,盘古信仰就可能只局限于一个狭小的地域范围之内,其"神力"与影响就会大打折扣;如果缺乏地方性,盘古信仰和庙会就失去了在当地生存的基础,甚至根本不可能存在。普世性与地方性共同构筑起盘古在当地民众心目中的神圣形象,也共同支撑着当地民众对盘古的信仰和膜拜,形成独特的地方叙事体系。

　　盘古神话研究,既有学科价值又有现实意义。在"非物质文化遗产保护"的浪潮中,如果我们将盘古神话的研究仅仅停留在学术层面,那就与现实社会脱节了。因此,当下盘古神话的研究必须发掘它的现代意义和价值,为促进地区经济文化发展、构建和谐社会服务。盘古作为中华民族的创世大神,它的现代价值首先体现在精神层面,盘古开辟天地、勇于牺牲的精神是中华民族精神的重要组成部分,对构建社会主义和谐社会具有重要意义。其次,盘古文化的保护利用可以带动旅游及相关产业的发展,对区域经济的发展具有积极促进作用。

第六章　从失忆到重建：河南灵宝夸父神话的族源记忆与文化修复

　　上古神话是中国传统文化的植根所在,孕育了中华儿女的文化基因和民族性格。黄河流域是中华民族重要发祥地之一,晋陕豫黄河金三角区域的神话传说高度密集,构成了类型丰富、意蕴深厚的神话传说群,是中华优秀传统文化的重要组成部分,为当下优秀传统文化的创造性转化、创新性发展提供了宝贵的文化资源。河南灵宝地区流传的夸父神话传说颇具代表性,作为上古神话中的典型人物,夸父是洪荒时代文化记忆的承载者。在历史长河中,以夸父为主体的"夸父文化"与"夸父精神",成为中华民族精神的象征性符号。

　　"夸父逐日"神话作为上古文化的重要内容,引起众多学者的关注与思考。那么,究竟用怎样的研究方法才能还原神话与历史的真实? 早在二十世纪初,王国维提出运用二重证据法进行文史研究,试图通过传世文献与出土文献对举,实现对中国古史的考辨。此后郑振铎、闻一多、顾颉刚等学者承续该方法,同时加入神话学、人类学的视角,成为三重证据法的滥觞。直到 1941 年,孙作云在《中国古代图腾研究》中明确提出"三层证明法",即要在传世文献和出土文物研究之外,"再加一个古俗,用古代的风俗来帮助文献和考古之不足"。[1] 21 世纪初,叶舒宪将考古实物与图像列为第四重证据,实现了"从书写文本到图像文本、从文字叙事到图像叙事的重心转移"。[2] 对夸父神话的研究也不例外。最初,学者们多运用二重证据法,对典籍文献记载中的"夸父逐日"进行考证训诂;后虽有张振犁、高有鹏等人运用民俗学资料对其探究考察,然或因时间久远,或因所得

---

　　① 孙作云:《孙作云文集》,河南大学出版社 2003 年,第 37 页。
　　② 叶舒宪:《文学人类学的中国化过程与四重证据法——学术史的回顾及展望》,《社会科学战线》2010 年第 6 期。

资料有限,都未能呈现出夸父神话在河南灵宝地区传承的真实状态。进入 21 世纪以来,非遗保护逐渐深入,夸父神话研究也愈发多元化,如何"重估本土经典文本与非物质遗产的文化资源价值"①,成为当代文化建设的重中之重。学者们以往多倚重于典籍文献的考证,发表对夸父神话研究之见解,无形中造成了一种文化假象,即夸父神话在灵宝地区是丰富多彩、活灵活现的。但我们在河南灵宝地区的实地考察中发现,"活态"的夸父文本几乎失传,文物、民俗资料也很难搜集到,夸父文化传承的实际情形发生了重大改变,对夸父神话原有的认知、结论有待重新审视反思。为此,对夸父神话的研究需要综合典籍文献与实地考察两方面资料,首先,从典籍文献入手,分析夸父逐日文本背后隐藏的族源记忆;其次,借助实地调查,解读夸父神话的真实传承状况,依托典籍文本与活态资料的双重对读,探究现代社会中夸父文化失忆与重构过程;最后,以灵宝为研究地域,不拘于以往研究的定论,用事实说话,正本清源,为神话资源的整合利用提出建议。

一、记忆与象征:逐日意蕴新释

学界对夸父逐日神话文本的研究,大致可以分为四类:一是从训诂学入手,分析"入日"一词的含义,指出夸父逐日是对当时大旱情景的描述;二是从文化学角度出发,探寻夸父逐日神话的文化意蕴与民族精神;三是从人类学层面来看,将夸父逐日的行为看作是一种祈雨巫术,是原始祈雨仪式的再现;四是从民俗学角度分析,通过田野调查,收集活态文本,对夸父文化生成的社会语境进行全方位考察。我们认为,要真正解读夸父神话,首先应从传世文献入手,结合人类学、民族学相关知识,对夸父逐日神话的初始意义做还原式文化解读。

"夸父逐日"神话最早见于《山海经·海外北经》,记曰:"夸父与日逐走,入日。渴,欲得饮,饮于河、渭;河渭不足,北饮大泽。未至,道渴而死。弃其杖,化为邓林。"②这段记载大致可以提炼出四个要素——"夸父""日""水""桃林",即夸父逐日未果,道渴而死,化为桃林。要想厘清夸父与日的关系,首先要明确其"与日逐走"的目的;要想辨明夸父"逐走"的缘由,关键在于对"逐"字内涵的

---

① 叶舒宪:《文学人类学的中国化过程与四重证据法——学术史的回顾及展望》,《社会科学战线》2010 年第 6 期。

② 袁珂校注:《山海经校注》,上海古籍出版社 1980 年,第 238 页。

理解。"逐"为会意字,本义为追赶野猪,引申为普遍意义上的追赶;亦有驱逐、放逐的义项,①有使追赶对象离开或消灭之意,含有敌对、仇视意味。《说文解字》曰:"逐,追也。"②如"丧马勿逐""良马逐""乘白龟兮逐文鱼"等均含此意。此外,"逐"又有竞争之意。《韩非子·五蠹》:"逐于智谋。"③喻之竞逐、争夺。与"逐"字含义相对应,夸父逐日大体有以下三种解释:一是夸父对太阳持向往态度,含追随、跟随之意;二是夸父憎恶太阳,因此"逐"的目的在于使其消失,有消灭之意;三是与太阳相竞争,含一试高下之意。学界多依从第三种解释对"夸父逐日"神话进行文化释义,盛赞夸父是与自然抗争的文化英雄,对其锲而不舍、甘于奉献的民族精神给予褒扬。但是,夸父神话不仅裹挟着极度的浪漫幻想,还隐藏着对特定历史语境下社会现状的文化记忆。若以"逐"的本义对夸父逐日行为进行关照,就会发现其文化意蕴不仅仅停留于"与日竞走"这一层面,亦不再是初民对当时大旱情形的描述、想象。夸父逐日之因,实则在于对炎帝部族的留恋与认同,在于对新生父系氏族社会的向往与追随。因此,笔者试图以新的视角对夸父逐日神话进行更深层次的文化探究与思考,以期对夸父文化意蕴进行新的阐释与整体把握。

其一,"逐日"是对炎帝部族的留恋与认同。据《山海经·大荒北经》载:"后土生信,信生夸父。"④《山海经·海内经》又曰:"炎帝之妻,赤水之子听𫐐生炎居,炎居生节并,节并生戏器,戏器生祝融,祝融降处于江水,生共工,共工生术器,术器首方颠,是复土穰,以处江水。共工生后土,后土生噎鸣,噎鸣生岁十有二。"⑤郭璞注:"(噎)生十二子,皆以岁名名之。"⑥在同一典籍中,后土所生之子或称"信",或称"噎"。从文献记载来看,所记事件基本相同,仅姓名差异,很可能本为一人。且古人常以"德号"名,即以其人特点称之,如燧人氏被世人尊为"火祖",最大功绩在于"钻燧取火,以化腥臊,而民说之"⑦,"燧"本就有"上古取火器具"之意,与燧人氏这一称呼形成互释。同理,古籍记载噎鸣乃时间之神,

---

①　汉语大字典编辑委员会:《汉语大字典》,四川辞书出版社1986年,第4094页。
②　(清)段玉裁注:《说文解字注》,上海古籍出版社1981年,第151页。
③　(清)王先慎:《韩非子集解》,钟哲点校,中华书局2003年,第445页。
④　袁珂校注:《山海经校注》,上海古籍出版社1980年,第427页。
⑤　袁珂校注:《山海经校注》,上海古籍出版社1980年,第471页。
⑥　袁珂校注:《山海经校注》,上海古籍出版社1980年,第472页。
⑦　(清)王先慎:《韩非子集解》,钟哲点校,中华书局2003年,第442页。

"信"又含"按期、准时"之意,如《管子·任法》曰:"如四时之信。"①这里"信"当"按时"所讲,与时间相联系,"信"这一称呼便可以看作是对"嚏鸣"本身神职特点的互释说明。因此,信即嚏鸣。这样,炎帝部族承续谱系清晰地呈现为炎帝→炎居→节并→戏器→祝融→共工→后土→信(嚏鸣)→夸父。后土、信(嚏鸣)、夸父均为炎帝后裔,夸父无疑与炎帝部族存在密切的血缘联系。

阪泉之战,炎帝部族战败,被迫东迁。夸父族作为炎帝部族的一个支系,跟随炎帝一同迁徙。在这样一个大的历史背景下,夸父所逐之日,便不再是自然界中的太阳,而是指兼具太阳神神格和族源象征意义的炎帝。甲骨文、金文"炎"字皆从重火,《左传》《淮南子》《汉书》等典籍皆言炎帝以火德王天下,是为火师。②《白虎通义》又载:"炎帝者,太阳也。"③上古时期,原始初民的思维方式属于线性思维,对自然界的认知往往是通过模拟、比附来实现的。他们直观感受到"火"与"日"的炙热,且二者色泽相近,遂将二者视同一物。炎帝作为火神,兼具太阳神神格,自然是水到渠成之事。与典籍记载相呼应,陕西地区流传的"炎帝抱太阳"神话也充分反映出炎帝与太阳之间的关系。

> 原始社会时期,炎帝教会人们如何播种五谷,但却不见谷子生长。思来想去,炎帝终于想明白是没有太阳的缘故,因此打算上天要一个太阳。在一个白胡子神仙的帮助下,炎帝得到了太阳,驾着神鸟,想连夜返回人间。可旅途奔波,神鸟又累又渴,他们就在中途休息了片刻。神鸟休整好后就带着炎帝又出发了,等回到濠峪沟,炎帝突然发现太阳不见了,他们沿路返回去,找了半天,才发现太阳被二郎神捡走了。几番交涉后,炎帝终于抱着太阳回到濠峪沟。从此,五谷有了太阳的照射,生长得很好。当地老百姓为了感谢炎帝,就把他尊称为太阳神。④

---

① (唐)房玄龄注,(明)刘绩补注:《管子》,上海古籍出版社 2015 年,第 315 页。
② 《左传》曰:"炎帝氏以火纪,故为火师而火名。"《淮南子》云:"南方,火也,其帝炎帝。"《汉书》亦言:"炎帝氏以火纪,故为火师而火名。"李梦生译注:《左传译注》,上海古籍出版社 2016 年,第 1079 页;顾迁译注:《淮南子》,中华书局 2009 年,第 47 页;(汉)班固撰,(唐)颜师古注:《汉书》,中华书局 1999 年,第 869 页。
③ (清)陈立撰编,吴则虞校:《白虎通疏证》,中华书局 1994 年,第 171 页。
④ 中国民间文学集成陕西卷编辑委员会:《中国民间故事集成·陕西卷》,中国 ISBN 中心出版,1996 年,第 17 页。

通过典籍文献记载与民间"活态"文本的双重对读,可见炎帝被称为太阳神并非虚妄之谈。

根据文本记载和实地访谈资料,发现灵宝地区夸父神话传说大致可以概括为三类:

1. 夸父被黄帝的手下应龙追赶到弘农涧(河南灵宝市境内),恰逢此地大旱。夸父族人过了弘农,往西南大山逃,走到一座山上,夸父精疲力尽,倒下身亡,身体化作大山。族人见族长倒下,不愿离开,便在此地居住下来。①

2. 炎帝与黄帝征战失败,夸父族为炎帝族的一个部落,被应龙追杀,到灵宝西塬时族人所剩无几,本要继续西逃,但是见面前荆山紫气环绕,怕惊扰神灵,便在此地驻留。待一切安稳后,夸父欲探究太阳的形状,故而一路追逐,最终道渴而死。②

3. 夸父喜爱光明而厌恶黑暗,他忧虑太阳下山,人间就会变得黑暗,于是萌生了追日的念头。夸父擅长跑,在太阳沟(太阳落山之地)抓住了太阳,他将巨大的火球抱在怀中,突然感到饥渴难耐,不得已又将太阳放下,饮尽了黄河、渭河之水,无奈仍无济于事,最终渴死道中。③

在民众的讲述中,夸父逐日与部族迁徙有关,反映出上古时期部族征战的历史记忆:炎黄阪泉之战,炎帝部族战败后向西迁徙,退至豫、陕交界附近,夸父族作为炎帝族支系,随同炎帝迁徙至阌乡县(今灵宝市)一带。他死后化作大山,则是当地风物与神话人物相互粘着的附会之说,增加了夸父神话传说的"实指性"因素。从历史演进历程来讲,夸父作为炎帝后裔,其逐日行为,表面上是对太阳神的追随,究其深层含义,则隐喻着对炎帝部族的留恋,即对自己族源文化的认同。夸父"逐日"情节与部族征战联系在一起,"道渴而死"的结局也成为战败遇大旱的历史写照。这样,夸父逐日神话就由"单一型"神话发展成为"复合

---

① 讲述人:赵来坤,男,1951年生,灵宝市西阎乡人。调查人:段友文、林玲、刘国臣。调查时间:2017年8月25日。调查地点:灵宝市文管会。
② 白庚胜主编:《中国民间故事丛书·河南灵宝卷》,知识产权出版社2016年,第13页。夸父逐日神话传说由闫迪生1988年采录于灵宝阳平镇,讲述人为丹书,现已去世。
③ 讲述人:李效民,男,1953年生,灵宝市焦村镇人。调查人:段友文、林玲、刘国臣。调查时间:2017年8月25日。调查地点:灵宝市文化局。

型"神话,即由单纯地表现夸父族追日的自然神话,演变成为夸父神话与黄帝、炎帝神话相互杂糅、复杂宏阔的神话体系。

其二,"逐日"也体现出夸父对父系氏族社会的向往与追随。在上古时期,"原始人在物质世界里所知的最尊贵、最完善的力量与仁慈的象征,就是作为全能者的太阳"。① 太阳是一切生命的核心,世界各民族均流传着与太阳有关的神话。与人类从母系向父系氏族社会过渡的历史进程相一致,太阳神也经历了一个由女性向男性转变的过程。《山海经》载:"有女子名曰羲和,方日浴于甘渊,羲和者,帝俊之妻,生十日。"②羲和以"日母"的形象出现在世人面前,被尊奉为太阳神,成为"古华夏民族所崇拜的宇宙神和始祖神"③,日神崇拜由此萌芽、生发、盛行。随着母权制的衰落,父权制兴起,日神性别也逐步由女性转变为男性。"日神的男性化,也昭示着父权的确立与强化"。④ 因此,夸父逐日行为可以看作是对父系氏族社会兴起的肯定与守护。

首先,从社会生产力的发展上看,夸父部族处于母系氏族社会向父系氏族社会过渡时期。据考古发现,炎帝生活于新石器晚期,与母系氏族社会向父系氏族社会转变时期的社会特征相吻合。这一时期,原始农业获得较大发展,是原始社会农耕文明兴盛期。作为炎帝的后裔,或者炎帝部族的一个支系,夸父(族)大抵正生活在该时期。农业文明的发展,使得初民逐渐意识到农作物生长与太阳之间的密切关系,太阳崇拜被赋予了更重要的生存意义。世界各地以农耕为主的民族大多都是日神崇拜信仰盛行的地区。所以炎帝的太阳神神格在某种程度上寄予了初民对原始农业发展、生产力提高的愿望。而夸父对"日神"和部族先祖炎帝的追随,实则是对新生父权的肯定,即对父系氏族社会更为先进生产力的认同与支持。

其次,夸父"佩蛇"形象的塑造隐含着对女性生殖力的模拟,是夸父拥护父系氏族社会的象征性表现。《山海经·大荒北经》云:"大荒之中,有山名曰成都载天。有人珥两黄蛇,把两黄蛇,名曰夸父。"⑤在采集狩猎时期,蛇作为常见猎

---

① 何新:《诸神的起源》,光明日报出版社 1996 年,第 66 页。
② 袁珂校注:《山海经校注》,上海古籍出版社 1980 年,第 381 页。
③ 何新:《诸神的起源》,光明日报出版社 1996 年,第 197 页。
④ 刘毓庆:《神话与历史论稿》,商务印书馆 2017 年,第 49 页。
⑤ 袁珂校注:《山海经校注》,上海古籍出版社 1980 年,第 427 页。

物,其周期性蜕皮现象被原始初民视为新生命的象征。代表着女性的生殖力和野性的生命张力,众多人首蛇尾的女神形象就此形成,如创世始祖女娲。因此,在母系氏族社会早期,拥有繁衍子嗣能力的女性社会地位极高,形成了典型的女性生殖崇拜。到了母系氏族社会晚期,生产力不断提高,社会财富不断增多,男性为了获取财产的继承权,试图改变当时所流行的氏族成员继承制,①逐渐获得了氏族社会的主导权。在这场女权与男权的较量中,对生育权的争夺成为双方斗争的焦点,象征生殖能力的蛇意象逐渐与男性产生关联。作为上古神话中典型的男性神祇,夸父两耳各挂一条黄蛇,手中亦各握一条黄蛇,蛇形象在男性身体多处出现,其实是借意象模拟象征着生殖权力的移转,代表了男性对于生殖力的占有,并以此树立男性权威,巩固新生的父系氏族社会。据《南楚新闻》载:"南方有僚妇,生子便起。其夫卧床褥,饮食皆如乳妇,稍不卫护,生疾亦如孕妇。妻反无所苦,炊爨樵苏自若。"②至今,傣族、仡佬族、高山族等少数民族仍有男性坐月子的现象。这种产翁制习俗的实质是男性对女性繁衍子嗣权的占有,是夸父"佩蛇"形象的进一步现实演化。

综上,夸父逐日神话蕴含着对炎帝部族的留恋,体现出对父系氏族社会的追随,是对特定历史进程的写照,也是根植于特定文化语境的表达,深藏着夸父对族源文化的强烈认同。因此,"夸父逐日"产生于氏族社会转型、部族之间征战的宏大时代背景下,逐日行为并非仅是一种个人行为,而是杂糅了时代、族群、文化等多种因素后产生的象征性行为。

二、断裂与错位:失落的"夸父逐日"神话

夸父作为上古时期的神话人物,不仅是某一人物的投影,更是部族历史变迁的象征。时至今日,夸父文化却因典籍文献的失载、民间口头叙事的断裂、传统习俗的缺位而日益衰微,造成了当地民众的集体文化失忆。

---

① 在母系氏族社会,男子死后,其财产往往会转归于自己出生的本氏族,财产更多是由母方的血缘亲属继承,与他有血缘关系的子女只能和母亲的其他血缘亲属共同继承母亲的财产。也就是说,在母权制下,子女通常不能继承父亲的财产。

② (宋)李昉:《太平广记》卷四八三,中华书局 1961 年,第 3981 页。这里所描述的风俗即为"产翁制"。

（一）典籍文献的失载

有关夸父的文本记载最早出现在《山海经》，据不完全统计，《山海经》中的夸父神话文本共有7处。

表3 《山海经》所载“夸父”文本

编号	文献出处	文本内容
1	《山海经·中山经》	“夸父之山，其木多棕枏，多竹箭，其兽多㸲牛羬羊，其鸟多鷩，其阳多玉，其阴多铁。其北有林焉，名曰桃林，是广员三百里，其中多马。”①
2	《山海经·北山经》	“有鸟焉，其状如夸父，四翼、一目、犬尾，名曰嚣，其音如鹊，食之已腹痛，可以止衕。”②
3	《山海经·东山经》	“犲山，其上无草木，其下多水，其中多堪㐨之鱼。有兽焉，其状如夸父而彘毛，其音如呼，见则天下大水。”③
4	《山海经·西山经》	“有兽焉，其状如禺而文臂，豹虎而善投，名曰举父。”④（注：郭璞云“举父”或作夸父）
5	《山海经·海外北经》	“夸父与日逐走，入日。渴，欲得饮，饮于河渭；河渭不足，北饮大泽。未至，道渴而死。弃其杖，化为邓林。”⑤
6	《山海经·大荒北经》	“有人珥两黄蛇，把两黄蛇，名曰夸父……夸父不量力，欲追日景，逮之于禺谷。将饮河而不足也，将走大泽，未至，死于此。”⑥
7	《山海经·大荒东经》	“大荒东北隅中，有山名曰凶犁土丘。应龙处南极，杀蚩尤与夸父，不得复上。”⑦

《山海经》中最早记载的夸父拥有多重身份。一为兽名，在《北山经》《东山经》与《西山经》中夸父为兽名，其形态怪异，“四翼、一目、犬尾”⑧，且亦有其他兽类“状如夸父而彘毛”⑨；二为山名，夸父山在桃林之南，桃林的形成可能与夸

① 袁珂校注：《山海经校注》，上海古籍出版社1980年，第139页。
② 袁珂校注：《山海经校注》，上海古籍出版社1980年，第83页。
③ 袁珂校注：《山海经校注》，上海古籍出版社1980年，第103页。
④ 袁珂校注：《山海经校注》，上海古籍出版社1980年，第38页。
⑤ 袁珂校注：《山海经校注》，上海古籍出版社1980年，第238页。
⑥ 袁珂校注：《山海经校注》，上海古籍出版社1980年，第427页。
⑦ 袁珂校注：《山海经校注》，上海古籍出版社1980年，第359页。
⑧ 袁珂校注：《山海经校注》，上海古籍出版社1980年，第83页。
⑨ 袁珂校注：《山海经校注》，上海古籍出版社1980年，第103页。

父死后弃杖有关;三为神话人物,夸父作为文化英雄,多出现在以"逐日"为主题的文本叙事中。可见最初的夸父神话叙述呈多元化特点。但从《列子》《淮南子》《吕氏春秋》等文献来看,夸父作为"兽名"和"山名"的意义被弱化,甚至失载,而"逐日"主题则被历代记录和保存。"历史上已发生的事的失载和记录者的缺席,以及因之造成历史的失忆,令后世的'叙述者'较之'描写者'多出一份无奈"。① 由于文献失载与记录断裂,导致夸父神话从多元叙述逐渐演变为以"逐日"为主题的单一叙事。除历史演进、人为选择等因素外,神话本身的叙述传统也是造成这一现象的重要原因。"人们注意并记录下来的'人物'与'事件'常蕴含某种叙事模式。它们或遵循叙事模式而被书写,或因其符合此叙事模式而被记录,或因需要而被人们遵循此模式建构"。② 夸父逐日神话之所以传承,很大程度上得益于它同"盘古开天辟地""女娲补天""后羿射日"等经典神话"共同建构了以人为主体、以自然为客体、表现人战胜自然的叙事模式"。③ 因其追日壮举,后人将其视为文化英雄,与传统意义上"人物+事迹"的神话叙事模式相吻合,与民众的叙述习惯相一致。固有的神话叙事模式成为"'夸父'由多重叙事走向'夸父逐日'的单一叙事"④的重要缘由。

(二)口头叙事的断裂

近年来,灵宝一带的夸父神话引起学界关注。⑤ 既有成果对灵宝"八大社"做了较为深入的探讨,认为八社山民为夸父后裔,因争讼而结社。但笔者发现,八大社虽有其名,然随着时间的推移,灵宝地区夸父神话的传承者集中为地方文化精英与个别的故事讲述能手,普通民众对夸父的记忆逐渐模糊,对夸父神话的口头文本并不了解。以往学者多从碑刻记载、组织名称出发对八大社加以推断,却忽视了八大社传承的真实状况。夸父与八大社的联系,见于清道光十七年

① 王中秀:《历史的失忆与失忆的历史——润例试解读》,《新美术》2004 年第 2 期。
② 谭晓静:《文化失忆与记忆重构——海南黄道婆文化解读》,中南民族大学博士学位论文,2011 年,第 136 页。
③ 汪晓云:《云神:"夸父"神话叙事本源》,《民俗研究》2007 年第 1 期。
④ 汪晓云:《云神:"夸父"神话叙事本源》,《民俗研究》2007 年第 1 期。
⑤ 先后有张振犁、高有鹏等人进行调查并发表研究成果:张振犁:《中原神话流变论考》,上海文艺出版社 1991 年;高有鹏:《河南灵宝阳平"八大社"庙会与夸父神话考察》,《民俗研究》2017 年第 6 期;焦晓君:《典籍神话与民间神话互动的魅力——河南灵宝地区夸父民间文化意义》,河南大学硕士学位论文,2010 年。

《灵宝夸父峪碑记》。①

　　县治东南三十里有山曰夸父。余弟注东曾为赋陈其盛,今余又作记何也。癸亥冬,乡人谋欲峪内竖碑,嘱余作文以记之。余谓环阅皆山也,何独夸父是记。众曰夸父虽□山而大端当志此财。在崇祀典、考实录、息争讼,其崇祀典,奈何曰神道之设,为庇民也。凡能出云降雨,有庇民生者皆祀之。此山之神镇佑一方,民咸受其福,理合血食,兹故土入社士庶人等,每岁享祀,周而复始,昭其崇也。其考实录,奈何曰东海之滨,有夸父其人者,疾行善走,知太阳之出,不知其入,爰策杖追日至此山下,渴而死。山因以名焉,然非余之臆说也。尝考山海、广舆诸书记载甚详,其轶亦时时见于它说。今欲勒石以记,不得不循名核实也。至所谓息争讼,皆有说乎,曰有盖夸父与荆山并□□□,则山为民山审矣。奈狼寨屯、夸父营,有强梁之徒刘姓者,并不谋及里社人等,盗开山地,视为□□可居假捏文券,私相买卖霸占不舍,与八社人等争讼。乾隆五十九年,邑令□李公断定山系人民采樵之薮。夸父营不得擅入樵牧开垦,饬令存案永杜争端。此□碑记之所愈,不容泯没者也。由是观之,凡此数事所关,匪细详悉以记之。若夫云岩崒嵂石室含呀□□□□□俟后之,骚人逸士乘典往来,随笔笔所志。余年八旬强仚(《集韵》:仚,山居长往也。《字汇·山部》:仚,即仙字。笔者注。),氼(《说文·入部》:氼,入山之深也。从山,从入。笔者注。)有洞天矣,昏髦不克及记。

　　岁进士候选儒学训道杨向荣薰沐撰
　　薛家寨、涧里村、贺家岭、寺上村、伍留村、麦王村、西坡村、庙底村
　　合村公议峪内临高寺各有碑记,恐有损伤,今立一座以志不朽云
　　邑儒学生员赵彦邦续书
　　道光十七年葭月乡侯张文秀、赵元昌仝建

　　碑文除记述夸父逐日的神话传说外,同时记录了"崇祀典、考实录、息争讼"

① 清道光十七年《灵宝夸父峪碑记》,碑刻现存于阳平镇娄底村村民委员会院内,碑高134厘米,宽54厘米,厚9.5厘米。碑文于2017年8月26日在娄底村据原碑抄录。以往学者虽对此碑文均予以记录引用,但由于间接转引,所录内容多有错讹、脱衍之处。我们实地勘查时逐字逐句核对之后重新引用,圆括弧内为笔者注解,方框表示字迹漫漶不清。

之事。八个村子为了对抗夸父营、狼寨屯的财主，联合起来组成八大社，并赢得了争讼的胜利。据调查，清代至民国早年，八大社中村民自称是夸父族后裔，每年二月至十月期间都会举行祭祀活动。八大社祭祀"有神无庙"，八个村子轮流坐庄，按娄底、庙底、薛家寨、贺家岭、伍留、西坡、涧里、寺上的顺序进行。祭祀当天，神头①带领本村村民到上村迎神，下村及剩余五村在村口接神，请神后数人抬着神灵巡游，沿途经过其他六个村落，待举行完落神仪式后，开始社火、赛戏等娱乐活动。整个祭祀活动庄严肃穆，有诸多礼仪规范，神头、社员在祭祀期间要斋戒沐浴，更有献牲、交牌、酬神等具体仪式。在碑记中，夸父被尊为山神，百姓"咸受其福，理合血食，兹故土人社士庶人等，每岁享祀，周而复始，昭其崇也"。②可见夸父曾经在当地享有较高地位，受到民间祭祀。然而，随着历史变迁，语境改移，现今八大社的祭祀活动虽仍在继续，但仪式规模缩小、流程简化，最重要的是庙会的精神核心——夸父信仰已被遗忘。昔日神圣的庙会空间成为民众单纯进行情感联系与物资交流的社交空间。当地民众对夸父的历史记忆逐渐淡薄，当问及八大社的起源与夸父有何关联、祭祀神灵为何人时，村民们莫衷一是，各执一词。③

问：您说这儿的八大社和夸父有关系吗？

答1：好像有点，听说是夸父后代，但也闹不清楚具体怎么个事情。④

答2：不，不，不，和夸父没关系。⑤

答3：我们八大社祭的是山神介子推，不是夸父。⑥

---

① 村民共同推选本村德高望重之人，会社成员由八男八女组成。

② 清道光十七年《灵宝夸父峪碑记》，碑刻现存于阳平镇娄底村村民委员会院内，碑高134厘米，宽54厘米，厚9.5厘米。

③ 通过对娄底、庙底、薛家寨、贺家岭、伍留、西坡、涧里、寺上八个村子的村民调查，将其说法进行分类整理，并选取有代表性的说法收录文中。访谈对象为各村村干部、年纪较大的老者、具有一定文化水平的读书人、不识字的妇女、当地孩童等各类民众，进行随机访谈，力求调查资料的科学性与真实性。民众的回答大致可以分为三类：第一类并不知晓夸父的存在；第二类认为八大社与夸父毫无关联，山神实为介子推；第三类虽知道夸父与八大社的关系，但持怀疑态度。

④ 讲述人：黄文龙，男，1945年生。调查人：段友文、林玲、刘国臣。调查时间：2017年8月26日。调查地点：夸父营村。虽然八大社不包括夸父营村，但夸父营村位于夸父山脚，每年八大社祭祀夸父山山神时必会经过夸父营村，夸父营村与八大社同属一个文化区。

⑤ 讲述人：张志良，男，1941年生。调查人：段友文、林玲、刘国臣。调查时间：2017年8月26日。调查地点：下庙底村。

⑥ 讲述人：王引功，男，1943年生。调查人：段友文、林玲、刘国臣；调查时间：2017年8月26日；调查地点：上庙底村。

答4：山神是介子推，他死后登基封了巡山大王。①

答5：听老人们说过，但实际上没有。②

答6：有北京来的人说是八大社是夸父的后代，但咱这山神庙供的是介子推。③

……

与夸父有关的神话传说，也仅有几个村民能断断续续讲出一些碎片，不能完整叙述，甚至有村民将夸父事迹嫁接到介子推身上。为何传承现状与碑刻记载反差如此之大？这种反差概源于灵宝夸父神话传承主体的断层与土著历史的失忆。究其原因，灵宝位于晋陕豫黄河交汇处三角地带，自古以来既是中华民族繁衍生息之地，也是战争、灾害频发之地，经历了无数次改朝换代、人口迁徙之后，这里的土著居民早已发生了更易。尤其是二十世纪上半叶受天灾人祸的影响，灵宝一带民众为了生存，被迫逃离故乡到外地谋生，一旦社会稳定之后，又有他籍乡民迁入此地。在夸父营村入户访谈时了解到，该村是仅有310口人的自然村，主要由王、张、赵、黄等姓氏构成，问到其祖先来自哪里？几乎众口一词："是从山西洪洞大槐树下迁来的。"进一步追问方知大多为二十世纪三四十年代分别从安徽或邻近的卢氏县迁来。夸父营村土著居民的移出，外地难民的移入，带来的不仅仅是姓氏、人口的变动，更造成了本土民间文化记忆的断裂。后来移入本地的居民对原有文化认同感不强，甚至把夸父置换为三晋历史人物介子推。为何会出现这种现象？从地域分布范围来看，介子推传说扩布广泛，以山西介休为传说中心，向四周辐射，波及原平、昔阳、翼城、万荣、夏县，甚至河南新密等地。灵宝与晋南隔河相望，人口流动频繁，不同的文化群体在某一特定空间下，发生持续的文化接触，双方或多方文化相互融合，致使原有文化模式发生改易。④ 介子推与夸父的粘合便是两地文化交流的结果。夸父神话的口头传承群体发生了

---

① 讲述人：王万是，男，1931年生；调查人：段友文、林玲、刘国臣；调查时间：2017年8月26日；调查地点：娄底。

② 讲述人：双巴牛，男，1941年生；调查人：段友文、林玲、刘国臣；调查时间：2017年8月26日；调查地点：夸父营村。

③ 讲述人：董赞军，男，1955年生；调查人：段友文、林玲、刘国臣；调查时间：2017年8月26日；调查地点：薛家寨。

④ 人类学将此种文化现象界定为"涵化"，涵化（acculturation）主要是指文化涵化，是指异质的文化接触引起原有文化模式的变化，是文化变迁的一种主要形式。

变化，加之上古神话讲述场合的缺失，直接导致了想象世界与现实生活之间契合点的模糊化。正因主体记忆的断层，在调查中才会出现"民众不知夸父为何人"的现象。

（三）传统习俗的缺位

"'习俗'是融合了传统的人心机制、社群关系、道德规范以及法权状态的整体文化结构"。① 习俗既是对历史事象的传承，亦是对现实情境的记录，承载着特定区域的历史记忆、精神气质和文化品格。然而通过对三神庙、夸父碑、夸父茔、夸父山等遗迹的实地考察，对骂社火、吃桃馍、八大社庙会等风俗信仰的古今对比，以及与传承人、普通民众的交流访谈，发现灵宝地区夸父文化处于一种"失忆"的状态，失忆背后所隐藏的是深刻的"文化焦虑"，具体表现为传统习俗尚存，但民众对其背后所隐藏的文化意蕴缺乏应有的认知。灵宝当地传统习俗的缺位，主要表现在两个方面。

1. 形实渐亡

灵宝市阳平镇东常村与西常村的"骂社火"又称"标驮子"，"是民间一种综合性群众艺术表演形式，包括：高跷、芯子、骑驴、旱船、海螺、狮子、锣鼓、山砲等"。② 每年正月初二至十六村民约好地点，按照"挑社火""骂社火""出牌子""拜请""制捏杆"流程，进行对骂表演，整个表演以"轻薄行歌过，颠狂社舞呈"③为表现形式，以"骂"为核心要素，骂者极尽讽刺夸张，受骂者以"被骂"为荣，在被骂者看来，辱之愈甚，敬之愈重。事实上，看似无厘头的"骂社火"具有悠久的历史传承，起源于黄帝在灵宝征服万邦、采铜铸鼎庆贺功成，利用对骂的形式压倒敌方，是远古部族文化遗风。清代至民国早年，由于八大社庙会春祭常常与"骂社火"的活动时间重叠，两者的社会文化功能相通，民众通过"骂社火"这种戏谑形式，互相监督、警示，发挥着约束村民行为的作用。加之八大社本身也具有息争讼的规约功能，因而民众逐渐将黄帝信仰与夸父信仰融为一体。但在如

---

① 张巍卓：《习俗的本质与共同体的重生》，《学术交流》2017 年第 1 期。

② 刘景华：《灵宝民间特有的艺术表演》，政协河南省三门峡市委员会学习文史委员会、政协河南省三门峡市灵宝市委员会编印：《三门峡文史资料第十四辑》（内部资料）。

③ （宋）范成大：《范石湖集》，上海古籍出版社 1981 年，第 326 页。《上元纪吴中节物俳谐体三十二韵》："轻薄行歌过，颠狂社舞呈。"自注："民间鼓乐谓之社火，不可悉记，大抵皆滑稽取笑。"

今的实地调研中发现,"骂社火"原有的文化内涵早已发生位移,呈现出仪式过程简化、群众参与积极性不高、认同度减弱等倾向,民众对仪式的关注只是出于一种看热闹的心理,对其背后蕴含的历史文化毫无了解。"骂社火"这一传统习俗逐渐缺位的现象,实质反映出民众对夸父文化的失忆。

2. 形存实亡

夸父死后"弃其杖,尸膏肉所浸,生邓林"①,在灵宝当地形成"邓林弥广数千里焉"②的盛景。"邓林"即桃林。作为一种易于栽种且果实繁多的植物,古时桃树被视为旺盛生命力与繁殖力的象征。夸父死后肉身化为桃林,同样蕴含父系氏族取代母系氏族社会后男性逐渐占有生殖权力的深意。因桃的特殊寓意,古代灵宝地区形成了"吃桃馍"的习俗。一是由于桃馍有"早生贵子""长命富贵"之意,所以每逢结婚、生子等时节,每家每户必蒸桃馍。二是因夸父舍弃自己生命,化身桃林,"吃桃馍"是对夸父化育之功的纪念。传承至今,灵宝地区制作桃馍的技艺尚存,但民众对于为何要在特殊的人生仪礼时食用桃馍的缘由却茫然"失忆",多数人认为仅仅是因桃馍的形状、颜色较为喜庆,更有甚者认为吃桃馍是为了走桃花运。作为实物存在的桃馍,在现代已失去了原有的厚重文化底蕴,逐渐沦为市场经济的附庸品。尽管桃林塞、桃林市场、桃林街等遗迹至今犹在,但其背后隐含的夸父文化已荡然无存。民众只知道这些地方曾经盛产桃树,却不会讲夸父昔日献身化桃林的文化史诗。民众的集体"失忆"使得文化遗产的发展形存实亡,剥离了实质而仅存空壳。

八大社庙会也难免遭遇同样的困境,作为灵宝地区重要的民俗活动之一,虽然庙会形式至今犹存,然而其文化内涵却发生了改变。八大社庙会原本兴起于对夸父的祭祀,但在实地调查中发现,祭祀的主体对象已然成为"外来的"山神介子推。神话、习俗、信仰之间相互联系,神话是信仰和习俗的文化肌理,习俗是神话与信仰的物化体现,信仰又是神话与习俗的精神支撑。夸父神话作为八大社庙会的文化实质内涵,早被民众淡忘,夸父信仰也消失已久,仅剩下庙会活动这一外在形式。形实不能兼具,终会导致失去地域文化发展的灵魂。

典籍文献失载、口头叙事断裂、传统习俗缺位表面上看是民众的集体失

---

① 杨伯峻:《列子集释》,中华书局 1979 年,第 162 页。
② 杨伯峻:《列子集释》,中华书局 1979 年,第 162 页。

忆,但实质上恰恰是当地民众文化认同感不强的体现。由于人口迁徙、经济交往、政治推动等因素,外来者携带着"他"的文化基因扎根于此地,无形中就会对当地文化产生或大或小的影响。尤其是改革开放以来,各地交流愈加频繁,影视、传媒等现代技术给人们带来便利的同时,也带来了多种文化形态,对当地民间文化更是形成了一定冲击。而文化作为一个国家、一个民族的精神支柱,沉淀着民众的集体记忆与智慧。民族的文化记忆是超个人的,它不应只停留于典籍文献中,还应通过口头叙事、景观、遗迹等多种载体记录和保存。这些能够传承文化的载体,可以称之为"记忆的场"。但因文化的失忆,当地民众显然无法依托现有的文化认知来建构、维系这一场域,亦无法从传统的心理模式中汲取精神力量。在高扬民族精神、坚定文化自信的今天,如何实现夸父文化的再记忆、再建构,成为灵宝地区提升民族文化软实力,促进区域文化建设的重中之重。

三、重构与利用:文化的整体保护

文化记忆依托神话传说、地方遗迹、风俗习尚等载体得以存续,对生活在其中的民众产生潜移默化的作用,从而形成人的内隐的心理情感。它存在于人的潜意识中,"会在当前的思想和行为上有所反映,但此过程无意识参与的痕迹"①,因而难以察觉。"我们的过去中没有哪块区域会完全从我们的记忆中消失,人们投射进去的每一幅景象都能在回忆的某处落脚,而不会纯粹基于想象——或者基于我们所陌生的历史想象"。② 河南灵宝作为夸父文化的发生地,遗留下来大量的夸父文化景观。特别是夸父营村(当地又叫夫夫峪、覆釜峪)背靠黄帝山、夸父山、蚩尤山,蕴含的文化资源异常丰富。但现今该地民众对夸父文化的认知模糊,政府对打造夸父文化的重视程度也不够。相比较而言,因当地还保留有黄帝铸鼎原历史文化遗迹、函谷关老子遗址,灵宝市大力加强黄帝文化与老子文化的宣传,却忽略了对夸父文化和蚩尤文化的发掘。由此导致当地文化风格不明晰,城市整体形象平庸化,未能形成文化遗产资源整体保护利用之格

---

① 杨治良等编:《记忆心理学》,华东师范大学出版社1999年,第3页。
② [德]阿斯特莉特·埃尔(Astrid Erll)、冯亚琳主编:《文化记忆理论读本》,北京大学出版社2012年,第84页。

局。而整合文化资源,通过文化重构实现夸父文化的修复重建,是推动文化与经济联姻的重要举措。

要修复夸父文化的族源记忆,实现夸父文化重建,必须坚持黄帝文化、夸父文化、蚩尤文化"三位一体"的保护原则,走出一条区域民间文化资源整体性创新发展的路子。以往,灵宝市政府依托地域文化资源,倾力打造黄帝文化,建立了以铸鼎原为核心的旅游景区,却将相隔不过十几里的夸父山、蚩尤山及其传说遗迹、风俗活动等忽略疏离,这是有失偏颇的。实质上,黄帝文化、夸父文化与蚩尤文化是一个紧密相连的整体。据文献记载,夸父、蚩尤属炎帝部族,二人随炎帝与黄帝征战,阪泉之战中黄帝"三战然后得其志"①,诸侯咸归轩辕。② 夸父、蚩尤二人不服,继续与黄帝相抗,涿鹿之战中均被黄帝部下应龙所杀。黄帝、蚩尤、夸父都是部族战争中的英雄,他们均为中华民族的形成做出了贡献,同样都应被视为民族的先祖。灵宝当地有民众所建三神庙,将三人供奉于一个庙中,究其缘由,大抵是民间信仰的"合力"所致。民间信仰是一种以本民族的传统历史文化为深刻社会背景,并深深植根于广大民众内心深处的特殊文化现象。其"合力"源自于民众的共同文化心理,是约束力、消融力、协调力、凝聚力的集合体。③ 在民众看来,神灵能否庇佑百姓、解决矛盾冲突是最重要的职能,其真实身份并不重要。黄帝作为中华民族的人文始祖,其意义和价值是不言而喻的,民众对黄帝的供奉是先祖崇拜心理的外化表现;夸父与灵宝历史渊源深厚,八大社庙会"通过文化叙事形成一种特殊的'合力',消解生活中的矛盾和纠纷"④,夸父也成为三者中最具生活化特征的神灵;蚩尤享供奉得崇祀则主要源于对其誓死抗争、血性胆气的推崇,蚩尤英雄崇拜实质上是民众自我人生理想的寄托,是敬贤向上民族精神的延续。黄帝、夸父、蚩尤作为灵宝文化群的主体,共同构成了地方的保护神,成为维护乡村秩序、消解社会矛盾的重要力量。黄帝文化、夸父文化与蚩尤文化是一个完整的共同体,灵宝地区如果只着力打造某一种文化而忽视其他文化,势必会割裂这种完整性,削弱地域文化的影响力。因此,对灵宝区域文化的打造,必须建立在整体性保护、

---

① (汉)司马迁:《史记》,中华书局 1959 年,第 3 页。

② (汉)司马迁:《史记》,中华书局 1959 年,第 3 页。

③ 张祝平:《论民间信仰文化力》,《中央民族大学学报》(哲学社会科学版)2011 年第 5 期。

④ 高有鹏:《河南灵宝阳平"八大社"庙会与夸父神话考察》,《民俗研究》2017 年第 6 期。

利用的基础上。

实现对黄帝文化、夸父文化和蚩尤文化"三位一体"的整体保护,可资借鉴的是中国非物质文化遗产生态区保护的成功经验,即将自然地理环境、人文社会景观、神话传说文本、文化传承主体视为一个相互依存、彼此关切、良性互动的文化生态系统,促进它们和谐共生、协调发展。灵宝地区的自然地理环境主要指铸鼎原、夸父山、蚩尤山、轩辕台以及桃林塞等自然景观。灵宝西部阳平镇境内的铸鼎原,又称荆山黄帝岭,是黄帝统一各部族之后铸鼎成功,由黄龙相迎升天,得神帝之道的地方。黄帝岭西南的龙须沟,相传是黄帝升天时,民众拽着他的衣物和胡须不忍让其离开,龙须坠落在地,生长出一种龙须草,此草周围皆无。民间传说还言黄帝战胜蚩尤之后,铭功铸鼎,并将小秦岭脚下的三座山分别命名为蚩尤山、轩辕台、夸父山。三座山远远望去,恰似三位神人躺卧在那里,青山巍峨,雄奇壮观。灵宝地区的社会人文资源包括三神庙、夸父茔等神话传说遗迹,八大社、"骂社火"、宗族村落等民间组织与社会风俗。神话传说文本是指围绕夸父、蚩尤、黄帝三位神话人物形成的书面的、口头的、行为的乃至空间的叙事形态,通过深入挖掘这些神话传说文本,辅之以可信的地方风物、社会习尚,就可以唤醒民众深藏内心的历史记忆,实现民间文化资源的永久延续。文化传承的主体是地方民众,他们既是神话传说记忆的主体,也是民间文化的拥有者和实践者,还是民间文化资源创新发展的受益者。作为保护主体的政府官员、地方精英、文化学者,要激发民众的文化自觉,调动民众积极参与以夸父神话为核心的民间文化资源的恢复与重建,让民间文化成为地域社会的标识。

总之,实现黄帝文化、夸父文化和蚩尤文化的整体性保护,要将灵宝视为三种文化共同发展的生态场,明确其所涵盖的时空范围和赖以存续的文化品类,同时注重文化、生态与人的三维互动。具体而言,就是要优化传承场域,对黄帝、夸父、蚩尤文化传承的自然与社会空间进行生态式的修复与重建;激活传承意识,唤醒当地民众的文化记忆并明确其传承使命;深化传承理念,制定完善的传承机制与文化保护策略;活化传承形态,实现口头文本、行为仪式与景观物象的互动展演。只有多管齐下,才能形成文化遗产的规模效应,实现"三位一体"整体保护的总体目标。

小　结

"有夸父其人者,疾行善走,知太阳之出,不知其入,爰策杖追日至此山下,渴而死。"①英雄的失败让人唏嘘,也恰是美的毁灭才会显得愈加悲壮、凄烈。夸父神话如同震撼心灵的古旋律,带领我们回溯历史,探寻尘封已久的奥秘。"神话的价值在于,它诉诸想象,以一种具体形象的方式叙说……神话的意义在于它们的表意能力"。② 夸父神话体现着坚定不移的追求精神,百折不挠的进取精神,知其不可为而为之的执着精神,甘于牺牲的奉献精神。夸父精神是华夏民族的集体记忆,是民族精神的核心来源。虽然在后世的流传演绎中,夸父神话变得模糊难辨,但巍巍夸父山掩映着英雄的容貌,肃穆的夸父茔诉说着英雄的神异,夸父八大社回响着民族文化前行的足音。灵宝的一景一物,无一不是夸父神话的实物见证。"一个民族在长久的生命中要经过几回更新。但他的本来面目依旧存在,不仅因为世代连绵不断,并且构成民族的特性也始终存在"。③ 夸父逐日蕴藏着上古时期的族源记忆,是对氏族社会转型时期先民生活的折射与写照,它也必将会在新时代通过创新性发展成为地方文化建设永不枯竭的精神源泉。

---

① 清道光十七年《灵宝夸父峪碑记》,碑刻现存于阳平镇娄底村村民委员会院内,碑高 134 厘米,宽 54 厘米,厚 9.5 厘米。碑文于 2017 年 8 月 26 日在娄底村据原碑抄录。以往学者虽对此碑文均予以记录引用,但由于间接转引,所录内容多有错讹、脱衍之处。我们实地勘查时逐字逐句核对之后重新引用,圆括弧内为笔者注解,方框表示字迹漫漶不清。

② [英]希克(Schick):《第五维度:灵性领域的探索》,王志成、思竹译,四川人民出版社 2000 年,第 313 页。

③ [法]丹纳(Taine):《艺术哲学》,傅雷译,人民出版社 1963 年,第 353—354 页。

第七章　陕北晋西汉画像
神话的生命意识

　　人类最初视死亡为偶然现象,在逐渐觉悟到死亡的不可避免后,开始借由神话和原始信仰去追寻生命的永恒。虽然我们跟原始先民的生活距离很远,但他们的生命意识多积淀于神话、传说和原始习俗的形成过程中,并作为其重要概念基础世代传承下来。因而,我们能够从神话传说和民俗民风中探寻到原始人类的生命哲思。汉画像石所刻绘的神话图像就为我们提供了这样的契机,它所具有的气魄雄大的艺术风格,不仅取决于其大刀阔斧、粗犷豪迈的雕刻技法,还在于其描绘的神祇祥瑞形象与超自然世界的神话情节蕴藏着整个民族代代累积的丰富而深厚的文化精髓。只有从窥探先人生命意识的角度出发,我们才能深入透彻地理解上古神话传说的产生原因和其所含括的意蕴。

　　陕北、晋西汉画像作为汉代画像石四大分布区之一,一方面,展现出汉代画像石的整体特性;另一方面,集中反映汉代陕北晋西地域文化,表现为多元文化交融的独特个性。陕西及山西两省画像石分布区域在汉代归属于上郡和西河郡,地处中原农耕文化与西北游牧文化交汇地带,有重要的军事与政治地位。这里也是沟通中原和西域贸易的通道,大量的内地移民带来中原先进的生产技术,促使此地成为农牧业经济发达的地区,为汉代画像石艺术在该地区的发展繁荣创造了条件。汉代社会神仙思想大行其道,尤其是在汉代统治者的多次巡游求仙活动影响下,上层阶级开始大兴祭祀厚葬之风。与此同时,儒家思想将厚葬死者作为"孝"的重要标准,推崇孝行的风尚使厚葬之风愈演愈烈。汉画像石作为丧葬祭祀艺术之一,集中体现了汉代人的"事死如事生"丧葬观念及崇生的生命意识,汉代画像石所刻绘的神话世界寄寓着汉代人追求永世幸福和生命长驻的愿望。本章选取汉画像石中女娲伏羲、西王母东王公、日神月神三组神话,从其所内蕴的祈愿族群延续的群体意识、渴求个体长盛不老的生命意识、探寻万物共生的宇宙时空意识三个方面,论述汉代人追求生命不朽的精神风貌与文化特质。

一、女娲伏羲神话:祈求生命延续的群体意识

群体意识即处于同一群体内的成员共同形成的价值观念。祈求生命延续的群体意识具体表现为民众依赖家庭为核心的血缘关系来维系族类不朽、种族永恒延续的观念。这种观念是群体长期实践过程中形成的对共同的社会生活的反映,根源于汉民族的孝道文化,表现为重视生命的本质内涵,不仅是对生命传递的深切渴望,也是对生命价值追求的不断升华。因此,要获得生命的延续,不仅表现在实现个体生命的永生,也表现为家族血脉的承续。从这一价值层面考虑,生命延续就与家族的繁荣发展密切相关,婚姻也成为人类自己延长生命和发展家庭血脉的大事。女娲的大母神、生育神与高媒神的神职属性与汉画像作为丧葬艺术追求生命延续的文化内质自然契合,因而刻画有女娲形象的神话内容在整个汉代墓葬艺术中占据着重要位置。

(一)女娲形象蕴含的生育崇拜

1. 大地母神化生思想

女娲在神话中能够化生万物,是人类的创造者,“一日七十化”[1],袁珂将其解释为“化育、化生”[2],即化无为有,化小为大,化少为多,展示着生命的连绵不断、生生不息的无穷可能性。先民在窥探万物生长的过程中发现,大地孕育万物,动植物均离不开土地,由此产生人类也是从大地中化生而来的观念。女娲,作为大地母亲人格化的体现,它的“化生”与先民认为万物是由土地滋育而来的观念相契合,女娲自然就拥有了化育万物的能力。既然死亡不可抗拒,那么把生死看作万物互相转化的一种形式,则可使人消除对死亡的恐惧。

在原始社会,因自然条件恶劣、生产力水平低下,人类难以与自然抗衡。此外,残酷的部落战争时有发生。早期的先民们通过女性大量繁育后代来面对残

---

① (宋)洪兴祖:《楚辞补注》,中华书局 1983 年,第 104 页。
② 袁珂:《古神话选释》,人民文学出版社 1979 年,第 19 页。

酷的生存竞争,使族群得以繁衍生息,避免灭绝的厄运。女娲"化生"的功能成为初民强大生育能力的象征,隐含着先民对种族绵延不断、代代相传的期望。这位神话中的女神,随着她生命的创造和使人类社会得以繁衍的神职,已经成为一个广泛的、长期崇拜的创造神和祖先神,并受到历代民众的敬仰。汉代《说文》中对"母"的解释反映了当时人们的生命认知:"母,牧也。从女,象怀子形。一曰象乳子也。"①"母"的两种解释均趋向于"哺育子女",即反映当时人们的精神诉求,对生命的延续和循环的企盼。可见汉代人对"母"的认知集中表现为对"生子"这一生命延续和循环行为的理解。人们通过对女娲形象的刻绘,寄托了她的"化生"能带给女性生育能力的渴望。先民们认为,女娲会给他们连绵不断的生育能力,在繁衍后代延续生命和对抗自然获得生存时,这种力量会帮助他们战胜一切困难,从而满怀着生存的希望,保持着昂扬向上的精神特征。对女娲的尊崇体现了汉代人在土地崇拜下对生命循环的向往,表达了对女性的赞美。中国传统的生命意识在汉画像石中得到深刻展现,每一块画像石都记录着汉代人对保持生命鲜活状态的渴求,向后人展示出汉代人的生机勃勃的生命意识。

2. 人身蛇尾女娲形象与生殖崇拜

女娲的文字记载最早见于《山海经》,其后《楚辞·天问》中提及女娲神话,但没有关于女娲形象的表述。直到汉代才有女娲人首蛇尾形象的明确记载,王逸为《楚辞·天问》作注"传言女娲人首蛇身"。② 李善注《文选·鲁灵公殿赋》一文中引《列子》:"伏羲、女娲,蛇身而人面,有大圣之德。"③又引《玄中记》:"伏羲龙身,女娲蛇躯。"④《文选》中王延寿最早记录了建筑雕刻中的女娲形象,《鲁灵光殿赋》:"伏羲鳞身,女娲蛇躯。"无独有偶,作为人类保护神的女娲,在陕北晋西的汉画像中也以人首蛇身形象为主(图7-1,图7-2)。在认识自然、征服自然的过程中,先民们见识到猛兽的力量,幻想猛兽可以征服自然,将其奉为神。随着对自然认识的加深,先民们的主体意识开始觉醒,神不再高高在上,而是可以被人类利用的形象。人们开始幻想将自然力加在英雄或动物的身上,拥有法力的神祇、英雄才能代替人们去征服自然。黑格尔在《美学》中谈到:"人首象征

---

① （清）段玉裁注:《说文解字注》,上海古籍出版社1981年,第614页。
② （宋）洪兴祖:《楚辞补注》,中华书局1985年,第104页。
③ （梁）萧统编,（唐）李善注:《文选》卷十一,中华书局1977年,第171页。
④ （梁）萧统编,（唐）李善注:《文选》卷十一,中华书局1977年,第171页。

着精神特质,兽身象征着物质力量;人首和兽身相连,象征着精神试图摆脱物质力量,但精神还没有完全摆脱物质力量。"①汉画像人首蛇身的女娲形象反映出,先民在造神过程中,将神与人类异质同构,一方面将女娲刻画为拥有蛇身,既表现出人类身体弱小需借助外力的局限性,期望人类也拥有蛇的再生能力,体现了先民对生命的追求和崇拜,是汉代社会的人们生殖观念和性意识的凸显。另一方面,"人首"又体现了当时社会和人们对生命的要求,以及对死后的精神寄托,突出汉人意识到自身重要性的自我意识的觉醒以及渴望掌控命运的生命诉求。

图 7-1　女娲人首蛇身形象刻绘于 1981 年张家砭乡
张家砭村出土的左门柱上部②

　　女娲体内蕴含的浓郁的生命力量,为我们展现了一幅生命长河的美的图景。先民用自己的智慧对抗难以抗拒的死亡事实,把有限的生命长度延伸为精神的无限生机。正如卡西尔所言:"在某种意义上,整个神话就是对死亡现象坚定而顽强的否定。"③汉画像石上刻绘的女娲人首蛇身形象,正象征着汉人突破生命极限的精神气质。

---

① ［德］黑格尔:《美学》卷 2,商务印书馆 1984 年,第 77 页。
② 现藏绥德东汉画像石原专题博物馆。拍摄人:叶蕾。时间:2016 年 4 月 16 日。
③ ［德］恩斯特·卡西尔:《人论》,甘阳译,上海译文出版社 1985 年,第 107 页。

图7-2　女娲人首蛇身形象刻绘于1976年辛店乡
刘家湾村出土的左门柱上部①

（二）阴阳和谐的夫妻同葬观念

汉代受阴阳学说影响追求对称与和谐的生命美感,无论是为了表现现实还是为了描绘幻想死后的场景,汉画像石中的石刻都讲究对称布局。其中,陕北晋西的汉画像中女娲形象均是与伏羲并立,以对偶神的形式出现。随着人类对自身认知的深入及男性在社会生产和日常生活中发挥的作用越来越大,人们开始意识到在生育过程中,男人有着不可或缺的作用,两性共同协作才能孕育生命。女娲神话也由单一的"化生或造人"神话演变为伏羲女娲共同创造人类的始祖对偶神神话。将二者以对偶神的形式刻绘于画像石上,首先,表现为生者对死者寄予美好的祝愿,表达对于先人的尊敬和崇拜。其次,表现为期盼家庭和睦,夫妻和谐。最后,期望伟大的祖先可以保佑氏族子嗣兴旺的生殖崇拜和先祖崇拜。

1. 女娲伏羲对立图

在汉代的石刻画像中,常见的伏羲女娲的构图形式表现为分列对立和两尾

---

① 　现藏绥德东汉画像石原专题博物馆。拍摄人:叶蕾。时间:2016年4月16日。

相交这两种类型。二者均采取人首蛇（龙）身的形象，人兽同体的生命结合形式，展现出人与自然共同孕育生命的神圣性，预示生命的诞生、族群的繁荣、人类的繁衍，表达了人们对生育繁衍的美好祈愿。

在陕北、晋西地区，伏羲女娲图像主要出现于东汉中期米脂、绥德等地的汉墓中，构图形式为伏羲女娲分列对立，即两者分别刻画于两个相对应的画面上，或刻于同一画面，但呈相对的位置。如图 7-3，伏羲女娲作为主神位于墓门门柱中心占据大幅比例，着冠服，人首蛇身，侧面相对，有较强的对称、均衡感，显示了装饰的图案美。可以看出，这幅五石组合的墓门刻绘的是以伏羲女娲为中心的神话世界，二者形象表现为明显的对偶神特征。伏羲女娲下首的陪侍神为突显二者的始祖神地位，门柱石左右角的鱼及墓门横额石上的鹤衔鱼、飞鸟等祥瑞则表现二者的功能，即伏羲女娲具有家庭和谐，多子多福的对偶神身份。在山东、河南、四川等地的画像石中，二者多表现为：头戴冠帽，身着宽袖大袍，合刻于一石之上，躯体紧紧缠绕的形象特征。陕北晋西没有出现像其他地区画像石中伏羲女娲交尾的内容，均为女娲伏羲分立于两侧的门柱上。女娲本是人类繁衍的始祖神，画像石中其人首蛇躯并与伏羲交尾的造型突出了其生育神的特征。但是，在汉代中期，社会稳定，生产力水平大幅增长，生育的压力相对于战争时期有所缓解，人们对生育神的崇拜也略显衰弱。这一时期女娲伏羲图像不单单表现

图 7-3　1981 年张家砭乡张家砭村出土伏羲女娲像①

---

① 绥德东汉画像石原专题博物馆藏。拍摄人：段友文。时间：2016 年 4 月 16 日。

为对生殖的渴望与性意识的张扬,更多象征着祖先崇拜在家族成员间形成凝聚力,组成血缘家族和血缘关系为纽带的社会群体,保证后代子嗣兴旺的丰富内涵。

2. 持规执矩图

规和矩是先民在探索世界的过程中发明的具有创造性的工具,它们在创造初期即被赋予创生、初造的精神意蕴。山东武氏祠有"伏羲苍精,初造王业,画卦结绳(创造文字),以理海外"的题赞,正是伏羲女娲创造万物丰功伟绩的现实表现。在人们的认知中,规和矩包含着事物的规范性,因此,它们能简单地归为绘制圆和方的工具。人们常常把规矩量化为规范世间万物、把握社会处事行为的标准,现实生活中个人修身、齐家,乃至治国、平天下的准则均由其界定。[①] 因而,中国古代神话中将具有规范秩序意义的规矩赋予了伏羲、女娲。二者的创世神身份及对人类所做的一系列功绩表明,他们的存在对人类秩序的形成起到了决定性作用。把规矩放在他们的手中,正是为了表明他们是规范世界秩序的文化英雄和创造人类的始祖神。生活的美不是无序的,它一定暗示着生活中的某种秩序。

伏羲持矩女娲执规的形象在陕北晋西的汉画像石中并不多见。据目前所掌握的资料,仅见于绥德四十里铺田舫墓内室石壁的两侧柱石上(图7-4,7-5)。二者均人首龙身侧面相对分列,伏羲戴冠执矩,女娲挽髻持规。陕北晋西汉画像中的女娲执规、伏羲持矩图像具有特殊的象征意义,象征着作为秩序的创造者,女娲与伏羲自然具有强烈的秩序美。中国传统的神话传说表现出先民对生与死的原初体验,弥漫着人类对生存的终极关怀。这种原始的生命意识,已在神话的代代相传中转化为民族的集体无意识,成为规范人们道德情感和社会责任的感性根基。可见,先民对人与自然和谐共存,维护社会秩序稳定的殷切期盼。

(三)动物形象反映的生殖崇拜

1. 交尾蛇图

世界上许多民族流传的神话中都有关于蛇的神话,在人类最为重视的生命

---

① 《孟子·离娄上》云:"圣人既竭目力焉,继之以规矩准绳,以为方圆平直,不可胜用也。"又《孟子·告子下》曰:"大匠诲人以规矩,学者亦必以规矩。"见金良年:《孟子译注》,上海古籍出版社2004年,第146、249页。《荀子·礼论》中更将规矩与礼法加以结合:"故绳者,直之至;衡者,平之至;规矩者,方圆之至;礼者,人道之极也。然而不法礼、不足礼,谓之无方之民;法礼足礼,谓之友方之士。"见(清)王先谦:《荀子集解》,中华书局1988年,第356页。

图7-4 左门柱上部伏羲持矩图

图7-5 右门柱上部女娲执规图①

---

① 1997年四十里铺镇出土,绥德东汉画像石原专题博物馆藏。拍摄人:段友文。时间:2016年4月16日。

问题上,蛇担当了重要角色。蛇本是先民最危险、最强大的敌人。但先民观察到蛇蜕皮后能重新获得生机,断肢也不会死亡,种种奇异迹象使人们意识到蛇具有神奇的力量和顽强的生命力,因而把蛇作为永恒生命的象征予以崇拜。同时,蛇属于多产生物,在先民眼中,蛇具有旺盛的生殖力,蛇自然而然与人类自身的生产和种族繁衍等生命意识联系到了一起。

　　古人认为"尾"是生殖的部位,也指代交接的行为,如《史记·天官书》"尾为九子"条下,《索隐》引宋均曰:"尾属后宫场,故得兼子。"①这里用天人相应的形式把散布于赤黄道附近的星宿划分四区之一的东方苍龙星座之尾宿,比拟为人世间皇宫的后宫之所,以此来说明龙尾有如后宫一样,是具有生育繁殖功能的部位。《白虎通义·封禅》曰:"子孙繁息也,于尾者何? 明后当盛也。"②表达了人们以尾部作为生殖崇拜对象希冀子孙兴旺的虔诚心理。"交"在汉代体现了对生殖繁衍的祈求和对生命长存的修炼,汉画像中大量"交合"内容,有明白的图示,也有隐喻的样式,交尾蛇图即是一种生殖崇拜图式。按照原始思维,性交图形可以保障魔法原则中类似现象引出类似结果的效力,人们把交尾蛇图刻在石刻壁画上,其实代表着希望透过对两尾相交图像的巫术力量,以达到繁衍子孙的目的。如图7-6,陕北晋西北地区具有典型性的是1998年出土于中角乡白家山

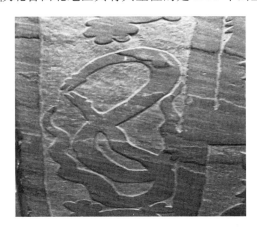

图7-6　1998年中角乡白家山出土左门柱下部交尾蛇像③

---

①　(汉)司马迁:《史记》,中华书局1959年,第1298页。
②　(清)陈立撰编,吴则虞校:《白虎通疏证》,中华书局1994年,第287页。
③　绥德东汉画像石原专题博物馆藏。拍摄人:吴亚亚。时间:2016年4月16日。

的交尾蛇画像即以蛇尾相交作为生殖崇拜的象征。

当时人们认为,尾是动物交配繁殖后代的部分,交尾即表达了生殖行为。因而,人们把交尾蛇图刻在画像石上,内含强烈的生殖崇拜意蕴,表达了先民对繁衍子孙的直观诉求。汉画像中蛇的图示大多为交尾蛇样式,如图7-6,陕北晋西北地区1998年出土于中角乡白家山的蛇画像即为蛇尾相交图作为生殖崇拜的象征。

2. 鱼型图

在原始人看来,鱼是一种生殖力最强的东西,它食之不尽,捕之不完。且鱼以鱼籽繁育后代,鱼籽之多,可见鱼的生育能力之强。凭借生活经验和实践认知,先人自然认为鱼是一种极富生命力的物种。赵国华认为:"从表象看,鱼的轮廓与女阴的轮廓相似;从内涵看,鱼腹多子,繁殖力强。因此,先人将鱼作为女性生殖器官的象征。"①原始人的陶器的绘画形象中,就有鱼形图以表现女性生殖崇拜。汉画像中刻绘鱼也是取自相同的寓意。鱼与代表子嗣繁衍的女娲刻绘于一起,表现出明显的生殖崇拜、子嗣繁衍的意蕴。如前述出土于张家砭乡张家砭村的墓门五石组合,左右门柱伏羲、女娲右下角有鱼的形象,与女娲下身紧密相连,内涵子嗣延续之意。除此之外,横眉石右端也刻绘鸟衔鱼形象。鸟衔鱼是传统的生殖崇拜题材,郭沫若解释"玄鸟生商"的神话时就指出鸟通常是男性生殖器的象征,鱼向来被认为女性生殖器的象征,这一汉画像构图表明了汉人向往生的生命意识。

坎贝尔认为:"神话和宗教形象……通过图像向我们讲述了应该认识、并融入我们生命之中的精神力量,讲述了人的精神所共有的永久性力量,这种力量代表了物种的智慧,人类正是靠着这种智慧,才经受住了时间长河的考验。"②汉代画像中的女娲、伏羲及其附属神的神话显示了伟大的先祖可以保佑其后代繁衍兴盛,由此而产生的祖先崇拜信仰,则展现出族群繁衍生息的凝聚力,这种力量使得先民能够接受并传颂此类神话。事实上,先民认为人类的生殖行为是神圣的。一个部落、一个民族、一个国家生存和发展的首要条件,就是为社会补充劳动者和土地,以保证国家和民族的连续性。因此,生命的再生产,生命的价值,可

---

① 赵国华:《生殖崇拜文化论》,生活·读书·新知三联书店1990年,第107页。

② [美]坎贝尔:《生命中的神话》,转引自[美]阿兰·邓迪斯选编《西方神话学论文选》,金泽、蒙梓译,上海文艺出版社1994年,第343页。

以通过一个人的有限生命,作为家庭无限延伸的一个环节来实现。就自然生命的人性而言,任何个体生命都是有限和暂时的。生命的传承不仅体现在对自然和生物意义的持续传承上,也体现在对家庭生活的物质文化传承上,甚至是精神传承上(包括家业、家庭习俗等)。后者是一种意义更为深远的价值继承形式。从这个意义上说,伏羲女娲神话本质上包含着族群延续的群体意识。

二、西王母神话:追求生命永恒的个体意识

重视现世的利益是中国古代历史上普遍存在的生存意识,表现为对"生"的无比热情,对生命永恒的执着追求。这种对超越时空限制的生命不朽的渴望和追求,直接推动了人们对神仙的崇拜和信仰。汉武帝终其一生都在探寻鬼神。他祈求神灵,崇拜神仙,希望能够永世长存。西汉中后期,在统治者的大力倡导下,长生不老成为一种普世的生命关怀,追求长生的观念深深扎根于民众的心中。西王母掌管不死药,能左右人的生死,是汉代人信奉西王母的主要原因,作为表现汉代丧葬艺术的汉画像才会刻绘有大量西王母神话的内容。

陕北、晋西画像石墓中,西王母图像出现的频率极高。西王母图像通常在墓门两侧的左右门柱上方,位置基本固定。由于受公元2世纪中原和西域的战事影响,东汉时位于陕北的上郡和西河郡被迫南迁至现在晋西北的吕梁地区,由此在陕北—晋西北画像石墓形成的两个一脉相承的建筑兴盛时段,时间跨度约130—150年,西王母及稍晚的东王公的模式受多重因素的影响逐渐演变为不同的风格。归纳起来,可分为西王母主宰的神仙世界与东王公进入西王母的神仙世界两大时期,同时随着神话的不断演绎,西王母的陪侍神日益丰富,逐步形成一个以西王母长生思想为中心的独立类型。

(一)以西王母为主宰的神仙世界

《山海经》记载:"西王母其状如人,豹尾虎齿而善啸,蓬发戴胜,是司天之厉及五残。"[1]可见,西王母为主掌灾疫和刑罚的"瘟神"和"杀神","豹尾虎齿善啸"显示出西王母形状可怖、凶悍神秘的蛮荒怪兽形象。灾疫和刑罚都是掠夺

---

[1] 袁珂校注:《山海经校注》,上海古籍出版社1980年,第50页。

人类生命的,在汉代阴阳哲学的影响下,西王母既然可以取走生命,她同时也可以赋予人生命,因此西王母掌管不死药的形象演变也就符合逻辑了。西王母被人们赋予掌管不死药的职能,道教也将其纳入神灵体系,西王母"凶神"的形象与长生不老的神职不符,因而其形象也发生相应的转化,实现由兽神到白首"西姥"再到貌美"女神"的转变。渴望升仙,实现长生是汉代信仰的核心,汉代人认为,死亡不再是生命的终结,死后可以灵魂升仙,实现生命的不朽。随着西王母神职功能的扩大,其在神灵体系中的地位得到显著提升,成为汉代人顶礼膜拜的主神。陕北晋西的汉画像石刻以西王母为核心构筑起神仙世界,昆仑山与西王母神话逐步合而为一,东王公也作为西王母的对偶神一同出现在汉代画像石上,以及玉兔、羽人、九尾狐等陪侍神的存在,使西王母的神仙世界愈加丰富完善。

在东王公出现之前,以西王母为主宰的神仙世界有两种主要形式。

1. 仙瑞陪侍图

汉画像中的西王母神话形象与文献记载有着相似的发展路径,也是由单一的西王母——西王母与仙人博弈相对——玉兔、九尾狐、凤鸟、羽人陪侍不断丰富、充实起来的。陕北晋西地区主要是后两种形式。如图7-7,右门柱左上部西

图7-7　榆阳区上盐湾乡陈新庄村出土墓门五石组合①

---

① 榆林汉画像博物馆藏。拍摄人:叶蕾。时间:2016年4月14日。

王母头戴胜坐于仙山神树上且两旁有仙人玉兔陪侍,与之相对应的左门柱上部是仙人博弈图,可以看出其表现的是仙界神仙惬意的生活。图7-8,戴胜西王母在画面右侧端坐,周围有羽人跪侍,象征永寿的不死鸟、九尾狐等祥瑞禽兽陪侍其侧,旁边是两只玉兔在捣制不死药。这一时期是西王母身份地位逐步提高稳固的阶段,无论是陪侍的动物,还是化仙的羽人,均为渲染西王母的至高权力——掌管生死。以西王母为核心构筑"神仙世界",是汉人生命意识的外在体现。

图7-8　1957年四十里铺镇出土横眉石右端西王母戴胜端坐①

汉画像石中神禽仙瑞作为陪侍神出现在西王母的神话世界中,一方面表现出原始初民们童趣稚嫩的饱含诗意地探索世界的过程,他们将对周围生物所观所感生动有趣地展现出来,借外在物象触碰生命的真谛,凸显出先民渴望超越自己生命的愿望。汉画像中大量对兔、鱼、鸟、狐的模拟、重现和再建构,反映了先民对自然生物生命形态的感悟。尤其是对鸟类的描绘和鸟类变形产物——羽人的出现,都反映了先人对鸟类飞行的赞美和崇拜。正是先民生命感悟中的生命审美意识流动,给予自然生命以无限的精神内质。另一方面表现出原始初民们万物有灵、众生平等的生命意识,人与自然万物同生共存,它们各有存在的价值。

---

① 绥德东汉画像石原专题博物馆藏。拍摄人:段友文。时间:2016年4月16日。

2. 拜会王母图

在西王母为尊的阶段有一种主要的表现形式,即墓主升仙图。在陕北绥德四十里铺镇出土的一块门楣画像石,描绘了气势宏阔的墓主升仙场景。画面的四周以云饰纹环绕,营造了仙境缥缈的氛围,两端悬挂的日月构筑了整个神仙世界的宇宙基础,日月同辉内含宇宙时空的不灭永存。在画面的最左端,西王母戴胜盘膝而坐,两旁有羽人跪侍。九尾狐、青鸟、玉兔等象征长生的形象均围绕在其左右。在西王母统治下的神仙世界一片祥和安乐,画面中部即刻绘了一幅仙人乐舞百戏享受生活的图景。画面右端墓主人在羽人、神鸟的带领下飞升进入神仙世界。这些飞升仙境的景象,成为亡者寄托肉体死亡后灵魂可以长生不老,希望在神灵的指引下,顺利实现升仙的目标(见图7-9)。汉朝是一个全民普遍追求神仙信仰的时代,神仙思想在社会上的地位空前高涨,无论是皇帝贵族还是普通民众都痴迷于此。汉代画像石中有大量拜会西王母的图像,寓意墓主人死后由仙瑞引领飞升仙界焕发新生的神奇想象。

图 7-9　1997 年四十里铺镇出土横眉石①

大量拜会西王母的图像中最鲜明的是穆天子拜会西王母。绥德县石家湾乡刘家沟村出土的横眉石,如图 7-10,主题画面长卷式地展示了周穆王拜会西王

_____

① 绥德东汉画像石原专题博物馆藏。拍摄人:段友文。时间:2016 年 4 月 16 日。

母的场面。周穆王乘坐着由三只金乌驾驶的车进入神仙世界求取不死神药。西王母戴胜端坐在画像最左侧,彰显了其至高的地位,两侧有羽人手持仙草陪侍,身侧有象征"不死之鸟"的凤凰、九尾狐恭候差遣,还有玉兔为其捣药,整个画面三分之二的篇幅刻画了西王母拥有不死药、掌管万物生死的场景。

图7-10 绥德县石家湾乡刘家沟村出土(原石存于西安碑林
博物馆)的横眉石穆天子拜会西王母①

这些画像石都呈现出超脱尘世的精神追求,人死后以行为的自由实现对社会限制的突破后,进入神仙世界,万物都处于洒脱状态,具有自由飞升的意义。整个画面表达了古人对死后长生不老、享受仙境生活的强烈愿望,这一仙境生活实际上是墓主真实生活的延伸和接续。

(二)东王公进入西王母的神仙世界

西汉晚期以后,随着西王母影响力的扩大,西王母变得更加人格化、世俗化,不仅在形象上向人靠拢,还与东王公配为一对"仙侣"。众多研究表明,东王公的形象基本是西王母的变体,仅以戴冠和所处位置区别于西王母。汉代人认为宇宙由阴阳两极构成,因此掌管神仙世界的主神也应该有两位,他们以西王母的形象仿制了东王公。汉代画像石中,东王公常以西王母配偶的形式出现,其形象基本是仿照西王母的形象刻绘,目前已知的有"西王母与东王公坐于仙山神树"和"鸡首神人与牛首神人"两种形制。

1. 西王母与东王公坐于仙山神树

西王母与东王公坐于仙山神树,表现为"神人合一"的形象特征。陕北晋西北出土的汉画像石中有21对西王母东王公对立的图像,均刻绘于墓门的门柱石上,其中17对是陕北晋西最为典型的构图方式:西王母与东王公端坐于仙山神

---

① 榆林汉画像博物馆藏。拍摄人:叶蕾。时间:2016年4月14日。

树上,头顶华盖,玉兔或羽人陪侍两侧。吕梁市离石区交口镇石盘村出土的墓门五石组合(图7-11),门柱石分为上下两部分,上半部分占据了石壁的三分之二,刻绘有侧面端坐西王母与东王公,其下对应的刻绘有持彗门吏、持盾门吏。画像上的西王母眉清目秀,头戴华胜,身穿大红斜宽袖长袍,与东王公对坐在高足杯形的"悬圃"之上,东王公手持仙草,头戴三山冠,脚穿黑色云头靴。他们周身祥云缭绕,呈现出一派宁静祥和之气氛。这类汉画像石将西王母与东王公人格化,体现出汉人对个体外在形象的认同感,并通过描绘仙界安宁、和谐的氛围,表达了人们对个体生命留存的欲望。

图7-11　吕梁市离石区交口镇石盘村出土的左门柱上部
西王母像、右门柱上部东王公像①

2. 鸡首神人与牛首神人

另一种形象即牛头人身与鸡头人身的状怪形象,与人形的西王母与东王公坐于仙山神树形象同时空并存。东王公"鸡面人形"最早的书面记载出自汉代《神异经》②,西王母的"虎齿豹尾"的兽形形象也逐渐转化为现实生活中常见的"牛首"形象。"鸡首神人与牛首神人"与人形形象共存展现了东王公、西王母形象在汉代逐步世俗化的过程,也进一步表明二者在民众信仰中的地位。陕北晋西汉画像石中的鸡首神人与牛首神人形象十分逼真具体,图7-12中,刻绘于墓门两侧门柱石内格的上部,两者高悬于昆仑仙圃之上,周围间或有九尾狐、不死鸟等瑞兽分布,既营造了神仙世界神秘的氛围,也象征生命永恒的吉祥寄语。柱

---

①　离石汉画像石博物馆藏。拍摄人:吴亚亚。时间:2016年4月17日。

②　(汉)东方朔撰,(晋)张华注,(明)朱谋㙔校:《神异经》,载《汉魏六朝笔记小说大观》,上海古籍出版社1999年,第49页。《东荒经九则》载:"东王公……人形鸟面而虎尾。"

石下部左右对称有表示阴阳的无穷和无极的"柿蒂纹"。① 山西离石墓葬中也有类似的构形,如图7-13,其基本构图与陕北汉画像中鸡首神人、牛首神人的图像一致,证明在当时已经成为较固定的成熟形制。汉画像中的鸡首神人形象,是动物的面部与人的身体组合变形,并非现实社会客观存在之物,在原始初民的想象中神禽瑞兽具有沟通天地的功能,人们借助半人半兽的变形形象跟始祖先辈取得联系。可以想见,牛首、鸡首神人这些超现实图像,反映了人类进入文明社会后遗留下来的原始文化观念,是"天人感应"思想的具体体现。将原始动物崇拜与父系阶级社会的祖先崇拜相结合,目的是表达祖先保佑个体长生不老的祈愿。

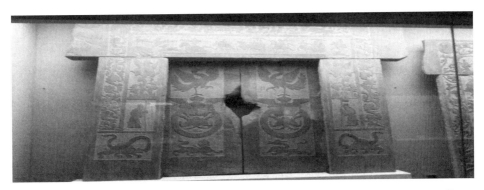

图7-12　陕西榆林牛家梁乡古城滩村1955年墓门左右立柱的鸡首、牛首神人画像②

列维·布留尔认为:"图像与被画的、和它相像的、被它代理了的存在物一样,也是有生命的,也能赐福或降祸。"③汉代人在创作画像的同时赋予了画像以人的感受,汉画像所表达内容是当时人们的主观认知的体现,通过对汉画像图像内涵的分析,能很好地表达当时时代背景下人们的生命意识。在西王母身边构筑东王公形象,表现出汉代人对西王母神话系统的接受和改造,现实社会的结构对

① "柿蒂纹"是四川、江苏、山东等地汉画像石中常见的图案,泸州市大驿坝1号墓、南溪县长顺坡3号墓、江安县桂花村1号墓、绥德穹窿墓、嘉祥象山墓等都出土有这种图案。"柿蒂纹"用连线沿中心点将空间一分为四,每根线的末段都由尖角指向无限的远方。据《汉画像石图像志》研究,这是一种阴阳象征符号,尖角所指,表示阴阳的无穷和无极。老子说:"道生一,一生二,二生三,三生万物。"这种立足一点向外扩展图式的大量出土,即说明阴阳作为世界观和宇宙观的核心,已经渗透到古人情感心理的方方面面,从而在汉画像石艺术的创作中自觉地体现和表达某种同阴阳更为直观、广泛的联系。

② 现存榆林汉画像石博物馆。拍摄人:段友文。时间:2016年4月14日。

③ [法]列维-布留尔:《原始思维》,丁由译,商务印书馆1981年,第41页。

图7-13　山西吕梁离石汉墓墓门五石组合上的鸡首、牛首神人画像①

画像石的构图产生了影响,是汉代人对"死后"生活的幻想性塑造,蕴含了汉代人对生死的态度和思考。

(三)西王母与东王公的陪侍神

1. 玉兔捣药图

兔是中国传统文化中的瑞兽,古人祭祀活动中五牲之一。玉兔因其持杵捣药成为长生不死的标志性象征。因此,汉代人将其以王母身边最重要的陪伴者和身份象征出现在汉画像中。汉画像中玉兔常有两种形象:一种是跪侍于西王母两侧,图7-14,为1998年白家山2号墓出土(张文卿墓),编号285,左门柱右上部西王母高居仙山神树,玉兔跪侍左右;一种是玉兔捣药,如图7-15,神木市

图7-14　两玉兔跪侍于西王母左右②

---

① 离石汉画像石博物馆藏。拍摄人:叶蕾。时间:2016年4月17日。
② 现存榆林汉画像石博物馆。拍摄人:段友文。时间:2016年4月14日。

大保当镇任家伙场村出土墓门三石组合（东汉），左门柱下部刻有玉兔捣药。

图7-15　玉兔捣药图①

　　《太平御览》引乐府诗《董逃行》云："采取神药山之端,白兔捣成虾蟆丸。"②
玉兔所捣制之药即为不死药。西汉中晚期的汉画像中,玉兔捣药已成为西汉王
母最重要的陪侍的一种固定模式,它与西王母相关,因为它具有捣药的特征。玉
兔捣药表现出汉代人渴望长生的思想意识,汉代封建上层阶级生活奢侈,渴望长
生不老。而"服食求神仙"和"白兔捣药"正满足了他们对个体生命永恒的渴望。

　　2. 羽人持仙草图

　　在先民原始思维中鸟类自由翱翔于天地之间,不受外界的拘束,自然可以摆
脱生命的束缚。同时,先民认为鸟类可以无限接近日月,是沟通天地的使者,对
鸟的原初崇拜也是对自由、生命的向往,《山海经》中有大量鸟类的记录。汉初,
黄老之学盛行,其后受道教思想的影响,汉人不仅追求生命长度的永恒,还开始
重视自由生命的追求,即个体生命精神的完善,以期实现生命的价值意义。即便
生命逝去,人们也可以转化为另外一种形式存在于世界上,通过"羽化升仙"实
现生命的新生和永恒。因而,汉代人普遍信奉"视死如生"的"万物有灵论",将
死亡视为新的开始。王逸曰:"《山海经》言有羽人之国,不死之民……是以羽民
即仙人也。"③这里羽人即可理解为汉代人们所追求和向往的成仙的人。这种思

　　①　现存榆林汉画像石博物馆。拍摄人:段友文。时间:2016年4月14日。
　　②　(宋)李昉:《太平御览》卷九〇七兽部一九,中华书局1960年,第4023页。
　　③　袁珂校注:《山海经校注》,上海古籍出版社1980年,第187页。

想观念直接影响了汉代画像石的创作。在陕北晋西汉代画像中出现了大量的羽人形象,汉画像中羽人图像的流行再现了汉代人们渴望延年益寿、仰慕神仙之道的现实图景,是人们渴望飞升成仙、实现精神自由的直接表达。

图7-16　离石马茂庄左表墓出土的羽人戏龙马画像石①

在西王母题材的画像石中常见有羽人形象,有陪侍西王母图、引导墓主人飞升神仙世界图、与神禽瑞兽闲适玩乐图等构图模式。离石马茂庄左表墓出土画像石就刻绘了一幅"羽人戏龙马图"(图7-16),框石左侧刻绘一羽人,羽人飘逸轻盈,双耳竖立,手持嘉禾,与瑞兽嬉戏,一派闲适舒畅景象。嘉禾在汉代人观念中是祥瑞之物,仅在太平祥和的年代出现,而且食之可以长寿。汉代人的自我意识逐渐觉醒,更注重自我的生命感悟,他们想象中的神仙世界不再遥不可及,而是充满了浪漫的感性色彩,他们认为死后进入的神灵世界仍存在着现实世俗生活的一切美好。因此在汉画像石的刻画中,神灵享受着现实社会的休闲娱乐活动,他们的形象也不再神秘可怖,而是充满了拟人化的亲切感。

就晋西、陕北两地的东王公、西王母画像的对比分析来看,晋西地区画像石图案较简单,更加注重其装饰功能,图案样式渐趋于程式化,往往留下最主要、最具代表性的图案,而舍去了其辅助的画像,画面也较为简单、疏朗,不及陕北地区饱满。但对升仙这一场景的描绘上,晋西地区的数量要多一些,画面更为丰富,神秘的升仙氛围更为强烈一些。

---

① 离石汉画像石博物馆藏。拍摄人:叶蕾。时间:2016年4月17日。

　　相较于先秦时期人们对生死问题的模糊认识,汉代人对生死问题的关注与思索是超越前代的,而对"生"的执着正是源自于汉代人的强烈的生命意识。对死亡的恐惧和对人生的留恋是人性最深切的思考。汉代人对死亡的态度更倾向于道教哲学的自然无为、"天人合一"。一方面,倡导顺应自然的现世享乐;另一方面,追求"视死如生"的人生态度。以自然的生命态度面对人生的纷繁复杂的矛盾冲突,进而解决了现实中的各种实际问题,作为汉代丧葬艺术集中体现的汉画像,当然也承载着人们的这一文化心理。从汉代画像石所刻绘的以西王母神话为核心的神仙世界,我们可以看到汉代人"长生不死,羽化登仙"的无尽欲望,其中饱含着个体生命意识的觉醒,先民在探索生死的过程中折射出的"超越生死,超脱时空"的原始思维脉动,及其对"个体生命永恒"不懈追求的旷达生命意识。

三、日月神崇拜:阴阳流变的宇宙时空意识

　　先民们直观地感知自然界中日月的永不停歇的交替运动,动植物的生长衰亡变化,通过感性和直觉把万物的变化跟人类的生死建立联系,进行比照来体悟生命的意义。在长期实践中,对无法解释的现象加以神化,将其奉为信仰崇拜。日月因其最为醒目,与人类生存关系最为密切,成为主要崇拜的自然物,产生了丰富的日月神话。汉代自然科学的水平有所提高,但原始遗留下的蕴藏着深厚的文化内涵的日月崇拜观念仍然以集体无意识的形态影响着人们的思维方式。因此,汉代石像中出现了大量的星象图,是传统太阳、月亮和星星的自然崇拜的遗留。

　　在中国古代,农业为立国之本,围绕农作物的生长节律,古人形成了以观天象展开农耕的传统,所以汉画像中有大量天文内容。汉画像的日月,除了与伏羲、女娲共同构图,主要刻绘在墓石横眉石的两端顶部,作为死后宇宙世界中的核心天象元素。陕北晋西汉画像中的日月图像具有均衡对称的特征,几乎每个门楣画像石的两端都有日月存在,且日月都为圆形构造,仅以所处位置与圆形日月的象征物金乌、蟾蜍相区分。日月的主要功能是与画面中部的车马出行图、狩猎图、神灵瑞兽图共同构筑汉代人幻想中的神仙世界的宇宙时空,日月共生,终而复始,象征着阴阳和谐,万物循环往复,世界便处于平和稳定的状态。

(一)日月同辉与阴阳和谐

所谓阴阳是对自然界中相互对立又相互联系的具体事物和现象进行高度概括而形成的一对基本因子。人们把这些因素之间的相互依存和相互作用看作是宇宙、自然的力量源泉。自然事物存在着阴阳对立统一的关系,这是汉代及汉代以前先祖对自然存在形式的基本认识。汉代画像石中的日月星象图,并不与现实世界完全对照,而是围绕丧葬目的,结合阴阳观念,刻绘出符合汉代人想象的宇宙世界。通过图7-17中墓室石壁横眉石所刻绘的宇宙天象图,可以看出,汉画像中的宇宙世界与自然界的天空不同,是人们依据主观世界的想象创作的神话世界。这类画像内容主要表现为日月同辉,宇宙时空处于阴阳和谐,万物平衡的氛围之中。

1. 日中金乌

太阳崇拜是先民对自然物原始认知过程中产生的。金乌通常伴随太阳出现,是先民在观察太阳现象时将鸟与其联系在一起的想象的产物。乌的文献记载最早见于《山海经·大荒东经》:"汤谷上有扶木,一日方至,一日方出,皆载于乌。"[1]可以看出,金乌是先民对所信仰的太阳的一种拟物化表达。

陕北晋西汉画像中金乌与太阳的结合方式有两种常见的表达形式,一是阳乌背驮日轮,一是日轮内有金乌。在古代神话里的金乌原来有两足,直至汉代,金乌成为三足,太阳与金乌紧密结合,画像石里日中金乌的形象正是这种观念的集中体现。如图7-17,在陕北晋西汉画像中大量出现日中金乌形象,与月对称刻绘于墓室石壁横眉石的左右两端,构成汉代人想象的宇宙时空。日中金乌多刻绘于横眉石的左侧(东方),取自"日出东方"万物初始之意。

2. 月中蟾蜍

一般来说,汉画像中月的形象大致有四类,圆月、月中玉兔、月中蟾蜍或两者兼而有之,其中蟾蜍出现的频率更高。蟾蜍在汉代文献中经常作为月亮的象征出现,如《太平御览》卷四引《春秋纬演孔图》:"蟾蜍,月精也。"[2]蟾蜍与月亮之间的联系与这两种现象的重现有关, 类似于月亮盈亏平衡周期的循环。蟾蜍

---

① 袁珂校注:《山海经校注》,上海古籍出版社1980年,第354页。
② (宋)李昉:《太平御览》卷四·天部四,中华书局1960年,第20页。

图7-17　榆林境内征集墓门五石组合横眉石上的日中金乌、月中蟾蜍像①

每年深秋冬眠,次年春天从地上爬起来,似乎又重获生机,成为人们心中永恒绵延的象征。汉代帛画和壁画内刻绘的大量月中蟾蜍图像,正是对这种观念的直接呈现。陕北晋西汉代画像石中的横楣石右侧多刻有月中蟾蜍的图像。马王堆帛画、金雀山汉墓壁画、卜千秋墓壁画也有类似的形象。图7-18神木县大堡当镇任火场村墓门五石组合中,横眉石两端的内圆线分别描绘了金乌展翅飞翔,蟾

图7-18　神木市大保当镇任家伙场村出土墓门五石组合(东汉)
横眉石左上月中蟾蜍、右上日中金乌②

---

① 榆林汉画像石博物馆藏。拍摄人:段友文。时间:2016年4月14日。
② 榆林汉画像石博物馆藏。拍摄人:段友文。时间:2016年4月14日。

蟾展开四肢趴在月内,平滑的曲线简洁地勾勒出它丰满的脸和臀部。金乌、蟾蜍、玉兔的共存象征着日月同辉的吉祥征兆。阴阳相互依存,共同化育世间万物。

在横眉石的东西两侧描绘太阳和月亮的做法与"太阳东升西落"的自然规律是一致的。它表达了汉人对永恒生命转世轮回的渴望和他们视死如生的生命观念。就像太阳和月亮的本质一样,它们也包含着阴阳的概念。金乌、蟾蜍形象就是人类基于对日月的种种幻想而虚构出来的物象。作为日月的视觉对象,二者自然地呈现出日月相对、阴阳相依的状态。这些图像不仅仅是原始的简单天文记录,古人认为"万物有灵"观念为"长生不老"的实现提供了理论基础,这种生命观念增加了人们追求自我生命永恒的信心。太阳、月亮和星星,这些自然生物,在人们想象中有着强大而非凡的力量,先民对这种力量充满敬畏之心。因此,这些人们想象的存在,在人们的思想和欲望中起着积极的能动作用,引导着人们的行为。在汉石像中,"日月同辉相望"也就表现出昼夜不停,周而复始的意蕴。在汉人看来,这是阴阳协调,夫妻和谐的吉祥征兆,预示万物各司其职,便能风调雨顺,国泰民安。显然,人们认为通过顺应大自然永恒周期的神秘节奏,即获得了生命循环往复的特征,实现了个体生命长度的延伸。而且这种延伸是不需要殚精竭虑去追求的,关键是要了解宇宙运行方式的周期变化规律,从日月周期变化中抽象出阴阳、生死的相对变化,进而遵循自然便可实现。[1]

(二)万物共生的生命态势

虽然日月并不是一成不变的,总有起降升落、阴晴圆缺的发展变化,但在陕北、晋西汉画像石中,日月无一例外都被刻画成象征光明圆满的圆轮。汉代人观察太阳东升西落为一个循环,周而复始。月亮经过圆缺变化,最终回归满月的过程,二者都具有循环往复,死而复生的生命文化意蕴。因而,汉代人相信圆日和满月所代表的大阳、大阴交互共生能够生成万物。汉画像石中以日月为核心的万物共生图基本出现在墓门顶部的横眉石上,是人们依照主观世界建造的浩渺无际的宇宙时空,寄托汉代人希望死后飞升神仙世界,能够万物和谐共生的美好

---

① 叶舒宪:《英雄与太阳——中国上古史诗的原型重构》,上海社会科学院出版社 1991 年,第 200—202 页。

愿景,蕴含着汉代人的人生观和宇宙观。

图7-19　神木市大保当镇任家伙场村墓门五石组合(东汉)①

　　汉代人,在汉画像中构筑了一个天、地、人共存的神话的宇宙世界,如图7-19中,墓门横眉石所绘的"日月祥瑞图",以日月共存构成宇宙世界的主体,在这一理想的宇宙时空下神、人、兽组成和谐的命运共同体,象征死后世界的阴阳流变达到平衡而万物兴盛。这种宇宙生命和谐共生的观念源自于"天人感应"思想。根据这一思想,人们认为宇宙、社会跟人类同源同构,自己的身体是仿效天之结构而来的,故"天"和"人"可以互相感通。这种宇宙观反映在汉代画像石中,表现为营造一个万物共生的宇宙空间作为人的灵魂的自然归宿。人与人、人与神、人与动物、动物与动物和谐共存,顺应着事物的发展规律,维持各自存在的价值意义,最终汇聚成自由和谐的万物平衡的生命态势。

小　　结

　　"每个民族,无论其大小,都有自己的只属于它而为其他民族所没有的本质上的特点"②,这些特点便是每个民族在世界文化上的共同宝库中所增添的贡

---

① 榆林汉画像石博物馆藏。拍摄人:段友文。时间:2016年4月13日。
② [苏]斯大林:《马克思主义与民族、殖民地问题》,人民出版社1953年,第381页。

献。汉代人勇于直面生死的生命意识,借助汉画像在时代传承中积淀为中华民族特有的创新进取、乐观旷达、开放包容的民族文化内涵和"乐生"精神。人生来排斥死亡,但有生命必然会有死亡,有开始必然会有终结,这是不可更改的自然法则。因而,只要人类社会存在,人们对于生死的思索便永无休止。面对不可避免的死亡,汉代人表现出对生命的强烈渴望,把个体长生不老,族群繁衍兴盛的欲望在汉画像石的神话世界中表达出来,追求一种"与天地同寿,与日月齐光"的阔大境界,它力图表现人们在面对死亡时主动寻求自然的庇佑,在不断的生命繁衍化育中探索生命的局限,最终超越生死的束缚,实现自由生存境界。人们在战胜死亡的过程中凸显出强大生机和生存的勇气。汉画像石所刻绘的神话世界是先民探索生命意义的精神产物,饱含着他们对世界的认知和想象,使我们在对其回溯的过程中,能够品味过去,感悟生命意蕴。相生相化的循环往复战胜了静止的死亡,死亡不再是可怕的终结,生命的河流永远带着希望的浪花奔涌向前。

第二编

部族神话与中华民族多元一体格局

2

第八章 黄帝神话传说母题的文化心理与中华民族共同体意识

　　中华民族共同体意识具有"自在"到"自觉"再到"自为"的历史发展逻辑，是基于"中华民族"和"民族融合"研究之上的，经历了从"华夷之辨"到"华夏共祖"再到"中华民族多元一体"的历史演进过程，其思想源头可以上溯到五帝时代。习近平总书记提出的"铸牢中华民族共同体意识"的重大论断，是在深刻把握中国历史文化和世界民族发展规律之后形成的最新成果。学界现有研究多从横向要素维度探讨与其相关联的多个侧面蕴含，而缺少从文化谱系学视野深入探索其纵向结构层次的研究视角，尤其是从中国历史文化脉络中窥探这一理论的孕育状态的成果更少，未能彰显这一理论的本土资源与民族特色。我国的神话传说如同来自远古时代的星光，朦胧、神秘而又丰富多彩，其中黄帝神话传说不仅种类繁多，扩布广泛，而且奠定了中华文明肇始的基调，是构成中华民族文化认同的重要质素。从纵向的历史发展来看，黄帝神话在我国上古神话系统中占有重要地位，"黄帝神话系统相当于古希腊神话中的宙斯率众神居于奥林匹斯山的意义"，标志着中国神话系统的完备。① 自太史公司马迁郑重其事地将其列为《五帝本纪》第一位帝王开始，轩辕黄帝就在历代社会的治道和实践过程中获得了难以撼动的民族始祖形象，并作为一种象征符号对中华民族的历史文化发展产生深远影响；就横向的地域分布而言，有关黄帝的神话传说流布于中国的大江南北，在西北陕甘高原、中部晋豫两省以及西南巴蜀一带遍布着与黄帝相关的历史遗迹和传说故事。通过细致、深入地审视这些叙事文本，以神话母题方法考察其典型母题的内在意蕴，可以发现这个多棱角的文化复合体透露着中华民

---

　　① 高有鹏：《中国民间文学史》，河南大学出版社 2001 年，第 36—37 页。

族诸多本源性的心理表象与文化特质,为铸牢中华民族共同体意识奠定文化根基提供了学理支撑。

一、黄帝神话传说的分布现状

黄帝的事迹传说散见于《国语》《史记》《汉书》《水经注》等典籍文献,《国语·晋语四》曰:"昔少典娶于有蟜氏,生黄帝、炎帝。黄帝以姬水成,炎帝以姜水成。成而异德,故黄帝为姬,炎帝为姜。"[1]据刘起釪考证,姬水即渭水,黄帝族的起源地域大体在渭水以北。又《史记·五帝本纪》载,黄帝"东至于海,登丸山,及岱宗。西至于空桐,登鸡头。南至于江,登熊、湘。北逐荤粥,合符釜山,而邑于涿鹿之阿"[2]。从中可以看出,黄帝的足迹遍布河南、山东、甘肃、山西、河北等地,留下了丰富的风物遗迹和神话传说。自司马迁之后,尽管有不少史学家和文学家从各自的角度对先秦文献和民间传说中流传下来的黄帝传说予以解读研究和塑造加工,但也几乎都认同司马迁将黄帝位列"五帝"之首的古史体系,由此奠定了黄帝在古史传说体系中的地位。后世的各类典籍文献,不仅描绘了黄帝的辉煌成就,还试图还原其迁徙轨迹,尤其在民间黄帝传说故事广泛扩布,形成了诸多异文,其内容涉及黄帝出生、功绩、战争等故事类型,包含着神祇出生、英雄行为、神祇助手等多种母题元素。民间关于黄帝的神话传说主要集中在河南、陕西、山西、河北等几个省份,每个地域的神话传说都各有侧重,独具特点,根据文献资料和实地调查的情况,可以大致梳理出以下几条线索。

第一,以新郑和新密为中心的河南腹地集聚着关于黄帝定都、访贤的神话传说。"黄帝以姬水成",[3]姬水所在,史无明载,迄今未成定论。按照徐旭生的说法,黄帝和炎帝这两个"亚族"发祥于今甘肃和陕西渭河流域的姜水与姬水一带,其中黄帝部族起源于泾水上游、甘陕交界的黄土高原。[4] 西晋皇甫谧著《帝王世纪》载,"黄帝有熊氏,少典之子,姬姓也……受国于有熊,居轩辕之丘,故因

---

① 徐元诰:《国语集解·晋语四》,中华书局 2002 年,第 336—337 页。
② (汉)司马迁:《史记》,中华书局 1959 年,第 6 页。
③ 徐元诰:《国语集解·晋语四》,中华书局 2002 年,第 336—337 页。
④ 徐旭生:《中国古史的传说时代》,文物出版社 1985 年,第 20 页。

以为名,又以为号。或言'新郑'县,故有熊氏之墟,黄帝之所都也。"①故有学者指出古代的"姬水"即发源于河南省新郑市辛店镇西大隗山的"溱水",指出黄帝的早期活动区域当在河南省新郑市。② 据调查,河南省新郑及周边地区富集着大量的黄帝神话传说,有黄帝及其臣属活动遗址及纪念古迹四十多处,大多在具茨山和新郑市内的溱水河与溱洧水附近,包括新郑市的具茨山、黄帝口、轩辕丘、少典坟等;新密市的力牧台、讲武台、卧龙台,云岩宫等。(见表1)新密一带至今流传着一首关于云岩宫的歌谣:"南京到北京,比不过云岩宫。三百(柏)二十(石)一座庙,王母娘娘坐空中。石头缝里长柏树,老龙叫唤不绝声。黄帝风后研八阵,云崖立功聚群英。"与新郑市相较而言,新密市的黄帝神话传说主要是关于黄帝遍访力牧、风后、常先、大鸿等贤臣良将的经历,并由此形成了一个庞大的黄帝神话传说群。

表4　河南新郑市、新密市的黄帝活动遗迹

	历史遗迹	相关活动及神话传说	地理位置
1	黄帝口	相传黄帝南巡时经过这里	新郑市南观音寺乡唐户村与沂水寨之间
2	黄帝饮马泉	黄帝饮马处	新郑市区西南辛店镇
3	黄帝御花园黄帝避暑宫	黄帝拜华盖童子处黄帝的后花园	新郑市西南具茨山东麓
4	嫘祖洞	相传为嫘祖住处	新郑市西南具茨山东麓
5	观兽台	黄帝与群臣于此看巨灵氏驯兽	新郑市西南具茨山东麓
6	常先口	常先跟随黄帝在此屯兵扎营	新郑市西南具茨山东麓
7	拜华盖童子处	黄帝拜华盖童子	新郑市西南具茨山东麓
	轩辕丘	相传为黄帝出生地	新郑市西北
8	少典坟	有熊国君少典墓	新郑市区东和庄镇能庄村东
9	云岩宫	黄帝屯兵黄帝宫	新密市东21公里处刘寨村,云岩宫现存元代至元二十七年(1290年)重刻的《风后八阵图碑》
10	力牧台	黄帝拜力牧为将	新密市东21公里处刘寨村,云岩宫东南

① (晋)皇甫谧著,徐宗元辑:《帝王世纪辑存》,中华书局1964年,第17—19页。
② 赵国鼎:《黄炎二帝考略》,河南人民出版社1991年,第15页。

	历史遗迹	相关活动及神话传说	地理位置
11	养马庄	黄帝养马之地	新密市东21公里处刘寨村,云岩宫东面
12	仓王庄	黄帝储存粮草之地	新密市东21公里处刘寨村,云岩宫北面
13	大隗山	黄帝寻访大隗真人	新密市东南25公里处
14	大鸿山	黄帝访大鸿	具茨山主峰之一,位于新密市东南34公里处苟堂乡南部
15	岐伯山	黄帝寻岐伯、兴医道	新密市苟堂镇
16	摩旗山	黄帝立旗议事	新密市东北34公里处白寨镇
17	风后岭	黄帝拜相风后岭	具茨山主峰之一,位于新密市东25公里处苟堂乡关口村
18	撤兵岭	蚩尤撤兵处	新密市西南平陌镇
19	武定湖	黄帝葬兵符处	武定湖的蛤蟆不叫唤
20	天爷洞	黄帝拜天祭祖处	新密市南10公里灵崖山
21	天仙庙	黄帝葬三女处	新密市新华路杨寨村
22	卧龙台	黄帝访广成子	新密市西北尖山乡神仙洞北
23	修德观	黄帝问道广成子处	新密市大隗镇西1.5公里观寨村

　　有关黄帝建都及访贤的神话传说之所以在河南省得以保存和承续,主要原因在于其特殊的地理位置和历史条件因素。司马迁言:"昔三代之居皆在河洛之间。"①即先秦时期的夏商周三代的活动区域都在河洛地带,古中原在历史上长期处于政治经济文化的中心,黄帝族、大禹族在这一地区形成强大的政治集团,其频繁的活动轨迹以神话传说的形式在当地民众间口耳相传。除此之外,这些神话传说主要流传在新郑市、新密市及周边偏远地区,较少受到外来文化的冲击,所以当地的黄帝神话传说呈现出质朴、密集的特征。

　　第二条线索是山西省境内有关黄帝族与其他部族征战的神话传说。如果说黄帝是通过战胜炎帝获得了统治地位,那么他真正巩固自己的统治则是同蚩尤的涿鹿之战获胜之后。涿鹿之战是中国上古历史上重要的战争,关于涿鹿的地理位置一直争议不断。一说是在河北涿鹿县东南部,一说山西省运城盐池附近。"黄帝杀(蚩尤)于中冀,蚩尤肢体身首异处,而其血化为卤,则解之盐池也。因

---

　　① (汉)司马迁:《史记》,中华书局1959年,第1371页。

其尸解,故名其地为解。"①解,古名解梁,解县,现今为解州,位于山西省南部,据说其得名是因为黄帝在此战胜蚩尤,并将其尸体肢解而来的,这则瑰丽神奇的传说把黄帝擒杀蚩尤的涿鹿之战与运城解州盐池连在一起,还解释了盐池卤水呈赤色的原因乃是蚩尤血入池所致。在运城盐池东南约二里许的中条山下有蚩尤村,明朝万历年间更名为"从善村",这里每年六月初六都举办祖神庙会祭祀蚩尤;此外山西省芮城县风陵渡、山西省寿阳县平头镇也流传着关于风后镇蚩尤、黄帝与蚩尤大战的古老神话传说,并衍生出一种独特稀有的傩舞艺术——爱社。

第三,在陕西省黄陵县流布的黄帝乘龙升天的神话传说。关于黄帝逝后升天的传说,《史记·五帝本纪》载:"黄帝崩,葬桥山。"②桥山,即现在的陕西省黄陵县北桥山镇,传说黄帝"自择亡日与群臣辞,还葬桥山。山崩,棺空。唯有剑舄在棺焉"③。也就是说,黄帝自己选择了良辰吉日与群臣告别,坦然而逝。轩辕逝后,遗体装殓棺椁,葬于桥山,结果山陵崩塌,棺材尽空。群臣来到棺椁之处一看,只剩下轩辕随身佩戴的宝剑和衣履尚在,因此桥山陵冢应为黄帝的"衣冠冢",轩辕黄帝死后"百姓号之,二百年不辍"④。当地也流传着黄帝逝后乘龙登仙的神话传说。

上古神话传说是人类童年时期心理体验与理想愿望的曲折反映,也是原始时代人类社会生活的形象化记录。在虚实混融的神话传说世界中,散布着古代人类发明创造、生活体悟的历史足迹。黄帝神话传说的传承既有散布于典籍文献的书面记载,也有丰富的地域口头叙事文本,还有大量相关的风物遗迹做"实证"资料,增强了其"可信性"。乡土社会中的民众将历史记忆熔铸于口耳相传的神话传说中,并赋予其鲜明的地域特征和多变的情节内容。对于山西、陕西、河南、河北而言,黄帝神话传说是一种地方性标识,而对于整个国家而言,它是一个民族早期的百科全书和原始文化的活水源头,是文化心理的象征。世世代代的民众在黄帝神话传说的叙事演述中获得情感皈依与身份归属,进而形成价值共识与文化认同。

---

① (清)洪颐煊:《孔子三朝记》,上海古籍出版社1996年,第57页。
② (汉)司马迁:《史记》,中华书局1959年,第10页。
③ (汉)司马迁:《史记》,中华书局1959年,第11页。
④ 杨伯峻:《列子集释》,中华书局1979年,第84页。

如果说某一区域的神话传说是着眼于地理空间的描述,母题则是概括诸多地域的传说类型,深入分析先民对宇宙万物的思考与认识而总结出的传统叙事文学元素,隐含着社会群体共同的文化心理。"母题"来源于英文"motif",是民间叙事作品中最小的且有独特意义的情节单元,它"能在后世其他文体中重复或复制,能在不同的叙事结构中流动并可以通过不同的排列组合构成新的链接,表达出一定的主题或其他意义"[①]。母题通过不同的序列组合,可以构成无限的叙事作品,并能自由嵌入各种文化形式之中;它们表现了一个人类共同体(氏族、民族、国家乃至全人类)的集体意识,而成为该群体的文化象征。[②] 本章以黄帝神话传说的流布区域和母题类型这两个维度为关注点,选取山西、陕西、河南等地具有代表性的黄帝神话传说,归纳母题的典范意义,对神话传说作出相应的文化阐释。

二、图腾信仰:部族融合的象征性表达

战争与融合是共同文化记忆形成的动力,部族与部族联盟的建立都是以对立和较量作为前提的。黄帝与炎帝的阪泉之战、黄帝炎帝与蚩尤的涿鹿之战,促进了原始部族的发展以及部族与部族联盟之间的融合。他们之间的战争实际上是古中原各部族及部族联盟之间的混战,黄帝驱使的"熊、罴、貔、貅、䝙、虎",正是其麾下各原始部族的图腾标识。

图腾(Totem)原为北美印第安奥吉布瓦(Ojibways)人的土语,意为"他的亲族"。在远古社会,组成氏族的个体自认为他们是通过亲属关系的纽带联合在一起的,而这一纽带不源自于他们彼此之间的血缘,而源自于他们所拥有的相同的名字——图腾。"每个氏族都有图腾,而且这一图腾是该氏族所独有的。"[③]在绝大多数情况下,作为图腾的对象属于动物界或植物界,反映出原始先民与自然万物之间的关系,在神话传说中则表现为动物或植物母题,比如汤普森母题分类研究中的母题亚型有:B211 说人话的动物、B0-B99 神话动物、B300-B599 友好

---

① 王宪昭:《中国民族神话母题研究》,民族出版社 2006 年,第 19 页。
② 陈建宪:《神话解读》,湖北教育出版社 1997 年,第 23 页。
③ [法]爱弥儿·涂尔干:《宗教生活的基本形式》,商务印书馆 2015 年,第 139 页。

的动物、B512 动物指点给人药、B535 动物保姆、B550 动物搬运人等。①

最早借用动物母题的黄帝神话可以追溯到《山海经》对黄帝形象的描述："轩辕之国在此穷山之际，其不寿者八百岁。在女子国北，人面蛇身，尾交首上。"②"轩辕之国"即黄帝部落联盟，生活在茫茫无际的荒远山区，其形貌都是人面蛇身、形态怪异，黄帝作为部落首领也不例外。对人物的形象刻画可以说是群体意识对动物崇拜的最早反映，比如藏族神话《蛋生英雄》就将该英雄描述为："狮子的头，象的鼻子，老虎的爪子。"③中国早期神话所选择的意象大多是纯动物形象，随着人类自我意识的增强，出现了动物与人两种形象的结合，愈到后期，神话形象中人的形象比重愈大，乃至成为完全的人形。这一神话形象演变的进程，恰恰与人类主体意识的演进相一致。④

黄帝次妃嫫母驯兽的神话传说也包含动物母题，在今河南省新密市刘寨乡的黄帝宫内有嫫母殿，嫫母以豹皮为衣，膝下狮、虎、熊三兽环绕。当地传说嫫母乃蛮夷部落首领之女，她自幼勇猛，膂力过人，有万夫不当之勇，且通晓兽语，有驯兽的本领。距黄帝宫东北五公里处，有嫫母圈养老虎的地点，当地村庄被称为"老虎圈"。《黄鹿坡》讲述黄帝救助一只受伤的梅花鹿并得知她是玉皇大帝三女儿，最终在她的指引下与嫘祖成婚的故事。因此，黄帝神话传说中的动物母题不仅证明了黄帝时代生态环境的蛮荒粗粝，也反映了先民们对世界的早期认知，控制整个世界的不是"人"本身，而是某些与他们命运相关的生物。

最典型的动物母题的神话传说与战争有关，《史记》记载了轩辕"教熊、罴、貔、貅、貙、虎，以与炎帝战于阪泉之野。三战，然后得其志"⑤。《列子》也提到："黄帝与炎帝战于阪泉之野，帅熊、罴、狼、豹、貙、虎为前驱，雕、鹖、鹰、鸢为旗帜，此以力使禽兽者也。"⑥在民间流布的神话传说中，这几种野兽同样出现在黄帝与蚩尤的涿鹿之战中。在《黄帝大战蚩尤于涿鹿》中，讲述巨灵氏带领着野兽

①　[美]汤普森：《世界民间故事分类学》，郑海等译，上海文艺出版社 1991 年，第 559—560 页。

②　袁珂校注：《山海经校注》，上海古籍出版社 1980 年，第 221 页。

③　凌立、曾义：《康巴藏族民俗文化》，四川人民出版社 2012 年，第 270 页。

④　段友文、林玲：《中国上古神话与原始宗教发生的文化逻辑》，《贵州民族大学学报》（哲学社会科学版）2018 年第 2 期。

⑤　（汉）司马迁：《史记》，中华书局 1959 年，第 3 页。

⑥　杨伯峻：《列子集释》，中华书局 1979 年，第 84 页。

紧跟黄帝,当黄帝部族受到蚩尤追击时,"巨灵氏当先驱赶大队野兽直扑过来。虎、豹、熊、罴经过训练,前后整齐,进退有方。他们张牙舞爪,一齐扑上猛咬"①。战争的结果是蚩尤的将士们被野兽扑倒在地,仓皇而逃。《绵羊救驾》也结合了动物母题与战争母题,讲述黄帝与蚩尤作战时,突遇成千上万只大绵羊冲入蚩尤的军阵,蚩尤的将士被羊角触伤,黄帝由此大获全胜。② 上述两则神话传说将神圣性与世俗性同时赋予动物,具有 B300-B599 友好的动物的母题亚型特征。由于人类早期的动物崇拜非常普遍,受到原始思维"互渗律"的影响,"一个社会集体或者单独的个人认为自己与某种图腾动物有联系或有亲族关系"③。图腾以某种方式使部族获得战争的胜利并护佑、支持着他们。在远古而蛮荒的中华大地上,祖先们在拓荒狩猎、采果充饥的单调生活中倚靠共同的图腾实现对亲缘关系的认同和维护,图腾崇拜母题的神话作为一种精神生活的感受和具象文化的传承,给予部族民众强大的精神力量。

还有一部分黄帝神话传说将动物母题和神祇的死亡联系在一起,《黄帝岭》的传说是讲黄帝炼丹为民治病之事感动了天帝,随后黄帝被接到天庭。故事描述了黄帝乘黄龙升天时的场面:

> 有的人上前抱住黄龙的腰,不让他走;有的人拽黄帝的脚,想让他留下。黄龙一看升天的时辰到了,不管三七二十一,"腾"地一下子就带着黄帝飞起来了。结果那个抱龙腰的人手里就扒下一些龙皮,这些龙皮后来变成了黄金。那个拽黄帝脚的人,拽下了黄帝的靴子,人们就把这只靴子埋在黄帝炼丹的山岭旁。④

这段黄帝乘龙升天的故事情节充满了神奇的想象,使人仿佛听到了百姓们依依不舍的呼唤声。自远古神话开始,我国的志怪小说和民间故事就存在着将动物神秘化的倾向,关于动物的母题更是存在于各种神话传说中,展露出鸿蒙时代人与动物彼此交融的情状。显而易见的是,动物母题在黄帝神话传说中是一种带有民族意识的母题,为了表达对始祖黄帝的尊崇,民众迫切地想要创造一种

---

① 赵国鼎:《黄炎二帝考略》,河南人民出版社 1991 年,第 59 页。
② 中国民间故事全书编委会:《中国民间故事全书·河南省·新密卷》,内部资料,2006 年,第 26 页。
③ [法]列维-布留尔:《原始思维》,商务印书馆 1981 年,第 101 页。
④ 孙剑冰:《中华民族故事大系》第 1 卷,上海文艺出版社 1995 年,第 23 页。

象征其伟大、卓越的生灵来消弭"人面蛇身"的黄帝形象,于是想象出一种上天入地、腾云吐雾、敏捷威严的"龙"来代替体型弯曲、盘缩于泥土间的"蛇"。在黄帝神话传说中,龙的图腾崇拜母题不断延续并积淀于中华民族的意识层面。

另一则具有代表性的神话传说则以"人化动物"和"人化植物"母题为言说方式,表现了黄帝的三个女儿得道成仙的主题。黄帝的三个女儿叫彩英、彩娥和彩虹,她们从九岁那年就在终南山学道,直至涿鹿之战时才得以与黄帝团圆。当时黄帝正为蚩尤的妖雾所惑,夜里梦到西王母手持三道神符,告诉他只有找到三位道行深厚的女子自焚其身,才能破除妖雾。三女得知此事,拿走黄帝神符。次日,战场上突然燃起三堆熊熊大火,三只火凤凰冲天而起,蚩尤妖雾尽散,黄帝将自焚的三个女儿葬至轩辕丘西北角。① 也有异文说,黄帝与嫘祖的三个女儿分别叫天仙、地仙和人仙,三女儿人仙身体孱弱,多愁善感,黄帝与嫘祖想给她修造一个庵堂,让她在那里修行。庙庵建好之后不久,蚩尤来犯,二女儿地仙自动请缨,随父出征,在交战过程中她的满头黑发被火烧光,只得也请求父母送她去庙庵修行。地仙和人仙出家后,天仙感到十分寂寞,决心与妹妹们同去,最终姊妹三人修成正果,升天成仙。② 这两则传说最后结局相同,即埋葬三仙的坟冢上长出一棵干高三丈、上生三枝的白松树,树皮如雪,清香异常。

这里有一个值得注意的现象,那就是在神话传说里有威望的人死后变成动物或植物的母题类型尤为普遍。"人化动物"或"人化植物"母题传达了后世百姓对人文始祖的追思与感恩,希望通过动物或植物形态延续他们生命的愿望。因此在上述第一则神话传说中,当黄帝的三个女儿化作火凤凰冲天而起时,她们便在神话传说中获得了永恒的生命——后世通过想象赋予他们的生命力可以被称为"自由力量"(free power),它意味着身体的绝对自由和永生,甚至可以在死后转化为另一种形式,比如动植物。③ 因此这一类动植物母题的意象常常具有美好高洁的品质,可以作为英雄或始祖生命的另一种代表形态。比如三女所化白松即"四人仅抱,苍苍挺立,直冲云霄,此树天下稀有,身白如玉,枝叶碧透,灵

---

① 刘文学:《黄帝故里志》,中州古籍出版社 2007 年,第 302—303 页。
② 中国民间故事全书编委会:《中国民间故事全书·河南省·新密卷》,内部资料,2006 年,第 70 页。
③ 〔美〕史密斯:《当代心理学体系》,郭本禹等译,陕西师范大学出版社 2005 年,第 8 页。

秀诱人"①。通过对"人化植物"母题的书写使这株象征着美好与珍贵的白松转而化作黄帝三位女儿"生命的另一个阶段"。

媒母驯兽、熊虎助战等故事情节对神话传说中人与自然的共存和互通给予了生动精彩的呈现;黄帝族"人面蛇身"的记载和描述则以万物有灵的信仰观念表达了自然与人类的起源具有同质性,生命之间没有不可逾越的界限;黄帝乘龙升天、黄帝三女化凤凰和白松的传说故事表达了人类"生—死—生"的内心期盼。神话母题是神话叙事结构中被后代文学叙事反复复制的部分,特别是那些易于被大众接受的母题,其流传更加久远。黄帝神话传说能够承续至今在很大程度上得益于母题的复制,在这个过程中,黄帝形象和有关黄帝的动植物母题在历史的进程中被不断形塑与附加,乃至形成一种图腾崇拜。动物母题从微观的角度为后世摹绘出一个"天人合一"的大同世界,它是中华民族"厚德爱生"文化心理的根源,是所有炎黄子孙超越时空的共同族徽和弥久不衰的民族文化符号。图腾信仰作为部族群体的象征符号,通过神话叙事得以具象表述,转变为民族共同的历史记忆被反复刻写,最终聚合成凝聚共同文化心理的共有文化。

三、圣贤文化:中华道德伦理的形塑

传说中的"五帝时代",处于仰韶文化后期与龙山文化前期的交接点,距今约 5000 年。此时的黄河中游土地肥沃,资源丰厚,有优越的地理条件,由此成为当时众多部族争夺的场域,引发了中原各部族之间激烈复杂的战争,堪称远古时期的"战国时代"。共工与颛顼之战、共工与高辛氏之战、黄帝与炎帝之战、黄帝炎帝与蚩尤之战正是这一时期兵戈扰攘局面的折射。

黄帝作为"五帝之首""上古圣王第一人",其主要功绩就在于降服炎帝、征伐蚩尤、讨伐四方,由此开启了中国历史上第一次族际大融合。以黄帝、炎帝为中心的华夏部族不断吸收融汇其他部族,使中华民族共同体不断发展壮大。

荀子曰:"彼兵者,所以禁暴除害也,非争夺也。故仁人之兵,所存者神,所过者化,若时雨之降,莫不说喜。"②尽管在那个尚未开化的年代,许多战争的终

---

① 杨寨村志编委会:《杨寨村志》,内部资料,2004 年,第 121 页。
② (清)王先谦:《荀子集解·议兵》,中华书局 1988 年,第 279 页。

极目标在于生存资源的竞争,但是人们在阐释战争起因描述战争过程时总是赋予其正义与非正义的内涵,把战争的本质归结为善与恶、有德与无德的较量。据《史记·五帝本纪》记载:"炎帝欲侵凌诸侯,诸侯咸归轩辕。轩辕乃修德振兵,治五气,艺五种,抚万民,度四方。"①《新书·益壤》也说:"故黄帝者,炎帝之兄也。炎帝无道,黄帝伐之涿鹿之野,血流漂杵,诛炎帝而兼其地,天下乃治。"②由此可见,黄帝之所以能"抚万民,度四方",皆在于黄帝"修德振兵"使得"诸侯咸归轩辕",而炎帝"欲侵凌诸侯"的"无道"行为也注定了其失败的命运。在涿鹿之战中"蚩尤作乱,不用帝命。于是黄帝乃征师诸侯,与蚩尤战于涿鹿之野。遂禽杀蚩尤"③。《文献通考》卷261也说:"蚩尤氏九黎之君,始作淫刑,不用帝命。黄帝与战于阪泉之野,禽杀之。"④其意在说明蚩尤"作乱,不用帝命""始作淫刑",黄帝为民除害,与蚩尤战于涿鹿之野,最终将蚩尤擒杀。此类记载还有很多,形成了多种异文,却都在强调战争中道德致胜的重要性。

战争作为人类历史上一个不可避免的永恒主题,往往都会召唤起英雄的诞生。史蒂斯·汤普森的《世界民间故事分类学》中,把这类故事类型概括为A515.1.1双胞文化英雄、A531文化英雄(半神)战胜怪物这两种母题类型。⑤《中国神话母题索引》收入的与战争主题相关的神话母题主要有244神祇或神人之间的争斗与杀戮、244.1天神之间的争斗、244.2天神与地神之间的争斗、244.3神杀死或制服妖魔、244.4部落神之间的争斗、244.5神与龙的争斗、244.6人类英雄与神的争斗等母题亚型。⑥在晋陕豫黄河流域与之相关的黄帝战争神话传说活态文本主要有《黄帝战蚩尤》《阪泉之战》《力牧驯兽战炎帝》《黄帝大战涿鹿》《九龙朝凤》《黄帝斩刑天》《黄帝平魔的传说》等。⑦具有代表性的是《黄帝战蚩尤》,其主要故事情节是:

1. 炎帝为黄帝所打败,心有不甘,其子蚩尤决心为父报仇,一雪

---

①　(汉)司马迁:《史记》,中华书局1959年,第3页。
②　(汉)贾谊撰,阎振益、钟夏校注:《新书》,中华书局2000年,第56页。
③　(汉)司马迁:《史记》,中华书局1959年,第3页。
④　(元)马端临:《文献通考》卷二六一,中华书局1986年,第2068页。
⑤　[美]汤普森:《世界民间故事分类学》,郑海等译,上海文艺出版社1991年,第574页。
⑥　杨利慧、张成福:《中国神话母题索引》,陕西师范大学出版社2013年,第130—132页。
⑦　张振犁编著:《中原神话通鉴》第二卷,河南大学出版社2017年,第535、496、498、543、518、577、579页。

前耻。

2. 黄帝励精图治,发展生产,并四处寻访名臣良将风后、力牧、大鸿、武定、具茨、大槐,组建起强大的军事领导集团。

3. 蚩尤招兵买马,发兵攻打中原,于黄帝在涿鹿一带鏖战多日,胜负难定。

4. 蚩尤念起咒语,请来风伯、雨婆和雷公试图淹退黄帝。

5. 黄帝派大将请来天女旱魃相助,制住了大雨,并在大鸿、武定、具茨、大槐的奋力厮杀下将蚩尤活捉,由此平息了炎帝后裔的叛乱。

6. 黄帝回到中原后封赏大臣,从此天下太平,百姓安居乐业。

这则流传于河南省新密市云岩宫(今为黄帝宫)一带的神话传说形象生动地描述了"黄帝与蚩尤之战"的壮阔雄伟的战争场景,属于"神祇的行为"这一母题,符合"文化英雄(半神)战胜怪物""神祇或神人之间的争斗与杀戮""神杀死或制服妖魔""部落神之间的争斗"等母题亚型。黄帝作为胜利的一方,代表了正义和"有道";而蚩尤作为暴虐不仁的"无道"一方,"禽杀之"自然成为其符合道义的结局。"道德这个常用词表现的是一切宗教权力,尤其是君王权威内在所特有的力量。"①在这里,"德"的力量与"神祇的行为"这一母题类型相联系,不仅确立了黄帝的政治统治地位,更使黄帝贤圣仁德的品质在鲜明的对比中得以凸显。

"得道者多助,失道者寡助",这一饱含哲理的思想观念在《中国神话母题索引》中被列为225神的助手,并下设225.1神的两个助手、225.2神的三个助手、225.3神的多个助手三个母题亚型。在民间流传的黄帝战争神话传说与这一母题相关的活态文本主要有《黄帝三女冢》《玄女救黄帝》《绵羊救驾》《蚂蚁山和蚂蚁店》等篇目。② 以《黄帝三女冢》为例,主要情节如下:

1. 黄帝与妃子嫘祖成婚之后,嫘祖一胎生下三个女儿,因中原洪水之患生活无着,夫妻二人决定将三个女儿留在终南山学道。

2. 黄帝战蚩尤失利,苦闷之余西王母于梦中授予三道神符。

3. 三女儿献身跳入松枝火中变为火凤凰冲散毒雾,黄帝由此战败

---

① [法]葛兰言:《中国人的信仰》,汪润译,哈尔滨出版社2012年,第102页。
② 张振犁编著:《中原神话通鉴》第二卷,河南大学出版社2017年,第530、536、571、574页。

蚩尤。

4. 后人为纪念黄帝三女儿,在天仙庙修建三女冢,影响深远。

这则流传于河南新郑、新密一带的神话讲述了黄帝三女帮助黄帝战败蚩尤的故事,与 225 神的助手中 225.2 神的三个助手这一母题亚型相契合。黄帝征战的目的在于"抚万民,度四方""天下治",因而在他遇到危难之时,总能有神或人等外部力量倾力相助,使其化险为夷,取得最终的胜利。这一鲜明的道德倾向体现的正是远古时期民众的战争观,即符合道义就能得到人们的支持与帮助,而违背道义,不得人心,必然会使自己陷入孤立无援的境地。

"诸神起源母题"与战争神话传说相关,黄帝以德为标准选贤任能的故事情节归属于这一母题类型。关于这类型的故事母题见于《中国神话母题索引》的"诸神起源母题(0—299)",被列为 100—299 诸神、始祖与文化英雄母题和亚型 225 神的助手,为我们分析黄帝与诸位贤臣的关系提供了重要参照。黄帝以德为标准选贤举能的叙事文本在《中国神话母题索引》里属于 244 神祇或神人之间的争斗与杀戮、250 文化英雄创造文化、254 文化英雄发明文字、258 文化英雄发明指南针、261 文化英雄发明日常生活用具等母题类型。在民间流传的活态文本有《黄帝下凡》《黄帝造车轮》《凤凰衔书》《黄帝封仓王》《黄帝选贤》[1]《黄帝访仓颉》[2]《黄帝访大鸿》《力牧台》[3]《岐伯山》[4]等。其中《黄帝访大鸿》是关于黄帝到大鸿山拜访主将,并命大鸿屯兵演练迎战蚩尤的传说。《凤凰衔书》讲述黄帝统一中原,建都有熊后,需要新的记录工具,命令仓颉创造文字。这则神话传说与《中国神话传说母题索引》中 250 文化英雄创造文化、254 文化英雄发明文字两个亚型相吻合,突出表现了黄帝作为中华民族的人文始祖,发明创造文化的功绩:

> 黄帝和仓颉走出屋子,听到一声鸟叫,抬头一看是一只凤凰,自北向南飞去,这时有一片树叶飘到面前,仓颉拾起一看,上面是豝的蹄子印儿,虎豹豺狼,熊罴貔貅,各有各的。仓颉受此启发,世间万事万物,

---

① 中国民间故事集成全国编辑委员会:《中国民间故事集成·河南省》,中国 ISBN 中心,2001 年,第 30、33、34、35、36 页。

② 赵国鼎:《黄炎二帝研究》,华龄出版社 1992 年,第 189—191 页。

③ 中国民间故事全书编委会:《中国民间故事全书·河南省·新密卷》,内部资料,2006 年,第 35、36—38 页。

④ 新密市民间文艺家协会:《新密地名传说故事》,启蒙文化出版社 2011 年,第 14 页。

各有各的特点,用图样画出来,一看不就知道是什么了。后来仓颉根据各种事物的特点,画出了日月星辰、山川河流、耕织打猎、衣食住行等方面的图样,黄帝把仓颉画出的图样公布出来,让民众学习,世界上从此就有了文字。①

在这则传说中,黄帝体恤民情,关心部下,备受百姓爱戴,因而天下英才齐聚于黄帝麾下。仓颉是黄帝时期造字的史官,他在观察鸟兽足迹时受到启发,依照其图形同时结合结绳记事的经验,创造了文字,被尊奉为"文祖仓颉"。黄帝选贤举能的神话传说还有《风后岭》,讲述的是黄帝求贤若渴,历经艰辛,终于在东海边上,找到了风后,任其为宰相。在湖北云梦泽畔,找到了力牧,任命为重要官职。陕西宝鸡至今流传着关于黄帝神话传说,其中一则讲述黄帝在涿鹿与蚩尤大战的过程中,大军被蚩尤用漫天大雾围困,于是黄帝四处访贤,寻求破敌之计。突然一只凤凰出现,载着黄帝,一路飞到了陕西,凤凰降落在一块光芒四射的巨石之上,在这里黄帝认识了风后,任命他为军师。随后风后制造指南车,帮助黄帝打败蚩尤,为统一中原地区做出了贡献。②

在黄帝神话传说中,225 神的助手是一种重要的神话母题,主要表现黄帝为实现统一中原的宏愿而招贤纳士的思想内涵。《具茨山访贤求道》③是这一母题类型的代表,充满了神奇色彩。黄帝登具茨山访求风后、力牧、大隗、大鸿等,黄帝在访问大隗时,通过黄盖童子得到了治国图策《神芝图》。黄帝访贤任能总是以德为重,善于利用不同人才的优长,比如力牧富有智慧,善于谋略,黄帝便令其统帅军队;仓颉学识渊博,通古博今,黄帝任命其为史官;西陵氏熟谙农事,善于稼穑,黄帝命其负责农事。黄帝选择人才的标准是德才兼备,尤其是把"德"放在首要位置,满足了统一天下的人才需求。④

中国远古时代,北方游牧文明与中原农耕文明的互动与交融,主要体现在部族之间不断的冲突与战争。尤其在和平稳定时期的经济文化交流过程中,原始先民渴望安居乐业,憧憬和平共处的生活,崇拜和向往道德力量,呼唤充满人道

---

① 赵国鼎:《黄炎二帝研究》,华龄出版社 1992 年,第 34 页。
② 中国民间故事集成全国编辑委员会:《中国民间故事集成·陕西卷》,中国文联出版社 1996 年,第 15—16 页。
③ 张振犁:《中原古典神话流变论考》,上海文艺出版社 1991 年,第 99 页。
④ 李泽厚:《中国古代思想史论》,人民出版社 1986 年,第 271 页。

主义精神的首领来维护生产生活秩序,因此才有各类贤臣良将为黄帝所用的传说故事在民间广泛流传。

中原地区是黄帝神话传播的中心地带,在这里凝聚成了一个文化蕴含丰富、地域特色鲜明的黄帝神话传说圈。从广义上来看,有关黄帝婚姻和家庭生活的神话传说蕴含了《中国神话母题索引》中 150 神祇的婚姻母题和 220 神祇的日常生活及 221.2 神的妻子这一母题亚型。① 表面上婚姻是维系部族延续和发展的两性结合,而黄帝作为开创华夏文明的始祖英雄,婚姻是个体解决社会危机、壮大部族力量、发展农耕经济的有效联合,因此妻子作为黄帝的贤内助,是黄帝部族发展不可或缺的助力。

在河南新郑一带流传着大量关于黄帝与嫘祖的神话传说,黄帝时期是原始社会采集狩猎向原始锄耕农业过渡的阶段,这些神话直观地反映了史前时期黄帝部族的农业生产技术和农业发展状况。在《黄帝选妻》中,黄帝整日忙于为百姓操劳而一直未婚,一日在西山打猎时,看见山半坡桑树下有一女子单腿跪地,嘴里正在往外吐丝,茧的形状像瓦瓮那么大,黄帝感到非常高兴,心想:"自从来了有巢氏、神农氏,住的吃的都不愁了,可还披着兽衣兽皮,多么难看。今天要能得到这丝,纺织成布做成衣服,该多好哇!"于是黄帝选该女子为妻,后来嫘祖教会了黄帝部族的妇女养蚕、缫丝、纺纱、织锦,越来越多的人穿上了衣裳。② 但是,这个故事文本的嫘祖相貌丑陋,是因为出众的才能得到黄帝的赏识,德才与相貌相比较,前者更为重要。故事讲道:"他抬头看那女子,长得很丑,脸皮黑,嘴唇厚,个头也不高。又一想,她是个干活人,不能光看模样。有这样一个会吐丝的帮手,再好不过了。"口头叙事呈现了民族的文化特征和民众的价值观念,以上古神话人物"黄帝"之口,强调嫘祖作为贤内助对于黄帝部族事业发展的作用。突出道德观念的自我塑造,正是中华民族德性文化的集中彰显。

据魏晋时期的史学家皇甫谧《帝王世纪》记载,黄帝共有四个妻子,嫘祖为正妃,三个次妃分别是方雷氏、彤鱼氏和嫫母。该书对嫫母"班在三人之下"③的位次排列有详细的说明,强调了嫫母的地位低于上面三位妃子,但她的贡献与嫘祖相比却毫不逊色。关于嫫母的传说故事,在新郑一带流传着大量的活态文本,

---

① 张振犁编著:《中原神话通鉴》第二卷,河南大学出版社 2017 年,第 45—111 页。

② 张振犁编著:《中原神话通鉴》第二卷,河南大学出版社 2017 年,第 510—511 页。

③ (晋)皇甫谧著,徐宗元辑:《帝王世纪辑存》,中华书局 1964 年,第 25 页。

既有"嫫母发明火药"①的传说,又有嫫母庙这一景观遗迹,增强了神话传说的可信度。相传嫫母"最早教人们育蚕、织帛,让人们制衣御寒"②。嫫母虽长相丑陋,却勤劳善良、聪颖贤惠。"美"与"丑"作为一对相互对立的审美范畴,在黄帝选嫫母为妃这一叙事文本中,嫫母丑陋的长相与卓越的能力形成了强烈的反差,以"审丑"为中心,通过女性个体成长的生命经验,丑与美相互转化,达到化丑为美的审美境界。可见在我国古代社会,德性美是评判女性的首要标准,内蕴着古代中国的道德规范,促成了后世对女性祖先嫫母的敬仰与崇拜。这一评价标准强调了审美与道德的合一,体现了中华民族德性意识的自觉建构。

神话不仅是远古社会生活的映射,更是部族群体的文化象征。黄帝神话传说中选贤妻与选贤臣的传说故事皆蕴含着 225 神的助手母题和 225.3 神的多个助手母题亚型③,通过以德胜战、以德求贤、以德选妻三个维度表达了民众对德性文化的认同心理,这种文化认同还上升到民族认同层面,转化为民众对始祖的虔敬崇信。华夏儿女在言说黄帝、风后、嫘祖、嫫母等文化始祖的卓越功绩的同时,获得一种绵延不绝的抚慰力量和民族认同。在文化认同中,各个民族不断地增强着自身的凝聚力,"德"之血统得以灌注,"德"之力量自然彰显,这亦是黄帝神话传说流传数千年而不衰的精神内核。

四、文化英雄:文明创制与文化认同

"人类历史的第一个前提无疑是有生命的个人的存在。"④人类通过生产实践获得生活资源来维持个体生命,在原始先民的记忆中,往往将某种生产生活用具、某项习俗或某类文化的起源归因为某个部族首领的智慧,这种关联映射到神话中就形成了一个新的母题——文化英雄。"文化英雄是一种具有神性的人物,他为人类获取或首先制作了各种文化器具……他消灭了横行大地的妖魔鬼怪;教人以各种生活技艺,为人类制定社会组织、婚丧习俗、礼仪节令等等;有时还参与世界的创造与自然秩序的制定;他是初民集体力量的集中体现,是人类原

① 张振犁编著:《中原神话通鉴》第二卷,河南大学出版社 2017 年,第 516 页。
② 张振犁、陈江风:《东方文明的曙光——中原神话论》,东方出版中心,1999 年,第 114 页。
③ 杨利慧、张成福:《中国神话母题索引》,陕西师范大学出版社 2013 年,第 120 页。
④ 《马克思恩格斯全集》,人民出版社 2009 年,第 23 页。

始文化成果的集中代表。"①《风俗通义》载:"黄帝始制冠冕,垂衣裳,上栋下宇,以避风雨;礼法文度,兴事创业。黄者,光也,厚也,中和之色,德施四季,与地同功,故先黄以别之也。"②不仅典籍文献中有大量的黄帝文化创造的记载,而且在晋陕豫各地也流传着黄帝文化创造的神话传说,包含着"文化英雄"和"文化起源"两大母题类型。

　　《黄帝造车轮》的传说具有一定的代表性。黄帝在风后岭的山坡上因为打仗的事情发愁,玉皇大帝和王母娘娘看见后决定点化他,于是对着风后岭吹了一口仙气。黄帝突然觉得背后一阵凉风,头上那顶用树枝编结的圆帽子也被吹掉了,朝山下滚去。黄帝猛地开窍了:这圆圆的帽子滚得这么快,要是在指南人的木板下安两个圆的东西,不就跑得更快了吗? 于是指南人变成指南车。黄帝制造的车轮帮助他打了个大胜仗。③ 文化英雄是黄帝神话传说中的重要母题,它们大多与文化起源母题相关,在物质资源极端匮乏的远古时代,原始初民希望得到神灵的救助,幻想始祖神过人的智慧和才能可以发明各种生产器具,改善他们的生活。黄帝在发明创造方面的功绩,是他成为中华民族的始祖而受到后人敬仰的原因之一。"在黄帝以前,人类虽然已经开始前进,对事物已经有很多发明,但是到了他,似乎有一个时期的激骤发展。在黄帝以前,人类只是应付自然环境,人与人间很少有可以纪念的事情。"④钱穆所谓的"激骤发展"时期足以证明,黄帝时代善于发明创造的文化英雄不止一个,以黄帝为中心的风后、嫘祖、嫫母、岐伯、宁封子、隶首等都可以被视为中华民族的"文化英雄",他们是远古先人在与大自然长期抗争中幻想出的与社会生活密切相关的精神偶像。其中流传较广的是《嫘祖养蚕》:

　　　　有一天,嫘祖来到云崖宫前山坡上一棵大树下乘凉散心,她刚坐在树下的一块石头上,突然从树上滑下一条肉乎乎的虫子。那虫子嘴里咬着一根丝线,在嫘祖面前打忽悠。她抬头一看,树上还有好多同样的

---

　　① 陈建宪:《神祇与英雄——中国古代神话的母题》,生活·读书·新知三联书店1994年,第143页。

　　② (清)纪昀:《四库全书精编·史部·风俗通义序》,中国文史出版社1999年,第80页。

　　③ 中国民间故事集成全国编辑委员会:《中国民间故事集成·河南卷》,中国ISBN中心,2001年,第33页。

　　④ 钱穆:《黄帝的故事》,《黄帝文化与黄帝故里拜祖大典》,河南人民出版社2010年,第119页。

虫子,有的在噬食桑叶,有的在树杈杈里结茧,那茧子颜色各异,十分好看。嫘祖看困了,就从树上摘下几个蚕茧,试着用手撕扯了几下,结果没有撕动……她从树上摘了一些茧拿回云岩宫,经过反复操作,采用了多种办法,终于从茧里抽出丝合成线,并且用兽骨削尖当作针,做起了一件件兽皮衣服。①

从这则神话传说中可以明显地看出人类女性祖先在获取桑蚕、发明缫丝过程中所发挥的无可替代的作用,嫘祖养蚕的神话传说在《先蚕娘娘——嫘祖》中也有记述,但是发现蚕茧的故事情节却截然不同,这则神话异文讲述嫘祖因为劳累过度而病倒,几个女子去山上为她采野果时误将蚕茧当作白色的小果摘回。她们想将白色小果放进锅中煮烂给嫘祖食用,没想到小果竟被煮成了雪白的丝线。一旁的嫘祖看到丝线晶莹柔软,便想到用它们织衣做帽,还倡导人们栽桑养蚕。② 文化英雄母题具有浓郁的生活色彩,最能体现出原始先民对于自然生命的态度,特别是有关黄帝妻室——嫘祖养蚕缫丝、方雷氏发明梳子、彤鱼氏发明筷子、嫫母发明镜子等文化英雄母题,直接反映了中华民族原始的女性始祖崇拜观念。

下表以《中国神话母题索引》中的母题编码为依据,对应史蒂斯·汤普森的母题分类研究,选择与黄帝相关的文化英雄母题及文化起源母体为样本予以整理:

表5　黄帝及相关人物传说的文化英雄母题示例

文化英雄母题	文化起源母题	相关神话传说	汤普森母题分类
250 文化英雄创造文化	1200 百家姓的起源 1200.2 文化英雄定下人间的百家姓	《黄帝赐姓氏的故事》③	
	1720 其他人生仪礼习俗的起源	《黄帝与十二生肖像》④	
	1790 岁时节日的起源	《过年的来历》⑤	

---

① 中国民间故事全书编委会编著:《中国民间故事全书·河南省·新密卷》,内部资料,2006年,第17页。

② 兰草:《轩辕黄帝传说故事》,陕西旅游出版社1986年,第100—103页。

③ 兰草:《轩辕黄帝传说故事》,陕西旅游出版社1986年,第27—29页。

④ 兰草:《轩辕黄帝传说故事》,陕西旅游出版社1986年,第41—43页。

⑤ 兰草:《轩辕黄帝传说故事》,陕西旅游出版社1986年,第52—53页。

续表

文化英雄母题	文化起源母题	相关神话传说	汤普森母题分类
252 文化英雄发现中草药	1600 中草药的起源	《黄帝内经的传说》① 《黄帝外经的传说》② 《黄帝兴医道》③	A1438 药物（治疗）的起源
254 文化英雄发明文字	1610 文字的起源	《仓颉造字》④ 《仓颉造字故事》⑤	A541.1 文化英雄发明并教授爱尔兰语
255 文化英雄发明纺织技艺	1593 纺织的起源	《先蚕娘娘——嫘祖》⑥	A1453.1 纺纱的起源
		《帽子和鞋的来历》⑦	A1453 制衣的起源
256 文化英雄发明渔猎	1577 马被驯化的起源	《王亥驯马的故事》⑧	
258 文化英雄发明指南针	1595 交通的起源 1595.1.1 车的发明	《风后和他的指南车》⑨ 《黄帝造车轮》⑩	A1436 交通工具的获得
259 文化英雄发明饮食器具	1500 饮食器具的发明	《宁封制陶的故事》⑪ 《烹调与筷子的来历》⑫	
261 文化英雄发明日常生活用具	1530 工具的发明	《隶首创造算盘的故事》⑬ 《嫫母发明火药》⑭	
	1520 其他日用器具的发明	《梳子的来历》⑮	A1446.5 家用工具的获得
		《面丑不要怪镜子》⑯	

---

① 兰草:《轩辕黄帝传说故事》,陕西旅游出版社 1986 年,第 19—21 页。
② 兰草:《轩辕黄帝传说故事》,陕西旅游出版社 1986 年,第 22—24 页。
③ 赵国鼎:《黄炎二帝考》,河南人民出版社 1991 年,第 66—69 页。
④ 赵国鼎:《黄炎二帝考》,河南人民出版社 1991 年,第 75—76 页。
⑤ 兰草:《轩辕黄帝传说故事》,陕西旅游出版社 1986 年,第 16—18 页。
⑥ 中国民间故事集成编辑委员会:《中国民间故事集成·陕西卷》,新华书店北京发行所 1996 年,第 16 页。
⑦ 兰草:《轩辕黄帝传说故事》,陕西旅游出版社 1986 年,第 72—74 页。
⑧ 曹明周,赵辉远:《黄陵文典·黄帝故事卷》,陕西人民出版社 2008 年,第 171 页。
⑨ 兰草:《轩辕黄帝传说故事》,陕西旅游出版社 1986 年,第 54—56 页。
⑩ 中国民间故事集成编辑委员会:《中国民间故事集成·河南卷》,新华书店北京发行所 2001 年,第 33 页。
⑪ 兰草:《轩辕黄帝传说故事》,陕西旅游出版社 1986 年,第 87—89 页。
⑫ 兰草:《轩辕黄帝传说故事》,陕西旅游出版社 1986 年,第 90—92 页。
⑬ 兰草:《轩辕黄帝传说故事》,陕西旅游出版社 1986 年,第 75—80 页。
⑭ 白庚胜:《中国民间故事全书·河南·灵宝卷》,知识产权出版社 2009 年,第 11 页。
⑮ 兰草:《轩辕黄帝传说故事》,陕西旅游出版社 1986 年,第 93—95 页。
⑯ 兰草:《轩辕黄帝传说故事》,陕西旅游出版社 1986 年,第 96—99 页。

续表

文化英雄母题	文化起源母题	相关神话传说	汤普森母题分类
262 文化英雄发明建筑	1599.1 水井的起源	《伯益挖井的故事》①	A1445 建筑手艺的获得
263 文化英雄发明乐器	1653 乐器的发明	《常先蒙鼓的故事》②	A2824 鼓的起源
264 文化英雄创建法律	1700 婚姻习俗的起源	《入洞房与度蜜月的来历》③	A1555 婚姻习俗的起源
	1453 酒的发明 1453.1 文化英雄发明造酒之术	《酿酒始祖杜康》④	A1426.2 啤酒的获得 1427 酒类液体的获得
	1595 交通的起源 1595.1.2 舟船的发明	《共鼓造船的故事》⑤	A1445.1 造船的起源
	1410 火的起源与使用 1418 石头碰击产生火	《祝融击火的故事》⑥	A1414 火的起源

  上表中有关黄帝神话传说的文化英雄母题可以细分为三个系统:其一是关于黄帝本人的文化创造活动;其二是黄帝配偶——包括嫘祖、方雷氏、彤鱼氏、嫫母的发明创造神话;其三是有关黄帝臣子作为文化英雄的传说故事,比如杜康、王亥、风后、宁封、隶首、伯益等。这三个系统的神话传说都有一个共同的特点,那就是主人公都沿循"困惑—思索—创造"的心理或行为轨迹,在神灵帮助或机缘巧合的情况下,发明出某一件器物、某一种文化或某一项习俗。比如《宁封制陶的故事》讲述的是宁封子担心将鱼烤焦,把鱼用泥巴封住,结果烤出一只"泥壳",进而受到启发制成陶罐;⑦《祝融击火的故事》讲,当黄帝带着部族迁徙时偶遇大雨,祝融看到人们饥寒难忍,烦闷中将手中的铁器猛地砸向石头,看到火

---

① 兰草:《轩辕黄帝传说故事》,陕西旅游出版社 1986 年,第 81—83 页。
② 兰草:《轩辕黄帝传说故事》,陕西旅游出版社 1986 年,第 57—60 页。
③ 兰草:《轩辕黄帝传说故事》,陕西旅游出版社 1986 年,第 37—40 页。
④ 张聚文:《中华神话故事暨民间传说》,中州古籍出版社 2013 年,第 120 页。
⑤ 兰草:《轩辕黄帝传说故事》,陕西旅游出版社 1986 年,第 65—68 页。
⑥ 兰草:《轩辕黄帝传说故事》,陕西旅游出版社 1986 年,第 78—89 页。
⑦ 兰草:《轩辕黄帝传说故事》,陕西旅游出版社 1986 年,第 69 页。

星飞溅,从而发明了火的使用方法;①《梳子的来历》则与黄帝的妃子方雷氏有关,她看到堆在地上的鱼刺非常美观,不由地拿它整理乱发,从而发明出梳子这件日常用具。通过对黄帝神话传说的爬梳可以发现,文化英雄母题与文化起源母题往往相偕共存,在不断检视与解读文化英雄母题及其相对应的文化起源母题时,应当注意一个深刻而永恒的命题——即生命原始的律动和智慧。它显示了蕴含于人类历史之中生生不息的生命精神,其智慧则是顺应万物发展、体悟自然规律的物质创造,它们集中地折射出中华民族质朴、创新、强健的民族品格。

小　结

时至今日,有关黄帝征战四方、以德养德、发明创造的神话传说仍然在民间口口相传,保持着旺盛的生命力。从上述分析可以发现,黄帝神话传说至少呈现出三种神话母题的构建方式,即神祇的动植物母题、行为母题和文化英雄母题,不同的神话传说涵纳各异的母题亚型。黄帝作为人文始祖、道德楷模、文化英雄等多重身份的形象建构,其母题的构成不断叠加、完善、融合,最终完成定型。黄帝神话传说母题表现出原始先民对民族始祖的认同、对道德力量的推崇、对文化创制的膜拜。广泛流传的黄帝神话传说,其传递的共同民族文化心理消弭了不同地域之间黄帝文化的差异性,将其上升为华夏民族共同的历史印记,使中华儿女对先祖记忆的诠释愈加趋同。黄帝崇拜衍化出的厚生爱民、和谐包容、坚韧不拔、开拓创新的民族精神和崇宗敬祖的德孝观念、爱国意识等成为融入华夏儿女血脉中的文化基因,在强化历史记忆、建构文化认同、增强民族凝聚力方面产生了重要影响。

习近平总书记指出,“文化认同是最深层次的认同,是民族团结之根、民族和睦之魂”②。黄帝神话传说母题所揭示的动物图腾崇拜、神祇活动轨辙、文化创造活动等都具有重要的文化价值,蕴含着先民生生不息、厚德载物的民族原始精神,作为一种文化表征与当代社会主义核心价值观融为一体,起到一种精神凝

---

①　兰草:《轩辕黄帝传说故事》,陕西旅游出版社1986年,第87—89页。

②　中共中央文献研究室:《习近平关于社会主义政治建设论述摘编》,中央文献出版社2017年,第155页。

聚和价值导向的积极作用,成为浇灌中华民族文化心理和铸牢中华民族共同体意识的活水源头。黄帝神话传说凝定的文化心理与民族精神在维系民族情感、传承根脉文化中具有重要意义,同时成为促进祖国统一、民族团结的文化纽带,是激励炎黄子孙自强不息、开拓创新的精神源泉。

第九章　黄帝与蚩尤之战神话的艺术演绎

——寿阳傩舞"爱社"的文化意蕴

　　傩是我国远古时期的一种宗教祭祀活动,承载了"万物有灵"的神话思维,具有浓重的生命意识和生存意识。历经五千多年的漫长历史,各种因素杂糅其中,傩文化积累了丰富的文化内涵。原始的傩祭傩仪,以驱疫为中心内容,以巫术形式为主要手段,在举行傩祭时,伴以有节奏的动作即为傩舞,是舞蹈艺术的源头之一;傩舞进一步发展,祭祀神灵的目的减弱,娱人目的逐渐增强,随之加入扮相表演、情节声腔,成为戏剧的原始形态——傩戏。流传至今的傩艺术随着傩文化的层累叠加以及地域风情的浸染,已经演化为各具特色的艺术形态。傩舞"爱社",是流传于山西省寿阳县北神山一带的民间舞蹈形式,表现了远古时期黄帝攻打蚩尤城并取得胜利的神话内容。新世纪以来,傩舞"爱社"作为北方汉族傩的一个重要分支,因其独特的艺术形态成为研究原始艺术的活化石,被成功列入首批国家级非物质文化遗产名录,进而引起学术界的广泛关注。在21世纪非物质文化遗产备受关注的时代背景下,立足于文化生态学、艺术形态学的视域,通过深描"爱社"傩舞富有地域特色的艺术形态,对其生发空间进行解读分析,围绕傩舞"爱社"的当代传承状况、文化生态保护以及地方文化建构等问题进行探讨和范例分享,具有非常重要的社会意义。

一、寿阳傩舞"爱社"生发的生态空间

　　文化生态学是一门将生态学的方法运用于文化学研究领域的交叉学科,该学派认为:一种文化的形成与它的历史沿革、地理环境、文化背景和宗教信仰是相互联系的。因此,分析、研究一种民间传统文艺的产生和发展,都要与其生态

空间结合在一起。寿阳"爱社"这一文化事象的产生、发展与该地的生态空间是水乳交融、密不可分的,它发生在北神山周边这一特定地理空间以及与之相关联的文化情境当中。

(一)傩舞"爱社"的历史沿革

从 20 世纪初发现的殷墟甲骨文来看,傩文化的渊源,最早可以追溯到殷商时代。沿袭至今,已形成博大精深的傩文化。我国傩文化类型多、分布广,大体分为宫廷傩、民间傩、军傩、寺院傩等。表现形式有傩祭、傩仪、傩俗、傩舞、傩戏。原始形态的傩,是一种与巫文化紧密联系的祭祀仪式,即傩仪。主要功能为驱逐疫鬼、祈求平安。《吕氏春秋·季冬》"命有司大傩",高诱注:"大傩,逐尽阴气为阳导也,今人腊岁前一日击鼓驱疫,谓之逐除是也。"①傩舞是举行傩祭时跳的舞,属于傩仪的一个重要组成部分,有"无仪不起舞,无舞不成仪"之说,它脱胎于傩仪并成为一种独立的民间文化艺术形式。

目前掌握的文物资料和口传资料,尚不能确定寿阳傩舞"爱社"具体起源于何时,有文字记载的"爱社"最早出现在北神山轩辕庙现存的一通清代碑刻上。该碑题为《重修圣祖南安多社沟北村界口庄碑记》,本邑陈若愚撰文,巡抚部院吏马长安书丹,张满廉、苏碧泰镌字,清乾隆四十六年(1781)季秋九月立石。碑曰:

> 尝谓神依庙栖,庙因人立,由来久矣。县治正西七十余里西山之界,有一境焉,号曰北神山。旧有轩辕圣祖庙宇,原系南安多社与董家庄社、平头镇同心协力,共为创建。嗣后屡次修补,每年白露献戏奉祀,并无偏枯不均之弊。追至乾隆四十五年,三社公议,均摊资财,复为修理。一时庙宇辉煌,焕然改观。

碑文记载北神山上有圣祖轩辕庙,由南安多社、董家庄社与平头镇三社共同创建并屡次修补,每年白露时,三社献戏祭祀诸神。这与当地白露时节在轩辕庙求雨献戏的习俗相吻合。可见,在清乾隆年间或者更早的时候"爱社"就已经在北神山一带流传了。

现在,寿阳县北神山附近的韩沟村是傩舞"爱社"的主要传承地,据《寿阳县

---

① 王利器:《吕氏春秋注疏》第 2 册,巴蜀书社 2002 年,第 1137 页。

志》(1989)记载,清代寿阳县平头镇的沟北村(北神山脚下村落之一)流传有"爱社"表演。① 对此现象韩沟村里的老人们说,"爱社"是从离韩沟十二里地的沟北村传承过来的。清朝,沟北村有个人叫王府勇,是牙行出身,来往于牲口集市,识文断字,阅历很广,他结识了来自河南少林寺的一名和尚,此人对大洪拳、小洪拳尤为精熟,并把小洪拳教于王府勇。王府勇将小洪拳的武术与傩舞"爱社"相糅合,形成了现在舞与武结合的艺术特色,随后传给王志恭、王全、王有聚等六人(演出时的"大鬼"至少六人一班)。清末,沟北村王全母亲改嫁,其随母定居韩沟村,并将"爱社"带至韩沟,遂有"韩沟的'耍鬼'是沟北的外甥所传"之说。20 世纪 50 年代,沟北和韩沟两个村落都在表演"爱社",到了 60 年代,沟北的"爱社"表演队伍已经基本解散,而韩沟由王全组队传授后,一直延续至今。80 年代随着传统文化的回归,韩沟村村民韩富林重组一班人进行表演,近年来韩富林又培养了一批年轻人加入进来,自此可以上溯到五代艺人。②

在没有文献记载的情况下,傩舞"爱社"能保留到今天非常不容易,它是寿阳历代普通百姓智慧的凝聚,是源于农耕社会祈盼丰年的民众记忆的体现。这种民间地域风俗表演所承载的历史、人文、民间文化艺术是无可取代的。现今,傩舞"爱社"已成为一项体现寿阳地方文化特色的民间艺术形式。

(二)"爱社"的地理生态空间

以丹纳为代表的文艺生态学派认为,影响一种艺术的形成与发展,其环境至关重要,它是文艺产生的外在动力,影响着艺术的品种、内容及其美学特征,甚至影响着当地群众对艺术的欣赏趣味。③ 傩舞"爱社"能够在寿阳历久传承有社会历史背景的原因,同时自然地理环境也为其提供了特定的生发空间。

寿阳傩舞"爱社"的产生有其独特的历史地理因素。它的展演场域阪泉山、北神山一带是黄帝与蚩尤之战的古战场之一。黄帝与蚩尤的战争,古籍记载都是在"涿鹿"。《史记·五帝本纪》记载:"蚩尤作乱,不用帝命。于是黄帝乃征师

---

① 寿阳县志编纂委员会:《寿阳县志》,山西人民出版社 1989 年,第 484 页。
② 寿阳县非物质文化遗产保护中心、寿阳县人民文化馆编著:《中国傩——寿阳傩舞爱社》,内部资料,2013 年,第 12 页。
③ 高翔:《丹纳的文艺生态学思想》,《社会科学辑刊》1989 年第 5 期。

诸侯,与蚩尤战于涿鹿之野,遂禽杀蚩尤。"①"涿鹿"的地望与现在哪个地方的地理区位相吻合,学界众说纷纭,主要有三个代表性的观点:河北涿鹿州市说、北京西南涿县说与山西运城盐湖区说。此外还有江苏徐州市、山东东平县西南和巨野县、陕西华县等都被认为是"涿鹿"所在地。对此牛贵琥认为:"涿鹿之战之所以有多种不同地点是因为蚩尤部族在战争中多次迁徙。"②这样看来,涿鹿之战的地点不止一处,黄帝与蚩尤之间的战争也不止一次。

从一些地方资料中可寻检出黄帝蚩尤之战与寿阳地域的联系。明万历元年(1573)的《寿阳县重修轩辕圣祖行祠记》云:

> 邑西罕山,□绵亘阳曲坂泉山迤北,则吾乡人人称曰迎王山。同为一山,联络未断也……旧有轩辕黄帝行祠,乡人称曰西神,又曰北神。自村居□与南视而名之。碑记创自元季,至今不知修建者凡有几……是岁,先考赦赠修职□郎,余承命出使,便□道过家,就安多先茔焚黄,适厥工告竣,祈余纪前碑以示后人……春秋晋文公卜得黄帝与蚩尤战于坂泉兆,遂立庙坂泉,以祀轩辕□□□□□□□□□□□□□□□□□□□□□□□□□山名迎王,盖取诸此。③

根据残存碑文记载,阪泉山迤北之迎王山(即北神山,传说轩辕至此,因此称"迎王"),明代建有轩辕黄帝行祠,创自元代,重修不知几次。又记春秋时晋文公卜得黄帝与蚩尤战于阪泉之兆,遂立庙阪泉山以祀轩辕。北神山与阪泉山绵延相接,为轩辕黄帝之行祠。因而,结合碑文资料与民众记忆,在北神山建轩辕庙,一方面是由于北神山的西面有阪泉山,黄帝曾经在此与炎帝、蚩尤等部族大战,所以立下此祠,以表甘棠之惠;另一方面是黄帝的恩泽惠及百姓,为了万代不忘,所以在北神山祭祀轩辕神,以示景仰之情。

清道光二十三年(1843)《阳曲县志》卷二记载:"黄帝战蚩尤处。城东北八十里阪泉山,南连罕麓,北接系舟,周围四十余里。山有祠,祀黄帝。"书中所言黄帝与蚩尤大战之地为距离阳曲县城东北80里的阪泉山,该山南与旱山相连。县志又曰:"阪泉山在县东北六十里,南连旱麓……周围四十余里,东

① (汉)司马迁:《史记》,中华书局1959年,第3页。
② 牛贵琥:《蚩尤与涿鹿之战》,《民族文学研究》2006年第3期。
③ 史景怡主编:《寿阳碑碣》,山西古籍出版社2007年,第152页。

南俱至寿阳……"①这里提到阪泉山向东南一直延伸至寿阳境内。光绪《寿阳县志》卷一与地志山川中有："阪泉山,在县西九十里,古名汉山,与阳曲县接境。"②因此,《阳曲县志》与《寿阳县志》中所述的阪泉山同为一山,是横亘于寿阳与阳曲之间的山脉。从上述这些地方资料看来黄帝部落与蚩尤部落的确在阪泉山、北神山一带有过一次大规模的战争。

此外,寿阳县的一些地名也印证了远古时期黄帝与蚩尤部族争战的史实。寿阳地名有雷公寨,古籍记载黄帝与雷神是紧密相关的。《太平御览》卷五引《春秋合诚图》："轩辕,主雷雨之神。"③《艺文类聚》卷二引《河图帝纪通》："黄帝以雷精起。"④苗族蚩尤神话在描述蚩尤与黄龙公最后一次战争时,雷老五起了关键作用,他帮助黄龙公打败了蚩尤。⑤ 因而,雷公应被视为黄帝部族的象征。《寿阳县志》卷二建置关隘记载："雷公寨在县西五十里。(按遗址尚存,或称雷公堡。在寿水、黑水合流处)。"⑥寿阳的雷公寨与北神山、阪泉山相距不远,同在寿阳县境的西部。由此推测,黄帝部族曾在寿阳活动。寿阳地名有解愁,北神山之东,有一个叫"解愁"村落,当地人说这里是黄帝杀蚩尤的地方。"愁"的读音是"chou","蚩尤"的读音合在一起是"chi you",连读为"愁","解"意为肢解。从音韵学来考证,"解愁"与关联民众记忆的民间传说是相吻合的。

"广谷大川异制,民生其间者异俗"⑦表明民间风俗的异质性深受不同自然环境的影响。寿阳县位于山西省东部,东与阳泉、平定、昔阳山水相连,西邻太原、榆次,南接和顺,北与盂县、阳曲隔山相望。县境山脉均属太行山系诸山之尾,西北部为系舟山系,由阳曲县延伸而来,该山系主要山峰有罕山(亦作旱山)、鹿泉山、北神山、阪泉山、圣佛山等。北部为方山山系,南部由和顺八赋岭延伸入境,东部由阳泉、平定、昔阳的山脉延伸而来,构成寿阳群山环抱之势。寿

①　(清)戴梦熊修,(清)李方蓁、李方芄纂:《阳曲县志》,《中国地方志集成·山西府县志辑》第2册,凤凰出版社2005年,第142、148页。
②　(清)马家鼎修,张嘉言纂:《寿阳县志》,《中国方志丛书·华北地方》第435号,台湾成文出版社1983年,第90页。
③　(宋)李昉撰:《太平御览》,中华书局1960年,第26页。
④　(唐)欧阳询撰,汪绍楹校:《艺文类聚》,上海古籍出版社1999年,第34页。
⑤　潘定衡、杨朝文主编:《蚩尤的传说》,贵州民族出版社1989年,第49—50页。
⑥　(清)马家鼎修,张嘉言纂:《寿阳县志》,《中国方志丛书·华北地方》第435号,台湾成文出版社1983年,第112页。
⑦　(清)阮元校刻:《十三经注疏》,中华书局1980年,第1338页。

阳县主要河流有属汾河水系的潇河、白马河以及属海河水系的向阳河。寿阳属温带大陆性季风气候,总体特征是:春季风沙较多,气候多变;夏季雨水集中,南长北短;秋季天气温和,时间短暂;冬季寒冷干燥,时间漫长。[①] 寿阳农业人口居多,自古以来农民靠天吃饭,多山少雨成为制约当地春种秋收的主要因素,本着生存的第一需求,人们只好把"驱鬼逐疫,祈求丰收"的心理寄托在神灵的身上。这样,以傩舞形式存在的"爱社"就有了它的生发场域。

由于干旱少雨的自然气候、群山环抱的地理结构以及部族征战的历史地理区位,在很长的历史时期内,"爱社"的流布区域是一个比较封闭的生态环境,为保留"爱社"这一原始傩文化艺术提供了条件。

(三)"爱社"的文化生态空间

文化空间是指"一个集中了民间和传统文化活动的地点,但也被确定为一般以某一周期或是以事件为特点的一段时间,这段时间和这一地点的存在取决于按传统方式进行的文化活动本身的存在"[②]。傩舞"爱社"的文化生态空间事实上就是它以活态形式存在的空间,包含有物质空间和"爱社"存活的社会文化情境。

北神山轩辕庙为寿阳傩舞"爱社"在特定时间的表演场域,兼具物质性和文化性。北神山位于寿阳县西北平头镇的北边,西接鹿泉山、阪泉山,这两山西临罕山。

1. 轩辕庙空间还原

据清光绪八年(1882)《寿阳县志》记载:"北神山,在县西七十里。有轩辕帝庙,祷雨多应。"[③]轩辕庙毁于"文化大革命",从现存遗址来看,院内尚存已被毁坏的建筑构件和横七竖八的残碑,通过实地考察与碑刻资料整理,可以还原轩辕庙的本来空间样貌。

庙院内正北方为轩辕庙大殿,殿内供着圣祖黄帝和十二药王。现仅存三个

---

① 姚红岩:《文化学视野下的山西民间傩舞研究》,东北师范大学硕士学位论文,2015 年。

② 冯骥才主编:《中国民间文化遗产抢救工程普查手册》,高等教育出版社 2003 年,第219 页。

③ (清)马家鼎修,张嘉言纂:《寿阳县志》,《中国方志丛书·华北地方》第 435 号,台湾成文出版社 1983 年,第 91 页。

砖砌拱门,里面供奉的神祇已遗失,只留有一小石碑,写着"诸神"。庙院内正殿下方有碑《重修圣祖庙平头社郑家庄路家河教场平韩家沟碑记》①,靠西有一口井,当地人称之为"黑龙池",井水乌黑望不到底。井边有碑《寿阳县重修轩辕圣祖行祠记》②。正殿对面靠近庙门的地方有两通碑:东侧为《重修圣祖庙董家庄社碑记》③,西侧是《重修圣祖南安多社沟北村界口庄碑记》④。

正殿的东边有两座侧殿,每座殿有两个拱门。紧靠正殿的侧殿内还存有一尊泥塑像。雕塑年代未知,身上的泥土已断裂。脸色发黑,眼眉细长,双耳垂肩,梳有发髻,身披黄色龙袍。根据《珴玉集》卷十四引《帝王世家》云:"嫫母,黄帝时极丑女也:锤额蹙頞,形粗色黑。"⑤神像整体样貌与黄帝之妃嫫母极其相像。

东殿后有一个小院,角落里有一口井,名曰"白龙池",水清冽无杂质,能一眼望到底。小院的正北,有一坐东朝西的殿宇,殿内现在供奉着五龙圣母,当地人经常到此许愿还愿。殿外有石碑《重修五龙堂记》,明弘治九年(1496)三月立石,是轩辕庙可考的年代最久远的一通碑。

> 寿阳县治之西七十里许,实古并之洁地,乃晋境之名乡。山奇水秀,而物盛人贤;自古迄今,而荣丰乐业。左临涧水,右倚颠巍。龙行虎卧之爻峰,鹤立鸾交之卦象。四壁□风雨之浩渺,上下吐雾露之烟霞。云生于八德池边,雨散于三轮劫外。古有□□题额曰:轩辕圣祖之下庙也。傍有五龙圣母行祠□□创于何代,□□迄今亘古千有余年,而有已□神也。病士求救,应死更生,旱涝□伤饥荒饿殍,乞之□□无不灵验者哉。自惟我国朝阴翊设立,化民无越,迁善远恶,事成不利乎。今有

---

① 《重修圣祖庙平头社郑家庄路家河教场平韩家沟碑记》(如图9-1之①),清乾隆四十六年(1781),碑刻规格:高175厘米,宽83厘米,厚21厘米,现存于山西省寿阳县平头镇北神山轩辕庙遗址。调查者:段友文、王文慧、乐晶;调查时间:2014年5月24日。

② 《寿阳县重修轩辕圣祖行祠记》(如图9-1之②),明万历元年(1573),碑刻规格:高180厘米,宽85厘米,厚24厘米,现存于山西省寿阳县平头镇北神山轩辕庙遗址。调查者:段友文、王文慧、乐晶;调查时间:2014年5月24日。

③ 《重修圣祖庙董家庄社碑记》(如图9-1之③),清乾隆四十六年(1781),碑刻规格:高238厘米,宽85厘米,厚20厘米,现存于山西省寿阳县平头镇北神山轩辕庙遗址。调查者:段友文、王文慧、乐晶;调查时间:2014年5月24日。

④ 《重修圣祖南安多社沟北村界口庄碑记》(如图9-1之④),清乾隆四十五年(1780),碑刻规格:高187厘米,宽87厘米,厚22厘米,现存于山西省寿阳县平头镇北神山轩辕庙遗址。调查者:段友文、王文慧、乐晶;调查时间:2014年5月24日。

⑤ (唐)佚名辑:《珴玉集》,《续修四库全书》第1212册,上海古籍出版社2002年,第35页。

僧人祖定、静□间,偶尔善友董文友,同信善董友成、董玉、董良等倡之日,龙祠颓朽,椽瓦倾危、□□□故从新□能牢坚永矣。鸠集三村之善信,率领一境之檀那,兴心于弘治甲寅,工毕于丙辰运岁。①

由以上碑文可知,现存轩辕庙遗址的后院叫"轩辕圣祖下庙",有五龙圣母行祠,千年有余,不知创自何代,百姓因病求救、旱涝饥荒祈神,无有不灵验者。碑记此庙至明弘治间已破败不堪。有寺僧祖定并善友董文友、善信董文成等率三村众善信、施主,各捐己币,共修殿堂,再塑金身。自弘治七年(1494)兴工,至九年(1496)工毕,因勒石以记始末。

紧挨五龙圣母殿的是文殊殿,供奉着文殊菩萨。正殿西侧现存有一座两个拱门的殿宇,里面已经没有神位。殿宇外有石碑《增修乐亭重整殿宇碑记》②。(参见图9-1)

寿阳县北神山一带是典型的农耕区域,在信息闭塞、交通不便的环境中,孕育了百姓保守、中庸的性格特征,他们持"万物有灵"的观念,信奉各路神仙,于是将之供奉在一处,形成以黄帝为主神、多神并存的庙宇空间。

2. 北神山民间信仰的社会环境

对于本民族的图腾,一般都要为其建庙修祠,四时供奉,原始的庙祠,只不过是个标记而已。③ 黄帝与其同盟部落均以龙为图腾,在寿阳及其周边地区除北神山外还有大量的轩辕庙、黑龙池、白龙池、黄龙泉等,这些实物遗存诠释着民众对龙的崇拜。

傩舞"爱社"的表演地在寿阳北神山轩辕庙,活态的表演形式与固态物理空间形成一种互动共生的关系。"《晋地志》云:晋文公卜,遇黄帝战于阪泉之兆,因立庙于此,以祀轩辕。"④而"爱社"展演的是黄帝部族智取蚩尤城的历史记忆,傩舞在轩辕庙表演是为了"献戏黄帝"。关于寺庙的兴建,在当地有一个黄

---

① 《重修五龙堂记》(如图9-1之⑤),明弘治九年(1496),碑刻规格:高140厘米,宽64厘米,厚15厘米,现存于山西省寿阳县平头镇北神山轩辕庙遗址。调查者:段友文、王文慧、乐晶;调查时间:2014年5月24日。

② 《增修乐亭重整殿宇碑记》(如图9-1之⑥),清乾隆五年(1740),碑刻规格:高190厘米,宽110厘米,厚18厘米,存于山西省寿阳县平头镇北神山轩辕庙遗址。调查者:段友文、王文慧、乐晶;调查时间:2014年5月24日。

③ 周冰:《巫·舞·八卦》,新华出版社1993年,第14页。

④ (清)马家鼎修,张嘉言纂:《寿阳县志》,《中国方志丛书·华北地方》第435号,台湾成文出版社1983年,第91页。

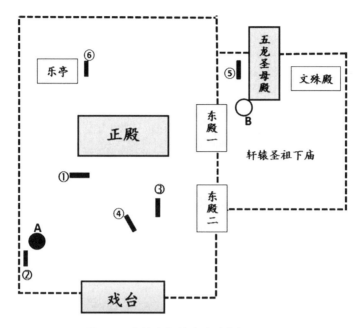

图 9-1 北神山轩辕庙遗址空间还原图

注:A. 黑龙池 B. 白龙池 ①《重修圣祖庙平头社郑家庄路家河教场平韩家沟碑记》②《寿阳县重修轩辕圣祖行祠记》③《重修圣祖庙董家庄社碑记》④《重修圣祖南安多社沟北村界口庄碑记》⑤《重修五龙堂记》⑥《增修乐亭重整殿宇碑记》

帝显灵的神奇故事。

传说,风水先生选址时把寺庙定在山顶上。在人力和畜力为主的年代,搬运建筑材料成为困扰人们建庙的一个大问题。一天早晨,村里的人们起来喂牲口,发现牲口浑身上下大汗淋漓。人们登至山顶,只见运来的木石砖瓦均已不见,而在半山腰的苍松古坳里,整整齐齐码放着那些木石砖料。据说是轩辕圣帝恤民爱民,遂在一夜间调动所有车马,移转木石。所以,人们就把轩辕圣庙从山顶改建到半山腰了。①

这则黄帝显灵传说对民众心理的影响是极大的,因为"神"灵验,体恤民间疾苦,所以寿阳民众对他的信仰更加坚定,黄帝的信众愈发增多,庙宇香火愈发兴盛。

---

① 王晋华:《爱社传承记——爱社口传史》,内部资料,寿阳县非物质文化遗产保护中心、寿阳县人民文化馆,2013 年,第 24 页。

以龙池为实物依托的龙王信仰在寿阳地区覆盖范围非常广泛。北神山庙院有白龙池与黑龙池古井,前者泉水清冽,后者黑浊不清。值得注意的是,寿阳县其他地方也有黑龙、白龙泉池的遗留。比如位于寿阳县东北的方山,尚存有黑龙泉、白龙泉石刻,山上还有黄龙泉水。光绪八年(1882)《寿阳县志》记载:"方山,在县东北四十里。其北与盂县接境。松岭蔚然,顶方一里。俗亦呼神福山。东池周可数百步。山下有一泉,曰黄龙泉。山前石罅中有泉,曰黑龙泉。石半裂而泉出。云松沿下,有泉甘冽,为县之诸泉第一,俗呼金刚泉。其旁有龙神祠,祷雨多应……清朝邑人李秉铨《重修方山昭化上院记》云:宋政和二年,赐名神福山为方山……山腹有白龙池。池旁断额有化龙天池四字。不知何代所镌,疑即宋僧宗胜长者行迹碑所称。始来之夕,风雷暴作,拔去一松,化为一潭者。龙神祠在其左,祷雨辄应。黑龙池在山之东峰,水深黑,不敢逼视。青龙池在山背,盛夏犹冰。"[1]根据这段记载,"山下有一泉,曰黄龙泉""山前石罅中有泉,曰黑龙泉""山腹有白龙池,池旁断额有化龙天池四字",还有"黑龙池在山之东峰,水深黑,不敢逼视。青龙池在山背,盛夏犹冰"。可知,黑龙池在山的前面,水深且黑。青龙池(即白龙池)在山的背面,清爽犹冰。这里的黑龙池、白龙池,与北神山轩辕庙里的龙池布局、池水特点都很相像。黑龙池在正面的地方,白龙池在背部相对隐蔽的地方。龙池旁都有龙神祠,地方文献中均有"祷雨多应"之记载。寿阳地处黄土高原,十年九旱的自然环境主宰了民众对神灵的选择,因而主管行云布雨的龙王受到当地民众的大力推崇,满足了百姓对风调雨顺美好愿景的心理诉求。

另外,在与北神山为同一山系的阪泉山、罕山以及县西 50 里的五峰山都有黑白龙池,且多作祷雨、"求药"之功用。村民梁凤仙是平头镇界口村人,在她 17 岁那年父亲身患重病,访遍附近乡里郎中均不见病情缓解,于是受母亲之托到北神山"求药",取白龙池里清冽之水,其后不久,父亲痊愈。梁凤仙女士在讲述她的亲身经历时,表情十分严肃但又不失神采,她通过自己的讲述,努力地让周围的人相信"黄帝圣祖爷爷很灵"。[2] 黄帝部族及其联盟部落崇奉龙图腾,在世俗生活中龙王具有司雨医病的神职功能。可见,在民间社会里,百姓对"黄帝圣

---

① (清)马家鼎修,张嘉言纂:《寿阳县志》,《中国方志丛书·华北地方》第 435 号,台湾成文出版社 1983 年,第 78 页。

② 讲述人:梁凤仙,生于 1938 年,寿阳县平头镇界口村人,小学文化;讲述时间:2015 年 8 月 13 日;讲述地点:山西省寿阳县泥河村梁凤仙家;访谈人:段友文、王文慧、刘碧静。

祖"的崇信完成了向现实生活需求的转换,他们期望的是"现世现报"和"有求必应",并将其作为改善个体生活状况和心理状态的工具。

二、寿阳傩舞"爱社"的艺术形态

寿阳傩舞"爱社"是山西民间傩舞的一个重要分支,它的产生和发展遵循着"傩"的发展印记,同时由于地域因素,在傩舞类型、表演风格等方面形成了自己特有的艺术形态。"艺术形态是艺术的具体展开,是艺术本身的面貌和状态,是艺术的特征。"[①]第一,爱社所呈现的是黄帝战蚩尤的神话,古朴而神秘;第二,在傩仪展演过程中,除了请神、送神的固定程序外,还有其独有的民俗风情;第三,在发展过程中傩舞"爱社"在服装、道具等方面已经具有了戏剧艺术的色彩。兼具有宗教性、民俗性和审美性的"爱社",凝聚了寿阳历代民众的创造智慧。

(一)黄帝蚩尤争战神话的傩舞呈现

黄帝与蚩尤的战争神话作为具有民族特色的文化遗产,在我国广为流传,其版本丰富多样又各具特色彼此互补,共同建构起黄帝时代的原始文化图景。寿阳傩舞"爱社"表现的是黄帝与蚩尤之间的战争,其版本之独特成为该经典神话的一个重要组成部分。陈多曾对古傩来源进行考证,他认为"傩祭中驱疫逐鬼的内容是以黄、蚩之争为原型作出的变形反映"[②],因此,从表现内容来看,寿阳傩舞是十分古老的民间艺术。

傩舞"爱社"把黄帝部族成员乔装攻占蚩尤城的内容穿插在表演的整个过程当中,形成了"爱社"以舞叙事的结构方式。黄帝与蚩尤大战,黄帝取得最终胜利,获得了统治中原的权力。然而,黄帝部族在取得战争绝对性胜利之前,也经历了"九战九不胜"的曲折历程。傩舞"爱社"主要内容是:黄帝攻打蚩尤城池久战不胜,轩辕黄帝命将士们假扮成二十四家"魂头鬼"混入鬼门关,最后打败蚩尤部族攻占其城池。表演时由 24 人组成,6 名演员头戴鬼脸面具做主要表

---

① 朱云涛:《关于艺术形态学新建构的设想》,《南京艺术学院学报》(美术与设计版)2009 年第 3 期。

② 陈多:《古傩略考》,庹修明、顾朴光等编:《中国傩文化论文选》,贵州民族出版社 1989 年,第 89 页。

演,被称作"大鬼"。18名演员站成马蹄形以示城郭,称作"小鬼",他们自始至终敲击手锣助阵,时而发出"噢——噢——"的叫声。

第一个环节叫"五势"(或"武势")。分为推门亮势(也叫开门护脸)、跨腿猴势、拧腿猴势、下蹲势(又称小猴势)、骑马势(或软势)五种,是"爱社"傩舞中所有基本动作的集中概括。表现的是黄帝部族将士们作战前的积极准备;第二个环节称"倒上墙"。分护眼拳、二人拳、四人拳、直墙、工字墙、倒上墙。该程式最早由一人表演,此后逐渐增加到六人,基本动作和五势一样,主要特色是进行队形的变换。表现的是将士们来到城门下,攻城队列和所摆阵势的变换以及将士们前赴后继的攻城状态;第三个环节为"小场"。队形多次变化,表现的是攻城失败,重新摆布阵势以迷惑敌人,继续作战,最终包围城郭;第四个环节曰"过关"。六个大鬼分两组。其中一组中的三个大鬼跳起,退下去。随后,另一组的三个大鬼跪下张望,象征跪在关门上看是否能顺利通过,叫"跪门"。然后下叉,即六个大鬼一个一个过关门,被绊倒,用以表示攻进关门的艰难险阻。经过一番努力,六个大鬼都跨进关门,战胜敌人。本程式为攻破鬼门关中的细节表演,通过脱靴偷袭,翻越障碍物,争相夺旗,胜利过关等动作,描绘偷袭敌人时的机智勇敢,可以说是整个表演过程中情节跌宕起伏、精彩纷呈的一个环节;第五个环节是"对弈"。"大鬼"之间两两互相对打,表现过关后双方对打或进关后庆贺胜利的士兵演练;第六环节表演"耍桌"。传说是黄帝部族攻占鬼门关后,百姓沿街摆上供品犒赏黄帝部族的将士们,用打叉、猴势等动作表现获胜后的喜悦心情和欢庆场面。每段的内容都比较清晰,但不直接表现具体过程,多通过象征的意味来表现内容,而且动作比较简单,在有限的场地中几乎是原位舞蹈,两腿始终是"小八字步半蹲",偶尔转一次身。"爱社"表演以简单的舞蹈动作、自由的打击乐伴奏以及秩序井然的表演程式再现了黄帝部族将士们的英勇善战,将神话叙事与艺术审美融为一体。

(二)地方性极强的傩祭仪式

傩仪,是几千年来推动傩文化发展的中心主轴,从远古时期以法术为手段的原始驱逐术,到封建社会早期的秦汉傩,再到封建社会末期的明清傩,乃至20世纪各民族、各地区的傩舞表演,都艰难而曲折地保持了傩魂精神。原始的傩祭傩仪由包括巫师在内的多种角色参与,服务于请神和驱鬼逐疫等关目。改革开放之前,傩舞"爱社"主要在清明求雨、白露"交水"、农历七月十三"朝圣"时进行表演,有明显的原始傩祭傩仪遗留。

清明求雨在每年农历三月二十六举行。通常由沟北、界口、南安多三个村组成一个社表演傩舞,共有 24 个常香老(善良的人),人人赤脸、戴柳圈,从南安多村的泰山庙出发,一直舞到北神山的圣祖庙。接着"爱社"总仙进庙祈雨,其余人在院内表演傩舞。《寿阳县志》记载:当时的祷雨之法为"置瓶于神案,焚香虔祝,神至庙中辄有声,或有蝴蝶生物飞出,用纸探瓶中,湿即迎去,必有甘雨"①。最后,将请回的圣水交由泰山庙的神山和尚保管。在祈雨时不仅要取回圣水,还有一个重要的环节"请驾"——把黄帝圣驾安放到泰山庙,由村里人白天晚上轮流跪拜。

秋后白露时节的傩祭仪式是"交水",乡民们为了感谢黄帝的雨水恩赐、福泽庇佑,还要把祈到的水送还给轩辕圣祖。届时,沟北、界口、南安多三个村组成的"爱社"表演队伍共 30 人,再一路演着傩舞,把黄帝送回北神山圣祖庙供奉,称为"稳驾"。"爱社"总仙拿黄表纸,把水倒上,口念圣祖爷爷收水。拜水后,将水放到轩辕庙门口的水缸里。这样的"取水""交水"仪式因傩祭傩仪的渗入而更具有神圣色彩。

农历七月十三是黄帝的生日,为了酬谢圣祖轩辕对当地百姓的庇佑,北神山附近的村社都要在这一天上山"朝圣"。当日,各村社都有自己代表性的社火表演,包括"爱社"、大竹马、耍叉、圪榄队等,但"爱社"是唯一可以进入轩辕庙内表演的社火节目,且从祭祀活动开始一直表演到祭祀结束。其他表演队都只能在庙外和四周的山上进行表演,据当地老人说,"爱社"是轩辕黄帝最喜爱的社火。此外,妇女只能在庙外的山丘或小径上观看表演,不可进入庙内。

"爱社"除了在北神山轩辕庙参加祭祀酬神活动外,在其他一些娱乐欢庆的活动中也进行表演,以表达人们驱疫消灾、祈求平安的美好愿望。清光绪八年(1882)《寿阳县志》载:"正月……十六日撞铮击鼓,挨户作驱逐状,略如古人之傩,谓之逐虚耗,亦曰逐瘟。"②改革开放以后,传统文化随之回归。"爱社"改为

---

① (清)马家鼎修,张嘉言纂:《寿阳县志》,《中国方志丛书·华北地方》第 435 号,台湾成文出版社 1983 年,第 91 页。

② (清)马家鼎修,张嘉言纂:《寿阳县志》,《中国方志丛书·华北地方》第 435 号,台湾成文出版社 1983 年,第 607 页。

每年正月十五在北神山附近的村头表演,成为民众喜闻乐见的民间社火形式。"爱社"表演队伍沿村庄表演,每到一村,各家各户以及村头店铺都要抬出桌子,摆上贡品,犒赏"爱社"将士,或施钱要求扮演者在门前多做表演,以期驱走妖魔病灾,来年万事亨通。现在,"爱社"表演与韩沟村的年节习俗结合得十分融洽。大年初一,祭拜完祖宗后,"爱社"传承人们就会穿戴好给村里人表演,这样欢庆新年的形式,既是敬天娱神,又是祭祖娱人。稳健而洒脱的舞姿,把将士出征、摆阵对垒、攻城胜利等故事情节充分地表演了出来,成为当地年节习俗的一个重要组成部分。

(三)泛戏剧形态的艺术遗存

社会生活中有种种类似戏剧但又不完全是戏剧的表演,它们具有某些戏剧的因子——人物装扮和情节故事,具有某些戏曲的外观系列,如歌唱、舞蹈、说白、表演动作,但未融合为一,因此未能被认为是真正的戏剧,在探讨戏剧发展历史时常常提到它们,却无以名之,这类表演,我们不妨称之为"泛戏剧形态"。①寿阳傩舞"爱社"以歌舞叙事,举假面表演,可视为山西原始戏剧的珍贵遗存,折射出华夏原始文明质朴的审美追求。

黄竹三根据戏剧渊源和艺术因素,将泛戏剧形态分为以歌舞为主、以假面表演为主和以说白为主三种形式。寿阳傩舞"爱社"以黄帝蚩尤之战为内容和以假面表演为道具,这样的艺术样貌正是泛戏剧形态所包含的一些戏剧元素。

歌舞中融入故事,即内容具有叙事性的特征,动作具有象征性意义,可被认为是泛戏剧形态的一种。这与王国维"戏曲者,谓以歌舞演故事也"②的观点不谋而合。如前所述,"爱社"将"黄帝乔装攻占蚩尤城"的故事内容穿插在表演的整个过程当中,通过表演开场、武势、倒上墙、小场、蛇蜕皮、过关、耍桌等环节,再现了战前准备、摆阵攻城、偷袭敌人、庆贺胜利等场面,"爱社"所表现的内容比较简约,舞蹈语汇与音乐器具也略显单调,但在表演程式和情节安排上却秩序井然,舞蹈中融入了黄帝智取蚩尤城的故事,因而具有泛戏剧色彩。而且我们发现,表演的整个过程与中国传统戏曲中具有"仪式感"的武打戏十分相似,队伍

---

① 黄竹三:《论泛戏剧形态》,《文学遗产》1996 年第 4 期。
② 王国维:《戏曲考原》,上海书店出版社 1983 年,第 75 页。

双方走圆场,表示战争开始,接着摆弄阵势,然后模拟对打,最终一方败阵,可以视之为中国传统戏剧艺术中"武打戏"的原型。进一步讲,考量戏剧标准的四要素分别为:演员、观众、剧场和剧本,其中演员是核心。这里的"演员"一定是有"扮演行为"的演员,这是戏剧的本质特征,离开了这一点,就不能称之为戏剧,而是其他艺术形式了。① 黄竹三也认为,由于故事情节的存在,必有角色扮演,在泛戏剧形态中,既可扮演生活中的真人,也可扮演神话传说中的神人和兽类。"爱社"是一种群体表演,上场人物为 24 人(均为男角),用来扮演 24 家魂头鬼,其中 6 人头戴鬼傩面具扮演大鬼,为攻占鬼门关的将领,是整个节目中的主要表演者。其余 18 人扮演小鬼,呈现三面围墙式阵型,敲击小锣以示助威喊阵。可见,傩舞"爱社"的表演中已有角色扮演的成分。

傩舞"爱社"作为泛戏剧形态的另外一种表现形式即以假面表演。赛祭和傩祭作为远古时期宗教祭祀活动的两种形式,是假面表演的发端。赛祭装扮神灵假面以求福,傩祭装扮鬼神假面以禳灾,由方相氏"蒙熊皮,黄金四目,玄衣朱裳,执戈扬盾,帅百隶而时傩"②。"爱社"所用面具为典型的"鬼面",结合龙头造型制作而成,古朴粗犷、造型夸张。眉凸眼凹,外眼角向上竖起,眉心贴一银箔剪的蛤蟆舌头,额角各有一束五色硬纸条插配,有红色舌头,伸出口外,朝下耷拉。两耳下垂,挂有耳环,用竹条或细柳条做成。头顶有各种颜色的穗毛,搭在额前。此外,"爱社"的服装道具也与戏剧有紧密联系,演出服装与传统戏剧里武生服装极为相似,上衣为黑色对襟衫,裤子整体为黑色,裤腰为白色,穿时将裤腰在腹前交叉叠起,用腰带系紧;鞋是快靴,即戏剧武生所穿的软底绣鞋。

傩舞"爱社"这门古老的艺术在情节设置、服饰道具等方面,都可以看出它从"舞"向"戏"的演变。首先"爱社"沿用"舞"的表现方式,即以舞叙事;同时,服饰、道具等元素与戏剧内涵的融通,又可称其为"戏"。傩舞"爱社"较多地保留了泛戏剧形态的特征,成为研究民间舞蹈与戏曲艺术的重要资料,它同全国其他地区的傩舞具有共同的表演特征,比如:头戴面具,口喊"傩—傩—"之声,随简单音乐节拍起舞,动作粗狂简练。同时,由于地域文化的差异,也滋养出"爱社"独有的艺术样貌。

---

① 刘振华:《中国古代早期戏剧巫傩形态研究》,东北师范大学博士学位论文,2013 年。
② (汉)郑玄注,(唐)贾公彦疏,彭林整理:《周礼注疏》,上海古籍出版社 2010 年,第 1207 页。

三、寿阳傩舞"爱社"的当代展演

寿阳傩舞"爱社"有"原始文化的活化石"之称,加之独特的地域文化特征以及历史悠久的精神文化积淀,构成汉族傩一个非常重要的支脉,也成为寿阳地方文化建设中提升文化软实力的组成要素。然而,随着社会经济结构的调整以及多元文化的冲击,傩舞"爱社"同其他非物质文化遗产一样,面临着保护与传承的困境,这就需要在非遗项目共性保护的基础上,针对"爱社"的独特性采取相应的保护策略。

(一)傩舞"爱社"的保护现状与传承困境

党的十一届三中全会以后,全党把工作重点转移到社会主义现代化建设上来,民间传统文化活动很快得到恢复。20世纪80年代初,随着贵州省威宁县裸夏村风格古朴的傩戏遗存《撮衬姐》在《贵州戏剧》杂志的发表,傩文化重新进入大众视野并成为人文科学的研究热点。顺应政策解禁与传统文化回归这两股热潮,寿阳傩舞"爱社"以古老、独特而又神秘的文化特色,得到各级政府、文化界以及民间文艺专家、学者的重视。

1983年,寿阳县政府组建了《寿阳县志》编纂委员会,专门委派县文化馆白长生到平头镇对"爱社"文化进行专题采访,把"爱社"在平头一带的兴起、传承、表演形式、服装道具以及音乐等整理成文字资料。1989年7月,寿阳县文化馆建立了"'爱社'文化档案",对相关的文字、摄像、录音、照片资料等进行了归类整理。90年代初,"爱社"被编入《中国民族民间舞蹈集成·山西卷》,"爱社"的相关论文被收入《中华戏曲》总第十二辑"中国傩戏学国际学术讨论会论文专辑",将傩舞"爱社"研究推入一个更高的层面。新世纪以来,"爱社"被列入"首批国家级非物质文化遗产项目",寿阳县委、县政府也积极致力于对寿阳傩文化的推广宣传,先后参加了"中国民间戏曲文化国际学术研讨会"、中国(晋中)社火节、介休清明寒食节、山西省文化博览会等,逐渐扩大了"爱社"的影响。

随着时代的变迁,傩舞"爱社"由过去主要活动于寺庙的祭祀舞蹈转化为民间的街头社火节目。社火参加街头游行,在一处不能长时间停留,所以,"爱社"的街头表演在内容上主要是第一节"武势",约15分钟,全套六节只用在很少的专场演出中。由于长时间不作全程表演、演出队伍不稳定等原因,全套程式并不是所有演员都能够表演。表演场域的变化也要求演出队伍的扩大,首先在阵容上进行精心设计,"大鬼"由原来的 1 组 6 人,扩大为 6 组 36 人;"小鬼"由原来18 人,扩大到 108 人;乐队由原来 3 人扩大到 20 多人,加上领队、指挥台服务人员,演出队伍扩大到 160 多人。因村中男丁外出打工居多,女性也被吸收进表演团队。其次,在配套设施上也进行了革新,前排是"傩"旗队和乐队,制作了三辆两米多高的滑轮车,五面直径 1.5 米的大鼓和铜鼓、大镲,由身着武士服的演员站在滑车高台上演奏。滑轮车的前面竖着旗杆,挂有黄色篆体"寿阳爱社"四个大字的横幅,上端标有"国家级非物质文化遗产项目"字样;滑轮车后驾上立着正面写有"轩辕"和背面标着"傩"字的五面紫绒大旗。

寿阳傩舞"爱社"表演内容古老独特、结构完整,原始的傩仪传承具有明显的巫术特点,在北神山附近的民众中长期发挥着驱鬼逐疫、求福请愿的实用功能,是地方民众记忆的重要载体。历史上,傩舞"爱社"生存与传播的场域是交通闭塞的自然地理环境和自给自足的农耕文化交流环境。现在,随着经济社会的发展、现代媒介的参与以及多元文化的涌入,"爱社"原先的生存环境被打破,其传承所面临的既是机遇也是挑战。

寿阳傩舞"爱社"的传承困境首先受到社会变迁的影响。经济社会的发展以及文化环境的改变使以"爱社"为载体的傩文化在接受层面失去了它本来的艺术形态,傩文化在新的环境中受各种因素制约而被迫进行新的塑造,其性质、功能与传统傩舞有着明显的区别。舞台上的"爱社"表演已经与原本的巫术性傩仪完全脱离,只剩表演性质的艺术样貌。"爱社"的传承困境还在于传承主体的缺失,随着农村产业结构的变化,农民离开土地,外出务工。农村青壮年普遍表现出对现代文明生活方式的憧憬与渴望,渐渐远离了传统文化,从而在心理上缺乏对古老傩舞演出的认同感,出现了后继乏人的窘境。同时,现代民众对文化的需求呈现多元化趋势,异质文化的涌入在很大程度上挤压着傩舞文化的发展空间。

(二)傩舞"爱社"的文化生态保护策略

保护和传承"爱社"傩舞民间艺术是一项错综复杂的工程。从文化特质和文化自信的角度来看,一种文化的变迁和发展如果没有合理的保护机制,而是任由它被经济浪潮带来的外境所转的话,那么,它丧失自己的特质的可能性就会很大。① "爱社"傩舞民间艺术在时代变革的大环境中正在发生着自觉的文化重构,为了使"爱社"在保持原生性艺术形态的基础上重新焕发活力,社会各方力量需要通力合作,共同参与到这项文化事业的建设中来。

传承人文化地位与社会地位的肯定,是传承人自主传承的有力保障;北神山轩辕庙展演场域的重建,是对原生态文化的保护与回归;现代傩舞艺术团的创建,革新了原先傩舞传承的单线结构;政府和学者的通力合作,为傩舞艺术传承与传播搭建了平台。

1. 原生态保护

一个民族的非物质文化遗产是靠保护和传承来延续其生命力的。基于"爱社"表现内容的原始性,对"爱社"的传承保护,首先应该采取原生态的保护策略。

"爱社"以古老而神秘的文化艺术形式在韩沟村传承两百多年,延续不断,其中一个很重要的原因是,每一代的"爱社"表演队伍中都有热爱民间传统文化、对表演艺术精益求精的代表性传承人,他们在传承与保护工作中,发挥了凝聚力量与核心领导作用。第四代"爱社"传承人韩富林在时代变革的社会语境下对傩舞"爱社"的传承与保护发挥了至关重要的作用。在教授学员的过程中,为了保证傩舞高质量的表演,韩富林总结出了"两立""五要""一结合"原则。②在这个前提下,使得"爱社"在新时代、新语境的表演中保留了其古朴的文化特质。因此,要从福利保障、社会地位肯定等方面加大对代表性传承人的保护力度,从而拓展其话语表达机会及社会影响力度。

北神山轩辕庙的重建与仪式复归势在必然。面对古老民间艺术的传承困

① 刘远林、王唯惟:《贵州苗族"鼓舞"的认知及文化分析》,《贵州大学学报》(艺术版)2012年第1期。
② "两立":要求演员在思想上确立两个正确的观念。一是确立"与爱社终生为伴"的观念,二是确立"当好农民艺人"的观念。"五要":一要"懂",演员首先要把全套程式和每一节故事内容、含义、感情要弄懂,并能深刻领会。二要"准",举手投足、出招收势、交叉穿插等,做到准确到位。三要"贯":头、手、脚三点连贯一气,配合统一协调。四要"齐",踩紧鼓点,动作、步调、队形变化做到整齐划一。五要"美",伸、张、摇、摆、转;弹、跳、腾、挪、闪,一招一式都要优美好看。"一结合":把"爱社"的学习演练和学习太极拳、扇子舞、柔力球等武术和健身操的活动结合起来,互相借鉴,互相促进。被访人:韩富林,访谈人:段友文、王文慧、乐晶,访谈时间:2014年5月24日,访谈地点:寿阳县韩沟村村民委员会。

境,首先要保护与抢救它固有的生态文化空间,对北神山轩辕庙予以恢复重建。轩辕庙是传承傩舞"爱社"的重要物质实体之一,在庙宇里举行傩舞表演,能够体现傩文化产生之初娱神娱人的本真性。就目前考察结果来看,北神山轩辕庙已破败不堪,实现其重建是一项浩繁的工程,需要政府部门在政策以及财力上给予支持。其次,原生态民间舞蹈大多是以民俗仪式或民俗活动为生态依托而存在。① 寿阳傩舞"爱社"就是以黄帝祭祀仪式为核心的民间舞蹈,它古朴的神话表演内容与简单的舞蹈形式,是部族文化融合的古老的民族记忆。因而,"爱社"的表演不能脱离了北神山轩辕庙的展演场域以及祈雨酬神的祭祀仪式。现今,韩沟村在县文化部门的配合下,于每年农历七月十三举行"'爱社'文化艺术节",但是,舞台形式的表演弱化了"爱社"原有的宗教仪式感。祭祀仪式对于"爱社"的原生态保护有其特殊的意义,它能够使傩舞在北神山轩辕庙这个特定的文化空间内表现出传承的古今延续性。

2. 传统中革新

"传统的继承并非简单重复历史上遗留下来的文化,它同时是一种选择性的创造。每一代人都在继承传统的基础上开始自己的活动与发展,都对既定传统根据时代需要进行新的解释与理解,赋予传统新的意义。"②这就要求傩舞"爱社"在保护的过程中处理好传承与创新的关系。经寿阳县委宣传部、地方文化精英以及"爱社"传承人的共同讨论,一致决定傩舞的革新要在"五不变"③的基础上进行,比如表演阵容的扩大、组织机构的健全与完善等。

在众多的非物质文化遗产项目保护与传承过程中,传承人缺失是首要问题。除老一辈艺人相继谢世、年轻一代对传统文化的漠视外,还有一个很重要的原因是行业规矩的制约。从古至今,我国很多传统文化行业表现出"族内传承""传男不传女"等单线传承特征,使得非物质文化遗产的持续传承受到极大的限制。(参见表5)

---

① 傅丽:《赣南客家原生态文化保护初探——从中村傩舞看客家原生态文化》,《江西社会科学》2005年第12期。

② 苗伟:《文化时间与文化空间:文化环境的本体论维度》,《思想战线》2010年第1期。

③ "五不变":故事情节不变,表演程式不变,动作姿势不变,道具服装不变,大鼓铜锣主导乐器不变。讲述人:韩富林。调查人:段友文、王文慧、乐晶。调查时间:2014年5月24日。调查地点:寿阳县韩沟村村民委员会。

表5 韩沟村"爱社"传承谱系表

		第一代	第二代	第三代	第四代	第五代
传承人	血缘家族式传承	韩国英 →	韩桂花 →	韩福明 →	韩富林 →	韩晓平
		王兴邦 →	王根祥 →	王志仁 →	王福栋	
					王栓栋 →	王贵龙
		韩国保 →	韩桂叶 →	韩正吉 →	→	董会莲（孙媳）
		韩子政 →	韩珍寿 →	韩珍寿 →	→	韩和平（孙女）
		韩银贵 →	韩佩全 →	韩佩全		
					韩明义 →	韩铁林
					韩来扣 →	韩金旺
					张福玉 →	苏贵生（过房侄儿）
	地缘群体式传承	王全	韩振华	袁振华	韩三牛	韩增光、马翠云、郑申旺、郝会芳、韩福爱、闫爱凤、刘永生、郑翠平、张变玲、刘春爱、王翠萍、李艳青等

注：表格中箭头所指均为父子关系（除注明者外）

从傩舞"爱社"在韩沟村的传承谱系来看，前四代传承人以王姓和韩姓为主，且全部为男性。其中，均以单姓父子传承为主，如：韩国英—韩桂花—韩福明—韩富林—韩晓平，即为代代相承的父子关系。第五代传承人是在革新中成长起来的表演队伍，除在数量上明显增多外，传承主体的内部结构也发生了很大变化。传承人并不仅限于王姓和韩姓两大姓氏，也非单一的父子传承，而是加入了马姓、郝姓、王姓等姓氏传承人，更为颠覆性的变化是表演队伍中加入了女性成员，"爱社"的传承模式由血缘家族式传承转变为地缘群体式传承，使"爱社"的传承路线呈现多元化发展。近年来，除"韩沟村'爱社'艺术团"外，平头镇还成立了"平头中学少年艾社艺术团"，将非物质文化遗产保护与学校教育结合起来，这一举措不仅解决了"爱社"传承谱系单一的问题，而且对提高整个社会的非遗保护意识具有不可忽视的理论和实践意义。

完善的组织机构是保护与传承"爱社"的重要保证。首先，建立"爱社"文化传习所，充分发挥传承人传、帮、教、带的作用，让"爱社"文化活动有场所、有组织、有秩序地进行;第二,建立"爱社"文化联络点,与相关专业的研究单位和高等院校交流合作,在他们的学术引领下,把"爱社"傩舞文化研究提升到一个更高水平;第三,组建"韩沟村'爱社'文化领导班子",由村干部、代表性传承人、村民代表组成,形成以"爱社"传承保护为重点的群众文化工作民间组织,全面负责文化工作的领导、组织、管理、培训等事务;第四,建立傩舞"爱社"文化博物馆,广泛搜集寿阳傩舞"爱社"的产生、演变历程中的实物和标本,从"爱社"表演的历史沿革、表演仪式、表演场所、服装道具、音乐器具以及传承人资料各个方面进行整理,将之与寿阳的文化生态环境及其他传统文化共同保存并呈现出来。

(三)傩舞"爱社"对地方文化建构的意义

"文化软实力"是指一个国家的软实力取决于其文化的魅力、国内政治和社会价值观的吸引力,以及外交政策的风格与实质。[①] 在改革发展的进程中,寿阳县委、县政府意识到,一个地区的文化建设程度决定了其未来的社会发展态势,因而务必以实际行动推动区域社会的文化与经济向前发展。县文化部门把平头区域规划为以"爱社"为主的传统傩舞文化保护区,利用传统傩文化与区域文化生态建设的关系,提出以民俗文化涵养城镇、营造"地方感"的理念。

1. 傩舞"爱社"是建构地方文化软实力的基本元素

近年来,寿阳立足经济发展与文化建设的互动关系,各项事业齐头并进,综合实力连年攀升。在此过程中,寿阳依托"寿星之乡"、"帝师故里"、傩舞"爱社"为品牌的区域文化资源,实施"文化强县"战略,大力发展群众文化事业,努力提升区域文化软实力。

寿阳县政府积极引导"爱社"傩舞文化的传承与发展,努力打造具有寿阳特色的傩文化品牌,试图通过发展"爱社"文化推动区域文化与经济的发展。在地方文化建构过程中,政府不仅采取一系列措施推动"爱社"文化产业的发展,如成立"韩沟'爱社'艺术团"、印发文化宣传册、举办大型傩舞文化艺术节等,还有意识地实施"走出去"战略,以多种形式开发利用傩舞"爱社"这一民俗文化资源。

---

① Joseph.S.Nye Jr,*Bound to Lead:The Change Nature of American Power*,New York:Basic Books,1990.

区域文化包括地域文化精神,以祭祀黄帝为主的傩舞"爱社"成为可资利用的精神文化资源,受到学术界及寿阳人的积极推崇,并成为建构地方文化的有力抓手,是提升区域文化软实力的重要组成部分。"树立区域崇祀偶像是增强地域文化优势、加强地方自信心与凝聚力的重要手段。"①从轩辕庙、龙池到众多带"龙"字的村落名称以及与之相关的民众记忆传说组成的象征系统,一方面具有传达国家意志、教化民众的功能,另一方面也具有强化地方自身信仰体系的作用。随着时代的进步与社会的发展,百姓对神灵有了新的认识,但驱邪禳灾、期盼丰收和平安幸福的心理依然是人们精神生活的旨归。可见,民间信仰与地方文化建构是紧密相关的,黄帝祭祀的延续与文化软实力的逐渐凸显,不仅使寿阳百姓以继承优秀地方传统文化为荣,同时也增强了民众的地方归属感与凝聚力。

2."爱社"文化艺术节是展示文化软实力的重要平台

寿阳傩舞文化的发展与当地有意识地建构地方文化联系紧密。自 2010 年起,"爱社"文化艺术节已成功举办五届,不仅是对"爱社"傩舞文化继承和弘扬,同时也为其他区域文化资源提供了可展演交流的空间,有效地促进农村文化事业的发展。

"爱社"文化艺术节包含着丰富多彩的民间传统文化形式,如省级非物质文化遗产"寿阳罕山大竹马"、黑水铁叉等民间社火表演。此外,还有福寿剪纸艺术、根雕工艺展、农民工风采摄影展、晋剧票儿班、民间八音会等几十家民间文艺团队也参与其中,展示自己的作品。寿阳传统民间艺术种类丰富,地域特色鲜明,通过举办艺术节这样的交流展示平台,一方面促进了民间文艺的传承与发展,另一方面汇聚了各方文化友人,增强了地域凝聚力。"爱社"文化艺术节已经成为寿阳传统文化展演平台与对外文化交流的窗口。

小　结

表现远古部族征战的傩舞"爱社",最初作为寿阳民众驱鬼逐疫的巫术行为,流传至今,中间历经社会的多次变革,不仅没有消失,反而深深地融入到了地

---

① 户华为:《船山崇祀与近代湖湘地方文化建构》,《湖南大学学报》(社会科学版)2003 年第 6 期。

域历史与民众生活之中。"爱社"表演折射出寿阳北神山一带民众的生产生活状态以及他们的心理文化意识,其独特价值在于它将艺术形态与生活、审美融为一体。它的现实意义在于满足寿阳民众物质生存与精神生活的需求,反映当地百姓对良好生存环境的企盼。同时,傩舞"爱社"也是寿阳县所处的黄土高原地区作为中华民族发源地的历史见证,被学界标举为社会变迁、民族融合的活化石。

寿阳傩舞"爱社"是一种兼具古傩传统特色与寿阳地域文化特质的民间艺术形式,对于增强民众的地域文化认同感和区域凝聚力具有积极的作用,同时也是提升寿阳地区文化软实力的一个重要组成部分。寿阳傩舞"爱社"今后传承发展的趋向,应该是牢固树立生态文化保护理念,将传统傩文化的艺术形态和社会主义主流价值观相结合,综合考察其历史传统与地域个性,实施科学有效的保护,使这一珍贵的民族文化遗产葆有经久不衰的艺术魅力。

第十章 炎帝神话与华夏
农业文明的形成

　　炎帝,是中华民族的先祖之一,其角色认定经过历史上不断建构和转换得以定型,与之关联的神话传说则作为不同时期、不同地域普通民众的生活记忆而被讲述与传承,最终汇聚为中华民族的集体记忆。可以说,炎帝神话沉淀着上古初民的原始思维,浸染着巫术宗教的神秘色彩,蕴藏着几千年来中华民族的文化基因,是中国史前时期宝贵的民族文化遗产。炎帝神话作为部族神话的经典类型,它的萌芽、滋生、成长、革新亦黏连着不同时期的文化因子与相异地域因素,最终凝定为极具动态生命力的原始文化图景。通过追溯炎帝神话的演进轨辙与扩布区域,可以了解初民的原始思维和生存状态,这不仅对揭开先民早期生活形态的神秘面纱具有重要的学术价值,亦对推进中华文明探源工程、增强文化自信、铸牢中华民族共同体意识有着重大的现实意义。

一、文明之源:炎帝神话生成的文化生态

　　关于炎帝身份的论述,学界历来争论不休,大致有三种不同的看法:一是依据《国语》《左传》记载的"炎黄同胞异德"说,提出炎帝与黄帝为高辛氏之子;二是认为炎帝即为神农,是最初发明五谷、教人耕种的农业神;三是将炎帝看作氏族首领的称号,如"炎帝蚩尤氏""炎帝厉山氏""炎帝大庭氏""炎帝归藏氏"等。我们认为炎帝并不是指某一个人或者一个族群的代称,而是一种民族文化的象征符号,是一种层累造成的初民诗性化历史,也是农耕文明生成演进需求形塑而成的农业文化始祖形象。"炎帝"与"神农"同为农耕文明生成期的文化始祖,上古炎帝神话的生成,伴随着从采集游牧向农耕文明社会形态的转型,特殊的生态

环境使之在黄河流域深厚的文化土壤上萌发、生长。

(一)从游牧到农耕:炎帝文化发生的生态场

炎帝文化发生的特定生态时空场域具有两方面的内涵。首先,从历时态的社会变迁而言,炎帝文化的发生基于人类历史进程中的"野蛮时代",即渔猎经济向原始农业转型的新石器时代早期,原始农业的出现极大地改变了人类的生活方式,生产方式的巨大变革导致社会生活的重构,因而产生了以隐喻的诗性表达记载这段历史的需要。其次,从共时态的地域文化扩布考察,作为中华人文始祖的炎帝与华夏部族发源于黄河中游,此区域独特的生态环境推动了炎帝部族原始农业的诞生。"炎帝以姜水成",姜炎文化及尊姜嫄为始祖母的周文化成为农耕文明的先声。

1. 农耕文明的萌发

学界普遍认为我国农耕文明滥觞于公元前两万到一万年前,但随着考古研究的不断深入,特别是新旧石器遗址的发现,将农耕文明的起源时间大大提前了,故有学者主张将其上限前移到公元前二万年前后。可以说,考古遗址的重见天日,"使我国远古时代许多的历史传说具有实现的可靠性"①。此外,关于农耕文化兴起缘由问题,学界也众说纷纭。无论是人口压力说、游牧与游猎说,还是驯化地理说、气候变迁说,都对人类生产经济形式的起源和发展等方面发表了不同见解。摩尔根将人类社会发展分为蒙昧时代、野蛮时代和文明时代,又把前两个时代中的每一个时代分为低级、中级、高级三个阶段。当人类在蒙昧时代的低级阶段时还是以果实、坚果、根茎作为食物;中级阶段即旧石器时代产生了最初的武器棍棒和标枪,掌握了摩擦生火的本领,随之产生了附加食物——猎物;到高级阶段,弓箭的发明使得猎物成为日常的食物,在这一阶段,已经有了定居而成村落的某些萌芽。② 农业文明的产生从严格意义上来说,属于人类历史进程的中级阶段。依据考古学的划分,中国原始农业大致有八个起源地区:西南古羌族块根稻作农牧起源地、西北古羌族黍稷油菜旱作农牧起源地、中原华夏族粟芥旱作农牧起源地、东北辽河流域黄帝族黍粟豆旱作农

---

① 王在德、陈庆辉:《再论中国农业起源与传播》,《农业考古》1995 年第 3 期。
② [美]摩尔根:《古代社会》,杨东莼、张栗原、冯汉骥等译,商务印书馆 1971 年,第 12—17 页。

牧起源地、黄淮流域少昊族粟稻鱼农牧起源地、长江中游古三苗族(古越族)稻鱼农牧起源地、长江三角洲古越族稻鱼农牧起源地、珠江流域古越族块根庭园农牧起源地。①

可以说,"中华农耕文明是以农耕文明为孕育母体和演进主体的文明形态……中华民族对自然万物的理解、对人类社会的认知、对自我心灵的把握,都与农耕文明深刻联接在一起。"②文献记载中神农族善耕,据《周易·系辞下》载:"(神农)斫木为耜,揉木为耒,耒耨之利,以教天下。"③说明早在神农时代,农业文明已经兴起;耒耜的出现,更是表明在这一阶段,农业生产技术与农业工具得到完善。炎帝文化的生成发展恰恰植根于农耕文明,它背后所折射出来的"天人合一""万物同源"等思维观念承袭了农耕文化的基因,也成为华夏民族群体性智慧的集中体现。

2. 姜炎文化的兴起

姜炎文化的传承与发展,随着炎帝部族的迁徙而扩布到全国更大范围内。它主要有三个区域:一是西部的姬姜联姻,创造了繁盛的周祖农桑文化和内含民本思想的伦理文化;二是东方的姜齐文化,炎帝族和东夷族相融合,形成了与儒家明显有别的特色姜炎文化;三是南方的重农学派崇尚神农之教。三大区域尤以西部陕西宝鸡的姬姜联姻源远流长,周人女祖姜嫄族地就在靠近关中的武功县。周祖"弃",幼居母家,学种庄稼,培育良种,长大成了农业能手,被尊称为"后稷",他创造了周祖的农桑文化,周人引以为豪,世代歌颂,载之《诗》《书》,其中《豳风·七月》《大雅·生民》有详尽的描述。因此,陕西宝鸡一带的秦陇文化圈大抵为姜炎部族最初的活动地域,理由有二。

首先,姜炎部族与古羌族的活动地域范围重合。羌字最早见于甲骨文𦍋,周文献常以戎指称西方,《礼记·王制》:"西方曰戎,被发衣皮,有不粒食者矣。"④羌戎泛指我国古代西北少数民族,以渔猎为主要生活方式。现"羌人"一词,主要指西羌部落。《后汉书·西羌传》曰:"西羌之本,出自三苗,姜姓之别也……

---

① 王在德、陈庆辉:《再论中国农业起源与传播》,《农业考古》1995 年第 3 期。
② 夏澍耘:《论中华农耕文明的生态智慧》,《中国地质大学学报》(社会科学版)2018 年第 6 期。
③ 黄寿祺、张善文:《周易译注·系辞下》,上海古籍出版社 1989 年,第 572 页。
④ (汉)郑玄注,(唐)孔颖达正义:《礼记正义·王制》,上海古籍出版社 1990 年,第 246—247 页。

河关之西南羌地是也。"①河关县西汉时置,隶金城郡,东汉时改隶陇西郡,管辖范围大致是在青海东部黄河以南地区。两汉时期,该地区以河谷为主,兼有台原、丘陵,宜农宜牧。可见,两汉时期的"西羌"与先周时期的"羌戎"在生产方式上已经发生了细微的变化。古羌族最初为游牧民族,后逐渐成为农牧兼济的部族,出现这种转变的主要原因在于部族迁徙而引起的民族间"涵化"。"东汉时期羌族内迁是羌族与汉族长期人口流动以及中心文化与边缘文化的互动过程,是各种因素综合作用的结果。内地羌族的'汉化'与凉州境内汉族的'羌化',是农耕与游牧这两种具有不同生态适应性的经济生产方式及其文化不断竞争的结果。"②从部族文化、农耕文明、民族融合等视角考量炎帝部族迁徙发展过程,我们认为,人类从采集、渔猎的攫取式游猎民族,向放牧为主的畜牧式游牧民族,再到犁耕式的农耕文明的演变过程,与炎帝部族发源地及迁徙发展过程正相呼应。

其次,在秦陇地区,也广泛存在着姜炎文化的遗迹。陕西宝鸡市有姜城堡,堡西有清江河,堡东又有神农庙(今废重修),庙后即为炎帝洗三处——九龙泉,这些遗迹渊源深远,相对密集,且当地仍有活态的口头讲述。此外,典籍中记载姜嫄履大人迹而生稷,周先祖后稷所居住之地——古邰城恰在陕西武功县西南方向。因此,姜炎部族与古羌族的活动地域都主要集中于秦陇文化圈,地域范围上存在着一定的复合重叠。从炎帝神话至姜炎部族再至周祖后稷,神话以多义性的隐喻涵盖了农耕文明诞生发展的漫长历史。炎帝、神农、后稷、烈山氏等诸多形象既有交叉,又有不同,农神形象的多面向既是诗性历史的多重累积,又是中华民族对农业进行艰难探索的共同心理历程,因而具有整体讨论的可能。

(二)从神灵到凡人:炎帝神话与农耕文化的黏合

1. 被想象、虚构的初始炎帝形象

"上古之事,传说和史实混而不分,史实之中故不免有所缘饰,与传说无异,而传说之中亦往往有史实为之素地,二者不易区别,此世界各国之所同也。"③炎

---

① (南朝宋)范晔著,(唐)李贤注,(晋)司马彪撰志,(梁)刘昭注补:《后汉书·西羌传》,《四部备要》本,1965 年,第 570 页。

② 王力、王希隆:《东汉时期羌族内迁探析》,《中国边疆史地研究》2007 年第 3 期。

③ 王国维:《古史新证》,清华大学出版社 1994 年,第 1 页。

帝作为生活在上古时期的神话人物,既有其合乎文化逻辑的真实的记忆,亦有与现实相对的虚构、想象。"人们通过自身的态度、经验、意向来审视周边环境,所有的地方和景观体验首先是个体层面的,这种内在于空间结构内部的视野来自于作为文化群体成员的具体与真切的体验经历。"①在上古时期,先民对未知领域充满好奇,但受生产力与自身能力的限制,往往以己度物,将自己的认知投射到想要探知的事物身上。所以,在先民的记忆中,炎帝"弘身而牛头,龙颜而大唇"②,外貌奇特,并非常人。神话叙述多义性的一个原因是个体经验与集体记忆的重合表述,时代赋予的农耕文明开拓的艰辛记忆,通过初民原始思维的处理,以个体生活经验的表述方式展现出来,牛头龙颜的怪异形象恰恰隐喻着炎帝部族在艰难环境下开创农业时以牛、龙为图腾的多部族联合的历史情形。"炎帝"所依托的时代背景是客观存在的,在这些可信历史的记忆中,炎帝的相关神话传说是超越现实的、被民众想象记忆的文化产物。

今之所见炎帝形象固然是层累而成,也同样保留着最原初的诗性历史内核,炎帝具有农神、火神与雨神等多种神格。《尸子·君治》言:"神农氏治天下,欲雨则雨……正四时之制,万物咸利,故谓之神。"③神话的象征性基于虚构,炎帝神农氏作为姜姓部族的首领,只是一介凡人,如何"欲雨则雨"?初民为何将炎帝想象为雨神?在新石器时代,人的生存能力提高,据考古资料证明这一时期出现了垦、捕、渔、猎等人类活动足迹,初民们主要依赖于大自然的馈赠来维持生活。肥沃的土壤,充足的水源,温和的气候,都成了原始居民选择栖居地的首要条件,自然形态的优劣毋庸置疑地成为初民关注的对象。但是,当所处自然环境无法满足自身需求时,初民只能寄希望于神灵,企图借助于神力来确保自我生存。西汉末年纬书《春秋元命苞》就记载了炎帝精通农业的一面:"神农生,三辰而能言,五日而能行,七朝而齿具,三岁而知稼穑般戏之事。"④纬书以古史辅经,其表述具有西汉儒生的政治意图,此句语境已佚,可视为西汉神农神话的一种夸张表述。湖北随州地区流传着更为丰满的叙述:

① 尹凯:《地方的多重感知:一种生态博物馆的路径》,《民俗研究》2017年第5期。
② (宋)罗泌:《路史·后纪三·炎帝》,《四部备要》本,第69页。
③ 刘殿爵,陈方正:《尸子逐字索引》,《先秦两汉古籍逐字索引丛刊》子部第三十九种,商务印书馆2000年,第14页。
④ (宋)罗泌:《路史·后纪三·炎帝》,《四部备要》本,第69页。

神农皇帝就生在这个厉山上,这厉山原先叫烈山。烈山里面住着一个妇女,有天黑夜她梦到有两条小龙一直缠着她,要得乏了,就靠在她怀里,睡着了。等她醒来以后,才知道是个梦。但自从那以后,这个女人的肚子一天天大了,十个月后在草堆堆里生下两个儿子,大的叫厉,小的叫庶。这老大刚生下来,肚皮亮堂堂的,肚子里五脏六腑都能看见,他三天就会说话了,五天倒能走了,等七天的时候牙也长齐了,更神奇的是,三岁就会种地了。等他长大了,看见人们没个吃上的,饿哩不行,就自己先试着吃点东西,他肚子是透明的,吃进东西知道有没有毒,晓得没毒了,就再让别人吃的。①

此传说中夸张成分更甚,炎帝拥有异于常人的肚子,而且聪慧过人,短短几日迅速拥有成人的智力。这种文化想象源于"历史被人们从现实生活中分离出去,成为某种象征和幻象……这是文化投影的结果,是意识形态对人们与过去的关系进行想象性畸变的结果"②。炎帝三辰说话,五日行走,七朝齿具虽极尽夸张,但说话、行走、齿具皆是常人成长过程中必会经历的阶段,民众运用浪漫的幻想,以现实为基础对炎帝形象进行合理的加工,以表达对农业始祖的崇敬。对于神话传说中的想象成分,鲁迅认为:"夫神话之作,本于古民,睹天物之奇觚,则逞神思而施以人化,想出古异,诹诡可观。"③初民的这种想象蕴涵着巨大的艺术创造力,这是一种"诗性的智慧"与"惊人的崇高气魄"。自然作为初民感知层的刺激点,可将其看作是初民心理缩影的反映,亦即是原始先民固有的直线性思维方式导致其对事物的认知往往停留在客观物的最表层阶段,大脑接受刺激后所做的反应成为原始先民最为直观的心理投射。原始思维是理性与非理性并存的思维方式,并不会因为文明的进步与理性的普及而消失,神话并非为初民所专享,炎帝作为初民构拟出来的神话意象,历经数千年而被不同时期的民众加以想象与重构,使之包蕴着更丰富的文化记忆。

2. 被记载、延续的农神炎帝

炎帝作为中华民族的文化象征,在历代民众心中形成了固有的文化心理

---

① 中国民间故事集成编纂委员会:《中国民间故事集成·湖北卷》,中国 ISBN 中心,1999 年,第 31—32 页。

② 王杰:《审美幻象问题与心理学解释》,《广西师范大学学报》(哲学社会科学版)1992 年第 1 期。

③ 鲁迅:《鲁迅全集》第八卷《破恶声论》,人民文学出版社 1981 年,第 30 页。

模式,其文化真实性远远大于历史真实性。他作为上古时期中华民族的先祖之一,受到不同的记忆主体的关注与记录。在各类典籍文献与民间传说中,由于时空语境的差异,炎帝往往有着不同的社会身份,扮演不同的文化角色。因此,炎帝的多种神话意象究竟被谁书写,在不同的时空语境下又发生了怎样的变异? 记忆主体又如何参与了炎帝神话意象的建构过程? 这些问题亟待探究。

炎帝作为农业的发明者,对华夏农耕文明产生了重大影响。相关的炎帝农业型神话"因其固有的象征性,成为一种适宜的语言,可用以表述个人行为和社会行为的永恒模式以及社会宇宙和自然宇宙的某些本质性规律"①。因此,文献记载的炎帝农业功绩,实则是初民在农耕时代背景下构拟出来的文化想象和对农业文明发生的记录。"炎帝"这一称谓蕴含着深厚的原始宗教意味,《说文》释"炎"为"火光上也";"炎"从二"火",《左传·昭公十七年》谓:"炎帝氏以火纪,故为火师而火名。"②在古代,火师即掌管火事的古官,《史记索隐·补三皇本纪》载:"炎帝神农氏,姜姓。母曰女登,有娲氏之女,为少典妃,感神龙而生炎帝,人首牛身。长于姜水,因以为姓。火德王,故曰炎帝,以火名官。"③《淮南子·氾论训》亦载:"炎帝于火死而为灶。"④可见炎帝与火关系密切,先秦典籍中记载的炎帝多为"火神"形象。

在原始社会初期,初民对火的了解几乎是贫乏的,面对因为雷击、陨石堕落、火山爆发、可燃物自燃等多种原因而产生的天然火,他们内心充满恐惧,故而在初民所讲述的神话外壳下隐藏着"发生过的灾变的记忆"⑤。但在随后的社会实践中,他们认识到火的重要性,在他们看来,火种的保存,甚至关系到整个氏族的生存。因此,初民就推选出专门看护火种的人,这个护火者大抵就是火师的最初雏形。炎帝之所以被奉为火神,不仅基于民间的推崇,更赖于官方的"主导叙事"建构。西汉末期至东汉五行说盛行,《世经》"以'五德始终'说明古今帝王

---

① [俄]叶·莫·梅列金斯基:《神话的诗学》,商务印书馆1990年,第4页。
② 杨伯峻:《春秋左传注》,中华书局1981年,第1386页。
③ 马士远:《史记索隐》,《史记文献选辑》第一册,社会科学文献出版社2017年,第14—15页。
④ 刘文典:《淮南鸿烈集解》,冯逸、乔华点校,中华书局2013年,第553页。
⑤ 鹿忆鹿:《洪水神话——以中国南方民族与台湾原住民为中心》,台湾里仁书局2002年,第1—7页。

是历史循环中的正统"①。《白虎通·五行》记述:"时为夏,夏之言大也,位在南方,其色赤,其音徵。徵,止也,阳度极也。其帝炎帝者,太阳也;其神祝融。祝融者,属续。其精为鸟,离为鸾,故少阳见于申。"②言炎帝属南方之神。高诱注《淮南子·时则训》:"赤帝,炎帝,少典之子,号为神农,南方火德之帝也。"③秦继周之火德,以水德自居,然而秦二世而亡,汉代何以承续,这成为有汉一代面临的政权合法性的严肃问题。西汉初统治阶层内部或以为继秦之水德,或以为克秦之土德,认识并不统一。西汉末年社会动荡,汉室"再受命说"兴起,认为汉帝再受天命,应为火德,东汉亦以火德为正统。④ 官方的火德建构与民间的赤帝子传说、尚赤传统相吻合,将赤帝与炎帝的形象合二为一,既保存了民间信仰惯习又顺应了官方的政治需求。

从以上记载来看,炎帝被奉为"火神",是"兼有人、神双重身份的族群首领"。⑤ 可以说是多方参与、共同记忆的结果,具有宗教性与政治性的双重属性,亦体现出在原始社会末期,宗教因素在社会发展进程中仍占据着举足轻重的地位。两汉为上古末期,神话与神学杂糅,形象思维与逻辑思维尚未彻底分离,对炎帝神话的讲述兼具理性的帝系排列与感性朦胧的"火死为灶"的巫术色彩。魏晋以后,炎帝与神农形象渐而合一,一个完整统一的农神形象越来越清晰地呈现出来,炎帝神农氏的功绩也越来越大。至于后世,山西高平以雨神祀炎帝,雨与火似乎矛盾,却与农业息息相关,生存需求推动着民众对于"农神"的想象生成。湖南酃县炎陵山流传有炎帝火龙烧蝗虫的传说与"火龙会"古俗,炎帝转而为虫王,具备了治虫驱虫的神格。⑥ 仪式、庙宇与碑刻是地方民众记忆主体塑造集体记忆,整合文化需求的主要手段,在仪式展演、碑刻立石、庙宇祭祀的过程中,文化记忆被反复重构,社群共识逐步凝聚,形成关于炎帝的地

---

① 周及徐:《"炎帝神农说"辨伪》,《四川师范大学学报》(社会科学版)2006年第6期。他在该文中认为:"五行说以是木、火、土、金、水为核心……(刘歆)看到《左传·昭公·十七年》中太昊、炎帝、黄帝倒数上去,正好是木、火、土的顺序。"据《逸周书》来"说明少昊在黄帝后,属金,在土(黄帝)之后正好与其相当。"后又通过分解郯子的话,将共工勉强配为水德。至此,古圣王次序与五行相匹配。故而是刘歆"'打造'了既合于五行说,又勉强周全于史籍之间的上古圣王次序"。
② (清)陈立撰编,吴则虞校:《白虎通疏证》,中华书局1994年,第177页。
③ 刘文典:《淮南鸿烈集解》,冯逸、乔华点校,中华书局2013年,第222页。
④ 顾颉刚:《五德终始说下的政治和历史》,《清华大学学报》(自然科学版)1930年第1期。
⑤ 刘毓庆:《上党神农氏传说与华夏文明起源》,人民出版社2008年,第27页。
⑥ 株洲市炎帝陵委员会:《炎帝和炎帝陵》,光明日报出版社1988年,第87—88页。

方性知识。

3. 被美化、诗化的炎帝教耕之德

炎帝神话所蕴含的文化底蕴深厚,充溢着世人的审美情感与诗意幻想,其深层次的文化动因在于对炎帝神话意象的文化传承,是对民族精神的尊崇与致敬。炎帝作为中华民族的先祖,在华夏文明的构建过程中有着非同寻常的意义。"炎帝"作为上古时期原始宗教中的"火师"和民众文化想象中的"万能神",承载着古老的历史记忆与民族审美情感。

中华民族自古崇奉"国耳忘家,公耳忘私,利不苟就,害不苟去,惟义所在"之举,并以"奉公"为传统美德。《淮南子·主术训》言:"昔者神农之治天下也,神不驰于胸中,智不出于四域,怀其仁诚之心。"①炎帝之德显于"教耕",又因"忧劳百姓"而身形"憔悴"②,若从审美角度审视,炎帝又因其"一心为民""甘于奉献"的崇高品性受世人尊敬,这种崇高美超越了时空与族群的边界,成为整个华夏民族共同记忆、欣赏、称赞、弘扬的精神象征,是人性中大美的凝聚。炎帝以舍己为公、敢于牺牲、心忧天下的爱国情怀,成为中华民族的精神领袖。

几千年来,民众对炎帝文化的记忆与认同,折射出中华民族的共同社会心理,这种"记忆需要来自集体源泉的养料持续不断地滋养……就像上帝需要我们一样,记忆也需要他人"③。每个中华儿女都携带着独特的民族文化基因,在特定时空中参与着民族文化的建构过程,最终成为历史诗性传统的承载体,而"诗性传统得以延续的文化根基是人类审美记忆的复活与重构"④。历代民众对炎帝文明的建构,对民族文化认同、审美价值的表达,共同促进了炎帝神话意象的丰富与传承。在高扬民族精神的新时代语境下,炎帝文化的传承对引导青年人树立正确的审美价值观,唤醒审美文化记忆,增强其文化自信将起到重要作用。

---

① 刘文典:《淮南鸿烈集解》,冯逸、乔华点校,中华书局 2013 年,第 325 页。

② 刘文典:《淮南鸿烈集解》,冯逸、乔华点校,中华书局 2013 年,第 772 页。

③ [法]莫里斯·哈布瓦赫,毕然、郭金华译:《论集体记忆》,上海人民出版社 2002 年,第 60 页。

④ 覃德清:《历史记忆与"刘三姐"多重文化意象的建构》,《民俗研究》2017 年第 5 期。

二、文明分流：炎帝文化的历史演化

近年来在非遗申报的推动下，有关炎帝的研究不断升温，甚至形成了"四省五地争炎帝"的现象。在这场研究浪潮中，一些学者多囿于对地方文化资源的维护、正名，有时甚至将炎帝文化与当地景观牵强附会，被发明、被创造的炎帝文化更是层出不穷。对炎帝部族迁徙地域的讨论，目的不在于区分"生于何地""葬身何处"的具体地理性问题，而是通过对地域生态的、文化的分析来辨明炎帝部族如何在扩布中建构了新的文化认同，以便更好地帮助我们了解远古时期文化迁变所带来的部族内部间的多元互动与融合杂糅。

（一）从秦陇到湘赣：炎帝部族的多向迁徙

炎帝部族受生存需求、自然灾害、战乱等因素影响，曾发生过多次迁徙，再加上人口迁徙带来的文化传播，就不难理解为何全国多地都流传有炎帝神话传说。炎帝部族的扩布，表面上是部族之间的征战、吞并、分离，但其背后隐含的却是不同文化间的融合、交流，各部族在某一特定空间下，发生持续的文化接触，双方或多方的文化特质相互融合，致使原有文化模式发生改易，逐渐衍生出新的地域性文化。换言之，炎帝文化的历史演进依赖于炎帝部族的多向迁徙，对历史上炎帝部落迁移方位的分析更加强调作为部族首领或部族代称的炎帝的历史真实性。如前所述，学界对炎帝身份有多种看法，其中关键是炎帝神农是否为一人。对于炎帝与神农的关系，大体有炎帝神农说、炎帝非神农说、炎帝为神农后代说三种观点。我们认为，炎帝神农形象的整合基于神话的诗性历史叙述方式，既包含对农业始祖的追述性建构，亦包含对远古历史的隐喻表达。炎帝、神农在先秦文献中分别记述，各不相涉，《史记·封禅书》分别言神农封禅与炎帝封禅，明示二者有别。但炎帝神农说未必是汉儒凭空虚构，文献大传统与民间小传统的对读展现出炎帝部族自关中迁徙至晋东南，与神农部族融合，又南下湘鄂的宏阔历史进程。炎帝神农形象的整合，隐喻着炎帝部族的多向迁移与文化融合的上古历史。

1. 神农、炎帝的起源地域辨析

关于炎帝与神农起源地的说法，学界尚未达成共识，且在各地相互争夺文化资源的现状下，历史的真相似乎被掩盖得越来越深。学者们对炎帝神农故里争论不休,很大原因在于将炎帝、神农视为一人,忽视了二者的内在关系。炎帝与神农既非同一人、同一部族,那二者最初的活动地域自然也不相同。

直接记载炎帝神农氏活动地域的先秦文献最早见于《国语·晋语四》:"昔少典娶于有蟜氏,生黄帝、炎帝。黄帝以姬水成,炎帝以姜水成。成而异德,故黄帝为姬,炎帝为姜。二帝用师以相济也,异德之故也。"①典籍中多言炎帝生于姜水,故为姜姓。西晋皇甫谧《帝王世纪》中炎帝诞生情节有所增益,记载炎帝为女登游华阳时感神而生,后世典籍也多承袭此说。炎帝生于姜水,学界几乎已成定论,但对姜水所在具体位置,却歧说纷出,概括起来大致分为以下三种:一是"陕西渭水流域说",此观点主要依据郦道元《水经注》:"岐水又东径姜氏城南为姜水。"②后《明一统志》、清雍正《陕西通志》、光绪《岐山县志》等志书均袭此说。学者依托上述文献,认为姜水源于陕西渭水流域,但对其具体位置又有不同看法,由此衍生出"岐水说、姜泉说、清江河说、美水说、扶风畤沟河说、后河或湋河说"等多种观点。二是"甘肃天水嶓冢山说",此观点以为姜水在渭水中上游和西汉水一带,西汉水古称漾水,源于天水嶓冢山。古代姜、羌同字,《风俗通义》曰:"羌,本西戎者。"炎帝本姓姜,那么他极有可能为羌人先祖,最初活动于我国西北地区。且姜、漾、羌皆从羊,炎帝氏族又以"羊"为图腾,因此一些学者认为姜(羌)水与漾水相近,大致位于甘肃天水嶓冢山附近。三是"山西古上党说",持此观点的学者以为姜水位于古上党地区太行山中,并从《山海经·北次三经》中寻得依据:"郪出焉,而东流注于河。""郪"郭璞注或作郊水,"字从'姜'从'炎',而旁加'阝',正是古氏族活动遗留地名的说明"③。关于对姜水地域的争论,学者各抒己见,考证皆有所据。在此基础上,我们借助文字学知识与部族迁徙理论、生态学理论对姜水具体位置进一步辨析。有一点需要明确,古人对某一地域范围的认知概念与今人不同,一个地名,往往所指范围甚广,故对姜水所在之地的推论,多是地域范围意义上的探讨,而非具体的地理位置。也就是说,炎帝生于姜水中的"姜水",应是一个地理范围概念,而并非指特定的某一个地点。因此,可以说姜水发源于旧时陇西郡一带,流经陕西宝鸡地区。炎帝生于"姜水",则代表着炎帝部族最初的活动区域应在秦陇文化圈,主要集中于陇东南一

---

① 徐元浩:《国语集解·晋语四》,中华书局 2002 年,第 336—337 页。
② (北魏)郦道元原注,陈桥驿注释:《水经注·渭水》,浙江古籍出版社 2001 年,第 288 页。
③ 刘毓庆:《上党神农氏传说与华夏文明起源》,人民出版社 2008 年,第 41 页。

带和关中西部地区。

先秦文献对神农活动地域的最早记载见于《管子·轻重戊》："神农作,树五谷淇山之阳,九州之民,乃知谷食,而天下化之。"①这条文献主要传达出三个信息:一是神农教民种植五谷;二是种植地域为"淇山之阳";三是神农教化九州之民。第一层、第三层的解释不必多做阐释,为学界共识。第二层信息中的"淇山"一词虽意义重大,但学界对其所述不多,我们可以从"淇"字读音入手,进一步讨论分析。《说文·水部》释:"淇,水。出河内共北山,东入河。或曰出隆虑西山。"②关于淇水,最早见于《山海经·北次三经》:"东三百里,曰沮洳之山,无草木,有金玉。濝水出焉,南流注于河。"③"濝"为"淇"的异体字,"濝水"即"淇水",此后,《淮南子·地形训》《水经·淇水》《说文·水部》等古籍均承此说。但《汉书·地理志》载淇水所出北山,《魏书·地形志》又云:"有王莽岭,源河,东流为淇。"考诸文献之后,单从字词层面发现有关淇水的发源地大致分为以下四种:一是淇水源出沮洳之山,此说见于《山海经》《元和志》《寰宇记》等典籍中;二是淇水源出大号山,《淮南子》《水经》等诸多典籍均有记载;三是淇水源出(共)北山,以《汉书》《说文》等文献为据;四是淇水源出王莽岭,见于《魏书》。为何同一河流,却有众多发源地? 沮洳之山、大号山、(共)北山、王莽岭之间又有何联系? 首先,沮洳之山即为大号山,《山海经·北次三经》载:"东三百里曰沮洳之山……濝水出焉。"郭璞注:"濝,音其。"④《水经·淇水》说"淇水出河内隆虑县西大号山。"淇水既出沮洳之山,又出大号山,可见沮洳之山与大号山仅是"同山异名"。其次,大号山为共北山,高诱注《淮南子·地形训》曰:"大号山在河内共县北,或曰在临虑西。"⑤今考隆虑山(古山名),位于河南林州市西。林州出自战国韩国"临虑邑","西汉高帝二年(公元前205)置县,以西邻隆虑山取名置'隆虑县',东汉延平元年(公元106)因避殇帝刘隆讳,改名林虑县"⑥。

① (唐)房玄龄注,(明)刘绩补注,刘晓艺校点:《管子·轻重戊》,上海古籍出版社2015年,第471页。

② (清)段玉裁注:《说文解字注》,上海古籍出版社1981年,第527页。

③ 袁珂校注:《山海经校注·北次三经》,上海古籍出版社1980年,第91页。

④ 袁珂校注:《山海经校注·北次三经》,上海古籍出版社1980年,第92页。

⑤ 刘文典:《淮南鸿烈集解》,冯逸、乔华点校,中华书局2013年,第184页。

⑥ 林州市档案信息网,具体参见网址:http://3g. mail. hada. gov. cn/html/News/271_88360. html。

可见，"临虑""隆虑"与"林虑"实为同一地名。《说文》载"淇水出河内共北山"，因此大号山与共北山地理位置也应大体一致。最后，大号山与王莽岭地理范围相近。王莽岭位于山西东南地区，《魏书·地形志》载："有王莽岭……东流为淇。"①今淇水源于山西陵川县群山，为黄河支流；主体部分位于河南北部林州市，后注入河南卫辉市（卫河）。从以上分析可知，沮洳之山、大号山、（共）北山、王莽岭当是同一地域的群山，大致位于太行太岳之野。从"淇水"与"淇山"之间的联系来看，"淇水"出于"淇山"。郭沫若集校《管子·轻重戊》引张佩纶注云："淇山，《汉志》'河内郡，共故国北山，淇水所出。'"《山东通志》《读史方舆纪要》等典籍中记载"淇山位于淇水之畔"，可见淇山与淇水在同一地理范围，位于山西陵川县群山中。值得注意的是，陵川县城17公里的六泉乡西南就有棋子山，即"淇山"。

通过以上分析论证，我们可以推测，淇山之阳"应该是指包括陵川、高平、辉县、林州等地在内的太行之野的广大地区"。② 神农"树五谷于淇山之阳"，其活动范围应在太行之野。《春秋元命苞》言"少典妃安登游于华阳，有神龙首，感之于常羊，生神子，人面龙颜好耕，是谓神农"，西晋《帝王世纪》相关描述大致相同，不过改神农为炎帝。可见在炎帝神农形象整合的过程中，神农部族最初活动的地域已经失落了。对神农部族活动地域的还原，有助于复原炎帝部族迁徙的方位。

2. 部族征战下农耕文明的扩张

"民族迁徙主要指民族或民族的一部分因各种原因离开本民族或部族的原居住地或游牧地，迁入其他民族或部族居住地或游牧地的过程。"③上古时期，原始先民的活动范围不可能拘于某一地域，由于部族自身发展的需要，或自然灾害等原因，他们要不断向外迁徙，开辟新的生存环境，由此产生了部族间的对抗与融合。

最初的炎帝部族从秦陇文化圈开始往外迁徙时，其支系或迁往古上党地区

① （北齐）魏收撰，陆费达总勘，高时显、吴汝霖辑校，丁辅之监造：《魏书》卷一百六，《四部备要》本。

② 刘毓庆：《上党神农氏传说与华夏文明起源》，人民出版社2008年，第46页。

③ 李吉和：《论中国古代西北少数民族迁徙的主要特征》，《西北民族大学学报》（哲学社会科学版）2003年第5期。

繁衍生息,或直接迁徙到中原河南地区,或从古上党地区又迁往中原地区,整个过程十分复杂。上古时期的气候变化是一种可能因素,因气候变冷导致生存空间被压缩,各部族被迫迁徙寻找新的定居地,由此引发战争。"神农氏衰"的战争背景,或许隐喻着原始农业因气候变迁而面临的危机。同时,新诞生的农耕文化,也会受到旧的游牧文化的抵触,激化部族之间的矛盾。后稷死后化为大泽,隐喻了一场宗教与信仰的部族斗争。①

部族迁徙除了农业生产发展、气候环境变化、部族内部矛盾等因素外,一个很重要的原因就在于外来入侵者所引起的战乱,部族间的征战导致炎帝部族被迫迁徙。史载黄帝与炎帝战于阪泉,有关阪泉之战的说法较早见于《左传·僖公二十五年》:"秦伯师于河上,将纳王。狐偃言于晋侯曰:'勤诸侯,莫如勤王。诸侯信之,且大义也。继文之业,而信宣于诸侯,今可为矣。'使卜偃卜之,曰:'吉',遇黄帝战于阪泉之兆。"②《史记·五帝本纪》详细记录了阪泉之战的整个过程:"炎帝欲侵陵诸侯,诸侯咸归轩辕。轩辕乃修德振兵,治五气,艺五种,抚万民,度四方,教熊罴貔貅䝙虎,以与炎帝战于阪泉之野。三战,然后得其志。"③从文献记载来看,司马迁将黄帝视为正义一方,黄帝因民心所向而获得了阪泉之战的胜利。这样的说辞显然受到儒家学说的影响,其真实性与可靠度还有待考证。但不论是《左传》《史记》,还是其他典籍文献,均言炎帝部族战败。因此,新生的炎帝部族从古上党地区迁至中原地区,极有可能是部族征战导致的结果。但是,上古时期部族迁徙的原因复杂,炎帝神农部族迁于"陈""湘"等地,战争只是主要因素之一。

部族征战的同时也带来了文化上的融合。炎帝部族的支系作为入侵者,在山西古上党地区农耕文明的渗透影响下,也逐渐进入了农业文明时代。若站在历史文明演进层面来看,"农耕世界具有一种强大而潜在的文化势能,每当遭到游牧民族的武力入侵时,被征服了的农耕文明往往能够发挥出以柔克刚的文化势能。"④当然,炎帝族是否具有游牧性质还有待考证,但其与神农族融合后承袭

---

①　王锺陵:《中国前期文化—心理研究》,上海古籍出版社 2006 年,第 161—165 页。

②　杨伯峻:《春秋左传注》,中华书局 1981 年,第 432 页。

③　(汉)司马迁:《史记》,中华书局 1959 年,第 3 页。

④　赵林:《农耕世界与游牧世界的冲突融合及其历史效应》,《武汉大学学报》(人文科学版)2002 年第 6 期。

神农号,便是农耕文明强大同化力的直接体现。

文献记载中炎帝"成于姜水""融于常羊""初都陈,后徙鲁""葬于茶乡之尾",多年来学界对其具体地理位置争论不休,诸说之间虽有分歧,但各有其理。如何理解,关键在于对炎帝身份的界定。前已言之,早在先秦时期,炎帝与神农分指两人或两个部落,后经秦汉"三皇五帝"帝系之说的整合,二者融为一体。至魏晋时期,炎帝神农氏的出生、都城、陵墓之地在史书中愈发明晰,基本定型。"姜水""常羊""陈鲁""鄘县"作为炎帝神话传说流传过程中重要的地理标志,似乎可以从中大致勾勒出炎帝部族的迁徙活动区域,即炎帝生于秦陇文化圈中的"姜水",与神农氏融于晋东南古上党地区的"常羊",后都于中原"陈、鲁二地",终葬于南方"长沙茶乡之尾"。

(二)从技术到制度:炎帝农业功绩的深化

传世文献与口头文本中有关炎帝农业功绩的记载,主要集中在两个方面:一是发现谷种,教民耕种;二是制作耒耜,设立农制。

1. 发现谷种、教民稼穑

距今 8500 年—3000 年之间为黄河流域仰韶文化时期,因全球性回暖,该时期又被称为"仰韶温暖期"。充足的水源、适宜的温度、肥沃的黄土,为农业的发生提供了良好的自然环境。典籍文献就曾记载过神农时代"甘雨时降,五谷蕃植,春生夏长,秋收冬藏,月省时考,岁终献功,以时尝谷,祀于明堂"的社会场景。《逸周书·耆德解第二十四》载:"神农之时,天雨粟,神农耕而种之。"[1]这里的"雨"为动词,去声,意为降落,落下,"天雨粟"即描绘"天上下谷种"之状。在民众口中,虽未曾发现"天雨粟"的情节,但是也有对炎帝"发现谷种、教民耕种"这一事件的解释,且内容更为丰富、生动:

> 炎帝住在羊头山上,那时候人们还是打猎讨生活,经常饿肚子。有天,炎帝做梦梦见有个白头老孩儿对他说:"炎儿,不要愁,动物抓不住,为啥不像麻雀吃个草籽? 也能填肚子。"炎帝醒来二话不说,就去找麻雀了,瞅了半天,也没找见。就在他打算返回去的时候,突然飞起

---

① 具体参见朱右曾:《逸周书集训校释·逸文》。《逸周书·耆德解第二十四》原文已亡,但在《艺文类聚》《太平御览》《绎史》等文献中均有所辑录。现转引(宋)李昉等撰:《太平御览》卷七八·皇王部三,中华书局 1960 年,第 366 页。

来一群麻雀,这草籽就从麻雀嘴里掉了出来,炎帝把这些籽籽捡起来放到嘴里嚼了一会,觉得甜丝丝的。就把地上剩下的籽籽都装回去了,分给村里头的人们,让他们去种。第二天,田里就长出来绿油油的一截小苗,等到秋天的时候就长出来狗尾巴穗子,也就是现在的谷子。①

此则传说将"天雨粟"的情节置换为"麻雀掉草籽",并融入了"仙人相助"的母题。《逸周书》所载典籍和口承传说,二者都提及炎帝发现谷种,并教民种植,带领先民摆脱了"茹草饮水,采树木之实,食赢蚌之肉,时多疾病毒伤之害"②的生活,进入农耕时代。"农业发生反映了人类生活的根本性转变,故而在'农'字前加以'神',更为准确地表达人们对农业发生意义的认识。"③因此,炎帝又被尊称为"农神"。

2. 制作耒耜、设立农制

《周易·系辞下》较早记载了炎帝的"农神"神格:"包牺氏没,神农氏作,斫木为耜,揉木为耒,耒耨之利,以教天下。"④这一段记载是研究炎帝"农神"神格的重要资料,可以从以下几个方面进行文本细读。

第一,炎帝生活的时代背景。"包牺氏"学界基本认为即"伏羲氏",为三皇之首。伏羲氏生活在旧石器时代中晚期,相传他教民结网,渔猎畜牧,发明八卦,是中华民族的文明始祖之一。炎帝位于伏羲氏之后,结束了渔猎时代,开拓了农耕文明,他的活动背景大致处于旧石器时代与新石器时代的交界期。第二,炎帝发明了耒耜。劳动方式与使用工具的不同,是区分社会形态的重要依据。采集狩猎社会与原始农业社会的区别主要在于:前者只需要简单的木棍、石球、砍砸器、刮削器、尖状器、弓箭等,后者则需要开伐森林、开垦土地、播种培土、灌溉施肥、收割农作物等一系列复杂的工序。耒、耜是火耕农业向耜耕农业转型后的代表性翻地农具。"最初的耕种,是用尖木头棒刺穴点播。后来将木头的一端用火烧弯,另一端削成扁刃,刀口在前,不仅省力,还可以连续破土,弯曲的部分称'耒',破土的部分称'耜'。"⑤因木质材料不易保存,实物已不可见,有关木耒、

---

① 访谈资料。讲述人:李四喜,男,1959 年生,山西高平庄里村村民。调查人:段友文,林玲,李燕。调查时间:2018 年 8 月 24 日。调查地点:庄里村小卖部。

② 刘文典:《淮南鸿烈集解》,冯逸、乔华点校,中华书局 2013 年,第 766 页。

③ 刘毓庆:《上党神农氏传说与华夏文明起源》,人民出版社 2008 年,第 19 页。

④ 黄寿祺、张善文注:《周易译注·系辞下》,上海古籍出版社 1989 年,第 572 页。

⑤ 湖南株洲炎帝陵景区宣传手册《神奇的炎帝陵》,内部资料。

木耜的记载多保存于民族学资料中。但可以肯定的是,耒耜是人们在总结过去生产经验的基础上,发明创造的新的农具。从考古资料来看,陕西省西安市临潼县姜寨遗址、河南省三门峡市峡州区庙底沟遗址中,发现了大量木耒挖土的痕迹;此外,浙江省桐乡市罗家角遗址、余姚市河姆渡遗址曾出土了7000多年前的骨耜及少量木耜。从中我们可以推测,在炎帝时代,农业工具不断更新,最初的砍伐器、石斧、石锛等砍伐农具逐渐被耒、耜等翻地农具所取代。第三,耒、耜的出现,极大推动了原始农业的发展。耒耜属于木制起土工具,是当时先民从事原始农业的主要工具。事实上,以炎帝为代表的先民创制了多种多样的农业生产工具,现考古发掘出的各种石质、骨质、陶质、蚌质工具及水制工具痕迹即是明证。自从耒耜等各种工具先后被制造出来并推广使用后,我国的原始农业便逐步发展起来。① 在人类发展史上,"人工种植农作物"与"制陶术的发明"是原始社会两项最重要的创造,从此人类由"原始的茹毛饮血时代"进入了"文明时代"。耒、耜的发明,一方面提高了农具技术,促进了农业生产力;另一方面,为锹、犁等农业工具的产生、使用奠定了基础,对发展农业经济起到了积极的促进作用。上述文献以"耒耜之利,以教天下"来体现炎帝的农业贡献,奠定了其"农神"地位。

在获得谷种、发明耒、耜等农业工具后,炎帝又教民建屋造房。"远古先民以渔猎获取食物,迁徙无常,居无定所。炎帝神农氏教民耕种,相土安居,积土为台,造屋为榭,风雨不能袭,寒暑不能伤,令人有所趋避。于是人们逐步告别渔猎穴居生活,进入农耕定居时代。"②炎帝"作陶冶斤斧,为耒耜锄耨,以垦草莽,然后五谷兴助,百果藏实"③,为农业发展做出了巨大贡献。

三、文明汇合:炎帝神话传说与民族精神的弘扬

炎帝神话传说以各地炎帝陵为中心,形成了高平、宝鸡、厉山、炎陵等传说圈,这些神话传说与当地遗留物相黏合,共同构成了炎帝文化场。炎帝作为华夏文化符号的象征,与华夏文化一脉相承,是凝聚国民情感、维护民族团结统一的

---

① 杨范中:《炎帝神农氏与中国农耕文化》,《理论月刊》1991年第2期。
② 湖南株洲炎帝陵景区宣传手册《神奇的炎帝陵》,内部资料。
③ (宋)李昉等撰:《太平御览》卷七八,中华书局1960年,第366页。

重要精神财富,具有强大的文化感召力,不仅聚合着泱泱大国千年的文明历史,也是全世界华人的根脉所在,体现出整个华夏民族的精神面貌,蕴含着华夏民族对本民族文化的认同与肯定。

(一)从崇拜到信仰:个体的地方感知

我们通过对炎帝文化的实地考察,发现在不同场域逐渐形成了各具地方色彩的炎帝信仰,它以炎帝神话传说为载体,以个体活动为民俗实践,参与了民众的群体性日常生活。炎帝信仰根植于祖先崇拜,国家政治话语对炎帝信仰认知的形成起到了主导作用。不论是古代出于对正统地位的维护,还是当代国家为维护民族团结,都不遗余力地对炎帝文化进行大力宣传,将主流政治意识形态注入炎帝这一神话人物中,一定程度上推动了炎帝信仰的持续发展。

炎帝信仰与俗民生活、地域气质密切相关。"一个行动者所在的任何一个情境都不仅仅是'现在',不仅仅是'此时此刻',它还是'历史性'的。"[1]人在特定情境中的立场与经历,主要受到自我主观经验的影响,即"实践者此时此刻的行动不是孤立的存在,它还与未出现在此时此地的情境中的其他'事物'产生关联"[2]。当今祭祀炎帝的区域分布广泛,主要包括黄河流域的甘肃、陕西、山西、河南、河北,长江流域的湖南、湖北和华南地区的福建、台湾等。各地的炎帝祭祀可归纳为公祭、官民合祭、民祭三种祭祀方式。[3] 在官方与民间的祭祀中,炎帝信仰主要表现为以祭祀仪式为主要表现方式的当代传承和以身体实践为主要传承方式的当代表述。

山西炎帝信仰突出了炎帝的"雨神"职能,主要源于当地季节性干旱气候,民众对炎帝"雨神"身份的想象,更多是由客观环境决定的。山西高平位于泽州盆地与太行山西麓交界地带,地表水易流失;夏季六七月份虽为雨季,雨带的转移易形成干旱天气,在下台村炎帝庙内,留存一块清代康熙年间的碑刻,记载康熙九年夏季六七月份天气干旱,影响秋收,"远近居民之祷雨者,几遍山川、坛社而弗应",而向炎帝求雨却"不崇朝而滂沱沾足","自夏徂秋,祷者三而应者

① 杨善华:《当代西方社会学理论》,北京大学出版社 2011 年,第 302 页。
② 王均霞:《"以女性民俗实践者为中心的情境研究"探索》,《民俗研究》2016 年第 2 期。
③ 霍彦儒:《中国节日志·祭炎帝》,光明日报出版社 2016 年,第 34—75 页。

三"①,此祷雨灵验事件突出了炎帝"雨神"的区域社会身份,是当地民众生产生活实践的经验性总结。

陕西炎帝信仰"尚火尚红",则根源于当地民众的审美选择,体现出俗民在民俗实践活动中对地方传统文化知识的建构作用。在陕西宝鸡峪泉村神农庙庙会期间,人们为表示信仰的虔诚,要给炎帝神像"搭红",即给炎帝的神像披上新的红色绸缎,意在换新衣,体现了神灵的拟人化特质。在陕西当地的民间话语体系中,炎帝是上古皇帝身份的象征,黄色代表了炎帝身份的尊贵与至高无上,红色代表了仪式庆典的热闹气氛,"红""火"两种色彩元素共同构建了炎帝身份的正统性。

湖南炎帝信仰,尤其是民间血祭习俗,带有明显的原始巫风性质,与楚地"巫文化"传统息息相关。在湖南炎陵县每年春节的农历小年到正月二十九,民众皆要前往炎帝陵祭拜炎帝,用现杀的活鸡或活猪的血洒于陵前,再进行祝祷。这一血祭传统体现了荣格所说的"集体无意识","血作为一种生命象征,不仅影响人对红色的心理取向,而且沉积在人类的信仰心理中成为挥之不去的意象原型"②。民间血祭以"鲜血"这一原始祭祀方式体现了原始心理的延续,展现了重复性行为在民间祭祀仪式中的复现,是对祖先实践经验的延续和继承。

山西、陕西、湖南三省皆有着深厚的历史文化积淀,民间信仰文化兴盛,加之地方政府的大力支持、地方文化精英的推动,形成了以炎帝神话信仰为核心的跨区域社会文化共同体,共同促进了以炎帝文化为精神内核的在地化传承。无论三地炎帝信仰形态有怎样的不同,本质上都属于俗民的文化选择与价值认同,炎帝信仰延续的根本在于"灵验","人与神互动本质上是一种'人格化'的互惠、互构活动"③。因此,三地炎帝信仰不可避免地带有民间化色彩与世俗化倾向。

炎帝民间信仰的形成,是社会各种力量互动的结果,不同参与主体共同建构了"地方性"的炎帝信仰,它以自己特有的组织形态、信仰逻辑规范着民众的日常生活。晋陕湘三地炎帝信仰有着深厚的社会根源,不仅仅是过去的"遗留

---

① 高平金石志编撰委员会编:《高平金石志》,中华书局 2004 年,第 33 页。
② 赵德利:《血社火中的巫术信仰与血祭原型——陕西宝鸡三寺村人信仰心理探析》,《民俗研究》2019 年第 5 期。
③ 陈小锋:《雨水与"灵验"的建构——对陕北高家峁村庙的历时性考察》,《民俗研究》2018 年第 5 期。

物",更是活跃于当下的"生活之物"。"由民间信仰派生出来的年节活动、人生礼仪活动以及村落之间因游神社火而形成的相辅相成的互助网络,不仅构成了民族文化、民间文化的重要组成部分,而且在相当的程度上促进了乡里团契和乡村的自组织功能,有助于民间社会资本与文化资本的培育。"①三地借助炎帝信仰来维护村落秩序,加强地域间村落的团结;民众也在祭祀、庙会中实现了情感宣泄与交流,以此获得文化认同。

(二)从实体到符号:人文始祖与爱国精神的展现

1. 始祖身份的建构

中华民族向来以"炎黄子孙"自居,炎黄被奉为民族的共同始祖,"在敬祖爱国的口号下,但凡认同炎黄始祖的爱国人士和华人都可以超越阶级、阶层、党派的信仰差别,为同一祖先的血脉相连,生发出血浓于水的民族情感,激发和增进对祖国的忠诚和热爱,共同为实现中华民族伟大复兴的中国梦而和衷共济、自强不息"②。那么,炎帝在当代社会又是如何被建构成为各民族共同的"始祖"呢?

这个过程大致可以分为三个阶段:第一个阶段是新中国成立到改革开放以前,属于奠基阶段。在这一时期,民族的稳定团结大于一切,处理好各民族关系,维护国家安全统一,成为时代的主题。民族关系的核心内容之一就是民族情感,对各民族权利的保障仅是最基本的,文化上的支持与情感上的认同才是维护民族团结统一的关键。炎帝自古多次受到统治者的拜祭,羌人自诩炎帝后代,汉人也将其奉为先祖,清代帝王又曾大加祭祀。且西北地区秦陇文化圈、北部地区晋东南一带,以及中原地区均为炎帝部族的活动区域,此外,南方湖北随州、湖南炎陵、四川、云南等地也都有炎帝遗迹。新中国为了维护民族团结,不断加强对"炎帝为中华民族共同祖先"的政治宣传,以此来增进民族间的情感认同。至此,炎帝不再是某一个地域或某一个民族的文化专属品,而是各民族共同的人文先祖。

第二个阶段是 20 世纪 80 年代后期到 20 世纪末,属于发展阶段。80 年代

---

① 金泽:《当代中国民间信仰的形态建构》,《民俗研究》2018 年第 4 期。
② 湖南省人民政府台湾事务办公室编著:《海峡两岸共祭炎帝神农》,岳麓书社 2015 年,第 175 页。

"文化寻根"运动兴起,在这场"重构民族文化资源,重新确立中国文化的主体位置"①运动中,炎帝也相应获得学者们的关注。俞敏《汉藏两族人和话同源探索》、②唐嘉弘《炎帝传说考述——兼论姜炎文化的源流》、邹君孟《华夏族起源考论》、③杨国勇《黄炎华夏考》、④杨向奎《先秦儒家之一统思想——兼论"炎黄"、"华夏"两实体之形成》⑤等学术论文分析挖掘炎帝的缘起,试图寻找中华民族的文化之根,以此来重构民族文化精神、增强民族文化自信。在学者们的助力下,炎帝与黄帝被认为"一同开创了华夏文明",从族源上肯定了他的祖先身份,将其视作中华文化的根脉所在。

第三个阶段即为当下,属于巩固与繁荣阶段。新时期以来,炎帝"人文始祖"身份不断被强化。海峡两岸共祭炎帝、港澳同胞频频前往炎帝陵拜祭先祖、全国各地民众的普遍认同,都对炎帝"人文始祖"文化意象的生成起到了积极的促进作用。政府对炎帝"人文始祖"形象的建构,主要是依靠大众传媒加以宣传,"行政力量对大众传媒构成掌控,形成巨大的话语权力和场域氛围,从而构筑公共记忆的政治图式"⑥。民众对炎帝"人文始祖"形象的认同,则主要以"祖先崇拜"为信仰基础。俗民的个人记忆与主流意识形态相符合,从而进入社会公共话语体系,炎帝"人文始祖"形象也因此获得更为持久的影响力。

2. 爱国情怀的传承

炎帝神话所蕴含的文化底蕴深厚,充溢着世人的审美情感与诗意幻想,其深层次的文化动因在于对炎帝神话意象的文化传承,对民族精神的尊崇与延续。炎帝作为中华民族的先祖,在华夏文明的构建过程中有着举足轻重的地位。总的来说,炎帝神话所蕴含的乐于奉献、舍己为公、艰苦奋斗、开拓创新的民族精神,奏响了民族思想脉动的主旋律。

《神农尝百草》传说中炎帝作为一个普通农者,与常人无异,但因其高尚德行而被推上神坛。《礼含文嘉》载:"神者信也,农者浓也。始作耒耜,教民耕,其德浓

---

① 章昕颖:《"寻根文学"与中国 80 年代中期文学场》,暨南大学硕士学位论文,2015 年。
② 俞敏:《汉藏两族人和话同源探索》,《北京师范大学学报》1980 年第 1 期。
③ 唐嘉弘:《炎帝传说考述——兼论姜炎文化的源流》,《史学月刊》1991 年第 1 期。
④ 杨国勇:《黄炎华夏考》,《山西大学学报》(哲学社会科学版)1982 年第 4 期。
⑤ 杨向奎:《先秦儒家之一统思想——兼论"炎黄"、"华夏"两实体之形成》,《山东大学学报》(哲学社会科学版)1988 年第 4 期。
⑥ 黄景春:《都市传说中的文化记忆及其意义建构》,《民族艺术》2016 年第 6 期。

厚若神,故曰神农也。"①可见,炎帝之德在于"教耕",又因"忧劳百姓"而身形"憔悴"。若从审美角度审视,炎帝又因其"一心为民""甘于奉献"的崇高品性受世人尊敬,这种崇高美超越了时空与民族的边界,成为整个中华民族所共同记忆、欣赏、弘扬的精神象征,是人性中大美的凝聚。初民尊崇炎帝,是美好意愿的寄托,是心理情感的宣泄;今人怀念炎帝,是因为他心系百姓的赤子之心,是他所凝聚着爱国情怀的力量召唤! 在山西高平炎帝陵的画廊中,展示了炎帝的十大功绩:发现五谷,粒民蒸食;始做耒耜,教民耕种;垦渠凿井,灌溉农田;制麻为布,始有衣衫;日中为市,首倡交易;削桐为琴,练丝为弦;作陶为器,冶制斤斧;尝遍百草,发明医药;筑墙为城,开元文明;炎黄结盟,华夏一统。② 炎帝在开拓洪荒的艰苦创业中,带领先民展现出卓绝的坚毅进取、自强不息、天下为公的伟大精神,形成了淳朴仁诚、友善敦睦的社会风尚,最终凝定为中华民族物质文明与精神文明的象征。政府依据典籍文献、口承传说打造炎帝精神,旨在宣传炎帝民本思想,以实现中华民族的伟大复兴。

小　结

炎帝文化不仅体现在历朝历代的炎帝祭祀活动中,在当今也催化出了更具时代性的精神内涵。聚族而居、精耕细作的农业文明孕育了内敛式自给自足的生活方式、文化传统和农耕思想,这些精神内涵体现着当下构建和谐社会以人为本的文化理念。炎帝神话传说传导出开拓进取、坚韧不拔、大公无私、自强不息的农耕文化基调,炎帝信仰则体现了民众对部族首领和文化英雄品质与伟业的赞美,反映出神话传说持久的生命力。炎帝所具有的创造精神、实践精神、奉献精神、进取精神以及民本思想对我们中华民族的伟大复兴和中国梦的实现有着重要的启示和借鉴意义。

---

① 《礼含文嘉》作者不详,全书共六十篇,又名《礼纬含文嘉》三卷,此名实为张师禹所改。《四库全书总目提要》载《礼含文嘉》:"(张师禹)考宋两朝《艺文志》曰,今纬书存者独《易》。而《含文嘉》乃后人著为占候兵家之说,与诸家所引礼纬乖异不合,故以易纬附经,以含文嘉入五行云云,则其书实出南宋初。"引自(清)纪昀总纂:《四库全书总目提要》卷五十·史部六·别史类,河北人民出版社 2000 年,第 2586 页。
② 湖南炎帝陵景区将炎帝功绩概括为八点:"始做耒耜,教民耕种;尝遍百草,发明医药;弦木为弧,郯木为矢;作陶为器,冶制斤斧;日中为市,首辟市场;削桐为琴,练丝为弦;织麻为布,制作衣服;建屋造房,台榭而居。"

第十一章　晋冀两地蚩尤神话传说
资源与当代传承

　　民间文学是广大民众表达自身人生感悟、生活诉求与生存状况的一种途径与方式,"它在广大人民群众当中流传,主要反映人民大众的劳动生产、日常生活和思想感情,表现他们的审美观念和艺术情趣"①。神话传说作为民间文学的重要组成部分,是历经千年传承下来的珍贵文化遗产,它以文化真实的形式生动地还原了历史景象。蚩尤是上古神话中的重要人物,是与黄帝、炎帝同一时代的部落集团首领。山西运城与河北涿鹿流传着数量众多、地方特征明显的蚩尤神话传说,构成了晋冀蚩尤神话传说圈,对民众的日常生活产生了深刻影响,是一笔巨大的民族文化财富。

　　改革开放以来,学界对蚩尤的研究有了很大突破,研究视角日益开阔,研究方法趋于多元。学界对蚩尤形象的认知经历了由恶向善的转变,逐渐摒弃了蚩尤起初"恶神"的形象,对其多维神格予以肯定。梁昭的硕士学位论文《"乱神"与"祖先"——汉苗传说中的蚩尤形象比较》,通过对"汉族蚩尤"和"苗族蚩尤"的并置比较,指出蚩尤在汉语正史里是华夏族祖先的恶敌,在苗族群体中却是一个可歌可泣的悲剧祖先。苗族红军老战士陈靖的《蚩尤和炎黄同为中华民族三先人》一文,梳理典籍文献对蚩尤的记载,说明了蚩尤在历史发展中的伟大功绩,指出蚩尤在历史上的反面形象是由于"成者王败者寇"的思想以及浓厚的大汉族主义影响造成的,呼吁把蚩尤提高到与炎黄同为中华民族三先人的地位②,这一观点在学界引起了巨大反响,得到部分学者的支持。事实上,对普通民众而

---

① 钟敬文:《民间文学概论》,高等教育出版社 2012 年,第 1 页。
② 陈靖、春坦:《蚩尤应和炎黄同为中华民族三先人》,《中南民族学院学报》(哲学社会科学版)1996 年第 4 期。

言,被司马迁污名化后的蚩尤叙事仍是主流文化记忆[1],这一研究客观指出普通民众对蚩尤形象的转变并没有很高的接受度,给蚩尤"正名"仍有很长的路要走。

总体看来,学界对蚩尤神话的研究主要集中在神话学与考古学两方面,民俗学方面的研究成果相对较少。对蚩尤神话传说的民俗学考察主要关注南方苗族地区,对山西与河北蚩尤神话传说的民俗学研究几乎为空白。本章尝试通过以晋冀两地广泛流传的蚩尤神话传说为研究对象,以宣传、重建蚩尤神话传说的行为为关注目标,将这种文化重构行为放置在中华民族多元一体格局的大视野之下予以考察,探析蚩尤神话传说传说资源与地域文化建设、民众习俗传承等方面的相互关系。

一、晋冀两地蚩尤神话传说的空间分布

作为上古时期的重要人物,蚩尤神话传说与相关遗迹流传分布在中国众多区域。以南北地域来划分,北方的蚩尤神话传说及相关遗迹分布在山东汶上、巨野与阳谷,河北涿鹿与怀来,山西盐湖,河南台前等地;南方以江西萍乡,湖南安化,贵州凯里等地为代表。随着各地对蚩尤神话传说资源的日益重视,"蚩尤故里之争"愈演愈烈。日本民俗学之父柳田国男提出"传说圈"理论,将"一个个传说流传着的处所,称做'传说圈'"。[2] 与北方其他地域相比,山西与河北两地蚩尤神话传说内容丰富,遗迹分布集中且相对完整,为系统研究蚩尤神话传说提供了便利条件,基于柳田国男的理论,我们认为晋冀两地形成了两个流布地域相对集中、民俗标识物丰富、民俗活动传承久远的"蚩尤神话传说圈"。

山西运城古称"河东",因"盐运之城"而得名,是中国历史上唯一的盐务专城。《孔子三朝记》载:"黄帝杀之于中冀,蚩尤肢体身首异处,而其血化为卤,则'解'之盐池也。因其尸解,故名其地为'解'。"[3]沈括在《梦溪笔谈》中写道:"解州盐泽方百二十里。久雨,四山之水悉注其中,未尝溢;大旱未尝涸。卤色正赤,

---

① 李国太、吴正彪:《遗产阐释与记忆重塑——以中国蚩尤叙事的意义转换为例》,《吉首大学学报》(社会科学版)2015年第3期。

② [日]柳田国男:《传说论》,连湘译,张紫晨校,中国民间文艺出版社1987年,第49页。

③ (清)洪颐煊:《孔子三朝记》,上海古籍出版社1996年。

在阪泉之下,俚俗谓之'蚩尤血'。"①当地民众认为盐池的卤水是由蚩尤的血化成的,这些文献的记载,为蚩尤传说在盐池的生成发展提供了依据。

运城市盐湖区蚩尤神话传说圈以盐湖为中心向四周扩布。"轩辕氏诛蚩尤于涿鹿之野,血入池化为卤,使万世之人食焉。今池南有蚩尤城,相传是其葬处。"②此处的"池南有蚩尤城",指的便是现在盐湖南岸、中条山北麓的蚩尤村。蚩尤村也叫"蚩尤城",传说为蚩尤与黄帝交战时为了设防和便于指挥而建造的城池。《水经注·漯水》:"《魏土地记》称涿鹿城东南六里有蚩尤城。"③《太平寰宇记》载有"蚩尤城在(安邑)县南十八里,其城今摧毁。"④《安邑县志》也记载"蚩尤城,在盐池东南二里许。"⑤至今流传在盐湖区的一则传说,较详细地介绍了蚩尤城的方位大小等:

> 蚩尤城就建在中条山前,盐池北边,分内城、外城。内城也叫禁城,以蚩尤村为中心,约十二平方公里;外城在中条山以北,盐池南边,约二十多公里的下场地带,包括现在的东郭镇和解州镇。⑥

无论是文献记载还是口头传承,均留下了大量蚩尤城的历史痕迹。明代万历四十一年(1613),政府将蚩尤旧部遗址村落"蚩尤村"强行改为"从善村"(又称"服善村"),取"弃恶从善"之意。《运城市志》记载:"从善,古蚩尤城。蚩尤兵败被杀,村名改为服善,明万历四十一年(1613)更为从善。"⑦2003年6月11日,盐湖区政府召开会议决定将"从善村"恢复"蚩尤村"本名。蚩尤村当地流传着这样一首民谣:"九庙一阁三路台,两关一塔烽火台,七点五祠两坟在,曾有火杆地里栽。"其中提到蚩尤城有"九庙",当地人讲其中之一就是供奉蚩尤的祖神庙。该庙位于村西北角,北关门外西,坐西面东,在20世纪30年代被日军烧毁。这里提到的"两坟",有一处便是蚩尤坟。在蚩尤村东南三里处的中条山北麓,有一堡沟,堡沟口有一座巍峨高大的圆形墓冢,当地人认为此是蚩尤冢,俗称

---

①　(宋)沈括著,蒋筱波编译:《梦溪笔谈》,三秦出版社2008年,第17页。

②　(清)蒋兆奎:《河东盐法备览》,转引赵波、秦建华:《薰风雍和:河东盐文化述略》,山西人民出版社2013年,第32页。

③　(北魏)郦道元:《水经注》,浙江古籍出版社2001年,第214页。

④　(宋)乐史:《宋本太平寰宇记》,中华书局2000年。

⑤　(清)言如泗:《解州安邑县志》,清乾隆29年(1764)刻本。

⑥　山西省运城市盐湖区文化馆编著:《蚩尤的传说申报材料》,内部资料,2006年,第8页。

⑦　运城市地方志编纂委员会:《运城市志》,生活·读书·新知三联书店1994年,第22页。

"冢堆台"。相传蚩尤战败被黄帝擒杀后,九黎族人便将他的尸骨安葬在了这里。

除村庄外,运城九龙山风景区内也存有众多与蚩尤传说相关的遗迹。九龙山原名九黎山,以苗黎族先祖蚩尤故里命名,位于运城市盐湖区东郭镇中条山腹地,盐湖南畔。《史记》载:"(黄帝)杀蚩尤于黎山之丘。"学者认为此处的"黎山"即是山西省南部南临黄河谷地,北倚汾渭地堑的历山。由于历山与九龙山同属中条山中段的一支山脉,因而推测文献所载"黎山之丘"便是在九龙山山顶。此处流传的传说讲道:

> 轩辕黄帝以盐运为由,慢慢占领了平陆,再在九龙山寻求据点,最后亮了底牌向蚩尤宣战。两家开战后,蚩尤令九黎首领们重兵攻击,占有了九龙山,切断了轩辕黄帝与河南的联系,也断了黄帝部落的兵源,粮草供给,最后成为了九黎首领驻地。①

矾山镇隶属河北省张家口市涿鹿县,地处冀西北山区南部,位于坝下低山间盆地之涿鹿——怀来盆地,涿鹿县县城东南部。北临燕山,南依太行,东联京畿。②《水经注》载"黄帝与蚩尤战于涿鹿之野,留其民于涿鹿之阿,即于是也。"③文献中所称"涿鹿"所在地即现在的矾山镇。作为黄帝、炎帝与蚩尤征战交融的地域,矾山镇历史文化遗迹丰厚,蚩尤传说分布密集。

蚩尤寨位于矾山镇西南3公里龙王塘村外的一处黄土崖上,相传为涿鹿之战后期蚩尤在城西高土崖上建造的兵寨。现存蚩尤寨为三所犄角互峙、紧相毗连的土寨,由南到北南、中、北三座寨基一字排开,两两之间均有百米深的沟壑,使得三寨既可以相互支援又可以独立防守。涿鹿之战后期,黄帝部族虽然取得了战争的决定性胜利,但由于蚩尤依托蚩尤寨的天然地理优势顽强抵抗,使得战争进入僵持阶段,黄帝军队伤亡惨重。后来黄帝想了一个办法,从蚩尤寨外面挖掘地道,径直将蚩尤寨掏空,黄帝的士兵得以里应外合,才把蚩尤打败。1987年,河北省文物研究所在对蚩尤寨的考察勘探中,在蚩尤北寨紧邻的深谷里采集到两枚铜镞、三枚完整的石镞和10片石器标本,这一重大发现直接证明蚩尤寨

---

① 山西运城盐湖区政协编著:《蚩尤考论》,内部资料,2003年,第22页。

② 林建忠、李国雷:《矾山志》,涿鹿县矾山镇地方志编纂委员会编印,内部资料,2010年,第89页。

③ (北魏)郦道元:《水经注》,浙江古籍出版社2001年,第214页。

在远古时期曾发生过重大的军事战争。此外,在蚩尤寨的历次考古发掘中,曾出土有石镞、石斧等石器和鬲、釜、罐等陶器,这些文物都直接证明了蚩尤寨的悠久历史。

传说蚩尤被擒杀后,黄帝将其身首隔离,分埋异处,现在在涿鹿县境内仍有三处传说中的蚩尤墓。一处位于紧邻涿鹿县的怀来县李官营乡二堡村村南,有一大一小两个坟冢,被称为东蚩尤坟。《怀来县志》载:"蚩尤冢,在矾山东十里"①,便指位于矾山镇东部二堡村的蚩尤坟。另一座蚩尤坟位于涿鹿县保岱镇保岱村北即釜山脚下,被称为西蚩尤坟。相传该墓埋葬着蚩尤首级,因此也被称为"蚩尤首墓"。还有一座蚩尤坟位于黄帝城东南约15公里的塔寺村,距下马关蚩尤祠不到5公里,是"南蚩尤坟"。塔寺村依山而建,在村后白龙岭上有一坟冢,周围环绕着四棵千年古树。坟前有无字碑一通,立碑年代无从考证,在碑首刻有两条龙图案,当地人叫"白龙墓"。每到清明节,当地人会来此祭拜,为了让世人知道这是蚩尤墓,前些年塔寺村在此无字碑旁又新立石碑一通,上书"南蚩尤墓"四个大字。在与南蚩尤墓相隔一个山谷对望的山坡上,有一六角砖塔名为"炬禅师灵塔",建于金正隆三年(1158),当地人称其为"蚩尤塔"。

二、晋冀两地蚩尤神话传说的类型

美国人类学家罗伯特·雷德菲尔德认为任何文化传统都可以分为大传统与小传统两个部分,大传统代表国家与权力,小传统代表民众文化。蚩尤传说的传承也有大小传统两种路径:典籍文献记载代表的大传统与民众口头传承代表的小传统。通过分析发现,大小传统中的蚩尤传说有着相似的类型,按照民间文学"类型研究"的方法,可将蚩尤传说概括为身世外形神话传说、部落战争神话传说和蚩尤显灵神话传说三类。通过对大小传统表述下相同类型的对比研究,有利于从民间立场与上层秩序两个层面探索长期以来存在的对蚩尤认识的差异性甚至对立性。

1. 身世外形神话传说

典籍文献中对蚩尤身世的记载大致有三种观点。一种观点认为蚩尤为黄帝

---

① (清)席之瓒:《怀来县志》,光绪八年(1882)刊本。

的臣属，《韩非子》说"昔者黄帝合鬼神于泰山之上……蚩尤居前，风伯进扫。"①
当时黄帝聚集各部族在泰山之巅，蚩尤能够"居前"，一方面说明了他与黄帝的
臣属关系，另一方面也说明在各部落中他的势力是比较大的。另一种观点认为
蚩尤是九黎之君，这种观点散见于各家注疏中。《史记·五帝本纪》裴骃《集解》
引孔安国语："九黎君号蚩尤。"《吕氏春秋·荡兵》高诱注："蚩尤，少昊氏之末九
黎之君名也。"苗学研究认为"九黎是东夷集团中的一个以黄牛为图腾的部
落"②，蚩尤便是这个部落的首领。还有部分文献认为蚩尤为炎帝的后裔。《路
史》载"阪泉氏，蚩尤，姜姓，炎帝之裔也"，这种观点得到了袁珂的认同。他认
为，应龙杀蚩尤与夸父者，盖夸父与蚩尤同为炎帝之裔，在黄炎斗争中，蚩尤起兵
为炎帝复仇，夸父亦加入蚩尤战团，以兵败而被杀也。③

　　典籍文献对蚩尤形象的记载具有一致性，均将蚩尤描述成铜头铁额的恶神
形象，这些记载多见于秦汉以后民间流传的志怪书籍中。如南朝时期《述异记》
载："有蚩尤氏，兄弟七十二人，铜头铁额，食铁石……今冀州人掘地得髑髅如铜
铁者，即蚩尤之骨也……秦汉间说蚩尤氏耳鬓如剑戟，头有角。"④将蚩尤及其族
群描述成为具有怪异神力的怪物形象。宋朝的《路史·蚩尤传》载："蚩尤疏首
虎卷，八肱八趾。"⑤蚩尤有着八只胳膊八只脚，并且头颅硕大，完全是怪物的样
子。文献对蚩尤形象的记载直接反映在民众的生活中，在山东临沂出土的汉代
画像石上，蚩尤头长数角，怒目圆睁，四肢持兵器。出土的南北朝江苏镇江画像
砖的蚩尤形象为鸟头、牛角、人身、龙爪，甚是怪异。由此可以看出，古代典籍文
献对蚩尤形象的记载有一致性，均将其描述成为了半人半兽的怪物形象。

　　民众口头传承的蚩尤身世外形神话传说与典籍文献记载有较大差异，主要
表现在对其身世遭遇的同情与形象描述的世俗化两个方面。民众对蚩尤身世外
形的认识除受"小传统"本身影响外，地域差异因素也起到了很大的作用。

　　涿鹿流传的"蚩尤为啥要和黄帝打仗"传说受到了民众"为父报仇"观念的
影响，大致情节如下：

---

①　(清)王先慎：《韩非子集解》，钟哲点校，中华书局 2003 年，第 65 页。
②　吴晓东：《苗族图腾与神话》，社会科学文献出版社 2002 年，第 228 页。
③　袁珂校注：《山海经校注》，上海古籍出版社 1980 年，第 215—216 页。
④　(梁)任昉：《述异记》，吉林出版集团 2005 年，第 3 页。
⑤　(宋)罗泌：《路史·后纪四·蚩尤传》，《四部备要》本，第 79 页。

（1）传说中,蚩尤是黄帝亲哥哥炎帝的孙子,也是黄帝的孙子;

（2）混沌、祸、修一起参与治地,黄帝表面说谁能治活地就把位子传给谁,暗中却帮助他的儿子混沌;

（3）黄帝的把戏被祸的儿子蚩尤看破,他们合谋杀了混沌,因此惹怒黄帝;

（4）黄帝一怒之下将祸和修变成穿山甲,为安抚部落,承诺等开天辟地的大业完成后给二人恢复真身;

（5）开天辟地后黄帝忘了当初的承诺。祸的儿子蚩尤找到炎帝提出为父报仇,炎帝因对黄帝势力的惧怕,对蚩尤大加斥责;

（6）蚩尤不服气,召集自己的八十一个兄弟杀进了炎帝行宫。炎帝逃到黄帝那里告状,黄帝派信使送令箭给蚩尤;

（7）蚩尤将黄帝的信使杀死,明目张胆地打起造反的旗号,找黄帝复仇。①

这则流传于涿鹿地区的神话传说,讲述了蚩尤为给父亲报仇而与黄帝开战的故事。关于蚩尤的身世,民众认为他是"黄帝亲哥哥炎帝的孙子",这是民众对文献中"蚩尤为炎帝后裔"记载的直接表述。关于蚩尤与黄帝战争的原因,民众依据现实生活的经验,将其想象成因"为父报仇"而发动战争。典籍文献中对蚩尤与黄帝战争的定性均为蚩尤"叛乱"而发起的不正义战争,但是在这则口头传说中,民众对蚩尤发动战争的行为似乎给予了一定程度的同情与肯定。"为父报仇"一直是传统社会中民众所支持赞扬的正义行为,并且在制度上对为父报仇而杀人的当事人有减免刑罚的规定。因此从这则传说中可以看出,在统治者从政治层面对蚩尤形象与各种行为进行负面评价的同时,民众在内心却有着一个现实性的评价体系。

蚩尤村民众讲述的蚩尤形象则更多地受到地域因素的影响:

蚩尤是苗族的祖先,后来不知道什么原因来了咱们运城这一块,这儿有盐池,他对盐池生产的贡献很大。盐池边上的九龙山,就是蚩尤部落的基地。蚩尤村就在九龙山山脚下,是以前的蚩尤城。盐对人们的生活很重要呀,蚩尤依靠盐池迅速地就发展了起来。后来黄帝为了争

---

① 谷生旺:《轩辕黄帝的传说》,中国民间文艺出版社 1989 年,第 6 页。

夺盐池,就和蚩尤开始打仗了。一些书上说蚩尤是个怪物,说他铜头铁臂,还长着牛角。这个我们是不相信的,他就是古代的一个人,怎么可能成为怪物呢?而且因为他最早来了盐湖这片地方,所以可能是咱们运城人的祖先,不可能是书上说的怪物。①

蚩尤村传说为古蚩尤城,村民认为自己是蚩尤的后代,因此在他们的口述中,认为蚩尤是上古时期真实存在的部族首领,其形象不会是书上记载的怪物形象,而应该是正常人的样子。与典籍文献记载相比较,蚩尤村村民的口述似乎是在为蚩尤"正名"。同为蚩尤形象,在文献中与村民口述中却表现出了截然不同的特点。美国学者罗伯特·雷德菲尔德提出了"社会二元分析法",在他看来,"在某一种文明里面,总会存在着两个传统",大传统是代表国家与权力的,是社会中少数上层人士、知识分子所代表的文化传统。小传统是指代表乡村的,由乡民通过口传等方式传承的大众文化传统。② 典籍文献对蚩尤怪神形象的描述,是为迎合统治阶级统治需要的"大传统"的表述;而蚩尤村村民对蚩尤祖先形象的传承,是为满足自身现实需要的"小传统"表述。蚩尤村村民对蚩尤形象的"正名",正是在大传统和小传统的相互影响语境下出现的正常现象。民众口头传承的传说作为一种集体记忆,必然会受到国家话语即"大传统"的影响;然而,在传说流传区域内的特定群体,会对传说有着自身的解读,始终保持携带自身文化符号的独特记忆。

2. 部落战争神话传说

典籍文献对战争的起源与经过,大体有三种记载。第一种以我国第一部历史文献汇编《尚书》与先秦古籍《山海经》中的记载为代表,认为蚩尤起兵大破黄帝已建立的社会安定秩序,最后兵败被杀。此事件的最早记录见于《尚书》,书中记载:"若古有训,蚩尤惟始作乱,延及于平民,罔不寇贼,鸱义奸宄,夺攘矫虔。"③蚩尤作乱,寇掠贼害,争夺窃盗,诈骗强取,殃及平民。继而"皇帝哀矜庶戮之不辜,报虐以威,遏绝苗民,无世在下"④。黄帝哀怜众多平民死于非命,因

---

① 讲述人:李永成,男,1923 年生,运城市盐湖区蚩尤村村民。调查人:段友文、张小丁、郑月。调查时间:2015 年 5 月 23 日。调查地点:运城市盐湖区蚩尤村李永成家中。

② [美]罗伯特·芮德菲尔德:《农民社会与文化——人类学对文明一种诠释》,王莹译,中国社会科学出版社 2013 年,第 95 页。

③ (清)阮元校刻:《十三经注疏》,中华书局 1980 年,第 247 页。

④ (清)阮元校刻:《十三经注疏》,中华书局 1980 年,第 247 页。

此利用权威制止了施行暴乱的人。这一记载并没有直接展现蚩尤与黄帝直接对抗的内容,只是将蚩尤作乱看作一次固有社会秩序中的动荡事件。《山海经·大荒北经》载:"蚩尤作兵伐黄帝,黄帝乃令应龙攻之冀州之野。应龙蓄水。蚩尤请风伯雨师,纵大风雨。黄帝乃下天女曰魃,雨止,遂杀蚩尤"①,认为战争经过是蚩尤作兵攻黄帝,最终兵败被杀。值得注意的是,在《山海经》的记载中出现了"应龙""风伯""雨师""魃"等神话人物,极大地增强了蚩尤与黄帝大战的故事性,这一记载因此成为后世众多文献记载与口头传承文本的母本。

对蚩黄大战的第二种记载以魏晋成书的《逸周书》为代表,在该书的《尝麦》篇中出现了蚩尤与黄帝直接对抗的情节:"蚩尤乃逐帝,争于涿鹿之河,九隅无遗。赤帝大慑,乃说于黄帝,执蚩尤杀之于中冀。"②这一记载第一次完整记述了蚩尤驱逐炎帝,炎帝求诉于黄帝,最后黄帝、炎帝联合打败蚩尤的故事。

蚩黄大战的第三种记载以《史记》最为典型,认为蚩黄大战是黄帝在战胜炎帝之后的又一军事行动,是黄帝攻克并统一各部族征程中的重要一环。《史记·五帝本纪》载:"轩辕之时……而蚩尤最为暴,莫能伐……与炎帝战于阪泉之野,三战然后得其志……蚩尤作乱,不用帝命,于是黄帝乃征师诸侯,与蚩尤战于涿鹿之野,遂禽杀蚩尤,而诸侯咸尊轩辕为天子,代神农氏,是为黄帝。"③黄帝是在征服炎帝之后,联合诸侯而杀蚩尤的。司马迁用"最为暴,莫能伐"将蚩尤描述成残暴无道的叛乱之臣,与前代文献相比,对蚩尤"恶神"形象的这一描述更为直接,从而奠定了蚩尤在后世的"乱神"形象。《史记》是汉朝建立大一统帝国之后,在文化构建领域的一部大作,司马迁通过对古史传说的重新考辨与书写,使其符合大一统帝国的意识形态。因此,司马迁明确地将黄帝置于五帝之首,将其置于帝国历史起点的位置,使其成为代表政治空间的开拓者、文明时间的缔造者。而他的敌对势力——蚩尤,也就成为人文始祖黄帝建立文明共同体的最大恶敌。

部落战争传说是晋冀两地蚩尤传说的主要内容,数量颇多,情节丰富。涿鹿县境内流传着诸如《九天玄女赠兵书》《九天玄女斗蚩尤》《风后发明指南车》《黄帝避难上七旗》《黄帝巧摆八卦阵》《黄帝智夺蚩尤城》等传说,讲述了蚩尤与黄帝战争的具体经过。相比较而言,运城盐湖区境内流传的蚩尤战争传说虽

① 袁珂:《山海经校注》,上海古籍出版社 1980 年,第 430 页。
② 《逸周书》,辽宁教育出版社 1997 年,第 53 页。
③ (汉)司马迁:《史记》,中华书局 1959 年,第 3 页。

然较少,但是地域性特色明显,最主要的表现就是传说内容与盐池这一自然资源的结合,使得该地的蚩尤战争传说具有了独特的文化意蕴。

《蚩尤与黄帝之战》①的传说广泛流传于运城市蚩尤村周边地区,其最大的特色是对蚩尤与黄帝之战原因的阐释。这则传说内容认为两个部落战争的原因是黄帝为了争夺盐池而发动战争,蚩尤为了保卫自身利益而战,因此他应当是战争中正义的一方。同时,在民众的认识中,被黄帝杀死的是蚩尤的弟弟而不是蚩尤本人。这与典籍文献中对二者战争起因及结果的记载截然相反,究其原因,是蚩尤村民众对蚩尤具有的"祖先情结"所致。潜明兹认为"英雄时期的战争,无所谓正义与非正义,因为战争的目的是统一……双方都为统一付出了代价,为本民族的生存作出了贡献。蚩尤身后褒贬不一,恰恰反映了民间的公正。"②蚩尤村村民对蚩黄之战原因的论述在中国北方蚩尤传说分布地区具有唯一性,这反映了民众对这一战争事件的多样性认识。

3. 蚩尤显灵神话传说

有关蚩尤显灵的特殊现象是"蚩尤旗"的出现,最早的文献记载出现在《吕氏春秋》中。《吕氏春秋·明理》载:"有其状若众植华以长,黄上白下,其名蚩尤之旗"③,是对天文现象——彗星的形象描述。到汉代,在尊崇黄帝、贬低蚩尤的政治语境下,司马迁第一次将蚩尤旗与兵乱联系起来,《史记·天官书》中说:"蚩尤之旗,类彗而后曲,象旗。见则王者征伐四方"④,认为天上出现"蚩尤旗"则"王者征伐四方",是对蚩尤战神形象的抽象解读。到了后世,随着蚩尤形象的一再被贬低,"蚩尤旗"代表灾难的意味逐渐加强,甚至画上了等号。蚩尤旗代表"灾难"的义项一直延续到后世。《中国方术大辞典》中对"蚩尤旗"词条有这样的解释:"星名。又名蚩尤之旗。类彗而后曲,象旗。星占家以之为妖星之属,谓系荧惑之精流散而成,其出现为王者征伐四方、兵起、有丧之征兆。"⑤

本是自然天文现象的彗星,因"黄帝画蚩尤像以威天下"的传说而与"蚩尤旗"联系起来,继而被冠以"灾祸"的象征。"(黄)帝令画蚩尤之形于旗上,以厌

---

① 运城市蚩尤文化研究会编著:《蚩尤传说》,内部资料。

② 潜明兹:《中国神话学》,上海人民出版社 2008 年,第 412 页。

③ 王利器:《吕氏春秋注疏》第 1 册,巴蜀书社 2002 年,第 665 页。

④ (汉)司马迁:《史记》,中华书局 1959 年,第 1335 页。

⑤ 陈永正:《中国方术大辞典》,中山大学出版社 1991 年,第 382 页。

邪魅,名蚩尤旗……黄帝将会神灵于西山之上,乃驾象车六交龙,毕方并辖,蚩尤居前蚩尤旗也。"①相传蚩尤被黄帝打败后,天下并未就此太平,黄帝于是在战旗上画蚩尤形象,凭借着蚩尤的威名来震慑天下。随着秦汉时期维护大一统帝国统治的需要,蚩尤作为乱臣贼子的身份也被普通百姓所接受。在古人意识中,彗星本为妖星,它的出现是灾异的象征。在科学技术不发达的古代,统治者也无法解释这种天文现象与天灾人祸之间的必然联系,因此将其定义为"蚩尤旗"以凭借人们熟悉的蚩尤传说和蚩尤反面形象达到维护统治的需要。

当民众面对某种神灵在内心形成信仰的情感时,必然会以口头语言形式来叙述该神灵的神异事件,表达其信仰情感。这些口头叙述在民间的流布过程中,会不断地被民众加工和增饰,逐渐演变成为一则则有着完整情节的传说。在运城盐湖区与涿鹿县境内便流传着蚩尤显灵的传说,较之于典籍文献的记载,民众口头讲述的蚩尤显灵传说真实感更强。作为"蚩尤显灵"的亲历者,民众认为蚩尤确有神性,既然为神,便具有了惩恶奖善的神灵职能,因此在这些地区形成了一定的蚩尤信仰。在田野调查过程中,在涿鹿县二堡村和运城市蚩尤村经访谈搜集到的两则蚩尤显灵的口承文本《蚩尤墓动不得》与《蚩尤村里不唱〈哑姑泉〉》,可看作是当代蚩尤显灵传说的代表。

蚩尤墓动不得

　　1958 年我正在矶山镇念初中,那个时候大炼钢铁,炼钢需要用土做模子,咱这儿的山都是石头山,没有土山,于是当时的村领导就打算来这两个疙瘩上取土做土坯。那天来了有五六十个人,他们刚上了蚩尤墓上就刮起大风,漫天飞沙,根本看不见,站都站不稳。他们没办法就都从坟头下来,走出百步之后回头看,那蚩尤坟头上一点风沙都没有,很是奇怪。

该传说发生在东蚩尤坟所在地涿鹿县保岱镇二堡村,讲述的是破坏蚩尤坟并最终受到惩罚的故事。通过蚩尤显灵的灵验故事,蚩尤坟被解释成为一个神圣的空间,而不再是单纯的一座坟墓。讲述人王志山曾是二堡村的党委书记,他在讲述蚩尤显灵故事时情绪激动,并一直强调自己是亲历者,所讲内容均为自己亲眼见证的事实。他的讲述在二保村以及周边村落具有代表性与影响力,蚩尤

---

① (宋)张君房著,李永晟点校:《云笈七签》,中华书局 2003 年,第 2173—2176 页。

显灵传说在周边地域的流传,对蚩尤坟神圣空间的构建与蚩尤信仰的形成起到了重要的引导作用。

<h3 style="text-align:center">蚩尤村里不唱《哑姑泉》</h3>

那是六几年的时候,我还小,只有几岁,村里来了戏班子搭台唱戏,有一出戏叫《哑姑泉》,具体的故事内容都记不清了,但是有一件事很奇怪,就是演哑姑的这个女演员,在演到用针挑泉的时候,因为泉水当时是用火苗作道具,演到那里时火苗突然就大了起来,把女演员烧了一下,因此演出就失败了。大约相隔几年后,这个戏班子的原班人马又一次来到村里演出,不幸的是,在演到哑姑用针挑泉的时候,那火苗又把女演员的脸部烧伤,又一次以失败收尾。事情就是这么奇怪,这出戏在周边村里演都没事,就是在蚩尤村演不了。①

唱戏是村落庙会不可缺少的内容,甚至是最主要的内容。庙会期间所唱的戏叫“庙会戏”,也称神会戏。庙会戏是专门为神灵而唱的戏,其功能主要是娱神,其次才是娱人。杨庆堃指出“戏剧被看作是奉献给保护神的供品”,“不同于世俗的演出,庙会上演出的主要目的既不是商业的也不是艺术性的,其目的是使神灵高兴”②。既然是为了使神灵高兴,那庙会戏的内容就要有严格的要求。河东地区盛传“关公战蚩尤”的传说,蚩尤被关公收服后,蚩尤村便有了“不敬关公敬蚩尤”传统,他们将关公认为是自己祖先蚩尤的敌人。因此在庙会期间不能唱关公戏,如蒲剧中的《出五关》《古城会》《水淹七军》《取长沙》等曲目均不能在蚩尤村庙会期间上演。

三、多元一体格局视野下晋冀
两地蚩尤神话传说的重构

1988年11月,费孝通在“泰纳演讲”会上提出“多元一体格局”的思想,认

---

① 讲述人:田四喜,男,1945年生,山西省运城市盐湖区蚩尤村村民。调查人:张小丁。调查时间:2016年1月9日。调查地点:山西省运城市盐湖区蚩尤村。
② 华智亚:《龙牌会——一个冀中南村落中的民间宗教》,上海人民出版社2013年,第106页。

为"中华民族多元一体格局的形成过程,它的主流是由许许多多分散存在的民族单位,经过接触、混杂、联结和融合,同时也有分裂和消亡,形成一个你来我去、我来你去,我中有你、你中有我,而又各具个性的多元统一体。"①在"多元一体格局"视野下,蚩尤的历史贡献与地位受到了重新审视,在全国范围内相继兴起了"蚩尤热"与"三祖文化"。晋冀两地在此背景下,对本区域内的蚩尤传说进行了现代重构,这一系列重构行为在政治、经济与文化方面都会产生重要意义。

地名是文化的镜像,"是人们的社会行为产生的结果,与社会心理、社会生活、风俗习惯等因素都有关系。透过地名的种种镜像,可以关照到文化在社会心理、社会生活、风俗习惯等方面的投影"②。地名与区域历史文化有着直接的联系,是地域文化传播传承的载体。由于历史的久远,上古很多文化在发展中逐渐湮不可考,但是在传承千年的地名中,却包含着一些上古文化的痕迹。对地名的分析,可以勾勒出地域文化变迁的轨迹。

运城市盐湖区蚩尤村相传为古蚩尤部落所在的城池,其地名在历史上曾几度变迁。《运城市志》对此记载:"从善,古蚩尤城。蚩尤兵败被杀,村名改为服善,明万历四十一年(1613)更名为从善。"③2003年6月11日,盐湖区政府召开会议将"从善村"恢复为"蚩尤村"的本名。如今在蚩尤村的西南角立着一块盐湖区政府立铭的"蚩尤村更名碑记",内容为:

> 蚩尤乃我域五千年前先祖代表人物,其率领众多先民开发盐池,冶铜造器,发展农业耕作,研造军械,富甲一方,名扬天下。盐业与农产丰富,引起外部落征战,蚩尤终不敌而陨。史载从宋代以还,王室尊轩辕氏而贬蚩尤,至清代为甚,遂将蚩尤旧部遗址村落改名为从善村,而民众不从,仍称其旧名至今。为追溯历史,供飘落南方及海外蚩尤之"九黎"部族后裔寻根祭祖,亦为弘扬民族根祖文化,区政府于公元二〇〇三年六月十一日召开常务会议,决定将从善村更名为蚩尤村,以应对历史与现实,并希望开发其地,以形成景观,使来者既可凭吊先祖,又可发展经济,造福民众,是为志。
>
> 运城市盐湖区人民政府　公元二〇〇三年八月九日立。

---

① 费孝通:《中华民族多元一体格局》,中央民族大学出版社1999年,第3页。
② 牛汝辰:《中国地名文化》,中国华侨出版社1993年,第5页。
③ 运城市地方志编纂委员会:《运城市志》,生活·读书·新知三联书店1994年,第22页。

　　此碑文先是介绍了蚩尤的历史功绩,继而讲述官方改村名为"从善村"的历史背景,最后说明了2003年恢复"蚩尤村"村名的现实考量。蚩尤村村名的最初确立便应是以蚩尤后代自居的民众怀念祖先蚩尤的产物,官方将村名改为"从善村"却并未得到民众内心的认同,这一情况一直延续到当代。尽管相关地图上标示当地为"从善村",但当地民众在对外交流中始终称自己的村子叫"蚩尤村"或"池牛村",因此拿着地图找不到从善村的事情时有发生。2003年盐湖区政府正式将村名恢复为"蚩尤村",这一行为得到了蚩尤村村民的一致肯定和支持。

　　集体记忆的建构对族群认同的提升有巨大的推动力,它"不仅仅是在传达一种群体共同的认知,也在共享和传播一种群体的价值观和情感取向,在特定的互动范围之内,这些群体认知指引着成员的行为和体验,并借用情感认同力量用来维持和组织群体成员"①。蚩尤村村民对蚩尤的集体记忆增进了群体认同。虽然从很早开始便改村名为"从善村",村民们却从内心深处依然坚信自己为蚩尤后代,并在对外交流中依然称自己为"蚩尤村人"。在历朝历代统治者都贬斥蚩尤形象的背景下,蚩尤村民众依然坚定地团结在一起,竭力维护蚩尤的正面形象。如当地传说蚩尤炼铜冶金、开发盐池等行为为人民的生产生活做出了巨大的贡献,甚至认为战争的缘起也是蚩尤部落面对外地入侵时而作的正当反抗,这些都是蚩尤正面形象在民众内心的直接投影。在集体记忆产生强大的社会建构力量的推动下,蚩尤村在整个河东地区拥有了独具标志性的民俗信仰文化,虽然他们的这种认同行为在整体崇尚黄帝贬斥蚩尤的氛围中显得微不足道,但是也足以为他们独特的"蚩尤后代"身份贴上鲜明的标签,在历史发展的长河中,这一群体默默坚守着自身的独特文化。进入新时期,蚩尤村民众的这种独特的族群认同引起了当地政府的关注,在2003年恢复了"蚩尤村"的村名,从而直接肯定了当地民众坚守多年的族群认同。

　　1992年,涿鹿县副县长任昌华通过对县域境内,特别是矾山镇一带的黄帝城、蚩尤寨等古文化遗址、出土文物和民间传说的考证,发表了名为《三祖文化始说》的文章,首次提出了"三祖文化"的概念。在这篇文章里,任昌华首次将"三祖文化"的含义系统地概括为三点:第一,中华民族的文明始祖有三个,而不

---

　　①　艾娟、汪建新:《集体记忆:研究群体认同的新路径》,《新疆社会科学》2011年第2期。

只是两个,即黄帝、炎帝、蚩尤。第二,中华民族的文明初创是由黄帝、炎帝和蚩尤三位始祖及其所领导的部落和部落联盟共同创造的。第三,黄帝、炎帝和蚩尤三祖在开创中华民族文明初始,他们的足迹遍布全国众多区域,但是,这其中最重要、最具决定作用的事件是在涿鹿境内完成的。①

"三祖文化"的概念一经提出,便得到了地区以及上级相关部门的赞同,同时得到了国内众多影响力巨大的学术机构和科研团体的大力支持,部分高校学者也纷纷发表文章,从中华民族形成发展的高度来重新评价蚩尤,肯定他在历史上的贡献,肯定其作为中华民族始祖的地位。1995 年 9 月 25 日,由中国先秦史学会等机构共同发起,涿鹿县政府主办,在涿鹿召开了"全国首届涿鹿炎、黄、蚩三祖文化学术研讨会"。研讨会由时任中国社会科学院历史研究所所长李学勤亲自主持,国家旅游局副局长做了专题讲话,来自海峡两岸历史学界和考古学界的 40 余位高级专家学者从历史学、民俗学、民族学、考古学等多学科,多方位、多角度进行了论证探讨。这次会议在主题上基本达成共识,即:涿鹿这个地区是中华民族生成融合过程中的核心地域,将蚩尤置于中华民族人文始祖的地位,这不仅符合历史实际,在当下则有利于民族团结和国家经济政治发展,因此现实意义巨大。

以"三祖文化"为指导思想,涿鹿县进行了一系列文化景观再造。自"三祖文化"概念提出之后,涿鹿县在十多年的时间里已经先后融资达四亿多元,建设了中华三祖堂、中华合符坛等建筑。"三祖文化"最突出的特征便是突破了传统"成王败寇"思想的束缚,以客观的视角肯定了蚩尤在中华民族形成发展过程中的贡献。它以弘扬"中华各民族同根同祖"为核心理念,旨在增强海内外中华儿女血脉同根、文化同源、民族同心的信念和情怀,增强中华民族的凝聚力和向心力。在此理念指导下,涿鹿县近年来多次与苗族以及港澳台同胞组织开展大型文化交流活动。1997 年香港回归之际,在三祖文化园竖立了"港土归根碑",并在碑下埋下了从香港岛、九龙半岛、新界岛三处采集的 1997 克泥土。1998 年,在中华三祖堂建成开馆典礼仪式上,涿鹿县政府专程邀请了来自贵州赫章等地的苗族芦笙队和苗族歌舞团在中华三祖堂广场进行精彩表演。澳门回归后,2000 年 9 月,在三祖文化园竖立了由时任澳门特别行政区长官何厚铧题写碑

---

① 涿鹿中华三祖文化园区管理委员会:《三祖文化》(第一期),2012 年,第 21 页。

名,全国政协副主席马万祺撰写碑文的"澳土归根碑",并埋下了从澳门带回的 1999 克泥土。2007 年 7 月和 2011 年 7 月分别在中华三祖堂举办了第一届与第二届"冀台心·两岸情"海峡两岸青年联谊活动。从 2008 年开始,连续举办了五届"海峡两岸同胞涿鹿共祭中华三祖大典"和"海峡两岸三祖文化高峰论坛"。这些系列文化交流活动对海峡两岸文化交流与情感提升产生了积极的推动作用。

综上所述,关于蚩尤神话传说当代重构的意义,集中体现在两个方面。

1. 促进区域经济发展和跨区域文化交流

民间传说作为区域文化的重要组成部分,在不同的历史时期扮演着不同的角色,在区域民众的生产生活中发挥着重要的作用。在当代,民间传说是地方政府开展旅游宣传与文化交流的重要载体,蚩尤传说作为晋冀两地重要的文化资源,对两地的经济发展与文化交流做出了重要贡献。

运城市盐湖区蚩尤传说当代重构的重要举措是恢复了"蚩尤村"村名。从目前效果来看,这些举措对当地经济发展的促进作用不甚明显,但是对当地的跨区域文化交流影响较大。韩国有三大姓认为蚩尤是他们的祖先,1985 年曾有韩国友人来蚩尤村寻找蚩尤遗迹,但由于当时蚩尤的重要性还没有受到当地政府的重视,所以韩国友人来了之后没有专人接待。2003 年蚩尤村恢复了村名,2006 年,运城市专门成立了蚩尤文化研究会。2008 年阳谷县为开发当地的蚩尤传说资源,专程组团来盐湖区进行了为期三天的考察,盐湖区政府为此组织了蚩尤文化研讨会与阳谷县代表进行交流。2010 年,蚩尤传说传承人相秋喜赴河北涿鹿,对当地蚩尤相关遗迹和保护措施进行了考察学习。

涿鹿县对蚩尤传说当代重构的主要成果是提出并逐渐完善了"三祖文化",经过二十余年的发展,"三祖文化"不仅成为了涿鹿县的文化名片,也成为了地区的旅游品牌,极大地推动了当地旅游产业的发展。自 1998 年以来,涿鹿县投资 3 亿多元建成的黄帝文化城景区逐渐形成以"三祖堂、轩辕湖、黄帝城、黄帝泉、合符坛(即一堂、一湖、一城、一泉、一坛)"为中心的精品旅游线路,成功晋升为国家 4A 级景区。涿鹿县在积极开展三祖文化综合旅游项目的基础上,创造性地依托"三祖文化"大力发展相关文化产业,取得了良好的经济效益,引起河北省政府的高度重视与大力支持。此外,"三祖文化"概念的提出对促进大陆与台湾地区的交流贡献巨大,自 2008 年以来,在国务院台办和省市政府的支持下,涿鹿县连续举办了五次"海内外同胞共拜中华三祖大典",大规模文化交流活动吸引了国内外商家的大批量投资,促进了海峡两岸经济的发展。

2. 增进族群认同与国家认同

中华民族是由多元化族群组成的统一体,多元化国家维持稳定的重要问题是族群认同与在此基础之上的国家认同。20世纪中叶以后,由于民族矛盾的频繁发生,族群认同便开始进入了西方学者的研究视野,并日益引起学界的重视。由于"族群主要建立在共同的名称、神话、价值和风俗习惯之上,以祖先的居住地、历史叙事、民间传说为文化根源"①,民族归属感、语言统一、宗教信仰一致和习俗相同等都是族群自我认同的要素。因此可以说,"同一性"是族群认同的基础。

民间传说是一个社会群体对某一历史事件或历史人物的记忆,它是族群成员集体记忆的一种形式,是特定群体成员真实思想感情的表现。因此对民间传说的重构,可以唤醒族群成员的特定记忆,促进族群认同。蚩尤传说在当代的演绎,是对蚩尤记忆的一种重构行为,这一行为的核心要素是将蚩尤由过去的"乱神"变成了现在的"祖先",对促进民族和谐和国家认同都具有重要意义。"三祖文化"在汉族社会中首次极大地肯定了蚩尤的历史贡献与地位。这一在汉族社会中为"蚩尤平反"的行为大大提升了苗族在中国历史发展进程中的地位,在增强苗族民众族群认同的同时,也提高了蚩尤以及后代苗族群体在整个民族发展中的地位,使之对国家的认同度随之增强。

小　　结

晋冀两地蚩尤传说主要集中分布在山西省运城市盐湖区与河北省涿鹿县矾山镇,典籍文献与民众口头传承的晋冀两地蚩尤传说有着相同的类型。本章选取蚩尤传说的典籍文献与民间活态口头文本两种传承方式,概括出"身世外形传说""部落战争传说""蚩尤显灵传说"三种类型,进而对比两种传承文本对蚩尤所持态度的不同。通过分析发现,口头传承的蚩尤传说文本内容受典籍文献记载影响较大,但是对蚩尤所持态度却有较大的区别:文献记载对蚩尤主要以负

①　郭洪纪:《文化民族主义》,台北扬智文化事业股份有限公司1997年。

面评价为主,而民众对蚩尤则更多报以肯定、同情与尊崇的态度。由此也证明了社会二元分析法中"大传统"与"小传统"的联系和区别。

费孝通提出的"中华民族多元一体格局"理论肯定了中华民族族群起源的多元论,在这一背景下,晋冀两地依托本地丰富的蚩尤传说资源对蚩尤传说进行了重构,带动了地方经济发展,促进了族群认同与国家认同。全国范围内"蚩尤热"的盛行为苗族同胞建立了统一的"文化符号",增进了苗族族群凝聚力;而"三祖文化"的提出由于肯定了蚩尤的历史功绩并将蚩尤提到了中华始祖的地位,因此得到了苗族等其他民族同胞的认可与肯定,增进了民族地区对中华民族的文化认同,促进了民族和谐与国家稳定。

第十二章　嫘祖神话阴柔文化基型审美生成考论

　　阴柔与阳刚是中国传统美学的一对重要范畴,在漫长的历史发展过程中成为审美活动的两大基型。中国的审美文化整体偏重阴柔,这已成为美学界与学术界诸多学者的共识。无论是"温柔敦厚,诗教也"的儒家思想,还是"以雌守雄,以柔克刚"的道家观念,都是阴柔美学内核与不同流派主张结合下的产物。古典文学"诗庄词媚"的传统,魏晋工笔"应物用线"的画风,以及国人长期以来"以玉比德"的风尚,成为阴柔化的审美思想在不同艺术领域的具体表现。类似的例子不胜枚举,并渗透到阴柔观念、阴柔叙事、阴柔意象等各个方面。

　　一个民族的美学内核是民族文化的审美积淀,要由该民族的文化精神来说明。① 民族文化精神沉积于"轴心时代"②,但"轴心时代"孕育的精神却早在此前的神话时代便初见端倪。神话作为人类社会最早的文化成果之一,展现了人类在童年时期对自然现象与宇宙万物的认识,它将民族文化心理密码潜藏其中,是后代对史前文化探寻的有力凭证。在自然条件十分恶劣的远古时代,物的生产与种的繁衍是关系到人类生存的两件大事,在这"两种生产"中,女性起到举足轻重的作用,拥有极高的话语权,形成以"敬生""畏生"为核心的地母崇拜思想,诞生了一系列以女神信仰为主导的神话传说。这些神话传说中的女神,以慈爱、温柔、美丽、坚韧的大爱精神守护着自己的百姓,捍卫着属于人类的美好家

---

　　① 黄玉顺:《夸父精神与女娲精神:中国文化精神与美学精神的神话象征》,《中外文化与文论》2001 年第 1 期。

　　② "轴心时代"是德国哲学家卡尔·雅思贝尔斯(Karl Jaspers)在他的《历史起源与目标》一书中提出的理论,他把公元前 500 年前后同时出现在中国、西方和印度等地区的人类文化突破现象称为"轴心时代",这既是一个复杂的历史文化现象,也是一个思维构建的繁杂过程。轴心时代的基本特征在于其理性的觉醒,而其前身,则是人类处于半寐半醒混沌状态下的"神话时代"。

园。在众多女神崇拜中,嫘祖作为一位兼人性与神性于一体的神格形象,有着"中华民族之母"的崇高地位,她以妻子与母亲的双重身份,与黄帝一道植桑养蚕,启蒙先民,辅佐黄帝安邦定国,为华夏文明做出了巨大贡献,对中国阴柔文化审美基型的最初形成产生了巨大影响。

嫘祖虽一向受人尊崇,却未得到应有关注,历代典籍文献关于嫘祖的记载仅保留只言片语,缺乏详细描述。与"炎黄"二帝等男性始祖神相比,学界有关"先蚕"嫘祖的研究成果数量较少且视角单一,多聚焦在"嫘祖故里探寻"与"嫘祖贡献梳理"等粗浅层面,将神话与美学结合、对嫘祖神话与阴柔文化基型生成关系的研究尚为空白。对嫘祖神话的梳理,旨在挖掘蕴藏在神话背后原始先民的心理密码,探索阴柔文化审美基型的渊源,寻求嫘祖神话与阴柔文化基型的潜在关系。

一、从物我混沌到人化自然: 嫘祖神话的生成机制

人是审美活动的主体,人对自然美的感受与认知,是在人与自然相互关系的增进中逐渐产生的,这注定要经历一个漫长而艰难的过程。在远古时代,先民们的抽象能力还不完善,无法将自己从自然界中脱离出来,导致人类在极长时间内始终处于"百兽相于群居"的生存状态。在他们看来,自然界的动植物,尤其是与自己生活较为密切的动植物,都有着一种超乎寻常的神力,他们将其视为保护神,亦称作图腾。对图腾社会的原始人来说,任何动物、植物、客体,都可以成为图腾的一部分,"大多数的哺乳动物、鸟、鱼,甚至昆虫都有可能携带罕见的神秘属性"[1]。在先民们看来,人、神、兽之间没有界限,天、地、人之间可以通过媒介展开无障碍交流。这种思想,正是当时人类还没有和动物自觉区分开来,依旧处于混沌状态的体现,在这种思想制导下形成的原始神话也带有同样的混沌色彩。在神话向传说的演变进程中,"神的形象往往要经历由兽形—半人半兽形—人形这种过程的合乎规律的表现"[2]。

---

① ［法］列维-布留尔:《原始思维》,商务印书馆1995年,第28—29页。
② 陈子艾:《古代黄帝形象演变论析》,《北京师范大学学报》(社会科学版)1993年第4期。

中国是当之无愧的蚕丝绢帛文化的发源地,是最早发明养蚕抽丝、织绢制帛的国家。① 据夏鼐的保守估计,我国的育蚕织绸最晚出现在殷商时期,距今已有3000多年历史。1926年,山西夏县的西阴村仰韶文化遗址发掘出大半个经过人工割裂的蚕茧和一个陶纺轮,成为中国蚕丝起源最早的有力佐证。1984年,河南荥阳市青台村仰韶文化遗址出土的我国北方丝麻制品是目前发现最早的丝织实物,同年,在河南西平的董桥遗址,还出土了当地民众所谓的"老奶"②的红陶、黑陶纺轮。这些史料有力地证明,我国的养蚕史,可一直追溯到距今7000多年前的新石器时代中期。

古史资料中有关蚕的记载,最早见于殷商时期甲骨文:"丁巳卜,□贞,乎弓,□,蚕,□,弗□"③,在"卜辞"和"竹简书"中,也有关于桑、蚕、丝帛的记载。这说明,在殷商时期,我国已出现祭祀蚕神的活动,但那时的蚕神祭祀并没有明确的祭祀对象,作为一种与民众生活密切相关的仪式,民众所虔诚祭拜的,就是日常生活中被赋予神话色彩的蚕。刘守华指出,"在面对树上蠕动,其貌不扬,却能吐丝作茧的蚕,我们的祖先感到无比的惊奇神秘"④,认为蚕是上天给予他们的恩惠,有着难以超越的神奇力量,故将蚕称为"天虫",以尊崇敬畏的心理祀奉,以此来祈求蚕丝的丰收。在享有"嫘祖文化之乡"美誉的河南省西平县,流传着一则民间故事,生动地表现出原始先民偶然间发现野蚕茧用处时的欣喜:

> 嫘祖几岁时就随母亲上岗下坡采野果。有一天采野果时,嫘祖见到树上有很多白白的小果果,就问母亲那是啥果子? 母亲说那不是果子,是天虫蚕,蚕老了做的窝叫茧,不能吃,嚼不烂。嫘祖心想,嚼不烂好办,带回去用水煮煮不就能吃了吗? 于是就采了好多小白果。回到茅舍,把采到的小白果放到锅里,又从西草河里取来水倒进去,放到火上煮,嫘祖拿棍子不时地翻搅小白果。奇迹出现了,翻搅小白果的棍子上带出很多细丝来,越搅越多,越拉越长。嫘祖仔细观察,细丝原来是

---

① 鲁谆:《中华民族之母嫘祖》,中国三峡出版社1995年,第179页。

② "老奶"在河南西平县民众口中指的是嫘祖。讲述人:陈念,女,1954年生,河南西平县嫘祖乡董桥村嫘祖庙看庙人;调查人:段友文、冀荟竹、秦珂;调查时间:2018年6月15日;调查地点:河南西平县嫘祖乡董桥村嫘祖庙。

③ (清)刘鹗:《铁云藏龟》,清光绪三十年(1904)抱残守缺斋石印本,第185页。

④ 刘守华:《蚕神信仰与嫘祖传说》,《寻根》1996年第1期。

从小白果上出来的。①

随着农业和畜牧业两种生产方式比重的增加,采集狩猎在先民生活中占据的比重减弱,人类对自然界的依赖度有所减缓,开始对自然界展开再生产,逐步从攫取经济向生产经济转换。恩格斯指出:"野蛮时代的特有的标志,是动物的驯养、繁殖和植物的种植。"②摩尔根在《古代社会》中将东半球的动物饲养和西半球的灌溉法种植玉蜀黍视作低级野蛮社会终止的标志。③ 在从蒙昧时代向野蛮时代跨越的过程中,一方面,人类的高级属性发展起来,与动物间有了明显的区别;另一方面,这种属人属性还停留在萌芽阶段,人类对凶猛野兽的畏惧与崇拜依然存在,人兽杂糅的混沌状态仍是先民的生活常态,创造出许多半人半兽的"神"的形象来。正如岑家梧所说:"转型期的图腾多为幻想物,即半人半兽的动物,出于氏族首领的变形而具有人类的形体特征。"④

关于蚕神话的记载,首见《山海经》中的《海外北经》篇:"欧丝之野在大踵东,一女子跪据树欧丝。"郭璞为此作注:"言啖桑而吐丝,盖蚕类也。"⑤这个文本很简单,关于女子的身份与"欧丝之野"的原因均未提及,但这则神话最早将蚕赋予女子的形象,为后来蚕马神话的出现奠定了基础,成为马头娘神话的雏形。完整的蚕马神话见于东晋干宝《搜神记》:"女思父,语所养马:若得父归,吾将嫁汝。马迎得父,见女辄怒。父杀马,暴皮于外,皮忽卷女飞去桑间,俱为蚕。"⑥吴晓东认为,之所以将蚕、马两种动物元素结合,源于民众在长期生产劳作中发现,蚕从破茧的幼虫到成虫要经过四次蜕变阶段,在蜕变过程中,它的头有些怪异,像兽头又像马头,民众便将蜕变时期蚕的形象与掌管蚕桑的女性形象予以粘合,通过夸张与变形,创造出蚕马神话形象。⑦ 与《山海经》记载的故事相比,《搜神记》保留的《马皮蚕女》依旧没有确切的主人公姓名,但它增添了故事

① 李清彦搜集整理《嫘祖民间故事选·嫘祖的传说》,内部资料,西平县申报"中国西平嫘祖文化之乡"暨中国民间文艺家协会"嫘祖故里文化研究中心"申报材料。
② 《马克思恩格斯选集》第4卷,人民出版社1972年,第19页。
③ [美]路易斯·亨利·摩尔根:《古代社会》(上册),杨东莼等译,商务印书馆1977年,第10页。
④ 岑家梧:《转形期的图腾文化》,《中南民族学院学报》(哲学社会科学版)1984年第1期。
⑤ 袁珂校注:《山海经校注》,上海古籍出版社1980年,第242—243页。
⑥ (晋)干宝著,黄涤明译注:《搜神记全译》,贵州人民出版社1991年,第392页。
⑦ 吴晓东:《蚕蜕皮为牛郎织女神话之原型考》,《民族文学研究》2016年第2期。

细节,为女子化身成蚕寻找了一个看似"合理"的理由,形成一个相对完整的故事情节。女孩因违背诺言遭受白马惩罚,在马皮的缠绕下变为蚕,这一方面是对《山海经》中蚕马故事的延续,使之前难以理解的情节变得令人信服;另一方面,故事中女孩与白马的结合明显带有人兽通婚的原始烙印,反映了自然崇拜和图腾崇拜的观念。

中国的蚕神信仰可以分为马头娘型与嫘祖型两大系统,这本是在不同地域特色影响下形成的两支信仰链,却随着中原文化的扩布发生融合。关于嫘祖的形象,古籍资料中出现得很早,但将其与蚕神形象进行附会的,最早出现在宋人罗泌的《路史》:"黄帝之妃西陵氏曰嫘祖,以其始蚕,故又祀先蚕。"[①]《隋书·礼仪志》曰:"每岁季春,谷雨后吉日,使公卿以一太牢祀先蚕黄帝轩辕氏于坛上。"[②]丁山经过一番认真考释得出结论:"不知是何根据,北齐时忽以太牢祠先蚕黄帝轩辕氏,北周也以一太牢祭奠先蚕西陵氏。自是以后,蚕神乃为西陵氏的专利品。"[③]嫘祖神话的影响力随信仰圈范围的扩大而逐渐增强。在扩布的过程中,两大系统的蚕神传说与祭祀习俗既独立发展,又彼此交融,相互之间形成合流。民众在不自觉中完成了对二者形象的拼接,诞生了脱胎于马头娘传说的嫘祖故事。

《嫘祖养蚕》讲述了在中条山北面的西阴村有位叫嫘祖的姑娘,她的父亲是黄帝手下的一员大将。一次在父亲外出带兵打仗期间,嫘祖因对父亲思念太深,故以嫁予白马为条件,央求家中的白马外出寻父。白马将其父带回后,嫘祖反悔,白马遭剥皮惨死。邻女雪花对着马皮咒骂,被马皮卷裹化身成蚕。嫘祖在雪花的启示下养蚕吐丝,进献给黄帝,得到黄帝的爱慕,二人结为夫妻。[④] 该故事在《搜神记》蚕马神话情节基础上,完成"马头娘化身成蚕"与"嫘祖发明养蚕"两个故事母题的嫁接,现将《搜神记》中蚕马神话《马皮蚕女》记为故事 A,将《嫘祖养蚕》记为故事 B,B 故事的主人公由之前 A 故事的马头娘变为嫘祖,将嫘祖父亲的身份设为黄帝麾下的一员大将,使得马头娘的故事情节与黄帝、嫘祖产生

---

① (宋)罗泌:《路史·后纪五·黄帝》,《四部备要》本,第89页。

② (唐)魏徵、令狐棻撰:《隋书》,中华书局1973年,第145页。

③ 丁山:《中国古代宗教与神话考》,上海书店出版社2011年,第208页。

④ 山西民间文学编辑部编著:《山西民间文学》,内部资料,1982年;后收入运城地区民间文学集成办公室编:《河东民间故事集成》,1987年。

了联系,为二者之间的拼接创造了条件。故事发生的时间地点,从 A 故事中没有指明的"太古之时""独居幽处",变为 B 故事中明确具体的"黄帝时期中条山北面的西阴村",将故事时间置放于特定历史背景下,增强了故事的可信度。此外,B 故事的开头还解释了西阴村村名的由来,即"茂密的桑林""桑阴遮着村庄",这些体现蚕桑文化的风物遗迹,附之以当地"半个蚕茧"的考古发掘,使原本马头娘的故事原型,与嫘祖故事拼接后反而更容易令人信服。两个故事间最大的差异,在于 A 故事无名氏女子"许愿—反悔—化蚕"的情节链,在 B 故事中由嫘祖与邻女雪花两人完成。其中,"许愿"与"反悔"的情节发生在主人公嫘祖身上,"化蚕"女子则由原本意义上的嫘祖变为咒骂白马的邻女雪花。二者对比如下:

表6　故事《马皮蚕女》与《嫘祖养蚕》情节对比

	A 故事:《马皮蚕女》	B 故事:《嫘祖养蚕》
故事时间	"太古之时"	"黄帝时期"
故事地点	"独居幽处"	"中条山北面的西阴村"
主人公	无名氏女子	嫘祖
故事人物	无名氏女子	嫘祖;邻女雪花
故事情节	"许愿—反悔—化蚕"	嫘祖:"许愿—反悔"
		雪花:"化蚕"
故事结局	女子化蚕	邻女雪花化蚕
		嫘祖养蚕抽丝、与黄帝成婚

这样一来,女神嫘祖便从"女化蚕"的故事情节中脱离出来,成为养蚕抽丝的创始人,完成从人兽杂糅的怪异形象向独立人格形象的转变,这正是先民自我意识不断增长、能自觉地从自然界脱离出来的意识形态在民间叙事中的表现。

文献中关于嫘祖相貌的记载,同样经历了由兽到人、由丑到美的转变。《山海经》中关于嫘祖的外貌没有正面文字描述,从黄帝"人面蛇身,尾交首上"[1],以及黄帝与雷祖后人韩流"人面豕喙,麟身渠股"的形象可以发现,神话人物在

---

[1] 《山海西经》,袁珂对此作注:"古传黄帝或亦当作此形貌也"。袁珂校注:《山海经校注》,上海古籍出版社1980年,第221页。

外形上普遍带有人兽杂糅的特点。战国时期,随着人类审美能力的提高和文人有意识地加工改造,这些《山海经》中看似荒谬的情节,被赋予理性化、历史化的意蕴,更容易被读者当作信史解读。到汉代司马迁作《史记》时,先前"不雅"的言辞已被删去,嫘祖之名也由"雷祖"变为"嫘祖","黄帝居轩辕之丘,而娶于西陵之女,是为嫘祖。嫘祖为黄帝正妃,生二子,其后皆有天下"①。这里,嫘祖为黄帝正妃的身份得到验证,完成了外貌形态上兽形向人形的回归。

人类对野蛮状态的摆脱是一个极其艰难曲折的过程。这一阶段,嫘祖虽在体貌上完成了由蚕向人的转变,却依旧保持着蚕吐丝的物性本能,民间口头文本《黄帝选妻》折射了这种情形:

> 黄帝打猎来到西山,看见一位从嘴里往外吐丝的女子,经叙谈得知,她原是王母娘娘的侍女,名叫嫘祖,偷吃了一种仙草,这种仙草不论喂人喂蚕,吃了都会吐丝。她因违反了天规,被打下凡间,经西陵氏收养。黄帝见她有大本事,便不顾她长相粗黑,和她结了婚。②

在这则流传于黄帝故里新郑的民间故事中,嫘祖又增添了一重新的身份——王母娘娘的侍女,她凭借外力获得的吐丝技能,依旧可以视为早期物我混沌观念的残留。原始先民在从野蛮走向文明的进程中,巫术思想与审美意识之间的斗争从未间断,总体趋势是巫术思想逐渐减弱而审美意识不断上升,在这两种力量的抗衡下,人类的属人特性也在不断增强。最终,人性超越了兽性,先民在观念上摆脱了人兽杂糅的混沌状态。

在由混沌走向自觉的初级阶段,先民的属人特性虽已形成却十分脆弱。这一时期产生的神话形象,在体貌特征上完成由兽向人的转化,但对人性特征的美化意识还有待进一步提高。在《黄帝选妻》这则故事中,"长相粗黑"的嫘祖,更类似于我们今天描述的嫫母形象。嫫母又名莫母,为黄帝四妃之一。《帝王世纪》载:"黄帝四妃,生二十五子。元妃西陵氏女,曰嫘祖,生昌意;次妃方雷氏女,曰女节,生青阳;次妃彤鱼氏女,生夷鼓,一名苍林;次妃嫫母,班在三人之下。"③相传,嫫母长相

---

① (汉)司马迁:《史记》,中华书局1959年,第10页。
② 蔡英生1989年讲述的《黄帝选妻》,收入新郑民间文学集成编委会:《轩辕故里的传说》,中原农民出版社1990年,第3页。
③ (晋)皇甫谧著,徐宗元辑:《帝王世纪辑存》,中华书局1964年,第25页。

奇丑无比,"锤额顣頞,形簋色黑"①。黄帝为遏制抢婚的陋俗,决定从自身做起为子民树立表率。他看中嫫母贤良淑德,便不计外貌丑陋纳其为妃,交予管理后宫的重任。嫫母与嫘祖一同教民植桑养蚕,发明织布技能,被民众予以"先织"的美誉。在河南新郑辛店镇西约一公里处,有一座娘娘庙,名为"嫘祖嫫母祠",便是为了纪念轩辕黄帝的两位贤妃兴建。随着后世儒家"嫡庶尊卑"观念的影响,嫘祖因地位尊贵成为获得官方认可的正祀蚕神,影响力远超嫫母,一些原本属于嫘祖的特点此时为维护嫘祖的美好形象转移到嫫母身上。在河南西平一带流传的《蚕神嫘祖》故事里,之前"长相粗黑"的嫘祖此时变得"鼻子是鼻子眼是眼,周周正正"②。此外,故事中嫘祖的出生也被赋予神异色彩,塑造出一个勤劳善良、心灵手巧的美女形象。由此可见,在民间叙事作品中,嫘祖是先于嫫母形象存在的,之所以会在故事后期分化出嫫母传说,一方面意在与嫘祖初期的外貌特征形成对照,另一方面是对黄帝重德轻色美德的褒扬,同时也是民众为称赞妇女勤劳善良采用的欲扬故抑的手法。

至此,鸿蒙时代已经过去,混沌状态终被打破,人类终于从对自然界的附属中独立出来,用神话形象的"向人回归"确证了自己。先民可以用新的观点看待周围的自然物,以自觉意识审视人与自然间的相互关系。人类在极大程度上离开了动物界,离开了童年时期的混沌无知,以自知的高度展开审美活动的新历程。

二、从处尊居显到分庭抗礼:社会发展中女性地位的艰难转变

自文字记载伊始,我国文史资料中便有着大量关于蚕桑崇拜的阐述,与这一时间点相比,嫘祖与蚕神形象的结合足足滞后了两千年。顾颉刚提出"古史具有层累性质",认为"古史是层累地造成的,发生的次序和排列的系统恰好是个反背"。这句话是说,"时代愈后的传说的古史期愈长,传说中的中心人物则愈放愈大"③。之所以到北周、北齐时期,蚕神形象才与黄帝、嫘祖合为一体,是黄

---

① (唐)佚名:《珦玉集》,商务印书馆1936年,第7页。
② 高沛:《西平故事卷》,中州古籍出版社1991年,第1页。
③ 顾颉刚:《古史辨》第一册《自序》,上海古籍出版社1982年,第52页。

帝地位日益提高,影响逐渐扩大所致。随着秦汉大一统王朝的建立、统治者的政策引领以及民众内心呼声的提高,寻找一位代表华夏一统精神的领袖成为人心所向,黄帝便成为这一文化背景下的最合适人选。

基于黄帝作为华夏人文初祖的地位在人们心中越来越明确,民众更加习惯将一切文明成果的创始权都归于黄帝及其属臣名下,创作出仓颉造字、井章作井、於泽制鞋等神话故事。制蚕业作为一项与先民生产劳动紧密相关的古老技能,在北周时期也曾被掌握在黄帝手中,《五帝本纪》记载,黄帝"淳化鸟兽虫蛾"①,人们短期内将黄帝视为"先蚕",这一切无疑是父权社会的产物。伴随着私有制的出现,男子的生产积极性越来越高,在社会上拥有了更高的话语权,女子的社会权力逐渐缩小,由外界社会隐退至家庭内部。尤其进入阶级社会后,帝王大多由男性担任,后世在构想史前社会的样貌时,往往出于本能将原始部落首领附会成男性,将各行各业的始祖神锁定在男性先祖名下。由于植桑、养蚕、抽丝、制衣自古以来便是妇女的专职,民众认为由女性操持更为合理,便以男性社会的最高权威——黄帝为参照,将黄帝的正妃——嫘祖视为女性社会的楷模,奉为蚕丝业的始祖,即世俗所说的"先蚕娘娘"。在民间,民众一方面是信仰的缔造者,另一方面是信仰的遵循者与享用者,对信仰对象的选择及描述,是民众在特定社会背景下对内心情感需求的准确表达。

"人名、族名乃至地名可以合一,这是古史传说的一大特点","就同一传说人物而言,往往是神、人、氏族部落之名集于一身"②。关于传说时代神话人物的名字所指,学术界一直存在不同的看法。以"黄帝"之名为例,它既可被当作仰韶时期称霸一方的某一氏族,也可被理解为有熊部落的宗神,还可以被看作现实生活中由宗神化身而成的酋长。由于仰韶文化(约公元前5000年—前3000年)是黄河中游地区新石器时期重要的彩陶文化,历史跨度长达2000年之久,我们所说的轩辕黄帝,实则是史前故事流传到文字时期,经历史化、阶级化、人格化改造的结果。按照这种思路,嫘祖也极有可能不是一时一人之名,与"黄帝"一样,她或许是一个与"黄帝"同处仰韶时期、以养蚕治丝闻名的部落,该部落与黄帝部族建立的有熊国联姻,相互交流,彼此促进,共同创造了华夏灿烂文明。

---

① (汉)司马迁:《史记》,中华书局1959年,第6页。
② 王震中:《从仰韶文化与大溪文化的交流看黄帝与嫘祖传说》,《中华民族之母嫘祖》,中国三峡出版社1995年,第71页。

　　既然"嫘祖"之名集神、人、部落始祖身份于一体,那么以元妃嫘祖为代言人的蚕桑丝织技术,就绝非单凭某个人可以发明创造。养蚕缫丝自古以来便是妇女们的工作,是远古时期女性长期采集过程中的经验总结。嫘祖作为远古时期女性的杰出代表,是史前社会劳动妇女生活轨迹的缩影。通过嫘祖神话,我们能反观女性在历史变迁中所处的社会地位,探索史前母系文化对阴柔文化审美偏向形成的影响。

　　户晓辉认为,"人类早期文化的重要因子都是由妇女凭其创造精神创造的",这意味着"母系意识或月亮意识处于人类意识的开端"[1],人类最初的社会文化形态之所以呈现"母系意识",与恩格斯提出的"两种生产"[2]即物的生产与种的繁衍密切相关。在物质资料生产领域,由于原始社会的生产力极度低下,任何个体只有在集体力量的庇佑下才得以生存,通过采集野生植物和狩猎来获取食物,是人类在远古时候赖以生存的经济手段。[3] 随着渔猎、采集经济的发展,不同性别之间开始有了较为明显的分工。一般来说,男子负责狩猎、捕鱼和制作工具,女子从事采集活动,并担负养育后代、管理家务、缝制衣物等繁重劳动。相比而言,出于攫取经济本身的局限,男子负责的渔猎工作具有稳定性差、安全系数低等特点;相反,女子从事的采集活动因收入稳定、能够为整个氏族成员服务,成为氏族劳动成果的主要承担者。

　　进入新石器时代,随着氏族人口规模的扩大,先民们对于稳定生活的需求日渐提高。在长期采集实践过程中,妇女们发现了一些植物发芽、开花、结果的生长规律,以培育农作物的方式促进了人类定居生活的巩固和发展。随着传统农业的出现,妇女成为农业和家畜饲养业的主要承担者,而此时的男性劳动者,绝大多数依旧处于危险系数极强的渔猎生产领域中。妇女们在担负繁重生产劳动的同时,兼任管理者、分配者等多重角色,对社会生产的贡献极大,成为整个社会经济活动中的主导力量。农业生产出现后,"人类开始培养麻、葛和养蚕抽丝",

---

　　① 户晓辉:《中国人思维方式的女性偏向及成因》,《东方丛刊》2001 年第 4 辑(总第三十八辑),2001 年。

　　② [德]恩格斯:《家庭、私有制和国家的起源》,《马克思恩格斯选集》第四卷,人民出版社1972 年,第 2 页。

　　③ 仪平策:《中国审美文化偏尚阴柔的人类学解释》,《东方丛刊》2003 年第 3 辑(总第四十五辑),2003 年。

我国成为"育蚕抽丝最早的国家"①,先民们起初是吃蚕蛹,后来开始养蚕治丝。同农业生产一样,妇女们在采集时无意发现隐藏于桑叶之间的"神虫"——蚕,她们把蚕从室外移入室内,通过驯育将其转化为家蚕,并将蚕丝运用于纺织,为日后我国"男耕女织"的生产模式奠定了基础。凡此种种,均意味着早期文化中女性在"物的生产"领域拥有极强的话语权。

在"种的繁衍"方面,远古时期的女性更是处于男性难以企及的崇高地位。由于医疗水平的落后与生存环境的恶劣,先民们几乎每时每刻都会受到生命的威胁,期盼人丁兴旺成为众望所归。在当时的社会条件下,一个新生命的顺利诞生显得尤为艰难,生儿育女成为远古人类关注的头等大事。看着女子莫名隆起的硕大腹部和呱呱坠地的娇小婴孩,先民认为生命的诞生神圣而神秘,他们将孕育生命归于女性单方之功劳,认为这是女子与部落图腾偶合后的结果,而男性则在整个过程中一直处于可有可无的边缘状态。在这种意识的引导下,母亲成为后代儿孙心目中至高无上的创造力量,出现了大量以保佑婴孩顺利降生成长为神格的生殖女神,形成了以"敬生""重生"为核心的生育神崇拜。

屈原在《楚辞·天问》中写道:"女娲有体,孰制匠之?"②提出"女娲身体由谁创造"的千古难题;《说文解字》中对"娲"的解释是"古之神圣女,化育万物者也"③,把女娲定义为创造、化育万物的女神。1983年辽宁西部山区出土的红山文化裸体女神像,以高高隆起的腹部为显著特征,这是妇女不同于男性的明显标志,也是先民对两性区别最直观的认知。"娲"本字为"呙",指"口戾不正"④的斜口之物,这一特征体现在动物身上是诸如螺类的甲壳斜口动物,体现在女子身上便是在硕大腹部牵制下身体渐显笨重的偏斜之态。"娲"字本身便有圆腹之意,以"呙"为声部或与"wo"发音相近的一些汉字,如:蜗、涡、锅、螺、娥等,均包含圆的本义在其中;同样,一些以此类汉字来命名的女神或女性始祖形象,在神格上也与女娲有相似的功能,如帝俊之妻常仪、后羿之妻嫦娥等,黄帝的妻子嫘祖(也作"螺祖")也是其中之一。

螺与民众的日常生活密切相关,是较早出现在人们饮食中的美味,民间有

---

① 宋兆麟:《中国原始社会史》,文物出版社1983年,第166页。
② (宋)洪兴祖:《楚辞补注》,中华书局1983年,第104页。
③ (清)段玉裁注:《说文解字注》,上海古籍出版社1981年,第617页。
④ (清)段玉裁注:《说文解字注》,上海古籍出版社1981年,第61页。

"清明螺蛳赛鹅肥"的俗语。远古时期,任何一种动物只要能够满足人们的生存需要,就有可能成为人们心中的神,螺亦如此。在中国,先民对螺蛳的信仰由来已久,早在战国时期便有用螺作为征兆来预示吉凶的做法。[①] 近年来,在南阳、临沂等地出土的汉代墓室壁画中,以螺神为题材的汉画像引起了学者的广泛关注。[②] 南阳汉画馆收藏的螺神像在外形上保留了半人半兽的属性特征,螺神的上半身多为面部清秀的少女,高高挽起的发髻,衣袂翩翩的装扮,娴雅而端庄,下半身却是一个呈"双 S"扭曲状的大大螺壳。[③] 由于螺生活在水中,有着小巧柔软的特性,在外形上与女性颇为相似,民众便将二者的形象结合起来,构造出螺女的叙事母题。

与螺女信仰一样,在中国传统文化中,蚕的形象也通常与女性紧密结合在一起。先民们在"虚假观念的基础上进行着虚幻的抽象"[④],在他们看来,"'像石头一样'表示'硬的'、'像月亮、星球一样'表示'圆的'"[⑤]。在这种原始思想的牵制下,赐予人间的"天虫"——蚕因具有柔软、曲线的特征之美,且生性好干净,在养殖过程中禁忌颇多,与传统文化对女子的要求十分相似,便自然而然地将其与女性形象结合起来,成为远古时期人类对母性敬仰与尊崇的侧面反映。由此可见,螺、螺神、螺女与嫘(螺)祖之间有着深层的内在关联,它们在本质上均具有"蚕"一样圆润、柔软且能"转化"的女性特征,成为嫘祖神话的"原始意象"与最初原型。

随着生产水平的提高,人类社会经历了由母系制向父系制社会的转变,这是一个漫长而曲折的过程,两性之间的斗争最终以男权力量的胜利宣告结束。随着生产力的大幅提高,社会对劳动力的需求不断上升。与女性相比,男性天生体能上的优势在此时充分显现出来,成为社会财富的主要创造者。在男性势力的挤压下,女性逐渐退出社会生产舞台,转而从事纺织、炊煮、生儿育女等家务劳动。随着时间的推移,男性逐渐取代女性走向社会文化权力的中心。而在"种的繁衍"方面,随着社会不断进步,"父亲"在生命孕育中的作用逐渐获得社会认

---

① 高梓梅:《汉代墓葬螺女画像的文化意蕴》,《兰台世界》2016 年第 15 期。
② 这方面学术成果有高梓梅:《汉代墓葬螺女画像的文化意蕴》,《兰台世界》2016 年第 15 期;杨远:《论汉代的螺神画像及其符号功能》,《中国汉画学会第十二届年会论文集》2010 年等。
③ 调查人:段友文、冀荟竹、秦珂。调查时间:2018 年 6 月 14 日。调查地点:南阳汉画馆。
④ 王锺陵:《中国前期文化—心理研究》,重庆出版社 1991 年,第 72 页。
⑤ [法]列维-布留尔:《原始思维》,丁由译,商务印书馆 1981 年,第 164 页。

可,对女性在生育领域的天然主宰地位造成严重威胁。男性在"两种生产"上的优势日渐明显,意味着父权制对母系制的取代成为社会发展的总趋势。

　　然而,这种权力的取代并不是一蹴而就的,在漫长的发展历程中,两性之间一直处于一种此消彼长的博弈状态。父系氏族的确立并不代表民众在心理上与母系文化的决裂,相反,与西方国家相比,中国在文化上对"母性崇拜"的依恋十分浓厚,形成所谓的阴柔文化审美特质。造成这种现象的原因,一方面缘于我国男权社会"非自然化"的形成状态,"部落间的大规模战争,以及自然灾害造成的大规模人口迁移而滋生的对社会统一组织和公共权力的巨大需求"①是中国国家形成的主要原因。男人们以战争的方式将女酋长赶下神坛,用"非自然"的手段强行宣告自己的主权与地位。经济基础的迅速变革,导致文化与经济之间发生脱节,民众无法在短期内摆脱"母性崇拜"的文化情结,使得母权文化的续存成为可能。另一方面,男性在父权制阶段对权力的掌控远不如女性在母系社会时期彻底。就"物的生产"而言,女性作为早期农业的天然主角,一直以来都承担着一定比重的田间劳作。中国作为传统的农业社会,原始采集与农桑活动自古以来便是妇女的专长。在不同类型的生产活动中,妇女在渔猎、牧业、早期农业及集约化农业等领域贡献的百分比分别维系在29%、46%、77%和33%,而贡献的多少则与她们社会地位的高低成正比。② 更不用说,采集、纺织这些一向以妇女为主要劳动力的传统产业,因此在"物的生产"方面,男性很难彻底剥夺女性的权益而在两性关系中占统领地位。就"种的繁衍"来说,即使男性的父亲角色最终获得社会的认可,他们也很难做到像母系社会时期那样,获得女性在群婚时代享有的尊崇。母亲在儿女心中的地位神圣不可侵犯,人类在心理上对母亲有着一种难以割舍的亲缘,这意味着母系文化并未随着母系氏族的衰落而历史地"退场",它仍以集体无意识的方式构成一种原始力量,深刻地存留在后人的心中,并对父权中心文化产生巨大影响。③

　　家庭在中国人心中具有神圣的地位。进入父系社会后,重血缘、主人伦成为社会的中心话语。在社会结构上,中国父系社会建立了以"家"为本位、国家混

---

① 叶文宪:《中国国家形成之路》,《华东师范大学学报》(哲学社会科学版)1990年第6期。
② 万明钢:《关于性别与性别角色差异的一些跨文化研究》,《心理学动态》1993年第4期。
③ 仪平策:《母性崇拜与审美文化——中国美学溯源研究述略》,《中国文化研究》1996年第2期。

合在家族之中的宗法伦理体制，"母性"超越一般女性的边缘地位而稳居社会结构的中心，成为"家"这个舞台的主角。① 随着社会话语拥有者性别的置换，作为"全民行为"②的民间叙事悄然发生着改变。在《搜神记》记述的蚕马神话里，女孩因违背诺言遭受非人惩罚的情节，其本质便是男性主导话语控制下两性间不平等地位的生动反映；螺女故事作为丁乃通在《中国民间故事类型索引》中归纳的基本类型之一③，将女性的活动空间限定于家庭环境之下，用贤良淑德的"仙妻"形象满足了传统社会穷苦男子对家庭美好生活的无限向往。千百年来，正是女性为家庭生活的默默付出，为外出做官经商的丈夫营造了疲惫归来后安心栖息的家园，在精神上为男权社会解除了后顾之忧，成为社会经济得以顺利发展的前提保障。

就两性关系而言，相敬如宾、琴瑟和谐的夫妻关系历来被传统社会称颂，儒家倡导夫对妻应持"尊"与"敬"的态度，孔子甚至提出"妻也者，亲之主也，敢不敬与"④的主张。在礼教秩序上，传统中国一贯奉行男主外、女主内的原则，这与其说是男权社会对女性的压迫与限制，倒不如说是父系宗法社会里对两性关系的一种协调约束，是一种在无言状态下民俗控制范畴的"领地分割"。男女之间各守其德，互不侵犯，将外界与家庭、前朝与后宫两大体系紧密联系在一起，同时也把"内外权益的分配模式与家国职能的分治形式结合起来"⑤。在家庭这一最基本的社会细胞中，女性一方面担任着协理丈夫的贤内助，另一方面扮演着儿女成才的启蒙者。我国在较早时便认识到母亲在孩童成长过程中的关键作用，以《孟母三迁》为典范的贤母故事在民间广为流传。嫘祖神话在不自觉的联想中创作出来，以想象的思维方式构成神话的"指符"，满足"神话语言"的特征。⑥ 养蚕治丝、抚育儿女，这些存留于嫘祖神话中的情节成为后世妇女日常生活的真实写照，它象征着女性在家庭中的地位，折射出母亲在养育儿女，尤其是对女孩

---

① 仅平策：《中国审美文化偏尚阴柔的人类学解释》，《东方丛刊》2003 年第 3 辑（总第四十五辑）。

② 董乃斌、程蔷：《民间叙事论纲》（上）（下），《湛江海洋大学学报》（社会科学版）2003 年第2、5 期。

③ 丁乃通将此类故事归为 AT408"田螺姑娘"型，见［美］丁乃通：《中国民间故事类型索引》，华中师范大学出版社 2008 年，第 77 页。

④ （清）阮元校刻：《十三经注疏》，中华书局 1980 年，第 1611 页。

⑤ 仅平策：《中国审美文化偏尚阴柔的人类学解释》，《东方丛刊》2003 年第 3 辑（总第四十五辑）。

⑥ 乌丙安：《民俗学原理》，长春出版社 2014 年，第 199 页。

"女红"技能培养的重要作用。与母亲和蔼慈祥的形象相比,主管社会事务的父亲留给后代的印象往往以刻板、严厉、冷漠居多,原有的亲情被敬畏之心阻隔,子孙对母亲的感情重在"亲",而对父亲的感情偏于"敬"。在父亲角色长期缺席的成长环境里,由母亲抚养长大的男性文人群体于无意间携带女性思维特征,他们将这种思维融入日常文学艺术的创作中,使得中国审美文化带有阴柔化的特征与标志。

在两性社会转型过程中,男性推翻女性统治地位成为社会生产的主导,女性在此过程中虽有过激烈的斗争与反抗,但最终只能将权力维系在"家庭"这一最后的堡垒中。通过家庭这方阵地,女性在人伦现实的核心部分恢复了原始母系的天然权威,与男性主宰的外部世界分庭抗礼。中国女性以"人妻""人母"的社会身份,通过"相夫教子"的关键环节,悄然改变着父权社会与父系文化,将女性特有的思维、情感、心态、人格于潜移默化间灌输到父系社会的各个文化领域,铸造了中国阴柔化偏向的审美文化。

三、从相生相克到相互转化:嫘祖神话中孕育的中国阴柔文化审美基型

"优美"与"崇高"是西方审美范式的两大范畴,涵盖了西方美学的基本内容。在康德看来,优美感与崇高感是人们在日常艺术创作与实践中能够获得愉悦的一种感受,认为"崇高使人感动,优美使人迷恋"①。与此对应,阴阳是中国传统文化中最主要的哲学概念,它滥觞于原始时期,最初是古人依据山之向背与太阳运行的关系概括出来②、用来指代事物方位的一组名词,后引申为宇宙万物间一种对立互化的关系。"一阴一阳之谓道"③,人们将具有"阳刚、强劲、雄健、旺盛等属性、功能、价值"的事物称为"阳",而将"柔软、文弱、隐晦、幽暗等属性、功能、价值"的事物称为"阴"④,认为阴阳二者处于盛衰转化的动态平衡中。至春秋战国的"轴心时代","阳刚""阴柔"已被当作美学范畴加以运用,"阳刚之

---

① [德]康德:《论优美感和崇高感》,何兆武译,商务印书馆 2001 年,第 3 页。
② 孔智光:《中国古典美学研究》,山东大学出版社 2002 年,第 226 页。
③ (清)阮元校刻:《十三经注疏》,中华书局 1980 年,第 78 页。
④ 孔智光:《中国古典美学研究》,山东大学出版社 2002 年,第 226 页。

美"与"阴柔之美"作为中国审美活动的两大基本类型已然奠定,完成了从哲学向美学领域的转化,成为具有中国古典美学特色的审美范式。

阴柔文化的审美基型源于史前文明的原始积淀,带有浓厚的原生文化情结。中国传统美学受母性文化的影响很深,于基因处携带着阴柔偏向的审美特质。原始母权信息的大量遗留,使来自远古时期的母性崇拜固化为民族心理的基本原型,成为凝结在民族骨髓中的文化气质。嫘祖作为中华民族远古时期的伟大女性,是集体意识沉淀下的文化符号。法国社会学家涂尔干认为,集体意识是一种信仰与情感,是社会共有的民族心理现象,它不会随主观意愿的改变迁移或消失①。嫘祖神话作为史前母系社会的缩影,将民众对"母性崇拜"的记忆潜藏其中。这种原始情结经过文化层累性凝聚,成为阴柔文化传统的重要符号和阴柔美学精神的基本象征,是"轴心时代"阴柔文化审美基型生成的源头。

首先,嫘祖神话的文化内核是蚕桑文化。关于嫘祖养蚕制衣,古典文献中有着大量记载:"黄帝元妃西陵氏曰嫘祖,始劝蚕稼"②;"西陵氏之女嫘祖为帝元妃,始教民育蚕,治丝茧以供衣服,后世祀为先蚕"③;"元妃西陵之女嫘祖亲蚕为丝,以率天下"④;等等。丝绸是作为除四大发明和瓷器之外的代表中国物质文化的又一符号,对推进中国乃至世界文明进程有着重大影响。自汉代以来,丝绸在对外贸易交往中不仅为中华民族赢得崇高荣誉,带来大量的财富,也促进了西方世界对中国文化的了解,成为沟通人类文明的桥梁,欧洲人甚至赞誉"东方有个丝绸国家"⑤。作为中华文明的见证,丝绸在长达两三千年的封建社会经济生活中扮演着重要角色。农业在中国具有根基性地位,对中华文明的形成、发展乃至延续有着至关重要的作用。⑥ 伴随着华夏原始农业的形成,蚕桑丝织成为传统小农经济社会中不可或缺的组成部分。历代的统治者高度重视蚕桑产业,把劝课农桑作为稳定社会政治秩序的重要举措,从周代起,国家将对蚕神的祭拜仪式从民间信仰上升为国家意志,"天子亲耕,皇后亲蚕"成为封建社会世代保留下来的国家祭祀活动。于普通俗民而言,女性凭借心细稳重、动作准确的天然优

---

① ［法］涂尔干:《社会分工论》,生活·读书·新知三联书店 2000 年,第 42—43 页。
② (元)王祯:《农书》,国家图书馆出版社 2013 年。
③ (宋)刘恕:《资治通鉴外纪》,明刊本古籍复印本,2000 年,第 576 页。
④ (宋)胡宏:《皇王大纪》,四库馆复印本,1868 年,第 308 页。
⑤ 刘玉堂、吴成国:《论嫘祖对中华文化的巨大贡献》,《中国文化研究》2016 年秋之卷。
⑥ 高沛、高蔚:《中国嫘祖文化之乡——河南西平》,中国文联出版社 2015 年,第 103 页。

势,成为家庭生产劳动的主要承担者,"一夫不耕,天下必受其饥者;一妇不织,天下必受其寒者"①,"男耕女织"的劳作模式作为自然调和中形成的生产角色分配,成为中国"小农经济"支配下的特色内容。女性在蚕桑治丝方面对中华文明的发展有着突出贡献,蚕桑业成为我国仅次于谷物种植的重要生产项目。这一切成果均可追溯到仰韶时期的先蚕嫘祖,由嫘祖和黄帝开创的小农经济发展模式,奠定了古老的东方农耕文明,女性在生产过程中发挥的重要作用,成为促进阴柔文化审美基型诞生的经济基础。

其次,嫘祖神话以浓厚的根祖信仰为支撑。炎黄文化作为华夏民族传统的根脉文化,嫘祖在其中占有举足轻重的地位。作为与黄帝比肩的人文初祖,嫘祖植桑养蚕,开拓创新,辅佐黄帝安邦定国,她推行德政,改善民生,对华夏文明的发展有着不朽功绩。自人类文明形成以来,婚姻生活具有确保种族繁衍及构建社会行为模式的双重功能。嫘祖与黄帝结百年之好,开启了族外通婚的先河。在民间传说故事里,黄帝统一中原后,嫘祖深感远古时期的抢婚习俗对社会发展造成的危害,建议黄帝兴嫁娶,倡导族外婚,提出了"八拜成婚"的文明礼俗。嫘祖认为,"男女成婚是一辈子的大事,最好中间有人撮合,再定个好日子","结婚当天要拜天、拜地、拜日、拜月、拜山、拜河、拜祖先、男女对拜盟誓,好让天地神人都知道,他们自此之后成了夫妻"②。传说故事虽不能等同于历史,但它反映了文化的真实,记录下文明演进中民众的文化心理。时至今日,婚礼仪式上的拜堂习俗依旧保留着原始风俗的影子,位于河南新郑具茨山顶东崖的鸳鸯台成为黄帝嫘祖"八拜成婚"的风物见证。在文明婚俗的推崇下,群婚、乱婚、抢婚的旧习得到遏制,部族间相互隔绝的局面被打破,增进了彼此之间信息文化的交流。嫘祖神话是民众对人类文明史上文化英雄的集体追忆,是对历史进程中女性始祖社会地位的高度认可,民众在精神上对"母性崇拜"的深层依恋,使得母性思维在文化领域对父系社会产生潜移默化的影响,为阴柔文化审美基型的形成提供了精神养料。

嫘祖神话还是中华母亲文化的杰出代表。母亲文化对于形成一个国家、一

---

① （汉）王符:《潜夫论》,上海古籍出版社1978年,第137页。

② 《嫘祖和黄帝八拜成婚的故事》,李贵喜主编:《西陵嫘祖》,中国广播电视出版社2010年,第12页。

个民族的向心力、凝聚力具有决定性作用。① 嫘祖作为人类历史上当之无愧的中华民族之母,赋予母亲文化丰厚的人文内涵,是中华母亲文化的活水源头。作为母亲,她以自己的言行教育子女通达明理,关爱民生,成为后世中国母亲的杰出榜样。史籍资料记载,"昔者,黄帝娶西陵之女,是为嫘祖,为黄帝正妃。其子孙皆有天下。五帝三王皆黄帝之后"②,尧、舜、禹等古史传说时代的帝王,皆与黄帝嫘祖有着血脉渊源。据姓氏学家统计,在中华姓氏的前 120 个大姓中,有88%的姓氏来源于黄帝和嫘祖的后裔。③ 千百年来,"炎黄子孙"早已成为铭刻在华夏儿女心中的一道文化符号,嫘祖作为炎黄子孙的伟大母亲,以博大之爱教化天下万民,于举手投足间将自己的思想观念注入民族文化的血液当中。"母亲"不仅仅是一个简单的生物概念,更是一个重要的文化角色,她们以女性的孱弱身躯担负起家庭兴盛、社会稳定的重任。对一个家庭来说,母亲关系到血脉的延续与家庭的兴旺;于整个社会而言,母亲的文化修养关系到整个民族的素质与发展高度。嫘祖神话作为我国母亲文化的起源,对日后中华母亲文化的发展有着深刻影响。女性将家庭视为其坚守社会地位的最后一道堡垒,在相夫教子中完成对男权文化生活的影响和转化,使得中国的审美活动带有浓重的阴柔色彩,这是阴柔文化审美基型得以形成的现实依据。

《说卦传》云:"是以立天之道,曰阴与阳;立地之道,曰柔与刚;立人之道,曰仁与义"④,将阴阳、刚柔、仁义分别与天道、地道、人道对应起来。远古时期的母性崇拜,以"阴柔"的概念传递下来,在历代发展传承中得以沉淀,不仅凝结为国人崇尚母性的民族文化心理,也直接影响到中国传统文化审美趣味的选择。进入父系社会后,作为人类半边天的女性在男权社会的压迫下长期处于边缘状态,她们为人类文明做出的贡献未受到社会应有的认可。所幸,在"家庭"堡垒的护佑下,女性以"母亲"的身份在家庭地位上获得了原始尊崇的最后话语权,以和风细雨、润物无声的方式对父权文化在思维、情感方面施以隐性渗透。在这种潜移默化的文化滋养下,中国的男性文人群体于气质上携有女性特征,从而对审美文化活动产生影响。

---

① 牛君仪:《论嫘祖祖根文化的内涵及其旅游开发》,《天中学刊》2014 年第 29 期。
② (宋)李焘:《续资治通鉴长编》,中华书局 1979 年,第 689 页。
③ 高沛、高蔚:《中国嫘祖文化之乡——河南西平》,中国文联出版社 2015 年,第 95 页。
④ 黄寿祺、张善文:《周易译注》,上海古籍出版社 1986 年,第 615 页。

小　　结

　　我国对阴柔文化的审美偏向由来已久,体现在艺术实践的诸多领域,无论是文学、戏曲,还是宗教、信仰,都能看出传统美学对阴柔文化的青睐。嫘祖神话作为这种阴柔文化的源头,是民众对史前女性地位的充分认可,这既是后人对远古始祖的遥远追忆,也是人类在人伦"脐带"连接下与母亲文化难以割舍的亲缘情结。"母亲文化"作为人类历史上古老而永恒的话题,与人类民族命运的发展休戚相关。嫘祖神话开中国母亲文化之先河,以贤妻良母的形象为后世母亲做出表率。在母亲文化的孕育下,中国阴柔文化的审美基型得以生成,这是东方美学范式的生动体现,对日后华夏美学历程将产生深远影响。

第十三章　晋豫两地风后神话传说的民间叙事与当代表述

在中华民族五千年的文明历史中,涌现出了许多鞠躬尽瘁、赤胆忠心的贤臣良相,帝王们的丰功伟绩离不开他们的辅佐与支持。他们有经天纬地之才,鬼神不测之机,坚韧不拔之志,足智多谋,运筹帷幄,助君主安邦定国、成就霸业,作为黄帝"三公之一"的风后当属其中楷模。在上古神话中,黄帝与风后等众大臣共同构成了一个形象集群,伴随其产生的神话传说对整个中华民族有着较高的民族文化价值、历史价值和美学价值。风后神话传说在山西运城和河南具茨山地区广泛传承发展,在民间叙事中分别以治国良相与军事始祖两种不同的形象存在于当地民众的历史记忆中,成为地方社会珍贵的文化资源。通过对风后神话传说分布范围的整体把握,将典籍文献与实地调查资料进行对读,考察各地对这一神话传说资源的文化重构行为,可从一个侧面了解黄帝部族的迁徙发展以及上古时期各部族相互融合的状况,进而有利于上古神话谱系的构建,为区域文化交流与地方社会发展提供借鉴。

一、晋豫风后神话传说的文化意蕴与地域分布

(一)晋豫风后神话传说的地理生态解读

在进入文明社会之前的新石器时期,原始人类在认识世界上呈现出神秘性的思维方式,他们在观照世界认识事物的过程中并不像现代人类那样长于运用逻辑和分析,即使对同一件事物,两者所关注的重点也不一样。原始人类所看到的实际上并不是现代科技文明下的客观存在,而是一种与神秘的存在相互渗透

融合的实体,且他们并没有把这一神秘的存在与客体相分离或对立。对原始人类而言,物体背后的"神秘物"亦是实际存在的实体,甚至于比客观可见的客体还要重要,因为它们拥有对原始人类生活影响重大的隐形威力。但"神秘的"在这里并不意味着宗教性,而是"含有对力量、影响和行动这些为感觉所不能分辨和察觉的但仍然是实在的东西的信仰"①。原始人周围的事物都是神秘的,因此对这一时期神话传说的研究也不能用现代人的思维和视角来度量。

神话作为远古人类记忆的载体,虽在流传过程中有所变异,但也在一定程度上反映了原始人类对世界的理解。在我国神话中,以风为名的神话人物普遍存在,诸如风后、防风氏、风伯等,这些人物均在部族或战争中扮演着重要角色。要找到这种现象存在的答案,就需要进一步探讨上古中原古地理的形态。这里所说的古地理,是指与人类初始文明有关的古代地理环境或称地象,通常局限于一万年以来全新世界地理环境变迁对人类文化的影响。这些古生态环境成为远古先民开创中华文明、缔造中华民族、编创独具特色的中华文化的重要基础。因海平面涨落和黄河、淮海、海河泥沙堆积等因素,远古、上古时期黄淮海一带的地象与今相比有很大不同。因此,研究上古时期的人类文化首先必须研究相应时期的自然地理环境。据中国科学院青藏高原综合科学考察队的第四纪地质专题研究报告《西藏第四纪地质》中的《西藏全新世古环境和气候变化图式》可知,距今4500年(至迟约3000年)始,地球重新转入冷干期。虽其降幅远不如第四纪冰期全盛时那么剧烈,但中原一带已逐渐变为不适宜远古人类长久居住的冷凉环境,狂风、严寒成为主要的自然现象。此时,中国社会进入炎黄、颛顼时代,发生了中国历史上三次"争帝大战"和杀戮、驱逐蚩尤的重大事件,战争中双方大量使用风雨雷电等作为斗争工具,以期望拥有自然的巨大威力来获取胜利,风后神话传说由此诞生并流传。上古时期空气流动之自然风已变为神性的风,并把这种强大的力量附着于神话人物身上,这些人物在部族社会发展的关键时期具有举足轻重的地位。

人类在其产生之初因力量的弱小和经验沉积的薄弱,在面对自然界时往往茫然无措,认为这些事物的发生是神秘的,由此便产生了对神灵的崇拜和依赖。然而,这种神秘思维并不是完全荒谬的,它是人类对世界最直接的认识,并在一

---

① [法]列维-布留尔:《原始思维》,丁由译,商务印书馆1981年,第28页。

定程度上转变为一种集体记忆沉淀于人的思想体系中,成为人认识世界的重要渠道。

(二)晋豫风后神话传说的地域分布

风后的神话传说散见于《史记》《水经注》《禹贡说断》《周礼翼传》等典籍文献以及《山西通志》《新郑县志》等地方志书中,黄帝之臣有"三公"与"六相"之说。风后则为三公之一。风后作为上古时期黄帝的臣属之一,其神话传说及其相关的遗迹分布与黄帝有着密切的关系,主要流传于山西运城,河南新郑、新密等地。从现存遗迹来看,晋豫两地流传的风后神话传说影响持久广泛,形成了两个流布地域相对集中、民俗活动较为活跃的"风后神话传说圈"。两地风后神话传说按照地域分布可以划分为运城市盐湖区、芮城县神话传说圈与河南具茨山神话传说圈。这两地的神话传说独具特色,同时又具有某些相似之处,根据文献资料和实地调查的情况,大致概括如下。

首先是河南新郑、新密、禹州一带的"具茨山文化圈",这里流传聚集着众多风后神话传说及相关遗迹。

河南新郑,位于河南省中部,隶属省会郑州市,上古称"有熊",轩辕黄帝建都于此,西接新密市。《帝王世纪》:"黄帝都有熊,今河南新郑是也。"[1]新郑作为黄帝故里,有充足的文献依据。《水经注》:"黄帝登具茨之山,升于洪堤上,受《神芝图》于华盖童子,即是山也。潩水出其阿,而流为陂,俗谓之玉女池。"[2]具茨山,又称大隗山。此山在新郑西南部,因外力作用与流水侵蚀形成了峰谷相间的低山区,在新郑、新密、禹州三地交界处,其主峰风后岭(又称始祖山),因风后而得名,海拔高达 793 米。新密,位于河南省中部,隶属郑州市,古称密县,今为新密市,五帝之初为黄帝之都轩辕丘。《(嘉庆)密县志》:"具茨山与密县连界,其最高为风后顶,在新郑境内。"[3]又,"轩辕门":"云岩为黄帝讲武处,后世建门立石,以志其迹。二石具系横书,于土中掘得之,今尚在。"[4]禹州,河南省中部,古称禹县,今为禹州市。据以上三个县市的地方志所载,具茨山与风后顶处于三

---

① (晋)皇甫谧著,徐宗元辑:《帝王世纪辑存》,中华书局 1964 年,第 7 页。
② (北魏)郦道元:《水经注》,浙江古籍出版社 2001 年,第 345 页。
③ (清)谢增等撰:《(嘉庆)密县志》卷六,清嘉庆二十二年刻本,第 4 页。
④ (清)谢增等撰:《(嘉庆)密县志》卷六,清嘉庆二十二年刻本,第 28 页。

县交界处,所存风后遗迹,三地方志所记基本相同。地方志中关于具茨山上有关风后的遗迹,体现了风后文化在具茨山一带有着较强的传承性与影响力,这种情况在其他地区并不多见。

其次是山西运城盐湖区解东镇、芮城风陵渡一带的神话传说圈。山西运城,古称"河东",位于山西省南部。盐湖区解州镇社东村每年农历二月十五前后共计三天,都有一次十分隆重的庙会,名传晋、秦、豫、甘数省,老一辈人称其为风圣庙会,由于历史久远,在"政治压倒一切的文革"中,庙会一样照办,戏一样照演,商贸一样进行,也足见民间英雄崇拜何其根深蒂固。对于当地民众而言,庙会的举行与风后对农业、农民的直接奉献有关。

风陵渡在芮城县西南端,距县城 30 公里,是山西、陕西、河南三省的交通要塞,位于黄河从北到南,继而从西折东的转折处,自古以来就是黄河上最大的渡口。《水经注·河水四》云:"关之直北,隔河有层阜,巍然独秀,孤峙河阳,世谓之风陵。戴延之所谓风堆者也。"①关即潼关。戴延之名戴祚,字延之,东晋江东人。《水经注》中所记为关于风陵的最早的文献资料,相传这里是黄帝贤相风后发明指南车战败蚩尤的地方。轩辕黄帝和蚩尤战于逐鹿之野,蚩尤施法作大雾,致使黄帝部族的将士们东西不辨,迷失方向。此时,风后及时赶来,献上他制作的指南车,给大军指明方向,摆脱困境,终于战胜蚩尤。遗憾的是风后在这场战争中被杀,埋葬在这里,后来建有风后陵。风后陵,在赵村东南,高 2 米余,周围30 米,故称风陵关。因唐代圣历元年(698)在此置关,又称风陵津。津即渡口,所以后称风陵渡。

上古神话传说是远古时期人类社会生活的艺术化表达,也是人类在童年时期对所处世界的认识,以叙事语言和象征手法曲折地反映了自身的心理体验与生存需求。在斑驳陆离、虚实相生的神话传说世界里,散布着古代人类探索生活、发明创造、征战融合等的神秘画卷。风后神话传说的传承也经历了从单一的书面文本到丰富的口头叙事的演变,普通民众将生活文化的记忆熔铸于口耳相传的神话传说中,并赋予其独特的地域特征和丰富的情节内容。对于山西、河南等地而言,风后神话传说是一种地方性标识,而对于整个国家而言,它是中华民族文化的活水源头,是文化心理的表征。

---

① (北魏)郦道元:《水经注》,浙江古籍出版社 2001 年,第 56—57 页。

二、晋豫风后神话传说的民间叙事表达

民间叙事指在不同群体中的人们对于一个或一个以上事件的叙述,而这个事件在不同群体中都有所流传,并且它们的流传主要通过口头交流,因此也被称为"口头叙事"。由于"事件"通过口头交流,所以导致许多异文的存在。神话不仅是传承久远、意蕴丰厚的文化记忆,更是民间叙事的重要体裁之一。风后神话传说广泛流传于山西、河南等地,主要呈现为军事始祖与治国良相两种叙事类型。

(一)文献记载的风后神话传说

关于风后事迹,历代典籍多有记载,盖承古流传,多涉不经。其身份复杂多变,主要有以下三种。一是称风后为黄帝之臣,此种说法被后代广泛流传,影响最大。《史记·五帝本纪》:"举风后、力牧、常先、大鸿以治民。"①裴骃《集解》引郑玄云:"风后,黄帝三公也。"②张守节《正义》引《帝王世纪》云:"黄帝梦大风吹天下之尘垢皆去,又梦人执千钧之弩,驱羊万群。帝悟而叹曰:'风为号令,执政者也。垢去土,后在也。天下岂有姓风名后者哉?'……于是依二占而求之,得风后于海隅,登以为相……"③轩辕黄帝做了一个神奇的梦,他梦见大风将天下尘垢都吹走了,认为这是上天昭示他将获得得力的助手,梦醒以后,便以梦占卜,得到风后,拜其为相。此段文献反映了黄帝得风后之由来,极富传奇性。二是谓风后为黄帝师者,如《史记·留侯世家》司马贞《索隐》引《诗纬》曰:"风后,黄帝师,又化为老子,以书授张良。"④三是认为风后是东方朔的前身。应劭在《风俗通义·正失》"东方朔"条说:"俗言:东方朔太白星精,黄帝时为风后。"⑤

风后既为黄帝能臣或老师,与之有关的著作、事迹便真伪莫辨,传说和伪托同样纷繁多样。有传说风后善阴阳五行,被视作兵家者流。《汉书·艺文志·

①　(汉)司马迁:《史记》,中华书局 1959 年,第 6 页。
②　(汉)司马迁:《史记》,中华书局 1959 年,第 8 页。
③　(汉)司马迁:《史记》,中华书局 1959 年,第 8 页。
④　(汉)司马迁:《史记》,中华书局 1959 年,第 2049 页。
⑤　王利器:《风俗通义校注》,中华书局 1981 年,第 108 页。

术数略》载《风后孤虚》二十卷,属五行类。①《后汉书·张衡列传》载张衡论风后曰:"浑元初基,灵轨未纪,吉凶纷错,人用朣朦。黄帝为斯深惨。有风后者,是焉亮之,察三辰于上,迹祸福乎下,经纬历数,然后天步有常,则风后之为也。"注引《春秋内事》曰:"黄帝师于风后,风后善于伏羲氏之道,故推演阴阳之事。"②《汉书·艺文志·兵书略》载《风后》十三篇,图二卷,提到黄帝擒蚩尤,传说是借风后之力摆脱困境。此外,在一些古籍中还有记载风后曾制定或推演甲子的传说。如《河洛真数·起例卷上·洛书篇》曰:"及轩辕氏与风后定之以创六十甲子,推移转运。"③《路史》卷十四《黄帝纪上》曰:"大挠正甲子,探五行之情而定之纳音,风后释之以致其用而三命行矣。"④由上可知,在文献典籍中风后乃熟悉阴阳五行、奇门遁甲、天文历法之人,且身份多样,这些神话传说均在历代被广为流传。

(二)风后神话传说的两大类型

1. 军事始祖型:部族战争神话传说

典籍文献对风后卓越的军事谋略的记载主要集中在两个方面:一是风后在黄帝与蚩尤之战中所起的关键作用;二是风后布八阵图,成为中国兵法起源于上古炎黄时期的有力佐证。

黄帝与蚩尤之战,典籍文献中多有记载,此次战争最早见于《尚书》:"若古有训,蚩尤惟始作乱,延及于平民,罔不寇贼,鸱义奸宄,夺攘矫虔"⑤,继而"皇帝哀矜庶戮之不辜,报虐以威,遏绝苗民,无世在下"⑥。《太平御览》卷十五引《志林》:"黄帝与蚩尤战于逐鹿之野,蚩尤作大雾弥三日,军人皆惑,黄帝乃令风后法斗机作指南车,以别四方。"⑦黄帝与蚩尤大战于逐鹿,蚩尤施展法术,大雾弥漫三天三夜,黄帝将士们皆辨不清方向。风后制造一架指南车,以辨四方,大败

① (汉)班固:《汉书》,中华书局1962年,第1768页。
② (宋)范晔:《后汉书》,中华书局1965年,第1902—1903页。
③ (宋)陈抟、邵雍:《河洛真数》,续修四库全书第1061册,上海古籍出版社2002年,第68页。
④ (宋)罗泌:《路史·后纪五·黄帝》,《四部备要》本,第85页。
⑤ (清)阮元校刻:《十三经注疏》,中华书局1980年,第247页。
⑥ (清)阮元校刻:《十三经注疏》,中华书局1980年,第247页。
⑦ (宋)李昉等编纂:《太平御览》卷十五,中华书局1960年,第78页。

蚩尤,将其擒杀。除典籍文献中对风后造指南车的记录之外,口头文本中也有关于这一传说的相关叙述:

> 黄帝和蚩尤间发生了"涿鹿之战",风后参与了这场战争并成为黄帝的最为得力的助手。战争之初,黄帝一方并不顺利,蚩尤施法,致大雾弥漫三天三夜,黄帝部族的士兵们不能识别方向,作战困难,处于劣势。这时,风后挺身而出,制造了指南车,帮助军队辨别了方向,从而扭转战局,致蚩尤战败,将其擒杀。

> 在"涿鹿之战"中,还有一则关于风后的传说,交战时双方兵将混战在一起不易分辨,足智多谋风后便想出一则妙计,黄帝兵将出战时,身上均佩戴一枚槐树叶作为记号,如此便能分清敌我,黄帝部族因此打了胜仗。战败的蚩尤发觉了黄帝兵将身上佩戴有槐叶以作记号,便在再次出战时,命令兵将也佩戴上槐叶,迷惑对方,以求乱中取胜。此举让风后知晓,交战时,他便让黄帝兵将佩戴上皂角树叶,而蚩尤一方浑然不觉,仍然佩戴槐树叶。双方交战之时正值炎热的夏天,烈日当头,蚩尤部族佩戴的槐树叶禁不住太阳暴晒很快就蔫了。而黄帝的兵将佩戴的皂角树叶,却耐得了太阳晒,依旧青绿。如此是敌是友一目了然,黄帝一方很快将蚩尤的士兵们斩杀,黄帝又取得了胜利。①

这些传说广泛流传于山西运城,河南新郑、新密各地,对涿鹿之战中黄帝转败为胜的原因以及指南车的创造作了阐释。风后在此次战争中运筹帷幄、足智多谋,表现出了卓越的军事才能,在传说中风后显然充当了军师的角色,是扭转战局的关键人物。

风后的军事才能不仅表现在"涿鹿之战"中制造指南车,为黄帝最终战胜蚩尤献计献策,而且据典籍文献以及口传文本描述,风后根据自己的军事实践活动,著有兵书称为"风后兵法",共有十三卷,可惜并未流传下来。"艺文志兵阴阳家黄帝十六篇图三卷,风后十三篇图二卷,黄帝臣依托也。"②除此之外风后还著有《风后八阵图》《握奇经》,中国最早的兵法便起源于此。"风后著有《握奇

---

①　讲述人:段堪新,男,1933 年生,运城市解州社东村人;调查人:段友文、乐晶、苗贤君;调查时间:2016 年 7 月 23 日;调查地点:运城市解州社东村。
②　孟海生编著:《风后》,内部资料,运城市新闻出版管理局,2011 年,第 37 页。

经》一卷,《风后》十三篇,图二卷,《孤虚》二十卷。"①在新密黄帝宫发现的《重建风后八阵图记碑》,碑文由唐代军事家独孤及撰写,记述了风后八阵图在历代战争中所发挥的神奇作用:

> 物不终静,必受之以动。当纯坤用事,阴疑于阳,则龙战于野;大朴已散,圣盗并起,故戎马生。乃有力吞八荒,争截九有。大者天柱折,地维绝;小者作慝卢山,负阻中冀,上帝凭怒,下民是恤,乃眷武德。黄帝受之,始顺杀气,以作兵法,文昌而命将。于是乎征不服、讨不庭,其谁佐命? 曰:"元老风后。"盖戎行之不修,则师律用爽;阴谋之不作,则凶器何恃? 故天命圣者,以广战术,俾悬衡于未然,察变于倚数,握机制胜,作为阵图。夫八宫之位正,则数不僭,神不忒,故八其阵,所以定位也;衡抗于外,轴布于内,风云附其四维,所以备物也;虎张翼以进,蛇向敌而蟠,飞龙翔鸟,上下其势,以致用也。至若疑兵以固余地,游军以按其后,列斗具将发,然后合战。驰张则二广迭举,犄角则四奇皆出,必使陷坚阵、拔深垒,若星驰天旋,雷动山破。②

整篇碑文记录了炎黄时期的涿鹿之战与阪泉之战,精练地叙述了风后八阵图在实战中所发挥的巨大作用,也使后人领略到上古时期兵法的精妙之处。风后运用八阵兵法,助黄帝打败蚩尤平定天下。风后八阵图流传于后世,被历朝历代所沿用,在军事史上的贡献令人敬仰。仅从这些传说和碑刻便足以了解风后既是一位能够安邦治国的贤臣,又是一位具有杰出才能的军事家。毋庸置疑,风后以他的军事和政治才能在黄帝统一华夏民族的大业中起到了至关重要的作用。黄帝不仅在风后生前非常器重和尊敬他,就是在他去世之后,还曾借助他的英魂克敌制胜。传说,风后去世后,黄帝将其埋葬在黄河岸边,据说这是因为蚩尤战败后虽遭斩杀,但他部落的散兵游勇却逃到陕西即黄河西岸,黄帝将风后葬埋在黄河岸边是为了借助他的英魂防止蚩尤部族余众反扑。可见,风后不仅生前英勇善战,死后仍以一缕英魂保家卫民。风后埋葬的地方位于秦、

---

① 朱士光:《黄帝故里故都历代文献汇典》,中国文联出版社 2005 年,第 75 页。

② 《重建风后八阵图记碑》,时至元二十七年(1290)岁次庚寅中秋日重建。碑刻规格:高 213 厘米,宽 92 厘米,厚 26 厘米,立于黄帝宫山门内的轩辕门、讲武祖洞前。调查人:段友文、闫咚婉、王子仙。调查时间:2018 年 7 月 9 日。新密史志编纂委员会:《密县志》,中州古籍出版社 1990 年,第 406 页。

晋、豫三省交界处,历来有"鸡鸣听三省"的说法,其陵墓所在之处便是人们所熟知的"风陵渡"。

在《新郑县志》卷十三《人物志》中,综合诸多史籍文献辑录而成的"风后"小传中曾有这样的描述:

> 帝在位久,喜天下戴己,乃放万机,舍宫寝,振辔访道,车辙半天下。爱民而不战,四方之盗,起而谋之,各随方色为号,边城日警。帝焦然叹曰:"朕之过淫矣。"爰命风后正军结垒,处山之军居高,水上之军就卑,近泽之军依水草,平陆之军择坦易,遂灭四盗,而定天下。当蚩尤既北也,风后复以轻兵,剿其余恶于辋谷。人赖其利,后世祀为金川之神。同时大挠正甲子,探五行之情,而纳以五音。风后释其蕴义以致于用,而三命行矣。①

黄帝在位日久,百姓爱戴他令他非常高兴,于是便放下政务,游历四方,车辙半天下,以寻求治理国家的方法。黄帝因爱民而不喜战,然而盗贼趁机作乱,便命风后带兵剿灭贼寇,平定天下。当蚩尤战败后,风后又率轻兵在辋谷剿杀其余孽,百姓们因他受益,后世祭祀他为"金川之神"。以上关于风后的记载虽出现较晚,但所述之风后,形象更加鲜明生动,有血有肉,使我们得以窥见"金川之神"的风采。

2. 治国良相型:安邦理民神话传说

在人才辈出的炎黄时期,风后在部族中处于核心地位,他在辅助黄帝结束各部族的分裂,完成统一过程中发挥了无可替代的作用。据典籍文献和民众的口头传说可知,风后被轩辕黄帝部族拜为"第一宰相",他不仅能上马治军,更能下马治国,可谓是文能提笔安天下,武能上马定乾坤。清代《解州全志》中有《建风神庙记》:"轩辕黄帝氏相,姓风名后,解其故里也。庙建于城东南五里,其来远矣……予惟风后者,隆古之神圣。其生也,中条山、鹾海之英;其出也,应黄帝梦寐之感。配上台之尊,为轩辕之师。上继羲、农之治,后天以成务;下启尧、舜之传,先天以开人。民未宫室,相以制之;民未器用,相以作之;制度文为之未备,相以创立之。凡仰观天道,俯察地宜,神化宜民,由于黄帝之裁,成者悉有以辅相

---

① 朱士光:《黄帝故里故都历代文献汇典》,中国文联出版社 2005 年,第 75 页。

之。史称黄帝得六相而天地治,神明至。神实为之首大矣哉。"①

据碑文记载轩辕黄帝宰相,姓风名后,解州是其家乡。风后乃远古圣贤,生于中条山、盐海之地,出仕应黄帝之梦感召,拜上台之尊,为黄帝之师。上继伏羲、神农,下启尧、舜。他教百姓建造房屋,使用工具,创造文字,制定法律。传说黄帝得六相而治天下,是神明降临,风后在其中贡献最大,当推首位。

此外,还有关于风后为医药之神、善推演甲子的记载:"嘉靖二十一年又建景惠殿,于太医院上祀三皇,配以句芒、祝融、风后、力牧而附历代医师于两庑凡二十八人。岁遣礼部堂上官一员行礼,太医院堂上官二员分献二殿之祭并以春冬仲月上甲日。"②

5000 多年前,运城地区有得天独厚的自然条件,适宜的气候利于农作物的生长,天然的池盐和中条山的丰富药材,为人类繁衍生息提供了重要保障,当地富有的天然青铜构成发展生活与生产的重要物质基础,而智慧的风后又巧妙地利用大自然中生长的中草药为人们祛病消灾,并在各部族交战,烽火连绵的时期,以草药救死扶伤,挽救生命,可以说风后是华夏民族医药学的开创人之一,对中医药的发展有着突出的贡献。在风后被黄帝拜为三公之首的"上台"之后,便自然而然成为俞跗、岐伯等黄帝时期名医的领袖人物,所以后人在立庙尊拜医药之神时,风后便位列其中。风后上报国家、下安黎庶,不仅是杰出的政治家、军事家,还创造发明各种技术,并且在中医药学方面也做出了贡献,大大推动了当时社会经济的发展。

三、风后庙会文化与当代表述

风后神话传说在流传过程中会逐渐与当地民众的生产生活相融合,形成别具一格的民俗文化。晋豫两地风后传说在融入民俗生活的过程中,经过历史的洗礼与积淀,形成与传说密切相关的庙会及演艺民俗。风后传说在与民俗文化相互构建、相互协调的进程中,已成为了当地民俗文化的基础;而民俗文化的发展则为风后传说的进一步传承提供了动力,两者相生相融、互为助力。同时,长

---

① 孟海生编著:《风后》,内部资料,运城市新闻出版管理局,2011 年,第 271 页。
② (明)俞汝楫编:《礼部志稿》卷二十九,中华书局 1998 年,第 59 页。

久以来形成的庙会节俗在展演的过程中充分调动了乡土社会内部共有的记忆,蕴含着深厚的族群文化心理,成为族群认同的重要中介。

"庙会就是因为庙而形成的具有一定仪式等特定内容的聚会……庙会的实质在于民间信仰,其核心在于神灵的供奉。它可以是一种很大规模的群体性的信仰活动,也可以是一个村庄,一个家族的信仰活动;所有的娱乐都应该是围绕某种信仰活动的具体展开而进行的。"①每年农历二月十五,运城盐湖区社东村会举行一次隆重的为期三天的古庙会,古庙会距今已 1300 余年,村里人称其为风圣庙会,相传正是为了纪念黄帝大臣风后。

二月十五风圣庙古会来历

相传,五千多年前,华夏民族的先祖炎帝和黄帝与中条山下最大的一个族群—蚩尤部落发生战争。原因是为了争夺盐池,盐是人类赖以生存的、必不可少的一种极其重要的物质。盐池是独一无二的,自然形成的一块资源宝地。当然,但凡强者,无不觊觎之。那时蚩尤带领着部族民众男耕女织,养蚕缫丝,并大力开发盐池,广与外界贸易。且挖掘中条山钢铁,制造农具和兵器。这样既发展了经济,又捍卫了部落的疆域,可谓富甲一方。炎帝和黄帝岂能无动于衷,于是便发起了与蚩尤部落的战争,但战争残酷,难分胜负,困厄之中黄帝做了一个梦,盐池西侧,解州城东,突然刮起一阵大风,摧枯拉朽,势不可挡。大风过后,地面上一切荡然无存。梦醒后,黄帝召集智臣贤僚,破解其梦,结论是:上天明示,要找一个姓风名后的人,代为发号施令,便可制服飞沙走石的蚩尤。果然,在我村就有一个叫风后的人,其胆识谋略确实超群,风后采取了出奇制胜的战略战术,终于战胜了蚩尤。之后,风后辅佐黄帝开疆辟土,治国安邦,功勋卓著。所以,被誉为"开辟首相",继而又被封为"圣人"。风后殁后,黄帝将其葬于山西境内黄河拐弯处的东侧,即今日的风陵渡口,风陵渡之名由此而得。后人为了纪念风后,特在今社东学校内建立过一座"风圣庙",而且村东村西的出入口,皆立有石碣石碑,书为"风后故里"。惜于世事沧桑,全被损毁,至今毫无踪迹,留

---

① 高有鹏:《庙会与中国文化》,人民出版社 2008 年,第 3 页。

下遗憾。然而追念风后的民俗并未消失,借风后诞辰而兴起的每年阴历二月十五"风圣庙"古会,千百年来,一直延续,没有变移。一般会期五天,届时人山人海,主要是交易药材、树种、农器家具、义把扫帚等农副产品,应有尽有,为当年春耕生产起到了很大的促进作用。①

最兴盛时期有河南、陕西、安徽、宁夏、甘肃、内蒙古等省区群众多达五六万人前来逛庙会,在"文革"中,庙会被视为封建文化受到冲击,然而剧团照样演出,贸易照样进行,这足见人们对民族英雄风后根深蒂固的敬仰、崇拜之情。在我们的实地调查中,八十多岁的村民段堪新回忆道:

> 每年二月十五庙会期间都要请运城的蒲剧团唱三天的大戏,我小的时候是在祖神庙里唱戏的,后来庙没了,现在新建的舞台唱。每年庙会的时候,在戏场周边就会摆起集市,上千种农机具、百货、日杂、食品和各种牲畜在庙会上交易,周边各村的人都来赶集。这个庙会在我们这一块是比较大的,所以来赶集的人也多。大概上个世纪 60 年代,村里有处地方叫"下头地",道路两边林立着许多石碑,石碑约有一米多宽,高度四五米左右,厚度大约 40 公分。碑上刻着"风后故里"。但在 1958 年"大跃进"时期,石碑被敲碎用于冶炼钢铁了。在当时村小学曾设在"风圣庙",庙具体的修建时间已无处可查,据村里的老人说这座庙至少有上千年的历史了。上个世纪 40 年代"风神庙"就被完全毁坏。当年挖"风神庙"正殿基地,工人挖出很多一米多高水缸,倒扣在地面上,这才明白当年人们参拜风后在正殿说话时有回音是因为这个缘故,这一现象更增添了风后的神秘色彩。②

庙会围绕风后信仰而形成,以社东村为中心,辐射到周边村落。社东村村民以风后后代自居,为自己家乡出现过这么一位特殊人物感到骄傲,奉风后为"圣人",在村内原有规模宏大的风神庙,专祀风后。据村中老人们讲,在他们小时候参加风神庙会时,还有很多人慕名而来,在风神庙祭祀风后。随着庙宇的消失,社东村风神庙会的宗教意义越来越淡化,但是其娱乐功能与经贸交流的功能更加凸显。

---

① 中共社东党支部、社东村民委员会,文字整理何赵喜,碑刻监制段新峰,2014 年 2 月 15 日。
② 讲述人:段堪新,男,1933 年生,运城市解州社东村人。调查人:段友文、乐晶、苗贤君。调查时间:2016 年 7 月 23 日。调查地点:运城市解州社东村。

庙会每年都会有蒲剧团演出,其戏曲演出并非单独的艺术展演,它与区域内民众特定的经济、文化、信仰等因素融合在一起。很显然庙会上的戏剧演出娱神的对象是风后,庙宇拆除后,修建了新的"社东舞台",庙会戏曲的娱人功能日益强化,而娱神功能逐渐减弱。在乡土社会民众精神生活较为匮乏的时期,日常的生产生活环境中基本没有娱乐活动,因此庙会期间的戏曲表演活动便成为百姓调剂生活、消遣时间、获得精神愉悦的重要方式。同时风神庙会作为当地较为繁荣的集市贸易形式,成为当地民众定期进行物资交流的重要平台。庙会的历史,其实就是民间信仰的历史,社东村每年二月十五的风神庙会,是社东村风后信仰的实践仪式。这一民俗节庆强化了风后在村民心中神圣的地位,扩大了风后在民众生活中的影响,它是风后信仰的产物,又进一步巩固了风后信仰。

小　　结

文化资源与区域经济相辅相成、相互促进,张佑林指出:"从静态分析,文化对区域发展的影响力可以说是巨大的。"①风后神话传说以及与之相关的庙会作为区域文化的重要组成部分,在不同的历史时期扮演着不同的角色,在区域社会经济发展进程中发挥着不可替代的作用。在当代,风后神话传说是晋豫两地地方政府开展旅游宣传与文化交流的重要资源,对地方经济社会全局与文化交流有长远的带动作用。山西运城和河南新密、新郑等地的风后神话传说以及相关活动、部分遗迹已申报并列入非物质文化遗产名录予以保护。从目前保护情况来看,这些举措对当地经济发展以及跨区域的文化交流有重要意义。今后这些区域应依托风后传说大力发展旅游业,并拓展相关的文化产业,同时积极开展文化交流活动,努力实现经济效益与文化繁荣的互动双赢。

---

① 张佑林:《区域文化与区域经济发展》,社会科学文献出版社2007年,第40页。

第三编

古帝王神话传说与德政盛世愿景

3

第十四章　上古帝王神话叙事
谱系的诗性特征

　　关于帝王神话谱系的研究,学界往往从古典文献、历史考古等角度对帝王世系进行考证,①然而从叙事谱系的视角来研究上古帝王神话的发展,前人则少有涉及。帝王神话的叙事谱系是指围绕上古帝王谱系建构活动形成的神话叙事线索,旨在通过对叙事谱系形式、特征的描述,挖掘谱系结构生成的叙事动机。帝王神话叙事谱系在发展中表现出的横向空间秩序、纵向帝系结构、自由审美书写三种特征,是不同社会演进形态的集中反映。从某种意义上说,这三种形态与维柯提出的"神的时代、英雄的时代与人的时代"相对应,②分别体现出原始时期多元混沌的审美心理、轴心时代帝王神话的政治审美形态与当代社会民众的自由审美特质,这一过程体现出中华民族思维模式中审美意识的转化历程。思维是一种有秩序的意识活动,即使是"混沌"进入思维,也将同"有序"结成伙伴。③史前文明虽未形成帝王谱系概念,但先民力图从混沌的世界中利用观察感知去

----

　　①　相关研究著作如徐旭生:《中国古史的传说时代》,广西师范大学出版社2003年;许顺湛:《五帝时代研究》,中州古籍出版社2005年;李学勤:《文物中的古文明》,商务印书馆2008年;苏秉琦:《中国文明起源新探》,辽宁人民出版社2009年。相关文章如黄炘佳:《三皇五帝及华夏文化探源——中国上古神话谱系的文化人类学研究》,《史学月刊》1993年第5期;常金仓:《五帝名号考辨》,《陕西师范大学学报》(哲学社会科学版)2003年第5期;曾德雄:《谶纬中的帝王世系及受命》,《文史哲》2006年第1期;孙锡芳:《〈史记·五帝本纪〉五帝谱系合理性探究》,《云南民族大学学报》(哲学社会科学版)2006年第2期;张中奎:《"三皇"和"五帝":华夏谱系之由来》,《广西民族大学学报》(哲学社会科学版)2008年第5期;徐杰舜:《论汉民族的五帝时代》,《青海民族研究》2013年第4期;孙闻博:《"并天下":秦统一的历史定位与政治表述——以上古大一统帝王世系为背景》,《史学月刊》2018年第9期。
　　②　[意]维柯:《新科学》,朱光潜译,商务印书馆1989年,第22页。维柯所说的英雄和现代意义上的英雄概念不同,这里的英雄是指那些把自己当作天神的后代,具有高贵性的人。
　　③　邓启耀:《中国神话的思维结构》,重庆出版社2004年,第2页。

寻找潜在的规律,就如他们从确定方位关系开始探索空间秩序一样,日久天长,遵循秩序与建构秩序成为初民思维活动的定式。原始人类通过思维活动并运用记叙的秩序,去构造、描述神话世界和其他领域中虚构的深层秩序,然后对观察到的秩序做出令人满意的解释。① 先民们遥远的后代便遵循着这一规则,借助原始思维的智慧开始解答生活中扑朔迷离的问题。春秋战国时期逐渐清晰的社会秩序投射在上古神话中,便产生了明确的帝王世系。原始神话与中国政治起源的不可分离性,以及国家政治中蕴含的审美判断、人文关怀及政治理想,使得帝王神话逐渐呈现出政治审美化的特征。同时作为与大传统遥相呼应的小传统,民间叙事始终与帝王神话的政治审美相互交汇,并且最终实现了当代帝王神话叙事意义的回归。在这一变化中,作为比哲学更接近真理的诗性智慧始终贯穿其中。维柯认为人类智慧的发端是诗,②诗并非传统的文学体裁,而是原始人类在历史发展中所表现出来的与理性、反思相对的原生性活动方式。诗性智慧就是以原始本性的方式确立起天神的观念,而后再以天神观念贯穿到实践领域的一种知识系统。③ 该定义指出了原始神话思维的源头性与"启下"性。新科学的意义就在于通过诗性智慧拨开历史迷雾,找到社会发展的真相。帝王神话谱系从原始神话的部族空间叙事发端,经历了封建社会政治化的神话体系建构,最终回归到人诗意书写的原点。与其说诗性智慧是人类思想的源头,不如说它是贯穿人类发展的实在过程。

一、谱系的空间秩序:原始部族关系的表述

维柯将人类的先民们都称为诗人,他们利用身体的想象去创造事物,运用原始的思维去建构秩序,在那些真实而严肃的神话叙事中,隐藏着科学的起源。④《山海经》作为上古巫书,因"巫以记神事"的属性,保留了大量上古帝王神话的原始信息,是初民诗性智慧的结晶。其叙事的基本格局是"依地而述",在有限的空间想象中,初民们通过原始的叙事模式把某些发生在特定空间中的事件在

① 邓启耀:《中国神话的思维结构》,重庆出版社 2004 年,第 21 页。
② [意]维柯:《新科学》,朱光潜译,商务印书馆 1989 年,第 181 页。
③ 朱海萍:《维柯的诗性智慧研究》,吉林大学博士学位论文,2011 年。
④ [意]维柯:《新科学》,朱光潜译,商务印书馆 1989 年,第 42—45 页。

"记忆"中保存下来,同时赋予存在以意义。① 因此,《山海经》中关于上古部族文化的空间关系叙事成为早期帝王神话谱系建立的重要依据。

(一)《山海经》地理空间的权力隐喻

《山海经》以平面化的空间关系作为其主要的叙事方式,②以《山海经》为代表,上古帝王神话谱系在建立之初未能形成纵向的时间体系,而是以横向的空间秩序作为其雏形。③ 这是因为人类对于未知时间的抽象思维形成要晚于对可感空间的形象思维。从发生学来看,是表示空间方位观念的符号兼任了表示时间观念的后起职能的结果。④ 该现象的根源在于原始社会初民的时空混同思维,盘古开天、共工破天、女娲补天等系列神话正是先民通过具体空间的描述来表达对抽象时间的遐想。《山海经》中帝王神话的空间关系之所以成为帝系建立的原始依据,根源在于空间与权力的意义建构。神话是人类诗性智慧的产物,原始诗性智慧往往萌生于对事物的想象与直观的观察中,先民们对不可见的世界的探索是凭借直觉的感悟,即"心视"。⑤ 但这种感官认知通常会导致指称的"失落","失落"的原因在于原始隐喻的出现。在空间表象的诗性隐喻下,《山海经》以山川地理志的外观表现着现实世界与神话时空交织的内容,空间图式之性质是服务于功利目的的宗教政治想象图景。⑥ 因此空间关系为后世帝王谱系的建立提供了依据。"神学诗人们首先凭凡俗智慧感觉到的有多少,后来哲学家们凭玄奥智慧来理解的也就有多少……凡是不先进入感官的就不能进入理智。"⑦

---

① 龙迪勇:《叙事学研究的空间转向》,《江西社会科学》2006 年第 10 期。

② 关于《山海经》的空间叙事方式在学界已达成基本共识,相关文章如叶舒宪:《"大荒"意象的文化分析——〈山海经·荒经〉的观念背景》,《北京大学学报》(哲学社会科学版)2000 年第 4 期;吴晓东:《环形大荒:〈山海经·大荒经〉的空间关系与叙事方式》,《民族艺术》2008 年第 2 期等。

③ 《山海经》叙事文本中并非没有早期时间意识的产生,仅是没有形成连贯的时间体系与完整的时间观念。在《山海经》上古帝王神话叙事中,拥有帝王之名的众帝们并没有任何纵向时间上的关联,但是在以帝王为权力中心形成的各部族内部却出现了纵向的时间联系,包括两种情况:一是部族兼并、分裂的客观事实导致的空间变化反映在纵向的叙事模式中,多以"A 生 B"的结构呈现;二是先民凭借狭隘的时间观念记录的部分血缘传承关系,以《山海经》中出现的诸如"妻、取、弟、女、子"等血缘关键词的表述为特征,但是该表述不排除是因后人的想象而添加。

④ 叶舒宪:《中国神话哲学》,陕西人民出版社 2005 年,第 220—222 页。

⑤ 张维鼎:《隐喻与诗性思维》,《南开语言学刊》2005 年第 2 期。

⑥ 叶舒宪:《〈山海经〉神话政治地理观》,《民族艺术》1999 年第 3 期。

⑦ [意]维柯:《新科学》,朱光潜译,商务印书馆 1989 年,第 178 页。

先民们利用建立在感官基础上的原始思维智慧,通过粗糙的原始空间关系的描绘展现出上古世界的本源,成为人类追寻科学世界的源头。

原始初民生存能力的孱弱导致生活区域的狭小,从根本上局限了空间意识的发展。史前时代的血缘共同体囿于视野的狭窄以及本族群中心主义的世界观,往往用本族群取代全人类。[1] 但是在物质资源逐渐丰盈,后代繁衍逐渐繁盛时,空间意识便随着生活区域的扩大而增强,尤其是在新石器时期,氏族活动的范围明显增大。先民们空间认知能力的日益增强,逐渐演变为对空间的占有欲望。因空间意识的明确逐渐形成了"你我他"的界限,成为氏族融合、部族联盟的原动力,形成部族谱系建构的先验原则。空间关系的产生建立在人类关系形成的基础上。人对空间的兴趣是因要为充满事件和行为的世界提出意义或秩序的要求而产生的。[2] 因此,空间意识的逐渐强化是空间秩序形成的关键。对于原始初民来说,空间秩序的形成表明人类开始将生存置放于一个有规则、有意义的环境中,而对于空间秩序的维护是权力产生的前提。随着部族关系的演化,空间与权力的隐喻关系逐渐清晰。在现代社会学研究领域,二者的关系被广泛关注,尤以福柯的空间权力辩证研究为代表。福柯关于权力与空间的话语模式明确了二者之间的必然关系,他认为所有的历史事件应被还原为各种空间化的描述,每一个历史事件都不仅仅是简单的线性时间记录,要对其进行权力关系的分析。[3] 空间因人的社会秩序需求而产生了权力意义,人的行为具有空间性,原始社会不同部族力量的存在以对地域空间的绝对占有为标志,原始权力则是以维护空间秩序为目的而产生的生存法则。

(二)《山海经》帝王谱系的空间表征

空间叙事的实质是对上古部族关系的反映,人类的空间意识与叙事活动之间存在着复杂的互动关系。《山海经》中上古帝王的有效信息,可以让我们窥视其以空间秩序表述为特征的帝王谱系叙事雏形。

---

① 祁连休、程蔷、吕微主编:《中国民间文学史》,河北教育出版社 2008 年,第 47 页。
② [挪威]诺伯格·舒尔兹:《存在·空间·建筑》,尹培桐译,中国建筑工业出版社 1990 年,第 1 页。
③ 周和军:《空间与权力——福柯空间观解析》,《江西社会科学》2007 年第 4 期。

1.《山海经》中的"群帝"现象

《山海经》中频繁出现的"帝王"称谓或许与"氏族解体时期军事首领在部落联盟中建立起的酋长世袭制有关"①,领土逐渐扩张与权力日渐扩大的军事首领们,反映在神话里就成为了至高无上的帝王。这些名称不一的帝王形成了所谓"众帝""群帝"现象,正说明上古时期混居的部落联盟首领数量繁多。《山海经》不遗余力地展示这些帝王,从侧面表明了不同帝王系统即不同原始部族力量存在的事实。但是在现存文本中以帝之名出现的部族首领数量远不够"群帝"规模,我们推测那些以帝之名存在的部族首领或许是居于话语权力中心的部族,而那些力量弱小的群体则以某种方式被涵化,消失了帝名称谓,这为帝王神话谱系提供了广阔的横向视野。在神话学的时间意识里,时间被加以"空间化",一个从前发生的事件和一个现在正在发生的事件是处于同一平面上的事件。② 因此,《山海经》中众多帝王并没有出现任何纵向上的关联,上古帝王都被置于同一个时空平面中,这是先民诗性思维的想象产物。

2. 上古帝王关系的方位性表述

《山海经》中很少出现直接表述帝王关系的文字,最为直接的是通过方位关系的叙述来反映帝王间的联系。因为原始部落语言中最初用来表示时间的语汇总是借自表示具体空间方位的已有语汇。③ 从作为已掌握大量帝王谱系信息者的反观性视角出发,那些诗性语言中的"方位关系"为帝王神话谱系构建提供了重要的经验与依据。例如:(1)帝尧葬于阳,帝喾葬于阴。④ (2)帝舜葬于阳,帝丹朱葬于阴。⑤ (3)帝尧台、帝喾台、帝丹朱台、帝舜台,各二台,台四方,在昆仑东北。⑥ (4)东海之外大壑,少昊之国,少昊孺帝颛顼于此。⑦

上举尧、喾、舜、少昊、颛顼等帝王都出现在后世五帝的名单中。尧与喾、舜与丹朱阴阳相对的空间关系体现出原始的二方位空间意识;尧、喾、丹朱与舜的

---

①　袁珂:《中国神话史》,北京联合出版公司 2015 年,第 35 页。

②　耿占春:《叙事美学》,郑州大学出版社 2002 年,第 203 页。

③　[美]沃尔夫:《日常思想及行为同语言的关系》,《文化人类学读本》,小布朗出版社 1979年,第 51—66 页。

④　袁珂校注:《山海经校注》,上海古籍出版社 1980 年,第 202 页。

⑤　袁珂校注:《山海经校注》,上海古籍出版社 1980 年,第 273 页。

⑥　袁珂校注:《山海经校注》,上海古籍出版社 1980 年,第 313 页。

⑦　袁珂校注:《山海经校注》,上海古籍出版社 1980 年,第 338 页。

"台四方"则体现出更为进步的四方位观念;少昊与颛顼则向着更为广阔的平面空间关系延伸。① 叙事者仿佛站在一个客观的空间视角在观察上古时空,这些看似毫无关联的空间关系,如果没有后验历史经验的存在,其背后隐含的秩序象征意义则难以体现。

(三)空间秩序下的原始部族关系

在《山海经》中还有一类典型的部族关系叙事,它以空间表述为基础,兼具早期帝王神话谱系的血缘特点。帝王作为权力的象征,与地理空间建构起清晰的联系,以空间秩序划分了上古社会的权力格局。它集中体现在关于"同一帝王的不同属地"以及"同一帝王分支的不同地域"两种情况中,暗含着上古部族历史的演变规律。

少昊是上古时代帝系中影响较大的一位帝王,在《山海经》中白帝少昊居住之地为"又西二百里,曰长留之山。"②其建国之地为"东海之外大壑,少昊之国。少昊孺帝颛顼于此,弃其琴瑟。"③其支系繁衍之地为"有缗渊。少昊生倍伐,倍伐降处缗渊。"④其居住之地、建国之地、支系繁衍之地的不同,大抵只有两种解释,即少昊部族的迁徙无常,或部族因征战融合导致的空间变化。《山海经》在叙事中并没有直接揭示这种部族的发展趋势,仅以空间的变换来体现上古部族权力实体的变化。

关于"同一帝王分支的不同地域",我们以《山海经》中支系众多的帝俊为例,将其支系部分摘列如下⑤:(1)有中容之国,帝俊生中容。⑥ (2)有司幽之国,

---

① 叶舒宪:《中国神话哲学》,陕西人民出版社 2005 年,第 220—227 页。
② 袁珂校注:《山海经校注》,上海古籍出版社 1980 年,第 51 页。
③ 袁珂校注:《山海经校注》,上海古籍出版社 1980 年,第 338 页。
④ 袁珂校注:《山海经校注》,上海古籍出版社 1980 年,第 371 页。
⑤ 在帝俊的多条文献中,除"有西周之国"一条外,其他文献中出现的国名与人名(部族名)皆相同。西周为国名,而周之国名来源于地名周原,因此属于因地名而得国名,有周国然后有周人之称。我们不妨推测如"有中容国"的"中容"也可能是因地名而定的国名。那么国名(地名)既定,中容之国,帝俊生中容,应属于人名(部族名)沿袭国名或者地名进而确立。这种情况在后世的典籍中也得到证明,《帝王世纪》"新郑,古有熊氏之墟,黄帝之所都,受国于有熊,居轩辕之丘,故因以为名,又以为号。"即因地为名为号。当然《山海经》中也有国名(地名)与人名(部族名)毫无关系的记载,例如"有载民之国,帝舜生无淫"等,见袁珂校注:《山海经校注》,上海古籍出版社 1980 年,第 371 页。
⑥ 袁珂校注:《山海经校注》,上海古籍出版社 1980 年,第 344 页。

帝俊生晏龙,晏龙生司幽。① (3)有白民之国,帝俊生帝鸿,帝鸿生白民,白民销姓。② (4)有黑齿之国,帝俊生黑齿,姜姓。③ (5)有西周之国,姬姓……帝俊生后稷,稷降以百谷。④ (6)有襄山,又有重阴之山……帝俊生季厘,故曰季厘之国。⑤ (7)大荒之中,有不庭之山……有人三身,帝俊妻娥皇,生此三身之国。⑥ 叙事是对特别事件秩序所做的一种安排,所以叙事活动要求具有基本的组织建构或对原生时态的创造。⑦ 上述叙事的基本结构为"某国"(空间)+"帝俊生某"(部族关系)或者两者顺序的调换,即在叙事中保证了部族空间秩序的基本组织建构。不仅帝俊如此,在《山海经》中的其他帝王支系表述都基本遵循上述模式,"某国""某地"这样的空间表述出现率是极高的。⑧ 这样的表述范式体现出权力支配下的空间话语体系。帝王支系的地理位置大致包括"有…之国/有国曰…""有…山/有山名…""有…(地名)"等几种典型的表述。而有国名者与无国名者,⑨是否因空间性质的不同而存在着巨大的权力差异,这一视角或可为上古部族形态提供更加细分的标准,对研究上古部族文化产生一定的启迪意义。不同于上文帝王间的横向空间关系,这里出现了带有纵向性质"A 生 B"的叙事方式,⑩但它同样将历时叙事的结果以共时空间的方式呈现出来,即"'有某国'

---

① 袁珂校注:《山海经校注》,上海古籍出版社 1980 年,第 346 页。
② 袁珂校注:《山海经校注》,上海古籍出版社 1980 年,第 347 页。
③ 袁珂校注:《山海经校注》,上海古籍出版社 1980 年,第 348 页。
④ 袁珂校注:《山海经校注》,上海古籍出版社 1980 年,第 392—393 页。
⑤ 袁珂校注:《山海经校注》,上海古籍出版社 1980 年,第 371 页。
⑥ 袁珂校注:《山海经校注》,上海古籍出版社 1980 年,第 367 页。
⑦ Cohen, Persy S. *Theories of Myth*, Man, 4 (3), 1969.
⑧ 除帝俊之外,我们仍举几个例子来说明:(1)有载民之国,帝舜生无淫。(2)有叔歜国,颛顼之子(3)有国曰伯服,颛顼生伯服。见袁珂校注:《山海经校注》,上海古籍出版社 1980 年,第 371、423、377 页。
⑨ 无国名者例如"有緡渊。少昊生倍伐,倍伐降处緡渊。""大荒之中,有山名曰融父山,有人名曰犬戎。"见袁珂校注:《山海经校注》,上海古籍出版社 1980 年,第 371、434 页。
⑩ 《山海经》中的"生",并非现代意义上的"生育"之意。郭璞注《山海经》曾言:圣人神化无方,故其后世所降育,多有殊类异状之人,诸言生者,多谓其苗裔,未必是亲所产。《山海经》所述皆为上古之事,去之已远,恐不能详尽地以"A 生育 B"的模式准确记录,并且该书非一人一时所作,传抄的讹误和后人的臆断难以避免。虽不排除书中部分"生"作"生育"讲,但是更多的用法应是对某些部族繁衍,部族分裂与扩张事实的客观描述,"生"或作"化育、化生、产生"讲。因篇幅有限,此处未对《山海经》中所有"A 生 B"的文献进行逐一意义考证。同时因《山海经》中已出现了早期的血缘关系词,比"生育"的意义表述更为直接,所以笔者更倾向于"生"在此处代表部族繁衍之意。

的形成+'帝王'（部族）的繁衍"，反映出空间秩序下部族内部的繁衍机制。倘若没有空间权力的占有为前提，就没有以空间划分为基础的代际关系叙事产生，原始权力牢固地根植于其赖以存续的土地空间上，这是上古权力逐渐走向一统的空间证明。《山海经》中出现的地名与人名、部族名的混同现象，是初民物我合一的诗性思维使然。在空间意识产生的初期，先民们以类度类、以己度物，将自身"我"作为划分不同空间的标志物，这是原始神话思维中涉及到"自我中心化"直观线性思维的反映，①在神话叙事中则呈现为"'有A国'（空间）+'某生A'（人名、部族名）"的叙事模式。

如果仅仅认为《山海经》中这样的表述是为了简单地记录地理文化，那不如说它反映出一种作为权力形式的知识生产模式。② 尽管初民对于空间意义的认知是狭隘的，但其空间表现方式却因部族空间秩序的存在而建立了有效性，以致对空间的认识达成一致，即以空间要素作为部族叙事基本结构的实践。原始氏族是以血缘为纽带形成的社会组织形式，原始人往往以自己的生命长度为基准，他们的时间观念大约就同其氏族的历史长度大致仿佛。③ 所以氏族内部成员未能形成清晰完整的血缘传承体系，但是却因同一血缘系统繁衍生息的有限空间而产生了明确的氏族空间内外的界限意识。④ 其叙事中出现的血缘关系词反映出先民早期的血缘观念，例如"炎帝之孙名曰灵恝"⑤"帝之二女居之"⑥中的"孙、女"等。然而这样的表述亦遵循了上文以地理空间作为关系建构前提的叙事原则。全书直接表述血缘传承关系的叙事并不多，原因大抵有两种。一是因先民时间观念的落后，不足以产生世系意识，故未能形成清晰的血缘传承体系。⑦ 二是神话形成于上古，因口传的不确定性以及书面记录时间多为封建社

① 邓启耀：《中国神话的思维结构》，重庆出版社2004年，第156—157页。
② 叶舒宪：《〈山海经〉神话政治地理观》，《民族艺术》1999年第3期。
③ 王锺陵：《中国前期文化—心理研究》，上海古籍出版社2006年，第10页。
④ 在先民空间意识的形成初期，对应的社会形态应是族内婚的盛行时期。伴随着社会生产力的发展，或者说空间秩序的更加清晰，人们逐渐感受到这种空间制度的先进性，婚姻形态渐渐转为族外婚。因此我们说，这两种原始婚姻制度的演变同时也间接说明了空间意识的逐渐发展过程。
⑤ 袁珂校注：《山海经校注》，上海古籍出版社1980年，第415页。
⑥ 袁珂校注：《山海经校注》，上海古籍出版社1980年，第176页。
⑦ 关于上古帝王的血缘传承世系在学界多有争议，司马迁在《五帝本纪》中结合历代著作建构出的上古帝王血缘谱系，引起了后世诸家的质疑，例如北宋欧阳修的《帝王世次图序》、清代梁玉绳的《史记志疑》、明代杨慎的《史记题评》等都对上古帝王的血缘世系提出了质疑。

会初期,自然会加入后世的历史认知。上文中帝俊、帝舜等众多支系并未以"妻、取、子、女、弟、孙"①等明显的血缘关系词作为叙事模式,证明它并非《山海经》叙事的主流话语。

从零散不成体系的空间秩序(帝系雏形)发展为连续严谨的时间秩序(五帝谱系),是原生神话到次生神话转变的重要表现。除时间意识发展滞后的客观原因外,《山海经》全文三万余字,涉及内容广泛,将广袤的地域空间同时呈现在平面上,所以在叙事中不太可能发生纵向的时间性延展,以空间为主的叙事系统排挤了叙事时间的铺陈。书中以空间方位反映出的上古部族关系仍处于一种较为混乱的状态,这是由于先民空间认识能力有限而造成,但它仍为后世帝王神话谱系的建构提供了一个宽泛的想象空间。以空间观念建立起的秩序原则逐渐向更高级的社会秩序转变,空间成为权力确定的基本因素,例如在先秦时统治空间以外的地域都被称为蛮夷。剥去后代史家们强加给原始社会氏族、部落之间帝王家谱式的外壳,就能清楚地看出这种系谱所反映的一个民族的族源关系。②生动地揭示出帝王谱系从原始的部族关系表述发展到历史伦理干预下帝王群体序化的叙事转变。

二、帝系结构的发展逻辑:帝王群体结构的序化

受史官文化的影响与改造,上古神话中的帝王形象逐渐演变为现世统治者认可的人间帝王,这一过程表现出典型的诗性政治特点。帝系的建构首先是为建构群体服务,是建构者权力意志的体现。中国古代的政治理想与西方不同,当西方文明走上民主与法治道路时,中国正在进行君主专制以及在此强权之下的道德教化。君主专制需要确立一个独一无二的帝王,随着民智的逐渐觉醒,就需要道德与伦理教化的支持。诗性政治的特征是无明显暴力倾向,以诗性智慧表达政治立场、实现政治管理。封建政权模式既然是由发展到一定历史时期的人

---

① 明显的血缘传承表述另如"流沙之东,黑水之西,有朝云之国,司彘之国,黄帝妻雷祖,生昌意。昌意降处若水,生韩流,韩流擢首……取淖子曰阿女,生帝颛顼。""炎帝之妻,赤水之子听訞生炎居""稷之弟曰台玺,生叔均。"见袁珂校注:《山海经校注》,上海古籍出版社 1980 年,第442—443、472、392—393 页。

② 徐杰舜:《汉民族发展史》,四川民族出版社 1992 年,第 32 页。

类所创造,那么它创建的原则必然会从人类早期文化心理中发现痕迹。于是统治者意欲以神话的政治审美为路径,通过原始神话为新建的政权提供宗教信仰根据,希望以神的权威促使人们在行为上遵从顺服。"宇宙中一些最高明的制度引导人转向天神而且常和天神交结",①维柯认为人类制度的建立要依靠和天神交结,因为宗教神话与原始政治具有同样的终极关怀。神话的政治审美性是人类政治理想的诗性载体,国家是"用艺术造成的",是"人造的人"。② 在发明制度与政体时,统治阶级的审美形态与政治理想成为治国与教民的艺术手段,而上古帝王神话成为艺术精神的来源。

维柯将人道创建者们视为某种诗人,"诗人"在希腊文中是指制作者或创造者。③ 作为创造的诗人,统治阶级试图通过对上古诗性文化的复归来实现统治目的。诗性智慧通过人的认知和解释活动被建构出来,以指导人类的生存发展,统治阶级希冀这样的智慧可以保障自己的王朝统治。诗性智慧与理性世界碰撞出火花,原始部族的横向空间关系渐渐演变为纵向的政治继承关系,以帝王群体结构序化为主要标志的上古五帝序列得以形成。在政权的建立上,统治者继承上古部族确立空间秩序的传统,王国建立之初要先辨别方向划定统治界限,正如《周礼》所云:"惟王建国,辨方正位,体国经野"④。同时在诗性的世界,人神是相通的,所以圣王们的形象从远古神话中走来,神话帝王成为人间帝王。统治阶级一方面通过自觉的神话意识诸如"神化、圣化、仙化"等方式改造帝王形象,另一方面利用原始的数字崇拜来稳固帝系结构。

(一)帝王形象的同质化

从叙事的角度看,帝王形象的同质化源于人类在认识进步过程中产生的对神话形象有序整合的自觉意识,集中体现在类化的叙事手法上。类化既有利于建立叙事对象之间的联系,同时又有助于归纳它们的共性,这是形成五帝系统的关键。帝王群体形象的同质化是在意识的不断介入中表现出的叙事特征,是一场时代政治、文化思潮合谋之下的神话改造运动。在帝王形象的同质化运动中,"主题

① [意]维柯:《新科学》,朱光潜译,商务印书馆1989年,第179页。
② [英]霍布斯:《利维坦》,黎思复等译,商务印书馆1985年,第1页。
③ [意]维柯:《新科学》,朱光潜译,商务印书馆1989年,第44—45页。
④ 杨天宇:《周礼译注》,上海古籍出版社2004年,第2页。

的统一性"是叙事意义生成的主要因素,帝王个体的叙事变为了群体的叙事。

1. 帝王形象的圣化

中国政治哲学的特征是尤为强调宇宙观原则与人事之间的相互作用,这在战国时期几乎成为了一个时代的信仰,他们认为统治者的行动可能会影响到整个宇宙的运转。[1] 于是作为宇宙主宰者的"天"不断被"人化",转化为上古帝王的圣人形象,圣人的本相就是沟通天、人、神的神圣角色。孔子认为"君子有三畏","畏天命,畏大人,畏圣人之言"。[2] 天命指上天的意志,大人指现世的权力拥有者。孔子将三者并称,以圣人之言与权力、天命的隐喻关系指出圣人的崇高地位。帝王的圣化思想源于先民的宇宙思维,同时受理性伦理的制约,其圣化模式在《五帝德》中表现得最为直接。

表 7　《五帝德》中帝王的圣化描写[3]

帝王特点	聪慧	道德	爱民	有天下
黄帝	幼而慧齐,长而敦敏		抚万民	度四方
颛顼	洪渊以有谋,疏通而知事		治气以教民	日月所照,莫不祗励
帝喾	聪以知远,明以察微	其色郁郁,其德嶷嶷	抚教万民	日月所照,风雨所至,莫不从顺
帝尧	其知如神	其言不贰,其行不回		四海之内,舟舆所至,莫不说夷
帝舜	敦敏而知时	其言不惑,其德不慝	畏天而爱民	
帝禹	敏给克济	其德不回,其仁可亲		四海之内,舟车所至,莫不宾服

在《五帝德》的叙事文本中,对于上古帝王的描写实在是"极不高明"的,帝王们在圣化的道路上表现出"千人一面"的一致性,无疑是秦汉间人树立起来的政治偶像,然而作为强化帝王群体形象的叙事手段,其效果是十分显著的。

2. 帝王形象的神化

圣化的人间帝王们并没有完全解决现世的信仰与统治危机。在汉代谶

---

① Major, J.S.*Chinese Ideas about Nature and Society*, *Studies in Honour of Derk Bodde*, Hong Kong: Hong Kong University Press, 1987, p.287.

② (清)刘宝楠:《论语正义》,中华书局 1990 年,第 661 页。

③ (清)王聘珍撰,王文锦点校:《大戴礼记解诂》,中华书局 1983 年,第 118 页。

纬——一场政治神学运动的影响下,帝王出现了半人半神的形象。人与神的交结,是诗性思维的产物。帝王之所以可以统治天下,在于其受天命,为"天子"之子。① 刘师培曾谈及谶纬的价值,补史、考地、测天、考文、征礼。② 补史即以神话资源补充上古历史,测天即宣扬天命思想,强化君权神授。谶纬是一种原始神话思维在秦汉政治影响下形成的"畸形"产物,谶纬思潮下的神话叙事满足了统治者禁锢民众思想的需要,企图实现神话宗教信仰的原始约束力。在谶纬思想下,帝王形象的神化以感生的诞生方式与异相的出现为主要特征。

表 8　上古帝王的感生神话与异相描写

帝王神化	感生	异相
黄帝	母曰附宝,见大电绕北斗枢星,光照郊野,感而孕③	黄帝龙颜,得天庭阳④
炎帝	少典妃安登,游于华阳,有神龙首,感之于常羊,生神子⑤	三辰而能言,五日而能行,七朝而齿具⑥
帝尧	庆都感赤龙而生⑦	尧眉八彩⑧
帝喾		帝喾骈齿,上法日参⑨
颛顼	见摇光之星,贯月如虹,感己于幽房之宫,生颛顼于若水⑩	颛顼渠头并干,通眉带午⑪
帝舜	母曰握登,见大虹,意感而生舜于姚虚⑫	舜重瞳子⑬
帝禹	母曰修己,出行见流星贯昂,梦接意感,继而吞神珠,修己背剖而生禹⑭	禹耳三漏⑮

---

① 陈立:《白虎通疏证》,中华书局 1994 年,第 47 页。
② 刘师培:《刘师培全集》第 3 册,中共中央党校出版社 1997 年,第 175 页。
③ (梁)沈约:《竹书纪年集解》,广益书局 1936 年,第 1 页。
④ [日]安居香山、中村璋八:《纬书集成》,河北人民出版社 1994 年,第 590 页。
⑤ [日]安居香山、中村璋八:《纬书集成》,河北人民出版社 1994 年,第 589 页。
⑥ [日]安居香山、中村璋八:《纬书集成》,河北人民出版社 1994 年,第 589 页。
⑦ [日]安居香山、中村璋八:《纬书集成》,河北人民出版社 1994 年,第 591 页。
⑧ [日]安居香山、中村璋八:《纬书集成》,河北人民出版社 1994 年,第 591 页。
⑨ [日]安居香山、中村璋八:《纬书集成》,河北人民出版社 1994 年,第 1144 页。
⑩ (梁)沈约:《竹书纪年集解》,广益书局 1936 年,第 6 页。
⑪ [日]安居香山、中村璋八:《纬书集成》,河北人民出版社 1994 年,第 1145 页。
⑫ (梁)沈约:《竹书纪年集解》,广益书局 1936 年,第 17 页。
⑬ [日]安居香山、中村璋八:《纬书集成》,河北人民出版社 1994 年,第 592 页。
⑭ (梁)沈约:《竹书纪年集解》,广益书局 1936 年,第 22 页。
⑮ [日]安居香山、中村璋八:《纬书集成》,河北人民出版社 1994 年,第 592 页。

谶纬思想丰富了中国古代的宗教信仰内容,对形成完整的帝系发挥了重要作用。司马迁在《史记》中对商周、秦汉等始祖的描述皆遵循"圣人皆无父,感天而生"①的原则。在这样一个"群体无父"的时代,帝王形象的圣化与神化并不冲突,前者"天人合一"与后者"模拟感生"的神话思维奠定了统治的权威性和合理性。

3. 帝王形象的仙化

上古帝王的仙化趋势,在《山海经》中已初现端倪,后在阴阳五行以及道家思想的神仙信仰中得到进一步发展。神话的仙话化是统治者的主流意识在无法解答民众的生存困境时,反归民间借神话以达到信仰控制的一种手段。帝王群体的仙化叙事集中出现在《真灵位业图》中,第三级太极境中列黄帝、颛顼、帝喾、帝舜、夏禹、帝尧等上古帝王。书中黄帝的成仙是因入道成为"玄圃真人";黄帝孙颛顼、曾孙帝喾皆因"受灵宝五符"而成仙;帝舜因"服九转神丹,入于九疑山"而得道成仙;夏禹因治水有功,"受锺山真人灵宝九迹法"遂成仙;②帝尧未有详述。作为凡人的帝王最终得道成仙,无疑加强了五帝归宿的神秘色彩,强化了统治阶级借上古帝王立言的功利性。同时仙化的行为拉近了上古帝王与民众间的距离,仙化更加符合凡俗百姓的审美习惯。上古帝王从凡人转变为神仙,是中国民间信仰独特的演变形态,神仙信仰体系的建构丰富了上古帝王神话的叙事。

帝王形象的同质化使得叙事文本表现出程式化特点,程式化叙事对当时的统治阶级产生了积极影响,因为彼时的神话谱系更倾向于建立一种古史的统一秩序,并没有丰富上古神话叙事的意识,它以共性特征将五帝塑造为一个密不可分的话语体系。但是对神话叙事本身而言却是消极的,这些模式加强了帝王群体形象的趋同性,极大地弱化了个体的叙事表现,限制了谱系的多样性发展。

(二)帝王群体序化的意义

帝王谱系的形成与政治格局的变化有着密切关系,战国时期礼崩乐坏,社会

---

① (清)阮元校刻:《十三经注疏》,中华书局 1980 年,第 529 页。
② (明)陶宗仪:《说郛》卷五七,影印文渊阁四库全书第 879 册,台湾商务印书馆 1983 年,第 117 页。

统治混乱,时人常在预备新王的出世。① 战国群雄逐鹿的时代特征与上古众帝同存的时代相似,对于现世秩序建立的渴望反映在帝王神话中,便表现出帝王群体序化整合的特征,逐步形成以"五"为基准的数字化群体秩序模式。"五"作为帝系叙事的特定模式,源于诗性思维的理性转化。先民在早期平面空间意识的基础上,将"五"确立为新的宇宙论的象征符号。② 英国学者艾兰根据殷商墓葬中出现的大量带有十字形图案器物所反映的商代朴素宇宙观,进一步推导出"五"的原意是十字形表示的对土地的地理划分,③这样"五"就具有了具体的空间与权力指向。同时因古人事必效法天道的思维习惯,用天文变化基数五来概称帝王前后相继的运次,以证明此系统恰似天运周期一般有法可循。④ 作为神圣范式的"五",其背后蕴藏着中国古人对于宇宙的原始认知以及古老的数字崇拜。现世的统治者们以诗人的气质,将"五"这一数字符号演变为囊括宇宙神圣要素与人间政治元素之间构合的表征范式。⑤ 司马迁在《五帝本纪》中更是以正史的性质巩固了帝王群体"五"的数字秩序。

直至魏晋以降,随着汉语世界古典神话的终结,以五帝为标志的上古帝王群体序化活动已基本稳定。⑥ 古典神话的终结,在于上古神话完成了建构民众心中神圣历史的使命。帝王群体的序化萌芽于战国前期,战国后期是序化发展的关键期,两汉时达到高潮。五帝序列产生于战乱频仍的战国,是对国家统一、民族融合迫切愿望的集中体现,借上古五帝之序化来为中央集权模式的初步构建提供经验。以帝王群体序化为特征的帝系结构表现出深刻的社会政治功能,论证了现实制度的来龙去脉,⑦是中国古代社会早期国家认同以及政权合法更迭的基础。帝王群体的序化促成"五帝三王"同出一支的一元谱系的形成,展现出中国古代文明对大一统政治结构的追求,有利于国家认同的形成。在古代的国

① 顾颉刚:《顾颉刚古史论文集》,中华书局 1996 年,第 268 页。

② 叶舒宪等:《中国古代神秘数字》,社会科学文献出版社 1998 年,第 82—83 页。

③ [英]艾兰:《龟之谜:商代神话、祭祀、艺术和宇宙观研究》,汪涛译,四川人民出版社 1992 年,第 99、125 页。

④ 葛志毅:《谶纬思潮与三皇五帝史统的构拟》,《管子学刊》2007 年第 4 期。

⑤ 叶舒宪、唐启翠:《儒家神话》,南方日报出版社 2011 年,第 416 页。

⑥ 陈泳超:《从感生到帝系:中国古史神话的轴心转折——兼谈古典神话的层累生产》,《民俗研究》2018 年第 3 期。

⑦ [英]马林诺夫斯基:《巫术与宗教的作用》,《20 世纪西方宗教人类学文选》,生活·读书·新知三联书店 1995 年,第 96 页。

家认同观念中,对于帝王的认同是王朝乃至国家得到认同的基础,因此神话成为统治正当性的来源,时人对五帝序化模式的认可,为当时统治秩序的被认可提供了依据,可见神话叙事与政治合法性间的必然关联。除秦汉王朝外,后曹魏代汉、西晋代魏等政权交替活动无不受五帝序列模式的恩荫。

帝王群体结构的序化,使"五帝"成为一个时代的专名,成为一个权力话语之下的文化符号。福柯将社会话语作为一种权力的分配,他认为"物"与"词"之间的关系充斥着种种权力的作用,使"事物本身背负起越来越多的属性、标志和隐喻";这些属性、标志和隐喻即是符号的作用,让事物"最终丧失了自身的形式,意义不再被直觉所解读,形象不再表明自身"。① 固然福柯的观点过于绝对,但是却明确指出话语与权力之间的必然关系。五帝文化符号的形成,使得上古部族文化的历史本相背负了越来越多的符号意义,现世的政治秩序、民众的生活信仰、宗教的意识形态、哲学的原始意义等都成为它背后的内容,成为人们在现实社会必须接受的文化支配,帝系的建立作为一种文化软实力的控制作用被发挥得淋漓尽致。史学传统重视历史记载的延续性,它是一个民族伟大生机的体现。作为表述上古历史的一种手段,帝王神话谱系结构表现出传统谱系叙事强调连续性、序列化的规范形制,这是帝王神话谱系叙事发展的第一次高潮。

三、到民间去的诗性自由:谱系叙事的当代书写

在人的时代,一切都有可能被创造出来,然而其前提必须是返回到诸民族世界最初创造的那种诗性智慧。维柯所要证明的是所有科学和哲学的智慧在试图认识自己之中所用的办法是在凡俗的、诗性的或创造性的智慧里重新找到自己的根源。② 那种凡俗的、诗性智慧的回归,是帝王神话谱系叙事在当代的书写动力,表现为民众在对历史深刻反思与文化自觉意识基础上产生的神话创造能力与审美能力的觉醒。

---

① [法]福柯:《疯癫与文明》,刘北成、杨远婴译,生活·读书·新知三联书店 2003 年,第 15 页。

② [意]维柯:《新科学》,朱光潜译,商务印书馆 1989 年,第 47 页。

（一）宏大叙事的式微与自由书写的勃兴

早期的帝王神话谱系叙事集中于帝系的建构,其叙事方式表现出"政治的、历史的、权威的、完整的"等特征,因此展现出宏大叙事的特点。泛化的宏大叙事指一切具有不证自明的公理地位的理论信条。[①] 在帝王神话谱系建立初期,统治者以绝对的权力意志强化了帝系的真实性与合法性,无论是将上古帝王在部族内部"血缘始祖化"还是在朝代更替中"政治继承化",它都具有毋庸置疑的强势地位。作为表述上古历史的权威话语,帝王神话的宏大叙事意义不言而喻。但是后现代主义者们关于宏大叙事的责难一直不断,他们否定和质疑宏大叙事的积极意义,认为人类历史是一个不断向前发展的故事,应关注每一个"碎片化"的历史局面,试图让人们对宏大叙事进行反思。帝王神话谱系宏大叙事的式微是其在当代发展的出路,宏大叙事强调谱系中纵向的帝系发展,即历史秩序的建立。取而代之的自由书写则强调帝王群体内部谱系人物的多维叙事可能。帝系建立初期因其政治、历史的叙事目的,故而在一定程度上与自由书写无缘。在宏大意义的背景下,帝王群体内部谱系人物的叙事长期处于被忽视的状态。在返归民间的道路上,谱系人物的多元叙事潜能被激发,创造的、自由的书写成为叙事的常态,这是民众对神话诗性精神的回归。

到民间去的诗性叙事包含深度的叙事自由,宏大叙事向自由书写的顺利过渡,契合了历史叙事与生活经验在意识形态上具有能指同构的叙事旨趣。自由书写指民众根据生活、审美经验而非政治经验进行的叙事活动,借助于神话的日常经验表达,民众叙事的个体化倾向瓦解了宏大叙事模式,将作为上古历史的神话谱系改写成断裂式的、具体可感的生活体验,使宏大的古史神话从历史的真伪性向历史的体验性转移。自由书写的特征是"民众的、审美的、创造的、局部的"。在基本尊重业已形成的帝系宏大原则的基础上,使神话中的历史因素呈现为"小写"的叙事样态。从宏大叙事的式微到自由书写的勃兴,帝王神话谱系叙事完成了到民间去的诗性回归。这并非是要和帝系神话"为政治服务"的命题分庭抗礼,而是以一种文化诗学的方式去接续神话自有的伟大民间文化传统,

---

① 李剑鸣:《世界史研究中的"宏大叙事"》,《经济社会史评论》2012 年第 6 辑。

将现实性与审美性两种文化品格融入谱系叙事中。①

从宏大叙事到自由书写的过程并非一蹴而就，其转向历程反映了帝系神话政治意义的消解与在此背景下神话叙事的自觉发展。中国古无"神话"一词，在早期的历史发展中未能形成独立完整的概念体系，转而依附运化于其他文体中形成寄生状态。随着神话历史化、政治化与伦理化运动的偃旗息鼓，政治领域统治者社会治理经验逐渐丰富，思想领域儒释道三教兼容并蓄，文学领域叙事理论进步与叙事生产、消费逐渐扩张，神话叙事得到正常发展，帝王神话谱系叙事同样也被裹挟于这样的洪流中顺应了时代的大势。从魏晋六朝的志怪书开始，神话叙事出现明显的自由转向。六朝文人的志怪笔记，"乃是信其为实有，非有意为小说，与原始先民信神话为实有的心理状态是相通的"。尤其到了唐五代时期，随着文化政策的开明与经济的发展，"有意识地创作神话小说"的趋势出现，这是神话发展史上巨大的进步。发展到宋元时期，"民间口头神话得到发展"。②至于明清时期，文学叙事进一步发展，更加强化了神话的自由叙事。文人作品对帝王神话多有关注，其自由叙事倾向消解了帝王神话的宏大意义。之于神话而言，文人叙事与民众叙事的发展相辅相成，但从神话的产生方式来说，文人的神话叙事则要更多地借鉴于民众叙事。神话产生自民众，其传承"得之于行路，传之于众口"。③"怪力乱神"是俗流喜道之物，神话本就是民众喜闻盛传的叙事形态。因此，神话的纯粹自由书写往往更多地产生于民众阶层。④ 在民众的自由书写中，帝王神话谱系叙事迎来第二次发展高潮。

（二）自由的民间审美范式

自由的民间审美范式使民众重返谱系创作主体的叙事地位。帝王神话与普通民众天然的隔膜使得世俗生活难以渗入为政治发声的帝系叙事中，而帝王群

---

① 赵勇：《"文化诗学"的两个轮子——论童庆炳的"文化诗学"构想》，《江西社会科学》2004年第6期。

② 此处论述综合了袁珂在《中国神话史》中的观点。袁珂：《中国神话史》，北京联合出版公司2015年，第163—290页。

③ （唐）刘知几撰，（清）浦起龙通释，王煦华整理：《史通通释》，上海古籍出版社2009年，第79页。

④ 由文人自主创造出来的神话情节同样反哺于民众的叙事，此处主要集中于对民众叙事自由向度的阐释，故将文人的自由神话叙事话题暂且搁置。

体内部谱系人物却走上日常审美化的叙事路径,实现了神话谱系叙事从生存秩序到审美体验的现代性超越。

1. 民众的日常审美实践

诗性思维是通过感官、本性、情感、体验等来实现对世界和自身的认识,诗性自由精神指引下的谱系书写是用直觉的、日常的、自在的、审美的思维去重新审视生活、创造神话的过程。① 民众将日常生活中的审美因素向神话谱系人物的叙事中转移和渗透,因神是人的本质的对象化,所以谱系人物的审美实践深深烙刻上了人类生活的印记。以圣人的俗化为手段,民众禁锢在政治道德标准下的审美能力得以解放。在典籍权力话语中,上古帝王往往是神圣的存在,帝王之妻必须有极高的德行才能与之匹配。黄帝作为五帝之首,其妻必须是同样具有很高功德的女性楷模。黄帝的次妃嫫母样貌丑陋,"锤额顣頞,形簏色黑",②虽"善誉者不能掩其丑"。③ 但嫫母却有很高的德行,故能与黄帝结合。《吕氏春秋·遇合》:"黄帝曰:'厉女德而弗忘,与女正而弗衰,虽恶奚伤'"④黄帝娶妻重德而不论外表,对帝王提出非常高的道德要求。甚至我们认为在儒家典籍叙事中有意丑化嫫母形象是由于对德的重视而抑制了美的表现。中国上古神话本就对性爱问题讳而不言,以黄帝为首的上古帝王都成为"禁欲系"的圣王,他们不食人间烟火,是政治伦理的典范。但是在民间话语中,上古帝王开始"解禁"成为世俗的帝王。《庄子·逍遥游》中"藐姑射之山,有神人居焉,肌肤若冰雪,绰约若处子。"⑤是对居住在姑射山神人美貌的描写。民众却将这天仙一样的美貌附会到帝尧的妻子鹿仙女身上。⑥ 民众将主动的审美意识反映在帝王神话中,《逍遥游》中的姑射仙子变成了鹿仙女的形象,"鹿仙女生得十分美貌,脸像十五的月亮,眼睛像早晨的星星。白嫩的皮肤,跟雪团一般。"⑦民众在典籍记载的基础上又进行了恣意的想象,将"貌美"这一世俗娶妻标准大胆地加注到帝王身

① 此处民众创造的神话,应属于袁珂提出的广义神话范围。
② 《珊玉集》,商务印书馆 1936 年,第 74 页。
③ (梁)萧统编,(唐)李善注:《文选》卷十一,中华书局 1977 年,第 712 页。
④ 王利器:《吕氏春秋注疏》第 2 册,巴蜀书社 2002 年,第 1557 页。
⑤ (清)郭庆藩撰:《庄子集释》,王孝鱼点校,中华书局 1985 年,第 150 页。
⑥ 山西临汾尧都区西部山脉称为姑射山,传说帝尧的妻子鹿仙女是姑射山仙洞沟的鹿仙所生,而帝尧建都于平阳,故与鹿仙女结缘。
⑦ 《尧王和鹿仙女》,《临汾市民间故事集成》编委会编:《临汾市民间故事集成》,内部资料,1989 年,第 21—23 页。

上。"鹿仙女心肠极好,尧王也十分仰慕她……鹿仙女也早听闻尧王朴实善良,亦有爱慕之心,今天更是见尧王一表人才,二人顿时心生爱慕,当晚二人便在仙洞沟成婚。新婚之夜,山洞附近的山峰上燃起一簇神火丹如红朱,照得仙洞一片灿烂,这是后世洞房的原型。"①民众不仅赋予上古帝王凡俗的叙事品格,将二人之间的爱慕情感渲染得淋漓尽致,同时也为现实的洞房找到了合理解释。原始神话的神圣性在今天有所减弱,但它作为"叙事性阐释"的本质在理性世界依然发挥着效用。民众将自己无法解答的问题,利用附会神话的方式进行处理,这是原始神话诗性意识的再续,是一种"拟神话"的产生,即进入文明社会后,"智人"以自觉的艺术加工而成的传说,其特征是神话意识幻想化。② 在现代神话创造过程中,情感成为动力与源泉,理智成为神话和现实发生关联的中介。③ 说明神话"知解性""审美性"这两种特质在不同时代的地位变迁,同时反映出人类诗性智慧在不同时期的表现。

帝舜二妃娥皇、女英的民间叙事同样也承载了民众日常化的审美情怀。刘向《列女传》关于"有虞二妃"的叙事,突出了二妃的聪慧贤德以及辅助帝舜之功,体现了帝妃必须有良好德行才能与帝王相配的主流话语。二妃"不以天子之女故而骄盈怠慢,犹谦谦恭俭,思尽妇道",且帝舜"每事常谋于二女",④使二妃成为后世妇女的楷模。但《列女传》的创作动机是因君主后妃荒淫无度,"向以为王教由内及外,自近者始。故采取《诗》《书》所载贤妃贞妇,兴国显家可法则……以戒天子"。⑤ 叙事的目的是劝诫君主匡扶正道,带有特定的宏大意义。民众在对现实生活的审美体验中,将二妃塑造成地地道道的家庭妇人。山西洪洞流传的二妃传说,一改典籍中二人的和睦气氛,出现了二女在出嫁过程中"争大小"的故事情节。二人因同时嫁给虞舜为妻,故出现了大小名分之争,并因此衍生出二人通过比赛"煮豆子""纳鞋底""先到站"等方式争大小,二女异母谁是正妻所生等充满民间色彩的多种叙事可能。民众将在生活中产生的现实体悟熔铸于神话中,以生活的经验干预了神话叙事,充满民间审美情怀的"姐妹皇

① 《尧王和鹿仙女》,《临汾市民间故事集成》编委会编:《临汾市民间故事集成》,内部资料,1989 年,第 21—23 页。
② 林辰:《神怪小说史》,浙江古籍出版社 1998 年,第 56—57 页。
③ 叶永胜:《中国现代神话诗学研究》,合肥工业大学出版社 2014 年,第 10 页。
④ (汉)刘向撰,张涛译注:《列女传译注》,山东大学出版社 1990 年,第 3—4 页。
⑤ (汉)班固撰,(唐)颜师古注:《汉书》卷 36,中华书局 1962 年,第 1957 页。

后"传说冲淡了二女身上曾携带的宏大文化因子。

2. 谱系人物的审美自由性

谱系人物审美的自由性是民众创造神话能力的体现,前提是民众拥有了对上古帝王谱系自由表达的话语权力。民众因不同的立场与情感趋向造成对同一谱系人物的不同形象塑造,帝尧之子丹朱具有典型的代表意义。民众在叙事中表现出双重的审美倾向——褒扬与贬低,在对立中体现出审美的自由意志。

《山海经》中"帝尧台、帝丹朱台、帝舜台"①的并列出现,说明丹朱与虞舜的地位曾是等同的。但是后世典籍中关于丹朱的事迹并不多见,而且不再以"帝"称之,逐渐出现污名化的倾向,"尧知子丹朱之不肖,不足授天下,于是乃权授舜"②成为叙事的主流。然而在山西临汾尧陵保存的一通清代碑刻《祀朱辩》③的碑文中出现了另一种叙事倾向。碑文"朱之隐德谁复知之"一言奠定了叙事的基调,帝尧宾于天,丹朱"以天子之子取天下名正势顺"表达出民众对丹朱继承帝位的情感期待,但是丹朱深明大义"自知其德之不如舜而阴逊之,以成舜以免生民于荼毒。"民众对此发出"其贤乎"的赞叹,饱含对丹朱不公结局的辩护。对于虞舜继位,民众认为"与之者尧而成之者朱也"④。碑文字里行间对丹朱的褒扬,充分体现出民众审美情感对典籍叙事的创造性民间转化。民众的叙事具有高度的自由性,他们并不关心统治阶级为使禅让制的成立而塑造出丹朱、商均的不肖形象,⑤仅仅单纯因丹朱不公的待遇而宣泄情感。在山西长子地区同样有褒扬丹朱的叙事,丹朱作为帝尧的长子,被帝尧分封在长子,广受人民爱戴,"长子"也因此得名。⑥ 并且因长子对家庭的重要性,在当地形成"长子不出门"

---

① 袁珂校注:《山海经校注》,上海古籍出版社 1980 年,第 313 页。
② (汉)司马迁:《史记》,中华书局 1959 年,第 30 页。
③ "夫人之情槩若是耳,朱之隐德谁复知之,诚如书言朱也,以其启明之才而济之以嚣讼之资,方其尧宾于天,舜避于山,以天子之子取天下名正势顺。舜非阴有以制其短长之命也,夫恶得而禁之,舜之有天下也,而朱无闻言不贤而能。如是乎,夫朱苟有天下,非如桀烈之荼毒,舜与天下必不忍弃之,夫自知其德之不如舜而阴逊之,以成舜以免生民于荼毒,其贤乎?人也远矣,故舜之有天下也,与之者尧而成之者朱也……"
④ 碑刻资料,该碑刻嵌于临汾尧陵献殿右侧墙壁上,明嘉靖十八年(1539)岁次己亥仲秋立,青石质,碑刻规格为长 115 厘米,宽 101 厘米。
⑤ "舜子商均亦不肖,舜乃豫荐禹于天子",(汉)司马迁:《史记》,中华书局 1959 年,第 44 页。尧之子与舜之子皆不肖,故虞舜、大禹得以禅让继位。
⑥ 传说山西长子县原名"丹",尧是这里的部落首领,因其英明神武,故被推选为部落联盟首领。于是离开故乡丹到晋南平阳建都,后尧王封其长子丹朱于此,将此地改名为长子。

的习俗。同时民间兄弟分家时,长子要住正房,表现出民众对长子的重视,也间接表达了长子人民对尧王父子的敬爱之情。在神话中,民众通过对典籍叙事的"颠覆"表现出高超的民间智慧。

因传统典籍叙事的影响,对丹朱的贬低倾向也在民间广泛流传。民众的审美范畴包括对丑的审视,丑并不是对客观存在的物理感知,它寄托了民众的真实情感,是在审美活动中生成的。① "丑"是叙事作品中常见的主题,经过审美性加工后,它被赋予一种日常审美伦理的功能。"据说他的相貌奇丑无比,脸像人,嘴像鸟儿,又尖又长,背上长着翅膀但不会飞。"②丹朱的这一形象可追溯到《山海经》中关于"鹦鸟"的描写。③ 因丹朱不肖与帝尧产生的非和谐叙事在民间流传甚广,山东济宁盛传的民谣《尧王坟》,"尧王坟,八百八,无影山下藏真家。混帐儿子来扒坟,罪有应得头开花",可以看出民众对丹朱的憎恶之情。在河南地区流传的关于丹朱名字来源的故事中,民众丑化丹朱的倾向更加明显。"尧的儿子原名叫作㑄,因为他瞎了一只眼睛,所以叫'单珠'。"④民众对丹朱"丑"的塑造充满因审丑而带来的快感,在对丑态的叙事中宣泄了愤恨之情。

自由书写的本质是一种诗性的叙事,是"民"的叙事传统的回归,民众在真实的生命体验、浪漫的诗性想象中增加了谱系文本的叙事可能。在自由的诗性叙事中,民众将"大写的历史"转化为"小写的历史",通过对宏大叙事的解构来重建民间精神,恢复民间社会秩序。

小　　结

帝王神话叙事谱系经历了从一元的空间性到多元伦理、审美干预的转向过程,社会历史形态规约着神话文本的叙事结构和核心精神,原始的叙事逻辑无法

---

① 叶朗:《美学原理》,北京大学出版社 2009 年,第 358 页。

② 《丹朱的故事》,《临汾市民间故事集成》编委会编:《临汾市民间故事集成》,内部资料,1989 年,第 48—50 页,引用时有删减。

③ 在上古神话中,权力斗争的失败者死后往往会变化为鸟。《山海经》:"有鸟焉,其状如鸱而人手,其音如痹,其名曰鹦,其名自号也。"袁珂校注:《山海经校注》,上海古籍出版社 1980 年,第 9 页。

④ 《尧除单珠》,《中国民间故事集成·河南卷》编辑委员会编:《中国民间故事集成·河南卷》,中国 ISBN 中心,2001 年,第 45—46 页。

适应新的社会秩序时,其叙事方式会发生策略性的转变。帝王神话叙事谱系从关注部族群体生存命运,到关注社会政治变迁,最终转化为关注个体生命体验,这是对谱系功能提出的时代性要求,也是民族诗性智慧延续的体现。原始社会先民的身份认同依靠朴素的血缘传承和空间联系来确立,其维系的基础是短暂的时间与有限的空间。当社会政治进步、伦理文明出现后,民众的身份认同模式逐渐发展为建立在共同祖先文化基础上的部族、民族认同,这样,局部范围内空间谱系中的生存秩序得以建立。同时由于逐渐延伸的时间意识与被打破的空间界限,共同的历史、文化、审美等条件进一步引发了现代社会谱系的重组,扩大了谱系的能指范围。建立在局部空间关系上的认同经验,最终扩展为整个国家多元一体的认同模式。帝王神话叙事谱系的价值集中体现在这一从个体到整体的动态认同过程中,其中蕴含的民族集体意识,是帝王神话深层意义的彰显。因此,延续帝王神话谱系的叙事旨趣有其重要的现实意义,当代帝王神话谱系叙事的发展仍将是一个传承神话正能量、找寻失落神话精神的长远历程。

第十五章　帝尧神话传说谱系建构的
历史文化价值

帝尧神话传说在中国古代帝王神话传说资源中占据十分重要的地位,一直是备受学界关注的文化资源。尤其是晋南临汾陶寺遗址的发现,更将帝尧的历史真实性大大向前推进了一步,使得帝尧文化在当代的传承意义更为重要。对帝尧神话传说人物谱系的研究,具有重要的学术价值,作为"上古五帝"之一的帝尧,其"允恭克让,光被四表"[1]的人格魅力与"百姓昭明,协和万邦"[2]的历史功绩,不仅赢得上层统治阶级的认可,得到儒家学说的肯定,而且还受到了全民性的推崇。

帝尧神话传说人物谱系的研究,以其神话传说中丰富的人物形象与多样化的人物关系为前提,以帝系图景、君臣系谱、家族世系三个谱系分支为框架,以呈现在历史与人文合力作用下生成的人物谱系模式为目标。帝尧神话传说人物谱系的建构,主要以活态的田野资料为主,典籍文献的资料为辅,旨在勾勒出一个简洁系统的谱系框架,并在此过程中揭示其内部的生成特点。帝尧神话传说的主要调查地点涵盖了山西、陕西、河南[3]等多地,以典籍文献中的人物记载为线索,以活态的故事文本为基础材料,以帝尧其人为中心,将与之有叙事关联的人物以帝系、君臣、家族三种关系分别归类,并阐述这三种关系的复杂关联,尽可能生动地展示其谱系建构过程。

---

① （清）阮元校刻:《十三经注疏》,中华书局 1980 年,第 119 页。
② （清）阮元校刻:《十三经注疏》,中华书局 1980 年,第 119 页。
③ 主要调查点集中于山西临汾市、长治市、运城市;陕西渭南市、咸阳市;河南登封市、禹州市等。

一、帝尧神话传说研究的谱系视野

中国传统的谱系学研究方法,是将某个具有历史发展沿袭关系的对象从较为无序的自然状态,利用谱系研究的系统方法整理成有序状态的一个过程。并且同时揭示它之所以形成这样或者那样合理有序状态的外部原因,最终的呈现手段是用表象的成体系规模的、成文的文字数据来展现其内部规律。谱系既是关于事物逻辑分类的共时概念,又是关于事物历时演化的概念。谱系用外部的手法体现了事物之间的一种内部联系,即用外化于行的方式来体现内化存在的关系。

谱系理论被较多地应用在家族关系的研究中,[1]帝尧神话传说谱系的研究视角,将视野从单纯的亲缘关系建立起的家族系谱扩展至更加广阔的由帝王传承、君臣关系而产生的谱系网络,旨在对帝尧神话传说以人物形象为要素进行分类与归纳,运用谱系的建构方式,将谱系整体看成帝尧神话传说生发成的一棵枝繁叶茂的大树,以每一分支作为体现帝尧神话传说发展的横截面,对其进行各具特色的细致分析。[2] 将帝尧神话传说人物进行谱系研究的学术构想,在以往的研究成果中未曾有过。以往的研究重心,或在历史,或在文学,或从主题、情节、类型某个方面来研究帝尧神话传说,都不能够从整体上展示这一经典神话传说的生命史,而运用谱系的建构方式则可以将文化生成的"过程"与"结果"同时描述出来,探求神话传说内容形成的原初秩序,揭示其内在实质。神话与传说的意义和生机不仅表现为它们是对过去历史生活的反映,更表现于民众在当下社会生活中对它们的运用。这就要求我们对其资源要素具有全面的把握,利用谱系学的理论,积极地、有效地将不同历史、文化语境中的人物、情节合理地安排在一个共同的范畴与领域内,来挖掘其蕴含的历史价值与文化精神。

在长期的历史发展中,帝尧神话传说的各方面已经趋于成熟,无论是人物构成还是故事情节,都可以独立地作为研究对象来进行论述,具备了将"谱系"作为研究手段的基本特质。我们在查阅相关文献与实地调查中发现帝尧神话传说

---

① 林继富:《民俗谱系解释学论纲》,《湖北民族学院学报》(哲学社会科学版)2008 年第 2 期。
② 董晓波:《裕固族文化谱系解读及其现代性研究》,兰州大学硕士学位论文,2007 年。

不仅资源丰富,而且具有一定的内在逻辑性。虽然神话传说的故事文本在民间的流传中本没有"章法"可寻,但是正如顾颉刚所说的:"虽是无稽之谈原也有它的无稽的法则"。① 而帝尧神话传说历史悠久,意蕴丰厚,事实上已经存在着一个完整的谱系,所以适宜运用谱系与谱系学方法来建构分析。

帝尧神话传说系统性特征,建立在对帝尧神话传说进行归类剖析的基础上,系统性集中体现在其内容发展脉络的清晰化上,如果将帝尧神话传说的内容按照一定的线索进行分类,可以分为地域线索、事件线索,人物线索等。地域线索,可以将帝尧神话传说按照其出生地、起兴地、都城地、崩葬地等进行地域分类,在不同地域发生的故事则各成一类。事件线索,按照其出生成长、治世理政、成家生子等一系列事件,可以将帝尧的生平事迹囊括其中,完整地讲述帝尧神话传说的发展。人物线索,将帝尧神话传说以人物为纲,将神话传说"人物化",以不同的人物与帝尧之间发生的关系为支点,建立起一个合理的人物谱系框架,将有关人物以及事件合理排序整合。而较之几种分类方法,其中以人物线索为核心的方式,将各类人物按照与帝尧不同的关系分为多种谱系分支——君臣、帝系、亲缘等,具有较为完整的逻辑结构关系。

谱系空间,可以将其定义为能承载以谱系类型统摄的神话传说传承的实体空间,承载谱系分支的众多实体空间形成了一个整体的谱系传承空间。这些源自同一文本主题的传承空间或是零散或是集中分布,却都具备这样的特征:有丰富的神话传说文本资源、有充分的民众记忆、有持久不衰传承的信仰动力,简言之即拥有身体认同、地理认同与心理认同等特征。并且不同空间彼此相互影响,共同发展。谱系空间将流传着不同内容文本的地域纳入统一的体系中,体现出谱系空间的集群性特点。

在帝尧神话传说的发展过程中,其文本叙事属性呈现出了多样化的趋势。停留在作为口头叙事文本的阶段,神话传说的价值被湮没在民众茶余饭后的闲聊中。逐渐凸显出来的空间叙事方式,这一种时代性的产物使得本属于不同地域不同民众共享的口头资源财富,不得不打上了地域的印记,成为粘附特定空间物体进行讲述的文本。尤其是非遗的出现,使得传承空间的敏感度急剧增加,不同空间的叙事资源成为地方内部特有的话语权。而信仰的实践——身体力行的

---

① 　顾颉刚:《自序》,见《古史辨》第一册,上海古籍出版社 1982 年,第 22 页。

行为叙事方式,更是将某一类神话传说的价值提升到了较高的程度。例如帝尧神话传说中,尧舜作为上古贤君,其政治价值在当代被重新挖掘,尧天舜日的清明政治,唐尧的节俭清廉、虞舜的道德典范作用等,在今天都呈现出一种复归的趋势。帝尧神话传说经历了从单纯朴素的民间口头叙事资源,发展为一种具有重要价值的空间发展资源,并且逐渐展现出成为一种信仰实践资源的趋势。其演进一方面见证了随着时代的进步,神话传说传承发展的方式逐渐增多,另一方面也说明了神话传说资源在当代社会发展中的重要意义。可见,帝尧神话传说经历了一种从单一到繁复的发展状态,而且其神话传说的价值也经历了从低级到高级的变化过程。帝尧神话传说正是在这一系列的传承发展过程中,形成了特征较为明显的谱系空间。

二、帝尧神话传说谱系的三个支脉

帝尧神话传说谱系主要包括帝王谱系、群臣谱系、家庭谱系三个支脉。

(一)帝尧神话传说的帝王谱系

帝系图景创立的历史依据是五帝说与神话仙话化。五帝系谱的由来,源自于后世强烈的国家大一统政治需求的驱使,进而产生了华夷共祖思想带来的帝王世系传承现象。远古蛮荒时期,各部落独立,逐水草而居,并不存在某种特殊关系的牵连。随着部族征战活动的出现、早期的联姻活动以及社会生产力的不断提高,部落兼并融合现象随之产生,逐渐将原本不同图腾信仰、不同祖先神灵的部落合并在一起,呈现出了局部统一的局面。而后世出于对民族融合以及国家统一的期盼,将对这种原始生存状况的描述上升为一种制度上的华丽变身,不同部族产生出的首领也被冠以至高无上"帝"的尊称,早期部族首领更替模式的形成即是帝王世系产生的雏形。平稳的帝系传承成为后世人们渴求政治稳定、天下大同的原始准则。从先秦开始,"五帝说"逐渐盛行,并且出现了不同的五帝版本。帝尧神话传说中帝王谱系传承的路径符合顾颉刚提出的"层累地造成的中国古史"观,时代愈后,推演的数据资料愈充分,传说人物的身份愈详细,或许这些曾经的帝王都有短暂成为"帝王"的经历,但是在不停的部落征战中逐渐被后来者所取代。在后人的描述中,由于主观的倾向而导致了记载的不同。我们所沿用的"五帝说",是目前学术界较为认同的,记载于中国史学奠基之作《史记》中的帝系传承模式:黄帝—颛顼—帝喾—尧—舜。

在具体的帝系图景创立中,我们以五帝说为基础,同时根据其他与帝尧有关的典籍文献,加入了"少昊""帝挚"与"丹朱"三人。虽然这三人未入正统的"五帝"之列,然而对于帝尧的具体帝系传承模式而言,少昊继承黄帝帝位,帝挚继承帝尧帝位,丹朱被冠以帝名却是客观存在的历史记录。帝尧神话传说的帝系图景创立,可以完整地将其描述为"黄帝—少昊—颛顼—帝喾—帝挚—尧—丹朱—舜—禹"。

从文化诗学的视野来看,帝王谱系的形成过程中体现了历史与人文的合力作用。可以说在帝尧神话传说帝王谱系的建构过程中,"历史与文学共同构成的一个作用力场"①,历史与人文二者达到了一种二元"互动、互构、互融"的最高境界。帝王谱系较之于君臣与家族两种谱系而言最具严谨性,因为中国古代神话帝王谱系的建构关乎中华民族古老文化的正名,因此相比于其他两种谱系的建构而言,其源自神话本性中的"灵活性、任意性"大大降低,从某种程度上看,它更加倾向于历史话语权的建构。同时它又不可能完全忽略民间民众的呼声,因为历史由民众创造乃亘古不变的真理。也就是说,关于帝尧神话传说中帝系图景的建立,虽然历史深描的力度要大于民间的勾勒,但是二者却是共同在一幅广阔蓝图中完成建构使命的,缺一不可。因此,帝系的建立可以说是实现了历史与人文的有效互动。在帝尧神话传说帝系图景建立的过程中,历史原则与人文原则既有统一又有对立。其统一之处在于历史以其正统性、权威性来间接地、局部地影响民间话语的走向,例如典籍文献所记载黄帝之位的继承者既有少昊又有颛顼,民间便因此附会出《黄帝选贤传位的故事》。例如"双泪河"的故事,讲述了少昊与昌意两兄弟通过比试来决定谁继承王位,最终黄帝将帝位传于以聪慧胜出的少昊。②《黄帝隔代传位》讲述了黄帝将帝位传给具有治国之才的颛顼的故事③。帝王世系的正统性使得民众无法随意地创造一个人物形象来加以传承,必须在历史话语权"无形"的约束下进行合理的讲述。当然,有时历史原则与人文原则也会形成一定的冲突。例如在继承帝尧之位一事上,典籍文献记

①　王岳川:《新历史主义的文化诗学》,《北京大学学报》(哲学社会科学版)1997年第3期。

②　乔忠延:《神话传说》,江苏少年儿童出版社2007年,第76—78页。

③　资料来源于网络 http://blog.sina.com.cn/s/blog_9ffd30b80102vovr.html。

载中,虞舜以"压倒性"优势"打败"了丹朱,丹朱被塑造成一个负面人物形象。然而,在民间口承文本里,民众具有一套自己的解释话语,即使丹朱的贤德不及虞舜,虞舜继位也并非因为丹朱的"不肖顽劣",而是丹朱英明自知,主动"让贤"。再如,帝挚形象的存在,典籍的"认可"与民间的"忽视"形成了鲜明的对比,民众产生的对于帝尧情感上的推崇与"偏爱",造成了对于帝挚形象较为被动的接受局面。可见,历史的向度与人文的向度在上层与下层的话语权中进行着微妙的"较量"。因此神话传说的成功叙事,便在于历史与人文两个维度的悖论所形成的艺术张力,①才使得民间文学具有了"传奇性""多态性"等特征。文化诗学的历史观在某种程度上将"大历史"转化为了"小历史",如果从神话传说的视角进行解读,则可从神话传说的内容中窥探到一定的历史真相,帝尧神话传说中的帝王谱系内容,将为民众提供一个认识与回顾中华历史的广阔视野。神话表达了人类本性的共同意愿,即企图达到真实,生活在一个富有秩序的宇宙之中,克服那种天人无分、缥缈不定的混沌状态。② 尧天舜日的理想政治,是上古时代构建有序社会的契机,是后人进行托古改制的理想基础。

(二)帝尧神话传说的群臣谱系

帝王权威的建立离不开群臣的辅佐,国家政治的最高体现形式是君臣秩序,君臣和,各主其政,则天下万事兴矣。故而,君臣关系的和谐是理想政治的基本要素。春秋之后,中国文化是在理性的时代复制和发展着上古神话中所表达的基本文化精神和心理范型的。③ 例如《尧典》《五帝本纪》等著述都极力宣扬尧舜时期圣君贤臣的历史典范。尧天舜日亦称舜日尧年或者舜日尧天,用来表达后世对尧舜盛世的赞扬和向往之情,显示出了尧舜政治神话的深远影响。《论语》有云:"大哉尧之为君! 巍巍乎唯天为大,唯尧则之"。④ 孔子将尧与天作比,尧能法天而行教化,遂有后世"尧天"一说。而尧舜齐名的治世理想,使得人们以"舜日"的功绩来匹配"尧天"的功勋。在神话传说中,尧天舜日理想实现的

---

① 童庆炳:《童庆炳文集》第十卷《文化诗学的理论与实践》,北京师范大学出版社 2016 年,第 360—379 页。

② [德]恩斯特·卡西尔:《国家的神话》,华夏出版社 2003 年,第 17 页。

③ 张开焱:《神话叙事学》,中国三峡出版社 1994 年,第 106 页。

④ (清)刘宝楠:《论语正义》,中华书局 1990 年,第 308 页。

第一步是明君形象的塑造,第二步则是明君之下的贤臣形象,而这也正是儒家思想所极力推崇的"政治共同体"——明君贤臣。明君固然是尧舜两位帝王,尧受禅于帝挚,舜受禅于帝尧,二者共同开辟了统治盛世。明君要符合"内圣外王"的特质,"其仁如天,其知如神"的尧,所到之处"一年成聚,二年成邑,三年成都"的舜,正是这种特质的代言人。

　　除去自身的治世光环外,在其政治理想的实践领域,必少不了贤臣的辅佐。而贤臣的出现,往往也是社会生产生活的具体发展要求。例如,在尧时期的神话传说中,尧臣的设置基本涉及了科技、农业、生态、领土、文化等方面。君臣人物设定的两种模式:一是"入仕为臣",一是"从道不从君"。前者是例如后稷、大禹等因有治世之才而出世为官者,后者是有大道的隐士如席老师、巢父等帝王"闻其有才,求而不得"的人。在"入仕为臣"中的诸多人物设置,与帝尧时期多发灾难的社会实况有关,当然"灾难多发"也许仅仅是因为上古时期先民的认识水平低,对自然界发生的大小灾害都毫无抵抗力的夸大描述。所以,在这样的社会情况下,帝尧作为君主需要贤臣的辅佐才能来一起克服难关,例如后羿的射日、鲧禹的治水等,君臣合力使子民过上幸福的生活,所以贤臣的出现变得十分重要。当然,君臣系谱的建立,较之帝系、家族两者来说最具有不确定性。因为广义上来讲,在帝尧统治时期臣服于帝尧的皆是尧臣,典籍或民间叙事无法做到事无巨细的记载,仅仅是择其中较为典型的来加以传承,因此才有了羲和制定历法、皋陶作刑造狱、后稷教民稼穑、鲧禹治水、舜平定四凶等重大"文化事件"。关于帝尧统治时期的政治叙事,尧臣的角色占据了重要地位,他们在帝尧的英明统治下共创了盛世。尧天舜日的理想政治模式,开启了后世对尧天舜日政治理想的无限期待。历代圣贤对政治的关心凸显出了君臣关系的重要性。后世无论出自何种目的对尧舜统治时期的政治美化,都是合理的陈述,仅仅是对一种清明政治的向往。古史观念中塑造的政治理想影响深远,成为后世历代王朝推崇的政治追求。前人建立起来的类似于乌托邦式的政治模式,在后人心中不至于崩塌的最好方式就是将其作为政治理想来继承。通过塑造更为理想化世俗化的完美人格把统治经验上升为一般的规定,使人们的思维活动直接面对现有的材料,而圣人的先验性及认知的逻辑性则满足着君主与臣民的双重需要。① 那么为何无论

---

① 张强:《皇极意识与唯圣思维》,《河南教育学院学报》(哲学社会科学版)2001 年第 1 期。

统治者抑或民众,都对"尧天舜日"产生了理想式的追寻态度。首先,在于诸子百家不同思想观念的叠加,将单调的事件或者人物形象不断地丰满,满足了不同立场人群的需要。其次,在于尧舜神话自身发展中出现的神话趋向历史的迹象,加深了民众对其可信度。最后,是不同立场的人群自身的政治需求使然,盛世光景是人们共同追求的理想生活。尧天舜日就这样通过知识人和民间的共同称颂,成为历代中国人发挥怀古之幽思的永久性对象。[①] 尽管在后世,神话在国家政治生活中失去了主导意识形态的地位与作用,但它作为一种政治理想,仍旧得到了肯定,这是历史与文化双重选择的结果。在不同的时代,"尧天舜日"都被赋予了新的形式,成为人们心中追求的政治典范。

(三)帝尧神话传说的家庭谱系

在我国上古神话中,似乎很少有纯人格形象的神祇。之于帝尧,他从最初的仅有太阳神神格的神灵,演变为物人混合型神灵,最后演化为民间所传的"孕十四月而生"的纯人格形象。这一转变历程随着神性的失落,帝尧转而变成了人间的明君,其体格也由非人格变成了纯人格。[②] 而在后世不断的历史化情节中,帝尧的人格特征不断被加强,对人格特征的肯定表现为对普通血肉之躯的接纳与凡人正常七情六欲的默许。后世所呈现的帝尧的画像,皆是表情威严的凡人形象,族群观念的认同也许只有先从形体上的认同才能更易于升华到思想上的认同。只有将帝尧形象彻底生活化、平民化,他才能以人间帝王的形象介入凡人的世界,更广泛地参与社会叙事。在人类的繁衍生息中,最直接、最自然的、最必然的关系就是男女关系。[③] 正如意大利思想家维柯所说:"神是人的本质的对象化",帝尧作为凡人的形象自然不能避免凡人社会化的男女之情,而由男女婚姻关系建立起的家庭,则是进行繁衍生息的基础单位,于是炎黄子孙得以名正言顺地代代相传。

家庭谱系是整个帝尧神话传说谱系里最富有民间性和人情味的华彩乐章。血缘伦理是构成家庭的重要渠道,而家庭是构成国家的最小因子。中国自古以

---

① 叶舒宪:《班瑞:尧舜时代的神话历史》,《民族艺术》2012年第1期。
② 张开焱:《神话叙事学》,中国三峡出版社1994年,第85页。
③ [德]恩格斯:《家庭、私有制和国家的起源》,《马克思恩格斯选集》第四卷,人民出版社1972年,第33页。

来形成的"家国同构"思想,即家庭、家族与国家在组织结构方面的共同性,①使得国家和家庭在建立的结构上基本一致。古人对"一脉相传"的执着,即为最早的血缘伦理观念的体现,也就是后来典型的"家天下"思想。即使上古帝王的传承中出现非直系血缘传承的案例,但是从宏观上来看,他们传承的路径仍是一脉相承的,中间虽出现了隔代传承的现象,但回溯几代以上,他们仍是出自同一先祖,暂为庶人的虞舜仍是黄帝的八世孙。整个帝位的继承还是在一个大家庭内部展开的,即血缘关系与政治权利的结合。继承方式无非是在黄帝一脉中以"兄弟相袭""父位子承""隔代再传"等不同的方式进行,正如《汉书·盖宽饶传》所言:"五帝官天下,三王家天下。"而家庭或者宗族,"都是男性血缘关系的有形或者无形的社会组织"②,这也正是中国古代社会长期存在的男权社会的体现。由血缘伦理建构的家庭关系,是开展一切社会活动的基础。

家庭是家族谱系构成的最基础模式,同时也是最重要的途径,是帝尧神话传说人物谱系建构最基本的一环。将帝尧神话传说文本中有关帝尧的家族轶事,以血缘关系为起点,运用谱系"能帮助人们计算亲属关系,确立亲属行为"的特征来建构家族世系,这是一项有意义的工作。有天地然后有万物,有万物然后有男女,有男女然后有夫妇,有夫妇然后有父子,有父子然后有君臣,有君臣然后有上下。③ 可见,由男女结合推演开去的血缘关系是伦理形成的基础,因此关系衍生出的"子、父、母"模式是最小的行为构成圈,由此组建的家庭是最小的社会细胞结构。父母的建立以婚姻为基础,子的产生以血缘为基础,"子、父、母"的建立模式符合道家"三生万物"的哲学观点。在这种传统模式中涵盖了数种社会关系,婚恋结合、子女传承、家庭家族等。而人的初级本质是家庭婚姻关系,婚姻集团是以一代一代的夫妻关系组成家庭圈子。个体婚制是一个伟大的历史进步……是文明社会的细胞形态,④它是其他一切社会关系建立的基础。"子、父、母"的传统建立模式,也成为影响后世的重要家庭建立模式。可以说,中国人传

---

① 王建科:《元明家庭家族叙事文学研究》,中国社会科学出版社 2004 年,第 9 页。

② 冯尔康:《20 世纪中国社会各界的家族观》,《中国社会历史评论》第 2 卷,天津古籍出版社 2000 年,第 51 页。

③ 王建科:《元明家庭家族叙事文学研究》,中国社会科学出版社 2004 年,第 10 页。

④ 中共中央马恩列斯著作编译局编:《马克思恩格斯选集》第四卷,人民出版社 1972 年,第 61 页。

统的家庭观、伦理观等无一不是由此延伸开去的。如果没有神话传说世界的自由想象,那么现实生活的行为秩序亦不可能如此完善。

帝尧核心家庭传说故事有一个值得注意的有趣现象,即晋南临汾地区作为其家庭神话传说较为集中的流传地区,形成了一种跨地域空间的联合叙事优势,即不同地域空间因地理空间上的接近与传说叙事情节上的配合,围绕帝尧个体生命的完善历程,将不同的地域空间组合为一个统一的叙事整体。空间关系既为人们所主观形塑,反之又为人们的叙事表达发挥着重要的作用。它消解了彼此间的地域界限,使得文化进一步同质化与联合化,成为一种共享的传承模式。借用空间的区位叙事特点以及空间的逻辑关系进行叙事,"我们这儿是尧王的出生地,翻过那座山那儿就是他娶妻生子的地方","这儿……那儿……"成为了联合关系的表述逻辑,同时也成为联合空间发展的有利条件。例如临汾伊村是帝尧的出生地,仙洞沟是尧王成亲之地,翼城是帝尧封侯之地,平阳是帝尧建都之地……在情节上持续连贯,在空间上先后相继的跨地域空间关系成为了叙事发展的有利条件。可见,帝尧神话传说发展的地域观念十分强烈,它将不同的谱系人物、地域关系,糅合在一个统一的神话系统之中,依靠地域的不同空间特点与人物的独特叙事资源,塑造出不同的世系分支。这样形成的神话传说资源集群性,成为了帝尧神话传说人物谱系研究的有利条件,人物所具有的地域、关系、情节等方面的"牵连",使得谱系网络形成了从点到线,最后扩展到面的良性循环发展局面。可见,从长远来看,神话传说的研究不仅仅是对于文本的研究,更是对一种地域关系的研究。

三、帝尧神话传说人物谱系的生成特点

(一)帝尧神话传说人物谱系文本的生成规律

帝尧神话传说首先是以一种文学文本的面貌存在,在它的发展过程中,不同讲述风格、不同故事情节的各类故事构成了帝尧神话传说的整个叙事文本内容。谱系分支的长衰规律是围绕谱系文本(有关帝尧神话传说人物谱系建构的文本,本章将其简称谱系文本)的叙事特性展开的。神话传说文本在民众的传承中所表现出来的有限性,是指其表述方式已经基本形成一定的规模,固定的人物、可数的情节,局限的类型。关于帝尧神话传说的人物谱系,在典籍叙事与民间叙事的记录中,其人物谱系分支已经基本定型,囊括于帝系、君臣、家族三个分支中。在这有限的谱系分支叙事文本中,却体现出了"优胜劣汰"的发展法则,这是人物谱系分支内部的长衰规律,它保留了生命力旺盛的叙事内容,而剔除了无意义的叙事文本。这种规律在帝尧神话传说的君臣系谱中表现得尤为强烈,君臣谱系中帝尧的臣子众多,但是在传承的过程中却出现出了"良莠不齐"的发展局面,有些尧臣仅仅是在典籍记载中被一笔带过,例如帝师尹寿、善卷、方回、子州支父,乐正夔,工师倕等人,在民间叙事中几乎已经销声匿迹。而有些尧臣却在历史与民间都留下了浓墨重彩的一笔,例如舜、后稷、皋陶、后羿等人。因此,透过传承现象我们可以窥探出谱系分支的长衰规律。第一,叙事表现力度小,即典籍记载较少,民间表述几乎完全没有的传承现象。人物形象模糊导致人物的真实性欠缺,致使传承断裂。第二,叙事类型的重复,导致人物及事件的有用性降低,致使其在历史的长河中逐渐黯淡失色。第三,叙事意义的贬值,导致原本清晰的人物线索因为时代意义的缺失而趋于消逝。谱系文本呈现出的长衰规律,是谱系文本内部的叙事机制在发挥作用。平行的原始叙事在发展中往往不会出现"齐头并进"的生长态势,会因种种原因出现长衰的差异。

　　君臣系谱——定型后不断地"小修小补"。如果将君臣系谱的建立过程比喻为一座建筑物的修建,那么君臣系谱的生长趋势用"小修小补"来形容则较为恰当。君臣系谱在典籍叙事与民众叙事的合力建构下呈现出了基本完善的框架,如果将典籍叙事与民间叙事在一定范围内进行对读,那么不难发现,二者的叙事轨迹在重合之外亦有独立之处。谱系分支的生长趋势在很大程度上是由不同谱系分支的本质属性决定的。典籍叙事对三者的塑形作用可以说是"不偏不倚"的,关于帝系、君臣、家族三者而言都拥有完整的典籍叙事资源,以历史话语的形式奠定了谱系分支的基本框架。而民间叙事则不然,民间叙事资源并没有以严格的文本形式出现以及定型,只要民众不停止创造的脚步,叙事就不会停歇。故而,民众叙事的参与以及话语权的体现,直接决定了谱系分支是持续生长或者停滞不变的不同发展趋势。帝系传承——定型后的原状维持。中国古代的帝王神话传说,关系到早期中华民族帝王世系的正名,关系到对民族英雄的历史定位。它不同于一般神话传说的随意可生性,必须经过相关社会历史的甄别,与国家的利益、人民的意志相统一。家族世系——定型后持续地茁壮发展。帝尧神话传说人物谱系的家族世系分支,是最具有生长生命力,最具有发展潜力的一支。在帝尧家庭世系中,典籍叙事与民间叙事都呈现出了核心家庭与扩展家庭两种人物归类方式,基本的定型之下却潜藏着不断发展的分支结构。

(二)帝尧神话传说人物谱系文本的审美价值

谱系文本叙事中的审美实践,是指诸多谱系人物形象在塑造的过程中,都倾注了民众独特的审美体验,将民众朴素的"真善美"审美标准内化在人物形象中。审美活动的行为动机来源于人类表达情感的客观需要,在人物谱系的建构中,民众的审美情趣发挥了重要的作用,使得谱系分支的生成在某些细节中体现民众对美的客观表达,同时也充满民众的叙事智慧。一切审美活动都建立在人类初次的感性判断基础上,继而进行理性的加工,形成"喜爱则会美化,洋溢激情;不爱则会丑化,无动于衷"的鲜明的美与丑的审美选择。在帝尧神话传说人物谱系的建构中,民众的审美领域主要涉及人物美与行为美两种范畴。

人物美的第一个层面是人体美,人体美是人类最为感性的对美的基本认识,尤其以女性的人体美为最甚。[①] 帝尧作为千古圣人,在民众的审美世界中,理应匹配优秀貌美的夫人,于是鹿仙女的美丽形象便出现了。除美之外,丑也是一种审美的方式,在民众的审丑观念中,"人丑心更丑,相由心生"的传统表现方式就是对人物形象审丑的实践方式。人物美的第二层面是人的风姿与风神。当一个人的外貌表述被用来代指该人的精神美,气质佳的时候,就形成了一种风姿之美,风神之美。[②] 在帝尧神话传说人物谱系的建构中,帝王的相貌正是民众人物形象审美表现的较高境界,即外貌的描述旨在反映帝王的圣人气质。人物美的第三层面是处于特定历史情景中的人物美。以上两种人物美的表现仅仅是以外貌的特征为依据,脱离了人物所处的社会生活环境,而这一层则是把人物放在特定的历史环境之下来欣赏。[③] 例如帝尧的臣子司空大禹,"三过家门而不入"的故事,更倾向于表现人物的道德精神之美。

马克思主义认为,劳动创造了美,劳动首先使劳动自身成为审美对象,劳动

---

① 叶朗:《美学原理》,北京大学出版社 2009 年,第 204 页。
② 叶朗:《美学原理》,北京大学出版社 2009 年,第 209 页。
③ 叶朗:《美学原理》,北京大学出版社 2009 年,第 211 页。

美是社会美最基本的内容。因此,对于民众而言,对劳动的审美体验应该是最本质的、最崇高的审美活动之一。而在人物谱系的生成中,因劳动之美而建构的人物形象特征也尤为突出。劳动之美在人物谱系的建构中,较多地体现在君臣系谱中,民众表现出对劳动人的赞扬,对劳动最光荣品质的肯定。例如帝尧的大臣后稷,其农业事迹被人们不断传讲。正是因为后稷的辛勤劳动改善了天下黎民的生活,因此被民众用至高无上的"神灵"身份来回馈。民众将劳动创造幸福生活的实践,不断地反映在神话传说文本中,用另一种笔调来记录社会生活的文化史。

精神之美是民众审美观念中崇高审美特征的表现,由崇高引起的美感,表达了民众内心最强烈的对美好事物的希冀与追求,而精神之美通常都是由某种爱的表达所引起的。帝尧神话传说中人物谱系的建构,将爱泛化为对君主的敬爱,对父母的慈爱,对手足的关爱,对配偶的情爱,对子女的宠爱,对人民的大爱。而这些爱,在奉献与牺牲中造就了精神的崇高,进而在神话传说文本中才能塑造出具有健全情感特征的人物形象。神话传说中人物的行为就是人类自身情感的外化,是一种精神的寄托。中国上古神话中的帝王传承有一个共同的特点,即历代帝王都是德智兼备的美好形象,而德行则成为第一必备条件。"德"的存在正是人物精神之美的体现,在民众的审美取向中,他们希望统治人间的帝王拥有美好的德行,以此来善对天下苍生。

悲剧之美是审美范畴之一,悲剧的审美形态源自深刻的"命运感","理性无法完全自由地支配命运,人的选择和努力有可能事与愿违,造成灾难——这是悲剧的原因。"①鲧的"为山九仞,功亏一篑,终成亡魂"的悲剧命运,可以说是在帝尧神话传说人物谱系中较为典型的悲剧发生,鲧一心为民除水患,但怎奈事不顺遂,造成悲剧性的结局。鲧的死亡造成了民众的悲痛与恐惧,一则是惋惜鲧的牺牲,二是民众又将继续受难,而悲痛与恐惧正是悲剧美感的表现,"悲剧恰恰在描绘人的渺小无力的同时,表现出伟大与崇高。"②但是鲧却死不瞑目,因为他虽然抱着牺牲自己的决心为人民的利益而战,但是治水的夙愿未了,百姓仍饱受水患之灾,于是其尸三年不腐,并且用自己的精血和心魂孕育出了新的生命——

---

① 叶朗:《美学原理》,北京大学出版社 2009 年,第 346 页。
② 朱光潜:《悲剧心理学》,安徽教育出版社 2006 年,第 261 页。

禹,大禹继承了父亲鲧的神力与遗愿,最终完成了治水大业。[①] 悲剧是希望的开始,虽然鲧因心系百姓为民牺牲,然而却有了"鲧腹生禹"的续文,于是死亡又成了希望的开始。

(三)帝尧神话传说人物谱系文本的传承模式

帝尧神话传说人物谱系发展成熟的标志就是其谱系分支的顺利传承,故而它的具体传承模式也是对其生成特点的诠释。帝尧神话传说谱系文本在历时传承中表现出来的不同方式按照传承的时序分为原生性与新生性两种,其动力来源受到阶层的自身属性、基本能力以及时代特点、客观需要等因素的影响。这里需要特别指出的是,对于帝尧神话传说人物谱系的传承,在民间并不会呈现出"人物谱系"的传承意识,仅仅是对与"帝尧有关的某一类、某一个人物"故事的传承。因此,对于谱系传承的民间表述方式也客观等同于对某类神话传说的传承。

原生性传承方式,是指神话传说的原生态传承路径,即以传统的记录、讲述、实践等方式来传承故事文本的简单途径,包括静态传承——传统的文本叙事,动态传承——民众的口头讲述与信仰实践等方式。原生性传承的目的比较集中,仅以呈现与反映故事文本内容为目的。在当代,这些原生性的传承方式也呈现出了新的发展特点。例如另外一种"文本叙事"手法的出现,即在国家话语之下民间文学资料搜集与整理工作的开展,在"全面搜集、忠实记录"原则下,将各地民众口头流传的故事文本整理成文,将各类文本资料以集成的方式公开展现出来,这是我们在研究帝尧神话传说人物谱系时重要的原始文本资料之一,以书面文本形式记录的口头文本,更便利于某些学术研究工作的开展。原生性的信仰行为传承至现代,更呈现出一种蓬勃发展的趋势,在不同时代社会心理的驱动下,发挥了更加重要的民俗功能,作为宗教灵感的碎片,它既是民众生存需求中自由信仰的方式,更是民众宣泄情感、道德教化的工具。记录帝尧神话传说人物谱系内容的文本,无论书写叙事还是口头叙事形式的表达,都是一种原生性的、自然呈现出的传承方式。

新生性传承方式,是指神话传说在当代呈现出的新生态传承路径,这种传承

---

① 袁珂:《中国神话传说简明版》,北京联合出版公司 2015 年,第 287—289 页。

方式具有典型的时代性特征,呈现出"一人一物"的传承路径,"一人"指非物质文化遗产传承人,"一物"指因物打造出的文化景观。新生性传承方式与帝尧神话传说的人物谱系相比较而言更加具有传承的针对性,更加强调对于不同谱系分支人物传承情况的叙述。在神话传说的传承发展中,较之于民众传承的大众群体性,国家法定的非物质文化遗产传承人则具有小众性。在这"小众性"人群的确定中,首先需要国家做好"向下看"的工作,积极走进民间、走进田野才能发现珍贵的民间文化资源,进而予以重视;其次地方政府与民众要齐心协力,挖掘当地文化的独特价值与意义。这样上层与下层动力的对接,才有可能使民间文化得到更好的保护。而非物质文化遗产传承人制度的确立,使得神话传说在民间的传承工作,在以前的无义务、无权利主体的大众传承中形成部分人有权利有义务的"特殊性"传承,当然我们并不能忽视那些没有成为非遗传承人但仍旧热心致力于民间文化传承工作的民众。

广义的文化景观是指由人类与自然合力完成的作品,依托神话传说资源打造的文化景观,是帝尧神话传说人物谱系传承现状中出现的一种新型传承方式。在地方政府机构、广大民众,以及经济投资者等多方面力量的共同作用下,文化景观成为传承地方文化的重要载体。帝尧文化景观以帝尧神话叙事为核心,以自然风物、历史遗迹为媒介,在新的时代背景下,重新讲述帝尧神话,显示着新的魅力。

小　结

神话是人类意识在漫长历史时期中沉积和凝定成的"原质态"产物,以形象的方式真实呈现了生活世界本身。无论是人格化的神还是神格化的人,都是生活的真实反映。神话传说以不同的、另类的方式感知着世界的发展与变化,因此形成了独特的文化思维,成为人类最原始最质朴的文化认知。帝尧神话传说人物谱系的建构价值,正是将这样一种文化认知以集中的、系统的形态呈现给民众。其谱系建构过程,是围绕尧在上古神话中的帝王身份、本土道教中的神灵身份、民间传说中的尧王身份等多重身份进行的多维叙事过程。每一种身份在不同语境中的文本生成,都为其人物谱系的建立提供了线索,成为人物谱系逐渐完善化的客观动因。帝尧神话传说人物谱系的建构意义,一方面在于提倡一种文化上的认同,即从谱系结构的多元性与互动性中提炼出一种整体的文化认同感。将散落各地的民间文化瑰宝,在谱系的视野中进行对比与整合,既可以实现文化资源的序化,又能达成地域关系的重建;另一方面在于通过建构的过程来重现民间文化的原初意义,旨在从神话传说的内容形式、发展演变过程中揭示其内部蕴含的审美文化与当代价值。

第十六章　仪式、信仰互动下的传说礼法实践

——以晋陕两地尧女传说对比研究为例

本章选取山西与陕西两地异质空间内部颇具代表性和渊源性的同形人物尧女传说为例,在剖析两地大型仪式与信仰实践的基础上,从传说人物形象的"一体多面"性谈起,结合传说与地方社会的不同互构方式,展现在仪式、信仰互动下特定传说在社区内部的礼法实践形态。以此透视现代民间社会秩序建构中,传说信仰的当代延续意义。

传说本事是口头的、原初的文本实践,传说仪式是一种象征性、艺术性的身体行为存在,传说信仰则是心理的、内化的思维方式,三者属于一体化状态下产生的不同产物,彼此约束、佐证、影响。山西洪洞与陕西尧山两地的尧女同形人物传说,因异质空间的存在故而引发了迥异的信仰实践方式,使得两地的民间社会秩序形态偏向了礼与法的两端,将具有礼俗与法治两种鲜明特征的社区生活状态展露无余。当传说的积极影响力在相对封闭的社区内部作为普遍的生活秩序呈现时,因传说不同的本体性质与意义阐发,其展现的社会功能是不同的。

一、晋陕两地尧女传说本事

尧女传说是指围绕上古五帝之一帝尧的两个女儿娥皇、女英产生的一系列传说故事。山西洪洞与陕西尧山两地,是尧女传说的集中流传地域,两地传说的主人公都是帝尧之女,但因地域差异故呈现出不同的形象特征,并因此展现出不同的民间仪式与信仰模式。

洪洞地区百姓供奉的"姐妹娘娘"分别指帝尧的两个女儿娥皇与女英,二者围绕"姐妹关系"形成了一系列地方传说。陕西蒲城的尧山圣母俗传是帝尧的二女儿女英,娥皇女英两姊妹"争夺"尧山地盘,最后聪慧的女英争得并在此成为一方神灵,两地在传说形成与发展过程中均形成了所谓的"大型传说仪式"。美国社会学家贝格森将仪式划分为微型、中型、大型。大型仪式指的是需要与日常生活区别开来的集体的庆典仪式,其特点是非常正式,完全从日常生活中独立出来(通过在特定的时间和地点等方式),并由一个社会共同体集体参与。① 从参与人数、活动空间与影响力来说,两地围绕"尧女"信仰所形成的洪洞"接姑姑迎娘娘"仪式与尧山十一神社清明迎神赛社都属于大型的游神仪式。但两地的尧女传说因不同的传说流传空间,形成了完全不同的人物形象与传说讲述风格。

(一)临汾:两帝成翁婿,二女侍一夫

临汾地区被认为是"正统"的、集中的帝尧传说流传地,而"本地"的两位"尧女"也可谓家喻户晓。流传在洪洞地区的一副对联巧妙地揭示出这种关系,"父帝王夫帝王父夫帝王,姐皇后妹皇后姐妹皇后"。在这里"尧女"传说的建构更多地依赖由上述众多人形成的"家庭线索",包括父女、夫妻、姐妹等多条主线关系。其身份被放置在一个巨大的家族网络之中,围绕"尧女"形成的传说也成为名副其实的"家庭女神"传说。在临汾帝尧家族神话传说圈中,不同地域空间因地理空间上的接近与传说叙事情节上的配合,形成了围绕传说人物身份,借用空间区位叙事特点进行叙事的整体优势,"我们这儿是两位娘娘的出生地,翻过那座山那儿就是她们的婆家""这儿……那儿……"成为了当地民众心中笃定的传说地域逻辑。② 两位女神与舜王姻亲的缔结,使得尧舜关系从帝王君臣变为翁婿关系,从而使亲属关系成为当地建构传说的主要依据。

(二)蒲城:帝尧威名逝,圣母神通继

陕西蒲城一带的民众因念及尧王治水之功,将女英这一"外来"的娘娘供为

---

① 王霄冰:《文化记忆、传统创新与节日遗产的保护》,《中国人民大学学报》2007 年第 1 期。

② 闫咚婉、魏晓虹:《论地方传说生长的内部机制——以山陕湘三地尧女传说为例》,《山西大学学报》(哲学社会科学版)2018 年第 3 期。

尧山的圣母,并且修祠纪念她。① 该地域的传说缘起充满了"功利性":神灵有功,因功谢神。通过父女两代神灵在当地的"功德继承"性,顺理成章希望"尧女"继续护佑此地。继帝尧治水建功之后,女英女承父业又在此护佑一方,被尊为尧山圣母。因地缘关系,陕西尧山地区社会空间较为闭塞,在民众的整体信仰体系中,除去送子观音、龙王、土地爷、药王、牛王爷、马王爷等一些民间俗神之外,并没有形成当地独特的地方性神灵。而且上述神灵神职功能较为单一,无法满足当地百姓整体性的信仰需求。而从外"迁徙"至此的圣母,因远离传说原生地,和帝尧的身份牵连弱化,具备了重塑神灵形象独立性的前提,但仍继承了帝尧的"余威",被民众塑造成为集救人、降雨、求子、惩罚等职能于一身的"事业型"圣母形象。

二、传说仪式的行为本质

仪式是传说立体的、集中的展演,是以激烈鲜明的形式展现传说信仰的手段。我们将两地的仪式简要概括为:洪洞——建立在虚拟姻亲关系上的一场走神亲仪式;尧山——建立在十一社轮流迎神基础上的一场权利置换仪式,通过对两地传说仪式行为建构本质的剖析可以了解两地不同的信仰内涵。

(一)行走中的"通过仪式"——身份的确立与神亲的缔结

任何形式的从一种状态向另一种状态的过渡都可以被称为通过仪式,因此通过仪式也包括一个群体从一种状态过渡到另外一种状态所举行的仪式。② 可见,通过仪式具有显著的转换性意义。作为"尧女"的两位女神,经过通过仪式的身份转化而成为"舜妻"。通过"一接一迎"的整套仪式将两位女神的身份合法化与公开化,正是在"通过"中,神亲得以建构,仪式的神圣意义得以彰显。

---

① 《尧山圣母来历》的传说梗概:"帝尧治理天下之时,外出巡游到了陕西蒲城一带,路见尧山突发大水,遂停留治水。因尧王来此,该地水涨多高,山浮多高。洪水退去后,此地被人称为浮山亦称尧山。尧王的两个女儿,原来相处和睦同居一地,后来闹矛盾住不到一块。大女儿娥皇喜欢吃韭菜,小女儿女英喜欢吃山蒜。闹矛盾之后,女英手快,将一把山蒜抛到昔日父亲治水的尧山,说这是我的地盘,后便独自一人远迁于此。此后,尧山遍地山蒜。"

② [英]维克多·特纳:《象征之林》,赵玉燕等译,商务印书馆2006年,第93—94页。

1. 兼具身份角色与等级的转化:从"姑姑"到"娘娘"

在洪洞县不同的地域范围内,帝尧的两个女儿娥皇与女英有两种不同的称呼——"姑姑"与"娘娘",而当地人所指的"娘娘",是"奶奶"的意思。也就是说同样的人物在不同的地域辈分不同,"娘娘"的辈分显然要比"姑姑"高出一辈。身份的强烈对比显示出当地人对传说故事的忠实继承,而这样的身份对比在仪式中得到了重申与展演。① 接"姑姑"回娘家,迎"娘娘"回婆家,借用通过仪式的某些理论可以较为清晰地分析仪式中二者身份的转换。通过"接迎"形成的完整的通过仪式,既包括时间上的通过,也包括地域上的通过。

首先是时间上的通过,接姑姑迎娘娘仪式分别在每年农历的三月与四月进行,正是这两个特殊时间的存在,使得两位娘娘的身份被特定的时间暂时地强调与转化。三月初三羊獬举行接姑姑仪式,接"姑姑"回家省亲,与父母团聚,为尧王过寿,"姑姑"的身份得到了提升。在四月二十八之前居住在娘家的这一段时间,两位女神暂时与婆家"娘娘"的身份脱离。从婆家接回娘家,由媳妇变回了女儿,当地人"姑姑"的尊称得到了神圣时间的允许。四月到了农忙的季节,将两位"娘娘"迎回历山婆家之后,其身份得到了恢复,媳妇与"娘娘"的身份重新获得。身份的变化在这两个节日短暂的交换当中得到认可,通过的仅仅是接、送过程中数十公里的路途,但是身份却发生了显著的变化,随着"姑姑"与"娘娘"身份的转化,尧女与舜妻的身份也得以复原,神灵系谱与社会地位也随之改变。接姑姑迎娘娘仪式使得女性的身份得到了暂时的转化,但是并没有打破原有的结构,它会在仪式过后重新复原。

其次是地域上的通过,以汾河为界,汾河以西称为"娘娘",汾河以东就叫"姑姑"。而历山作为婆家,"娘娘"的称呼更为正统。汾河成为通过仪式的"门坎",在这里身份得到了等级上的升降,汾河以东的村庄要比汾河以西村庄身份高一辈。过汾河就是与原来身份分离的象征,走亲途中除历山之外的过渡村庄,可以说是介乎娘家与婆家之间的阈限阶段,即处于羊獬与历山正统话语权之外的过渡区域。可以确定的是整个阈限空间都偏向于肯定"姑姑"与"娘娘"地位的转化,但是模糊性则体现于在具体某一个地域中的"通过",实则为民间对资

---

① "娘娘"是娥皇、女英的婆家历山与汾河以西诸多村落民众对"尧女"的称呼,而"姑姑"则是娘家羊獬等地的称呼。

源变相进行占有的一种现象。万安作为两位娘娘的"歇马粮店",在整个通过仪式中占有比别的村落更为重要的地位。万安自称是舜王的故乡,舜因后母逼迫才上历山,故而万安认为自己也应是正统的婆家。正是这个原因导致了通过仪式中阈限的模糊性,作为一个当地大镇的万安,对于历山婆家地位的确立持有不同的态度,认为自己应该享有和历山一样的地位。但是经过民间一系列调停之后,万安最终只成为了走亲路上的一个"过客",承认了最终的通过仪式。抵达"真正的"婆家历山,"娘娘"与媳妇的称号达到了统一,两位娘娘回归了正常的生活。在以神灵为主体的通过仪式中,还包含着"接亲不走回头路"的习俗,这也从侧面说明了短暂通过的彻底性,而这一点也间接决定了更多的村庄被纳入仪式圈内。

2. 兼具身份等级与属性的变化:加入"神亲"队伍的普通人

依靠神灵建立起的亲属体系,在仪式中的集中体现需要由普通人来参与执行,即由凡人组成的接神亲队伍,人神的交接为仪式增添了更多的神秘色彩。正是这些伴着神灵走亲的普通人,使走亲的世俗意味更加浓厚。

参加接亲仪式的人员均为自愿,在仪式开始的前几天,村民便会不约而同地主动申请加入到节日仪式的队伍中。接亲队伍是神圣不可亵渎的,它是神灵的象征,普通人在接亲队伍中得到了身份的升华。人已经脱离了社会的普通群体,成为神灵旨意的执行者与守护者,其身份性质与等级都发生了变化。实际上,每一个社会职位都至少有一些神圣之处,但是这些神圣的成分是任职者在通过仪式上获得的,在仪式上,他们的地位得到了改变。[1] 民众正是依靠加入接神亲队伍这一行为,成为神灵神圣性的沾染者,完成了由世俗向神圣的通过仪式。接神亲队伍神圣性的建构,即行走仪式中人向神的通过,主要依靠以下两种方式来实现。

第一、行为的模拟,通过行为模拟来还原传说的真实性。例如在接亲过程中的"马子、开路将军、火神将军、通天二郎"等仪式角色[2],他们的存在皆是对神灵

---

① [英]维克多·特纳:《仪式过程:结构与反结构》,黄剑波、柳博赟译,中国人民大学出版社2006年,第97页。

② "马子"在洪洞当地专指参与仪式的神职人员,角色与"神汉、神婆"类同,是神灵的"代言人"。"开路将军"指在仪式中为两位女神开路的先导大将军。"火神将军、通天二郎"等在当地作为两位女神的陪祀诸神存在,也是两位娘娘在仪式中的开路者。

行为的一种模拟。在复制的环境中进行角色的模拟是人通向神的最佳捷径。整个仪式过程就是模拟传说中两位女神在回乡省亲往返路途中的状态，而这些角色在该过程中承担起护佑神灵的职责，借助神灵之力来进行仪式性的表演。马子"上马"是其中最典型的行为表演，马子进入癫狂状态就是神附身的预兆。"上马"的状态就是通过仪式中最重要的阈限阶段，"上马"即是分离的开端，预示着脱离正常人的行为准则。马子在对神灵进行模拟的过程中进入阈限阶段，达到一种反结构的状态即非正常状态，由人过渡为神的代言人，在替神灵开口说话。而仪式结束后，这些角色又回归了正常状态。但是因为地域内部纠纷，有些本地人并不认可外地马子的"上马"，认为他违背了"仪式原则"，是个"半吊子"。① 所以，当身份遭到质疑时，"上马"的通过仪式是不成功的。行为的模拟是依照弗雷泽的模拟巫术原则进行的，通过模拟神灵的行为来产生相似的仪式效应。场景的还原能够营造出一种交融的状态，人与人，人与神之间的交流都超越了现实的状态，进入一种阈限之中。

第二、道具的使用。接亲队伍是接姑姑迎娘娘仪式中最重要的组成部分，整个接亲队伍大约由二百人组成，包括礼炮队、旗队、锣鼓队、銮驾队、驾楼队、布施队等，仪式中的道具增添了仪式的神圣性。人与神之间的交流是不同等级地位者之间的信息交流，它需要通过一个中介物来实现。② 当人在积极向神靠拢时，中介物是不可缺少的。仪式主体被要求或者带上面具或者穿上奇奇怪怪的与日常生活不同的服装，以表示他们与众不同，他们已经从众人之中分离出去。③ 盛装、仪仗、架楼等仪式道具的参与，使平凡人一跃成为仪式的承担者，使得人向神的通过仪式具有了可视性与权威性。例如驾楼的使用，驾楼是接亲仪式中最小而又最集中的象征符号。它是神灵的物化，是神灵在场的象征。通过抬驾楼这一仪式行为，可以获得与神灵最直接的交流。接亲路上每到一村，村民都争先恐后地在村口抬驾楼，而未跻身抬轿行列的也以能"摸一摸"驾楼为幸。这符合《金枝》中提到的接触律，接触驾楼就相当于接触到了神灵，而百姓深谙此道并

---

① 在调查中，笔者亲眼目睹了在接亲途中，一个外村的马子违背了"仪式原则"，在其他村口迎接两位娘娘而遭到本村马子的强烈阻止，推搡、唾骂等行为持续发生。可见在民间仪式中，遵守"仪式原则"的重要性。

② 褚建芳：《人神之间：云南芒市一个傣族村寨的仪式生活、经济伦理与等级秩序》，社会科学文献出版社 2005 年，第 318 页。

③ ［英］维克多·特纳：《象征之林》，赵玉燕等译，商务印书馆 2006 年，第 96 页。

且虔诚履行。

仪式是为了保护千百年流传下来的传说而完成的戏剧性表演,仪式行为还原了传说的本质。一场由通过仪式引发的姻亲关系的建立,"姑姑"变成了"娘娘",女儿变成了媳妇。因为行走仪式中两位女神身份的变化,导致多地地域关系出现了变化,最终形成了拟亲属关系建立的基础,成为了洪洞地区内部社会关系建立的主要依凭。

(二)契约形式下的"轮流"——十一社祭祀权的交接

陕西蒲城尧山十一神社信仰辐射范围广大,但却维持着超乎想象的和谐空间秩序,根源在于十一神社内部存在着严密的组织体系与规约制度。立于清初顺治九年(1652)的尧山庙碑记载"尧山神庙敕建自唐,封曰灵应夫人。相传以为祷雨立应云。前后十一社,代司香火,岁请明日,头社用钲鼓旗帜,向庙迎辇,就本社行殿供奉一年,次年如似前仪,送神辇至庙,二社复迎之去。如是十一社毕,周而复始。"①可见尧山十一社轮流执社的习俗由来已久。轮流管理,一社一年的方式维系了仪式的久传不衰。

1. 轮流执社的合理性

尧山十一社由南六社与北五社组成,其分布以尧山为中心向四周扩张,十一社内约120多个村庄形成了一个封闭的村落联合体。尧山圣母是民众塑造的惩恶扬善、护佑百姓的地方女神,尧山十一社是共享这一文化资源的民间祭祀组织。共享的虚拟模式是对神灵精神上的依赖,实体就是对区域内水资源的共用。②尧山圣母以及十一社的信仰实践,无疑属于文化的分支。泰勒在对文化进行定义的同时,指出文化是一套共享的理想、价值和行为准则,即文化是共享的观点。③ 在共享的视野下,对公共文化资源进行博弈后形成了轮流的局面——十一社轮流接送神,以神的名义平等共享。轮流体现了利益均等的原始族群分配观念,大家都获益,减少了纠纷,这一观念符合生产力低下生存状态中

---

① 清顺治九年(1652)立石,碑刻今存于尧山庙西侧四神庙西台阶下。碑刻高115厘米,宽67厘米,厚16厘米。

② 闫咚婉,魏晓虹:《论地方传说生长的内部机制——以山陕湘三地尧女传说为例》,《山西大学学报》(哲学社会科学版)2018年第3期。

③ [美]威廉·A·哈维兰:《文化人类学》,上海社会科学院出版社2006年,第35页。

的民俗心理趋向,根本上还是建立在以等级制度为基础的平均观念之上。① 轮流的行为是为了保障权利的享有,而权力的实现体现在仪式中即接送神的行为。首先要拥有接送神的权力,即成为十一社社众之一。尧山神庙前的十一级台阶,象征着尧山的十一神社。既表明了十一社地位的牢固性,也显示出一社接一社不可中断的轮流性。其次,要实践接神的行为,即本年将神灵接回自己社中,安放在本社的圣母行宫内,直到下一年再将神灵送回大庙中。至此,一个权力的享有与交接仪式就算圆满完成。接送神仪式的轮流不仅维护了村社的稳定,而且也保障了地域范围内成员享有资源的合法权益。

祭祀权的轮流规定了轮流执社的周期,十一年一轮,在时间绝对化的基础上,象征循环的权力,不能转让也不能更改。② 十一社轮流执社,体现了权利的平等占有。

2. 保障"轮流"的契约存在

共享并不是促成轮流的充分条件,契约则有助于保障轮流的执行。文化的共享性造就了集群行为产生的大环境,而契约则是保障行为延续的动力。在殷商时代,通过互相缔结契约来流转财产这种文明的交换方式和社会关系就已经产生了。③ 在十一社接送神仪式中经由契约流转的是承办权,即祭祀权力的变更。通过契约中介,使得空间内的成员发生关系,利用契约的工具理性来形成一定的契约控制。④ 尧山十一社的接送神仪式流传千年,正是得益于一定的契约形式来进行民间的强制性控制。

(1)显性契约

"契"者,契合也;"约"者,规约也。两者合起来则包含有"合意基础上的约定","经同意达成的具有约束力的约定"之意。⑤ 这里的显性契约指在十一社轮流接送神仪式中,能起到维系作用的、具有契约性质的规章制度。例如保存于尧山第七社、录写于嘉庆二十三年的《尧山神社交接簿》开篇记载道:"圣母神驾十一社

---

① 王立、陈立婷:《"轮流奉妖"母题的传播与文化的异变整合》,《南开学报》(哲学社会科学版)2016 年第 1 期。
② 董晓萍:《说话的文化》,中华书局 2002 年,第 280—281 页。
③ 尤春媛:《市场经济·契约文明·法治政府》,中国政法大学出版社 2012 年,第 8 页。
④ 尤春媛:《市场经济·契约文明·法治政府》,中国政法大学出版社 2012 年,第 185 页。
⑤ 尤春媛:《市场经济·契约文明·法治政府》,中国政法大学出版社 2012 年,第 6 页。

轮流接送古有成规,因日久失次,屡年接送争论不定,今合社乡老公议将历年合通新例,钱服物件录写成簿,以传永久。各社均宜好好收藏至每年清明,山上交清不可损伤。毋违是幸,十一社全订。"这是十一社平等签订的具有约束力的文字契约。其中,对仪式中占据重要地位的神楼有特别记录,"神楼如有损伤,轮到头社公议修补,并言词永无争斗。道光十八年因一社私修楼桥,至咸丰元年清明,同众公议,自此以后,照例旧规永无反词。久后首社补修神楼,行贴商议,如有一社不到者,同众公罚。"可见,众社以契约公开、透明的形式规定了十一社内的行为准则,具有极强的约束力。另外,当地流传的"尧山十二社"传说也证明了这种契约的威力与执行力,据说在清朝嘉庆年间,因合理更改祭祀细节影响了当时作为总社北社的利益,因此北关大社不满,便不遵守会规,不按规定时间接送神。北关大社的行为导致其余十一社众怒,联合起来以"神的名义"将其逐出。当时尧山院内有一颗柏树原有十二支分枝,正好一枝枯萎,给各社联合找到了要求北社出社的借口。北社一家难掩众口,无奈之下被出了社。① 北社的行为威胁到了十二社之间共同达成的契约,因此被逐出共享的群体之外。"出社"是对尧山各社最严厉的惩罚,因此,遵守大家共同形成的"契约",是保障自身权益的前提。

契约方式的使用一直延续至今,《蒲城县尧山协会章程议案》是新时期以来以规章制度形式建立的显性契约之一。"每年清明节送神在清明中午一点前神必须送上山,在送神社里,前一天打社火一天,要有大戏,主社在清明必须唱大戏(小山或山后),清明节接神7点至12点前神下山。主社清明节神下山后,连续打社火两天,要有大戏并开好会议。"②在这项规定里,明确了各社接送神的时间以及赛社的具体事宜,以契约形式规定了仪式中各社的行为准则,以时间、地点、行为的严谨性保障仪式的正常进行。

(2)隐性契约

隐性契约是指在信仰空间内部存在着的人与神、人与人之间某种隐秘的契约关系,用以维持信仰的存在和仪式的延续,包括人神契约与交往契约。

①人神契约

人神达成的契约是维系信仰空间神圣性的重要手段。人神互惠,人敬神,神

---

① 秦建明、[法]吕敏:《尧山圣母庙与神社》,中华书局2003年,第33页。
② 秦建明、[法]吕敏:《尧山圣母庙与神社》,中华书局2003年,第153页。

佑人,是人神契约建立的逻辑关系。十一社轮流接送神,以契约的形式维系着与神灵的关系。

每年的清明节,是人神间契约的集中兑现期,人神间达成了每年一次敬奉的契约,十一社轮流进行的大型集体仪式就依照人神签订的契约长久地重复着。各社十一年一轮,不能中断。神圣性多体现在时间的不可逆转性上,特定的时间则成为人们心中最牢靠的印记,这是强化信仰的手段。被确定了的时间具有强大号召力,可以将平时涣散的人心集中起来,来见证一年一度的仪式。仪式是他们作为一个小众群体凝聚为共同体的最强有力纽带,这是他们共享的神圣时间。日常生活向神圣的过渡自然而然地表现在对时空的转变上面,而特定的祭祀时间是人向神信守承诺的表现,随着时间的固定,地点也逐渐确定下来,并最终固定在一个选定的场所。① 仪式发生的起始地分别是执社本社村中的圣母行宫与尧山上的总庙,执社主体的轮流变化与仪式交接地每年都在总庙内进行形成了鲜明对比,这也正是人神契约稳定性的表现。

在仪式中人对神的贿赂,是维持契约关系的保障,也是形成人神互惠的中介,以确保人们对拜神求吉功利心理的认可。例如在仪式期间,当执的社中和山上的总庙都会过庙会唱大戏,因为演戏历来是酬神的重要方式,"鼓乐歌舞"是沟通人神两界的重要手段。而且在游神仪式过程中,以物的交易达成的人神契约也相当普遍。例如人们都希望圣母的神楼可以经过自家门前并且多做停留,据说这样圣母会赐予他们更多的福祉。而这个愿望的实现取决于对神敬献香火钱的多少。

②交往契约

作为个体的人与周围群体之间存在一种隐性契约,那就是交往契约。在信仰仪式中,共享的观念并不具有绝对的权威性与号召性,而交往契约却依靠契约的软控性对行为个体起到强制吸引的效用,促使其加入集体行为中。可以说,交往契约保障了共享的集体行为形成,即发挥了确保仪式群众积极参与的作用。

在仪式性的群体行为中,交往契约的建立是使得轮流顺利进行的保证。当周围的群体都在做某一件事时,个人因情感上的被迫,渐渐同化,最终会自觉地

---

① [法]葛兰言:《古代中国的节庆与歌谣》,赵丙祥、张宏明译,广西师范大学出版社 2005 年,第 168—169 页。

加入其中。这就是契约的软控性，从而造成了交往契约的存在。交往契约带有声望损失风险，社会成员为了保存声望而履行契约，从而自愿或不自愿地参与具有符号象征性仪式的集体行动。① 人人都期待得到神的护佑，通过交往契约，完成个体向祭祀集体的靠拢，以维持每年庞大的祭祀仪式人群。例如在某一社执社时，仪式经费通常来自募捐，社中成员在十一年一轮回的执社期，必须显示出足够的忠诚，尽管这种捐赠行为都是自发的，据说几乎家家户户都会捐款，多则数万少则数百。但是如果有人不遵守这种约定，他也许会被排挤出虔诚信仰的圈子，被主流孤立，群体排斥，造成声望的损失。而如果积极地配合这种交往契约，抛弃"个体主义"，便可以融洽地融入集体行为中。因信仰的集体遵循而形成的民众间特殊的情感维系纽带，成为传统文化延续的有效方式。

三、传说信仰的实践方式

强调信仰的实践，使得看似荒诞的传说成为了地方社会发展的精神动力，是人们获得地域认同、维系与他人交往的准则。晋陕两地的尧女信仰在演变过程中都由低级的生存诉求转变为高级的社会需要，前者是因人情博弈而建构的礼俗世界，后者是因资源分配而形成的法治秩序。

（一）柔性亲情——拟亲属关系的交往实践

血缘关系是一种超越繁衍关系的社会结构，具有稳定的社会力量。② 洪洞地区利用神亲关系将地缘关系血缘化，建构了拟亲属的地域关系圈。依靠神亲关系，将参加走亲仪式的村庄在行政区域划分的基础上利用信仰的手段凝聚成更为紧密的群体。

1. 以食物为中介的仪式交往

在走亲仪式中，作为亲戚的"婆家人"与"娘家人"的交流并不频繁。除去每到一地进行抬驾楼的行为交接，以"斗鼓"的形式表达情感之外，以食物作为中介的交流方式最为可靠和常见，也只有在共享食物的时候才真正拥有了交往的

① 李金泳：《仪式传播与集体行动：宗教仪式中的交往契约——基于对中国粤西民俗"年例"的民族志考察》，暨南大学硕士学位论文，2015 年，第 9 页。

② 赵德利：《民间文化批评的理论与方法》，商务印书馆 2016 年，第 228 页。

身份。在举行庆祝仪式和宗教活动时，人们经常用食物来"确立互谅互让、合作、分享的关系，以及普遍的情感纽带关系。"①对食物的共享是仪式交往中确立情感最重要的方式。正是因为接亲过程中随处可见的食物，才使得神亲关系从神话的高不可攀中释放，成为了世俗间寻常的、食人间烟火的"亲戚"交往。食物的交换与亲属制度关系密切，因为一个特定的交换体系通常与特定的亲属关系有关，以此强化共同的整体性。② 在神亲的建构中，食物作为一种物的交换属性发挥了重要作用。依靠出现在隆重仪式活动中的食物，走亲制度得以延续。

在接姑姑迎娘娘仪式中，沿途食物的数量与种类各异，我们将其大致分为以下三类(见表9)。

表9　仪式中的食物类别

分析名称	"零食"③	腰饭④	"正餐"⑤
时间	迎亲队伍经过时准备	午饭与晚饭之间	中午、晚上
地点	"亲戚"家门口	村中的某个空场院	"亲戚"家中
形式	摆放在桌上的简易饼干、水果,茶水等物	凉菜、馒头、蒸饭等制作简易又耐饥,易于快速食用的饭食	制作精良、种类丰富的饭菜
作用	充饥	充饥	享用

我们曾有幸跟随羊獬村的接亲队伍夜宿历山东圈头村⑥,借宿的家中只有女主人一人,丈夫早逝,孩子们都在北京打工。为了招待亲戚,专门把在县城工作的弟弟妹妹叫回来帮忙做饭,顺便回来看一下一年一度的接亲仪式。晚饭期间,我们一行三人都惊异于为什么饭菜会像过年一样丰盛。女主人告诉我们,接待亲戚年年如此,大家都舍得花钱置办东西,的确比过年还丰盛。而且我们三月这样丰盛地招待他们,四月我们去他们那迎娘娘也会这样招待我们。女主人说

---

① ［美］卡鲁利斯:《食物遐想》,《宾夕法尼亚州报》1995 年第 3 期。
② 彭兆荣:《饮食人类学》,北京大学出版社 2013 年,第 183 页。
③ 走亲路上途经但不做停留的村庄,家家门口都摆放着食物。
④ 走亲路上做短暂停留的村庄,通常在中午到下午间提供的食物被称作腰饭。
⑤ 走亲路上做长时间停留的村庄,通常是正规的午饭与晚饭,提供丰盛的食物。
⑥ 讲述人:赵艮芳,1953 年生,历山东圈头村村民。调查人:段友文、闫咚婉、赵艺璇。调查时间:2016 年 4 月 8 日。

话时句句把"我们"称为亲戚,足见其热心程度。女主人的弟弟去村委会接亲戚,因路上和许久未见的老乡闲聊而去晚了,所以亲戚只剩下了我们三人。从女主人的话中,我们察觉到了他对弟弟的轻微责备——为何今年接来的亲戚这么少。女主人弟弟给我们解释说人来得越多,神降临在他家的福气就越多。

仪式中经过民众精心准备的食物,既包含了民众对神灵的敬畏,也包含了对交往规则的熟记于心。莫斯关于礼物的"整体馈赠"原则,提出了既相对独立又相互关联的"义务",即给予、接受、回赠三段式的"演进图式"和礼物交换的互惠原则。① 简言之就是以食物作为礼物的交往关系,走亲活动中的民众似乎深谙此道。招待亲戚要用最好的食材,最虔诚的心愿,他们认为"人吃了就等于神吃了",并且过段时间他们也要到亲戚那里去,同样也会受到礼遇。可见,食物的交换是维持仪式交往的重要手段。在这里,食物在"你来我往"的馈赠中完成了社会关系的交换,它既发挥了垂直的交换体系功能,即作为人对神向上的馈赠,人希望得到神的护佑,所以拿食物敬神,达成人与神的交换关系;同时,又维系了横向的体系——人与人之间平行的交换,即发生在"接姑姑"与"迎娘娘"两次行为过程中作为不同地域主客之间的交换。如果没有这些食物,在仪式中作为亲戚群体的人群之间几乎没有沟通,而人神之间的沟通也很难完成。

2. 走下"神坛"的日常交往

走下仪式神坛的亲戚,在仪式之外又是如何维系拟亲属关系的,这既是传说信仰在地域的实践,同时也是地域对传说塑形的结果。

(1)神亲身份的地域标识

在仪式开始之后,参与走亲行程的所有村落都置身于神圣空间中,从未谋面的异乡人也成了实实在在的亲戚。在仪式中,不用介绍你是谁,更无需核实你的身份,只要你是"亲友团"就会受到热情款待。可是一旦从仪式空间中走出,神亲身份的辨识度因为脱离神圣时空而降低。而此时,仪式中神亲身份带有的明显地域标识性则发挥了重要作用。在利用神亲关系将地缘关系血缘化的过程中,地域关系成为了神亲关系的寄托实体。神亲的拟亲属关系并不是地域内部谁家与谁家的亲戚关系,而是地域与地域间的亲属关系建构,表现为两地内部成员群体之间共同的表叔表侄、婆家娘家关系。在这类交往中,地方与个体之间形

---

① 阎云翔:《礼物的流动》,李放春等译,上海人民出版社 2000 年,第 5 页。

成了亲密的互动关系,地方成为个体的隐喻,人退居其次,地域成为亲戚的代名词。人身上带有的神亲的地域标识成为了走亲村落在平时维系亲属关系的关键。

带有地方标识性的神亲身份,寄予地方民众的无形"便利性"与"约束力"是共存的。在洪洞西乔庄吃午饭时女主人给我们讲述了这样一个故事——卖瓜事件。女主人讲道,有一年一个小伙子在村里的场院卖西瓜,饭后乘凉的村民都上前询问价格,开始大家都嫌贵,于是七嘴八舌上前讲价,弄得毛头小伙子面红耳赤的。一位年长的大娘问小伙子是哪里人,小伙子说羊獬的。此话一出,大家都说原来是羊獬的表叔来卖西瓜啊。于是众人都来捧场,也不讲价了,一家一颗都给他解决了。① 在这样一个小故事中,我们可以明显看到地域内信众的日常亲情交流方式,利用神亲身份的地域标识性,用一种"自报家门"的方式,在日常空间中拉近了"陌生亲戚"的关系。"我们不认识,但我们是这两个地方的亲戚",这样一种相处逻辑既简单又真实。但是"约束力"也被体现得淋漓尽致,那就是在走亲村落的拟亲属网中,绝不可"破坏伦理"发生婚配关系。比如维系此"原则"最为严苛的羊獬村与历山、万安,各村男女世代不能通婚。地域身份的标签约束了人们日常交往的自由,成为一道由信仰衍生出的道德鸿沟。它以部分人权利的"牺牲"捍卫了地方传说的真实可信,成为拟亲属关系延续与建构的保障。

(2)从神亲到实践性亲属

神亲是地域内公开的亲属关系,后来在神亲的名义下,逐渐出现了"私人化"的亲属关系。神亲是开端,人情是纽带的实践性亲属关系随之产生。毋庸置疑的是,这些血缘化的地域组织只有在进行仪式时才能大规模地展示神亲关系,也正是在这样的节日契机中,私密的实践性亲属关系便出现了。而实践性亲属关系需要人与人之间特有的感情——人情来维系。人情是需要刻意搭建并且依靠一定互换形式才能保持的联系。

在沿途的走亲村落中,为接亲队伍安排食宿的方式我们暂且称之为"领亲戚",亲戚们被集中到一个开阔的场地,负责"分配"亲戚的本村负责人会提前统

---

① 讲述人:薛志芳,1979 年生,西乔庄村民。调查人:段友文、闫咚婉、赵艺璇。调查时间:2016 年 4 月 8 日。

计出该村愿意"领亲戚"回家的户数,而接亲队伍的负责人将自己的人马分派成五到十人不等的小组,只需按前来"领亲戚"人的顺序随机地将小组分配到某户人家。就是在这样一个充满巧合性与偶然性的随机分派过程中,私密实践性亲属关系已经出现。接亲队伍的人群中,会出现某几个人"故意纠结"在一起的情况,他们会避开拥挤的人群自行去寻找来接自己的"亲戚",完全摆脱了随机性。而前来"领亲戚"的人,也会打乱顺序有意在人群中寻找某几个"亲戚"。他们会高喊着某人的名字,冲进人群中互相找到对方。这种在神亲背景下的"自我挑选",无疑已经具有了私人化的特点。一位被亲戚"选中"的大叔对我们说,"年年来,我们都习惯了去他家,一起商量好的。"①正所谓一回生两回熟,等这边的亲戚过去也是会被选中"领"回家的。在年复一年的仪式中,基本固定的"认亲"关系慢慢稳固,形成了仪式之外的"人情"。除此类情况外,还有例如每年负责操办仪式的各村负责人,他们在走亲活动中沟通与交流甚多,一来二去慢慢也建立了亲密的私人关系。难以回避的问题是,实践性亲属关系的最大特点就是关系建立的灵活性大,需要依靠有意的互动才能维系。产生于仪式交往中的实践性亲属关系,更多地需要依靠日常民俗性的交往来保障,即人情的实践。关系一旦建立,诸如对方家庭的婚丧嫁娶等活动,作为亲戚则必须要参与其中以表达关系的存在。它没有血缘的纽带维系,对方有选择"亲属"的余地,如果不时常走动进行自觉维护,关系可能会随时断裂。亲属关系通常被认为是构建社会关系的主要来源,民众依靠神亲的名义来扩大自己的交际圈,是维护正常社会秩序的重要途径。

除上述两种情况之外,那些不同村落中因民俗嫁娶等原因本就存在的血缘亲戚,以及在原有神亲关系上被动缔结的例如同学、同事等社会关系的人群,也皆因神亲的存在而使交往关系更加牢固,更加亲密。

(二)刚性权威——人神共建的小传统秩序

陕西蒲城尧山一带的民众对于圣母信仰的实践方式具有地域化的狭隘特点,圣母信仰与十一神社的权威共建形成了寄居一方的小传统。由传说、信仰建

---

① 讲述人:闫万红,1979 年生,羊獬村村民。调查人:段友文、闫咚婉、赵艺璇。调查时间:2016 年 4 月 8 日。

构而成的民间权威体系,得益于民众心中对于古老传统神圣性以及权威性根深蒂固的信念,他们认可并且虔诚地服膺。

1. 尧山圣母的权威

尧山圣母作为神灵的权威性,奠定了小传统建立的基础。尧山女神的正统名号有三,一为尧山圣母,二为尧山夫人,三为灵应夫人。圣母通常指有神通、有地位的神话女性,而夫人则为命妇封号。"圣母"与"夫人"的称号给予了尧山女神极高的地位,作为地方女神,她既受到民众的爱戴,又得到官方统治者的肯定。尧山圣母在当地也被称为"尧山爷",以男性称谓称之,可见其权威显赫。尧山圣母的权威凭借其灵应性而塑造,其灵应主要体现在求子、求雨、惩恶扬善三个方面。民众建构圣母权威形象的动力系统可以从以下两方面进行分析:

(1)原始欲求——求雨与求子

从民众的原始欲求来考察圣母的形象塑造,可以挖掘出民众作为传说塑形主体的行为驱动力。尧山地区位于陕西省关中平原东北部,由于地势较高,缺乏必要的灌溉条件,属于典型的干旱少雨区。而作为传统的农耕地区,旱灾频发是民众生存所要克服的最大障碍。十一社中的"罕井镇"得名据说就是因当地严重缺水,金兵占领时掘井无数,唯有一口井有水,故名"罕井"。古老农耕区对物欲的基本诉求,以及人们因落后的生产水平而产生的无能为力,凝结成了尧山女神的祈雨功能。随着现代科技的进步,圣母求雨的职能逐渐褪去,但是历史记忆永久长存。在中国传统的家庭伦理观念中,"不孝有三,无后为大"是最根深蒂固的思想。在原始朴素的社会生活中,向主管生育的神灵求子成为人们最大的心理慰藉。尧山圣母作为女性神灵自然承担起一方百姓求子的信仰职责,"谁不是尧山爷那儿求下的",一语道出当地人对尧山圣母求子信仰的崇信。对于生育的渴求,现在的尧山圣母庙仍旧是当地与周边百姓求子的圣地。

(2)发展需求——惩恶扬善

在满足了个体的原始生存需求后,人们渐渐开始转向对人生意义与价值的追求,开始对善恶美丑有了自己的审美辨识能力。而对于神话人物的塑造,因为"凡人与神都不是道德理想的化身,而是特殊的精神能力和倾向的体现。"[1]于是,尧山圣母成为了具有神通法力、为民众惩恶扬善的女神形象。民众将对生活

---

① [德]恩斯特·卡西尔:《人论》,甘阳译,上海译文出版社1985年,第126页。

的美好愿景寄托于神灵,将神灵塑造为具有强烈责任感与使命感的形象,塑造出具有"个性标志"的尧山女神。人们将在生活中渴望的道德标准和理想化的绝对平等都寄托于神灵身上,建构出了圣母"赏罚女神"的形象。在日常行事中,因惧怕圣母责罚而产生的"恐惧敬畏"心理,成为了人人坚守道德底线,不触犯神灵权威,不做坏事的"民法"价值体系。

2. 小传统的建构

小传统的建构可以说是人神合谋的集中展演,曾经人们普遍信仰的神灵,渐渐成为一种没有任何实质作用的心灵抚慰,但同时出现了另一种新的功能,即利用群体信仰的观念来发挥民俗制约的性能,利用村社等组织来完成对民众集体性的规范与制约,由村社作为行为实体代替虚幻的神灵进行实质性的权力管理。小传统的范围仅限于在信仰基础上搭建起来的神圣空间,即祭祀圈与信仰圈组成的空间。可以说,小传统是在封闭的村落内部空间形成的一套只适用于"特定群体、特定领域"的狭隘的管理方式。跨村落性质的村社组织,其联合表现在祭祀活动方面;作为地方基层社会组织,它同时要承担起该区域的经济、政治和文化等多方面的职能,其间必定存在权力纠纷,矛盾重重,是较为生硬的权力网络。① 而共同的神灵信仰所发挥的调剂作用,则使得小传统的施行更加顺利。十一社在当地的社会维系中发挥了一种特殊的作用,它的稳固团结使得当地社会也与之同样稳固。②

小传统进行社会管理的实践方式分为内化与外化两种,既可以"植入"个体内部,也可以以约束形式外化。内植控制依靠诸如个人羞耻感、对超自然惩罚的恐惧的威慑力量。③ 内植控制在当地流传的圣母传说中多有体现,例如在"圣母惩罚型"传说中,因不信神、不敬神而遭受惩罚的民间传说不在少数。④ 我们在蒲城尧山神庙调查时亲历的"巨石滚落"事件,也被划归为现代圣母惩罚型事件。事件过程如下:某施工队不顾神庙人员阻止执意在圣母庙后方开山修路,导

---

① 庞建春:《传说与社会——陕西蒲城县尧山圣母传说传承与意义研究个案》,《民族文学研究》2004 年第 2 期。

② 秦建明、[法]吕敏:《尧山圣母庙与神社》,中华书局 2003 年,第 59 页。

③ [美]威廉·A·哈维兰:《文化人类学》,上海社会科学院出版社 2006 年,第 349 页。

④ 以《尧山圣母与神社》附录中所搜集的七十一则神话传说文本为例,我们进行了数据式的分析,其故事文本中,求雨系列共计十则,惩恶扬善系列共计十九则,助危助困系列共计十二则,其他风物、生活传说共计三十则。

致一日山上巨石滚落,损毁部分房檐及院内物品,但是巨石滚落途中必经的神泉却完好无损。人们认为体积如此之大的巨石,竟然能轻巧避过神泉,定是神的护佑,是神在警告人们,禁止其开山修路。而此事一出,施工队果然暂时停工歇业了。① 可见,内植控制在现代仍然具有一定的威慑力。而有时因为内化控制难以达到满意的效果,故而发展出一套具有民间法律规约性质的准则,即外化控制来督促人们遵守社会规范。外化控制通常带有某种程度的强制性,采用一定的惩罚手段来进行。立于清代嘉庆五年的《神泉告示刻文》:"近日牧童竟为洗羊饮羊之所,非所以妥神灵而悦神母也。今会长同议:如再犯者,罚戏一台、羊一只,并及洗衣饮牲口者,一律同罪。"②立碑人为十一社首事人,即十一社的社首,是不同时期各社头领的称谓。在碑文中,惩罚令的发出方式为"会长同议",证明了惩罚令的权威性;且用到了"一律同罪"的字眼,表明民间规约的强制性。惩罚的手段以物质形式体现——出资唱戏、羊一只,这样的惩罚在古代农村社会已属重罚。我们在调查中也发现,现在尧山神庙中的神职人员通常由总社安排;每当总社召开会议时,其余众社必须要积极、及时参与。如若未能按时参会,需向总社请假,可见总社在管理中具有实质性的权威。而且在清明游神仪式中,拥有"总社、头社、主社"等头衔的大社总是较之其他众社享有更多的权利。这种民间等级秩序出现的原因,在于乡土社会中民众自发形成的以圣母信仰为核心的"法治"体系。维系小传统的权威话语很大程度上是圣母与仪式赐予的,"神话和仪式都通过阐明社会的最终价值观来促使社会团结安定和融合,并提供他们大部分文化不致失传的手段,以保持文化的延续性,实现社会的安定。"③

小　结

　　山西洪洞走亲仪式具有强烈的排他性与人情味,源于血缘亲情划分的严格界限;而陕西蒲城十一神社清明游神仪式具有明显的等级性与制度性,源于对乡

---

① 讲述人:姬百芹,1969年生,尧山神庙神职人员。调查人:段友文、闫咚婉、王文慧。调查时间:2015年8月5日。
② 清嘉庆五年(1800)立石,碑刻今存于尧山庙山门内石狮后。碑刻高133厘米,宽64厘米,厚26厘米。
③ [日]大林太良:《神话学入门》,中国民间文艺出版社1988年,第108页。

土法治规约的严守。从维持传统的动力因素来看,洪洞是通过对拟亲属血缘关系的维系来共享神灵的护佑,只要群体成员维护好了地域内的亲情礼俗关系,就可享有女神的庇佑。在蒲城尧山地区,大家对圣母要以个体与集体的声誉来表示尊敬,遵循统一的条文规约,这样才能保障个人与社会的平安。① 这两种在典型仪式传说中建构起的民间社会秩序,展现出了以礼俗亲情为主要特征的和以法治规约为主要特征的不同社区形态,是传统文化在当下的有益延续。对神灵的信仰,必须有一种传统的保持;在信仰者看来,神灵与他们的命运之间的联系是必然的,也是合理的。② 民众的表现,既是对传说信仰的坚守,也是对社会秩序的遵从。

蒲城尧山桥西八社在为规范迎神活动而立的规章碑《八社箴言碑》中写道:"尧山圣母是道德之典范,乃人类精神文明象征,故迎神活动,应成为高尚美好之行为。本此精神,撰文立例,传远晓喻,后代永不违忤。"③充分体现出以传说信仰为载体的现代民俗文化传承的积极意义,它对民间社会秩序的建构起到了"指引、规范"的作用。现代社会,优秀传统民间文化取代了对传统信仰模式的旧式称谓,民间社会秩序建构中体现的民间立场与国家在场,既充分尊重了优秀传统民间文化的现代价值,承认了非正式的民间权力载体存在;同时也从国家正式权力的角度保障了传统社区文化的健康有序发展。以两地尧女传说中蕴含的民间礼俗与法治形态为代表的传统文化,在当代文化传承与社区治理的实践中仍然发挥着重要作用。

---

① 秦建明、[法]吕敏:《尧山圣母庙与神社》,中华书局 2003 年,第 60 页。

② 秦建明、[法]吕敏:《尧山圣母庙与神社》,中华书局 2003 年,第 60 页。

③ 碑刻今存于桥西村尧山庙大殿右前檐下。该碑为青石质圆首碑,下有底座。碑身高 170 厘米,宽 64 厘米,厚 15 厘米。

第十七章　舜族三迁:舜帝传说的部族
　　　文化意蕴与华夏民族性格

　　部族文化作为历史凝结在符号体系中的可传承的意识模式,代表着不同文化创造群体的特征属性,呈现在符号双层结构形态中的物质表象与精神世界,构成了部族文化的主体内容。部族文化可以分为三个层次:以经济结构为主的表层物质文化;以社会制度、风俗习惯为主的中层社群文化;以图腾崇拜、宗教信仰为主的深层精神文化。[①] 传说作为部族文化的符号载体,蕴含着族群的历史记忆与文化质素,传说体系中不同维度部族文化的渗透与认同,折射出部族的迁徙融合与多元部族文化联合体的建构过程。以典籍文献为核心载体、以古帝王为叙事对象的古史传说是传说研究的主要类型之一,通过利用文化学方法论,结合文献、考古、文字、图像等多重资料,解读舜帝时期的部族关系,以及蕴含在舜帝传说中的部族文化,能够探寻舜族的族属来源、迁徙历程、部族关系,以及民族精神在多元部族文化融合中的建构过程。

一、舜帝传说的地域演绎与部族迁徙

　　逐水草而居的原始生活状态,决定了社会共同体由氏族到民族的发展史,即一部群体组织结构的进化迁徙史,舜帝部族从形成到兴盛,便处在不断迁徙的动态演进中。《管子·治国》载"舜一徙成邑,二徙成都,叁徙成国",[②]阐释了远古

---

① 李炳海:《部族文化与先秦文学》,高等教育出版社1995年,第2—3页。
② 《吕氏春秋·慎大览·贵因》亦载"舜一徙成邑,再徙成都,三徙成国",《艺文类聚》引《尸子》同;《庄子·徐无鬼》亦云舜"三徙成都,至邓之虚而十有万家"。至《史记·五帝本纪》中则改作"一年而所居成聚,二年成邑,三年成都",忽视了舜所属部族的迁徙历程。

时期舜帝部族在屡次迁徙中不断壮大的历程;《孟子·离娄下》载"舜生于诸冯,迁于负夏,卒于鸣条,东夷之人也",阐明了舜帝部族的活动地界与迁徙路线,二者通过对集体历史记忆和传说情节的记录,试图再现传说时代舜帝部族的迁徙史。对文献中舜帝传说发生地的不同考证结果,导致了舜帝部族迁徙路线的模糊与争议。[①] 总体来看,舜帝部族的发展轨迹"是一个自东而西,由北向南的动态发展迁徙过程"[②],这一宏观的迁徙线路大抵是无误的,争论的焦点在于对舜帝族源的探讨,从传说的维度,或许可以推进这一问题的研究。

孟子言舜为东夷之人,东夷集团较早的氏族有太皞、少皞、蚩尤等,以往学者多从文献考证、音韵训诂的角度论证舜与太皞的渊源,[③]现从传说地名着手,可以为舜族与太皞同源的观点提供更多依据。"雷泽"地名在舜帝传说和太皞传说中的复现,或许有着深层含义,能够影射出舜帝族源与太皞一系的关系。汉代纬书最早记载了太皞母"华胥履迹"的传说,言大迹出雷泽,华胥履之而生宓羲,典籍中又多载舜"耕历山,陶河滨,渔雷泽",大迹出自雷泽,舜帝渔于雷泽,传说发生地的一致反映了太皞氏与舜族活动范围的重叠,舜族与太皞的亲属关系,在传说情节中得到验证。太皞文化在考古地理上,大致对应着"由峄山一带迁往淮阳一带的颍水类型"[④],《左传·昭公十七年》言陈,太皞之虚也,"考古发现的

① 王晖认为"舜部族迁徙是从浙江会稽迁向今山东东南定陶、菏泽一带,再迁则到了今河南的北部,最后才迁至晋南一带";孔君怡亦认为"尧舜禹故事的原始地应该在江浙皖一带。因为舜是殷族,他的传说随着殷族的向北迁徙,所以才到了山东、山西一带";魏继印则认为"舜早期生活在鲁西豫东北一带,然后经郑州、洛阳迁到豫西晋南一带,最后北上在陶寺登上帝位";孟祥才等认为虞舜源出东方海岱民族,"龙山文化中期以后,舜部在洛颍地区的发展受到夏禹部的压制后,该部继续向南向西发展,其影响向南直抵长江以南的江浙地区,向西远达巴蜀地区"。详见王晖:《古史传说时代新探》,科学出版社 2009 年,第 47 页;孔君怡:《虞舜耕地葬地的探讨》,吴越文化论丛,江苏研究社 1937 年;魏继印:《舜族的起源与迁徙》,山东省文物考古研究所:《海岱考古》(第四辑),科学出版社 2011 年,第 511 页;孟祥才等:《大舜文化与夏商西周历史》(上册),山东人民出版社 2013 年,第 94 页。
② 孟祥才等:《大舜文化与夏商西周历史》(上册),山东人民出版社 2013 年,第 54 页。
③ 杨宽集诸家观点并陈列其证,认为帝俊、帝喾、帝舜为一帝之分化,是殷人东夷之上帝,"大皞实亦帝喾、帝舜之分化";童书业从文献训诂角度推论太皞就是帝喾;王树明从地望考证虞舜即太皞;孟祥才等认为帝舜可以太皞为号,少皞、太皞、帝喾、帝舜同为"皞族",等等。上述部分观点虽有待商榷,但舜与太皞的同源关系昭然若揭。详见杨宽:《中国上古史导论》,上海人民出版社 2016 年,第 136—154 页;童书业:《童书业著作集》(第一卷),中华书局 2008 年,第 318 页;王树明:《帝舜传说与考古发现诠释》,《故宫学术季刊》1992 年第 4 期;孟祥才等:《大舜文化与夏商西周历史》(上册),山东人民出版社 2013 年,第 54—62 页。
④ 杜金鹏:《大汶口文化颍水类型为太皞文化考》,《史学月刊》1993 年第 2 期。

平粮台龙山文化古城,应为太昊伏羲氏的都城"①,陈地即在今河南周口市淮阳区境内。舜为有虞氏,有虞氏旧地"大约在今河南省虞城县境内"②,邻近太皞之虚陈地,二族活动区域在传说地名和考古地理上趋于重叠。同时,文献与考古资料表明有虞氏的主要活动地界在"山东最西部的阳谷、梁山、郓城、鄄城,包括河南台前、范县诸县地"③,后迁至晋南地区,④传说中舜父瞽瞍为尧之乐官,可见尧时有虞氏的活动范围已距尧不远。与太皞具有亲属关系的东夷有虞氏族,从豫东到豫鲁交界,再到晋南的活动轨迹,反映了舜之前部族的迁徙线路。孟子言舜为东夷人,实则道出了舜帝的族源之地。

此外,舜帝传说整体的阶段性地域演绎,可以反映出舜族的活动轨迹及对其族源的追溯。舜帝生平事迹传说按时间节点,大致分为早、中、晚三个阶段,早期以舜耕历山传说类型为代表,中期以政治传说类型为主体,晚期以舜帝南巡传说类型为核心。舜早期活动地望,在文献中虽有晋南永济、濮阳菏泽、河北涿鹿、太湖绍兴等异说,但以永济传说地名出现次数最多,较早形成了系统完善的传说情节链与风物群。此外,古河东县南二里故蒲坂城即舜所都⑤,舜都蒲坂即在今运城永济一带。《嘉庆重修一统志》中所记永济舜迹亦十分丰富,形成了以永济为中心,包括运城、垣曲等地在内的舜耕历山传说群,舜早期活动范围应在晋南永济一带。舜帝传说早中期以舜北迁平阳代尧执政为分界点,陶寺遗址的发掘,揭露了舜族在此活动的痕迹。《嘉庆重修一统志》记临汾地区有娥英泉、历山等舜帝遗迹,洪洞一带至今流传着丰富的舜帝传说与"接姑姑迎娘娘"走亲习俗。典籍文献中浓墨重彩书写的舜帝中期政治传说类型,在临汾一带形成传说群,与永济传说群共同构成了以晋南为核心、波及范围广泛的中原文化传说圈。司马迁言舜为冀州人也,实则道出了舜帝生平的主要活动区域。舜帝南巡传说,映射着

---

① 曹桂岑:《淮阳的考古发现与研究》,《中原文物》1989 年第 4 期。

② 徐旭生:《中国古史的传说时代》,文物出版社 1985 年,第 142 页。

③ 张学海:《海岱考古与构建山东古代史》,山东省文物考古研究所编:《海岱考古》(第二辑),科学出版社 2007 年,第 432 页。

④ 《史记索隐》载虞在"河东大阳县",《正义》引《括地志》云"故虞城在陕州河北县东北五十里虞山之上",皆属晋南地区。

⑤ 《括地志·蒲州·河东县》载"河东县南二里故蒲坂城,舜所都也"。关于"舜都蒲坂",《史记集解》引皇甫谧云:"舜所都,或言蒲坂,或言平阳,或言潘",其中以舜都蒲坂最可信。平阳为尧都所在,妫州为有虞氏部族聚居之所。《左传·哀公六年》"惟彼陶唐,帅彼天常,有此冀方"下,孔疏有云"尧治平阳,舜治蒲坂,禹治安邑"。

舜帝时期中原地区与南蛮部族的文明交汇。舜帝晚年南巡，顺湘江流域远至九嶷，沿途留下了丰富的风物遗迹，《嘉庆重修一统志》记湖南岳阳有舜二妃墓、黄陵庙、君山、湘妃庙等，永州有帝舜陵、帝舜祠、潇湘庙、有庳墟等，宁远地区现今仍流传着舜的传说故事，其中以舜帝与二妃的浪漫爱情传说最具特色。伴随着舜族的南迁，舜帝晚期南巡传说在湘江流域形成了以舜葬地九嶷山为核心的西南部文化传说圈，与中原文化传说圈南北并立，成为舜帝传说的两大起源传说圈。舜帝传说类型阶段的地域演绎，一方面揭示了舜帝部族兴于永济、迁于陶寺、巡于九疑的活动轨迹，另一方面反映了舜帝时期中原地区与南蛮部族的密切关系。

传说体系中蕴含的历史真实的可能性，以及舜帝传说类型的阶段性地域演绎，大致可以反映出舜部族的族源与迁徙历程，虞舜族源可追溯至东夷太皞系有虞氏一族，有虞氏兴起于太皞之虚陈地一带，在舜之前完成了从豫东到豫鲁交界地区、再到晋南一带的部族迁徙。舜则早年发迹于晋南永济，中年北迁至临汾一带，晚年南巡至江南九嶷。舜族在迁徙过程中，围绕舜的出生地与部族活动轨迹，逐渐形成了五大传说圈：[①]

1. 以晋南为核心，波及陕西、河南与山西交界处的中原文化传说圈；

2. 以湖南九嶷山为核心，波及整个湘江流域、湖南全境，及与湖南接界的广东和湖北等西南部文化传说圈；

3. 以河南濮阳及山东菏泽为核心，波及山东全境与江苏、安徽北部的东方文化传说圈；

4. 以浙江上虞、余姚一带为核心，波及环太湖地区的东南部文化传说圈；

5. 以晋北及冀北为核心的北方文化传说圈。

需要说明的是，传说的传播轨迹与部族的迁徙历程是两个概念，传说起源地亦并非部族起源地，舜帝部族虽源于东夷，但舜帝传说最早在晋南与九嶷形成了南北并立的两大起源传说圈，以河南濮阳及山东菏泽为核心的东方文化传说圈，则是在追溯舜帝族源过程中生成的族源传说圈，东南部文化传说圈与

---

① 陈泳超根据典籍文献勾勒出了尧舜传说的地理分布，并将尧舜传说划分为以中原地区为核心的三大传说丛聚及中原之外的其他传说丛聚。详见陈泳超：《尧舜传说研究》，南京师范大学出版社 2000 年，第 335—336 页。本书提出的五大传说圈是根据舜生与舜迹之地的分布，结合考古学文化六区系及传统夷夏五方的部族文化区域划分，对舜帝传说地理分布的新认识。

北方文化传说圈大抵是在两大起源传说圈的辐射下,结合古地名的附会较晚形成的舜帝后裔传说圈。舜帝部族自东而西的迁徙轨迹实现了东夷文化对中原文明的渗入,舜帝传说自西而东的传播路径完成了对部族族属的溯源。舜帝传说在情节上的阶段演绎和地域上的逐渐延伸,能够在一定程度上反映出部族迁徙的经历与文明交汇的进程,然而仅从传说角度论断部族的迁徙历程,证据略显单薄。部族的源流沿袭与部族间文化的融合互渗,还可以从舜帝传说中蕴含的图腾信仰,以及不同层次部族文化与习俗的相互作用中寻找到更多线索。

族源问题的实质是部族间的关系问题,对舜帝族源的更进一步探讨,牵涉出了另一具有争论性的问题,即舜族与东南沿海文明的关系。目前考古学上尚缺乏直接证据能将舜帝部族与东南沿海良渚文化释为同源,西汉时余姚、上虞二县名及百官地名的确立,史料归于舜避丹朱的传说与后裔封地,[①]文献中舜为上虞人的记载最早也仅能追溯到魏晋时期。[②] 如今流传在浙江境内的舜帝民间传说,大致可分为两大类型:一是舜生前事迹,该类型情节简单,只是些"传说的碎片";二是舜王庙由来及舜成神后的圣迹,该类型主要围绕舜王庙等风物遗迹展开叙事,构成了浙江舜帝传说圈的主体内容。[③] 从民间传说的类型结构分析,上虞一带有关舜族起源与舜帝生平事迹的传说相对薄弱,舜帝族源难与上虞一带建立直接联系。因此,从考古、文献、民间传说等视角来看,舜族是否发源于良渚文化仍有待讨论,但良渚文化对舜帝部族的文明渗透,同样在图腾信仰与部族文化等方面有迹可循。

二、舜帝传说的图腾崇拜与部族源流

图腾是氏族的标志与象征,图腾含义随着图腾文化的演变逐渐宽泛,包含了

---

① 《水经·阳江水注》引《晋太康地记》云"舜避丹朱于此(上虞),故以县名。百官从之,故县北有百官桥";《路史》称"舜之支庶或食上虞"。《元和郡县志》卷二十八载,余姚为"舜支庶所封之地,舜姚姓,故曰余姚"。

② 如《风土记》载"旧说言舜,上虞人也";《史记正义》引《括地志》云"越州余姚县有历山舜井","又有姚墟,云生舜处也";《史记正义》引《会稽旧记》言"舜上虞人,去虞三十里有姚丘,即舜所生也"。

③ 顾希佳:《虞舜传说与吴越文化》,《杭州师范学院学报》(人文社会科学版)2001年第3期。

血缘亲属、祖先、保护神的观念。①　共同的图腾崇拜逾越血缘和地缘的羁绊，成为确立氏族亲属关系的依据，承载着群体的社会记忆、族群认同及结构整合。部族文化中的多元图腾信仰与图腾形象的糅合，体现了不同部族在深层精神文化上的认同与融合。图腾作为静态的信仰体系图像符号，能够呈现出动态的部族发展史，通过对部族图腾文化的深度解读，可以沿流溯源探寻部族的亲属族源以及与其他文明的交融过程。

（一）鸟图腾崇拜与"舜为东夷"的追溯

一个部族崇奉多个图腾物的现象普遍存在，联姻、迁徙、兼并等融合方式是造成部族多图腾信仰的主要原因。舜帝传说中蕴含着鸟图腾、龙图腾等多元图腾文化，从侧面反映了舜族的发展历程与文化融合。据典籍记载，鸟图腾是舜帝传说中的核心图腾：

昔者舜两眸子，是谓重明，作事成法，出言成章。（《尸子》下）②

舜耕历山，思慕父母，见鸠与母俱飞鸣，相哺食，益以感思，乃作歌。（《琴操·思亲操》）③

瞽叟与象谋杀舜，使涂廪。舜告二女，二女曰："时唯其栽汝，时唯其焚汝，鹊如汝裳衣，鸟工往。"舜既治廪，栽旋阶，瞽叟焚廪，舜往飞。（《楚辞补注·天问》引《列女传》）④

《箫韶》九成，凤凰来仪。（《尚书·益稷》）⑤

帝乃诞敷文德，舞干羽于两阶，七旬，有苗格。（《尚书·大禹谟》）⑥

图腾亲属观念认为图腾物与氏族成员之间普遍具有血缘关系，人兽形象相混正是这一观念的表象特征，舜目像重明鸟重瞳的神性异表，便是以鸟为图腾的

① "图腾"定义繁多，学界尚无统一定论。摩尔根认为图腾"意指一个氏族的标志或图徽"；弗雷泽认为图腾既是亲属，又是祖先；弗洛伊德认为图腾是宗族的祖先和守护者，等等。可见，图腾的概念是不断演化、逐渐宽泛的，何星亮认为，"原始人曾先后产生三种'图腾'含义：图腾是血缘亲属；图腾是祖先；图腾是保护神"，比较全面地概括了图腾的含义。详见何星亮：《中国图腾文化》，中国社会科学出版社1992年，第10—12页。
② （战国）尸佼：《尸子》，上海古籍出版社1989年，第22页。
③ （汉）蔡邕：《琴操》，清嘉庆间兰陵孙氏平津馆丛书本，第4页。
④ （宋）洪兴祖：《楚辞补注》，中华书局1983年，第104页。
⑤ 李民、王健译注：《尚书译注》，上海古籍出版社2004年，第49页。
⑥ 李民、王健译注：《尚书译注》，上海古籍出版社2004年，第34页。

氏族将其视为亲属的观念显现。由图腾亲属观念发展而来的图腾祖先观念,将图腾物个体视为氏族的祖先,舜以"鸿与母俱"的景象隐喻自己对父母的思慕之情,将飞鸟与父母联系在一起,可以说是舜族鸟图腾祖先观念的积淀。随着人与自然的逐渐分离,视图腾物为氏族亲属祖先的观念逐渐淡化,图腾物进而演变成了具有保护氏族成员功能的图腾神,成员往往按图腾物的形貌装饰自身,以求得到图腾神的庇佑,舜穿上鸟的服饰,便能获得鸟飞翔的技能,以躲避父弟的谋害。此外,作为保护神的图腾物具有征兆意义,舜奏毕韶乐,凤凰飞来翔舞,传说中象征祥瑞的神鸟凤凰,昭示着舜的高尚德行与太平盛世。韶乐是祭祀天地山川祖妣的乐舞,舜"舞干羽于两阶"以服有苗,干盾翳羽皆为舞蹈者所持道具,帝舜率军执盾挥羽的带有军事性质的武舞,便是以鸟为崇拜对象的图腾舞蹈的演化。以上文献所载舜帝传说中体现的图腾异表、图腾亲属祖先观念、图腾神的保护征兆功能以及图腾舞蹈等,皆证明了舜族是以鸟为图腾物的氏族。

考古体系中鸟图腾的起源可以追溯到东南沿海地区,河姆渡文化是中国史前鸟崇拜观念的地理文化中心,出土了一系列能够直观反映东方崇鸟文化的器物,如双鸟朝阳象牙雕刻、圆雕木鸟、双头连体鸟纹骨匕等。这种崇鸟文化影响了整个东部地区鸟崇拜观念的发展,良渚文化中的鸟形符号便是"继承了河姆渡文化中'鸟祖'的精神与形象,并进行改造与简化"[①]。同时,良渚符号与大汶口符号间存在着共时传播关系,这两种文化既相互交流与渗透,又在文化渊源上有着深层的内在联系。良渚文化北渐过程中,东南沿海地区的鸟图腾崇拜逐渐渗透到东方文化区,在大汶口文化中发现了很多鸟形器物,如山东兖州王因遗址出土的鸟头形泥塑等等[②],这从侧面反映了良渚文化北渐的历史事实,部落迁徙促成了早期东部沿海地区的文化融合,同时也推动了东夷部族鸟图腾崇拜观念的萌生。

文献体系中东夷部族以鸟为图腾崇拜对象,如《左传·昭公十七年》载少皞氏以鸟名官,设五鸟、五鸠、五雉、九扈;又少皞氏名挚,挚与鸷同,指猛鸟;而少皞虚曲阜在鲁城,属东夷部族,可见东夷少皞集团是一个以鸟类为图腾崇拜对象的部落联盟体。同出东方的太皞为风姓,古风、凤相通,卜辞多借凤为风;《后汉

---

① 张春风:《良渚符号关系论》,《西北民族大学学报》(哲学社会科学版)2015年第2期。

② 中国社会科学院考古研究所编:《山东王因》,科学出版社2000年,第136页。

书·东夷传》九夷中有风夷,当是太皞氏之后;又《山海经·海内经》载"西南有巴国。大皞生咸鸟",太皞之后以咸鸟为名,太皞氏盖以凤鸟为氏族图腾。"太皞、少皞为同源部族,至少在图腾祖先崇拜的风习上是一致的。"[1]以少皞、太皞为代表的东夷集团鸟图腾文化盛行,舜帝神话传说中蕴含着鸟图腾崇拜印记,二者在图腾信仰上的一致性,反映了其在族属上的同源性。

(二)龙图腾崇拜与"舜出太皞"的推断

太皞族在与其他文明相汇交融的过程中,深受南蛮集团以蛇为图腾的伏羲氏族影响,将龙视为部族的又一图腾,两族渊源颇深,故汉以后太皞伏羲渐合二为一。太皞部族具有鸟龙等多个图腾信仰,在部族内不同支派的角逐中,龙图腾逐渐占据了主导地位,这在文献中有较明确记载,见于《左传·昭公十七年》"太皞氏以龙纪,故为龙师而龙名",遂有龙图腾起于太皞氏之说。

舜帝传说中同样蕴含着龙图腾信仰的印记:《孝经援神契》载舜"龙颜重瞳大口",《帝王世纪》言舜"龙颜大口黑色",龙颜异表便是舜族崇拜龙图腾的文化遗存;《列女传》载瞽叟与象浚井杀舜,舜衣龙工潜出,衣龙工与衣鸟工一样,体现了图腾物作为氏族保护神的职能;《帝王世纪》载舜母握登"见大虹意感而生舜于姚墟",虹以双龙形为原型,甲骨文中虹作🐉,陈梦家以"虹霓为阴阳二性,虹字像两头蛇龙之形"[2],从考古学与图像学来看,辽宁喀左县东山嘴红山文化遗址出土双龙(头)玉璜,盖是龙形图像"虹"字甲骨文的原型,[3]从舜母感虹生舜的感生神话传说,可知悉舜族以龙为祖先的图腾观念。此外,陶寺遗址出土的彩绘龙盘(图 17-1),时间年限距今约 4300 年至 4100 年,属于尧舜时期蕴含图腾性质的器物,其蛇形蟠曲状,与良渚文化蟠曲形蛇形纹饰陶片(图 17-2)高度相似,更有学者指出,陶寺彩绘龙或源自良渚文化。[4] 如此看来,良渚文化不仅对东夷各族鸟图腾信仰有着深刻影响,同时与属太皞部族的舜族龙图腾信仰也有着密切联系,陶寺遗址彩绘龙盘更有可能是舜时器物,印证了舜族的龙图腾

---

① 张富祥:《东夷文化通考》,上海古籍出版社 2008 年,第 98 页。

② 陈梦家:《殷虚卜辞综述》,中华书局第 1988 年,第 243 页。

③ 李中耀、李晓红:《敦煌石窟龛楣(梁)上双首一身龙纹与商代青铜器龙纹图像形态及甲骨文虹/霓字的渊源》,《敦煌研究》2018 年第 1 期。

④ 朱乃诚:《良渚的蛇纹陶片和陶寺的彩绘龙盘——兼论良渚文化北上中原的性质》,《东南文化》1998 年第 2 期。

信仰。

《史记·陈杞世家》曰："陈胡公满者,虞帝舜之后也……封之于陈,以奉帝舜祀。"帝王后裔所封之地,皆其先祖遗虚,舜族或故居于陈,与前文一致,陈国在地缘上将太皞族与舜族紧系。加之太皞氏与舜族皆以鸟、龙为部族图腾,地缘与图腾的一致性,进一步论证了舜族可能出于太皞氏的观点。同时,舜族作为太皞一支,在图腾文化方面兼具了诸多良渚文化的特征,舜族与东南沿海文明之间的

图 17-1　陶寺遗址 M3072 出土彩绘龙陶盘①

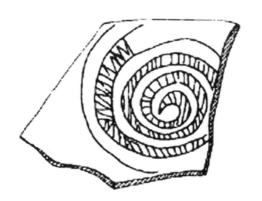

图 17-2　良渚一带出土蛇纹陶片

---

①　陶盘 M3072:6,敞口,斜折沿,内壁磨光,以红彩绘出蟠龙图案,通高 8.8 厘米,口径 37 厘米,底径 15 厘米,沿宽 1.8 厘米,现藏于中国社会科学院考古研究所。

亲密关系,另外可以在民俗文化层面寻找到多重线索。

　　要言之,舜族鸟图腾信仰的源头在考古体系中指向了东南沿海河姆渡文化,后续良渚崇鸟文化在北渐过程中对东夷文明产生了深远影响,鸟图腾崇拜成为东夷部族信仰体系的关键要素。舜帝传说中携带的龙图腾信仰基因,与东夷太皞氏龙图腾崇拜相吻合,加之二者在传说中的地名复现和地缘上的亲属关系,可以推测舜族很可能出自太皞一系。图腾崇拜蕴含的文化属性,为解决舜族的族源问题提供了更多依据。

三、舜帝传说的民俗互渗与部族融合

　　民俗是一个群体共同创造、遵循和传承的集体记忆与生活范式,彰显了群体在语言、行为、心理上的集体习惯。民俗文化的核心是"意义的创造、交往、揭示和感知"①,具有意义的民俗符号在不断重复地刺激强化中,完成了象征表达的意义建构,获得了群体的普遍心理认同与精神重构,最终稳固为一种情感记忆模式,满足群体的内心情感需求。② 这一过程不仅体现了集体记忆的再现与传承,同时也反映了一种民俗文化对另一个群体文化的浸入与改造。民俗文化通过口耳相传、行为示范、心理影响等方式实现了纵向的代际传承与横向的文明互渗,就舜部族文化而言,纵向的代际传承体现了舜族与太皞氏及东南沿海文明的亲缘关系,横向的文明互渗集中在舜族与南蛮部族的相互作用,舜帝时期各部族间民俗文化的相互影响和渗透,展现了多元部族文化在物质、社群、精神等不同层次的深度融合。

(一)生产结构转型与东夷部族的北渐西进

　　农业的发生发展为早期文明起源奠定了物质基础,不同农业生产结构类型是区别部族文明基本特征与发展走向的决定性因素。作为表层物质文化的社会经济结构,通过区域间的生产类型调整能够直观揭示出不同部族文明间的冲突与融合。中国农业文明起源甚早,距今约 1.2—1 万年前,中国南北两地几乎同时进入了原始栽培农业的起源阶段,到新石器时代晚期,形成了北方地区以粟黍

---

①　仲富兰:《中国民俗学通论 2——民俗传播论》,复旦大学出版社 2015 年,第 62 页。
②　万丽萍、罗兵:《民俗符号的意义建构与传播策略》,《华夏文明传播研究》2019 年第 6 期。

等多元作物为代表的旱作农业文明与长江中下游地区以水稻为代表的稻作农业文明的格局。①

尧舜时期,农业经济已成为社会经济的主体。陶寺遗址发现了数量可观的农业遗存,如粟黍稻谷类农作物遗存、农业生产工具、家养动物遗存、"观象授时"的大型祭台等。文献中亦有尧命羲和历象日月、敬授民时以及舜耕历山、尧舜禹治水传说的记载,为发展农业生产开展的历时长久、分布广泛的治水活动,以及从农作物驯化栽培中获得的"农时"观念,都说明当时的原始农业生产已十分发达。尧舜虽地处北方旱作农业文明区,但稻作物生产的痕迹屡现,如《史记·夏本纪》载舜时,禹"令益予众庶稻,可种卑湿",陶寺遗址也发现了稻作物遗存,这至少反映了尧舜时期稻作农业文明已经影响到中原地区的农业种植结构。稻作农业起源于长江中下游地区,经历了一个漫长的驯化演变过程。新石器时代农业种植结构的考古发现,呈现出了一种南方稻作农业向北方推进的单向演进模式,南北方稻旱农业文明的碰撞促成了秦岭—淮河一线稻旱混作农业类型的形成,也就是说,东南沿海地区的良渚文化在北渐过程中,将稻作文明传播到了东夷部族的活动区域,东夷部族形成了稻旱混作的农业生产类型。② 舜时稻旱混作的农业种植结构,可以说是东夷部族在西进过程中对中原地区农业生产方式的影响,这为舜族出于东夷的观点提供了又一论据。

随着稻作农业一起北渐渗入东夷部族从而辐射中原地区的文明,还有凿井技术、V字形石刀、漆器等与农业生产生活密切相关的物质习俗。凿井术同样起源于长江下游地区,河姆渡遗址发现了一种以圆木搭成井字型井干支护的渗水木构井,是我国目前发现最早的原始水井,中原地区发现的最早水井见于龙山文化早期,在时间上要晚于长江下游地区。甲骨文中"井"字作卄(《殷契粹编》1163),"象井栏两根直木两根横木相交之形"③,东南沿海地区发现的原始井的结构,正是甲骨文"井"字的象形原型。可见,中原地区的凿井技术应该是随着东南沿海文明的北渐,逐步发展与成熟起来的。《吕氏春秋·勿躬篇》载舜时"伯益作井",《孟子·万章》记瞽叟使舜浚井之事,陶寺遗址早中期各发现了一口水井,可与之相印证。V字形石刀形制是良渚文化的典型特征之一(图17-

---

① 赵志军:《中国农业起源概述》,《遗产与保护研究》2015年第1期。
② 赵越云:《原始农业类型与中华早期文明研究》,西北农林科技大学2018年,第94—95页。
③ 徐中舒:《甲骨文字典》,四川辞书出版社1989年,第555页。

3),在陶寺遗址早期阶段发掘的居址和墓葬中,同样发现了大量 V 字形石刀(图
17-4),中原地区这种受良渚文化深刻影响而形成的石刀,应该是陶寺居民生产
生活中的常用工具。① 漆器的发明,是长江下游东南沿海文明的一大成就,迄今
为止我国所见最早的髹漆器物发现于浙江杭州跨湖桥文化遗址。中原地区目前
所见最早漆器主要集中在陶寺遗址,陶寺文化中期大型墓葬中发现了红彩漆筒、

图 17-3　浙江长兴出土的石破土器②

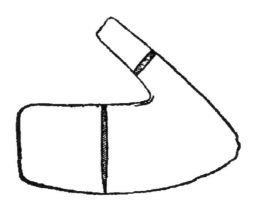

图 17-4　陶寺遗址 M3015 出土的 V 形石刀③

① 高炜、李健民:《1978—1980 年山西襄汾陶寺墓地发掘简报》,《考古》1983 年第 1 期。

② 1971 年在浙江长兴县白阜乡大一大队出土。大体呈三角形,底边为双面刃,首端有一个斜向的把柄,长 28.2 厘米,高 19 厘米,前端尖角呈 60 度。夏星南:《浙江长兴县出土一批石犁和石破土器》,《农业考古》1988 年第 2 期。

③ V 形石刀 M3015:39,通长 60 厘米,青灰色石灰岩磨制,近似侧置 V 形。上端为柄,稍加琢磨,并见装置木柄的痕迹,下缘磨成弧状双面刃,似属厨刀一类。高炜、李健民:《1978—1980 年山西襄汾陶寺墓地发掘简报》,《考古》1983 年第 1 期。

漆杆、漆豆、彩绘漆瓿等漆器,随之而出的还有制作器物与研磨颜料的石器,陶寺遗址的漆器生产可能已经形成手工业规模。① 中原地区陶寺遗址发现的漆器,同样极有可能起源于长江下游东南沿海地区。

与舜族图腾文化呈现出来的部族迁徙融合相同,东南沿海地区的稻作物农业文明与相关生产生活习俗,以大汶口、龙山文化为地域过渡,以生产结构调整与技术改革等方式,对尧舜时期中原地区陶寺文化产生了深刻影响。文献、考古、文字与传说体系的多重互证,揭示了东南沿海文明在北渐过程中对中原文明的文化渗透,反映在部族关系中则表现为,东南沿海文明与东夷部族的亲缘关系,以及东夷部族成为中原文明主体的演进过程。

(二)刑法制度发展与南方部族的移风易俗

舜部族与东南沿海文明的在图腾文化和农业文明上的紧密联系,是探讨舜帝族源的关键,中原地区与南方部族的文化交融,则是尧舜时期部族关系的核心,二者间的文明渗透具体体现在属于中层社群文化的制度文明之中。制度文明是社会组织建构的规则与集体自我复制的惯例,约定俗成的集体行为习惯形成稳定系统的制度体系,规约着组织内个体角色在群体环境中的思维方式和行为模式,通过强制性手段协调着个人与社会之间的关系。具有自然法性质的社会习俗是群体组织的原始制度形态,蕴含着个体通过一系列行为规范折射出来的集体意识与精神世界。社会制度民俗是部族中层社群文化在习惯规则方面的外在体现,不同群体间制度民俗的相互作用与影响,反映了部族文明的相互渗透与融合。

刑法制度作为调整社会关系、维系社会秩序的强制有效手段,萌芽于传说时代。《尚书·吕刑》载"苗民弗用灵,制以刑,惟作五虐之刑曰法",五刑源于有苗之说遂出。刑始于兵,有苗始制五刑反映了炎黄时期北方部族在混战和南征过程中,与南方部族发生暴力冲突的历史事件,这种冲突一直延续到尧舜时期并进一步激化,刑法制度也在部族的冲突交融中向北而上,影响了中原地区刑法制度的发展。《尚书·舜典》载舜"象以典刑,流宥五刑",建立起了比较系统完备的刑法体制,其后皋陶作刑,逐渐在刑法制度的文献记载与传说文本中形成独立的

---

① 张飞龙、赵晔:《中国史前漆器文化源与流——中国史前生漆文化研究》,《中国生漆》2014年第2期;韩香花:《史前至夏商时期中原地区手工业研究》,郑州大学博士学位论文,2010年。

主题与情节,最终演变为民间信仰中的狱神及司法行业里的鼻祖。舜时皋陶所作五刑,为"墨、劓、剕、宫、大辟",与苗民之五刑如出一辙,可见舜族比较系统完备的刑法体制的形成深受南方部族影响。

中原对南方部族五刑制度的借鉴,是带有批判性质的革新,是以德行教化为刑法前提对南方部族原始民风的改良。有苗制五刑以乱天下,《尚书·吕刑》认为,正是五刑的兴起导致了南方部族的"民兴胥渐,泯泯棼棼,罔中于信,以覆诅盟"。面对五刑之下的野蛮民风,北方部族的刑法改以教化为主,推崇"象刑"之制,这是一种以画象异服代替残害肢体来象征刑法制裁的耻辱刑,"有虞氏之诛,以画跪当黥,以草缨当劓,以履赭当刖,以艾毕当宫"①,便是改变罪人衣冠服饰以异于常人,通过耻辱其形达到了惩治目的。陕西岐山出土的西周铜器铭文中记有"虣䁤"之刑,唐兰释为"墨刑的一种,在颧骨处用刀割破并填上墨,另外还用黑巾蒙在头上"②,这种以黑巾蒙面的刑法可以说是舜时象刑的遗风。带有耻辱观念的形象刻画与反对肉刑的象征手段是象刑的基本特征,与残酷肉刑导致有苗"民兴胥渐"不同,中原地区对南方部族刑法制度的德化改造,带来了天下的长治久安,故《墨子·尚同》言"有苗始制五刑,以乱天下",而"圣王制为五刑,以治天下"。

部族文明的渗透是双向作用的互动关系,尧舜时期中原地区在大规模南征过程中,一方面借鉴了南方部族的刑法制度,一方面通过德政等手段对其进行了移风易俗的文明改造。《吕氏春秋·恃君览》言"舜却苗民,更易其俗",东夷舜族的"尚声"传统与"婚恋"习俗,对南方部族产生了深远影响。首先,东夷部族具有"尚声"的文化传统,《后汉书·东夷传》称东夷土著喜酒歌舞,道出了东夷文化的尚声娱乐趋向;《礼记·郊特牲》载"殷人尚声,臭味未成,涤荡其声,乐三阕,然后出迎牲",③表明殷人在祭祀时,将声音作为人神互通的桥梁。④ 舜族同

---

① 《荀子·正论篇》"治古无肉刑而有象刑",《集解》杨倞注引《慎子》云。又《太平御览》卷六四五引《慎子》云:"有虞之诛,以蒙巾当墨,以草缨当劓,以菲履当刖,以艾韠当宫,布衣无领当大辟,此有虞之诛也。斩人肢体,凿其肌肤,谓之刑。画衣冠,异章服,谓之戮(辱)。上世用戮而民不犯也,当世用刑而民不从。"皆是对有虞氏之象刑制度的系统描述。

② 唐兰:《陕西省岐山县董家村新出西周重要铜器铭辞的译文和注释》,《文物》1976年第5期。

③ (汉)郑玄注,(唐)孔颖达正义:《礼记正义》,上海古籍出版社1990年,第506页。

④ 李炳海:《部族文化与先秦文学》,高等教育出版社1995年,第284—292页。

样有着尚声的文化特征,形成了以歌南风、作韶乐、制乐器三个情节链为主体的舜帝音乐传说类型,并将音乐作为教化苗民、改善民风的重要举措,在南征过程中将韶乐带入南方地区。屈原在楚国民间祭祀乐曲基础上创作而成的《九歌》,保留了南方部族的风俗遗存,其中保存最早的原始宗教祭歌《东皇太一》《东君》,便可能与舜之《韶》乐有关,蕴含着东夷部族的文化内核。①此外,《晋书》载西王母献舜帝玉琯,汉章帝时于九疑山舜祠下被发现;舜帝南巡征三苗以乐相随、沿途演奏韶乐开化庶民的传说,至今仍流传在永州一带;湖南湘潭有韶山,相传因舜南巡时奏韶乐于此而得名。从诸多典籍文献资料与民间传说系统中,可以发掘东夷部族的尚声传统在早期对南方部族的文化渗透。其次,东夷部族具有自由开放的婚恋观念,"先秦时期,男女扬水相戏,是东夷族先民择偶的重要方式"②,《诗经》中颇多恋歌,便出自隶属东夷文化范畴的郑、卫两地。这种婚恋习俗对南蛮部族浪漫心性的形成产生了深远影响,《九歌》中《湘君》《湘夫人》《大司命》《少司命》《山鬼》等章节皆描写了神灵自由大胆的恋爱行为,湘君、湘夫人的浪漫爱情故事更是与舜帝南巡道死苍梧、二妃从之溺死湘江的传说情节相结合,被传颂至今。此外,《天问》载"惟浇在户,何求于嫂",描述了东夷部族"妻后母、执嫂"的习俗,③与《孟子·万章》中舜弟象欲杀舜、"二嫂使治朕栖"的传说记载相印证。正是东夷部族的文化浸润,促生了南方部族自由的婚恋观念与浪漫的文化气息。

文明的融合过程体现出双向作用与不平衡性特征,在中原与南方关系中,强势的中原文明占据着主导地位。历经长久的耳濡目染,南方部族残酷野蛮的民风在乐观开明的东夷文化熏陶中被改造,舜帝通过文化输出的方式推动了南方部族的移风易俗,并最终使以东夷部族为主体的中原文明在南方之地得以传播。

(三)心意信仰变迁与中原文明的文化认同

民俗信仰,又称民间信仰、信仰民俗、心理民俗、心意民俗等,是一种心理文化现象。部族文化深层精神层面的心意信仰民俗,指族群内能够体现独特心理

---

① 江林昌:《远古部族文化融合创新与〈九歌〉的形成》,《中国社会科学》2018年第5期。
② 李炳海:《部族文化与先秦文学》,高等教育出版社1995年,第317页。
③ 代生:《楚辞所见东夷习俗二事考》,《民族艺术》2007年第3期。

观念的各种崇信，是"由群体风行的精神意愿构建的原生态的初级精神生活"①，蕴涵着集体精神生命的原始密码与部族文化的元动力。相对于制度文明与社会习俗对个体行为的强制规约性，心意信仰作为一种集体精神世界的文化现象，能够自觉制衡个体的价值体系与评价标准，从而起到社会整合的作用。一个族群的心意信仰文化最能体现民俗的"我们感"，"它类同于文化认同，是文化身份的精神标杆。"②多元部族在文明交汇过程中，对异族信仰体系的接受，代表着对该部族的文化认同，这是部族融合的最深层次，也是民族形成的心理基础。

原始氏族社会处于以巫文化为核心的"巫术时代"，五帝时期"绝地天通"的原始宗教改革，开启了"巫术时代"向"宗教时代"的过渡。《国语·楚语》和《尚书·吕刑》分别记载了帝颛顼时代与帝舜时代的"绝地天通"改革，二者大概分属于两个系统：颛顼之绝地天通，是巫教自身发起的一场为了实现统治阶层对宗教祭祀权力垄断的宗教改革，推动了北方"宗教时代"的到来；舜帝之绝地天通，是针对崇鬼尚巫的苗民进行的一场能够改变苗民落后巫俗、重建社会秩序的政治改革，最终"不惟军事胜利，北方较进步的巫教也渐渐得了战败人的信仰"③。"舜却苗民，更易其俗"，不只是改变了南方部族的民风习俗，更改变了他们的心意信仰。

伴随着心意信仰从原始巫术向宗教文明的变迁，祭祀仪式逐渐从无序走向有序，并被赋予了丰富深刻的内涵。《尚书·舜典》载舜受终于文祖，"类于上帝，禋于六宗，望于山川，遍于群神"，形成了一套以祖先崇拜、天神崇拜、自然崇拜等为内容，体系繁琐完整的祭祀仪式，陶寺遗址也发现了集观测与祭祀功能于一体的大型祭祀场所。尧舜时期，在仰韶文化影响下，中原地区建立了一种祭祀范围宽泛、祭祀体系渐趋政治化与礼制化的，以维护政统为目的的宗教模式，正是这种以世俗政治秩序为核心的王权模式，使得中原文明在周边红山文化、良渚文化等神权模式的衰微之中逐渐崛起。④ 从原始巫术到宗教文明的发展过程，同时也是从简单的礼到繁杂礼制的完成过程，舜受帝位，观璇玑玉衡，"修五礼、

---

① 陈勤建：《民俗——日常情景中的中国人的精神生活》，《民俗研究》2007 年第 3 期。
② 陈勤建：《民俗——日常情景中的中国人的精神生活》，《民俗研究》2007 年第 3 期。
③ 徐旭生：《中国古史传说时代》，文物出版社 1985 年，第 124 页。
④ 李伯谦：《中国古代文明演进的两种模式：红山、良渚、仰韶大墓随葬玉器观察随想》，《文物》2009 年第 3 期。

五玉、三帛、二生、一死贽",将规范有序的仪式表现与等级分明的政治内涵相统一,赋予了宗教制度以德育为导向的礼治策略,"这种以内聚力、集体协作、伦理道德取向为特征的礼治,更容易整合各族群进而凝聚成更高级的政治团体"①,换言之,中原文明的宗教模式与礼仪制度,更易获得其他部族的文化认同。

尧舜时期,中原地区与南方部族的冲突交融是部族关系的核心,源于东夷之地与中原故族融合而成的舜族文明,在征伐过程中将宗教改革与礼仪制度带入南方地区,改变了苗民崇鬼尚巫的心意信仰特征,使中原文明获得了南方部族的文化认同。多元部族在强势文明的逐步同化过程中,群体的文化理念与思维模式趋于一致,为民族的形成奠定了心理基础。

四、舜帝南巡传说与华夏文明的"和合"理念

尧舜时期,发生在中原地区的军事活动实质上是联盟体内部的政权更替,中原与南方部族的冲突关系则是部族交融的核心,体现了不同文化体系之间的冲撞与同化。然而考古发掘和文献记载中的战争痕迹,在传说叙述的德育教化方式下被改写掩藏,暴力的冲突叙事发生转折,德育的价值理念开始盛行,最终促生了华夏民族"和合"理念的形成。

(一)舜帝南巡传说的德育转变

导致上古时期部族频繁迁徙的原因十分复杂,其中发生在龙山文化时期历时长久、范围广泛的大型洪水灾难,是促进长江下游良渚文明北渐与黄河下游东夷文明西进的关键因素。这次洪水灾难,于尧舜禹时期最为严峻,在史前初民精神世界里留下了深刻的集体历史记忆,以传说的叙事形式记录在出土文献与典籍之中:

> 天命禹敷土,随山浚川。(《遂公盨》)②
> 舜听政三年,山陵不处,水潦不谷,乃立禹以为司空。(《容成氏》)③

---

① 曹建墩:《礼、宗教与中国早期文明的演进模式》,《中原文化研究》2020年第1期。
② 杨善群:《论遂公盨铭及其大禹之"德"》,《中华文化论坛》2008年第1期。
③ 孙飞燕:《上博简〈容成氏〉文本整理与研究》,中国社会科学出版社2014年,第60页。

当尧之时,天下犹未平,洪水横流,氾滥于天下。(《孟子·滕文公上》)①

洪水灾难是治水传说生成与传播的动力,鲧禹治水传说是先秦典籍中神话传说的重要类型,《山海经·海内经》载"洪水滔天,鲧窃帝之息壤以堙洪水,不待帝命。帝令祝融杀鲧于羽郊。鲧复生禹,帝乃命禹卒布土以定九州",叙述了鲧禹治水的基本传说情节。汉画像石中刻画的大禹治水形象,通过对传说文本的图像叙事与解读,再现了远古时期的洪水灾难与治水活动,如江苏徐州出土的汉画像石中(图17-5),农夫装扮的大禹与活灵活现的动物形象,与《拾遗记》所载"禹尽力沟洫,导川夷岳,黄龙曳尾于前,玄龟负青泥于后"②的传说情节相吻合,呈现了大禹率众平治水土的壮举。

图 17-5　江苏省徐州汉画像石"大禹率众平治水土"

平治水土与征伐三苗是贯穿尧舜禹时代的主要政治活动,二者皆由洪水灾害引起,是同一事件的两个方面。对治水的不同态度,激发了部族间的矛盾与冲突,《尚书·益稷》载禹"荒度土功"全力治水分州置长时,"苗顽弗即工",顽抗不服统治,为保障治水活动的顺利进行,中原地区南征三苗势在必行,"征有苗与治水有直接关系,征有苗是为了治水"③,于是尧舜禹一方面积极平治水土,一方面屡屡征伐三苗:

①　金良年:《孟子译注》,上海古籍出版社 2004 年,第 112 页。
②　(晋)王嘉:《拾遗记》,中华书局 1981 年,第 37 页。
③　金景芳:《中国奴隶社会史》,上海人民出版社 1983 年,第 15 页。

尧战于丹水之浦,以服南蛮。(《吕氏春秋·召类》)①

帝曰:"咨,禹!惟时有苗弗率,汝徂征。"(《尚书·大禹谟》)②

禹攻三苗,而东夷之民不起。(《战国策·魏策二》)③

南蛮集团在考古地理上对应着以湖北江汉平原为中心的屈家岭文化与湖北龙山文化,即石家河文化,北达豫西南,南抵湘西北,"文化特征表现出与大汶口文化较多的相似性"④,受东夷部族南迁影响明显。尧战南方部族的"丹水之浦"在中原与南方部族交界处,该地屈家岭文化层之上叠压着夏文化,说明夏禹部族已深入南方部族地区。石家河文化来源有二,一是本地屈家岭文化,一是中原龙山文化,区域间文化信息的强烈扰动与相变,跟部族间的战争、迁徙密切相关。⑤尧舜禹时期江汉平原的诸多考古发现,为文献与传说中尧舜禹武力征伐三苗的历史事件提供了事实根据。

尧战南蛮,舜征三苗,禹攻有苗,中原集团降服三苗部族所采取的政治手段,以暴力征伐为主。王湾三期文化南下对石家河文化的覆灭打击,绝不是一般性文化交流的表现,而是中原与江汉之间大规模激烈战争所致。⑥舜为东夷之人,东夷部族有崇尚征战的风气,"是早期战将兵家的摇篮,东夷族的英雄祖先都是以勇敢善战著称"。⑦舜帝窜三苗于三危,命禹对南蛮进行武力征伐,便体现了东夷部族的尚战风气,战争仍是尧舜禹时期部族交流融合的主要方式。然而在舜征三苗传说中,表现出了有别于东夷族的心性特征,激烈的暴力冲突行为转变为温和的德育教化举措,最终使三苗顺服:

当舜之时,有苗不服,禹将伐之。舜曰:"不可。上德不厚而行武,非道也。"乃修教三年,执干戚舞,有苗乃服。(《韩非子·五蠹》)⑧

三苗不服,禹请攻之。舜曰:"以德可也。"行德三年,而三苗服。

---

① (战国)吕不韦:《吕氏春秋》,上海古籍出版社1989年,第181页。

② 李民、王健译注:《尚书译注》,上海古籍出版社2004年,第34页。

③ (汉)刘向集录,范祥雍笺证:《战国策笺证》,上海古籍出版社2006年,第1325页。

④ 马利清:《考古学概论》,中国人民大学出版社2015年,第118页。

⑤ 庄春波:《舜征三苗考》,《中南民族学院学报》(哲学社会科学版)1988年第1期。

⑥ 韩建业:《龙山时代的文化巨变和传说时代的部族战争》,《社会科学》2020年第1期。

⑦ 李炳海:《部族文化与先秦文学》,高等教育出版社1995年,第454页。

⑧ (清)王先慎:《韩非子集解》,中华书局2013年,第442页。

（《吕氏春秋·上德》）①

　　部族战争经过传说体系的改写，被赋予了温和的精神内涵，舜帝武力征伐三苗的历史记忆逐渐被舜帝南巡传说掩盖，以德化民、移风易俗的传说情节在民间获得了强大的生命动力与广泛的心理认同。如今湘江流域舜帝民间传说体系中，仍广泛流传着舜帝南巡教民制茶、治水患、教稼穑、办学堂、演韶乐的故事情节，②而由治水活动引起的部族间的武力冲突痕迹已较难搜寻，"舜帝降九龙""舜帝斩孽龙"③传说可能是对部族冲突的另类改写。同时，舜帝传说中温和的精神特质为尧舜禹禅让传说奠定了基调，暴力的政权更迭在追逐和平中产生转变。从征伐三苗的历史事件到舜帝南巡传说的形成演变，暴力的帝位承袭与侵略事实在传说体系中发生转折，被舜帝的德行与德政取而代之，华夏文明"和合"理念在这种转变中逐渐形成。

（二）华夏文明的"和合"理念

　　所谓民族性格，是凝聚在民族文化中的共同心理素质，是集体思想情感方式与精神品性等民族特征的总和，华夏民族产生与发展过程中形成的整体性格特性，蕴藏在上古神话传说体系中，神话传说人物多温柔宽厚的形象设定，体现了华夏文明"和合"理念。④《国语·郑语》较早提出了和合一词，"和合五教"体现了文化元素多样性的统一，以及和谐融合理念在矛盾冲突中的重要作用。"和合"逐渐发展成涵盖自然、社会、人际、心灵、文明五大范畴，表达诸要素在冲突融合中建构和谐、协调、有序的理想状态的哲学概念与审美情趣。"和合是中国文化的首要价值，亦是中国文化的精髓、中国文化生命的最完善的体现形式"⑤，它始终规约着华夏民族性格与精神世界的基调，促成了中华文明的包容性特质。

　　冲突与融合的辩证关系是和合理念的核心内容，同时也是融突论的基本内

---

①　（战国）吕不韦：《吕氏春秋》，上海古籍出版社 1989 年，第 168 页。

②　唐曾孝：《舜文化与九疑山民间传说》，湖南人民出版社 2011 年。

③　"舜帝降九龙"传说大致情节：舜帝降服九龙将其镇在九龙岩，蛟龙逃出兴风作浪被舜斩。"舜帝斩孽龙"传说大致情节：百姓开山遇难题，舜帝知是龙作怪；白须仙翁赠宝刀，舜斩孽龙大山开。收录于唐曾孝：《舜文化与九疑山民间传说》，湖南人民出版社 2011 年。

④　游品岚：《神话精神与民族个性——中希神话英雄对各自民族性格生成的影响》，《西北民族大学学报》（哲学社会科学版）2017 年第 2 期。

⑤　张立文：《中国文化的和合精神与 21 世纪》，《学术月刊》1995 年第 9 期。

涵,"冲突是融合的前提,融合是冲突的理势",安定与进步的和合状态是化解冲突的更高层次和最终走向,是用和平的方式完成从无构无序到重构秩序的融合过程。舜帝传说中由武力征伐三苗到以德服苗的方式转变,由暴力篡夺政权到和平禅让的传说改写,蕴含着和合的性格特征与和谐的文明理念,舜帝通过更加和平进步的方式实现了多元部族在冲突中的融合及文化整合。"乾坤以仁和合,八卦以义相承",仁义是和合的原则与尺度,①面对父瞽叟与弟象的屡次戕害,舜始终孝顺父母、敬爱兄弟,践帝位后,仍夔夔然往朝其父尽子道,宥恕弟象以之为有庳诸侯。舜帝的仁爱之心与大孝之德,是儒家以孝为本仁政思想的理论源泉,是仁义和合的民族性格在卓越个体中的凝结展现。民间传说文本和口头叙事中,衍生出了许多围绕风物传说与现实生活场景形成的故事情节(表10),用生动的叙事方式表达了舜和善仁爱的品质,这种品行设定贯穿于舜帝传说的整个发展演变史,深深印刻在了华夏文明之中。

表 10　民间传说中舜的仁爱叙事

传说地	传说名称	基本情节	出处
山西垣曲	一语之失	众部落争舜王坪,舜为避免争执说坪上五谷不长,一语成真	《舜的传说》②
山西垣曲	舐目复明	继母失明,舜舐母右目得以复明	《舜的传说》
山西垣曲	舜救继母	象偷花馍被抓,舜出言相救,随象救母	《舜的传说》
山西垣曲	直钩垂钓	舜渔雷泽用破网直钩,众人皆叹善	《舜的传说》
山西垣曲	驯象拉犁	舜救治大象,大象代牛耕地获丰收	《舜的传说》
山西垣曲	护雏耕半	舜耕田耕不到地头,因地头有一窝雏鸟	《舜的传说》
山西垣曲	尧王访贤	舜不忍打牛,用打簸箕代替	《舜的传说》
湖南宁远	尧王访舜	尧王访贤见舜,舜赶黄牛耕田,舜体谅黄牛辛苦,尧颇受感动	《舜文化与九疑山民间传说》③

道德与礼制的最高境界归于和合,《五帝本纪》言"天下明德皆自虞帝始",德是贯通舜帝传说的精神旨归,凭德受位、以德化苗,突显了德在暴力事实向和平传说转变过程中的决定性作用。内在的德行修养与外化的行为礼仪规范,共

---

① 张立文:《中国文化的精髓——和合学源流的考察》,《中国哲学史》1996 年第 1—2 期。
② 董俊高:《舜的传说》,三晋出版社 2017 年。
③ 唐曾孝:《舜文化与九疑山民间传说》,湖南人民出版社 2011 年。

同构造起华夏民族精神文明的精神框架,道德与礼制成为华夏与其他民族文化认同的区别所在。舜帝传说中逐渐建构起的一套政治礼仪文明与制度,体现了和合的精神境界,浓缩着华夏文明的精华。归根结底,舜帝传说与华夏文明所倡导的仁爱理念与德政礼制,是和合的民族性格在政治文化领域的精神延伸。

当今社会所倡导的和平理念与构建和谐社会的历史根源及心性之本,可以追溯到远古时期部族融合过程中凝结而成的民族性。舜帝传说中多元部族文化意蕴的交互渗透,不仅展现了不同文明深度融合的历史状态与舜部族的迁徙进程,而且部族融合的主要方式在传说体系中由武力向和平的集中转折与阐释,叙说着和合的民族性格在舜帝形象与传说情节演绎中的建构过程。舜帝象征着华夏民族精神世界的温和心性,凝集在舜帝传说中和合的民族性格,作为一种稳固的心理状态与文化属性,作为历史沉淀在每一个中国人灵魂深处的特质,深刻影响着当今社会国家的政治体制与民众的精神世界。如何构建和谐社会,如何坚定文化自信,我们或许可以通过挖掘并发扬深藏在传说体系中的民族精神世界来寻求答案。

小　　结

传说作为部族文化的符号载体,承载着族群的历史记忆与文化特征。舜帝传说类型的阶段性地域演绎,揭示了舜部族的迁徙轨迹,反映了舜部族文化与其他文明的互动关联。从部族文化的多层体系来看,图腾崇拜信仰的演变整合与物质生产文明的相互作用,体现了舜部族与太皞氏及东南沿海文明的代际传承关系;部族间制度建设与心意信仰的相互渗透,展示了中原地区与南方部族的深度融合及南方部族对中原文明的文化认同。舜帝传说中的多元部族文化意蕴体现了部族的迁徙融合与文化共同体的形成过程,其融合方式在传说体系中由战争向和平的集中转折与阐释,展现了"和合"的性格特征在舜帝形象及传说情节中建构的历程,"和合"成为华夏文明久传不衰的内在精神力量。

第十八章　大禹神话传说隐含的
原始文化图景

从文化结构的视野看,神话的文化意蕴可以分为原始文化层、历史文化层、现实社会层。本章通过对大禹神话传说中的创世、化生、自然崇拜等文化蕴含的解读,窥视神话所隐含的原始意象、情节母题以及所反映的当时人类的认知水平和原始思维方式,试图挖掘大禹神话的深层文化结构,对大禹神话的原始文化图景进行还原式的研究,从而展现大禹神话传说自人类童年期就开始孕育的中国文化精神。

神话即是在生产力低下的原始社会中,先民根据自身的生活经验,按照自己的内心愿望,用幻想的形式,对能够感觉到却看不到的神秘力量进行的描摹、讲述和建构的叙事作品。根据不同的分类方法,可将神话分为不同的类型。按国别进行分类,可分为中国神话、希腊神话、北欧神话等;按民族进行分类,可分为汉族神话、少数民族神话;按主旨内容分类,中国上古神话又可分为创世神话、英雄神话和传奇神话。

人类的思维与意识,有一个产生、发展并逐渐成熟的过程。在原始社会末期,甚至是奴隶社会,人类社会的思维、意识、文化,通通体现在神话当中。"因此,当人们追踪自然科学史、史学史、文学史、艺术史、宗教史、哲学史的源头时,无一例外地都要上溯到神话这块'圣地'"①。神话表现了原始人类对自身与自然、人与人之间多种关系的思考,并运用一些幻想的思维进行解释和处理。原始人类早已不复存在,但神话是原始人认知世界、观念习俗的产物,因此我们可以从神话传说的原始习俗、原始意象、原始观念中去窥视其隐含的原始文化图景。

---

① 冯天瑜:《上古神话纵横谈》,上海文艺出版社1983年,第217页。

一、创世：大禹神话的文化还原

创世神话，即描述万物起源的神话，包括世界和万物的形成，说明人类的起源、民族的由来等内容。它是神话的一个重要组成部分，托卡列夫认为创世神话"构成神话的主体"。[①]我国的创世神话有非常丰富的资源，代表性文本有盘古开天辟地、女娲抟土造人、大禹治水等，而这些内容驳杂的创世神话内容又可归结为天地形成创世、族源追溯创世、日月星辰起源创世、文化现象起源创世、人类起源创世等神话类别。大禹神话是一个古典神话传说体系，它的神话内容包含了人类起源、族源追溯等方面，我们将从典籍文献与口头文本中，对大禹神话中的创世内容进行分析，从而了解其所蕴含的原始文化形态。

（一）生殖创世：史前社会的婚育伦理观念

任何时代的文化形态，都可能反映在其同时代所产生的社会意象当中，这种意象并不是静止的，而是随着社会的发展可传递延伸的，因而具有动态流变性。神话是人类早期的产物，其所具有的神话因子中存在有一部分原始社会所产生的意象，通过这些意象的分析，从而可窥见一些原始社会中的文化形态。

开天辟地与人类起源是创世神话的两大主题。《中国创世神话》一书根据人类生成的方式，将人类起源神话分为自然生人、诸神造人、动物变人和洪水后人类再传四类。[②]大禹出生即属于自然生人的类型。在大禹创世生殖神话中，关于其出生有两种类型：其一为禹母感孕而生型，其二为鲧腹生禹型。

感孕而生神话，是原始社会母系氏族制的遗留，成为人类生殖神话中一个典型的类型。感生神话的内涵是指男女之间并未有交合行为，而女性怀孕源自受感于或者意念于自然界的某物，从而诞下人类的某位始祖。这样的神话类型在我国无论典籍记载还是口头传承，都有丰富的文本，多见于民族首领或封建君主的神异诞生中。典籍记载中著名的感孕而生事件包括简狄吞鸟卵而生契、姜嫄履巨人迹而孕育周始祖后稷、握登意感大虹而生舜、修已吞薏苡而生禹、刘媪感

---

①　[苏]C·A·托卡列夫：《神话与神话学》，魏庆征译，载于《民间文学理论译丛》（第一集），中国民间文艺出版社 1986 年，第 3 页。

②　陶阳、牟钟秀：《中国创世神话》，上海人民出版社 1989 年，第 2 页。

龙而生汉高祖等等,这些丰富而神秘的感生神话所蕴含的文化现象值得我们去探究。大禹是华夏民族的始祖神之一,他的诞生神话中,同样有"感生"的神秘母题。

> 修己见流星,意感生帝文命,我禹兴。①
>
> 鲧妻修己,见流星贯昴,梦接意感,又吞珠如薏苡而生禹。②
>
> 女嬉吞薏苡而生。③
>
> 女狄吞石子而生。④

《山海经》《太平御览》《吴越春秋》《绎史》《归藏》等典籍关于大禹出生的记载都有一个神奇诞生的描述,或曰见流星意感而孕,或曰吞薏苡而孕,或曰吞神珠而孕,亦或曰吞石子而孕,但这些记载有一个共同的特点,即禹母孕育大禹时,并非正常的男女交合关系,而是通过感知自然界其他外物而怀孕,此为典型的感孕生殖神话类型。

"昔太古尝无君矣,其民聚生群处,知母不知父,无亲戚兄弟夫妻男女之别,无上下长幼之道。"⑤远古社会,先民群居杂处,无族群领袖更无国君可言。此时,以母系为中心,从女居,人们只知其母不知其父,无亲戚、兄弟、长幼、尊卑之分,呈现出自然而又混沌的社会状态。《管子》记载:"古者,未有夫妃匹配之合,兽处群居"⑥这是人类最初的杂婚婚姻形态。之后,人类由杂婚进入到血缘婚,人与人之间有了辈分的区别;又从血缘婚到氏族外婚,从此有了兄弟姐妹的区分;氏族外婚由群体向个体的过渡,进而产生了对偶婚,此时,由母系氏族关系转化成了母系家庭关系。由此可见,禹母感孕而生的神话映射着原始社会对偶婚出现之前母系氏族的社会形态。

大禹神话中鲧腹生禹类型,表现了原始社会父权向母权的挑战。母系社会的产生有其自然生态的延续性,女性的生理构造本能地使之成为人类自身再生产的主要承担者。以母系为中心从女居,子知母而不知父,其实是一种自然的状态。以父系为先导的文明时代,则具有一种反自然的性质。

---

① (宋)李昉等:《太平御览》卷一百三十五,中华书局 1960 年,第 189 页。
② (汉)赵晔撰:《吴越春秋译注》,张觉译,北京联合出版公司 2015 年,第 124 页。
③ (汉)赵晔撰:《吴越春秋译注》,张觉译,北京联合出版公司 2015 年,第 346 页。
④ (清)马骕撰:《绎史·卷十一》,中华书局 2002 年,第 1435 页。
⑤ 王利器:《吕氏春秋注疏》第 4 册,巴蜀书社 2002 年,第 2423 页。
⑥ (唐)房玄龄注,(明)刘绩补注:《管子》,上海古籍出版社 2015 年,第 209 页。

鲧窃帝之息壤以湮洪水,不待帝命。帝命祝融杀鲧于羽郊。鲧复生禹。[1]

鲧死三岁不腐,剖之以吴刀,是以出禹。[2]

大禹的父亲鲧,盗天帝的息壤以"湮塞"之法治水,历时九年却最终失败,祝融奉天帝之命将其殛杀于羽山。而鲧死后三年,尸体都没有腐烂,天帝又派祝融用吴刀将其肚子剖开,大禹出生。这则神话具有非常浓重的奇幻荒诞色彩,然而它却表现了原始人类父权的反抗和崛起。

"鲧腹生禹"神话中,出现了男性腹中怀胎生子的意象,实际上是对男性在生育当中重要作用的强调。由于女性自身生理构造的本能,使其成为在原始社会人类繁衍再生产的主要承担者。然而,随着社会生产力的发展,对偶婚的产生,"父亲"称谓的出现,男性在体力上对自然的征服,父权对母权的反抗便开始了。由于原始人类对社会认知的局限性,于是他们的反抗首先从争夺人类产生的生育权开始,"鲧腹生禹"神话即是这一社会阶段的产物。

男性在生育权的抢夺过程中,还产生了一种奇特的社会习俗——产翁制。产翁制是指妇女在生产后,其丈夫模拟妻子生产的过程,卧床数十日哺育孩子并接受亲友们的朝贺,而妻子则可以外出、力田、理事。《太平广记》中有这样的记载:"越俗,其妻或诞子,经三日,便澡身于溪河。返,具糜以饷婿。婿拥衾抱雏,坐于寝榻,称为产翁。"[3]大意为:越族(原壮族先祖)有一种习俗,妇女如果生了孩子,三天便可到河里洗澡、下地劳动。回到家里,要为丈夫做饭。丈夫则坐在床上裹着被子抱着孩子,这样的习俗即为产翁制。男性为了从女性手中夺取繁衍生息的权利,便衍生出了这样一种社会习俗。大禹由其父怀胎孕育而生的神话类型,可以说是产瓮制的一种原始形态,这样一种社会习俗不仅存在于原始社会向奴隶社会的过渡时期,同样出现在我国很多民族长达几千年的封建社会当中,并且直到现在,仍然有极为少数的民族存在有这样习俗的遗留。比如纳西族,他们对于一个好男人的评价是能够拥有"琴棋书画诗酒茶"的能力,并且长期在家带孩子;而对于一个好女人的评价则是"庄稼做得好,生意做得起,人前

---

① 袁珂校注:《山海经校注·海内经》,上海古籍出版社第1980年,第536页。
② (清)王谟:《汉魏遗书钞》,西南师范大学出版社2011年,第1874页。
③ (宋)李昉等:《太平广记》卷四百八十三,中华书局1981年,第3981页。

敢讲话,屋里会当家",并且生育完孩子后就可立马进行日常劳作。

通过鲧禹神话传说,可以折射出远古时期的历史生活,对史前社会的认识具有一定的价值:鲧、禹时期是母系氏族社会向父系氏族社会转型的时期,而夏启时期"夏传子、家天下"是父系氏族社会确立的时期。邵伯人从图腾考证的角度也对这一观点作出了解释:"鲧和禹在被贴上母系龙(蛇)的标记的同时,又一再被贴上父系熊的标记,不能不认为,这是父系血统观念与母系血统观念的对抗……可以说鲧、禹、启祖孙三代是社会由母系向父系过渡的一个缩影。"①大禹神话传说中的生殖创世神话,证明人类历史上确实存在过群婚阶段。人类婚姻大致经历了群婚、族外婚、对偶婚、一夫一妻制这样的进程,历史发展就是沿着人类自身的不断实践与认识演变前进的。

由于在原始思维阶段人类的科学认知极为有限,他们还不能客观地认识生育与两性的关系,于是人类生命的本源被理解为神秘玄幻的自然界物质,因而感生神话将人类的起源归结为女性与自然物的接触受孕。同时随着生产力的发展,男性在社会生产中占据的地位越来重要,有限的思维认识也就为男性争夺生育权的社会现象提供了可资发展的机会。这些形式多样的神话反映了人类不断地试图揣度生命的起源,不同类型的生殖起源神话也反映了原始社会不同的文化形态。

人类之间的社会等差,正是首先从两性关系的变动中萌生的,即原始社会向奴隶制的过渡是伴随着父权与母权之间的抗争并由父权最终获胜而产生。通过对神话叙事中的原始文化意象的解读,在后世社会里依然能够听到原始社会文化形态的回响。

(二)洪水创世:史前社会的神话自然力意象

洪水创世神话具有广泛的世界性特征,其内容大多是用来解释世界起源、人类产生的一种文学类型,不同民族的洪水创世神话反映了他们各自的民族特征和时代特色。鲧禹治水神话蕴含着我国洪水创世神话的原型,体现了原始人类与自然的对抗以及征服自然的气概和愿望,充满着原始人的进击精神。正如历

---

① 邵伯人:《鲧禹变形臆说》,龚维英编著:《神话仙化佛化》,河北人民出版社 1986 年,第15 页。

史学家范文澜所说:"许多古老民族都说远古曾有一次洪水,是不可抵抗的大天灾。独在炎黄族神话里说是洪水被禹治得'天平地成'了。这种克服自然、人定胜天的伟大精神,是禹治洪水神话的真实意义。"①在这类神话中,一些神话意象反复出现,如龙蛇意象、息壤意象等都是原始人在征服自然过程中对自然力的形象化。

龙蛇意象,代表了原始社会自然的洪荒之力。通常我们认为华夏民族是龙的传人,龙意象是汉族的图腾标志。在大禹神话传说中,常常出现"龙蛇"的意象。通过田野调查我们发现,登封有许多大禹治水的民间传说,该地颖河水患的缘起,均与"蛟龙"起祸有关。比如:"禹王锁蛟""火烧焦(蛟)河"的核心情节都是大禹凭借其神力,将引发水灾的蛟龙治服,因而大禹治水取得成功。由此可见,这些民间传说故事中的"蛟龙"意象,并非我们现在所说的君子、财富一类的吉祥物,而是吉祥的对立面——灾祸的象征。

汉代以降,王朝更迭的主流一直呈现着大一统的总趋势,在这个漫长的封建社会时期,"龙"意象一直都是皇权以及汉族的象征,而在民间也一直将其视为呼风唤雨的神灵。接着,我们追随着时间的脉络上溯到先秦时期,《仪礼注疏》云"蛟龙,君子类也"②,郑玄将蛟龙看作是君子一类的事物;《山海经·大荒西经》描述:"西南海之外,赤水之南,流沙之西,有人珥两青蛇,乘两龙,名曰夏后开。开上三嫔于天,得《九辩》与《九歌》以下。此天穆之野,高二千仞,开焉得始歌《九招》"③夏后开即夏启,汉代为避汉景帝刘启名讳而改。此时,"龙蛇"意象并存,成为夏启上天入地的工具。继续向前追溯,我们发现,"蛟龙"水患的意象便出现了。《山海经·大荒北经》云:

> 共工之臣名曰相繇,九首蛇身,自环,食于九土。其所歍所尼,即为源泽,不辛乃苦,百兽莫能处。禹湮洪水,杀相繇。其血腥臭,不可生穀,其地多水,不可居之。禹湮之,三仞三沮,乃以为池,群帝因是以为台。在昆仑之北。④

文中描述了"九首蛇身"的相繇,它是共工的臣子。相繇自身盘踞能够"食

---

① 范文澜:《中国通史》,人民出版社1978年,第22页。
② (清)阮元校刻:《十三经注疏》(上册),中华书局1980年,第1011页。
③ 袁珂校注:《山海经校注·大荒西经》,上海古籍出版社1980年,第473页。
④ 袁珂校注:《山海经校注·大荒西经》,上海古籍出版社1980年,第489页。

九土",可见它的身体极其庞大。它呕吐出来的东西,会成为池塘沼泽,气味非常难闻,附近飞禽走兽都不能在这个区域生存。大禹杀了相繇,并将其湮埋,然而它的血十分腥臭,草木谷物都不生长,水灾泛滥,也不能居住。大禹多次对其进行湮埋,却每次都以失败而告终,所以不得不将其"掘为池"。在上古神话里,相繇即为相柳,是水灾的象征,抽象地说,"九首蛇身"的相繇是荒莽的、自然力的意象化。

由此看来,民间传说故事中的"蛟龙"意象便得到了合理的解释,它是产生于原始社会的神话意象之一。大禹治水则是大自然的洪荒之力与人类之间展开激烈冲突时代的反映。《淮南子·本经》篇述其时大旱曰:"尧之时,十日并出,焦禾稼,杀草木,而民无所食。"[1]尧帝之时,十个太阳同时出现在天上,庄稼草木全被烧焦晒死,导致百姓食不果腹、民不聊生。孟子又描述当时水患泛滥之状曰:"当尧之时,水逆行,泛滥于中国,蛇龙居之,民无所定。下者为巢,上者为营窟。"[2]帝尧时期,龙蛇作恶多端导致大水泛滥、百姓居无定所。原始先民在鸟兽逼人、水旱成灾的极度恶劣的生存环境下,开始了"射日"、治水的伟大斗争。流传至今的大禹治水神话则是大禹代表的人类与洪荒自然力激烈冲突的典型代表。

"息壤"意象,代表着活土的生命增殖力。在上古神话中鲧、禹父子都是治理洪水的神话人物,然而在后世的大多数神话传说文本中,人们往往把鲧当成是禹治水成功的对立面,禹是在吸取鲧"湮堵"失败的教训后,才采取疏导河道的治水方式。但其实,在二人的治水过程中,都使用了"土湮洪水"的治理方式。

先秦古籍《山海经·海内经》中描述:"洪水滔天,鲧窃帝之息壤以堙,不待帝命。帝令祝融杀鲧于羽郊。鲧复生禹,帝乃命禹卒布土以定九州。"[3]这是对于鲧、禹治水神话的最早记载。文中说道,远古时期,洪水滔天,鲧在没有征得天帝同意的情况下,私自盗取了天帝的神土,来堵塞漫天洪水。最终天帝命令祝融将鲧杀死在羽山附近。然而,天帝又命鲧生的儿子禹铺填土壤,最终安定了九州。在民间口传文本中也有这样的记载:"鲧心系百姓,急于治水,无奈之下盗取天帝的息壤。天帝息壤十分神奇,只要往洪水里一撒,马上就能变成一道长

---

① 刘文典:《淮南鸿烈集解》,冯逸、乔华点校,中华书局 2013 年,第 305 页。
② (汉)赵岐:《十三经注疏》,中华书局 1980 年,第 2714 页。
③ 袁珂校注:《山海经校注》,上海古籍出版社 1980 年,第 536 页。

堤,并且越长越高,越长越长,洪水最终被治服,人们过上了安居乐业的日子,并且非常感谢鲧,尊称他为'崇伯鲧'。当天帝知道鲧盗走他的息壤后,非常震怒,命令火神祝融率天兵天将到人间捉拿鲧,很快鲧寡不敌众,被诛杀并抛尸于野了。祝融收了息壤向天帝请赏,结果洪水再次泛滥,民不聊生。"①

　　禹之时,天下大雨,禹令民聚土积薪。②

　　禹乃以息土填洪水。③

以上是《淮南子》中的两段材料,《齐俗》说天下洪水泛滥之时,大禹让百姓聚集土壤,《地形》说大禹用息土来湮塞洪水,二者共同表明大禹在治理洪水的时候,也运用了"聚土积薪""息土填水"的方式。由此可见,"息壤""息土"为鲧、禹治水神话当中的一个重要意象。

"息壤"之"息"在《说文解字》当中解释为"喘也",又可引申为:"生长"④,"壤"则解释为"柔土"⑤,即我们通常所说的土壤。高诱将《淮南子》中出现的息土解释为:"息土,不耗减,掘之益多,故以填洪水。"⑥由此可见,"息壤""息土"为同一意象,是指可生长的生生不息的有生命的土壤。这一意象,在神话传说中表现为可以无限生长的土壤,而在后世漫长的人类进程中,表现为对土的崇拜,认为世间万物的本源体即为土,而这一切,都来源于原始人类的活土观念。

活土观念首先根植于原始的巫术思维。鲧禹治水神话当中,"息壤""息土"意象依附于原始先民的祈使臆想,他们把治水之土想象成是无限增殖的活物。而祈使臆想则是原始思维当中一个非常重要的特征。原始先民认为,通过膜拜相对于人类自身的自然物质存在使之接受人的意志、情感而达到人的某种生存要求。这种膜拜想达到的目的是人的臆想驱使其他物质形式而给人类带来福利或消除灾难。很明显,体现了人和物的交互感应过程。⑦

万物起源于"土"的观念,在原始的创世神话中,有许多形象生动的描写,其中汉族神话应首推"女娲抟土造人"。在彝族史诗《阿细人的先基》中,将泥土造

① 刘白雪、常松木:《大禹与嵩山》(下卷),中州古籍出版社 2009 年,第 393 页。
② 刘文典:《淮南鸿烈集解》,冯逸、乔华点校,中华书局 2013 年,第 431 页。
③ 刘文典:《淮南鸿烈集解》,冯逸、乔华点校,中华书局 2013 年,第 159 页。
④ (清)段玉裁注:《说文解字注》,上海古籍出版社 1981 年,第 502 页。
⑤ (清)段玉裁注:《说文解字注》,上海古籍出版社 1981 年,第 683 页。
⑥ 刘文典:《淮南鸿烈集解》,冯逸、乔华点校,中华书局 2013 年,第 159 页。
⑦ [法]列维-布留尔:《原始思维》,丁由译,商务印书馆 2004 年,第 314 页。

人描写得非常细致："称八钱白泥,称九钱黄泥;白泥做女人,黄泥做男人……大风吹进泥人的嘴,肚子里呱呱地响,泥人会说话了"①。世界上许多国家和民族中都存在着这类神话,包括希腊神话、美洲迈都族印第安人神话、新西兰土著神话,无论他们的主人公是普罗米修斯还是铁吉,是天神还是地神,其中都有一个共同的情节——用泥土造人,从而泥人变为有血有肉的原始人类。这类神话,都体现了原始人对自然的认知以及对已有认知作出的反映——土生万物。

二、化生:生死循环的生命意识

"求生"是人类社会发展一个重要的生命母题,在原始人的观念里,人类的死亡是个别的、偶然的,它的发生源于某种巫术、魔法或者影响。他们始终相信有一种永恒的再生力量存在于生命当中,认为人类的生死是一种循环往复的过程。因而,原始人在克服死亡和追求永生的意识中,"探索"出几种不同的途径:一是将世间万事万物繁衍生息的自然逻辑转接到人类的生命意识当中,拟构出"死亡—复活"的生命逻辑;二是物化的生死观念,就是将生命的结束解释为另一种生命的开始。

(一)"死亡—复活"的生命逻辑拟构

从纷繁的大禹神话中,剥离出最原初的神话因子,从中可窥见原始人的一些生命意识。原始人是将生与死紧密联系在一起的。他们将朴素的逻辑思维引入对生命现象的认识当中,从而拟构了他们所特有的"死亡—复活"的生命逻辑,其核心观念为灵魂不朽。在登封流传有一则《下雨王借尸转世》的神话传说,用"借尸转世"这样的野性思维描述了大禹的出生。当地文化人韩有志认为"大禹生于四川,附尸转世后长于登封"。

下雨王借尸转世

嵩山南面有一道山清水秀的山沟名叫水纽屯。传说,夏禹王的原神下雨王就是在这里借尸转世的。下雨王来凡间治水,到尘世上一看,

---

① 陶阳、牟钟秀:《中国创世神话》,上海人民出版社1989年,第224—225页。

老蛟龙正在作怪,洪水冲毁了田地,淹没了房屋,人们都逃到山岭上去住了。要等再去投胎出生长大成人开始治洪水已经来不及了。想来想去只有一个办法:借尸转世。他在嵩山水纽屯一个大石头堆上找到了一个半大死孩子。听趴在尸体旁边哭啼的老婆儿说,这个孩子叫文命,是崇伯的单根独苗,于是就附尸转世了。①

这则神话传说可以说是流传于全国各地大禹出生神话中的一个独特类型,非常贴切地解释了原始人类对于"死亡—复活"生命逻辑的认知。他们认为:当孩子生下来时,这就是某个确定人物的再次出现,或者更准确地说,是再度赋形。因而,人类任何一次出生都是转生。列维·布留尔在《原始思维》里也记载了类似的现象。"有许许多多的黑人、马来人、波利尼亚人、印第安人、爱斯基摩人、澳大利亚人,在他们那里,死者转生和在家族或氏族中继承他的名字已经成为定规。在西北美洲各部族那里,个人生下来就带着自己的名字、自己的社会职能、自己的纹章……氏族的存在永远是同一些人的死亡和再生的总和……氏族就其起源来说,是被理解成与一定的空间区域联系着,与图腾灵魂的列祖列宗的老家联系着,与这样的一些山岩联系着,那里是祖先们埋葬的地方,是那些能够坐胎的婴儿出来的地方,最后,也是那些以其繁殖保证着氏族的生活的图腾动物的灵魂出来的地方。"②原始人类的"死亡—复活"观念十分强烈,他们将这种灵魂附体的遐想嫁接到现实世界的生活仪式当中,比如许多原始部落孩子的成年礼以将孩子假装杀死又让他复活为其全部过程;在我国原始社会甚至到封建社会时期都有的陪葬风俗,即帝王或者有身份地位的人死去,要将自己身边的侍臣、婢女和妻妾全部陪葬,这样在另一个世界或者是下次转生都还是原来的生活方式。这些都源于原始人类对生与死之间转换认识的思维方式。

原始人的生死观念是简单而朴素的,他们并不能够非常清楚地划分死人与活人的界限。反而在他们的观念中,活人与死人之间有着千丝万缕的关系,死人能够给予活人福报或灾难,同样活人也可以给死人善待或恶报。"死亡—复活"的生命逻辑还表现在祖先在子孙身上的复活以及图腾的绵长延续。

---

① 讲述人:韩有志,男,1933 年生,登封市芝麻凹人。调查人:段友文、王文慧、柴春椿、秦珂。调查时间:2016 年 7 月 16 日。调查地点:登封市韩有志家中。

② [法]列维-布留尔:《原始思维》,丁由译,商务印书馆 2004 年,第 30 页。

（二）"死后化生"的物化生死观念

所谓物化的生死观，是指原始思维当中人们以"化生"观念为基础，将人的生命结束转化为另一种生命形式的存在，或曰死为生的转型。这种物化的生死观念源于原始人对自然界物种区分混沌一片的认知状态，他们认为人起源于非人生物，因而在人与非人生物之间有一种朦胧的连接关系，具体表现在天气变化、昼夜交替、树叶春生秋落等自然现象此消彼长当中。在此意识基础上，原始人类便把这种自然观推广到生死观念当中。

上古神话当中往往表现出一种人、神、物异类合体的特点，人、神、物之间可相互转化，并且成为一个有机组合的完整意象。例如："炎帝之少女名曰女娃，女娃游于东海，溺而不返，故为精卫"[1]，夸父的手杖"化为邓林"[2]，蚩尤的桎梏"化为枫之木林"[3]。我们从这些生命物化的例子当中发现，不仅人能化为鸟、化为石头，而且手杖还能化为林，桎梏能够化为木林。人类与生物、生物与非生物甚至是非生物内部之间都可以产生相互转化。上古大禹神话系统中也有一些关于物种之间奇异变幻的叙述，象征着各种生命形式之间的转化。

> 鲧三岁不腐，剖之以吴刀，化为黄龙。[4]
> 昔尧殛鲧于羽山，其身化为黄熊，以入于羽渊，实则为夏郊，三代祀之。[5]
> 尧命夏鲧治水，九载无绩，鲧自沉于羽渊，化为玄鱼。时扬须振鳞，横修波之上，见者谓之河精。[6]

无论鲧死于盗天帝息壤，还是死于治水失败，但其生命并没有因此而结束，或化为黄龙、或化为黄熊，最终都化为异物而得以永生。不难看出，其实这是原始思维中生命观念的承载，是早期人类克服死亡、追求永生的一种具体表现形式。

有生命形式与无生命形式之间的转化在神话中也很常见，"启母化石"是大

---

① 袁珂校注：《山海经校注》，上海古籍出版社 1980 年，第 92 页。
② 袁珂校注：《山海经校注》，上海古籍出版社 1980 年，第 284 页。
③ （宋）张君房：《云笈七签》卷一百，华夏出版社 1996 年，第 609 页。
④ 袁珂校注：《山海经校注》，上海古籍出版社 1980 年，第 537 页。
⑤ 杨伯峻：《春秋左传注》，中华书局 1981 年，第 1290 页。
⑥ （晋）王嘉：《拾遗记》卷二《夏禹》，湖北崇文书局 1875 年，第 1 页。

禹古典神话中一则典型的"物化"神话类型。

> 禹治洪水,凿轘辕,谓与涂山氏曰:"欲饷,闻鼓声乃来。"禹跳石,误中鼓,涂山氏往,见禹化为熊,惭而去。至嵩山下化为石,禹曰:"归我子!"石破北方而生启。[1]

《淮南子》中对启母化石的前因后果做了详细记载:大禹治水在凿开轘辕关的时候,为了赶工期涂山氏每天中午都会给他送饭。由于山势险峻,工程浩大,于是大禹就化为黄熊。为了不让妻子知道自己化为黄熊的事,就让妻子在听到击鼓声后再来。有一天,飞石误击中鼓发出响声,涂山娇赶紧把饭做好送去。然而,她看到的是一头黄熊在用头拱山,拱开后再伸出两条巨臂开挖河道,她感到非常羞愧,提起饭篮就往家跑,到了嵩山下就变成了一块大石头。由此可见,原始思维中的生命观念范围是极其宏阔的,它可以跨越人类、动物、植物甚至是无生物这样的种群范围划分,将其演化成一种浪漫的遐想。这种遐想是建立在原始人对自然万物认识的混沌观念之上的,而又来源于原始人类的幻想力,其幻想力几乎没有什么不可能。列维·布留尔说:"对于这个思维来说,没有一种变化、没有一种成因、没有一种远距离作用是如此奇怪和不可想象以致不能接受的。人可以从山岩里生出来,火可以不燃烧,死的可以是活的。"[2]在这种幻想思维的影响下,物化的思维方式也被运用到生死观念当中。

原始人这种"死亡—复活"的生命逻辑拟构和物化的生死观念表明,他们不仅知道死亡,而且知道死亡是必然发生的事情。他们在承认死亡的基础上努力超越死亡,通过自己对自然万物的认识和幻想力来构筑一种"永生"的方式。

三、自然崇拜:图腾意象的文化解读

"图腾"(Totem)一词,来源于美洲,原意为"标记"或"亲属"的意思,是印第安阿尔衮鄂吉布瓦族的族徽标记,它代表了该民族原始人群体的祖先、保护神。这一词汇在1971年最先由英国人约翰·朗格引入学术界,然后在西方学术界展开了关于图腾的研究热潮。1903年严复将英国著作《社会通诠》翻译为中文,

---

① (宋)洪兴祖:《楚辞补注》,中华书局1983年,第97页。
② [法]列维-布留尔:《原始思维》,丁由译,商务印书馆2004年,第443—444页。

"图腾"一词开始在我国出现,并很快被学术界接受。

图腾存在两层含义:一层为显性的,是原始社会氏族的标志、象征、图徽,如汉族为龙图腾、傣族为孔雀图腾、哈尼族为神鸟图腾;第二层为隐性的含义,它是一种信仰观念,连接了早期人类与某种自然物或神的关系,从而引申为某氏族的祖先或庇护神,并且可以从它们那里得到某种力量或技能。可以说,图腾是原始社会时期反映人们生存状态的文化事象。

大禹是夏部族的祖先,学术界对其图腾考证进行了激烈的争辩。顾颉刚认为大禹是蜥蜴之类的虫[1],关于这一看法鲁迅给予了批驳[2];民国时期史前专家卫聚贤则从考古学观点出发将夏部族考证为以鱼为图腾[3];叶舒宪运用四重证据的立体释古方法,将大禹部族考证为熊图腾[4];而王锺陵由"禹葬会稽,鸟为之耘"与"会稽是鸟图腾区"这一说法引申开来,认为夏部族图腾为鸟[5]。学界还有夏部族为龙图腾、石图腾[6]、龟图腾等说法。我们不拟对大禹(夏族)图腾进行严密考证,而是结合各家所言,运用文化人类学、民俗学的方法对有影响力的几种图腾进行文化事象的剖析,从而解读其所蕴含的原始思维。

(一)族群生命的延续

图腾观念是和生命的直接性认识相联系的。原始人的生命延续意象不仅在自身,同时也会在他物上寻求根源。因而他们将"死亡—复活"这一生命逻辑拟构体现在借助于图腾观念与灵魂观念上。原始人"认为自己死后就会返回原形,仍变成熊、鹿之类"[7]换句话说就是死者的灵魂能够依附他所属的氏族图腾而转生。

熊图腾和鱼图腾,说明了鲧与禹之间的血缘顺承关系。在上古神话中,鲧腹生禹,鲧与禹是有血缘相承的父子关系。这一关系,在图腾文化中也有所体现,

---

① 顾颉刚:《与钱玄同先生论古史书》,《努力》1923 年第 5 期。
② 鲁迅:《鲁迅全集·书信》,人民文学出版社 1981 年,第 115 页。
③ 卫聚贤:《古史研究》,商务印书馆 1937 年,第 251 页。
④ 叶舒宪:《四重证据的立体释古方法——〈熊图腾〉与文化寻根》,《华夏文化论坛》2010 年第 1 期。
⑤ 王锺陵:《中国前期文化—心理研究》,上海古籍出版社 2006 年,第 273 页。
⑥ 于省吾:《略论图腾与宗教起源和夏商图腾》,《历史研究》1959 年第 64 期。
⑦ [美]路易斯·亨利·摩尔根:《古代社会(新译本)》,杨东莼、马雍、马巨译,中央编译出版社 2007 年,第 125 页。

"昔尧殛鲧于羽山,其身化为黄熊,入于羽渊,实为夏郊,三代祀之。"①鲧治水失败后被尧帝殛杀于羽山,死后化为黄熊。而大禹在开凿轘辕关时,也曾化为黄熊。这样,在自然外物上,也表明了鲧、禹之间同为熊图腾部族的氏族血缘顺承关系。鲧,从鱼系声,也写作鲧,玄鱼也。《说文解字》谓:"鲧,鱼也。"②《玉篇》也说:"鲧,大鱼也。"③晋代《拾遗记》中说:"鲧自沉于羽渊,化为玄鱼,时扬须振鳞,横修波之上,见者谓之河精。"④这些典籍记载都将神话人物鲧解释为鱼。《说文》对禹的解释为:"禹,虫也"又曰:"鱼,水虫也"⑤,《诗·小雅》孔疏:"鱼,亦虫之别名"。由此可见,后人将鱼视为鲧、禹部族的图腾并非子虚乌有,我们从中也可窥见其鲧、禹一脉相承的血亲关系。

石图腾说明了禹与启之间的父子相传关系。《淮南子》《墨子》《艺文类聚》均有"禹产于石"的记载,启同样生于石,以启母化石而生启流传最为广泛。此说法亦见于《穆天子传》《隋巢子》等。这些禹产于石、涂山氏化石、石崩裂生启的记载,一方面说明了大禹、夏部族的石崇拜,另一方面也反映了禹与启的承前继后的象征意义。关于石图腾还有一种说法:大禹所在的部族为熊图腾,而其妻涂山氏的部族图腾为石图腾。王锺陵将大禹"化为熊"解释为与熊氏族融为一体,利益倒向了熊氏族一方。而将涂山氏"化为石"解释为涂山氏与大禹氏族决裂后回到以石为图腾的部族。⑥ 这样便使用图腾关系把氏族之间的通婚关系或是利益分歧表述出来。若采用这种观点,则"禹生于石"和"启生于石"表明了夏族与石图腾氏族之间的世代通婚关系,从这一方面也解释了禹与启之间的血脉相通关系。

原始人类的代际传递、族群长存观念蕴含在图腾观念与万物有灵观念当中。图腾观念是原始人对于生命之根的认同和对于生命承续的解释,在他们的意识中,死亡被看成是灵魂回老家,亲人们以图腾动物的形体聚居在另一个世界里。这种动物式的另一个世界的观念,在后世演化为对极乐世界和乐土的企向⑦。

① 杨伯峻:《春秋左传注》,中华书局1981年,第1290页。
② (清)段玉裁注:《说文解字注》,上海古籍出版社1981年,第576页。
③ (南朝)顾野王:《玉篇》,中华书局1985年,第2004页。
④ (晋)王嘉:《拾遗记》卷二《夏禹》,湖北崇文书局1875年,第1页。
⑤ (清)段玉裁注:《说文解字注》,上海古籍出版社1981年,第739页。
⑥ 王锺陵:《中国前期文化—心理研究》,上海古籍出版社2006年,第205页。
⑦ 王锺陵:《神话中的生死观》,《汕头大学学报》(人文社会科学版)1993年第2期。

（二）神异力量的相助

图腾不仅是原始人类的祖先神、庇护神,同时也是原始人类信奉的可以从那里获得力量和帮助的来源体,在大禹治水神话中有很多地方都体现了这一点。登封民间传说中,有一则大禹治理颍河水的神话传说:颍河水泛滥成灾,两岸一片汪洋,庄稼被淹,人们叫苦连天。大禹经过观察,认为只有凿开轘辕关,让洪水归入伊洛河,然后再让它流入黄河,嵩山地区的人们才能安居乐业。于是就决定到轘辕关凿山治水。大禹来到轘辕关一看,山势险峻,工程浩大,为了迅速凿开轘辕关,于是就化为黄熊,用头拱山,拱开后再伸出两条巨臂开挖河道,很快便开出了一道山口①。大禹化熊的情节在《淮南子》所记载的"启母石"中也有涉及:"禹治洪水,凿轘辕……涂山氏往,见禹化为熊,惭而去。"②从登封民间传说中可见,治理泛滥成灾的颍河水、开凿河道是一个非常巨大的工程,原始社会生产力极其低下,人们通过将大禹幻想成有异能的熊来得到帮助,与自然的洪荒之力抗衡。王晖认为大禹部族的图腾为鼋龟。《尚书》曰:"天与禹,洛书出。神龟负文而出列背"③水中浮出背驮"洛书"的神龟献给大禹,大禹依据神书因而治水成功。无独有偶,在孙星衍辑的《尸子》下卷中也有文字载:"禹理洪水,观于河,见白面长人鱼身也,曰:吾河精也,授禹河图而还于渊中。"④大禹治理洪水,站在河中观察水势,突然眼前出现了一位人面鱼身的水中动物,它自称为河精,授予大禹"河图"后回到水中。河图与洛书在大禹治水神话中多次出现,实则为中国河洛文化的滥觞,两幅神秘之图历来为研究中华文明起源的热点。在神话传说中,河图和洛书成为大禹治水成功的关键,而它们的出现,往往也伴有神奇力量的帮助。

> 禹尽力沟洫,导川夷岳。黄龙曳尾于前,玄龟负青泥于后,玄龟河精之使者也,龟颔下有印,文皆古篆,字作九州山川之字,禹所穿凿之处以青泥封记其所,使玄龟印其上。⑤

《拾遗记》中的这段文字记载也表明大禹在治理洪水、开山导河的时候,的

---

① 常松木:《登封大禹神话传说》,河南文艺出版社2014年,第169页。
② 刘文典:《淮南鸿烈集解》,冯逸、乔华点校,中华书局2013年,第783页。
③ 黄曙辉校,曾运乾注:《国学典藏尚书》,上海古籍出版社2015年,第114页。
④ (战国)尸佼:《尸子》(下卷),华东师范大学出版社2009年,第67页。
⑤ (晋)王嘉撰:《拾遗记》卷二《夏禹》,湖北崇文书局1875年,第1页。

确得到过神物相助,一为黄龙,二为河精的使者玄龟。原始社会时期,人类的生产力非常有限,在人力与自然力的对抗中,人们感到了自己的渺小,于是他们对大自然的变幻莫测产生恐惧的情感,但人类生存的资料又主要来源于大自然的馈赠,因而,除了恐惧之外,相伴而生的还有对自然力量的依赖。原始思维中"万物有灵观"是其中的一个主要特征,图腾在这种情况下应运而生,它往往成为一种神奇力量帮助人类得以生产和生活。

(三)生殖能力的象征

关于大禹的出生,除了感生神话"禹母吞薏苡而生禹"之说、"鲧父生禹"之说和"灵魂转世"说外,还有一种普遍的说法,即"禹生于石"①,从图腾与信仰文化方面解析,这是一则典型的巨石崇拜神话。而且大禹之子启,也是涂山氏化石之后,大石崩裂而生。"修已……胸拆而生禹于石坳。"②"禹产于昆石,启生于石。"③在大禹系列神话中,禹的出生、启的出生以及涂山氏死后化生,都与石头相关。因而,大禹、启的部族图腾为"石"是学界的重要说法之一。

"石生人"的文学基型产生于中国原始社会的灵石信仰。考古学家们认为突起的长柱形石茎巨石,象征男性生殖器;石缝、石槽或石洞象征女性生殖器。黑格尔也说:"对自然界普遍存在的生殖力的看法是用雌雄生殖器的形状来表现和崇拜的。"④广西壮族自治区的凌云县有一则神话《布洛陀》,其中在讲述男性神布洛陀开辟天地时,其阴茎化成一根巨大的赶山鞭,而女性神米洛甲的阴部变成一座带有石洞的巨山,生出万物。⑤ 多年来各个学科的人们都在探索英国巨石阵的奥秘,然而哥伦比亚大学的皮克斯根据巨石阵产生的年代以及巨石形状特征,最终判断巨石阵是生殖器的象征。这与我国原始思维当中灵石信仰的生殖崇拜意蕴不谋而合。这些都是原始人思维特征中"互渗律"的体现,在他们直观感受的意识当中,万事万物都是相通的,因而人的生殖本能也与石头之间建立起了联系。

---

① 刘文典:《淮南鸿烈集解》,冯逸、乔华点校,中华书局 2013 年,第 781—782 页。
② (晋)皇甫谧著,徐宗元辑:《帝王世纪辑存》,中华书局 1964 年,第 48 页。
③ (宋)李昉等:《太平御览》卷五十一,中华书局 1960 年,第 1960 页。
④ [德]黑格尔:《美学》,朱光潜译,商务印书馆 1979 年,第 437 页。
⑤ 过竹:《葫芦》,《民间文学论坛》1985 年第 5 期。

登封市太室山启母石形制巨大,南面部分直立,北面横躺在地,呈现出石头崩裂之状。当地人相传为大禹妻子涂山娇,因看到大禹化为黄熊受到惊吓所化而成,因而奉其为神圣之物。从人类学的角度看,证之以崩裂的石头所附着的神话传说,可以认为它是女性生殖器的象征,"石破北方而生启"也是母系氏族的神话遗留。

在中国传统文化中,"石头情节"是一个较为普遍的文化现象,在后世文人的创作中,有许多作品都与该情节有关。最为人们所熟知的即是《西游记》中孙悟空的出生:"那一座山正当顶上,有一块仙石……每受天真地秀,日月精华,感之既久,遂有通灵之意,内有先胞,一日崩裂,产一石卵,似圆球样大,因见风,化作一石猴。"①孙悟空是一只由仙石崩裂而生的石猴,该仙石感天地日月之精华,因而通灵化为石猴。这一产生于明代文学作品中的"石猴诞生"情节无疑与大禹神话中的"石生人"有异曲同工之妙。可以说,大禹神话中的"石生人"为后世文人创作提供了心理原型。

综上所述,大禹神话中"化石"与"石生人"的情节表述,以及后世对其部族"石图腾"的考证,均源于原始思维中的生殖崇拜。原始社会时期,人类还无法对生命起源得到科学认知的情况下,石头被赋予了孕育生命的使命。现今,灵石信仰的生殖崇拜意蕴在我国很多地方还有原始遗风,人们往往通过摸"神石"或者向山洞、山坳扔石头的行为祈求子嗣。比如,淮阳有"打儿洞"和"子孙窑"等。原始初民的生殖崇拜在这些与石相关的祈子风俗中同样得到验证。

图腾物在原始人的生活中所具有的价值是多功能的。一方面,在生存能力的探索方面,图腾物具有了神异的外力;同时在生命的生存与发展的认识当中,早期人类将人类的生命与繁衍能力旺盛的动植物相联系,从而产生了生殖崇拜与祖先崇拜。

小　　结

"艺术、文学、科学、宗教、政治思想等社会意识形态相继从神话学中分离出来,但仍保留有一系列神话原型。"②纵观大禹神话传说隐含的原始文化意蕴,其

---

① （明）吴承恩:《西游记》,吉林人民出版社 2006 年,第 1 页。
② 王锺陵:《中国前期文化—心理研究》,上海古籍出版社 2006 年,第 77 页。

神话内容、情节、意象、思维等所体现的原始社会伦理观念、生命意识、自然崇拜等,构成了一个庞大的体系,借助这个体系可以还原史前社会的部分原始图景。大禹神话中女嬉(修己)感孕而生、鲧剖腹而生等这些生殖创世的神话元素,不仅是史前社会两性对生育权争夺的体现,同时也进一步反映了同一时期社会的婚姻状态;洪水创世神话中的龙蛇意象与息壤意象的大量出现,则反映了原始初民对自然力认识的畏惧心理以及征服异己力量之勇气;大禹附尸转世、死后化生的情节表述展现了人类童年时期的时空观与生命观;神话传说中对熊、龟、鱼、石等大量意象的描述,体现了原始初民形象思维的产生,他们认为人起源于非人生物,萌生了最原初的自然崇拜和混沌不清的各种物体之间相互联系的自然观。

第十九章　鲧禹治水的洪水神话性质及其原始观念

　　洪水神话是上古神话的重要类型之一,学界使用这一术语时大多将其等同于"洪水过后仅遗的人传衍人类"神话,可以将其称为典型的洪水神话。这类神话的内容一般由洪水母题和人类再殖母题相结合,在世界各民族文献及口承洪水神话中均有体现。鲧禹治水神话中虽然没有体现出典型的再殖创世型母题特征,但是具有明显的洪水神话性质,它与治水母题相结合,形成一种特殊的非典型洪水神话。鲧禹治水神话体现出生活在中原地区的原始初民对待洪水灾害的积极态度和应对智慧,兼有体现先民原始生存境遇的自然生态神话与彰显族群文化意蕴的社会神话的双重特性。

　　洪水神话是世界各民族神话中共有的一个神话类型,典型的洪水神话是"洪水过后兄妹再殖人类"神话,由洪水灭绝人类与人类再生两部分内容组成,它已经不是单一的原型神话,而是由多种创世神话融合而成的复合型再生神话,是在原型洪水神话的基础上,融合水生人神话、葫芦生人神话、兄妹成婚生人神话而形成的。① 除了典型的人类再殖型洪水神话之外,可以将主要分布在我国黄河中下游区域的鲧禹治水神话视为一种非典型洪水神话,因为它具有洪水神话性质却没有与人类再殖母题相结合,主要是通过治水情节来推动神话叙事的发展。鲧禹治水神话的价值就在于它在叙述洪水灾难的同时,表现了华夏先民在特定生态环境下积极应对异己力量的群体智慧。

---

　　①　向柏松:《神话与民间信仰研究》,人民出版社 2010 年,第 55 页。

一、鲧禹治水的洪水神话性质

灾害和苦难构成了原始初民心中最深刻的历史记忆,人类在史前时期经历的各种灾难都在神话世界中有迹可循,并催生出一系列以人类经历的灾难为母题的神话叙事。灾难母题神话可以分为自然灾难母题、战争灾难母题、伦理灾难母题、生态灾难母题和死亡灾难母题。① 其中自然灾难对原始初民来说产生最早,震慑最为强烈,洪水神话就属于典型的自然灾害母题神话。世界上许多民族的历史和神话传说中都有对"大洪水"相似的记载,朱大可在《洪水神话及其大灾变背景》中这样描述:"洪水神话是所有灾难性神话中最具有人类性的部分,除了澳洲和非洲,几乎所有古老种族都声称经历过一个世界性大灾变,广泛而汹涌的洪水湮灭了人类,只有极少数被神挑选出来的人或侥幸的人存活下来,成为第二次大繁衍的根基和种子。"②这既是对洪水神话基本特征的认定,也是对洪水神话幸存母题的初步论述。

人类再生是洪水神话的基本主题,那么,仅仅叙述洪水泛滥成灾及治理洪水的神话,能否看作真正意义上的洪水神话? 我们认为,可以将鲧禹治水神话视为一种具有洪水神话性质的非典型洪水神话,通过对世界各民族典型洪水神话的概括,分析洪水神话的组成部分与主要特征,检视鲧禹治水神话的情节类型,就可以对其洪水神话性质予以判定。

一,洪水灾害的毁灭性。弗雷泽在《〈旧约〉中的民俗》一书中,曾对世界洪水神话进行收集,并指出洪水神话多是当地民众的水灾记忆在流传过程中演变而成的。③ 他揭示了水灾记忆与洪水神话的密切关系,但他忽略了一点,并非所有水灾的记忆都可以转化为洪水神话。查阅世界神话发展史,可以看到,真正的洪水神话在灾害程度的表述上往往是集体性的、大规模的,对人类的生死存亡有着极大的威胁。脱胎于两河流域被人们所熟知的西方洪水神话诺亚方舟的故事这样描述洪水刚开始的情景:当诺亚六百岁,二月十七日那一天,大渊的泉源都裂开了,天上的窗户也敞开了,四十昼夜降大雨在地上,洪水淹没了最高的山,陆

① 孙正国:《全球性与全球化:"人类灾难"神话的母题阐释》,《民族艺术》2003 年第 1 期。
② 朱大可:《洪水神话及其大灾变背景》,《上海师范大学学报》(哲学社会科学版)1993 年第 1 期。
③ [英]弗雷泽:《〈旧约〉中的民俗》,童炜钢译,复旦大学出版社 2010 年,第 162 页。

地上的生物全部死亡,只有诺亚一家人与方舟中的生命得以存活。① 广西壮族《布伯的故事》也记录了洪水淹天的史实:人类为难雷公,雷公便令雨神无休止地下雨使河水暴涨,淹没了平原村落和高山,一直淹到了天上。② 这些描述无一不体现出洪水的规模之大,以致对人类造成了灭顶之灾。对于鲧禹治水神话中洪水的肆虐程度,《尚书·尧典》曰:"汤汤洪水方割,荡荡怀山襄陵,浩浩滔天。"③"浩浩滔天"一词描述出洪灾的严重程度,这场大洪水对部族生存带来的重大灾难不言而喻。《山海经·海内经》云:"洪水滔天,鲧窃息壤以湮洪水。"④正是"浩浩滔天"的洪水,才有了古神话中的治水第一人——鲧。⑤ 尧舜时期的洪水是一场毁灭性的灾害,才使产生于同一时期的鲧禹治水神话故事具有了洪水神话的性质。

二,洪水来源的可解释性。世界各民族的洪水灭绝人类和洪水后人类再生神话都有对洪水起因的描述,西方神话中的洪水,大多数是天神上帝为了惩罚人类的罪恶而施行的,《圣经》记载,人类曾因犯下多种罪恶受到上帝的惩罚,其中对人类生存威胁最大的惩罚方式就是降下大洪水。斯腾伯格曾指出,《旧约》叙事里存在着"犯罪——惩罚——呼救——拯救"这样一个反复出现的模式,洪水神话故事正暗含着这一模式。上帝对人类的这次处置,也是对人的原罪的惩罚。以洪水灾难的方式惩罚人类在西方并不是《圣经》中独有的,这种带有惩罚性的西方神话,往往包含着"天帝降罪,灭绝人类"⑥的母题。所以西方各民族神话中的大洪水,常常是因为上帝惩罚人类而降临。我国各民族洪水神话的灾害发生原因多种多样,主要包括:一是自然灾祸造成的;二是天帝为了惩罚人类的邪恶;三是天神串通雷公对遗民的报复;四是共工争帝位失败后以头撞不周山,天陷西北,洪水降临。⑦ 虽然中西方不同民族对于洪水的起因有各自的理解,但都不约而同地对洪水来源做出相对合理的解释,所以洪水灾害发生的原因是洪水神话

---

① 朱维之:《圣经文学十二讲》,人民文学出版社 1989 年,第 83 页。

② 陶阳、牟钟秀:《中国神话》(上册),商务印书馆 2008 年,第 498—508 页。

③ (清)阮元校刻:《十三经注疏》,中华书局 1980 年,第 122 页。

④ 袁珂校注:《山海经校注》,上海古籍出版社 1980 年,第 536 页。

⑤ 袁珂校注:《山海经校注》,上海古籍出版社 1980 年,第 541 页。

⑥ 阮金纯:《基于中西不同文化背景下的生命观探微》,《云南农业大学学报》(社会科学版) 2009 年第 3 期。

⑦ 杨知勇:《洪水神话浅探》,《民间文学论坛》1985 年第 2 期。

必不可少的一个组成部分。鲧禹治水神话中的洪水虽然不是对人类罪恶根源的惩治,对于洪水起因也有自己的认知,《尚书·大禹谟》记载:"降水儆予。"①"儆"是警诫、警告的意思,认为洪水灾害的降临是为了警诫人类,尽管不像西方所强调的降临洪水是惩罚人类的犯罪,却也对洪水灾害的由来作了说明。

　　三,人类采取的行动。在各民族的洪水神话中,由于人类贪欲与堕落,神以大洪水毁灭世界的方式惩戒人类,这场大洪水使人类几近毁灭,只有神所选中的"义人"事先得到神谕最终逃脱了洪水劫难。《圣经》中的上帝告知诺亚大洪水即将来临的消息,并要他按照上帝的旨意造出诺亚方舟,诺亚方舟承载着洪水后再次繁衍大地生命的生物,象征着当时世界新的希望。中国的洪水后人类再殖神话中人类对于大洪水的应对也有着类似的描述,江西南昌的洪水传说讲述高比的一对儿女伏羲和女娲在雷公被困之际帮助雷公喝了水,雷公给了两兄妹一颗牙齿,让他们种下长出果实以应对即将来临的滔天洪水灾难。洪水来临,伏羲和女娲钻进牙齿结出的葫芦里躲过了灾难。洪水过后,世界只剩下兄妹二人,他们在神谕的指引下结合孕育出世界上其他生灵万物。② 以上都是典型的洪水后再造遗民类型的洪水神话,相比较而言,中国上古洪水神话中的鲧禹治水神话类型与世界上绝大多数民族的洪水神话属于截然不同的类型。《孟子·滕文公下》曰:"昔者禹抑洪水而天下平,周公兼夷狄、驱猛兽而百姓宁。"③尧时期洪水灾害频发,看到洪水危害百姓,帝尧心急如焚,遂召集了四岳和在朝诸侯询问洪水治理之法,大家举荐鲧去治理洪水,鲧治理洪水九年,因方法错误导致洪水迟迟不能平息,被弑于羽山。到了舜时,舜又让鲧的儿子禹接替其父的职责继续治理洪水,大禹通过疏导的正确方式成功治理了洪水。在典籍文献与口头文本中,大禹治水神话增加了丰富生动的细节。如水神河伯为帮助他治水,赠予天下河流总图;伏羲帝赠他玉简以丈量土地之用;大禹为了治理洪水,三过家门而不入。④ 鲧禹治水神话与西方及我国各民族的洪水神话比较,对于洪水的态度更加积极,对洪水采取的行动也更加多样化,其治水态度不是逃避而是迎难而上,鲧禹治水神话中人类在洪水来临之际并没有无动于衷,而是采取了各种方法,不

---

① (清)阮元校刻:《十三经注疏》,中华书局1980年,第136页。
② 陶阳、牟钟秀:《中国神话》(上册),商务印书馆2008年,第475—477页。
③ 《孟子》,上海古籍出版社1987年,第73页。
④ 袁珂:《中国神话传说》,北京联合出版公司2015年,第296页。

论是治理失败的鲧所用的"堙"和"障"的方法还是大禹采用的疏导方法,都是人类面对洪水时采取的积极行动,并且最终在神和民众集体的努力下治理了洪水,恢复了家园。这符合典型洪水神话结构中人类采取行动这一重要情节。

通过以上典型洪水后人类再殖神话的情节结构的分析,可以看出,典型的洪水神话有三个重要特征:洪水灾害给人类带来了灭顶之灾;神话文本中均有对洪水灾害起因的解释;洪水后人类采取行动而未能灭绝。鲧禹治水神话也具备了上述三个特征,所以具有洪水神话性质,它与西方神话的区别在于,洪水后人类采取行动既没有神助避水,也没有再殖创世,而是治理洪水、恢复秩序,所以称之为非典型洪水神话。它蕴含着深厚的民族文化心理基因,具有鲜明的华夏民族文化特色,值得深入探究。

二、鲧禹治水神话与世界各民族洪水神话的母题比较

母题是构成传统叙事文学有独立意义的最小情节单元,具有某种不寻常的、动人的力量。① 洪水神话是具有世界性和民族性的神话类型,除了干旱缺雨的非洲外,世界上大部分地区与民族都有洪水神话扩布流传。洪水神话在不同时期、不同地域、不同族群中都曾经出现并且传承久远,情节也因自然地理环境和民族文化心理基因的不同有所差异。这种情节母题的区别,即叙述结构中元素的特殊性,是在不同社会民族文化发展过程中产生的。下面通过母题划分及民间文学母题索引比照的方法对不同的洪水神话进行具体分析。

(一)共同母题及其离异

母题是构成神话最小的基本元素,神话的产生和发展离不开母题的支撑,母题也不可能脱离神话单独存在。一个神话从产生到情节相对完整直至定型,都和母题发展历程相对应,一个神话的发展和演变一定对应着母题的发展和演变,那么对两种或者几种神话母题或者母题链的对比就可以初步窥探这些神话的发展差异。先来观察西方洪水神话(以希腊希伯来神话为例)、我国少数民族洪水

---

① 杨利慧、张成福:《中国神话母题索引》,陕西师范大学出版社2013年,第3页。

后人类再殖神话(以苗族和壮族为例)与鲧禹治水神话的主要内容:

表 11　中西洪水神话内容对比

地域	洪水原因	洪水发起人	如何应对洪水	洪水后人类的行为
中国中原地区	降水儆予	上天	鲧禹历经"堙"和"障"到"疏导"成功治理洪水	开辟夏王朝
中国西南苗族地区	人类惹怒雷公	雷公	自救,种葫芦作为逃生工具	兄妹经历考验结为夫妻,创造人类
中国西南壮族地区	人类为难雷公	雨神	雷公给心善的兄妹信物以出葫芦逃生	兄妹生肉团,剁碎变成人
希伯来	人的罪恶	上帝耶和华	上帝选定"义人"助其造船逃生	诺亚一家繁衍人类
希腊	人的罪恶	以宙斯为主的众神	普罗米修斯告知随后造船逃生	扔石头造人

斯蒂斯·汤普森创造了使用母题编号来指称民间叙事作品的体系,该书所介绍的类目 A 为神话母题。在 A 类母题中,可以找到几乎所有曾被人们讲述的主要神话,其中列举的主要神话母题包括:

A625,世界父母——作为宇宙父母的天父和地母;

A641,宇宙卵——由一个蛋产生出来的宇宙;

A1010,大洪水——世界性或地区性的洪水泛滥;

A1200,造人;

A1335,死亡的起源;①

再细化到母题子类,大洪水实际上属于 A1000—A1099,世界的灾难与更新。在大洪水之下,可以找到更特殊的 A1018.3—为报复所受伤害而引起的洪水和 A1018—作为惩罚的洪水。在类目 A1020—逃避洪水之后,还有 A1021—在船(方舟)中逃避大洪水,A1022—在山上逃避大洪水以及 A1023—在树上逃避大洪水。② 汤普森的母题索引系统参考的文献中,有关中国的资料非常有限,这些母题虽然包含了两希洪水神话和中国少数民族洪水神话起源以及如何躲避大洪水,也涵盖了鲧禹洪水神话来源的阐释,但是治水行为并没有相对应的母题索引

① [美]斯蒂斯·汤普森:《世界民间故事分类学》,上海文艺出版社 1991 年,第 575 页。
② [美]斯蒂斯·汤普森:《世界民间故事分类学》,上海文艺出版社 1991 年,第 576 页。

名录。

通过《中国神话母题索引》①这部著作,可以对鲧禹治水神话与典型洪水神话即兄妹婚型洪水神话母题链构成的差异进行对比。该书对洪水程度描写的条目主要是宇宙起源母题的900—洪水滔天,全世界或局部地方的洪水泛滥。它是国内从东北到西南有口承神话流传区域所共同拥有的一个类目。从901—914是对洪水发生原因解释的类目,这些类目涵盖了各民族洪水神话的起因,它们是:

901—903是由于地理气象原因引发的洪水,该类神话主要流传在藏族、羌族、瑶族和汉族的部分地区;

904—905是由于神的渎职或者冲突引发的洪水,此类神话主要流传在回族、哈尼族、藏族、彝族和汉族;

907—909则是人的罪恶行为使得神灵降下惩罚从而引发洪水,这是一种分布最广的解释洪水起因的条目,这类神话在我国北方地区、中部地区和南部地区均有流传;

上述类目里,907—909也是典型的洪水再殖型神话、非典型洪水神话,以及鲧禹治水神话这样的非典型洪水神话的共享条目。在洪水神话的情节链里,洪水程度描述和洪水原因解释之后是人类对待洪水的态度以及应对洪水的策略的记述。条目923—939即逃生以及躲避洪水为主要内容的洪水再殖型神话;970—975是描述洪水结束后,人类如何重新繁衍,或近亲兄妹成婚,或人神结合,神话想要表达的重点是洪水后的人类新生,这是洪水母题与灾后繁衍母题的结合。而鲧禹治水神话则是转向了条目1000—1006,表述治水母题,文化英雄及其协助者想方设法治理水患,在鲧禹治水神话里,利用息壤堵住洪水和大禹疏导洪水均属治水母题这一条目。

运用母题索引的方法对两希洪水神话和中国各民族洪水神话予以比较,可以看出,两希洪水神话是只叙述洪水起因、神救助灾难的单线链条叙事。而中国洪水神话在此基础上又增加了文化英雄积极治理水灾的内容,形成双线链条叙事,鲧禹治水神话正是西方神话系统所没有的非典型洪水神话类型。这些分类

---

① 杨利慧、张成福主编的《中国神话母题索引》以汤氏母体索引的编排体例为基础,对中国神话中反复出现的主要母题进行抽绎和分类,在表述和编排上反映了中国神话的特点,资料的使用上既包括中国神话学者辑录出版的记载古代神话的历代典籍,也包括大量现代口承神话资料集。

说明了同一类型神话中母题也具有层级性,下一层母题虽然包含在上一层母题的范围内,但是在进入不同的叙事结构时承担新的叙事要求,下一层母题不必完全被上一层母题统领,可以形成新的母题链从而完成差异叙事。

(二)母题差异的原因

母题是最小的文化因子,无论是逃避灾难重新开始或积极治水,都是一种劫后余生的主题展现,在众多洪水神话故事中几乎只有汉族的鲧禹治水神话表现出积极治理的态度,创造出可行的治水方法并付诸行动。鲧禹治水与西方逃命式躲避洪水的方式截然不同,是把人类组织起来,依靠各方的力量来治理水患。"治水的主题在整个洪水神话中占有很大的分量,洪水之灾,是被人化神祇的意志力量和行动力量克服的。"在一系列的母题比较中,神话母题有其明显的共性与个性。人类在"童年"时期,面对相似的宇宙天象、自然环境、群体发展、个人生存等诸多问题时,一方面会做相近的思考和回答,另一方面又会有母题内涵和外延的个性差异。

从鲧禹治水到诺亚方舟载人,尽管它们有相似的神话母题,但是在各自的文化体系中所代表的价值和目的性是有差异的,折射着中西方在历史发展中沉淀的民族心理。从地理空间角度看,这是由中原最先形成农耕的历史地理背景决定的。生活在黄河中下游的人们较早开始了种植作物的农业活动,生存资源逐渐丰富,以定居为标志的农耕文明形成后,人们对自然环境的依赖性逐渐增强。对于依靠农事发展的中原民族而言,自然环境的优劣是他们安身立命的决定性因素,黄河流域因此也成为最早体验灾害的地区。当时社会生产力低下,人们的认识水平有限,一旦自然灾害降临,对黄河中下游地区民众的生存就会形成严重的威胁,他们不得不勇敢地面对自然灾害所带来的深重的生存恐惧。水旱灾害是原始先民首先需要解决的问题,所以治水神话应运而生,这不仅是一种在地理环境和农业发展背景下发生的行为的转变,更是一种族群文化心理差异的表现。面对洪水灾难选择治理而非逃命的方式是人类向自然的宣战,最终通过人类的社会实践活动来实现人与自然的和谐相处。中原地区特别是黄河两岸生活的部族通过血缘的纽带进行联结,在农耕社会初期,团结内向型的生活方式占据主导地位,由此形成的注重群体力量的信念深潜于每一个族人的心中,成为一种历史的惯性。大禹"三过家门而不入"故事正体现出中原民众踏实苦干、坚韧不拔的精神,这种文化精神一直鼓舞着我们的民族不断前进。

回视西方文明区系,他们对洪水采取的是躲避态度,突出天神惩戒的主题,宗教渗透观念明显。在神祇面前,人类是渺小的,人类惹怒或忤逆了天神,天神便要降下洪水以示惩戒,人类对神的惩罚毫无招架和反抗之力,完全处于被动的地位。譬如希伯来神话、希腊神话以及北美洲的洪水神话,人们面对洪水不是积极的抗争,而是凭借神谕或神的告诫躲避灾难,最著名的"诺亚方舟"就是上帝耶和华告诉诺亚,让他制造的逃生工具,在逃难中迁徙,在迁徙中重生。

在远古时期,人们对大自然知之不多,抗御自然灾害的能力也极弱,相比之下,中西方采用了不同的态度来面对恶劣的生存环境:安土重迁的华夏先民不愿背井离乡,而是积极改造自然,重建家园;崇尚自由、敢于冒险的西方人在面临大灾时则会躲避灾害,在迁徙中寻求出路,将流动民族的特性表现得淋漓尽致。

三、鲧禹治水神话中的原始文化意蕴

世界各民族的神话是在其漫长的发展过程中逐步形成的,由于经济形式、社会构造和历史传统的差异形成各自的特点,无论是从内容还是形式上都显露出富有个性的民族观念。鲧禹治水神话作为一种汉族特有的非典型洪水神话,在原始生命观念、氏族权力转移和政治秩序隐喻方面都表现出独特的文化蕴含。

(一)生死相依:鲧禹治水神话中的原始生命观

在表现生命消亡与起始的生命观方面,原始初民有着独特的思维和理解。鲧禹治水神话作为中国上古神话的重要类型,叙述内容带有浓厚的原始文化意蕴。鲧禹治水神话中的生命观主要体现在大禹出生的相关神话中,在河南登封,关于大禹出生有"借尸还阳"的口传文本。"天下洪水泛滥,夏禹王要下凡治理洪水。但是觉得投胎时间太慢,刚好登封这里有个十来岁的小孩儿刚去世,他就借尸还魂变成文命,即大禹。"[1]除了这种出生方式以外,还有"鲧复生禹"的神话。《山海经·海内经》记载:"鲧复生禹,帝乃命禹卒布土以定九州。"[2]"复"通

---

[1] 讲述人:常松木,1969 年生,河南省登封市人,大学本科学历。调查人:段友文、秦珂、王文慧、柴春椿。调查时间:2016 年 7 月 14 日。调查地点:河南省登封市常松木家。
[2] 袁珂校注:《山海经校注》,上海古籍出版社 1980 年,第 536 页。

"腹",鲧死后尸体三年不腐烂,禹从鲧的遗体中生出,天帝命令禹再施行土工治理了洪水。鲧从自己的腹中生出禹,并且将其使命延续在禹的身上,而鲧的尸体则化为黄龙或黄熊,化身黄熊则是鲧再次获得生命的象征。这些描述都体现了原始初民的圆形生死观,即生死转换、生死相依的思维特征。不管是借尸还阳还是鲧腹生禹,都是一种对生命的延续和转换,初民对死亡有无法抑制的恐惧,所以希望生命是可以延续和转换的。在他们的思维里,生死并不意味着二元对立,互渗律的无限权力支配着这些集体表象,在原始人的生命观里,他们并未把死亡想象成与活人社会完全不同的境况,而是将其和活人社会相连接,将死亡视为一种转换,生就是死的延续,禹的出生不仅延续了鲧的生命,也接任了鲧的职责。

在上古神话世界里,原始初民不仅有一个现实的物质世界,还有一个超现实的神灵世界。天上有天堂,地下有幽都。人既可以升格为神,也可降而为怪。神常常会贬谪人间,动物和植物也会化身为人形混迹于尘世。①《山海经》记录了鲧死后尸体变成熊或龙的情节。②《楚辞·天问》中:"而鲧疾修盈?"③则明确说明,鲧化为黄熊其目的是去西方寻求解救之法,希望神巫能让他再次获得生命,这亦是圆形生死观的反映。登封流传的启母石故事,也体现了初民的原始思维方式,《淮南子》云:"禹治洪水,凿轘辕……涂山氏往,见禹化为熊,惭而去。"④鲧死后尸体化为黄龙以及大禹为通山引水化为熊的情节除了表现在治理洪水这个宏大工程,夏禹代表的龙图腾部族与以熊图腾为代表的氏族联合的意义外,还可以理解为当时人们还没有把自己跟自然界的动物区分开来。自然界拥有人所不能控制的巨大威力,人在自然力面前感到自身的渺小,于是将自然界的动物力量附加在自己身上,以与自然抗争。这体现了早期初民一种万物有灵、物我混同的原始思维状态,人与动物互换变化的朴素唯物主义观念。这种观念在典籍神话故事中体现得尤为明显,物我转换的变形大多发生于神话主体身处危难之际或者即将死亡的时刻,由此可以体会出先民对死亡的恐惧。他们恐惧死亡但相信灵魂不灭,相信人的死亡是肉体的死亡,人的灵魂是永存的,只不过是转化成另一种形式存在。

---

① 杨伯峻:《春秋左传注》,中华书局 1981 年,第 1290 页。
② 袁珂校注:《山海经校注》,上海古籍出版社 1980 年,第 293 页。
③ (宋)洪兴祖:《楚辞补注》,中华书局 1983 年,第 101 页。
④ 刘文典:《淮南鸿烈集解》,冯逸、乔华点校,中华书局 2013 年,第 783 页。

（二）由母到父：鲧禹治水神话中的氏族过渡印痕

大约从鲧禹时代开始，我国黄河流域的氏族部落，逐渐从母系氏族社会向父系氏族社会过渡。母权制时代的社会形态、思想文化、风俗习惯、审美观念等，开始向父权制时代转变，这一点已被大量的考古资料所证实。鲧禹治水神话所叙述的正是这个背景下的神话故事，因此明显带有母系氏族社会向父系氏族社会过渡的痕迹。一种社会制度向另一种社会制度过渡的过程中总是会伴随着抗争，随着生产力的发展，逐渐式微的母系制度和正在兴起的父系制度之间产生了一系列权力的争夺，这些抗争体现在同一时期的鲧禹治水神话中。首先是治水英雄性别的转换，治水的主角从女娲变成了鲧禹父子。《淮南子·览冥训》记载，"往古之时，四极废，九州裂；天不兼覆，地不周载，火爁焱而不灭，水浩洋而不息，猛禽食颛民，鸷鸟攫老弱。于是女娲炼五色石以补苍天，断鳌足以立四极，杀黑龙以济冀州，积芦灰以止淫水。苍天补，四极正，淫水涸，冀州平，狡虫死，颛民生。"①在最初的灾难母题神话中，女娲补天的行为，实际上也是为了治理水患。除此之外，斩杀鳌、黑龙等水怪，同样是为了消除水患，积芦灰则是为止淫水，都属治水的行为。从女娲到鲧禹父子，治理洪水的工具由所谓的"五色石"到"耒"，治理洪水水患的英雄由女性转变为男性，一方面体现了农耕工具的使用以及生产力的发展，另一方面则体现出男性力量超越女性的历史趋势，原始初民们逐渐意识到了男性的优势，父系权力初步形成，这其实是父权制开始萌生的模糊印痕。

其次是母性的生育权被剥夺。当时的人们不了解人类的生理结构，不知道男女结合才能生育的奥秘，在"民知其母，不知其父"②的母系氏族信仰下，呈主导趋势的是一系列贞洁受孕女性诞下神子的神话，如《山海经》中对"女子国"传说的叙述："有黄池，妇人入浴，出即怀妊矣。"③还有《吴越春秋》中的"夏女嬉吞薏苡而生禹"④"商人始祖简狄吞玄鸟卵而生契，"⑤这些文献不约而同地记载了

---

① 《诸子集成》第七册，中华书局1954年，第95页。
② 张涛：《婚姻史话》，社会科学文献出版社2012年，第3页。
③ 袁珂校注：《山海经校注》，上海古籍出版社1980年，第268页。
④ （汉）赵晔撰：《吴越春秋译注》，张觉译，北京联合出版公司2015年，第346页。
⑤ （汉）赵晔撰：《吴越春秋译注》，张觉译，北京联合出版公司2015年，第346页。

各部族始祖都是未通过男女交合的方式,诞生于贞洁少女的腹中。把孕育后代划定为女性特有的功能,这就奠定了母亲们在氏族社会中神圣不可侵犯的地位。而男子,即父亲们只能处于辅助的、次要的地位。即使后来生育的秘密逐渐被初民们知晓,这种感物生子的神话作为一种全民的集体记忆镌刻在人们心中,起到了继续神化巩固女性神圣地位的作用。

随着生育秘密的破解,对生育权的争夺就开始了。《山海经》中有"有丈夫之国""其国无妇人也""丈夫国在维鸟北,其为人衣冠带剑""终身无妻,产子二人,从背肋间出"①等记载。这实际反映了我国古代氏族社会由母权制向父权制过渡时曾经有过的一种"产翁制"的习俗。妻子一朝分娩后,男子为了争夺生育权,由自己按产妇模样穿戴,卧于产床,怀抱婴儿,甚至摹仿产妇分娩时的痛叫声,以示婴儿为他所生。以后除哺乳外,均由男子护理,女子则下地干活,照料产翁。通过产翁制,证明分娩养育孩子是男人们的事,这是当时父权制萌生并逐渐压制母权的真实表现。随着文明社会的发展,"产翁制"这一习俗逐渐消失,但父权并没有减弱反而有持续加强的趋势。鲧父生禹对于女性来说仅仅是神圣生育权的丧失,到了禹的儿子启出生,除了生育权,被剥夺的还有女性氏族世系传承的权利,甚至是养育后代的权利。"禹治洪水,凿轘辕,谓与涂山氏曰:'欲饷,闻鼓声乃来。'禹跳石,误中鼓,涂山氏往,见禹化为熊,惭而去。至嵩山下化为石,禹曰:'归我子!'石破北方而生启。"②启的诞生是以其母亲涂山氏的化石为代价,在整个神话叙事中,禹并不关心涂山氏的受惊逃跑而是惦记涂山氏腹中的儿子,在追寻过程中喊的是"归还我的儿子"。妻子涂山氏化石后,禹未表现出过多的悲痛。这个充满悲剧色彩的神话传说背后,掩盖的是父系氏族在和母系氏族争夺子女世系权时所发生的激烈争斗。综上所述,鲧禹治水神话在反映治水内容的同时,还隐含着母系氏族社会向父系氏族社会过渡的历史现象,充分体现出社会过渡时期双方的斗争与冲突。

(三)鲧亡禹复:鲧禹治水神话的政治隐喻

在鲧禹治水神话体系中,大禹接替鲧治水成功后,舜将帝位禅让与他,这一

---

① 袁珂校注:《山海经校注》,上海古籍出版社1980年,第212页。
② (宋)洪兴祖:《楚辞补注》,中华书局1983年,第79页。

事件的节点就在于鲧的被诛与大禹被委以治水重任。这不仅仅是对治水神话现实逻辑发展的描述,更是对当时社会政治倾向的隐喻。鲧被诛的原因,典籍记载包括三个方面,一是治水失败,《礼记·祭法》载:"鲧障鸿水而殛死,禹能修鲧之功。"①《礼记》云:"鲧治水土,绩用不就,殛诸羽山。"②这些记述反映了鲧是由于治水失败被杀;二是鲧违抗了帝王之命,《左传·昭公七年》曰:"昔尧殛鲧于羽山,其身化为黄熊,以入于羽渊,实则为夏郊,三代祀之。"③三是鲧窃息壤,《山海经》记载:"洪水滔天,鲧窃帝之息壤以埋洪水,不待帝命。"④这里的"息"是生长的意思,"息壤"是一种自动生长的土壤,不会消减,鲧把它偷去堵塞洪水,"不待帝命",就是没有经过天帝下令就私自去治水,结果因触怒天帝被诛杀。鲧和西方神话中盗取火种的普罗米修斯有相似之处,普罗米修斯是希腊神话中的一位英雄,他从太阳神阿波罗那里盗走火种送给人类,给人类带来了光明,因此而受到宙斯的处罚,被绑在高加索山,每日忍受风吹日晒和鸷鹰啄食。鲧与普罗米修斯都是为了保障人类共同的利益而违背了天帝的旨意遭受到惩罚。

　　"人话,是人的世界向神仙世界的投影。"⑤远古先民从盲目地恐惧自然,发展到相信通过个人力量可以掌控自然为民众谋福利,众多治理洪水的英雄人物就是佐证。例如女娲感到人类生活艰难,自愿来到凡间,为人类排除水患,该类型的神话表现先民们不畏艰难、勇于抗争的精神。在中西方神话中,普罗米修斯最终被赫拉克勒斯救出,鲧也变形生禹,天帝重新命令大禹继续治水,两个故事均为一种妥协式的结局,但是探寻这两个神话故事的本源,都表达了挑战权威的英雄被惩罚的内容,其中隐含的是政治性的因素。后来大禹治理水患、平定九州,最终继承帝位,象征性地反映出大禹在战胜洪水灾害成就功名之后,获得了统治权力这一政治事件。叶舒宪也曾表达过洪水代表混乱,治水其实就是治理社会秩序的隐喻的观点。⑥ 在面对常人难以解决的危机考验时,大禹前赴后继克服危机,成为社会秩序的恢复者,他的行动无疑会赢得原始初民的拥戴进而登上帝王之位,这样,治水与政治就有了清晰密切的联系。当洪水灾害平息之后,

---

① (清)阮元校刻:《十三经注疏·礼记正义》,中华书局 1980 年,第 290 页。
② 杨伯峻:《列子集释》,中华书局 1979 年,第 231 页。
③ 杨伯峻:《春秋左传注》,中华书局 1981 年,第 1290 页。
④ 袁珂校注:《山海经校注》,上海古籍出版社 1980 年,第 536 页。
⑤ 袁珂:《中国神话传说》,北京联合出版公司 2015 年,第 37 页。
⑥ 叶舒宪:《洪水神话与生态政治》,《天涯》1990 年第 1 期。

早期中国不仅协调了自然秩序也建立了稳定的社会秩序,在河流治理的过程中必然有相应的社会组织作为保障,中国成为最早的文明古国之一屹立于世界东方。

小　　结

　　各地流传的洪水神话有许多相似点,是世界性的神话类型。神话产生与该民族特定的自然历史文化相关联,分析解剖神话母题的共通性和变异性有助于我们了解民族文化特征,洞悉民族文化心理,把握神话蕴含的民族精神。鲧禹治水神话不是典型的人类再殖型洪水神话,但它本身具有洪水神话性质,也属于洪水神话。对于洪涝灾害,原始先民通过自己瑰丽的想象创造出不折不挠、征服自然力的英雄,这些本领超常的英雄不仅代表原始部族与自然抗争的愿望和信心,也反映出他们不屈的意志和坚强的毅力。这些以原始思维方式创造的上古神话,不仅深刻体现了原始先民的思想观念,展现出鲜明的民族文化特征,同时为现代人提供了永不枯竭的精神源泉。

第二十章　晋陕后稷神话的
多元化民间叙事

　　后稷神话作为山西、陕西文化体系中的重要标识，是研究晋陕地域生活场境中民俗生活与民众生存策略的重要资源。本章在对流传于晋陕民间后稷神话所呈现的不同叙事模式进行多维解读的过程中，力图立体地展现出后稷神话在民间的审美、传承及演变状态。通过口头、空间、行为三种叙事手段，不同的叙事主体将兼具始祖神与农业神双重神格的后稷塑造为中华农耕文化的灵魂人物，这样一个表述行为的构建体现出了经典神话叙事的民间传承过程。对晋陕两地后稷神话多元化民间叙事的考察，既有助于我们把握后稷神话在"地方文化传统"建构过程中所起到的作用，同时又为神话的跨地域一体化研究予以理论的观照。

　　山西晋南、陕西关中是农耕文明的重要发源地，具有典型的农耕文化特质的后稷神话也生长在这片土壤之中。后稷神话在整个传承历史中，其发展演变路径呈现出多样化的特点，特别是在民间体现出与社会主流不同的叙事形态，文化内涵更加丰富。以往学术界对后稷神话在民间的存在形态及其在区域文化构建过程中的作用关注较少，本章立足民俗学的学科特点，借鉴叙事学、艺术人类学等研究方法，多角度、立体化地剖析后稷神话在民间的生存状态。一方面有助于拓展神话传说研究的理论视角，即深入探寻经典叙事主题在民间的传承模式是神话传说研究中不可忽视的一个部分；另一方面将学术研究与区域文化发展紧密联系，重新认识和定位其在社会生活中的现实意义，为如何在现代化进程中保护和利用传统文化资源提供理论参考。

　　后稷作为周族始祖神和农神在整个社会文化体系建构中占有重要地位，成为封建社会的正祀之神，其发展演变具有"历史化"和"政治化"趋向；然而，后稷神话在民间的传承,体现出与主流社会不同的传承方式和叙事形态,文化内涵更加丰富。就其神职功能来说更为多元化,除了"教民稼穑"的重要事功之外,又有司雨、治病、驱邪等现实职能。其神格品质在保持正祀之神基本特点的同时,也显现着地方化、民间化的趋势,在人与自然、民众与社会、主流与民间的交流互动中转化为具有现实意义的地方性知识。晋南与陕西关中之间的广阔地带是周人活动的主要区域,周族的兴起、发展及其翦商立国的重大历史事件皆发生在这一范围之内。因此,通过对不同时空环境下的后稷神话所呈现出的不同叙事方式进行解读,有助于把握后稷神话在"文化传统"构建过程中所产生的积极作用,由此,不仅可以深刻揭示后稷神话传说的基本特征和演变规律,而且对于其在文化建设中的现代重构也会提供有益的理论支持。

一、晋陕后稷神话的民间叙事主体

"叙事是全民的行为,叙事本无所谓民间非民间,然而,随着社会的演变,人的身份问题产生了,最粗略的划分,是统治者和老百姓,社会的上层和下层。社会地位决定着社会意识,决定着人的需求,特别是精神的需求,也就决定着各自的叙事必有一部分会从内容到形式都有所差异"。① 生活于社会基层的普通民众对于社会历史的记忆常常通过各式各样的方式进行记录,并与民众日常生活紧密结合,隐含着民众心理、民众思想和审美趣味,真实反映与自由想象相混杂,具有浓郁的生活气息,与主流文化既矛盾又统一、既对立又互补。晋陕后稷神话的民间传承主体,既有着"民"的一般性特点,又具有特定地域民众的文化特质,其传承特征主要表现在两个方面:

(一)农耕文化语境下的家族思维

周人是从采集走向农耕、从流动走向定居的部族群体。发达的农业文明给民众创造了富足的经济生活,生活方式发生了前所未有的改变,周文化本质上就是农耕文化。最终形成的宗法礼制,其基础则是农耕文明所建立起的人

---

① 董乃斌、程蔷:《民间叙事论纲》(上),《湛江海洋大学学报》(社会科学版)2003 年第 2 期。

口、土地、组织等经济条件。周族的祖先传说,从一开始就和农业生产联系在一起,农业的独特生产模式之下更增强了对于群体力量的现实要求,家族思想源自于"敬祖"这一观念。中国上古时期,神权政治至商朝达到极点,这时的宗教崇拜对象上有天神,中有地祇,下有人鬼,生民一举一动须受神意的支配,丝毫不敢违背,在这种环境之下人类是没有自由思想余地的。这种神权思想到了周代发生动摇,从周代以后进入人权时代,周朝人权政治的中心就在于宗法制度成为统治天下的根本,王国维在《殷周制度论》中认为:"欲观周之所以定天下,必自其制度始矣,周人制度之大异于商者,一曰立子立嫡之制,由是而生宗法及丧服之制,并由是而有封建子弟之制,君天子臣诸侯之制。"[①]在这样的人权时代里,上帝与天命,实际上受制于道德化了的祖先,后稷正是处于周人宗族系统中的至高神,后稷神话的始祖神格也正符合农耕经济条件下的敬祖观念,并由此生发形成了一系列表现敬祖行为的祭礼,人们对于"宗族"这个血缘共同体的内涵已有深刻的认识,不仅能够在上百种亲属关系中区分宗亲与姻亲,准确地把握宗族范围,而且对宗亲中的直、旁、长、幼、世代关系,都有精确的区分。

　　晋陕民间叙事中的始祖后稷鲜明地体现出宗法礼制特征。陕西岐山县城西7.5公里处,凤凰山南麓有周公庙,据《岐山县志》和有关碑文记载,武德元年(618),高祖刘渊怀缅周公姬旦的德贤勤政,下诏于岐之古卷阿腹地为周公建立专祠,以纪念这位大德大贤的元圣。周公庙主体建筑前有三公殿,即周公献殿、召公献殿和太公献殿。中有姜嫄殿,后有后稷殿,建筑格局具有严格的宗法秩序。姜嫄虽尊为圣母,但在森严的礼制规范里仍位于后稷殿前,而将后稷置于主位。这样的建筑特点有着深刻的社会意义,即周代的建立正经历着从母系氏族社会向父系氏族社会的转变并走向成熟的阶段,以父系为中心的男权社会逐渐形成,权力结构的巨大变革体现于社会生活的方方面面,王权的地位相对于夏商获得了极大的提高,"天子之尊"的出现便是宗法精神贯彻的结果,对后世影响深远。周公庙的创建虽在后世的唐代,但其宗法秩序仍承续着周代以来的礼制规范,形成了男权为中心的建制格局。然而,当地民众对于周公庙建筑的等级格局有着另一种解读,称之为"背子抱孙"。这样的认识是以姜嫄为宗族中心,更

---

　　①　王国维:《观堂集林》下册,中华书局1959年,第453页。

加强调家族伦理关系的有序性。从另一层面来看,"背子抱孙"呈现出的子孙满堂的情景是日常生活中民众最为向往的家庭理想,这也是建立在农耕文化的社会基础之上。农耕文化的规模化生产进一步增加了对于男性劳动力的需求,因而小到家族,大到国家,劳动力人口的众寡成为了影响经济发展的重要条件,也是衡量经济富足主要标志之一。

(二)趋利避害的合宜性选择

农耕文明是中华传统文化的主脉,千百年来中国民众的生活"日出而作,日落而息",在与自然的艰苦抗争中坚守着一片黄土,族群的繁衍和农业生产关系密切。对文明起源的研究,学界普遍认为,古代文明形成的共同基础即农耕畜牧业。以农耕畜牧业为基础的定居聚落是人类通向文明社会的共同起点,因此,对于农业生产的重视就不言而喻了。在晋陕民间,以后稷为中心而形成的祭祀文化圈,民众一方面遵从古代国家所谓"祀典""祭法",另一方面又从生产生活的实际出发,在祭祀神灵的过程中依循着"合意愿"的原则,进行着选择改造。与正统稷祀文化形态不同,民间的后稷信仰则包含着民众直接的生活愿望和真实的社会认识,体现着现实功利性的特征。民间的稷祀摒弃了许多属于社会意识形态的宗教信仰范畴,更多地保留了稷神的"自然属性",稷神和社神共同构成了俗民信仰记忆中的影响农业生产的某种力量。祈求风调雨顺和庄稼丰收是民众最大的愿望。岐山县蒲村、枣林就有祈稼会的民俗活动:

> 所谓祈稼,就是祷求禾稼盈收,五谷丰登。诸如蒲村麦王庙会、枣林街麦王府会均为祈稼会。麦王府所祀之神为周族的始祖——后稷(弃),传说有邰氏之女姜嫄踩巨人足迹,怀孕而生,始以为怪物而一度被弃,故名为弃。弃善于种植各种粮食作物,曾在尧舜时做农官,教民耕种稼穑,周人认为他是开始种稷和麦的人,因以麦王神祀之。[1]

"祷求禾稼盈收,五谷丰登"成为当地民众崇祀后稷的主要目的,对后稷的

---

[1]　陕西省岐山县委员会文史资料委员会编:《岐山县文史资料》第七辑,岐山彩印厂1992年,第68页。

信仰构成了当地民众的文化记忆。祈求农业的丰收之外,俗民也赋予了稷神更多的神职功能,并不局限于稼穑,与农耕生产相联系的其他职能也附会在他的身上,超出了农神的神职范围。如在武功老城西的小华山上,每年的正月十五,各街巷村舍都要鸣锣击鼓来到后稷祠争先进香献爵。高跷、社火、秧歌、竹马、彩车、戏曲等昼夜助兴,人山人海,高歌欢舞庆祝姜嫄后稷带给人类的幸福。在一年初始之时来到山上祠里烧香,可以在一年内获得健康和实现生活的种种愿望。万荣的稷王庙同样也是邑内百姓为祈五谷丰登,物阜民丰,而来祭神求雨的一处重要场所。

稷神是人们在原始宗教心理的支配下而创造出来的,是人类对于谷物极度渴望的产物,万物有灵的观念使先民相信谷神的存在,因此便以他们认识最早的谷物"稷"作为农神的符号加以崇拜,这里的"稷"是最初的文化指向。后稷成为农神则和他在部落里所建立的农业事功密不可分,二者虽属不同的文化范畴,但在民众的认识里是稷神的两个不同侧面,相互之间的联系依然紧密,稷神信仰已成为较为稳定的民俗生活模式。

"叙事"是人类本能的表达方式,从亚里士多德开始,人们就从未停止过讨论:从史诗到小说谈论叙事的体裁类型,从结构主义的角度谈论叙事的文本框架,从真理的角度谈论历史理论的宏大叙事与它的结束等,这些都是建立在将话语作为叙事手段的基础之上。但叙事不只局限于话语,从更广泛的意义上看,"叙事是对经验性而不是对行动和事件本身的符号再现;经验性本身是世界中的个体人类意识对世界进行的一种中介行动"。① 这一点使叙事性可以在非语言形式的其他艺术体裁中存在,如建筑、戏剧、绘画等,表现为一种没有讲出来的故事。这里所说的民间叙事与文人叙事、官方叙事等非民间叙事不同,有其民间性的特点。董乃斌、程蔷认为:"民间叙事是老百姓的艺术创作,以口头创作、口头流传的方式存在,口头性是它的基本特征,与此相关则有易变(不稳定)、易散失、往往无主名、允许集体增删并因增删者地域民族不同而形成多个版本(地域性异文)、广为流传而在流传中发生种种变异(历时性异文)等特点。此外,作为一种下层文化,它还有形式生动活泼、内容反映民众心理、民众思想趣味、真实反

---

① [美]乌里·玛戈琳:《过去之事,现在之事,将来之事:时态、体式、情态和文学叙事的性质》,载于[美]戴卫·赫尔曼主编:《新叙事学》,马海良译,北京大学出版社 2002 年,第 113 页。

映与自由想象相混杂,以及与主流文化既矛盾又统一、既对立又互补等等特点。"他们提出"民间叙事首先大量地存在于民间文学作品之中。……除了已凝固为某种文学体裁样式的口头创作以外,还有许多民间叙事存在于人们的行为,如祭祀、礼仪、游戏中。它们往往不能像口头创作那样转换成对应的文本方式,而主要存在于活的民俗或有关文字记述之中,但同样是民间叙事整体的重要组成部分。"①作者对于民间叙事的性质、特征与存在方式进行了基本的概括,提出民间叙事的传承主体是广大民众,其存在方式是以口头方式为主体,同时也指出民间叙事与非民间叙事的重要区别是活形态的存在方式,如祭祀、礼仪、游戏等。这一观点的提出也正指出了现阶段民间文学研究工作中的缺失之处,即研究的关注点更多放在口头文本上,忽略了民俗文化存在形态的多样化以及不同传承形态之间的相互关系。《民间叙事论纲》一文存在的缺陷是,在关注活态民间叙事的不同传承方式时,对于物质性的、行为方式范畴的活形态存在只进行了理论上的概括,未能进一步深入。本章试图承接这一思路,以晋陕后稷神话为研究对象,对其民间叙事模式进行探讨。从后稷神话民间叙事的传播媒介来看,其叙事模式主要可以分为口头叙事、空间叙事、行为叙事三种方式,不同的叙事方式相互影响、相互渗透、相互作用,共同演述着神圣而久远的后稷神话

二、晋陕后稷神话的口头叙事

后稷神话在晋陕的民间传承,语言文字仍是主要的,也是最好、最实用的叙事媒介,在民众的口头叙事里,形成具有鲜明地域性和历史性的异文,渗入了民众心理和朴素情感,内容上的真实反映与自由想象相混杂,与主流文化既相矛盾又相互统一。后稷神话文本主要有两大类:一是散存于传世文献以及相关研究著作中的后稷神话传说,如《诗经》中的《生民》,《史记》里的《周本纪》等;二是至今仍流传的和保存于地方文献资料中的后稷神话传说,反映着民众的生活史和思想史,对民众情感认识的表达有着鲜明的直接性和真实性。志书、文史资料等地方性文献多由地方文化精英编纂,其中保存的大量神话传说故事,体现了与主流文化相一致的价值取向,同时也贴近民众,在一定程度上体现了民众的价值

① 董乃斌、程蔷:《民间叙事论纲》(上),《湛江海洋大学学报》(社会科学版)2003年第2期。

观和思想认识。后稷神话在晋陕民间的口头传承不同于正史记载,体现出鲜明的地域性,直接反映了民众的现实生活愿望和情感诉求,对于后稷的诞生、教民稼穑等事迹有着民众自己的解读视角和叙事方式。

后稷感生神话在晋陕民间传说中所占比例最大,与地方文化联系紧密,叙事重点更侧重圣母姜嫄。现发现有三则异文:《姜嫄生子》《姜嫄氏金针缝骡牝》《姜嫄圣母奇生后稷》,最具代表性的为前两则。

《姜嫄生子》①是流传于陕西揉谷的后稷诞生传说,故事情节主要是:

a.姜嫄是黄帝曾孙帝喾的妃子,常和丈夫一块上山打猎,采野果,但因不能生育而受到丈夫虐待。

b.她去村子附近的庙里求神,因路上踩着雪地里的巨大脚印而怀孕生子。

c.孩子无父,姜嫄将孩子扔在偏僻的路上,牛羊没有踩死;扔在森林里,有母狼喂奶仍未死;扔到海滩上,鸟儿为孩子遮阳光、喂水,孩子没有死。

d.姜嫄将孩子抱回家,取名弃,弃后来成为古邰国领袖,即后稷。

《姜嫄氏金针缝骡牝》②是流传于晋南浮山县的关于后稷诞生的传说,故事情节如下:

a.帝喾有四个妃子,姜嫄为元妃。

b.姜嫄还是姑娘的时候,一年冬天,母亲叫她去拖干柴,她踏着雪地里一个巨大脚印行走而怀孕。

c.快临产时,母亲知道原委,认为未嫁女儿在家生孩子是丑事,叫姜嫄牵了一头骡子到野外生产。

d.骡子恰好也要生产,姜嫄怕把孩子生在半道,用金针将骡子牝门扎住。

e.在一个水池边姜嫄生下了一个肉球,她把肉球扔到大水池里骑骡返回家。

f.传说怪胎被抛三次都获得救助,成为周族始祖。骡子却因被姜

----

① 扶风县民间文学三套集成编委会:《扶风县民间故事集成》,扶风县印刷厂1989年,第9页。

② 浮山县民间文学三套集成编委会:《浮山县民间故事集成》,1987年,第42页。

嫄扎住牝门,从此不能受孕产驹。

通过对流传于陕西扶风、晋南浮山的两则后稷感生神话传说的情节进行概括,我们可以发现:后稷神话的民间口头叙事与经典古籍记述既相联系又有不同。从叙事内容看,共同之处主要有三点:一是民间传说中保存了后稷的正统帝系身份,均对姜嫄为帝喾妃子一事详细记述。《姜嫄生子》中的姜嫄是作为黄帝曾孙帝喾的妃子出现在叙事中,将姜嫄的帝系身份上溯到了华夏之祖黄帝,因此也更加凸显出其子后稷的尊贵地位。《姜嫄氏金针缝骡牝》里的姜嫄更多强调其作为帝喾的元妃地位,承续了《周本纪》等典籍中的帝系传统。二是后稷的出生皆因姜嫄踩踏雪地中的巨大脚印而受孕,但留下脚印的人并不明确。三是后稷出生后都曾被三弃,皆因受到神奇护佑最终成为周族始祖。从叙事方式及情节素来看,不同之处有以下几点:一是姜嫄形象成为叙事的重点。姜嫄的形象更为具体化、生动化,《姜嫄生子》中的姜嫄是一个善良勤劳的妇女,受到民众的拥戴,形象塑造符合民众的理想诉求。并且姜嫄的生活遭遇也成为叙事的重点,因她一直不能生孩子而受到了丈夫的虐待。重视子嗣的生育观念显然是在后世的农耕社会生活中逐渐形成的,在叙事中与后稷的诞生紧密整合在一起。二是地方风物的渗入,情节素构成更为丰富,后稷神话向具有地方化的传说转变,成为一种解释性的地方知识。《姜嫄生子》中总体是对"揉谷"之名的解释,另外,文本中又有姜嫄求子场所"庙"的出现。《姜嫄圣母奇生后稷》则是对绛县烟庄村的凤凰岭一带的姜嫄生子传说的地方性解读。《姜嫄氏金针缝骡牝》叙事结构以姜嫄生子为主线,但在民间的叙事传承中还渗入了骡子为何不能产驹的民众解释性传说。骡子是农业生产中重要的畜力,因其本身为马驴的杂交品种而没有繁殖能力,但对于民众来说,更愿意将这一生理特点与神异事件相粘连,于是在传说中骡子不能产驹与地域性的神话姜嫄生子一事联系起来,认为是由于姜嫄之母把其生子视为丑事,让她到野外生产,姜嫄因怕生于半道,所以将也快产驹的骡子牝门用金针缝住,而救姜嫄于危难的骡子从此不能受孕产驹了。上述民间叙事作品中,情节延续了古老神话的叙事线索,后稷诞生神话成为后世传说滋生的土壤,它们相互之间体现为源与流的关系。相同的人物、相似的情节使上古神话与民间化的地方叙事建立起了逻辑上的承续关系,从民间文学的文体角度来看具有质变的性质,然而从艺术创作方式来看,却又有着明显的传承轨迹,两者有着诸多共同性。

三、晋陕后稷神话的空间叙事

语言是一种时间性的叙事媒介,存在着去空间化的历史决定论,但人类在根本上是空间性的存在者,民间文化的传承不仅是历史的投射,还牵涉到一种地理空间的指涉,以重新实现对那些具有普遍性的地理不平衡发展的语境和意识的重构来完成一种新的叙事。① “空间”一词用于社会科学对一个特定区域的研究,是一个宽泛的概念,它有两个层面的意思:其一是有形的“空间”,包括形态、职能、构成要素和结构等,在这个层面上,它是一个外在的封闭系统,称之为“区位空间”②;其二是指无形“空间”,包括人的行为、思想、信仰、习俗等,是一个开放的系统,但其作用却更加深远,依靠习俗、道德、礼仪、伦理等精神的作用控制一定区域的民众,称之为“精神空间”。两者共同维持着特定地域的经济活动、日常生活、社会生活。在晋陕独特的地域环境中,对于后稷神话的记忆不仅以语言的形式进行时间性的传承,而且在空间的维度里,以各种物质载体为传播媒介记述后稷神话的活形态叙事同样是传承过程中至关重要的形式。这样的叙事形态突破了口头叙事在表现空间方面的缺陷,使后稷神话在晋陕的空间范围内坐实为一种民众日常生活的有形标识,与其他叙事形态共同构建起后稷神话的象征和知识系统,因此,可以从物质空间和精神空间两个层面来深入解读后稷神话的民间叙事过程。

(一)自然空间中的后稷神话

从现存的文物考察,在晋陕黄河流域的广阔地域空间里,后稷神话在该地区流传广泛而深远,至今仍保存着后稷庙、戏台、教稼台等建筑和遗迹,历千年风雨而不衰,在民众日常生活中展现着后稷教民稼穑的久远神话。这些遗迹不同于自然景观,它们或是民众在自然空间中的心意崇拜,或是人们对自然景观的合意愿的文化创造,俗民们既遵从古代国家所谓“祀典”“祭法”,又从生活的实际出发,在祭祀神灵的过程中进行着选择、改造,由此形成了众多的传说、习俗,构成了一种物与义的交织。后稷神话已物化为一个分布范围极广的后稷遗迹文化

---

① 参见潘泽泉:《空间化:一种新的叙事和理论转向》,《国外社会科学》2007 年第 4 期。
② 张小林:《乡村空间系统及其演变研究》,南京师范大学出版社 1999 年,第 36—42 页。

丛,主要分布在山西稷山、万荣、闻喜,陕西的彬县、武功、岐山、扶风等地。兹列表统计如下:

表 12　晋陕后稷庙宇遗迹分布表

地名	遗迹	祠庙	古迹	陵墓	山川
山西省	万荣县	后稷庙两座:一在三文乡东文村;一在南张乡太赵村	雌雄塔		稷王山,又称稷神山
	新绛县	稷益庙	古堆泉、古水		
	闻喜县	阳隅乡吴吕村后稷庙	冰池村	姜嫄墓	
	稷山县	后稷庙两座:一在汾南五十里稷神山顶;一在县治西南	稷亭、稷王庙、稷王塔	稷王陵	
陕西省	彬州市		履迹坪、水北村、公刘墓	姜嫄墓	
	岐山县	周公庙、后稷祠、姜嫄祠			凤凰山
	扶风县	姜嫄祠	姜嫄村、姜嫄渡		
	武功县	姜嫄庙、后稷祠	教稼台	姜嫄墓	华山

调查显示,在晋陕两地分布着大量后稷祠庙及其他古迹,至今仍保存完好,所涉及的县区有八个。山西是以稷王山为中心呈辐射状分布,稷王山在今天的地理行政区划空间里处于闻喜、万荣、稷山、夏县四县交汇之地,平均海拔在850米以上,为该区域的制高点,站在山巅,四县全境尽收眼底。因此,神话中的后稷立于山顶教民稼穑,也有其自然地势高耸的原因。各个地方县志中对此也均有记载,据民国《万泉县志》中《城池·山川》记:"稷王山在县东四十里稷山县界山巅有后稷庙。"《祭祀·坛庙》中记:"后稷庙二:一在稷王山巅;一在西薛里,有宋崇宁、明正德间碑记"。① 《稷山县志》载:"稷神山在县南五十里,东连闻喜,西连万泉,南连夏县,峰峦层出,邑景稷峰叠翠即此,以后稷教稼于此,故名。山上有稷祠,山下有稷亭"。② 稷死于稷王山,后人为纪念他的功绩,在此建有稷王

① (清)何燊修,冯文瑞纂:《中国地方志丛书·万泉县志(民国六年石印本)》,台湾成文出版社1976年,第61、152页。
② (清)沈凤翔:《中国地方志丛书·稷山县志(清同治四年石印本)》,台湾成文出版社1976年,第103页。

陵、稷王庙、稷王塔，塔上刻有"后稷明堂"四字。从现在可考文物和文献记载的后稷祠庙、遗迹分布来看，其主要分布区域是以稷王山为中心向四周扩布，遍及河东的广大地域。

隔河相望的陕西关中是后稷神话分布较为密集的另一地域空间，主要流布于渭水流域的周原地区。实地调查发现，后稷神话主要集中于武功、扶风、岐山、彬县四县，以武功为中心沿渭水流域扩布。王国维校《水经注》卷十八载："邰（武功）城东北有姜嫄祠，城西南百步有后稷祠，眉之邰亭地"①。此即武功有姜嫄、后稷祠的最早记载。明代《武功县志》记载原后稷庙、姜嫄祠"今俱亡矣"，今"稷祠在城内西上，故宝意寺址也。弘治丙辰（1496）知县学通改建，祠后又作姜嫄祠"②。另有遗迹为武功镇东门外漆水之滨的教稼台，相传为后稷向人们宣讲稼穑百谷之道的场所。原一矩形土心砖砌平台，下大上小，呈覆斗状，中有洞门，为来往车马行人必经之路。洞门东口上有宽约 1 米、长约 2 米的石刻，其文曰："教稼名区"。上款为"道光十五年（1835）三月重修"，下款"知武功县事邓兆桐立"，西口上为"教稼台"。此台代有修葺，清雍正元年（1723）知县杭云龙、清道光十五年（1835）知县邓兆桐、民国二十五年（1936）县长钱范宇曾三次重修。1970 年，由于"文化大革命"中破坏，教稼台已荡然无存。1987 年，当地耆宿发起倡议，士、农、工、商，尤其中央、省属杨陵农业科研单位踊跃筹资 4 万余元，于1988 年秋施工，次年春主体落成。教稼台重立于旧址，形体依旧，仍呈覆斗形，高 12 米，周长 24 米，台周围确定了保护范围，占有面积 2500 余平方米。遂立标识，设门楣，建起砖围墙，1988 年被列为县级文物保护单位。与山西稷王山后稷教民稼穑神话叙事比较，稷山稷王山为自然空间形成的高地，而武功教稼台则是人工筑造的空间景观，但从其所取"高"地之意二者却有着异曲同工之妙，均符合后稷教民稼穑时，蠱于高地，播恩泽于四方的空间要求。此外，武功周边的扶风、岐山、彬县均分布有后稷祠庙、姜嫄墓等遗迹。在自然空间的维度里，民众建立起各种空间实物对后稷的千古事功予以记述，形成了一个遍及黄河流域涵盖晋南、陕西关中地区的蔚为大观的"后稷遗迹文化丛"。在民众的深层记忆里构筑起一个不同于行政空间观念的后稷文化网络，形成了一个跨县份、跨省区的"后稷祭

---

① （北魏）郦道远：《水经注》，浙江古籍出版社 2001 年，第 287 页。

② （清）康海：《中华地方志丛书·武功县志》（清乾隆二十六年重刊本影印），台湾成文出版社 1976 年，第 40—41 页。

祀文化圈",也进一步推动了民众精神空间中后稷神话叙事体系的建立。

(二)民众精神空间构建中的后稷神话

"物质文化需要一相配部分,这部分是比较复杂、比较难于类别或分析,但是很明显的是不能缺少的。这部分是包括着种种知识,包括着道德上,精神上及经济上的价值体系,包括着社会组织的方式……这些我们可以总称作精神方面的文化。"①精神生活是产生于物质生活基础之上的,是影响物质生活最主要的因素,因此精神空间的建构与物质生活有密切的关系。它包括民间信仰的存在,口承文艺的传布,以及民俗教育的潜在进行。对精神空间进行研究,实际上,有助于我们"全息"地、动态地探讨多重因素迭合的社会存在状况,了解民众心灵史的历史建构过程。人类在认识自然的同时,明白了自然、人、社会三者之间紧密的相互关系,认识到自己不能掌握自己的命运,而希望借助于超自然的力量作为命运的归属和精神的依托。

与后稷遗迹关系密切、相互影响的是伴随民众精神生活的后稷信仰,在中国古代民俗信仰体系位于正祀之列的诸神里,后稷是具有典型意义的一个"帝王"。他的事迹不仅在于创立周族,还在于农耕文化的发明。民间信仰有着很强的功利性,皆从本地民众的生活需要出发,与家族的兴旺繁盛、健康富裕、农业丰产有着密切的关系。后稷祠庙在地域社会和民众心目中的"力量",在各种仪式行为中得到表达和强化。通过对晋陕各地有关后稷信仰碑文的解读,透视出后稷神话在民间是一个成千上万次被"重复"的过程,在这个过程中,乡村的历史和神灵的威严得以建构和巩固。在实际功能上,这些民间叙事在更大的历史地理空间中建立起"亲密"关系,而后稷神话在漫长的历史发展过程中,也经历着不断被"选择"的过程。后稷崇拜的民间叙事里,其神职功能产生了更多符合民众理想诉求的转变。清同治《稷山县志》收录的《后稷祠祷雨文》,记载了后稷作为雨神的内容,全文如下:

后稷祠祷雨文

山西巡抚　何乔新　广昌人

德佐唐虞,躬耕稼穑。肇八百载王业之本,开亿兆民粒食之源。炳

---

① [英]马林诺夫斯基:《文化论》,费孝通等译,中国民间文艺出版社1987年,第5页。

烺典谟,悠扬风雅。治臣有五功,孰有加兹者? 山右河东境内,乃昔年农事兴起之乡,正斯民年成丰乐之所。夫何连年旱灾五谷不登,饿殍盈途,骨肉相食。去冬虽雪,今岁多风。三月已初,点雨不降。瘟疫萌发,死亡相仍。往古来今,亦所罕见。某钦承上命,赈济一方。适经勋州,见尚不忍。以神血食兹土,灵贶昭彰,岂肯坐视而不阴佑? 其哀想必有待而欲潜消其患。今亦云巫捍之宜遄,奋扬威灵,斡旋造化。俾田畯有喜于南亩,密云不自于西郊。深渊讶卧龙之腾,满背出石牛之汗,甘澍大作,泽润生民。无悯雨之忧而有喜雨之乐,殄乖气之异而召和气之祥。百谷用成,万民无恙。若是神庇,垂于无疆。①

这是清代时任山西巡抚的何乔新奉命赈灾,路过勋州撰写的一篇祷雨文。文中述及后稷"德佐唐虞,躬耕稼穑"之伟业,描述了河东连年大旱不雨,"饿殍盈途""骨肉相食"的凄惨景象。故而祷告于田畯,稷神"岂肯坐视而不阴佑",最终显灵而甘霖普降,"生民无悯雨之忧而有喜雨之乐"。后稷神在文中不仅是教民稼穑的农业神,并且已然成为护佑农业丰产的保护神,旱时具有司雨的神职功能,涝时则具有驱涝保收的神力,流传于稷山一带的民间传说《雌雄塔》同样表现了后稷这一神性:

a.在稷王山顶,矗立着两塔遥相呼应,人们称其为"雌雄塔"。

b.传说很久以前,这里人们过着安居乐业生活。这里出了个能人,名叫后稷,他力大无比,武艺高强,且智多识广,于是大家都推崇他为首领。

c.有一年,新麦要收获之际,一条恶龙来此兴风作浪。后稷就挥舞宝剑,与恶龙搏斗。打败恶龙,风止水退。

d.后稷将这条恶龙牵到禹门口,拴到缚龙柱上。如今,禹门口的"龙门""缚龙柱""拴龙环"痕迹犹在。

e.每当小麦黄时,后稷就手执宝剑,站在稷王山上目不转睛地监视着禹门口恶龙的动向,叫百姓加紧收打,所以老百姓把夏收叫作"龙口夺食"。

---

① (清)沈凤翔:《中国方志丛书·稷山县志(清同治四年石印本)》,台湾成文出版社 1976年,第976—978页。《后稷祠祷雨文》的作者何乔新,江西广昌人,时任山西巡抚。

　　f.有一年麦子刚收完,后稷竟化身为石人,后稷妻子送饭发现后也化身为石人。由于这两尊石像屹立着,于是年年风调雨顺,五谷丰登。

　　g.人们为了纪念他们,就在该地建立了两座砖塔和一座稷王庙,把后稷降恶龙的宝剑安插在塔顶,而后稷妻子撒米饭的地方,至今还有数不尽的碎石,人们叫它"五谷石"。①

文中将诸多民间传说母题糅合在一起,后稷形象转变为一个降龙伏魔的神话英雄,除魔的争斗也为地方风物做出了生动的注解。禹门口的"龙门""缚龙柱""拴龙环"成为后世民众对后稷神深层记忆中的精神象征。从社会发展来看,后稷神职的民间转变是因为社会生产从游猎方式进入到定居的农业社会后,经济也有新的发展,相应地增加了对粮食的需要,粮食生产成了民众生存中的大事,而水成为农业生产的重要条件,旱涝灾害均为制约粮食丰产的巨大障碍,民众在无奈的情况下,求神祈愿,而神格的选择体现出了普遍的合宜性。后稷发明农业的伟大事功使民众对其崇拜无比,而当民众面临自然灾害之时,所能凭借的神力诉求自然指向了"德才兼备"的后稷。从民众主体认识来看,祭祀神灵的具体选择,既要遵从古代国家的礼制祀典,又要从世俗民众的生活实际需要出发,具有很强的功利性或"心意由己性",后稷之祭伊始就体现出了纪念性与宗教性,周族始祖的神格受到雅俗两种文化的共同尊崇,而作为农业保护神则在民间成为民众倍加崇祀的另一神性。在民众精神空间中构建起的后稷信仰体系里,后稷是一个既保存有经典叙事中作为周族始祖和发明农业的正祀神格,同时又在民众解释传统中衍化出司雨、驱涝等神职功能的民间神格形象,这成为后稷神话得以久远传承的重要因素之一。

四、晋陕后稷神话的行为叙事

　　艺术人类学注重行为研究,其所关注的主要有两个向度:"一方面,透过艺术看文化,考究特定群体的'艺术活动'与当地社会文化内涵之间的索引性关联,亦即艺术的文化表达问题;另一方面从文化语境切入阐释艺术,探讨特定'框束'条件下的诸如人对艺术活动的赋义、具体艺术形式的产生、艺术的即兴

────────────

　　① 山西省万荣县志编纂委员会:《万荣县志》,海潮出版社1995年,第776页。

创作等论题,即文化的艺术呈现问题"。① 从艺术人类学的行为研究所关注的问题来看,其所主张的行为研究不是依据行为的主体线索来将其从现实生活中抽象出来考察,而是把行为放在了具体现实的关系之网络中来加以观照,是基于一种场景性的生活世界下的研究活动,是回归日常生活而对艺术与行为之间的关系所做的反思与定位。而这样的出发点正与民俗学的学科取向相契合,因此,行为研究在民俗学的研究活动中也成为一个重要的方法。董乃斌、程蔷在《民间叙事学论纲》中便提出了"行为叙事"的概念,"凡不是以语言文字为载体,或仅仅以语言文字为辅助工具而以身体动作为主要媒介来进行的叙事,我们称之为行为叙事"②。民间叙事的传播媒介从语言文字扩大到人的身体动作和某些行为方式,进一步拓宽了民间叙事研究的视野。研究民间行为叙事离不开实地调查,我们在晋陕乡村进行后稷神话的民俗调查时,也自觉地从民众行为切入,观察民众围绕后稷神话而产生的一系列行为过程。

陕西武功县武功镇东河滩上,有一个土台,上面刻着"教稼台"三个大字,相传这就是我国第一个农官后稷当年教民稼穑的地方。后稷教稼是在冬闲时月,所以每年农历的十一月十一日开始,教稼台下的东河滩都要举行盛大的古会,上会的人们都要带上新麦子做成的大白蒸馍,用自己纺织的花手帕包起来,在会上比赛,以显示庄稼收成的好坏。今天的武功镇东河滩会盛况依然,每逢会期,各地商客慕名而至,男女老少结伴而来,古镇沸腾,形成了民间狂欢场面。曾经担任武塔村支部书记的李文贵谈到村民现在对后稷的祭祀活动时,有这样一段表述:

> 后稷教人们种庄稼,就在我们村东边的教稼圣台上,人们可信哩。我们这儿现在后稷祠就是在村西小华山上,现在人们还常上去。时间在正月十五,"游百病",男女老少都去,能保一年的平安,不生病,没有灾。主要是求签、许愿,另外还有上去求子的,是在姜嫄墓前烧香求呢。平常管庙的有四五个人,主要选热心的一些老人来管理,都比较负责的。③

---

① 洪颖:《艺术人类学行为研究的主要范畴刍论》,《民族艺术》2007 年第 2 期。
② 董乃斌、程蔷:《民间叙事论纲》(下),《湛江海洋大学学报》(社会科学版)2003 年第 5 期。
③ 讲述人:李文贵,1950 年生,武塔村原村支部书记,初中文化程度。调查人:段友文、刘彦、田洁。调查时间:2006 年 9 月 28 日。调查地点:武功镇。

　　从他的言语中可以看出民众对于后稷的尊崇已转化为日常生活的一种行为方式,护佑民众生活平安和满足人们子孙繁衍的美好愿望。同时更蕴含着强烈的祈求风调雨顺和庄稼丰收的美好心愿。在陕西岐山蒲村、枣林一带民众将后稷称为"麦王",清楚地表现出实际日常生活中的后稷神话的叙事模式和叙事语言都有着民众特有的表述特征,以身边之事、眼前之物予以命名,能保护麦禾的丰收即为民众崇信,这也已成为中国民俗信仰的普遍性特征。与陕西隔河相望的晋南河东地区,自古亦为农业发达之地,后稷神话在民间的传承同样有着相似的叙事传统。清光绪《山西通志》记载稷王山下"附近六村群众,每年四月初一祭祀姜嫄"。《万荣文史资料》第三辑中《稷王山览胜》中记录了稷王山周围的人们甘冒跋山之苦,不畏路途遥远,每年都要往稷王庙祭祀,这种活动统称为"上庙"。稷王山顶的稷王庙在元末明初才初具规模,每年三月十日传为稷王生日,五县群众,锣鼓旗伞,红火热闹,进行上庙祭祀活动,后因上庙中各县之间发生矛盾,酿成械斗,经过协商,每年一县主办,五年一轮,直到1938年,日寇侵入汾南,抗日军民以稷王山为根据地,日寇多次袭扰,将庙焚毁,祭祀才告中断。今天,对稷王的祭祀在小地域范围内仍然传承不衰,新绛县阳王镇稷益庙内保存的1991年碑刻《二月二庙会记》记录了民众崇祀后稷及伯益的真实场景,全文如下:

二月二庙会记

　　二月二庙会由来已久,每年是日,周围二十余村群众均以各种娱乐形式聚在一起,竞相争奇,共享欢乐。除□□鼓、锣鼓、秋歌外,更有鼓车、抬阁、高跷、闻名遐迩,独步河东,鼓车有三五十辆之多,良骥拉乘,神鞭驾驭,少则四匹,多则二十一,车前车尾各载一只整张牛皮制成的大鼓,一人、二人按其套路擂动,间有铜钹相击,声震霄汉,奔驰如飞。抬阁有四五十架,构思奇巧、神工莫测。其人物造型或隐或显、或虚或实,如凌空欲飞的仙子,踩高跷不下数百人,或高或低、或文或武,更有甚者,其跷粗如椽许,高丈许,近处观看需□仰□观日之状,另有四人踩五条,五人踩六条或六人踩七条跷者,一字排列,珊珊而过。改革开放以来,国运日昌,民渐富庶,盛世之中,礼乐更兴,鼓车的装饰更为艳丽多彩,抬阁亦静中有动。加之夜晚又有戏剧焰火,壮色星落如雨,火树银花,凤箫声动,歌喉声哢。置身其中,不辨天上人间也。演出逾千人,观看群众亦在六七万人之多，从辰时起，到戌时止，阳王大地成了一个沸腾了的人的海洋。□演出场面既粗犷豪放，又质朴细腻，以其独特的方式，表达了这方人民的喜、怒、哀、乐，是传统文化的积淀，也是阳王区域文化的象征。

千百年来，生于斯长于斯的炎黄子孙，每每以此为自豪而产生了巨大的凝聚力。为光大先哲遗绪，弘扬我镇魂□，改作文记之并镌之于石，以昭世人，以告来者。①

通过对以上资料的分析，我们可以看出，祭祀、祷祝、祈求等民俗活动中以后稷为中心展开的行为叙事，至今在民间仍极为丰富多彩。后稷神话在晋陕民间的传承一直遵循着民众主体的现实生活诉求，以民间化、生活化、仪式化的行为过程再现着后稷神话在地方传承进程中的再生形态，与民众日常生活紧密联系。从而使后稷神话在民间化的行为表述过程中转变为有着实用意义的"地方性知识"，隐性地存在于民众生活史之中。

小　　结

通过对后稷神话在晋陕民间的传承状况及叙事模式调查研究，我们发现：

第一，后稷神话的文化特质与民众认知心理是契合的。后稷神话所体现出的宗法礼制、家族观念以及护佑农业生产的神职功能都符合民众直接的生活愿望，并与民众生活相结合，稷神信仰已成为民众较为稳定的民俗生活模式。

第二，后稷神话在民间的叙事模式是立体呈现的。民间叙事与文人叙事、官方叙事等不同，从存在方式来看，运用了民众所能认识掌握的多元化媒介，从语言、物质，再到人的身体行为等，因而形成了口头叙事、空间叙事、行为叙事的活态叙事模式，在时间和空间的维度里立体、动态地展现了后稷神话在民间的传承状况。每一种日常表述模式在共同的表述主题统摄下，与其他叙事形态相联系，相互作用，互为补充，构成一种不同"文本"的互文关系，呈现出开放性的特点。

第三，黄河流域孕育了古老的华夏文明，晋陕地处中原腹地，成为上古神话

---

① 《二月二庙会记》，1991年立，碑存新绛县阳王镇稷益庙正殿前东侧，高171厘米，宽74厘米，厚18厘米。

发生、发展的重要地域。后稷与尧、舜、禹等始祖神历来被官方纳入正统祀典系统之中,但他们在民间的传承中却折射出不同的文化选择。官方将其推举为"圣贤",着力彰显其周族始祖、农业神的品质,更注重对国家社稷的护佑作用,突出其在政治层面的意义,与世俗社会、民众日常生活距离相对比较遥远;而后稷神话在晋陕的传承历史中,不仅为古之"圣贤",还成为护佑民众生产生活的民间俗神,其神格特征已由"帝神"进一步衍化为地方性的保护神,如在晋南的民间传说中有司雨的神职,护佑着农业的丰产和生活的和谐。周族社会处于由采集游牧到定居式农耕社会形成的发展时期,后稷的"司雨"等民间神职正与世俗生活紧密结合,符合民众的现实利益,成为融古帝王与农业保护神为一体的神祇,所以更受崇信。

后稷庙等遗迹在晋南、陕西关中等流布地域是最为广泛的文化标识,同时也是地域乡村政治、文化活动的中心,历史久远而保存完好。后稷神话在民间叙事模式中实现了官方意识形态与民众现实生活诉求的对接,在民间化的进程中更为贴近民众日常生活,因此后稷神话获得了更为广阔的生存空间。民间文化的发展是一个动态的过程,具有心灵和物质的双重要求,在乡村社会现代化进程中,民间文化的真正发展更重要的是要营建一个充满和谐、平等和宽容的社会民俗环境,就此而言,对神话在民间的传承规律进行研究无疑具有重要的现实意义。

第二十一章　晋东南成汤崇拜的
巫觋文化意蕴

　　晋东南古上党地区的成汤崇拜是现代社会里神庙群落众多、原始遗风犹存的特殊民俗文化,以阳城析城山为核心形成了一个"成汤祭祀文化圈",包含着深厚的巫觋文化意蕴,这些丰富的原始文化意蕴是以男权为主导的农耕文化的产物,其渊源却是对殷商先祖——母系氏族社会习俗的承续。本项研究结合田野调查资料,以"成汤祷雨"为论述中心,探讨成汤崇拜形成的深层原因及其丰富样态,我们认为,研究成汤崇拜不应以现代国家行政区域划分的概念去诠释,而应以历史地理观念,把它置放到其产生形成的文化生态环境中去解读,方可接近其发生发展的真实状态。

　　中国上古文化史发生衍变的显著特征是史俗并载、巫觋文化与史官文化共存,以简狄为女始祖的殷商部族更多地承续了母系氏族社会巫觋文化血脉,较之后来的周民族推崇单一的史官文化,其文化内涵更为驳杂与多元。研究成汤崇拜无疑成为探寻这一文化规律的关键点与切入点。成汤崇拜分雅、俗两个层次,前者以官方为主导,属历代贤王之列。后者则传承于民间,目的是祈雨。民间的成汤崇拜以晋豫两省为盛,尤以太行山尾同王屋山南北的晋东南及豫西北最为集中。从现存文物考察,成汤崇拜在该地区流传广泛而深远,至今仍保存着汤王的神庙、行宫、戏台等建筑,形成了一个流布地域相对集中、民俗标识物丰富、民俗活动传承久远的"成汤崇拜祭祀文化圈",不论从其文化保存的完整性抑或流布的长久性来说,成汤崇拜在晋东南的民俗信仰体系中已成为独具特色的一个文化标识,发展蔚为壮观。成汤崇拜与本地悠久的文化传统水乳交融,从而使之成为一个富含民俗、文化、宗教等多方面信息及多重研究价值的文化丛体,探讨汤王从"圣贤帝王"到"主司雨泽"神祇的转变更是饶有兴味。

一、晋东南成汤崇拜发生的空间区位特征

晋东南成汤崇拜的发生有其独特的历史地理因素,商族的起源、迁徙、兴起、发展以及与其他部族之间的联系对于成汤崇拜的发生有着重要的催化作用,在历史的不断演变进程中,传统地域文化的吸纳滋养也是成汤崇拜传承扩布的根本动力。因而从历史地理的视角来研究晋东南商汤崇拜,是我们透视其文化特质的关键所在。

商朝的发展历史大体可以分为三个阶段:成汤灭夏以前称为先商;成汤灭夏至盘庚迁殷以前称为早商;盘庚迁殷以后称为晚商。借鉴历史考古学的成果考察商族的起源地域,大体有三种说法:东方说、西方说、北方说。以王国维、傅斯年为代表的东方说依据商族以鸟为图腾,而古代东方诸族亦以鸟为图腾,认为商族起源于东方,其疆域大致在今天河南商丘和山东滕县一带;"西方说"主张商族源于晋地,认为舜的活动在晋南,契为舜后,因此也应在晋南;北方说则依据《荀子·成相》"契玄王,生昭明,居于砥石迁于商"的说法,指出确定商族起源的关键在于弄清砥石地望。《淮南子·坠形训》谓"辽出砥石",高注:"砥石,山名,在塞外。"契称玄王意即北方之王。① 从以上诸种观点推断商族的活动范围,主要集中于黄河流域的中下游。商族发展壮大的过程是一个血腥与武力征伐的过程,成汤时期完成了灭夏立国的大业,在这期间,成汤与夏部族的争战较为频繁,在黄河中下游的广阔地域里展开。《孟子·滕文公下》曰:"汤居亳,与葛为邻,葛伯放而不祀",葛地作为夏属方国,不肯臣服成汤,更未纳贡随俗,汤故而征服了葛,对于其他方国也是如此。古上党地区(即今晋东南一带)与豫西正处于夏族聚居的重要区域,在成汤与夏族的争战过程中,该区域无疑处于争战的中心。郑杰祥在其《商汤伐桀路线新探》一文中,认为从商都亳邑与夏都斟鄩的相对位置来看,商汤伐夏正是从东向西,在此基础上对征战地点次序作了细致梳理,依次有郕(今河南荥阳境内)、莘墟(今陕西合阳县境内)、戎遂(今山西永济境

---

① 晁福林:《夏商西周的社会变迁》,北京师范大学出版社 1996 年,第 60—61 页。

内)、鬲山氏(古历山即雷首山和中条山)、鸣条(今山西夏县境内古鸣条,今称鸣条岗)、三㚇(古龙豢氏后裔,故地即今山西闻喜县东北的董泽)、高神之门(又在安邑县西,即今山西夏县境内)、南巢(与鸣条相近,在今河南三门峡市陕州区)、苍梧之野(其一在陕西东南部,其二在山西南部)。① 以上征战地点主要分布于黄河中游晋、豫、陕三省的交汇地带,特别是在晋南地区活动最为频繁。古上党地区正处在这一宏阔的地理空间范围之内,因此,成汤崇拜在古上党地区的发生与上古时期部族争战的历史空间叙事背景——商汤灭夏立国有着重要的联系。商汤在完成灭夏立国的大业之后,这时商的地域已比夏更为辽阔,汤王对当时及后世影响极大,到盘庚迁殷,商王朝的统治达到了鼎盛,古上党地区作为殷都京畿重地自然受到商朝的重视,不仅体现于军事、经济方面,文化的渗透也较为深刻,东夷文化与华夏文化在此发生了全面的融合,农耕文化与海岱地区的游牧文化在这一区域均有展现,与殷都的联系也一直延续后世,而且交流也更加密切。

商都殷地的主要区域即为后世的中州,自商族灭夏兴国迁都殷地以来,晋东南地区因其地理与历史特点,长久以来和中州往来频繁,这种特殊的地理空间也成为商汤崇拜得以广泛流布的重要因素。我们从地方文献中仍可寻检出这种紧密的联系,据《泽州府志》记载,晋城市在清时建置为泽州府,其疆域"东至河南辉县早生村界二百四十里,西至平阳府翼城县界二百二十里,南至河南河内县界一百一十里",②即包括现河南省西北部的一部分地区。按曰:"府属四封,东北至壶关,古黎侯国,又至河南林县,当为殷之畿内;周邘郦卫之地东,东南俱至辉县,古共伯国;南至修武,殷之宁邑(周曰'修武',春秋又名宁),又至河内济源两县,其先则苏忿生之田,东周畿内;西南至垣曲县,周召分陕之地,召为召公食邑,亦东周畿内之地。其地有皋落城,东山皋落氏亦在其界,今平阳人犹谓泽境为东山"。③ 由此可见,泽地在商周时曾为"畿内地",与豫地联系密切。商汤时都城居西亳(今河南偃师商城;一说郑州商城),泽州在商汤时与京城毗连,作为京城附近的地区,肯定与地处中州的京城往来密切,在以后的历史发展中,无论是和平还是战争,泽州由于其特殊的地理位置,一

① 郑杰祥:《商汤伐桀路线新探》,《中原文物》2007年第2期。
② 山西省晋东南地区行政公署:《泽州府志》(第五卷),1981年,第1页。
③ 山西省晋东南地区行政公署:《泽州府志》(第五卷),1981年,第9页。

直与中州往来频繁。

同属晋东南、与泽州紧邻的潞州,从古至今各代疆域建置上也可以体现出与中州紧密的区位关系。潞州"元初,辖泽、潞、沁、怀、孟、辉、卫、林、辽九州。大抵潞之封域,在古甚广",至明代其域"东西广三百一十五里,南北裹二百八十里","东至河南林县界梯头隘一百六十五里,西至平阳府岳阳县界下王村一百五十里。南至泽州高平县界换马岭七十五里。北至辽州界桐谷村二百五里。东到河南彰德府三百三十五里。东南到泽州陵川县一百三十里。南到泽州二百五里。西南到泽州沁水县二百七十里。西到平阳府四百六十里。西北到沁州二百一十里,北到辽州三百五里,东北到河南涉县一百九十五里"。①可见,元初,潞州所辖地域包括今天的晋东南大部和豫西北的部分地区。在同一地域范围之内,各地的交流自然也较频繁,直到今天,晋城仍是河南农民工北上的必经之地,而晋城的百姓在购物时也多"下郑州"。紧相毗连的区位空间为密切的经济文化交流创造了便利的自然条件。晋东南在商周时是京畿重地,在历史发展的进程中,晋东南的成汤崇拜保存完整并进一步扩大其崇祀范围。与之相对应的是,豫西北等地的成汤崇拜则渐趋衰落,这不仅与政治经济影响有关,而且与同一文化区内不同文化亚区的民俗传统、民众心理关联密切。

二、成汤祭祀文化圈的传承与扩布

在西方文化人类学发展史上,以德国格雷布尔为代表的传播学派以传播(英文为 diffusion)的观点来解释人类文化的扩布与变化,提出了"文化圈"理论。他假定一些最早的文化是从原点慢慢扩散出去,跨越空间,像涟漪似的一圈又一圈地推动开去,使文化散布于各地,换句话说,这一产生最早的社会文化特质的文化是从一起源社会散播到其他社会的,而在这样一个广大的地理区域范围内拥有相似的文化特质,这就是所谓"文化圈"。美国人类学家威斯勒和克罗伯也运用传播理论对北美等地的文化作了研究,他们将一个文化区域的代表性特征归结为来自于一个地理文化中心。认为文化特质首先产生于该地,然后向外传

---

① (明)马暾纂辑:《潞州志》,中华书局 1995 年,第 3 页。

播。因此,通过分析文化特质由中心向边缘移动的过程,就可以复原该区域文化生成的历史。威斯勒的"年代—区域假说"进一步认为:每一种文化都有其分布的地理区域即文化区,文化区可以分为文化中心和边缘区两部分,中心区是文化特质产生的区域,文化特质产生后,即由中心区向边缘传播。这些理论与方法用于分析晋东南古上党地区的成汤崇拜是适宜的。我们认为,以古上党地区的阳城析城山为中心,以成汤祷雨为核心文化特质,向周边推延扩散,在晋豫陕交界的三角地带形成了一个跨县份、跨省区的"成汤崇拜祭祀文化圈"。这个"祭祀圈"的标志就是以同一个主祭神(成汤)为中心,每座神庙里都有社首或神头组织,属于该地区的俗民都捐钱出资,负担宗教祭祀活动的经费,每年在特定时间出演公戏,举行祭祀活动。[①] 以晋东南成汤祭祀圈为分析实例,可以使我们更清楚地看到区域祭祀圈构成的文化历程,把握宗教信仰与世俗力量相互整合而建构的神圣—权力秩序。

在中国古代民俗信仰体系位于正祀之列的诸神里,成汤是具有典型意义的一个"帝王"。他的事迹不仅在于殄灭夏桀创建商王朝,还在于对千年承传的雩祭传统产生了重要影响。在农耕文化发达的黄河流域,俗民们既遵从古代国家所谓"祀典""祭法",又从生活的实际出发,在祭祀神灵的过程中依循着"合意愿"的原则,进行着选择改造,成汤崇拜物化为分布范围极广的汤王庙群,主要分布在山西阳城、晋城、泽州、陵川等地以及河南济源、武陟、修武、沁阳、林县等地。今存山西省阳城县横河乡析城山村汤帝庙的至元十七年(1280)《汤帝行宫碑记》,详列了晋、豫两省二十一县(州、府)汤帝行宫八十三处,为我们了解成汤祭祀圈的扩布范围提供了实证。兹以碑刻为依据列表统计:

[①] 西方人类学判定一个祭祀圈的范围,大抵依循五项标准:(1)出钱有份,负担宗教活动的经费;(2)头家有份,通常是出钱有份的人是头家家主;(3)巡境功能,主祭神有时或循例每年在居住范围巡境,以保护一方平安;(4)出演公戏;(5)有其他共同的祭祀活动。凡是符合其中一项指标以上,即可称之为一个祭祀圈。参见林美容:《由祭祀圈来看草屯镇的地方组织》,载台湾《民族学研究所集刊》1986年(秋季)第62期。

表 13　晋豫两省汤帝行宫分布统计表

府	州、县	分布	数量
山西省	太原府　太谷县	东方村	1
	祈县	圣王泊下村、团白村镇	2
	平尧县	朱坑村	1
	文水县	李端□镇、□盘	2
	泽州	城右厢、左厢、南关	3
	阳城县	南右里、东社、西社、南五社、白涧固隆、下交村石曰□坊、泽州府底、□捕栅村等、李安众等、四信村众社等、洸壁管	11
	晋城县	周村镇、大阳东社、大阳西社、李村、巴公镇	5
	沁水县	县城、土屋村等、端氏坊郭、贾封村	4
	高平县	农桂坊：□□里、城山村	2
	垣曲县	磴板村、□□镇	2
	翼城县	楼回、吴棣村、中卫村、上卫村、南张村、北张村	6
	文喜县	郝庄	1
	沁州武乡县	□□南门□岳西、五州庆	2
河南省	河中府　渔乡县	故市镇	1
	沁南府	城市东、北门里、水北关、水南关、南关、东关	6
	武陟县	宋郭镇	1
	济源县	□北(下阙)、西南大社、南□村、画村	4
	河内县	清平村、东郑村、□乡镇、北杨宫梨川西□镇、高村□、五王村、万善镇等、长清宫许良店、清花镇、吴家庄、红桥镇、□阳店、武德镇、尚乡镇、王河村、南水运、马村	17
	修武县	西关、城内村、□河阳谷逻店	3
	温县	南门里社、南□村、招贤村、白沟□	4
	河南府	巩县、石桥店、洪水镇、□田村	4
	郾师县		1

注：1. 统计数据资料依据今存山西省阳城县横河乡析城山村汤帝庙的《汤帝行宫碑记》，该碑立于大元国至元十七年三月廿二日。2."祈县"即今"祁县"；"平尧"即今"平遥"；"文喜"即今"闻喜"。

　　碑文所记汤庙数量为：河南八县(州、府)四十一处，山西十三县(州、府)四十二处。山西汤庙分布南起阳城、晋城，北至太谷、文水，均在当时隶属河东山西道肃政廉访司的晋宁、冀宁二路。大致包括今天的晋东南、晋南及晋中地区,而又以晋东南古泽州一带分布最为密集,泽州又以阳城县的汤帝行宫最多,一县之内多达十一处。整体考察晋豫两省的汤庙分布,大体呈现着以古泽州地区为中心,连接两省,分别向西、北、东三个方向扩布的趋势。

山西古有"山右"之称,建汤庙祈雨,可溯至唐季。清代胡聘之《山右石刻丛编》收录宋太平兴国四年(979)张待问撰《大宋国解州闻喜县姜阳乡南五保重建汤王庙碑铭》云:"当州顷因岁旱,是建行宫逾八十年"。[1] 太平兴国四年,为公元 979 年,前溯八十载,即公元 899 年,即唐昭宗乾宁五年。可见,至迟在唐末,山西已开始构建汤庙祈祷雨泽。另有宋和元年刘泳撰文的《重修汤王殿记》也记载了古泽州汤庙的修建情况,碑存于凤台县,《晋城金石志》确认,在晋城郊区大阳镇成汤庙。文叙刘泳之祖上某,曾于乾德五年建成汤殿,因风雨浸坏,重修刻石。还有碑刻为宋开宝三年(970)八日立《敕存汤王行庙之记》,原存阳城县寺头乡马寨村对面山顶吴神庙。[2] 又大定五年立《晋阳里汤王庙记》,原在陵川县东 10 里原普安乡晋阳里北山上汤王庙,碑文为宋元丰七年(1084)长平赵执中撰,大定五年本庄税户申大重立。[3] 以上所举只是现存乡村民间的汤帝碑刻的一小部分,其散布范围遍及晋东南各地,仅在《晋城金石志》中收录的有关商汤崇拜的碑刻记录就多达 35 条,记载创建汤王庙行宫的地方有晋城郊区陈沟乡甘润村、阳城县寺头乡马寨村、东冶镇东冶村(阳城)、阳城城关镇下李邱村、阳城县河北镇下交村、阳城镇城内东庙、西庙、凤台县、析城山汤王庙、泽州府城北小析山、阳城县润城镇上伏村、阳城里桑林乡蟒河村、陵川县晋阳里、大阳镇、沁水县端氏镇。

从时间来考察,大规模营建汤庙以祈雨,则是从宋代开始,这是因为北宋时期人口有了大幅度增长,社会经济也有新的发展,相应地增加了对粮食的需要,粮食生产成了民众生存中的大事,而太行山区干旱缺雨成为制约粮食丰产的最大障碍,民众在无奈的情况下希望汤帝保佑,普降甘霖。汤庙的分布以阳城县析城山为中心向四周扩散,其中所记阳城县的汤王行宫最为密集。《山西通志》载:

---

① (清)胡聘之:《山右石刻丛编》卷十一,山西人民出版社 1998 年。
② 晋城市地方志丛书编委会:《晋城金石志》,海潮出版社 1995 年,第 33 页。
③ 晋城市地方志丛书编委会:《晋城金石志》,海潮出版社 1995 年,第 67 页。

（阳城）县西南七十五里，相传成汤祷雨于此，有二泉，亢旱不竭，与济渎通。宋熙宁九年，河东路旱，遣通判王伾祷雨获应，奏封析城山〔神〕为诚应侯。政和六年，诏题殷汤庙额为"广渊"，晋封山神为嘉润公，敕书勒壁。宣和七年重葺，合嘉润公祠凡二百余楹。金时庙仅存九楹，烬于火，民间即行祠祭之。元元帅延陵珍重修。李俊民撰记。后陕西副使石凤台、邵武知府原体蒙建祠山上，自胤谦撰记。又城内外庙三：一曰东庙，在立平坊。一曰西庙，在怀古坊。一曰南庙，在县东南二里。又桑林河南一庙，前有潴水，旱祷多应。又闻喜六十里汤山，垣曲西五十里下（亳）城，并有庙。①

不仅在成汤祷雨的析城山建庙崇祀，对神祇的加封步步升级，而且距析城山数十里的阳城城内有三座汤帝庙，附近县区也建庙祭拜。在中国民间有神就有庙，有庙就有会，至今仍保存完整的各地汤王庙会已发展成为一个兼具经济、流通、文化、娱乐等功能的特殊社会文化事象，从一个侧面反映出了汤王崇拜在晋东南地区的传承扩布状况。在各乡野村落的小社区范围内还保存着"上庙"的习俗。垣曲县的汤帝庙"上庙"活动由神庙周围的十八村联合承办。上庙，是群众性集会游行诸神祭神的一种形式，它和庙会紧紧联系在一起。"每年三个村上庙，六年一轮，周而复始，永不停歇。"上庙前的准备工作是十分认真而繁重的。上庙的队伍曾多达三四千人，除了上庙队伍，还有大戏和民间游艺。汤圣庙上庙唱戏，上庙的村一村一天一台，三个村就是三天三台。民间游艺有旱船、高跷、竹马、打鞭、舞狮等，商人们也决不会错过这个做买卖的好机会，河南、陕西、山东、河北、山西垣曲附近各县的买卖人都云集而来，摊贩遍布，要啥有啥。② 位于成汤祭祀文化圈中心地带的阳城，几乎村村有汤帝庙，庙会活动沿续久远，围绕汤王庙所形成的一系列民俗活动已成为该地域特有的文化事象，也是特定群体的生活策略，形成了具有地域特色的民俗传统。

三、"汤王祷雨"的隐秘内涵

晋东南地区汤王崇拜的形成与"汤王祷雨"的神话传说密不可分，最早明确

---

① （清）王轩等：《山西通志·秩祀略（上）》卷七二，中华书局1990年，第5051页。
② 刘彦彬、林庆：《上庙》，山西省垣曲政协《垣曲文史资料》第三辑，第32页。

记载这个传说故事的典籍文献是《墨子》：

> 汤曰："惟予小子履，敢用玄牡，告于上天后曰：'今天大旱，即当朕身履，未知得罪于上下，有善不敢蔽，有罪不敢赦，简在帝心。万方有罪，即当朕身，朕身有罪，无及万方。'即此言汤贵为天子，富有天下，然且不惮以身为牺牲，以词说于上帝鬼神。"即此汤兼也。①

到战国时期，这一叙事文本在《荀子》中再次复现，并增加了祷雨的祷词，即汤王自责的"六过"：

> 汤旱而祷曰："政不节与？使民疾与？何以不雨至斯极也！宫室荣与？妇谒盛与？何以不雨至斯极也！苞苴行与？谗夫兴与？何以不雨至斯极也！"②

迄至秦代，此事在《吕氏春秋》中被勾画得更为细致：

> 昔者汤克夏而正天下。天大旱，五年不收，汤乃以身祷于桑林，曰："余一人有罪，无及万夫。万夫有罪，在余一人。无以一人之不敏，使上帝鬼神伤民之命。"於是翦其发，䩐其手，以身为牺牲，用祈福于上帝。③

时间、地点、人物、语言、行动、情节，故事叙述的重要因素皆备，呈现给世人的是一个动态的影像。从以上记录来看，"汤王祷雨"神话传说既具有历史真实的一面，也有附会加工的一面，然而这种附会加工与留存于人们心中久远的"集体意识"紧密相联，其演变发展也有一个漫长的历史过程。

（一）国王兼祭司——巫觋政治下的双重角色

巫觋文化在中国古代政治中占有核心地位，"天，是全部有关人事的知识汇聚之地。正如墨子所言：'鬼神之明智于圣人，犹聪耳目之与聋瞽也'。当然，取得这种知识的途径是牟取政治权威。古代，任何人都可借助巫的帮助与天相通。自天地交通交绝之后，只有控制着沟通手段的人，才握有统治的知识，即权力。于是，巫便成了每个宫廷中必不可少的成员"。④ 中国上古文化里一个重要观念

---

① （清）孙诒让：《墨子间诂》，孙启治点校，中华书局 2001 年，第 122—123 页。
② （清）王先谦：《荀子集解》，中华书局 1988 年，第 504 页。
③ 王利器：《吕氏春秋注疏》第 2 册，巴蜀书社 2002 年，第 874—879 页。
④ ［美］张光直：《美术、神话与祭祀》，辽宁教育出版社 1988 年，第 33 页。

就是将世界划分为天与地、人与神、人与鬼等截然不同的层次,各界之间的沟通交流,必须有特定的人和工具为中介,这就是巫师与巫术。①"汤王祷雨"中的汤王就是一个国王兼祭司的典型。汤王在祈雨的过程中,祈求天帝降雨以解除旱象,具有沟通人神的巫师能力。英国人类学家詹·乔·弗雷泽在其巨著《金枝》中,用大量事实证明:早期人类社会的一切行政首领——王位称号和祭司职务合在一起(国王兼巫师)在古希腊、古意大利很普遍。古罗马的许多城市都有一个祭司被称为"祭祀王"或"主持司仪的王",神职与王权是紧密结合的。中国的皇帝们都主持祭天、祈年等公共祭典。他们把世俗权力与神权、王位与祭司职位集中于国王一人身上。在远古人的心里,国王不只是被当成祭司,而且被当作神灵。② 汤王也正是因为具有这样的巫术能力,使其王位得到了巩固。反之,其身居帝位而获得的王权也使其可以实现对祭司这一重要角色的控制或占有,在遭遇严重旱象的境况下,汤王以帝王之身来祭天求雨,在满足人们希望的同时切实地建立了自己的功业。另一方面,求雨获应显示了汤王得到了"天命"的支持,在与天神相会的浓厚宗教气氛和情绪中,取得了人们的信任。这样的结果对于王权与神权的巩固无疑是极其有利的。

在晋东南地方社会的民间记忆中,从众多的口头叙事作品表达的内容考察,民众对于汤王的崇拜更深层次的动因是汤王祷雨的情节更加符合他们的政治理想与现实生活中的利益诉求。河南济源、偃师一带流传的汤王祷雨神话传说有《汤王祷雨》和《盛花坪》,③在这两则神话传说中,从汤王的行为与言谈中所体现出来的是更具生活气息和世俗情感的人,强化了汤王的德政事功,在举国遭遇奇旱的时候,汤王挺身而出,为求雨而自我牺牲,其中《盛花坪》中就提到汤王"亲自砍柴,堆成柴堆,自己坐在柴堆上点火自焚"的情节,由此看出汤王在民众遇到危难的时候,不是居高临下地发号施令,而是身先士卒,自觉自愿地奉献出自己高贵的身躯,以求圣天降雨,解救百姓,他的祷雨行为得到了民众的认同。在神话传说中有这样的情节安排,恰恰表现了民众对于帝王的理想塑造,希望能在现实中也获得像成汤这样的圣贤帝王的护佑。这样的群体记忆在一定程度上蕴含着成汤借"祷雨"来"恤众"的意味,以商汤为代表的殷统治集团接受部族兴

---

① 张振犁:《中原古典神话流变论考》,上海文艺出版社1991年,第238页。
② 张振犁:《中原古典神话流变论考》,上海文艺出版社1991年,第239页。
③ 张振犁、程建君编:《中原神话专题资料》,内部资料,中国民间文艺家协会河南分会。

亡、朝代更替的经验教训,惜民力、兴民利、重民意、尚贤和明德,体现出朴素的重民思想。① 从这一角度来看,商汤不仅依靠武力来建立政权,也逐渐注重"德政"的调和作用,晋东南成汤祷雨的发生与流传与成汤立国时期安抚臣民的"恤众"行为存在着一定联系,也正因为成汤的政治行为客观上保护了世俗民众的利益,与民众的心理愿望相契合,而使成汤神话传说及相关的信仰习俗长久传承。

(二)"剪发断爪"——人祭仪式的原始遗留

中国古代的典籍里,屡有汤时大旱的记载,汤王于是"剪其发,鄌其手;以身为牺牲",②祈雨于帝。"以身为牺牲"致祷,是殷商时祈雨的一种祭仪,即焚巫求雨。上古时代,旱灾严重时,常焚人求雨。对此泰勒《原始文化》中认为"在祭品奉献事务中自我牺牲的鲜明例子,是下面这些情况,在这些情况中,供品对于奉献者的价值大大超过它对于神的预想的价值,我们从闪米特族中发现了人类祭祀史中的这类最引人注目的情况,这些情况同时是在已经较为开化的民族中出现的。莫亚布人的王看到胜利不倾向于自己这边之后,就在城墙上将自己的大儿子奉献为牺牲。腓尼基人为了使神发慈悲之心而将最珍贵的东西和自己心爱的孩子奉献作祭品。他们从贵族家庭中挑选牺牲以增大牺牲的价值。他们认为,祭品的合意性是由损失的重大性来测定的"。③ 汤王作出了"以身为牺牲"而求雨的行动,尽管其中也会掺杂着借助于神权以巩固王权的私念,然而民众对拥有帝王身份的成汤能作出这样爱民恤众的举动自然会投以钦敬的神情,在祭祀仪式中,汤王在人们的宗教迷狂中飞升,成为神化的帝王,逐渐被人们敬奉为神,赋之以司雨降雨的神职功能,成为护佑人们生活安康的保护神。

汤王在"以身为牺牲"之前,尚有"剪发鄌手"的举动,这一情节也有着深刻的文化内涵。泰勒认为"在祭祀的历史上,我们看到许多民族都想到这样一种意见;缩减祭品的开支而对祭品的实际没有损害,""供献部分代替全体,献给神的一部分,其价值与全体已经非常不相称,于是完全的祭祀开始逐渐变成代用品"。④ 汤王"剪发鄌手"正是表演了"供献部分代替全体"的一幕。宋郑樵《通

---

① 曹松罗:《论商汤之"恤众"》,《扬州教育学院学报》2004年第2期。
② 王利器:《吕氏春秋注疏》第2册,巴蜀书社2002年,第878—879页。
③ [英]爱德华·泰勒:《原始文化》,上海文艺出版社1992年,第826页。
④ [英]爱德华·泰勒:《原始文化》,上海文艺出版社1992年,第826—827页。

志·三王记》云："（成汤）自伐桀之后，七年大旱……乃斋戒，翦发断爪，素车白马，婴以白茅，身为牺牲，祷于桑林之社"。① 这里又记写了汤王祷雨时的另一形式——"剪发断爪"。这正与尼科巴群岛的岛民中所看到的殡葬祭祀极为相似，"在这种祭祀中，以一节手指代替整个人。"另外，在汤加居民的那种以"图图尼马"名称闻名的习俗中，"用斧头或锐利的石头砍掉一节小手指作为供献给神的祭品，为的是治好重要的亲属们的疾病"。② 由此我们看到，在中外文化史上，彼此相距遥远而又完全没有联系的社会中都具有以供献部分代替全体的宗教祭祀习俗。采用这种办法进行祭祀，是人类进步的表现，只有当人类文明发展到一定阶段的时候，才能认识到象征牺牲和真正的牺牲，从仪式符号角度来说可以达到同样的目的，于是人们接受并采用这一办法，既避免了来之不易的财物的浪费，使得那原本即将作为牺牲的人类个体生命得以存活，同时又获得了神灵的护佑，祭祀的目的得以实现，畏惧灾祸的心灵得以安宁。成汤祷雨的宗教史语反映的情形是，成汤先是"剪发断爪"，在不能奏效的情况下，进而又"以身为牺牲"，这反映了当时人们错综复杂的宗教心理，也昭示了宗教仪式在迈向人类文明进程中的艰难步履。人类文化史上，祭祀仪式中向至高至尊神祇献祭，经历了以人为牲——以动物为牲——以俑代牲的几个阶段，这正是人类宗教意识发展的历程。当然这种演进不是纵向直线式的，而是时有反复，徘徊前行着。成汤祷雨神话里"以己为牲"，祷告祈雨，不仅仅表现了他作为古代圣贤帝王的虔诚心意，而且还从一个侧面反映了文化演进的轨迹。

（三）"桑林之舞"——祭祀场境选择的"高台情结"

天神与高山的密切联系是人类原始思维的普遍特征。远古时期，常于桑林或桑山中立社，《淮南子·本经训》："尧之时，十日并出，焦禾稼，杀草木，而万民无所食……尧乃使羿……擒封豨于桑林，万民皆喜"。③ 后羿射日的传说，原来只是故事之前半，更核心的在于其连带着的擒封豨于桑林（社）的故事，这才使旱灾最后得以消弭。汤祈雨于"桑林之社"，高诱注："桑林，桑山之林，能兴云作

① （宋）郑樵：《通志》册一卷三上《三王纪第三》，中华书局1987年，第42页。
② ［英］爱德华·泰勒：《原始文化》，上海文艺出版社1992年，第828页。
③ 刘文典：《淮南鸿烈集解》，冯逸、乔华点校，中华书局2013年，第305—306页。

雨也"。① 桑林能兴云致雨,古代社祀之地多桑,故有"桑林之社"的说法。据闻一多《高唐神女传说之分析》考证,商汤当年祷雨于"桑林之社"的社神应即是其先妣。文曰:"在农业时代,神能赐与人类的最大的恩惠,莫过于雨——能长养百谷的雨。大概因为先妣是天神的配偶,要想神降雨,唯一的方法,是走先妣的门路(汤祷雨于桑林不就是这么回事?)"文后附有"请雨祷于先妣,止雨亦祷于先妣"的注释。② 也就是说成汤当年的祈祷对象应是其先妣,用其先妣是天神的配偶这种特殊关系取得祷雨成功的。这也是在原始思维影响下而产生的祷雨形式,桑山林地是古时青年男女春天聚会求偶的地方,仲春之月,男女聚会时所跳的以求偶为目的的舞步,正是求雨的内容。根据弗雷泽的考察,在欧洲圣灵降临节,以新娘新郎来表现树木精灵的婚嫁,来促进树木花草的生长,在新几内亚西端和澳大利亚北部之间的洛蒂、萨马他以及其他岛屿,"每年一次,在雨季开始的时候,太阳先生便降临在这棵神圣的无花果树上给大地授精。……这时候人们大量屠宰猪狗来祭奠。男男女女都一起纵情狂欢,太阳和大地的神秘交合就这样公开地在歌舞声中、在男男女女于树下真正进行的性交活动中戏剧性体现出来。听说这种节庆活动的目的是为了向太阳祖宗求得雨水,求得丰富的饮料和食品,子孙兴旺,牲畜繁殖,多财多福"。③ 这种习俗与我国先秦"桑林之舞"的习俗从根本出发点上是一致的。

关于祷雨对象的另一说法是:商代已渐形成以上帝为中心神的神系,一般的雨神之祭,其所祭的对象是雨神,而求雨之祭所祭的对象,不一定是雨神或不限于雨神,也可以是地方山川神祇或祖先神。在少有高山的平原地带,各族的祭祀活动则要在人工筑成的高台上进行,认为神人居于高天,凡人要通过巫师在高处的祭祀才能与天神沟通。

殷人直接祭祀雨神是由原始社会时期自然崇拜延续下来的习俗,而求雨之祭则有很多"人为宗教"的成分。在殷人的观念里,雨神已经不具决定下不下雨的权威,下不下雨还要仰求于其他神的共同决定,或经其允许,雨神才下雨或不下雨,这和其祷词"上帝鬼神"之语十分契合。在晋东南也有实例可以进一步证

---

① 王利器:《吕氏春秋注疏》第 2 册,巴蜀书社 2002 年,第 875 页。

② 《闻一多全集》册三,湖北人民出版社 1993 年,第 25—26 页。

③ [英]詹·弗雷泽:《金枝精要》,上海文艺出版社 2001 年,第 117 页。

明,如在宋熙宁九年,皇帝因求雨获应对析城山汤王行宫的敕封中,封析城(山)神为诚应侯。又政和六年,晋封山神为嘉润公。① 从这两次敕封中我们看到加封的对象均为"析城山神"。由此也不难理解汤王祷雨以及后世在汤王庙举行的求雨活动所祈求的对象会有山神、龙王等现象。

四、成汤崇拜的民间化

祭祀神灵的具体选择,既要遵从古代国家的礼制祀典,又要从世俗民众的生活实际需要出发,具有很强的功利性或"心意由己性","商汤之祭伊始就有纪念性与宗教性的双重性质,他们先代帝王的身份受到雅俗两种文化的共同尊崇"。② 从历代碑刻和民俗资料可约略窥视到,汤王祭祀是在祭祀先代帝王的基础上,突出里社雩祭、蜡祭等礼仪,呈现着国家正祀礼制与民间社会祭神求丰习俗的互动融合,具有鲜明的民间化特征。

(一)祭祀仪式的民间化进程

1. 雩祭

求雨之祭,古代称雩祭或大雩。雩最初是指求雨中巫师所吁嗟咏之辞,后为求雨的祭名。③ "雩"的方法从周代起成为帝王求雨的最主要方法,不仅定时、定仪,而且成为历代礼制的组成部分。④ 晋东南的雩祭与流传广泛的汤王祷雨传说密不可分,汤王祷雨传说中的析城山、桑林均在阳城境内。汤时大旱历史皆有载,《庄子·秋水》云:"汤之时八年七旱"。⑤《吕氏春秋·顺民》载:"昔者汤克夏而正天下,天大旱,五年不收。汤乃以身祷于桑林,曰'余一人有罪,无及万夫。万夫有罪,在余一人。无以一人之不敏,使上帝鬼神伤民之命'。于是剪其发,鄌其手,以身为牺牲,用祈福于上帝。民乃甚悦。雨乃大至。"⑥《淮南子·主

① (清)王轩等:《山西通志·秩祀略(上)》卷七二,中华书局1990年,第5051页。
② 冯俊杰:《戏剧与考古》,文化艺术出版社2002年,第51页。
③ 傅亚庶:《中国上古祭祀文化》,高等教育出版社2005年,第192页。
④ 郭春梅、张庆捷:《世俗迷信与中国社会》,宗教文化出版社2001年,第290页。
⑤ (清)郭庆藩撰:《庄子集释》,王孝鱼点校,中华书局1985年,第598页。
⑥ 王利器:《吕氏春秋注疏》第2册,巴蜀书社2002年,第878—879页。

术训》也云："汤之时,七年旱,以身祷于桑林之际,而四海之云凑,千里之雨至"。[1] 此外,在《管子·山权数》和刘向《说苑》中亦有记载。由此可见,成汤在中国历史上的影响不仅在于灭夏桀而建商王朝,还在于其开创了承传千年的雩祭传统。而且这一传统经历代朝廷的认定与宗教化宣传,加速了雩祭在民间的进一步推行。

古代的求雨之祭,在本质上说,是一种巫术行为。雩祭中的取水仪式是晋东南山区颇具特色的雩祭形态。《泽州府志》云："春前,乡镇悉于小析山汤王馆前池中取水,合乡旗导,瓶贮捧归,旧取水仍倾池,名曰'换水'。祈一年嘉润也"。[2] 重点描述了颇具象征意义的取水仪式。关于取水,《阳城县志》也有记载:"每岁仲春,各里人民向析城崦山换取神水。"这里的析城崦山,我们从地理资料的检索中得知,析城、崦山均为雩祭举行的场所。成汤庙里的雩祭仪式,主要就是取水。清康熙十九年(1680)立、都广祚撰《泽州大阳小析山取水记》记述村人取水祈丰年事,全文如下:

> 取水之举,为甘泽计。昔七年之旱,商祖成汤实为民请命焉。大阳旧有汤王庙,镇人祈报之所。析城之桑林,古圣王之遗迹也。由析城而东有小析山,下有池三,名嘉润池。其析城之支派,抑圣王之德泽所遗耶。汤庙巍然在望。晋豫人多取水于此。历世以来,嗣为故典。其取水之法,以人得乡望者主之往取。以金鼓旌旗导引诸庙,伏堂阶祝之,又于池畔祝之,投金纸于池中,有异征焉。池水汲凡四瓶:一曰水官,一曰顺序,一曰润泽,一曰甘霖。仍金鼓旌旗导旋,敬祭于本镇之庙,捧四瓶供神前。修祀事者三日。仲春开瓶,顺其长养;孟冬封瓶,法其收藏,咸修秩祀。次年之复取也,祝池滨,计水还之池,复取水,贮之瓶。迄今循例行之。盖圣王之泽,万世不竭。山下甘源是坤灵与泽气孕结而流通也。春之祝也,以迓神庥,秋之祭也,以报神德。声灵濯濯,入庙如在,水滨如在,岂与夫祀典外溢举非常,纷侈华竞者可同日语哉!康熙十九年暮春日记。[3]

---

① 刘文典:《淮南鸿烈集解》,冯逸、乔华点校,中华书局 2013 年,第 331 页。
② 丁世良、赵放编:《中国地方志民俗资料汇编》华北卷,书目文献出版社 1989 年,第 616 页。
③ 晋城市地方志丛书编委会:《晋城金石志》,海潮出版社 1995 年,第 688—689 页。

碑文中的记述,详细地反映了取水仪式的全过程。取水之目的"为甘泽记"。取水之地为"小析山"的"嘉润池",取水者多为"晋豫人",取水之法,"以人得乡望者"的人主持。汲水四瓶,每年旧水还于池中,复取水存贮瓶中。此外,对于仪式中的各种象征行为以及整个仪式的象征意义在碑文中也有解释。"仲春开瓶,顺其长养;孟冬封瓶,法其收藏,咸修秩祀。"还旧水复取新水则意味"圣王之泽,万世不竭。""水"是整个仪式进行过程中所围绕的中心,被赋予了神圣的色彩。从所取四瓶水命名为:水官、顺序、润泽、甘霖,即可体现出在以农业为基础的古代社会里,雨水对于生产、生活的作用是何等重要。这种仪式需要很多人参加,仪式程序也较复杂,人们把从神池取来的新水供于大庙的圣殿,虔诚拜谢、乞求降雨保收。此外在析城山雩祭传统中,还有一种步祷、露祷的取水形式,属个别行为,皆在旱灾肆虐的夏季举行。原在阳城县城内东王殿(今城关镇政府)花墙后,至元四年(1338)九月立,卫元撰《汤庙祷雨碑》中对步祷和露祷有详细的记述:

> 县邑至析城之颠,路多□险,信宿可达。从行吏卫元善等,不堪斫足之苦,公方卧病初起,形□□瘁,免冠徒步,心无少惮。宜乎灵应之捷,昭答无间,旋归之日,雨沐泥渍,左右扶持,方能跬步。往来迎送者,感叹不已。士民愧无□□,竞持币帛,出郭迎劳,以旌其忠,或揭之于竿首,或承之以筐□,不可胜纪。公皆却之,以供祭享之用。①

这一记载告诉我们,各地汤王庙在晋东南太行山区俗民心目中地位有所不同,在旱情严重时必须去析城山汤王庙汤池拜请"圣水"。步祷和露祷虽是个别官员或士绅的行为,且整个过程艰辛非常,一路劳苦,就连"往来迎送者"也"感叹不已"。其诚可鉴,这样庄重的祷雨过程,虽属个别行为,但同样也会形成群体性的大雩景象。

2. 社祀和蜡祭

在汤王庙举行的祭祀活动可分为两类,一类是上面所述的雩祭,另一类即为每年按时举行的春秋社祀和年终蜡祭。

晋东南各地民间祭汤总体来说和社祀颇为接近,泰定二年(1325)立,宋翼撰《新修成汤东庙记》载:"县之西南界析城山……宣和七年命有司奂而新立,故

---

① 晋城市地方志丛书编委会:《晋城金石志》,海潮出版社1995年,第455页。

民效于县治东西社祀焉"。① 由此可知,在汤王庙中的社祀至少从宋宣和年间已经开始。往往年终蜡祭时,也不忘在汤殿摆贡焚香以祀。

社祭与农业生产紧密相关,在我国古代年度祭祀仪礼中占据极其重要地位,应农业生产的需要而产生并为其服务。春天,人们在社稷坛举行隆重的仪式,祈求上帝保佑风调雨顺;秋天,人们又带着丰收的果实载歌载舞于社神面前,感谢大地的恩赐。汤祭为致雨,社祭为祈稷。正是在"农业丰产"这一关联点上,我们发现了汤祭与社祭融合的缘由。位于阳城与晋城之间的郭峪村保存有巍峨壮观的汤帝庙,是阳城乡村中规模最大的一座神庙建筑,庙中主要活动为春秋二祭,即春秋时来祷告许愿,秋收时还愿,春祭时的取水要步行到阳城北乡崦山白龙庙中取神水,带回来供奉在汤帝庙内。秋祭时,还要演戏酬神,演戏时男女村民均可来看。② 《泽州府志》第四册"坛庙"中写到凤台县汤王馆时有"春秋致祭"语。下交村汤庙杨继宗撰《重修下交神祠记》碑文曰:"神祠为一乡祈报之所,春祈百谷之生,秋报百谷之成"。③ 《泽州府志》卷四六《泽州大阳小析山取水记》曰:"春之祀也,以迓神庥。秋之祭也,以报神德"。④ 更为直接的证据是上伏村汤帝庙,"大殿有五尊坐像,成汤居中。左为女像人,右为少年,人以为是娘娘与太子。两边为五土和五谷(即土神和谷神)",⑤张诗铭《上佛村重修大庙创建文庙碑记》:"正殿五楹,则奉成汤像于其中三楹,而补塑土神于左偏,移奉谷神于右偏"。⑥ 由此可见,汤祀与社祀已合而为一。

秋季有还神水的社祀在析城山顶举行。"明清县境区划都里制,上义都析山里位于庙里,管辖青龙(杨柏)、黑龙(西交),横河、护驾(二里腰以西)12个大社,5个小社。"社事在七月十五日举行。"还神水之日,提前老道散财360道,12个大社长老(称老社)轮流主办,给汤王像穿上真丝龙袍,凡取过神水,收到散财者,拿供品香裱来还愿心。坪上12个羊场的羊工各奉一只绵羊,送马刨泉寺拜

---

① 晋城市地方志丛书编委会:《晋城金石志》,海潮出版社1995年,第442页。
② 李秋香,楼庆西等:《郭峪村》,河北教育出版社2004年。
③ 该碑现存阳城县河北镇下交村成汤庙献厅,明成化十八年立,规格:通高182厘米,宽85厘米,厚31厘米。
④ 《泽州府志》第十三册,卷四六,山西晋东南地区行政公署翻印,1981年,第124页。
⑤ 栗守田主编:《上伏村志》,晋城市新闻出版社1995年,第184页。
⑥ 该碑现存于阳城县润城镇上伏村成汤庙正殿左侧廊庑下,清道光二年立,规格:高235厘米,宽87厘米,厚21厘米。

斩。法师咒语出口,不动者说明山神愿受理,其他赶回,留着一只斩后,抬回成汤庙山神殿献山神。而后,来人还水还愿。祭祀中鞭炮民乐齐鸣,响声传遍析城,香烟漂浮如云,笼罩庙宇四境,万人聚会,共庆丰年。中午,社首老道管饭,下午闲散游坪,赏花观月,饮酒作乐,有的看戏,有的赛民乐,热闹到明月高照,方离坪归家"。① 从整个社祀过程来看,"还水"仪式为春时"取水"的延续,是为了酬谢神灵,使之永保五谷丰登。因而从本质上来看,社祀与雩祭并非截然分开,实际上二者相互渗透,不只在祭祀场所相互重合,甚至仪式礼制也有交叉的地方。

蜡祭是民众年终对祖先神进行的祭祀,文献中的明确记载最早见于春秋时期。《左传·僖公五年》:"宫之奇以其族行,曰:虞不蜡矣。"②《晏子春秋·内篇谏下》:"景公令兵抟治,当腊冰月之间而寒,民多冻馁,而功不成。"③这里记述的是贵族所举行的蜡祭,然而蜡祭也是平民的祭祖节日。春种秋收之后,人们迎来了寒冷的冬季,这既是一个万物沉寂的季节,又是一个孕育万物的时节。为感谢神灵在当年的佑助,祈求来年的好景,善良而虔诚的乡民们举行了盛大的蜡祭仪礼。在长期的历史发展中,受到礼教的影响,平民的蜡祭突出宗教伦理的内容,祭祀先祖,起团结宗族的作用。商汤被奉为古代圣王,自然是礼教的膜拜偶像,其祷雨之功作为一种历史记忆已深深嵌入世俗民众心中,在晋东南的广大地区,在汤庙里举行蜡祭便成为顺理成章之事。下交村成汤庙碑刻《重修大殿碑记》中记:"凡岁时伏蜡饮蜡歌蹈报神功而酬帝德者必入庙",《重修拜殿碑记》中又记:"凡遇春祈秋报之期,邑中父老子弟相率而饮蜡于其下。"蜡祭作为被底层社会广泛认可的民俗活动而被长久承传,以之实现"八蜡通而岁时顺""敬高年而训卑幼,兴仁讲让"之目的。④ 上伏村汤庙《上伏村大庙规约》亦有"分胙在西楼下,享胙在西南厅,不许神前亵渎"的条款。⑤ 从至今尚存的碑文资料依然可以看到成汤神庙里举行蜡祭时乡村百姓摩肩接踵、"举国若狂"的身影。

① 晋城市地方志丛书编委会:《阳城县文史资料》第十一辑,海潮出版社 1995 年,第 89—90 页。
② 杨伯峻:《春秋左传注》,中华书局 1981 年,第 310 页。
③ 《晏子春秋·内篇谏下》,商务印书馆 1931 年,第 15 页。
④ 《重修大殿碑记》《重修拜殿碑记》两通碑现存于阳城县河北镇下交村成汤庙献厅内。均立于清康熙五十二年,规格分别为:高 194 厘米,宽 74 厘米,厚 19 厘米和高 246 厘米,宽 83 厘米,厚 26 厘米。
⑤ 晋城市地方志丛书编委会:《晋城金石志》,海潮出版社 1995 年,第 237 页。

晋东南汤王崇拜在走向民间的过程中逐渐与区域民俗信仰传统相互渗透,社祭与蜡祭在晋东南的广大地区已成为依附于商汤信仰的祭祀仪式,同时商汤信仰也因具有正祀性质的社祭和蜡祭的渗入而更具神圣色彩。

(二)成汤信仰与地方社会的有效互动

成汤崇拜具有宗教性与纪念性的双重性质,汤王作为先代帝王因祷雨造福人民而为历代民众尊崇,同时也因其帝王身份和为社稷献身的精神被儒家所推崇,历代统治王朝对成汤不断加封,教化宣传不断加强,各级官方人员也参与到了汤王祭祀的活动之中,加速了成汤崇拜的宗教化过程。特别是宋元以来,皇帝的敕封、赐额及命官拨银扩修庙宇,增饰初像,各地方志对民间盛传的汤王神话予以肯定,这些都加快了成汤崇拜的传播。蒙古贵由汗在位年间(1246—1248)立、李俊民记《析城山重修成汤庙记》云:"宋熙宁九年,河东路旱。委通判王丕亲诣析城山祈祷,即获麻应。十年五月□日,牒封析城山神为诚应侯。政和六年三月二十九日,析城山殷汤庙可特赐广渊之庙为额,诚应侯可特封嘉润公"。① 如果说皇帝的不断敕封加级使成汤作为国家正祀之神而深入人心,那么,元代皇庆年间皇帝以政令的形式要求把祭汤向全国予以推行,进而使成汤祭祀上升为规范的祭典仪式。《山右石刻丛编》卷十七凤台县《重修汤王殿记》按曰:"元皇庆年间大旱,诏天下立成汤庙,随时祈祷"。② 官方的大力推行与民间虔诚崇祀形成双重互动,在晋东南古上党地区逐渐形成以析城山为中心的成汤祭祀圈,其影响和扩布的范围越来越大,延伸到晋南、豫西等广大地区,在其演变过程中,不断走向民间,与民俗生活相渗透,因而也烙上了鲜明的民间特征,主要体现在汤王神祇与民俗信仰中各方俗神融合,形成了相关的祭祀组织以及民间规约等。

1. 成汤信仰与地方俗神

中国是一个多神崇拜的社会,成汤崇拜在走向民间的过程中必然要接受俗民或多或少的改造,世俗大众常常从最实际的生活愿望出发来选择神庙的主神形象和配享神祇。晋东南乡村的汤帝神庙常常在以成汤为主神的基础上与地方俗神进行组合,多层次、多侧面地展现了当地民众的民俗心理。如上伏村的成汤

---

① 晋城市地方志丛书编委会:《晋城金石志》,海潮出版社 1995 年,第 416 页。

② (清)胡聘之:《山右石刻丛编》卷十七,山西人民出版社 1998 年,第 34 页。

庙,大殿有五尊坐像,成汤居中,两边为娘娘与太子,还有土神和谷神。大殿东有白龙殿,大殿之西有三清殿,祀玉清元始天尊、上清太上道君、太清太上老君。东一间祀增福财神。东门之东有东子院,院南三元阁的二层为七贤祠,祀本质神主,疑为村内先贤,三层为三元(即三官:天官、地官、水官)神像。东院北为七间孔子殿。院南偏东有三层小楼吕祖阁,三层祀吕洞宾。西院正殿祀关公,东西二偏殿祀关公的侍者关平、周仓和王甫、赵累。① 另外,在阳城县泽城村汤帝庙内除供奉主神汤帝之外,还以显圣王白龙、佛祖如来、高禖和五瘟神配祀。② 以商汤为主神显然与其祷雨之功有关,当地民众对于商汤具有抗大旱的超自然力量深信不疑,为此建庙祭祀。然而民众生活是多方面的,例如"生育"也是其中重要的一项,主管生育之神高禖与祷雨之神汤王均与百姓的现实生活紧密相关,将二位神祇放在一起共同祭祀,就是很自然的事情了。至于龙王在汤王祷雨中更是联系紧密,汤帝祷雨中,龙作为雨神是具体执行者,其角色更为重要,将之与汤王组合而共同祭祀也在情理之中,以成汤崇拜为核心,同时供奉其他神祇,正体现了晋东南成汤祭祀圈多神崇拜的民俗特征。

2. 成汤信仰与民俗控制

上层社会在汤王祭祀中因其文教的导向而大多表现为秩祀的庄重和仪式的规范化、典雅化上,凡事不苟简。但在民间的实际运作中,并不完全依从这些规定的仪式行事,地方民众对信仰形式的选择还要考虑到有利于民间社会秩序的建立和日常生活的正常运行。晋东南的成汤神庙除了用于举行雩祭、社祀、蜡祭、演剧等仪式活动,还有更深层的意义是,民众把千百年来影响和制约地方社会生活和社会变迁的成汤信仰凝聚为一种特殊的社会心理结构,积淀为一种内在的精神力量,借汤帝的神威和汤庙这一神圣的空间维系地方社会秩序的稳定,保佑世间俗民生活的安康。在实地调查中,我们发现了阳城县润城镇上伏村成汤庙康熙五年(1666)立《上伏村大庙规约》,全文如下:

> 吾乡大庙因循不修,今虽修成,种种艰难不可悉举,恐后人不知,任意作毁,公议数条,刻于左方,违规者罚银十两入社修庙:

> 一殿门俱有锁钥,朔望方开,不得任意启闭

---

① 资料为 2007 年 5 月段友文、高忠严、刘彦一行赴晋东南阳城县上伏村等地进行成汤崇拜调查,根据实地庙宇形制进行实地测量、描述而获得的资料成果。

② 延保全:《阳城县泽城村汤帝庙及赛社演剧题记考》,《民俗曲艺》1997 年第 107、108 期。

一分胙在西楼下,享胙在西南厅,不许神前亵渎

一私家各样工作不得在庙

一木渣糟糟之类不得在庙

一值年社首务于清明后将各殿瓦松之类并东庑后墙,水道尽行扫除;违者,不得更替

一庙前铺每间赁银一两,七月十五日要完,同众付与殷实之家,以一分五厘出息,积至三年五年补修一工。值年社首不得挪移别用

一庙内空房不得侵占,如不得已而用者,每间赁银六钱

一赛时远来女乐牧口,即令科头牵别喂,不得在庙

一庙内桌凳不得搬出别用

康熙五年十月吉日。社首许凤舜、杨道振、张邦柱等同立①

　　碑文中记述的内容主要是对民众在庙宇内日常活动或祭祀分胙的一些规定,其意义已不仅仅停留于祭汤活动本身,从中可以折射出民间社会运行特点与民俗控制的内在机制。民俗控制是以整体的形态,隐形地参与到社会运行的调控与管理之中,相对于政令等措施来说是一种"软性"控制,祭汤形成的一系列民俗活动对于民众已形成了一种规约的作用,发展至今不只因为汤王是神而去崇祀,还有各阶层、各种社会力量在这一活动中可以实现共存和交融,实现暂时的和谐,起到了调节矛盾冲突的重要功能。因而,上层社会倡导祭汤活动,而广大下层民众在这样的活动中也可以充分展示自己的力量,因此民众的参与热情都积极高涨。以"社"为组织的民间参与形式在会期与平时的护庙等工作中起到了十分重要的作用,这一点在碑文中也有反映,如"值年社首务于清明后期将各殿瓦松之类并东庑后墙水道进行扫除;违者,不得更替。"这种在神庙中运用的规约,对协调人与人的关系、保障乡村社会的正常运行也有一定的软控功能。

小　　结

　　从以上对晋东南商汤崇拜的剖析中,我们对商汤崇拜在该地区传承久远、至

---

①　这通碑刻已收入晋城市地方志丛书编委会:《晋城金石志》,海潮出版社 1995 年,第237 页。

今兴盛不衰的深层原因有如下思考：

部族争战与文化融合。殷商出自东夷，它代表的是东夷文化，发祥于东部地区，早期是以渔猎游牧为主的游牧部落。夏桀时，商族逐渐强大，汤趁夏桀与东夷纷争，起兵伐桀灭夏，建立商朝。政治的更替却带来了文化方面更为紧密的联系，早在先商时期，商族与夏族就有着密切关系，虽然两族文化渊源不完全相同，即商文化主要来源于河北地区的龙山文化，夏文化则主要来源于河南地区的龙山文化，二者有别，但由于两族长期共处，在文化上互相影响、互相吸收，逐渐融为一体，到了商取代夏而立国，商文化与夏文化从考古学上已很难区分。商朝既有早商时期文化交流的基础，又有灭夏后对臣服的夏遗民进行同化与改造的文化实践，夏族农耕文化与商族游牧文化对于殷商文化传统的构建共同发挥作用。晋东南上古时期有其独特的地理环境，正处于夏商文化交汇区，在该地域传承久远的汤王崇拜正充分体现出这一特征，农耕文化语境里对雨的重视与游牧社会遗留下的巫风在"汤王祷雨"这一事件中实现了互渗融合。

"京畿重地"与古史地理。对于成汤崇拜文化圈的考察，不能囿于现代的国家行政区划概念，而应采用历史地理的视野，将其置放在特定历史背景、地域环境中去考察。这样，我们就可以清楚地认识到，现在虽然偏于一隅、封闭保守的"上党地区"，在上古却是"京畿之地"，是商代经济、文化较为发达的地方，受都城正统的主流文化影响也更为深刻，其传承流布地域也更为广泛。在后世的社会历史演进中，随着国家政治文化中心的迁移，晋东南地区"京畿之地"的空间意义已渐渐淡化，新的文化传统影响较少，已有文化形态在历史的演变中，不断与区域社会融合，成为该地区长久传承的传统文化模式，因此，汤王崇拜民俗文化在晋东南的传承一直较为完整。从传承形态来看，关于成汤的口头叙事作品、庙宇、行宫、遗迹、民间碑刻等民俗资料保存丰富；从历时态角度考察，成汤崇拜经历了从最早的神话传说演变为一种宗教史语，进而扩布为祭祀文化圈，最后融入地方社会这样一种序变曲线；从文化意义来说，成汤崇拜蕴涵着原生态的巫觋色彩，历久而弥新，在民间已转化为民众应对自然、社会各种困难的生存策略。民俗形态与文化精神的高度统一使晋东南成汤崇拜形成了一个相对完整、分布集中的"汤王崇拜文化圈"。

正祀之神与民间神格。中国古帝王神话传说在晋南地区传承甚广，成汤与尧舜禹虽然都属古帝王，但他们在民间的传承中却折射出不同的文化选择。后者在历史的演变过程中,被官方推举为"圣贤",型塑出了"尧天舜日"的理想政治范式,突出其精神层面的象征意义,与世俗社会、民众日常生活距离相对比较遥远;而成汤在晋东南的传承历史中,不仅是古之"圣贤",还身兼"司雨"之神,其神格特征已由"帝神"转变为"雨神",护佑着农业的丰产。商族社会正处于由采集游牧到定居式农耕社会形成之初,农业生产主要形式仍是原始的刀耕火种,雨水对于农业的丰歉具有决定意义,这在后世生产力水平较高境况下也未曾改变。汤王的"司雨"神职正与世俗生活紧密结合,符合民众的现实利益,成为融古帝王与农业保护神二者为一体的神祇,所以更受崇信。我们在实地考察中看到,尧陵荒凉破败,尧庙也曾因管理不善而被焚毁,只是在近年"文化搭台,经济唱戏"的潮流中才得以修复,而在晋东南每个村落,成汤庙是形制规模最为恢宏壮观的建筑物,同时也是乡村政治、文化活动的中心,无论是横扫"四旧"的破坏文化的年代,还是复兴传统文化的新农村建设时期,都能幸免毁坏,并不断得到修葺,保存最为完整。帝王信仰依托于司雨的神职而在民间流传更盛,实现了官方意识形态与民众现实生活诉求的对接,在民间化的进程中更为贴近民众日常生活,因而汤王崇拜较其他帝王信仰获得了更为广阔的生存空间。

区域文化的长久渗透。18 世纪法国启蒙运动代表人物孟德斯鸠在其代表作《论法的精神》中指出,一个民族的精神不仅由政体形式所决定,而且由该民族的全部生活方式所决定:"人类受多种事物的支配,这就是:气候、宗教、法律、施政的准则、先例、风俗、习惯。结果就这样形成一种一般的精神"。[①] 不同的民族文化精神的形成,各种因素起的影响作用是不同的。分析晋东南成汤崇拜形成的原因,不仅要考虑到官方主流文化的影响,也要把它置放到特定的历史地理环境中,综合考察各种因素所起的作用,尤其要注重把握民间社会价值取向和文化选择的规律。通过对晋东南成汤崇拜文化圈的考察,我们应把宗教信仰和地域文化结合起来,进而扩展到山、陕、豫交汇的更大范围的文化地带,把握中国上古文化的特征及其发展流向。山、陕、豫交汇地带的黄河中下游,是中华文明重要发祥地之一,农耕文化自古发达,晋东南地区由于自然地理环境的客观因素,至今保存有大量丰富的地方神信仰,成汤崇拜在该地域的形成流布同样受到地方信仰的影响,与民间俗神杂糅互渗,获得了地域文化的认同,进而促成该地域

---

① 〔法〕孟德斯鸠:《论法的精神》(上),商务印书馆 1982 年,第 305 页。

广大乡村民众一种整齐划一的心态和崇信汤王的文化心理结构。总之,晋东南汤王崇拜是一种蔚为大观的民俗事象,影响其形成、发展的因素并不是单一的,在地理环境、生产力发展水平、部族文化交融、官方意识与民间社会互动等诸多因素共同推动之下才可能发生,其深层内蕴仍需进一步挖掘。

第四编

三晋历史人物传说与地域文化精神

4

第二十二章　汾河之神台骀传说信仰的 文化传承与村落记忆

　　20 世纪末,"后现代主义"史学对近代以来建构的历史知识提出质疑,试图用"解构"来重新认识历史。许多学者不再把历史文献、考古资料和民族志资料作为还原历史事实的"证据",而是以"记忆"的观点看待史料,认为历史文献和口头传统叙述了人们对"过去的回忆"。① 因此,学者们改变了对历史真相的永恒追求,转而探索人们究竟如何记忆历史。伴随着这样的学术觉醒,"社会记忆""文化记忆""集体记忆""历史记忆""村落记忆"已成为历史学、社会学、人类学、心理学、文学、民俗学与民间文艺学等诸多学科的研究对象。关于村落记忆的研究,民间文艺学具有得天独厚的学科优势。民间文艺学通常以乡土村落为范阈,将普通民众的活态民间文艺和口头传统作为主要研究对象,强调在查阅历史文献的基础上深入田野,倾听真实可靠的民间声音,从而形成文字记忆与口述记忆的双重对读。本章对汾神台骀传说、信仰及村落记忆的研究,正是在后现代主义语境下,依托民间文艺学的学科优势和研究方法展开的。

　　台骀是上古时代的治水英雄,他治理了汾河、洮河水患,获封于汾川,卒后被尊奉为汾神,得到汾河流域民众的世代祭祀。台骀治水早于大禹,被称为中国最早的水利工程师,却不及大禹声名远扬,不仅文献记载简略,就连知其名者也较为少有。学界关于台骀的研究尚显薄弱,除了李炳海②、杨太康③等几位学者进

---

　　① 　参见王明珂:《历史事实、历史记忆与历史心性》,《历史研究》2001 年第 5 期。
　　② 　李炳海:《汾神台骀考辨》,《山西师大学报》(社会科学版)1990 年第 4 期;《汾神台骀与周族始祖传说》,《山西师大学报》(社会科学版)1993 年第 1 期;《汾神台骀与先秦钟文化》,《山西师大学报》(社会科学版)1994 年第 2 期。
　　③ 　杨太康:《宋金戏曲史上的又一村——山西宁武昌宁宫金碑考述》,《民俗曲艺》第 81 期,1993 年 1 月。

行过专门研究之外,其余多为零散论述和散文随笔①,缺乏关键性的学术突破。但是,对于生活在汾河岸边的民众来说,台骀象征着祖先与滔天洪水搏斗的历史事迹,体现着神灵对一方百姓的保护庇佑。如今,在汾河下游、上游和中游的村落中还立有台骀庙,在民众间还流传着台骀传说,在石碑上还镌刻着台骀古庙会的热闹场面,这些为全村民众所共享、认可并传承的文字、建筑、口头传统和风俗习惯,共同构成了关于汾神台骀的村落记忆。通过大量的历史文献爬梳和田野调查,对汾神台骀的历史文献与口头传统进行双重对读,有助于进一步解析汾河流域台骀传说信仰的分布、传承现状以及村落记忆与历史变迁的关系。

一、汾神台骀传说信仰的分布与传承现状

村落记忆指一个或相邻几个村落的民众共同享有、认可并传承的历史和记忆,包括文字、建筑、口头传统和风俗习惯等形态。文字将村落记忆承载于书本,以文本形态"回忆过去";建筑是村落记忆的物质景观,使回忆在日常世界得以外化;口头传统是民众口中的传说故事和笑话闲谈,构建了百姓自己的历史回忆;风俗习惯潜移默化地支配着人们的行为,是村落记忆传承的潜在力量。这四种文化形态共同构成了完整的村落记忆。在汾河流域百姓的记忆里,台骀最初是上古时代的治水英雄,卒后成为汾川之神,世代护佑着一方百姓。民众对台骀的记忆已经成为村落民间信仰体系的重要组成部分,或者说,汾神信仰即民众对治水英雄台骀的深层追溯。汾神信仰除了以文字、建筑和风俗习惯为表现形态,还与大量口承民间传说相互交织。这些传说在叙述台骀身世、治水事迹、婚姻生活的同时,加入了巫术、显灵、佑助等情节要素,使传说与信仰、历史与想象难以分离。民众对这些传说的口耳相传,正体现了汾神信仰的逐渐深化和台骀记忆的绵延久远。因此,将台骀的传说和信仰一起研究,可以避免将二者生硬剥离,有助于村落记忆的显性研究。我们通过典籍查阅,了解到历史上汾神信仰的形成、分布和影响;通过田野实地调查,获得了珍贵的口承资料和碑刻资料,掌握了

---

① 如张弘毅:《中国最早的水利工程师——台骀》,《文史月刊》2007 年第 9 期;王继祖:《台骀——肇始太原的先贤》,《太原日报》2007 年 8 月 31 日;王金平等:《古国的祭礼:侯马西高祭祀遗址》,《新晋商》2009 年第 11 期。

台骀信仰的传承现状。

（一）古代汾神台骀传说信仰的分布

上古时期,汾水横溢,泛滥成灾,汾河流域民不聊生,苦不堪言。台骀为玄冥师,奉命治水,最终根治了汾洮水患,受封于汾川,管理整个汾河流域,卒后,其后裔将台骀作为祖先神世守其祀。晋平公时期,在国都新田修建台骀庙,台骀作为汾神进入官方信仰体系。后晋天福年间,皇帝石敬瑭认为他的"龙兴之地"处于汾河流域,又以"晋"为国号,于是封台骀为"昌宁公",以保国家昌盛安宁。宋代,台骀被追封为"灵感元应公","赐额,宣济员外郎掌禹锡撰记,真宗祀汾阴,命曹利用祭汾河。"①宋以后,台骀的官方祭祀在历史文献中鲜有记述,但是官方力量依然促进了汾神信仰的发展,如金代宁武判官任从仕、明代江浙官员高汝行、清代曲沃文官侯湘潭、张公适②对汾神台骀传说信仰的传播起到了重要作用。明清时期,汾河流域台骀传说信仰有了进一步发展,通过查阅清光绪十八年《山西通志》③"山川"和"祠庙"的文献记载,可以直观了解到清代台骀庙及台骀传说信仰的分布。

清光绪年间山西共有十一座台骀庙,宁武县两座、太原县两座、静乐县、阳曲县、汾阳县、石楼县、临汾县、曲沃县各一座,由北至南分布于汾河两岸;滹沱河流域五台县西南八里紫罗山上,也有一座台骀庙,应该是晋国文化北上迁移和村落人口流动的结果。以台骀庙为文化标志物,各地流传着充满神秘色彩和神灵崇拜的台骀传说,形成了不同的汾神传说信仰圈,使这位远古时期治水英雄的历史事迹能够在民众的日常生活和信仰活动中世代传承。整体看来,至清代光绪年间,汾河流域普遍流传着台骀传说,盛行着对台骀的祭祀,民众对台骀还保持着深厚的记忆。

（二）汾神台骀传说信仰的传承现状

经历了上古时代、古代、近代和现代数千年的历史更迭,当代汾河流域台骀

---

① （清）王轩等撰:清光绪十八年(1892)《山西通志》(共八册),卷一百六十四《祠庙》,台北华文书局 1969 年,第 3136 页。
② 资料来源于宁武、晋祠和侯马台骀庙内碑刻,下文将详细论述。
③ （清）王轩等撰:清光绪十八年(1892)《山西通志》(共八册),台北华文书局 1969 年。

传说信仰已悄然落寞。目前,静乐、汾阳、临汾等地多处台骀庙已经毁坏,汾河流域仅保存有四座台骀庙,包括下游侯马市高村乡西台神村台骀庙,上游宁武县石家庄镇定河村昌宁公冢庙,中游太原市晋源区王郭村汾水川祠、晋祠台骀庙。通过对这四座台骀庙及所在地的田野调查①,细致翔实地了解到台骀传说信仰的当代传承状况。

侯马市高村乡西台神村台骀庙。规模较大,建筑保存良好,现存两通清代碑刻,有过街戏台。历史渊源深厚,但文化爱好者贺际泰②去世后,与台骀有关的口承传说和地方文史资料难以保存,台骀传说信仰面临衰落的局面。

宁武县石家庄镇定河村昌宁公冢庙。规模较大,建筑保存良好,保存一通金代碑刻,有古戏台。每月初一、十五香火兴旺,农历五月十八为台骀生日,庙会盛大。口承传说丰富,文化爱好者和地方文史资料较多。

太原市晋源区王郭村汾水川祠。面阔三间,又名张氏宗祠,庙宇建筑的保护力度较弱,无碑刻。目前,汾水川祠几乎只剩建筑遗存,关于台骀的传说信仰已日趋衰落。

太原市晋源区晋祠台骀庙。位于晋祠景区内圣母殿南侧,面阔三间,庙宇北侧立有清代碑刻一通。历史上与东庄村高氏家族关系密切,目前以游客游览为主,台骀传说信仰似乎正从当地民众的日常生活中淡出。

从田野调查的实际情况来看,除了宁武定河村昌宁公冢庙还较好地延续着古庙宇功能之外,汾河流域现存台骀庙的建筑与传说信仰相分离,呈现出台骀传说信仰衰落的趋势。事实上,侯马为台骀治水的主要区域,太原为台骀封地,宁武为汾河源头,三地拥有深厚的台骀历史文化传统,当地的社会变迁和文化形态也深刻影响着台骀传说信仰的发展。汾河流域下游、上游、中游形成了三种不同的台骀文化类型,对汾神台骀传说信仰的研究,应当立足于当地的社会文化背

---

① 田野调查共分为三个阶段:2012 年 8 月,对宁武县石家庄镇定河村昌宁公冢庙及传说信仰传承现状进行了田野调查,调查人:段友文(男,教授,山西大学民俗文化与俗文学研究所所长)、王旭(女,山西大学民俗学 2010 级硕士研究生)、王禾奕(女,山西大学民俗学 2011 级硕士研究生)。2012 年 12 月,对晋源区晋祠台骀庙、王郭村汾水川祠进行了田野调查,调查人:段友文、王旭、王禾奕、张鑫(女,山西大学民俗学 2011 级硕士研究生)。2013 年 5 月,对侯马西高乡西台神村台骀庙田野调查,调查人:段友文、王旭、乐晶(女,山西大学民俗学 2012 级硕士研究生)、樊晋希子(女,山西大学民俗学 2012 级硕士研究生)。

② 讲述人:贺际泰,男,1931 年生,卒于 2012 年,西台神村村民,生前长期从事西台神村台骀庙宇保护、台骀历史文化、传说信仰资料的收集整理工作。

景,尊重史料记载和村落民众的意愿,才能做到建筑景观与文化内涵的同步发展,才能保持村落记忆的生动和完整。

二、汾河下游台骀传说信仰与村落农耕文化

汾河下游侯马西台神村台骀庙建于春秋时期,是该流域最古老的台骀庙,标志着汾神信仰的最初形成。台骀治理汾、洮两河,治水工程从汾河下游晋南地区开始,因此,关于台骀的传说和信仰正起源于此。在晋南,台骀经历了治水英雄、祖先神、汾河之神的转变过程,这与古代晋南优越的自然条件和发达的农耕经济有密切关系,农耕祭祀文化成为汾河下游台骀传说信仰的鲜明特点。

(一)汾河下游台骀传说信仰的形成

关于台骀最早的文献记载,是《左传·昭公元年》记录的一则传说:

> 晋侯有疾,郑伯使公孙侨如晋聘,且问疾,叔向问焉,曰:"寡君之疾病,卜人曰:'实沈、台骀为祟。'史莫之知。敢问此何神也?"子产曰:"昔辛高氏有二子,伯曰阏伯,季曰实沈。……由是观之,实沈,参神也。昔金天氏有裔子曰昧,为玄冥师,生允格、台骀。台骀能业其官,宣汾、洮,障大泽,以处大原。帝用嘉之,封诸汾川。沈、姒、蓐、黄,实守其祀,今晋主汾而灭之矣。由是观之,则台骀,汾神也。抑此二者,不及君身。"①

从这一记载中可以获取以下信息:第一,台骀为金天氏后裔,其父昧任水官之长,台骀继承父业,根治了汾、洮二河水患,获封于汾川,管理整个汾河流域。第二,台骀去世后,封境内沈、姒、蓐、黄四个小国"实守其祀",此时台骀已经由治水英雄和地方官员内化为部族首领,成为汾河下游"沈、姒、蓐、黄"的祖先神。第三,西周后期,晋国吞并了沈、姒、蓐、黄四国,在汾河下游建立霸业,管控汾河流域。随着四国被吞并,晋"主汾",台骀后裔对祖先台骀的祭祀也由此中断。第四,晋平公时期,晋侯生病,"卜人"说原因在于实沈、台骀作祟,而朝野上下却无人知晓二者为何人。恰逢郑国子产前来探望,才道出了二者的身份,判断推测

---

① (清)阮元校刻:《十三经注疏》,中华书局1980年,第2023—2024页。

实沈为参神,台骀为汾神,应当崇信祭祀。于是,晋平公在国都新田建立了台骀庙,以汾神奉之,标志着台骀传说信仰的恢复。整体看来,这则传说记述了台骀其人、台骀的治水事迹以及汾河下游汾神传说信仰的起源,是研究这段古史最直接可靠的证据。

与官方的历史传说不同,民间对台骀其人和治水事迹有更为神秘的解释:

很久以前,汾河自北向南,从三门峡注入黄河。后因一次大地震,中条山隆起,汾河向南流的河道受阻,侯马一带洪水四溢,淹没了房屋田地,人们流离失所。天上玉皇大帝不忍心这一方人民受难,便派一位天上的神和一头神牛下凡,到这里治理洪水。这位神仙就是台骀,他来到这里,看到南有中条山阻挡,西有吕梁山阻拦,要排除洪水,只有把吕梁山南段的山岭攉个口子,洪水便可排入黄河。于是命神牛用坚固的角,把吕梁山南段的山岭攉了一道沟,洪水很快流了过去。水患消除了,灾民们纷纷返回原处,安居乐业。台骀见洪水已除,便飘然而去。神牛没有跟随台骀,一头钻进汾河大川。千百年来,每逢夏秋洪水到来之前,这头神牛便哞哞地叫,以告诉人们洪水将到,注意防洪。①

在汾河下游民众的精神世界里,台骀是以玉帝为中心的谱系化神祇世界中的一位"神仙",受命于神界领袖玉皇大帝,来到民间治理汾河水患,使百姓安居乐业。生活在汾河岸边的居民,长期遭受洪水祸患,深知洪水如猛兽一般吞噬家园、良田和生命的威力,深感生产力极低的远古社会中人类面对洪水时的渺小与无助。因此,人们认为必定有神灵相助,才能制服肆意流淌的汾河水,曾经那段艰苦的治水历史也归功于"下凡神仙"台骀。台骀不再是历史传说中的治水英雄,而成为民众口中的道教神仙。但是,民间传说中神仙台骀受命于玉帝,下凡治理汾河的情节,与历史传说中水官台骀奉帝王之命,疏通汾洮水患的记载相对照,具有极高的相似性。神界的君臣之礼无疑是对现实帝王谱系的模仿,神仙台骀治水的传说则是对这段治水事实充满神秘色彩的民间解释。

这则民间传说中还出现了一头具有神异力量的牛。神牛与台骀一同下凡,按照台骀的部署和指挥,用牛角将山岭攉出一道排水沟,泄洪排水,消除了水患。可以说,在洪水治理过程中,台骀是指挥者和领导者,神牛则是实际的行动者。

① 参见《侯马市级非物质文化遗产项目名录申报书·台骀庙传说》,内部资料,2010年。

甚至在水患平息后,神牛放弃了重返天庭的机会,钻进汾河大川之中,世代保佑沿岸民众的生产生活。关于神牛的传说基于汾河下游深厚的农耕传统,以及民众对耕牛勤劳朴实,在生产生活中扮演着重要角色的赞美和崇拜。因此,这则传说不仅是加入民间思维和信仰色彩的历史解释,还是充满汾河下游地域特征的村落记忆。

(二)汾河下游台骀传说信仰的变迁

汾河下游台骀传说信仰是围绕侯马西台神村台骀庙展开的。依据西台神村台骀庙内碑文记载,从晋平公建立台骀庙开始,历史上汾河下游台骀传说信仰经历了兴盛、平稳、离析与恢复等几个时期。

> 《水经注》云:"汾水又经绛县",故《城北寰宇记》载,曲沃庙建于晋都绛时,即古之新田,汉绛县地。今由平公之卜,叔向之问,子产之对而观之,则庙之建为确始于吾邑,断创自平公时,无疑也。①

西台神村台骀庙建于晋平公时期,故址为中间大两侧小的三座宫殿。20世纪60年代,在台神古城西北角发现了中间大、两侧小的三座夯土台基,以此基址为中心,在西台神村、铜厂和东台神村一线发掘了呈半圆形的祭祀带②,这可以推测为晋平公时期台骀庙及其祭祀区的遗址。在祭祀带内共发现祭祀坑733座,排列整齐,祭祀坑内出土大量玉、石、铜、骨、蚌器等祭品③。试想当年,在国都新田台骀庙前,如此有组织、规模宏大的祭祀活动是何等壮观。这表明晋平公时期,汾神台骀信仰十分兴盛,与台骀身世和治水事实有关的传说也与信仰交融,流传于村落百姓之间。

汉唐以来,西台神村台骀庙时有修葺,"金元之际,奉敕兴修者不一,前明亦时有修举。"④可见台骀信仰颇为兴盛,直到明代前期汾河下游台骀传说信仰一直平稳发展。每年农历十月十五,台骀庙周围几个村落都要共同举办盛大的台骀庙会,世代相传,从不间断:

---

① 《重修台骀庙碑记》,清乾隆二十二年(1757)岁次丁丑季秋末旦,碑刻规格:高168厘米,宽70厘米,厚16厘米,立于侯马市高村乡西台神村台骀庙内。

② 王金平等:《古国的祭礼:侯马西高祭祀遗址》,《新晋商》2009年第11期。

③ 王金平等:《古国的祭礼:侯马西高祭祀遗址》,《新晋商》2009年第11期。

④ 《重修台骀庙碑记》,清乾隆二十二年(1757)岁次丁丑季秋末旦,碑刻规格:高168厘米,宽70厘米,厚16厘米,立于侯马市高村乡西台神村台骀庙内。

相传,台骀庙叫六社庙宇,由台神村、褚村、北平望、南平望、下平望、东高村六个村子负责修缮、祭祀、管理。每年农历十月十五是台神庙会,在庙会的前两个月人们就开始排练社火节目、聘请戏班、准备祭品。十月十五这天,六个村子都得全力以赴,准备社火参加庙会表演。人们就像过大年似的,穿戴新鲜,喜气洋洋,摩肩接踵,从四面八方向台骀庙踊跃而来,参加盛大的祭祀仪式。祭祀结束,社火比赛开始,庙内庙外人山人海,热闹非凡。[1]

然而明代后期战火不断,台骀庙"圮于火,毁于兵燹,宏规已失,断碣犹存,蔓草荒蓁,凄其零落,目击情形实滋感叹矣。"[2]此时,台骀庙毁于战火,台骀的传说信仰也随之淡漠,之后当地民众在旧址基础上重修庙宇,以土地神供奉。直到乾隆二十二年乙亥之春,邑官"我邑侯湘潭张公,适奉上清查古昔圣贤祠墓,遂稽古核实以报,且传集一乡父老,肃容而告之,教民塑沈、姒、蓐、黄四侯以配神享。"[3]在官方力量的影响下,乡民重新认识了台骀,踊跃参与台骀庙的重修。台骀传说和信仰又一次得到恢复、重构,重新唤起了汾河下游民众的历史记忆。

(三)台骀传说信仰与汾河下游村落农耕文化

汾河下游自然环境优越,自古为人类聚居的理想之地,人们以村落(聚落)为单位进行农业生产,农耕文化是该地区最主要的文化形态。台骀传说信仰起源于汾河下游,必然与村落的农耕文化有密切关联。

首先,汾河下游日渐兴盛的原始农业为台骀传说信仰的起源奠定了基本条件。新石器时代,汾河下游水流贯穿之处,土壤肥沃,水源充沛,已经相继出现了大大小小的部族和部落,他们的活动中心大多不离晋南及其左右,不仅促进了聚落文化的发展,也推动了原始农业的兴起。农业紧贴大地,使人安定,原始农业让古人类有了归属感,开始定居生活。但是肆意流淌的汾河水,既造福于民,又如洪水猛兽般吞噬村落和农田,为了使百姓安居,为了保障统治者政权稳定,如

---

① 参见《侯马市级非物质文化遗产项目名录申报书·台骀庙传说》,内部资料,2010 年。

② 《重修台骀庙碑记》,清乾隆二十二年(1757)岁次丁丑季秋末旦,碑刻规格:高 168 厘米,宽 70 厘米,厚 16 厘米,立于侯马市高村乡西台神村台骀庙内。

③ 《重修台骀庙碑记》,清乾隆二十二年(1757)岁次丁丑季秋末旦,碑刻规格:高 168 厘米,宽 70 厘米,厚 16 厘米,立于侯马市高村乡西台神村台骀庙内。

台骀一样的治水英雄便肩负使命,开始了艰苦的治水工程。与台骀相关的传说信仰才会在这里形成和发展,与这段治水历史相关的农业村落才会得以命名。《闻喜县志》中记载了台骀治理洮河的一则传说,解释了洮河沿岸村落命名与台骀治水的关系:

> 古时候,闻喜有条大河叫洮河,一年秋天,下了七七四十九天暴雨,洪水淹没了闻喜县,天帝派儿子台骀解救闻喜人民。台骀到了洮水上,看见是一条乌龙作祟,他两脚蹬在河两岸,一弯腰捉住了河底的乌龙,右手抓住龙头往上提,左手抓住龙尾向下压,地面上的洪水很快便消失了。由于台骀与乌龙搏斗时用力过大,把闻喜的山脉与丘陵都给扭斜了,从此闻喜的地形便成了东北——西南走向,礼元镇龙头堡村便是乌龙头被抬起的地方;堰掌镇是龙尾被压处;灌底便是洮河底。①

洮河在闻喜县境内,沿岸分布着许多传统农业村落,其中许多村落都保留着洪水漫天,良田被浸,台骀"渲汾、洮"的历史经历。当地民众展开丰富的想象,将这段历史与当地的自然风貌、村落形态和村落名称相联系,创造了充满奇异色彩的传说。闻喜县龙头堡、堰掌镇,以及相距不到十公里的侯马市西台神村、东台神村,均以台骀传说而命名,是具有悠久的农业传统和历史积淀的古村落。

其次,汾河下游以农为本的农业传统使台骀传说信仰具备了农耕文化色彩。汾河下游一直保持着以农耕为传统的生产生活方式,农耕文化成为晋南村落中各种文化形态的底色。流传于西台神村的一则传说,形象地反映了这一文化特征:

> 西台村台骀庙的台王宝殿内,正中间供奉着台王塑像,侧面有一张床,床上供奉着木刻台王娘娘塑像,象征着娘娘正在休息。相传,娘娘姓黄,是东台神村人。一天,她来到西台神村走亲戚,路过田间留下一串脚印。后来,西台村为台王塑像时,用的正是印有黄姑娘脚印的泥土。于是,这个姑娘死后便嫁给了台骀,成为台王的夫人。②

---

① 参见《侯马市级非物质文化遗产项目名录申报书·台骀庙传说》,内部资料,2010年。
② 讲述人:贺际龙,男,1927年生,为西台神村村民。兄弟二人,是原西台神村台骀庙守庙人贺际泰的大哥。调查人:段友文、王旭、王禾奕。调查时间:2013年5月9日。

在西台神村、东台神村民众的口承文本中,台王塑像是用印着普通乡村女子脚印的田间泥土做成的,体现了台骀信仰与土地之间的关系。治水英雄台骀根治了汾洮水患,为沿岸居民的农业生产提供了保障;汾河之神台骀掌管雨水,虔诚祈祷便可普降甘霖,滋润田土。台骀对汾河下游村落的农业生产起到重要作用,台骀的传说信仰也具备了农耕文化的鲜明色彩。台王娘娘的传说正是村落对台骀与农耕文化关系的民间记忆和生动记录。

事实上,汾神台骀的神祇功能决定了其农业神灵的性质。西台神村台骀庙会在农历十月十五举行,原因在于农历十月十五为下元节,水官解厄,这天祭祀水官能够保佑来年有个好收成。台骀是汾河之神,曾任水官之长,所以当地民众十月十五祭祀台王,是为了保佑良田,祈求丰收。可见,汾河下游较早产生的农业文明,为台骀传说信仰的起源奠定了基础,使台骀作为农业神灵而护佑着当地的农业生产,寄托着民众对过往的追溯和现实生活的希望。

三、汾河上游台骀传说信仰与夏夷复合文化

据典籍文献记载,台骀治水的主要区域为汾河中下游,并未治理过汾河上游。但是,历史上汾河上游宁武县境内却建有两座台骀庙,关于台骀治水的传说也流传甚广。西周早期,宁武地区属于并州,后来,晋国主汾,宁武南部成为晋国领地,因此,可以推断出,当地台骀传说信仰的形成与晋国文化沿汾河北上迁移不无关联。随着人口迁徙和文化传播,形成于晋平公时期的汾神文化也北上迁移至汾河源头,与宁武当地村落的历史背景和社会环境相结合,形成了具有夏夷复合文化特征的台骀传说和信仰类型。

(一)汾河上游台骀传说信仰的变迁

我们在宁武县定河村实地调查时,搜集到下面一则传说:

> 相传,台骀治汾,首先从汾河源头宁武东寨镇开始。他使用疏导与堵塞的方法,确定了汾河河道,一路来到定河村。经过疏改河道,这个汾河西岸的村庄远离了水患,因此得名"定河"。经过长期奋斗,台骀与当地百姓建立了深厚的感情,于是在定河村定居下来,并娶了阳房村女子巧姑为妻,夫妇去世后合葬于此。村里的台骀庙就是为纪念台骀

夫妻而建的。①

另一则传说则更具有奇幻色彩,用神亲的结合来解释台骀与当地深厚的历史渊源:

> 传说台骀治理汾河源头,在定河村居住,去世后,人们为了纪念他,建立了台骀庙。一天,阳房村的五六个年轻女子,相跟着去山里采野菜。回来时路过台骀庙,她们看到庙内的台骀神像英俊无比,便开玩笑说,谁能将手中的菜篮子扔起来挂到庙前的树上,谁就是台骀的夫人。几个女孩纷纷将菜篮子扔向空中,结果只有秀姑的篮子轻松地挂在树上。人们起哄说:"秀姑就是台骀的老婆!"秀姑羞红了脸,连忙跑回家中,坐在梳妆台前,一照镜子,只见青铜镜中敲锣打鼓,鞭炮震天,台骀骑着高头大马,身后跟着一群迎亲队伍,向着她家浩浩荡荡走来。这天晚上,秀姑便仙逝了,她与台骀结了神亲,与台骀一同在庙内接受香火和敬拜,成为当地最受崇敬的神灵夫妇。②

宁武定河村、阳房村的百姓认为,台骀治理汾河一定是从汾河源头开始的,台骀曾经奋斗于此,生活于此,叶落于此。不论是台骀生前与当地女子秀姑恋爱结婚,还是成为汾神后显灵与秀姑结为神亲,都体现了当地民众对台骀与地方社会深度融合的期盼,他们用一段难忘的传说构建出民众记忆中的村落历史。

然而,金代以前的定河村民对这两个传说却全然不知,他们只知"村侧有小邱,左汾堧,右谷口,高且寻仞,广殆亩余,上有丛祠,古往流言谓为'台骀墓',主汾神"③,可是"土俗虽传承之久,亦不知所以然,又不喻建祠之由,第以土地神视之,故其祠宇稔为风雨所弊,莫之省也。"④可见金以前,定河村民并不了解台骀治水的历史事迹,而是以土地神奉之。但是村侧小丘上却建有台骀祠和台骀墓,说明当地曾流传过台骀传说,盛行过对台骀的祭祀。一方面,由于宁武并非台骀

---

①　讲述人:吕拴玉,男,1953 年生,阳房村人,现定河村昌宁公家庙管理人员。从小靠手艺生活,1992 年在内蒙古五原县保圪岱庙出家,法号金巴扎木苏,直到 2011 年才回到阳房村,管理昌宁公家庙。调查人:段友文、王旭、王禾奕。调查时间:2012 年 8 月 11 日。

②　讲述人:吕拴玉,男,1953 年生,阳房村人,现定河村昌宁公家庙管理人员。调查人:段友文、王旭、王禾奕。调查时间:2012 年 8 月 11 日。

③　《昌宁公家庙记》,金泰和八年(1208)九月二十二日,碑刻规格:高 117 厘米,宽 105 厘米,厚 27 厘米,石碑立于宁武定河村昌宁公家庙内。该碑文又载于魏元柜、周景柱纂修:清乾隆十五年《宁武府志》卷二十《艺文》,《中国地方志集成》,凤凰出版社 2005 年,第 165 页。

④　《昌宁公家庙记》,金泰和八年(1208)九月二十二日。

治水的主要区域,且年代久远,关于台骀的记忆逐渐淡化。另一方面,北宋初期,宁化府一带因驻守军队而被划为"禁地",当地大量居民南迁,与农业密切相关的汾神传说信仰也进一步弱化。

> 明昌五年,州得汾阳人任从仕为判官,任讳知微,博闻之士也。因悼彼俗,颛蒙渎神之祀,乃追讨图志,以《春秋传》考证之,核厥事迹,知其昭然不诬,为神之墓,为神之庙也。乃与儒士史世熊、宋钺,取旧图经参校编次,增补其缺,具载兹事,以示郡人。由是民得晓然,知所敬在是。①

金代明昌五年(1194),在宁武地方官和文化名人的积极努力下,关于台骀的记忆在定河村变得逐渐清晰。乡民皆以"惟神之茔兆、庙貌既在吾里"②而自豪。定河村民依水而居,却未尝有河水泛滥之灾,为感谢台骀的保佑,民众集体兴修昌宁公冢庙,规模颇为壮观。"以每岁仲夏,洁诚修祀,具牢礼牲饩奠于堂上,作乐舞戏妓于堂下。"③届时远近村落,前往观者如市,欢聚一起,以表达对汾神的虔诚。

(二)汾河上游台骀传说信仰恢复的历史原因

金代,定河村昌宁公冢庙的重建,标志着汾河上游台骀传说信仰的恢复。关于建庙原因,当地村民通过这样一则传说进行了解释:

> 很久以前,人们一直把村子旁小山丘上的庙当作土地庙。到了金代,庙宇年久失修,破败不堪,村民们准备集体重修。在重修过程中,村民在地下挖出一块石碑,上面记录了台骀的治水事迹,人们才知道这原来是台骀庙。为了感谢汾神的护佑,村民们准备将这座庙重新修茸为台骀庙。谁知当天夜里下了一场大雪,第二天早上村民发现建庙的大梁不见了,雪地上还留下一串狐狸的脚印。众人按照脚印方向一路寻找,发现大梁正在台骀墓地旁,于是村民将庙址迁于此,建成了现在的昌宁公冢庙。④

---

① 《昌宁公冢庙记》,金泰和八年(1208)九月二十二日。
② 《昌宁公冢庙记》,金泰和八年(1208)九月二十二日。
③ 《昌宁公冢庙记》,金泰和八年(1208)九月二十二日。
④ 讲述人:吕拴玉,男,1953年生,阳房村人,现昌宁公冢庙管理人员。调查人:段友文、王旭、王禾奕。调查时间:2012年8月11日。

定河村广泛流传着"金碑建庙"传说,村民将昌宁公冢庙的修建归结为神力显灵。传说中的金碑,就是现在立于冢庙内张守愚撰文的金代石碑。经历了长期的岁月洗礼,碑文已残缺不全,无法辨认,但是关于金碑的传说却以口头传统的方式继续诠释着这段建庙历史。与民众的口头传统不同,以官方历史为依据,可以发现汾河上游台骀传说信仰经历了由晋国文化向北迁移而形成,随着时间推移而淡漠,因金代入主中原而恢复的变迁历程。因此,汾河上游台骀传说信仰的恢复具有深刻的历史根源。

北宋末年,政治腐化,战乱不断,面对北方少数民族契丹南下扰境的危机,朝廷一再退让,失去了山西北部的战略要地。辽占领晋北之后,政权内部逐渐失去开拓疆土的精神,腐化衰败,被新兴的女真族所灭。天会五年(1127),金国军队攻占宁化府,并改宁化府为宁化州,开始了对宁武地区的统治。对于进入汉地的异族统治者而言,金国统治者不仅要以强制手段威慑汉民,加强军事统治,巩固政权,还要积极实施安民政策,发展农业生产,恢复中原文化,从而在生产、生活、精神上稳定民众,使之臣服于金国的统治。在这样的政治需求下,早已失落的汾神台骀又被重新发掘出来。正如前文引用过的《昌宁公冢庙记》碑文记载,金明昌五年(1194),宁化州判官任从仕,对台骀进行了重新考证,教化于民,重建了台骀庙。因此,在金代官方力量的推动下,台骀传说信仰在宁化州恢复,并成为汾河上游异族统治者统治、管理中原汉族臣民的重要手段。

(三)台骀传说信仰与汾河上游村落夏夷复合文化

从历史地理的角度来看,宁武县北部是恢河的发源地,即桑干河上游,属于海河水系,该地区长期缺水,自然环境恶劣,以牧业为主,形成了农牧混合经济形态;南部是汾河的发源地,属于黄河水系,森林覆盖率高,水源充足,以农业经济为主。宁武县北部是与少数民族相邻的塞下之地,自洪荒以来,燕京戎、娄烦、匈奴、契丹、女真、蒙古族、满族等北方少数民族都持续控制、影响着这一地域;南部属并州之地,是汉民的聚居地,深受中原文化影响。北方少数民族与中原王朝为争夺宁武展开了长期较量,二者或南北对峙,或交替控制全境,使宁武县形成了农耕文明与游牧文明相互交融的夏夷复合文化形态。石家庄镇定河村临近汾河源头,属于宁武县南部地区的汾河流域,以农耕文明为传统,融合了北方游牧文化。因此,定河村台骀传说信仰也具备了夏夷复合文化的特点。

首先,华夏农耕文化是台骀传说信仰的基本特征,汾河之神台骀作为农业神灵,保障风调雨顺、粮食丰收是最重要的神职功能。因此,为了满足民众的农业生产需求,台骀由最初的"河神"发展为"河神兼雨神",不仅掌管洪水之灾,每逢村落干旱少雨时,定河、阳房两村村民都会前往昌宁公冢庙,虔诚祈雨。

> 过去,每年夏至以后的十五天以内,定河村、阳房村都要在昌宁公冢庙里求雨。村里选十二个品行端正的男性,包括成年男子和未成年男孩,参加求雨仪式。这十二个人必须提前到来村子的隐秘处待三天,禁止见人。三天后,这十二个人来到冢庙内,准备好供品、金裱、香纸,开始求雨。会首宣读求雨文,六人为一轮,在昌宁公爷爷塑像前跪拜、祈祷,一个时辰一换。求雨仪式五天一个周期,如果五天后还没下雨,这十二个人就要围着村子游行,直到下雨为至。而且,求雨过程中,求雨者不能进食,每天只准吃七颗红枣。求雨成功后,全村老少要共同出资请戏班唱戏酬神,庆祝求雨成功。①

这是定河村、阳房村曾经盛行的祈雨仪式。定河村、阳房村地处宁武南部,农业生产是当地最主要的生计方式,农业生产靠天吃饭,当地村民不仅将台骀当作汾河之神供奉,以免除洪涝之灾,还将其视为雨神,每逢干旱无雨便虔诚祈祷,以求神灵普降甘霖,滋润田土。在村民心目中,昌宁公就是保障庄稼丰收、农业发达的水神和雨师。宁武地区台骀传说信仰得以传承的根本原因是台骀的神祇功能与村落的农业传统相契合,满足了当地农民的生产需求和精神需求。华夏农耕文化是宁武村落台骀传说信仰的基本特征。

另一方面,当台骀传说信仰在宁武村落中弱化,甚至消失之时,金代入住中原,异族统治者对宁武南部的统治政策,为以华夏文化为底色的台骀崇信提供了复苏的历史时机。北方游牧文化也因此成为促进、影响台骀传说信仰发展的重要力量,如昌宁公冢庙内金代石碑的底座雕刻着五爪神兽,面目狰狞,体态丰硕,带有典型的游牧文化特点。

传说的"在地化"指一则传说在流传过程中,受到流入地自然、社会、文化环境的影响,在语言、形式、情节等方面发生变化,原有特征逐渐减弱,体现出流入

---

① 讲述人:吕元福,男,1939年生,阳房村村民,曾多年担任阳房村会计。调查人:段友文、王旭、王禾奕。调查时间:2012年8月11日。

地鲜明的地方特色。台骀传说信仰由汾河下游传播至汾河上游,脱离了原有浓重的农耕传统,与汾河上游的自然环境、生产方式、历史传统和文化类型相结合,由典型的华夏农耕文化形态转变为夏夷复合文化形态,完成了传说的"在地化"。这种"在地化"除了体现在原有传说内容、风格、细节上的改变,新的风物传说、建庙传说、显灵传说的兴起之上,还深入到民众的精神世界之中,改变了流入地原有的民间信仰体系。台骀传说信仰的"在地化"伴随着历史发展与文化传播,使汾河流域形成了三种不同的台骀文化类型,是对村落文化和社会变迁的潜在记忆。

四、汾河中游台骀传说信仰与村落家族文化

在汾河下游,台骀疏通汾、洮二河,平息了水患;在汾河中游,台骀围堵大泽,出现了太原。太原王郭村和晋祠分别建有台骀庙,两处庙宇相距不远,庙宇的修建与当地地势较低,易发生洪涝灾害有密切关系。与汾河下游、上游的台骀文化类型不同,汾河中游台骀传说信仰受到村落家族力量的影响,体现出鲜明的家族文化内涵。

(一)汾河中游台骀传说信仰的两次重建

台骀宣汾洮,障大泽,"所谓大泽者,即环东庄之一片水是也。地以人名,故谓之台骀泽。"①台骀泽是台骀以堵塞的方法而形成的汾河水泽,故以台骀命名。台骀泽"一名晋泽,在今王郭村北,广二十里,故曰环东庄之一片水是也。不知何年为汾水所没,尽为民田,在晋祠东南数里。"②王郭村位于晋祠镇东南六里,北边有台骀泽,汪洋一片,广二十里,一直延伸至东庄村、晋祠镇附近。王郭村临泽而居,村落以北是台骀治水的主要区域。"台骀庙在晋祠汾水川,祠即台骀神庙,在晋泽南王郭村。"③王郭村台骀庙,在唐代被节度使卢钧改名为汾水

① 《重修台骀庙碑记》,清雍正八年(1730)岁次庚戌孟秋,东庄贡生高若岐记,收入刘大鹏遗著,慕湘、吕文幸点校:《晋祠志》第一卷《祠宇上》,山西人民出版社1986年,第25页。

② 刘大鹏遗著,慕湘、吕文幸点校:《晋祠志》第一卷《祠宇上》,山西人民出版社1986年,第25页。

③ 刘大鹏遗著,慕湘、吕文幸点校:《晋祠志》第七卷《祭赛上》,山西人民出版社1986年,第185页。

川祠,建庙时间无考,但是可以推测,王郭村是汾河中游台骀传说信仰形成的初始地。

关于汾河中游台骀传说信仰的第一次重建,唐代《河东记》做了这样的描述:

> 晋阳东南二十里,有台骀庙,在汾水旁。元和中,王锷镇河东时,有里民党国清者,善建屋。一夕,梦黑衣人至门,谓国清曰:"台骀神召汝。"随之而去,出都门,行二十里,至台骀神庙。庙门外有吏卒数十,被甲执兵,罗列左右。国清恐悸不敢进,使者曰:"子无惧。"已而入谒,见有兵士百余人,传导甚严。既再拜,台骀神召国清升阶曰:"吾庙宇隳漏,风日飘损,每天雨,即吾之衣裾几席沾湿,召尔为吾塞其罅隙,无使有风雨之苦。"国清曰:"谨受命。"于是搏涂登庙舍,尽补其漏。既毕,神召黑衣者,送国清还。……明日,往台骀庙中,见几上有屋坏泄雨之迹。视其屋,果有补葺之处。①

《河东记》记载了唐元和年间,"台骀神"显灵托梦,让当地擅长修建房屋者党国清重修自己的庙宇。晋祠台骀庙建于明代,这里指的应该是王郭村台骀庙。传说中虽然没有提到台骀庙建于何时,却清楚地说明,到了唐代台骀庙已久经风雨,衰败不堪,以致台骀亲自托梦,使自己免受风雨之苦。因此,汾河中游台骀传说信仰的形成早于唐代,经历了一定时期之后逐渐衰落,至唐元和年间得以恢复和重建。

汾河中游台骀传说信仰的第二次重建在明嘉靖年间,并且兴盛于明清两代。明世宗嘉靖十二年(1533),东庄高氏在晋祠圣母殿南建立台骀庙,明清两朝不断重修,台骀传说信仰延绵不断。这与明清时期汾河中游,特别是太原和晋中地区频发洪灾有密切关系。

> 光绪丙申二十二年、戊戌二十四年、辛丑二十七年连遭汾水大涨之患。自南北瓦窑两村之间溢出,西岸鹅归店河下东庄营、五府营、小站、南大寺、长巷、濠荒、万花堡、三家村、野庄、王郭村等,几二十村大受水患。②

---

① (唐)薛渔思:《河东记》,学苑音像出版社 2004 年,第 17 页。
② 刘大鹏遗著,慕湘、吕文幸点校:《晋祠志》第三十一卷《河例》,山西人民出版社 1986 年,第 812 页。

东庄村、王郭村地势洼下，常被水患，光绪年间的三次特大洪水使田土荒芜，人民流亡。面对频繁的洪水灾害，民众无能为力，只得虔诚祈求汾神护佑，免除祸患，以此安居。在这样的历史背景下，明清时期汾河中游的台骀传说信仰重新恢复，开始盛行。

（二）王郭村台骀传说信仰与张氏家族文化

《新唐书·宰相世系二下》载："张氏出自姬姓。黄帝子少昊青阳氏第五子挥为弓正，始制弓矢，子孙赐姓张氏。"[①]少昊的第五子挥发明弓箭，成为张姓始祖，据清《张氏统宗世谱序》记述，"始祖挥公受封之国在山西太原府太原县。挥生昧，昧生台骀。"[②]少昊即金天氏，"金天氏有裔子曰昧，为玄冥师，生允格、台骀"[③]，由此可见，挥与台骀是祖孙关系，张氏世系关系为：始祖挥、二世祖昧、三世祖台骀。王郭村的台骀庙，又被称为张氏祖祠，是有史可查最早的张氏祠堂。台骀庙内陈列着张氏史谱、张氏世系表、张氏古今迁居地理图等，以文字、图画的形态记述着张氏的历史，直观地展现了张氏与台骀的关系。至今，每年还有海内外张姓子孙来台骀庙追根祭祖，因为他们都同出一姓。受张氏根祖文化影响，在这里流传的台骀传说融入了家庭因素，出现了台骀一家三口共同生活的情节：

> 汾河岸边的一个小村庄里，住着一户小康人家，有夫妻两人和一个七岁的孩子。男的叫昧，儿子叫台骀，女的叫什么谁也不知道，人们称她为台骀娘。昧，是汾河两岸方圆数百里有名的英雄，他看到黑龙又害得人们无法生活，决心除掉这孽障，治平水患。一天，他背好弓箭对妻子说："我豁出这条命不要，也要和黑龙拼个高低……"正说间，他的儿子台骀一头闯进来嚷着："爹！我也要跟你去杀黑龙！"昧摸着儿子的头说："你还小，和娘在家。爹能杀死黑龙就啥也不说了，要是我死在黑龙手里，小子！你一定要练好武艺给爹报仇。"说完，猛一跺脚撇下泪流满面的老婆孩子，头也不回地走了。五年过去了，昧还未回家。台骀在母亲含辛茹苦的养育下，虽然只有十二岁，却长成了和父亲一样强健的体魄。一天，台骀娘梦到了丈夫，在梦里，昧告诉妻子是时候让台

---

① 　（宋）欧阳修：《新唐书·宰相世系二下》，中华书局 1975 年，第 2675 页。
② 　（清）《张氏统宗世谱序》，以展板形式陈列于王郭村台骀庙内。
③ 　（清）阮元校刻：《十三经注疏》，中华书局 1980 年，第 2023 页。

驱去三山五岳拜师学艺,杀黑龙为民除害了。于是,台骀告别乡亲,四海学艺,离开了家乡。转眼五年过去了,台骀学到一身本领,经过殊死搏斗,终将黑龙杀死,平息了汾河水患。①

家庭是家族繁衍的基本单元,脚步遍及世界的张氏家族最初也是由单个的血缘家庭世代繁衍而成的。在这则传说中,不仅展现了台骀的英勇武略,还讲述了台骀幼年时期的家庭生活,台骀不再以一个人的身份出现,而是一家三口共同面对"消灭黑龙,平息水患"的伟大事业。昧是张氏二世祖、台骀是三世祖,这个居住在汾河岸边的"小康之家",就是张氏家族的起源。

另一则流传在太原晋源区的传说,虽没有提及台骀的父亲,却将台骀母亲塑造成了一位勤劳能干,具有组织能力,为台骀平息水患提供了重要帮助的伟大母亲形象:

这里原来是一片茫茫的水域,台骀在治理汾河水时,带领着百姓驻扎到了灵石山上,但是白天挖山,晚上石头又会长起,总是挖不完。没有办法只能是日夜工作,顾不得吃饭。台骀母亲得知后,组织村里的妇女把米和枣蒸好后,拿芦苇叶子包好,放在竹筏上,顺着水漂到台骀那里。大家吃完后,顿感力增百倍,不久就打开了灵石口,把汾水引入黄河,才空出了万顷良田。以后每年的这一天人们都会包粽子纪念台骀。②

这则台骀传说同样隐含了潜在的家族要素。台骀带领乡亲百姓在前线与洪水搏斗,母亲在后方组织全村百姓包粽子搞好后勤,母子二人在这场治水活动中相互扶持,最终取得胜利。从情节上看,虽然该传说表达的核心内容十分久远,但形成时间较晚,是对近代抗日战争时期,儿子当兵前线作战,母亲后方支援这一真实情形的挪用。也正是当地村落中朴实、浓厚的血缘亲情和家族文化,影响了台骀传说信仰的"在地化",使之具有了鲜明的家族色彩。

(三)晋祠台骀传说信仰与高氏家族文化

《晋祠志》在介绍晋祠台骀庙时,记录了台骀神保佑东庄高汝行平安过江的

---

① 参见太原民间文学集成编委会:《太原民间故事》,内部资料,1990年,第237页。
② 《纪念台骀晋源端午包粽子》,《山西晚报》2008年6月6日。

传奇事迹：

> 台骀神庙为东庄高氏之庙,故高氏修之。传言高东庄(汝行号)
> 仕江浙日,渡江遇险,有人拯救得免。询姓名不答,再询,则曰:"台
> 骀"。飘然而去。东庄曰:"救我者,台骀神也。"致仕,归乃立庙于
> 晋祠。①

东庄人高如行去江浙任官,渡江时遭遇风浪,幸亏有人保护船只才得以脱
险。经高汝行一再询问,才得知是台骀相救。为感谢台骀神的救命之恩,高汝
行任仕之后,归乡在晋祠建立了台骀庙。在"过江"传说中,台骀成为保护神,
护佑了高汝行的安全,他为台骀建庙,以示虔诚感谢,祈祷神灵保佑高氏阖族。
通过传说可以看出,晋祠台骀庙在建立初始便与东庄村高氏家族产生了密切
关联。

晋祠台骀庙立于明嘉靖十二年(1533),清朝雍正、乾隆、嘉庆、道光二十七
年间,均为高氏重修:

> 其(台骀庙)不建于东庄,而建于此地者,因台骀泽为水之东汇,故
> 建于其源也。创始于嘉靖之十二年,重修于雍正之八年。高氏始之,高
> 氏继之,宜也。费资三十余金,阅时一月有余。②

> 自雍正间,族众重修,历今四十余年。……岁在壬辰,族人谋所以
> 补葺之,工程估费,各率私钱,以输将者甚多。于是不逾月,而焕然
> 一新。③

> 晋祠台骀庙创建于前明大参修古公,厥后踵事者已经数次。至道
> 光丁未,庙貌不无颓委,墙垣复见倾圮。族中人士每蒿目而心伤,因纠
> 合族人等,共议补葺。而襄厥事者咸为勇跃,不数日,而庙貌崇隆,气象
> 为之一变矣。④

---

① 刘大鹏遗著,慕湘、吕文幸点校:《晋祠志》第一卷《祠宇》,山西人民出版社 1986 年,第
27 页。

② 《重修台骀庙碑记》,清雍正八年岁次庚戌孟秋,碑高三尺有八寸,广二尺有二寸,在台骀庙
中壁间,刘大鹏遗著,慕湘、吕文幸点校:《晋祠志》第一卷《祠宇》,山西人民出版社 1986 年,第
25 页。

③ 《重修台骀庙碑记》,清乾隆三十七年岁次壬辰莲月,碑刻规格:高 140 厘米,宽 69 厘米,厚
16 厘米,立于晋祠台骀庙北。

④ 《补修台骀庙碑记》,清道光二十七年岁次丁未十月,高三尺许,广尺有四寸,在台骀庙神龛
右侧,刘大鹏遗著,慕湘、吕文幸点校:《晋祠志》第一卷《祠宇》,山西人民出版社 1986 年,第 26 页。

台骀庙久历风雨,难免略显颓委之状,东庄高氏"蒿目而心伤",不忍神灵忍受风雨之苦,屡次重修庙宇,使台骀神能安享祭祀之礼。台骀庙内不仅立有高氏家族历代重修庙宇的石碑,还立有东庄高氏族规碑①,上面刻着严格的家族行为规范。将族规碑立于此,是为了让台骀神监督族人的言行举止,从而增强族规的神圣性,保持良好的家族秩序,使家族不断生息繁衍。对于东庄村高氏家族而言,台骀不仅是风调雨顺,保障农业生产的河神、雨神,还是拯救过族人生命,能够护佑家族安居乐业,繁荣壮大的保护神。因此,高氏家族集合了全族力量,为东庄村台骀传说信仰的传承和发展起到了至为关键的作用。

小　结

当一种叙事为全村共享,它便成为村落记忆。② 广义的叙事指关于事物的叙述和表达,文字、建筑、声音、行为都可以成为叙述和表达的媒介,因此,文字记载、建筑景观、口述传统和行为方式共同构成了对一种事物的完整叙述。叙事与记忆相互支撑,本章以历史文献与口头传统的双重对读为研究方法,通过对文字、庙宇、传说和民众行为这四种叙事类型的分析和研究,较为完整地构建了汾河流域与汾神台骀相关的村落记忆。某种程度上,村落记忆具有强化村落文化边界与内部认同的功能,使之成为有别于其他村落的文化标志物。在汾河下游侯马西台神村、上游宁武定河村、中游太原王郭村和东庄村,关于台骀的文献记载、台骀庙、台骀传说、台骀庙会都可以称为村落的文化标志物,使这些村落的共同记忆鲜明地表现出来,并不断得到强化。

但是,汾河流域能够体现台骀村落记忆的标志物正在不断减少,特别是口承传统和古庙会、台骀祭祀活动的缺失,使得台骀叙事只剩定格的文字和空洞的建筑。大多数村民只知台骀其名,却不了解台骀的神祇功能,更不清楚台骀治水这段决定祖先生存繁衍的历史。对台骀的记述存在于历史文献和古代建筑之中,现代生活中的民众如何记忆历史,却随着村落城镇化,越来越无法透过声音和行

---

① 东庄高氏族规碑,清道光八年,高可三尺,广尺有三寸,在台骀庙中。碑文见刘大鹏遗著,慕湘、吕文幸点校:《晋祠志》第十卷《金石》,山西人民出版社1986年,第339—340页。

② 万建中:《传说建构与村落记忆》,《南昌大学学报》(人文社会科学版)2004年第3期。

为来进行表达。我们通过对文献资料和田野调查资料的互补研究,希冀将台骀的历史记录和现代传承相互结合,对汾河流域村落中台骀历史记忆的修复和保护提供可能的资料线索及理论参考。

第二十三章 介子推传说的历史记忆与当代建构

　　民间传说是一个社会群体对某一历史事件或特殊历史人物的集体记忆,其背后潜藏着特定的民族文化心理。它是群体成员对祖先历史相似性认同的精神体验,是共同的传统、共通的情感、共有的习俗等文化元素凝聚而成的情感依附,在具体时空中成为人们共同拥有的社会财富。历史记忆与当代建构是传说时间轴上"过去的"和"现在的"两个时段,它们呈现出传说发展的不同状态。在时代多重动力的推动下,传说发挥了它作为文化资本的隐性功能。

　　由于传说是运用口头艺术对社会历史做审美的呈现,具有鲜明的历史性、地方性、文学性特点,被誉为"口传的历史",所以在现代民间文艺学术史上最早引起了具有强烈人文关怀与学术关怀的现代知识者的关注,创造了一个个经典传说研究的成功范例。周作人、钟敬文等民间文学的创始人不仅提出"传说"的概念,而且首倡地方传说、人物传说的研究。[①] 顾颉刚通过对尧舜禹的神话分析,借助孟姜女传说的专题研究,运用"历史——地理"方法印证其"层累地造成"古史的史学观,标志着传说学的建立。[②] 当代民间传说的研究,承续了前辈学者将典籍文献与田野资料相结合的学术规范,同时立足本土民间传说资源,借鉴西方新的理念与方法,以更加开阔的视野推进了传说个案研究的深入,加快了传说学理论体系的建设。赵世瑜选择影响深远的山西洪洞大槐树移民传说,试图以民众创造传播传说故事这样的"小历史"达到对官方记载的"大历史"的补充及其

---

　　① 钟敬文:《中国的地方传说》,《钟敬文民间文学论集》(下),上海文艺出版社1985年,第74—100页。

　　② 顾颉刚:《孟姜女故事研究》,钱小柏编:《顾颉刚民俗学论集》,上海文艺出版社1998年,第116—161页。

新的阐释。① 岳永逸深入河北乡村关注"庙会传说",将民与俗以及民俗传承的生活空间结合起来研究传说。② 陈泳超多年来持续关注山西洪洞地区"接姑姑迎娘娘"仪式活动中的娘娘身世传说,解读传说与地方人群的实际关联以及传说生息的动力学机制。③ 在民间传说学术史的背景下,我们选择山西绵山地区为调查点,以介子推传说为考察对象,从纵向的历史演进与横向的地域扩布相结合的角度解读传说的内在审美特质及其演变发展规律,依托文本与空间这两种记忆途径呈现出介子推传说历史记忆的建构过程。同时,通过实地调查同属于绵山介子推传说圈的沁源县原生态传承与介休市景观化叙事两种传承模式,分析民间传说当代发展的动力机制。这项研究的意义是,借助介子推传说这一富有鲜明地域特征民间文化建构的经验描述,之于顾颉刚的"历史—地理"研究法,补充现代传承形态的资料;之于岳永逸等人的"村落传说"研究,增加对传说文本生成的审美特质与规律的研讨;而之于陈泳超"地方民间传说的动力学研究",需要进一步追问在传说传播的过程中何为"民众",动力学的内在机制包含哪些元素,以形成良性互动进而让传说在地方文化建设中发挥正能量。与民间传说已有成果形成学术对话,提供一个当代文化建设中可资参考的研究个案,推动传说学理论体系的完善,促进民间传说的保护利用,这正是我们祈望达到的研究目标。

一、介子推传说的记忆建构:
从文本到空间的记忆途径

民众对传说的记忆是发生一切传承行为的前提,其记忆的机制大体可以分为两种,一种是以口头语言、书面文字等形式出现,形成了口头文本与文献记录两种形态;另一种是以某种实物形式存在,既包括山川、河流、树木等自然物,也

---

① 赵世瑜:《祖先记忆、家园象征与族群历史——山西洪洞大槐树传说解析》,《历史研究》2006 年第 1 期。

② 岳永逸:《传说、庙会与地方社会的互构——对河北 C 村娘娘庙会的民俗志研究》,《思想战线》2005 年第 3 期。

③ 陈泳超:《背过身去的大娘娘——地方民间传说生息的动力学研究》,北京大学出版社2015 年,第 108—110 页。

包括寺庙、祠堂、村落等人工物,它们皆因附着了奇妙曲折的故事而具有了意义。人们对于传说的历史记忆可以追溯至久远的年代,传说为我们呈现的故事本质是不在场的,是当下缺席的。传承主体只有通过文字、符号、历史遗迹,经过分析、推理甚至想象才能再现过去的情景。① 对介子推传说历史记忆的回溯,本章拟从文本记忆与空间记忆两个维度来分析。

(一)文本的历时演绎

文本具有明晰的文字记忆功能,它是记忆传说最真实最直接的载体。文本的历时演变过程影响着传说的讲述与发展。

1. 传说的历史来源

民众对传说的记忆首先来自对历史的记忆,传说的真实性和可信性往往来自于历史的介入。日本学者白鸟库吉说:"传说仍有其属于历史之一面。不论传说如何荒唐无稽、难以置信,亦无非该国历史之产物,一国传说若离开其历史,即不能存立。凡传说必有其主角,其人是否真如所传,固值怀疑,然而传说乃事实与虚构结合而成,其形成之经过,却依然传出事实真相。"②可见,传说的源头指向历史,传说在一定程度上反映出了历史的原貌。

历史事件无法为自己说话,"夫史所以载者事也,事必藉文而传,故良史莫不工文。"③可见历史只有通过各种叙事形式才能被人理解。《左传》是记录介子推故事的滥觞,它为我们呈现了这样一个历史事件——"晋侯赏从亡者,介之推不言禄,禄亦弗及。介之推与母偕隐,遂隐而死。晋侯求之,不获,封田以志其过、且旌善人。"④作为一个史传文献,《左传》的记录方式是典型的历史书写,寥寥数笔将一个历史事件中的人物勾勒出来。以纪实为目的的叙事,往往缺乏历史的细节,这为后世的加工创作提供了巨大的空间。可以说,《左传》以"历史"身份的介入,完成了传说形成过程的第一步,让人们对介子推传说的记忆变得明确,有史可循。

---

① 韩震、孟鸣歧:《历史·理解·意义——历史诠释学》,上海译文出版社2002年,第43页。
② [日]白鸟库吉:《中国古传说之研究》,刘俊文:《日本学者研究中国史论著选译》,中华书局1992年,第2页。
③ (清)章学诚著,叶瑛校注:《文史通义校注》,中华书局1985年,第220页。
④ (清)高士奇:《左传纪事本末》,中华书局1979年,第304页。

2. 历史文本的传说化

历史文本传说化指的是历史文本中所记载的历史事件与历史人物在后人的叙述或阐释中,一定程度上偏离了历史原型成为传说文本的过程,即由历史文本的叙事中产生出民间传说的过程。历史文本传说化的直接结果就是使历史人物演变为传说人物。[①]针对介子推历史文本的传说化过程,我们通过对相关故事文本的整理,将其传说化过程结合叙述文本的不同类型分为以下两个阶段。

(1)"以史运事"的历史性叙述文本

"以史运事"的历史性叙述指的是以史实为底本,以补充完善史实为目的的叙事。它偏向史料,从史料出发进行叙事,其叙事宗旨是使历史原型完整化,这是历史文本开始剥离历史原貌的过渡阶段。

在《左传》成书数百年之后的战国时期,介子推又出现在人们的视野中,成为当时统治阶级积极推崇的道德楷模。一大批历史文献诸如《庄子》《韩非子》《楚辞》《吕氏春秋》等随之产生,极大地丰富了《左传》中被视为史实的记载内容。《左传》作为对介子推历史事件的第一次书写,多少有些粗略。我们不难发现,《左传》在对历史事件的叙述中,对于介子推的死因和作为一国之君的晋文公为何会寻找一个"从亡者"这两个细节未曾提及。而战国出现的这些历史文献,则恰恰是因为发现了历史原型的缺憾,对历史事件进行了情节上的补充与完善。《左传》原文写道:"遂隐而死。晋侯求之不获。"[②]作为史书记载,作者已经交代清楚事件的梗概。但是由于历史被需要的特性,"历史"的重新叙述在后世就显得很有必要。德国当代文论家尧斯曾说:"历史事件和艺术一样,都具有可能意义的广阔天地,因此都是'开放性意义结构'。"[③]因为历史叙述具有开放性,后人对历史的加工完善也就变得合理。

《左传》中明确了故事发生的时间、地点、主要人物与事件,可以说"结果清晰,过程模糊",这样就留下了叙事的遗憾。对于介子推的死因,《庄子》补充叙述为:"抱木而燔死。"《楚辞》进一步叙述为:"立枯兮。"关于晋文公为何如此重

①　张勃:《历史人物的传说化与传说人物的历史化——从介子推传说谈起》,《民间文化论坛》2005 年第 1 期。

②　(清)高士奇:《左传纪事本末》,中华书局 1979 年,第 304 页。

③　Hans Robert Jauss, *Toward an Aesthetic of Reception*, trans. by Timothy Bahti, Minneapolis: University of Minnesota Press, 1982, p.18.

视介子推进而"求之"的原因,《庄子》叙述为:"自割其股以食文公。"《楚辞》未论及原因,只道:"文君悟而追求",那么言下之意是介子推对文君有过大恩,文君因没有善待他而悔悟。《吕氏春秋》中增加了"悬书宫门"的情节,来间接提醒文公介子推的隐居动机。历史性叙述将历史原型引入叙述中成为其所述事件的佐证,在纪实的初衷下加入一定的想象是必要的,用钱钟书的话说,这想象是"肉死象之白骨",是因历史本身而衍生的合理想象,是对历史真实事件的"复制",而不是创作一个新的事物"再现想象"。① 历史想象以想象过去为其特殊的任务,赋予了历史叙述以完整性。但是,对故事原型的加工完善其实已经不是历史本身,而这样一种过程,已经开始了历史文本走向传说化的道路,大大增加了历史演变为传说的可能性。"割股奉君,火烧而死"等情节的加入,弥补了历史在时间过程中丧失的东西,使人们能够比历史的书写者更好地理解历史。

(2)"因史生事"的文学性叙述文本

"因史生事"的文学性叙述指的是围绕《左传》中关于介子推"这一历史事件"的核心人物与情节进行文学式的虚构,重点在于借用历史原型,通过作者的想象与创造,生发出新的叙事版本,其文学描述的痕迹是为了实现传说表述的多样化,这是将介子推由历史人物塑造为传说人物最重要的环节。用文来修史,可视为传说生发的一个路径。

关于介子推故事文学性的叙述文本在两汉时期已初现端倪,一直延续至明清时期。较为典型的有西汉韩婴的《韩诗外传》,刘向的《说苑》《新序》《列仙传》,东方朔的《七谏》,东汉桓谭的《新论·离事》,东晋王嘉的《拾遗记》,南朝刘敬叔的《异苑》,明代冯梦龙的《东周列国志》等等,这些文本的传奇性与文学性进一步增强。

文学性叙述所凭借的客体对象与历史性叙述是有差别的。它的资料来源驳杂,不局限于历史事实本身,但凡与历史有一定直接或间接的联系,甚至是民众在历史基础上经过口头传播产生的无中生有的部分,都是文学性叙述的材料来源,这是"因史生事"手法的典型应用。创作者最主要的资料来源就是民众的口头文本,文学性的叙述文本在民众口头叙述的基础上进行提炼创造,进一步完善形成书面文本。民众口头传讲的文本只是局部人拥有的记忆,只发生在发出记

---

① 王成军:《纪实与纪虚——中西叙事文学研究》,百花洲文艺出版社 2003 年,第 9 页。

忆者与接收记忆者这两个群体中,是在一定区域内通过上一代向下一代的传承和自甲地向乙地的记忆传播模式。传说只有保存在人们的脑海中才能表明它的存活。① 以口头的形式发表、传播的记忆难以延续,导致民众的口头创作经历无迹可寻,而文人创作过程中对民众叙事的借鉴,其实是间接记录了民众的传说记忆。两种叙述文本杂糅,共同促进了传说的生发。

在这些文学性叙述文本的形成过程中,介子推身上承载的历史性渐渐弱化。凭借历史的雏形生发出许多与之或大或小有些关联的具有传说性质的文本,这些文本可以说是历史文本传说化的产物。那么这些文学性的叙述文本是如何完成历史文本传说化过程的,我们将其简要分为以下几种情况。

(1)通过增加人物之间的对话来强化介子推的形象。文学性的叙述文本在重塑历史场景的过程中,偏离了历史的真实轨道。例如《韩诗外传》中作者添加了介子推口述"龙蛇歌"与晋文公对话这一场景,然后才出现"归隐"的情节。在之前的文献中,均没有出现二者在归隐之前的正面对话。这一对话的增加属于历史之外的想象,介子推的"不辞而别"导致故事情节没有形成内在的连续性。而对话的加入,将二者的"矛盾"集中表现出来。《说苑》中作者在逃亡过程中加入了晋文公与从者的对话,其他人主动邀功与介子推功不言禄形成鲜明对比,从侧面反映出介子推的高洁品质。

(2)通过增加、改变历史原型人物来推动传说的发展。唐代《朝野金载》卷六记载"俗传妒女者,介之推妹,与兄竞,去泉百里,寒食不许举火,至今犹然。"②介子推之妹妒女在正史上从未提及,作者杜撰的可能性极大。清代《豆棚闲话》收集的白话小说《介之推火封妒妇》讲到介之推妻子石氏怀疑他在外多年是因有外遇,在介之推回来之后将其捆绑,晋文公纵火后与之推"火中相偎,化为灰烬"。作者在此将《左传》中的介母改为了介妻。《列仙传》中介子推由人变神,彻底脱离了历史语境,和晋文公出逃十余年之后,作者为他找了一个好的归宿——羽化登仙。人物身份的转变是为了达到作者的叙事目的,使历史人物彻底传说化。

(3)通过增加新的故事情节来丰富传说的内容。历史文本使传说故事基本

---

①　钟敬文:《民俗学概论》,上海文艺出版社1998年,第252页。

②　(唐)张鷟:《朝野金载》,中华书局1979年,第135页。

定型,加入新的故事情节之后,文本不再是单纯性的历史叙述,甚至一个情节就可以独立为一个传说故事。《拾遗记》中"白鸦救火"的情节添加,为历史增加了浓重的神话色彩,也成为"思烟台"传说的原型。《异苑》中晋文公"每怀割股之功,俯视其屦曰:'悲乎足下!'"①足下的故事当始于此。传说从这些文学性的叙述文本中取材敷衍,使其在数量上不断增加,内容上不断丰富。

介子推传说的文本记忆从历史发端,经过岁月沉淀,已经从记忆链条的顶端走向了底端,从一个真实的历史事件演变成广为流传的传说故事。研究传说的原则是观"变",在"变"的这一过程中,一系列故事情节都层累地合理地粘连在一起,使介子推传说演变为一个系统的历史记忆体系,加深了民众对传说的认可。

(二)传说的空间记忆

传说的空间记忆是指传说流传过程中在不同空间地表营建的关于传说物化的记忆。与传说文本记忆接受范围的普泛性不同,传说的空间记忆更倾向于传说播布范围内某一空间内部的记忆,具有"小众化"的特点。

一旦该传说在某一地域内的影响形成,即空间内部的民众与传说事件、传说人物发生某种关联的时候,空间就成为记录传说发生的重要场所。空间内留存的传说痕迹,是我们追溯与还原场景的重要资源。② 特定的空间是传说的见证者,它们较为可信地指示出传说传承的重要地带,这就是传说空间表达的价值所在。我们不妨将这些承载一定传说记忆的空间场所称为一个个"记忆场",其物质性显然指的是记忆场内的物质实体,它包括一定空间内的庙宇、雕塑、碑刻等。空间内部强烈的文化符号属性,唤醒了人们潜藏的某种记忆。因为空间继承了每一个地区的集体性记忆,通过空间实体我们可以有效地抓取过去。③

介子推传说的空间播布范围较为广泛,据相关文献记载,山西省内有原平、定襄、平定、太原、介休、平遥、灵石、太谷、昔阳、夏县、翼城、霍州、万荣、榆社、曲

---

① (南朝宋)刘敬叔:《异苑》,中华书局1996年,第94页。
② 余红艳:《走向景观叙事:传说形态与功能的当代演变研究——以法海洞与雷峰塔为中心的考察》,《华东师范大学学报》(哲学社会科学版)2014年第2期。
③ 黄向、吴亚云:《地方记忆:空间感知基点影响地方依恋的关键因素》,《人文地理》2013年第6期。

沃、孝义、沁源、沁县等地。山西省外有陕西洛川、咸阳、河南新密、广东揭阳、南京高淳介墟村、台湾等地。这些地区都流传着关于介子推的传说,可以说集中反映了民众对介子推传说的空间记忆格局。

民众在接受传说之后往往会有"一定形式的表达",而空间内部民众对传说记忆的表达形式有很多种。最常见的形式就是建造庙宇祠堂,古人认为"士大夫立德、立功、立言,凡可为奕世仪型者,则立祠以祀之,揆厥由来,各有意义"①。建立庙宇祠堂的目的就是要"景前贤、励后进"。我们在调查中发现,在介子推传说播布的地区最显著的空间记忆特征就是各地均建有与介子推相关的纪念性庙宇。庙宇祠堂是供奉和祭祀先贤阴灵的场所,是纪念社会价值观所推崇的历史人物,是世人寄托信仰的所在。可以说,一尊圣像就是千万民众的道德楷模和精神寄托。② 通过调查我们发现这些庙宇总体可以分为两类,一类是纪念介子推本人的,一类是纪念介子推之妹的。纪念介子推的庙宇分布广泛,这些庙宇成为民众记忆介子推传说的源头。首先,庙宇的名称是空间内最明显的传说记忆符号。例如,沁源的"洁惠侯祠"、原平的"石鼓神祠"、昔阳的"风火大王殿"等。庙宇名称是空间内部传说讲述形态的一个缩影,是打开民众传说记忆之门的一把钥匙。例如原平的"石鼓神祠"所奉之神是介子推,相传大明洪武十七年间原平大旱,百姓在介神庙击鼓祈祷,顿时大雨倾盆。因天涯山又名石鼓山,为此当地百姓将介神庙改名为石鼓神祠,将介子推唤做石鼓神或石鼓大王。纪念介妹的庙宇较少,目前发现的仅有四处,分别位于山西平定、太谷、孝义、介休四地。在这些地区民众围绕"妒女祠"讲述的传说记忆皆与介子推有关,大致可以分为两种,一说是其妹耻兄作为,兄禁火,妹举火,故谓之妒女。一说是其妹闻兄与母皆被焚,自己也举火自焚。可见,庙宇的名称是引发一连串传说记忆的起点。

庙宇中的碑刻、楹联等包含了大量传说信息的物质也是传说物化形态的体现。空间内民众记忆传说的另一个途径就是对这些信息文字的解读。例如现存于介休绵山封侯亭中的《圣旨碑》,碑云:

皇帝敕曰:……从晋侯行天下而不言禄。晋人思之;卒与其母隐,

① 襄汾县志编纂委员会重印:《太平县志·光绪版》,1986年,第181页。
② 陈维忠:《福清陈氏大宗谱》,厦门大学出版社2012年,第514页。

死于深山而不顾,可谓忠廉自信之士矣。则其殁也,宜为明灵……守臣来告,有祷必从,庇民之德是不可以无报,锡命侯爵,神其享之,宜特封洁惠侯。①

碑文出自宋神宗追封介子推的一篇诰命中,从中可以看出当时官方统治者因介子推的高尚品质而持积极推崇的态度,介子推死后化为神灵,因其"有祷必从",故百姓对其崇信有加。另外,因庙宇产生的庙会是空间记忆的时间延续,强化了庙宇的存在感。庙会的参与者多是周边地方民众,这是传说潜移默化深入民众记忆的有效途径。例如旧时翼城小绵山下的庙会,"从此节届三月三,演剧起会报恩覃。会有千男并万女,手捧香火来拜参。参拜殿前古祠堂,千秋百代足流芳。"②庙会不仅传达着民众对神灵的信仰,同时也成为讲述、传播民间传说的文化空间。

介子推传说在空间内的另一个物化载体是介子推墓,初步统计介墓在山西省内外分布共有六处,分别是山西介休绵山介公岭、灵石旌介村、沁源伏贵村、夏县裴介村、南京高淳介墟村、江苏睢宁县,对于其真实性本章暂不讨论。介墓的存在是民众接受传说并"占有"传说的一个记忆体现。因为地缘关系,山西省内的四处彼此都据理力争,纷纷通过空间实物与相关文献记载来佐证当地介墓的真实性。从某种角度来说这种现象并非坏事,一个空间记忆实体,在当代发挥了触及人们记忆传说的功能,让人们追思先贤、传承德孝。南京高淳介墟村的介子推墓,据说是北方移民为缅怀先辈在那里仿制的,墓地就在村里的野鸡山上,墓地前方还有两处石人守候。围绕这样一个空间记忆载体,在当地广泛流传着介子推的传说,另康熙年间的《高淳县志》曾记载高淳存有介子推墓,其旁边村子名为介墟。

传说具有随物赋形的开放性,所以除上述方式之外,民众还凭借当地已有的地貌特征、历史环境等蛛丝马迹,利用想象来演绎传说情节,使那些原本没有记忆性质的空间物质变成记忆传说的物质载体。就介子推传说而言,相关的资源可以分为两类,第一类是利用村名、山名来附会传说,民众尽可能地编撰出与传说相符的情节,让这些名称与介子推传说有这样那样的关系。例如夏县的裴介

---

① 宋元丰元年(1078)立石,原碑已毁,今碑为仿旧重刻。碑刻高265厘米,宽86厘米,厚26厘米。收于王融亮主编《绵山志》,山西人民出版社2007年,第106页。

② 马继桢督修,吉廷彦编纂:《翼城县志》,成文出版社铅印本,1929年,第1762页。

村,因为村内多介姓,所以便附会该村民众是介子推的后人。灵石的旌介村将村名解释为是为褒奖介子推的德行——"旌介"则由此而来,更自诩这里是介子推的故乡。山名的现象更为奇特,河南新密市境内有一绵山,因与介休绵山音同,故当地百姓将此也作火烧绵山之地。第二类是那些表征不清晰,需要附加另一个风物传说来说明与介子推关联的空间物质,主要包括沁源的思烟台传说遗迹与介休绵山景区打造的传说景观丛,这类物质因为想象附会而导致表征不清,如果没有传说的解释,民众很难完成自觉无意识的记忆过程。对于此类遗迹我们在下文中将会另做阐释。

物是引起人类记忆的源头,这与叶舒宪提到的四重证据法中"物的叙述"不谋而合。空间内部只要有"物"的存在,民众的记忆链条就不会中断。传说的历史记忆在不同空间上层层累积,通过在地表营造建筑实体将传说物化,形成多个物质空间形态的记忆场,它是人们理解、记忆传说的物质中介,一旦消失,人们对传说的记忆活动就会减弱或消退。文本的历时记忆是自上而下、从古至今的;空间表达则是前后、左右的流动记忆。二者相辅相成,使介子推传说成为一种时空文化的连续体。

二、传说的当代传承:对传说记忆的现代建构

山西省的沁源县与介休市紧相毗邻,是当代介子推传说流传最为密集的地区。这两个县市尽管只有一山之隔,但是地域经济、文化发展却存在很大差异,介子推传说的传承也呈现出不同的方式:沁源县地处太岳山区西端,交通闭塞,经济落后,介子推传说在这个相对封闭凝滞的环境里以原生态的口口相传的方式延续着;介休位于晋中盆地东面,城镇化步伐快,在转型发展的现代化进程中,率先实现绵山旅游开发,介子推传说主要在绵山景区以开放的景观化方式传播。沁源县的介子推传说散落于乡村民间,浸染于习俗风情,"在群众的生活里摸爬滚打挣扎着持续"①,可归属于罗伯特·芮德菲尔德所说的"小传统"。介休绵山景区的介子推传说是顺应社会变革潮流,将民间传说资源转变为文化产业,探

---

① [美]罗伯特·芮德菲尔德:《农民社会与文化:人类学对文明的一种诠释》,王莹译,中国社会科学出版社 2013 年,第 94—95 页。

索旅游经济与文化发展互动双赢的路径。二者分别塑造了当代传说不同的传承形态,也一起促成了同一文化区域内多元复合的文化共生现象。

(一)基于地方记忆的在地化传承

介子推传说在沁源地区形成了稳定的地方记忆,地方记忆是指凝聚在民众集体记忆中关于传说的映像,是地方民众拥有的关于传说的共同记忆。这里的"地方"显然不仅仅指一个地理空间,更与生活在这一空间内特定人群历时性与共时性的生活相关联,"记忆"所包含的知识亦是在某一空间内部形成并得到传承的。[①] 介子推传说在沁源地区流传过程中所形成的地方记忆是其久远传承的基础。

1. 传说在地化传承的空间条件

介子推传说在沁源一带流传很广,空间条件是其在地化传承的关键。传说能够被当地人坐实主要是源于这些空间条件的形成:广泛分布的介子推庙宇、伏贵村的介子推墓地、郭道村的思烟台。据史料记载和实地考察发现,在沁源县境内大概有三十七处与介子推相关的纪念性庙宇,规模为全国之首,分布在郭道、城关北园、绵上、段家庄、苏家庄、伏贵、清扬湾、倪庄、庄儿上、聪子峪、王陶、王和、才子坪、水峪、王凤、琵琶园等地。但因年代久远,所以毁损情况严重,目前留存较为完整的仅有王和镇古寨村的介子推庙,沁源县北园村介神庙,郭道镇的介神庙,沁源涧崖底村的介子推祠,绵上村洁惠侯祠等。

除了众多庙宇之外,沁源郭道村北的社脑坡上还有一处被当地俗称为"寨子疙瘩"的黄土夯实的古建筑高台[②],介子推传说文本中称其为"思烟台"。据当地百姓讲述在火烧绵山时,飞来许多白鸦将介子推层层围住并扑救大火。晋文公闻后十分感动,遂命嘉奖,其一,百里之内不设罗网捕捉乌鸦,其二,随乌鸦行踪找其住巢建一高台,使之安居。经调查在绵山县境内,此高台就此一座。据传郭道东西两山在 1990 年前曾住满红嘴白鸦使得该说法更具说服力。思烟台在多个朝代曾作为烽火台、瞭望台使用,这是它长远存在的主要原因。明代万历年间郭道村邓姓家族为使子孙能出人头地,又加筑此高台,意喻步步高升,亦名

---

① 曾澜:《地方记忆与身份呈现——江西傩艺人身份问题的艺术人类学考察》,复旦大学博士学位论文,2012 年,第 25 页。

② 此高台为梯型式建筑,高 18m,底长 20m,宽 20m。

"云台"。此外,沁源县的介墓位于郭道镇伏贵村北大墓沟,坐西向东。① 以墓前清乾隆二十五年所刻墓碑而拥有了话语权,碑文为:"晋国贤洁惠侯介之推王公(讳)光之推墓"②,现属县级保护文物。介墓的存在使当地民众有很强的地方归属感,民众均认同该墓是名副其实的介子推墓,对古时介子推携母隐居绵山最后葬身于此的说法坚信不疑。

无论是在信息闭塞的年代还是传媒发达的今天,地域内随处可见的庙宇与遗迹,很容易勾起人们对传说的记忆。传说在地化的传承方式,归根到底都必须依赖于地方的空间资源,都要落实到传说的消费者——民众及他们日常生活环境中的某些"实物"之上③,从而唤起人们对传说的记忆。

2. 传说在地化传承的方式

(1)个体传承

①个体传承身份的确立

沁源介子推传说的在地化传承方式尚处于一种原始的讲述阶段,口耳相传的方式仍是其主要的传承形态。我们在沁源地区采集介子推传说口头文本时,发现介子推传说的讲述群体年龄偏大,在随机采访到的9位普通民众中,年龄最小的47岁,最大的82岁,且只有三位是女性,其余均是男性(见表14)。丰富的个人阅历和经验赋予了他们讲述传说的出色才能,他们在传说的讲述中不断加入个人的主观情感与新的故事内容,这是传说原始生命力的宣扬。这些拥有讲述身份的传承者,不仅承载了传说记忆,而且肩负着表现记忆、传承记忆的责任。

当地介子推传说讲述身份的确立,与讲述主体的年龄、性别、经验有很大的关系。他们可以完整地讲述关于介子推的某个传说,可以再现出当地的介子推庙宇在何时曾被毁坏等历史碎片,在地方上有较强的话语权。强烈的地域认同感使他们乐意于自我强化这种讲述身份,身份体验带来的讲述快感,是对讲述身份的一种认可。传说讲述者呈现出来的老龄化趋势,是传说在当代讲述的一种特殊现象,因为传说讲述首先要占有一定的传说资源,传说记忆是他们讲述的资

---

① 该墓封土高 7m,围长 80m。

② 清乾隆二十五年(1760)立石,碑刻高 142 厘米,宽 60 厘米,厚 15 厘米。收于杜天云主编《沁源金石志》,三晋出版社 2012 年,第 177 页。

③ 陈泳超:《作为地方话语的民间传说》,《北京大学学报》(哲学社会科学版)2013 年第 4 期。

表14　沁源地区介子推传说讲述人统计表

访谈对象	性别	年龄	基本情况	资料类型
卫年兰	女	64岁	沁源北园村村民,上过学,识字	口头文本
王建民	男	69岁	沁源北园村村民,介神庙守庙人。	口头文本
宋文明	男	60岁	苏家庄人,上过学,经商。	庙宇情况
宋金花	女	76岁	籍贯为伏贵村苏家庄,现居沁源县县城,已从事多年县志搜集工作。	口头文本
裴苗珍	女	70岁	苏家庄人,不识字。	口头文本
王翌晖	男	62岁	郭道村志编写者,长期从事文化工作。	口头文本
柴根有	男	81岁	郭道村村民,不识字。	口头文本
王力元	男	82岁	沁源北园村村民,老八路,不识字。	庙宇情况
段恒	男	47岁	绵上村委会成员,初中学历。	口头文本

本,老人是"久远的话语和习俗"的传递者。① 在讲述群体中,男性与女性比例可以说是"失调"的,在沁源地区的村落中,男性讲述者所占比例要比女性讲述者大,因为沁源介子推传说在地化传承表象之下已经出现了与介休甚至更远的地区争夺"历史"的端倪,而男性似乎比女性具有更多的"地方性知识",他们对地方化叙事的重新构建起到了决定性的作用。

②传说的在地化表述

传说的在地化表述主要体现为传说文本的在地化,在某一具体空间内发展的传说会呈现出有别于广泛流传的传说的特点。在沁源地区流传的介子推传说逐渐显露出富有地域特色的讲述风格,主要表现在以下三个方面。

第一、传说的故事化倾向

介子推故事原型中仅有介子推及介母二人,但在沁源民众的讲述中,传说人物变为介子推一家五口。郭道村的介神庙就是为了祭祀介子推全家而建造的。正殿供奉介子推、介母、儿子介林。东偏房内供奉介妻。西偏房内供奉介子推的儿媳。在前人的文献记载中介妹、介妻是出现过的,但是介林与其妻却是当地民众杜撰出来的人物,民众为本无儿无女的介子推构建了一个完整的家庭。在介子推和儿子遇难后,介子推妻子与儿媳寻找无果的情况下跳井自尽,人们为了纪

---

① 　万建中:《传说建构与村落记忆》,《南昌大学学报》(人文社会科学版)2004年第3期。

念她们的坚贞就建立了蚕姑庙,即郭道镇介神庙的前身。传说在流传的过程中不断根据人们的心理需求添加人物和情节,接近现实世俗生活,使得传说越来越具有了民间故事的特点。

第二、传说中的神话色彩

从某种程度上说,传说与神话的发展呈现出一种"你中有我、我中有你"的状态,二者有时难以明确区分。在沁源搜集到的关于介子推墓地来源的两则传说充满了传奇色彩,使传说出现了神化的趋势。

> 火烧绵山后,有一天晚上村民在睡觉,忽然听见天上有人大喊让人们把自家的牛马喂饱,晚上天神要借用。第二天起来人们发现每家的牛马都气喘吁吁,顺着牛马的脚印,村民在伏贵村发现了大墓,原来是天帝把介子推连夜埋葬于此。[1]

> 乾隆皇帝晚上睡觉,有一神仙托梦告诉他晋国有一忠臣(介子推)死了以后没人管。乾隆梦中骑马前去巡视,结果发现确有此事,于是命人在此处修墓立碑。[2]

第三、其他传说情节的借鉴

沁源民众讲述的介子推传说文本中有这样一个情节:晋文公在逃难的时候,介子推为了让晋文公避开追兵成功逃走,于是让自己的儿子介林假扮晋文公被抓赴死。这一情节在正史或野史中均未提及,但是沁源民众对此却津津乐道。我们不难发现,这一情节与"赵氏孤儿"传说中程婴为了保护赵家血脉,让自己的儿子代替赵氏孤儿,最终被屠岸贾摔死的情节类似,这样的"情节借鉴"为民众讲述其子介林的故事提供了合理的依据。

(2)集体传承

身体是民俗传承的主要途径[3],民众用身体去感知去体验才是真正意义上的民俗传承。当民众对传说的传承细化到对该地域内节俗的沿袭时,便形成了一种生活范型,这就是所谓的"历世相沿谓之风,群居相染谓之俗"。

---

①　讲述人:宋金花,1939 年生,沁源县伏贵村苏家庄村民。调查人:段友文、闫咚婉、乐晶。调查时间:2014 年 7 月 5 日。

②　讲述人:王翌晖,1952 年生,沁源县郭道村村民。调查人:段友文、闫咚婉、乐晶。调查时间:2014 年 7 月 6 日。

③　张青仁:《身体性:民俗的基本特性》,《民俗研究》2009 年第 2 期。

集体传承对于传说记忆的延续有时会比个体传承发挥更大的作用。集体传承,是指一定范围内的民众以身体力行的方式参与到讲述、传承传说的集体活动中。具体而言,就是指在沁源寒食节相关节俗活动中,民众通过自身融入到其中的身体经验,以"文化刻写在身体上"这样的方式来传承传说。寒食节在沁源当地俗称"一百五",沁源郭道村作为介子推的焚身之地,继承了这一独特的风俗。

抗战爆发前郭道村的寒食节祭祀十分隆重,在寒食节当天,村里人首先要在长辈的带领下集中到介神庙举行隆重的祭祀仪式,宣读祭文,奉上供品,缅怀介子推及其家人忠孝节义的民族精神。然后集中到思烟台进行祭奠,以感激白鸦救火之情。仪式完毕还要补修思烟台,清扫鸟粪。这一风俗演变至今,变成清明节的上坟填土,扫墓等风俗。① 另外,据年长的村民介绍,旧时寒食节当天,村正、举人等文人还会请戏班子在介神庙前唱戏敬献给介子推,还要唱"木疙瘩戏"(木偶戏)给牛马看,因为天帝是派牛马修建的介子推墓,牛马不懂人文戏,所以唱"木疙瘩戏"。后来改唱蒲剧,到了明代改为晋剧,民国时唱上党梆子。②

当地的老人还流传有这样的说法,"上了介神山,回头四下观。两边长的松柏树,中间的秧歌闹嚷嚷。"③说的是山上在清明的前一天赶寒节会,出于对介子推的敬重,大家都在寒食节当天先给介子推上坟,直到寒食节第二日,村民才去自家墓地祭奠亲人。除此之外,因为介子推是被烧死的,人们还会把钱贯贴在烟囱上,用这种方式来纪念介子推。

除了特定的寒食节仪式之外,人们还会吃特殊的"寒食",蛇盘兔、子推燕两种面捏食物在当地最具代表性,当地盛传有"男吃蛇盘兔越吃越富,女吃子推燕孝贤一身兼"的俗语。另外还有一种名为炒蛋蛋的冷食,原本是寒食节时喂白鸦的食物,后演变成人们的日常零食。除吃寒食之外,因传火烧绵山时白鸦救火,为了表达对白鸦的感激之情,大人们会给小孩子戴鸡鸡。④ 妇女们用不同颜色的布料缝制成鸡的形状,男戴公鸡,女戴母鸡,给孩子们戴在脖子上,以纪念鸦

---

① 沁源县人民文化馆编印:《沁源县介子推传说省级非物质文化遗产名录项目申报书》,内部资料,第3—5页。

② 讲述人:王翌晖,1952年生,沁源县郭道村村民。调查人:段友文、闫咚婉、乐晶。调查时间:2014年7月6日。

③ 讲述人:宋金花,1939年生,伏贵村苏家庄村村民。调查人:段友文、闫咚婉、乐晶。调查时间:2014年7月5日。

④ "鸡"古时也指乌鸦。

鹊之神,保佑孩子一生平安,长大后要知恩图报。

正是通过人们身体力行的行为参与,用融入身体的感悟来传承节俗,才将寒食节的意义在当地生发得丰富多彩。沁源地域空间内共同的记忆、同样的习俗风情增强了民众对地域文化的认同,稠密了村际邻里关系。同时寒食节也为当地民众带来了鲜明的季节归属感,因寒食节与清明节相近,寒食节到来时气候变暖,降雨增多,正是春耕的大好时节,人们可以开始吃冷食,在节俗的宴飨中开始新一年的劳作。可以说,介子推传说已经渗透到了民众的日常生活中,成为他们生活的有机组成部分并转化为该地域生生不息的精神血脉。

（二）作为物质表演的景观化叙事

景观已经成为继口头、书面文本之后一种新的传说表现手段,将传说景观叙事置放在表演的语境中,使景观成为叙述传说的主要手段,有助于对传说做"还原"式的立体性研究。我国的许多地区已经探索出民间传说资源景观化的成功之路,其中白蛇传传说的景观化研究成果最为集中,例如余红艳围绕杭州与镇江两地的雷峰塔、西湖、金山寺、法海洞等景观群展开的景观叙事研究就颇有创新价值。本章在延续已有成果的基础上,重点讨论介子推传说的景观表演生成、景观叙事以及其成因与意义,关注景观与传说的内部关联。

1. 传说的景观表演生成

（1）传说的表演空间

传统的传说讲述关系只需要说者与听者两个要素构成,而景观化的传说讲述关系则较为复杂,由于听觉被视觉所取代,讲述环境也由此发生变化。传说在景区的表演空间也不再是传说讲述者随意选取的一个场地,它的形成需要符合这样几个条件:第一、景区地理空间的选取,即用以景观化改造的空间条件,应具有一定数量的风物遗迹,景观群分布要紧凑集中且具有开发价值。第二、传说自身要有可塑性与有用性,才能满足传说景观叙事的实践要求。传说的可塑性指传说内容丰富、情节生动,能够用规模较大的景观群来叙述。传说的有用性指以景观来叙述的传说应该包含深厚的历史文化价值,才能让游客不虚此行。第三、空间与传说"粘连"的外部条件,即实现传说景观化的外部因素,包括政策的支持、经济的投入、景观的设计等一系列后期人为建设。

传说在景区表演空间的设置,可以最大限度地将搜集到的相关传说内容、版本、类型等要素汇集在一个固定的空间内,使游客能够集中、全面地接受信息,可以突破原来传说语境与讲述者的种种限制。游客能够看得多、看得清,这是当代传说大众化传播的优势之一。

(2)传说的景观表演过程

游客在景区特定的语境中与景观形成了这样一个民俗表演事件,即游客通过参与景观的传说表演行为而接受传说。运用表演理论来分析游客与传说景观叙事之间的互动关系,能较直观、立体地诠释这种新的传说讲述手段。传说的景观化叙事指的是借用传说故事中的人物与情节,以具体景观物象为载体,同时加入相关的人为性讲述等诸多元素融为一体的叙事过程。

我们将景观叙事参与传说表演的过程分解为三个阶段,第一阶段是传说借图像、雕塑等物象进行的表演。这些由多种形式造就的景观建筑物,是基于传说情节而进行的多种艺术形式的转换。以图形和图像为符号特征,利用形象画面传情达意的抽象的景观话语①是传说初次的展演形式。这些物象背后潜隐的表演者是传说本身。第二阶段是欣赏者与景观互动,自觉加工传说的表演过程。这种表演的全部过程就是欣赏者对传说景观的自我解读,亦即景观与凝视的互动过程。欣赏者面对某个有着丰富意境的场景时,其情景可以内化为人的思维,在欣赏者的脑海中会与他已有的历史知识形成对话,这是一个隐性表演的生成过程。第三阶段是对景观呈现的补充,包括导游或者其他知情者等人为性的叙事表演。景观表演借助的是静物实体的讲述,它给予接受者大量不确定的信息。由于游客凝视的不平等性即欣赏者因不同的经历体验形成的层阶性,导致其对景观传递的信息接受程度大相径庭。如果欣赏者对传说毫不知情,说明性的语言也没有及时呈现,那么景观就可能无法达到其"表演"的最佳状态。因此,传说的景观表演实现必须具备这样的条件:欣赏者的在场,是否拥有相关的人文知识储备很重要;知情者的在场,包括解说性的文字、景区导游、当地传承人等。

2. 介子推传说的景观叙事

介子推传说景观叙事的实现是依托该传说的口头文本而形成的,景观取代人成为传承传说的重要载体。作为传说创造主体的人,以传说与景观的互动机

① 肖慧君:《图像如何叙事》,武汉大学硕士学位论文,2005年,第14页。

制为手段,在其背后操持着传说的展演,延续着传说的生命。介子推传说景观的生产主要有两种类型,一是直观性景观生产,一是附会型景观生产。

直观性景观生产是景观叙事的重要内容,它主要依靠图像、雕塑、壁画等直观的手段来表现传说。例如绵山介公岭的介公祠,祠内集彩塑、悬塑、壁画于一体,将介子推的生平事迹图像化。这些图像中的情节与传说文本中的记录相互对应,描绘了介子推的割股啖君、功不言禄、绵山归隐、成仙显灵的种种传奇故事。图像化的景观叙事手法,使得介子推传说故事在视觉表演中被接纳,为游客呈现出了介子推"忠孝义"精神的立体展演。再如立于龙脊岭一处石造高台上的介子推母子塑像,介子推为立像,其母蹲坐为小憩形象,母子依偎,堪称绵山的象征。在塑像前方,立有《左传》《吕氏春秋》《史记》等史籍文献中关于介子推的文摘碑 12 通,这些说明性的文摘碑可以帮助游客了解关于介子推更多的历史文化知识。导游讲解时引导游客想象"母子小憩塑像"的灵感来源可能是母子隐居前的商榷,也可能是母子归隐路上的休憩。这样一个过程,是集雕塑等景观呈现与说明性的文字、导游口述等知情者一起演述传说的过程。

附会型景观生产是将景观与传说故事附会黏着,互融互释。依据传说与景观互构方式的不同可以分为两种情形,一种是景观生产传说,指围绕景观展开想象来创造传说,我们选取超凡洞、圣乳泉两处景观来分析。

超凡洞象征着介子推成仙的新途径。"超凡洞"的景观实体是一处洞口狭小、仅能容下二人藏身的石洞。如果没有传说的附会,游客无法感知其内涵。导游的讲述便显得十分必要,"隐居路上,介子推母子在山洞避难,进洞后不知不觉昏睡。醒来后竟觉身轻如燕,原来在这个洞里已脱去凡胎转为仙体。为此,后人把它称作'超凡洞'。"绵山借这个传说景观来交代介子推最后成仙的结局,但与《列仙传》并非同一故事版本,《列仙传》所载介子推是在随晋文公逃亡归来后与介山伯子常云游而成仙。另有传说称介子推一人在梦中经神仙点化成仙,并没有其母。这样一来,介子推成仙传说便至少有了三种异文,可见景观与传说的互构功能使传说的讲述更加多样化。

圣乳泉则代表逃难途中的神灵庇佑。天然形成的形似乳房状的悬挂泉水景观,被介子推逃亡情节中衍生出的新故事予以诠释。介子推携母逃亡的情节屡见不鲜,但景观叙事对传说情节进行了二次加工后,"逃亡途中神灵庇佑"赋予其新的内涵。逃亡途中母子二人口渴难耐,五龙圣母感念介子的高尚品行,变化出乳汁为其解渴。五龙圣母最初是道教文化推崇的神灵,后来佛道合一后共同供奉。传说中五龙圣母形象的出现,反映出介子推在佛道两教信仰中的特殊地位,传说也因此多了几分神秘色彩。

另一种是传说生产景观,指借用传说来新建景观。可以借助哀嚎坡、封侯亭两个典型案例来解读。

哀嚎坡是以实景来构虚境。哀嚎坡景观设计的构想来源于刘敬叔的《异苑》,景观的实体空间效应传达了文本无法达到的艺术效果。利用景区内柏树岭至岩沟的整个山坡来"复原"这一传说场景,让游客们穿越历史,遐想当时君主的悔恨场景,晋文公发现介子推被火烧死后,不禁老泪纵横,在焚烧的坡前顿足哀嚎,声音响彻山林。这一身临其境的景观效应,加深了传说在民众心中的印象。

封侯亭则是被构建的地方话语。封侯亭的建立源自介子推被追封为洁惠侯的传说。这一座新建的二重檐十二角楼阁,其建立与北宋宰相、介休文人文彦博有关,因为他从小仰慕子推,并因介子成仙后十分灵验,便转奏皇上为其追封。于是为迎宋神宗追封介子推之诏而建该亭,故名封侯亭。关于追封过程的传说在别处少有传闻,封侯亭的建立既见证了介子推得到统治者认可的过程,又加强了介子推与当地独有的关系,构建了介休讲述传说的地方话语权。

介休绵山的景观承载了讲述传说、传承传说的功能,景观与传说互构关系的建立是一种促进传说传承发展的新力量,这种在"外力"参与下的传说生发机制,对于传说在当代的流传发展具有积极的意义。传说景观化的实现是一种以地方政府、商业精英、文化学者等代表"大传统"的力量支撑的文化形态,当地普通民众只承担了附会大传统的讲述功能,参与促成景观化的实现。同时大型的景观化叙事方式,既扩大了介子推传说与当地文化的社会影响,又提升了与其相关的国家法定节日——寒食清明节的价值,对传承中华传统文化可谓功不可没。

三、当代介子推传说发展的动力机制

陈泳超所谓的"传说动力学"体系注重的是考察具有明显动机的传说变异过程。他所关注的传说动力机制,研究重心在于作为地方话语的传说演述文本上,关注的是"某一传说之所以这样讲而不那样将讲"的原因①,而未将传说的整体发展过程作为关注的内容。

动力机制是指推动事物发展的动力要素以及这些要素在事物发展过程中如何起作用。② 传说发展的动力机制指的是推动传说发展的动力要素及其作用机理,即促进传说发展的原动力建设。结合沁源与介休两地的传说发展特点来看,两地的传说发展基本都遵循这样一条规律:传说从最初简单的口头文化形态演变为一种复杂文化资本的过程,即原生资源、文化遗产与文化资本三者的互动发展。本章通过对沁源、介休两地传说型塑方式与发展现状的分析,来建构这两种不同"场域"内部包含着的影响甚至制约介子推传说发展的动力机制。

(一)内生驱动力

传说传承范围内固有的传说资源是传说发展的内生驱动力,即文化资本生成的原初动力机制。一定地域内的传说资源包括历史、传说、遗迹、习俗等。文化资源是文化资本生成和积累的基础,文化资源丰富与否直接决定其转化为文化资本的程度。沁源、介休两地的介子推传说资源,都形成了促使传说发展的内生驱动力。但是因为两地占有资源的程度不同,所以导致其机制的发挥程度也不尽相同。

两地均以介子推文化作为历史背景,但是传说发展的资源"硬件"相差甚远。沁源地区的传说资源类型较为原始单纯,可以简单概括为口头传说、散落遗迹、生活习俗三类,没有其他的辅助资源可以与之一起进行开发。但是介休却有深厚的历史底蕴,文化资源类型丰富,可以实现资源的优化配置。例如众教相容的特色文化、作为军事要塞的地域空间、诸多历史文人的艺术佳作等等都可以作为资源开发中的辅助资源,这为其深度开发提供了丰富的资源条件。

(二)人员动力

人员动力是文化资源在运作的过程中,即传说资源在变成文化资本时人作为主体发挥的动力机制。以两地实际的传说发展过程为例,我们将人员动

---

① 陈泳超:《背过身去的大娘娘——地方民间传说生息的动力学研究》,北京大学出版社2015年,第162页。

② 张欣:《论经济增长与经济发展的关系》,《新疆广播电视大学学报》2004年第3期。

力分为普通民众、文化学者、政府官员三大类,而他们都是"民众"广义概念下的细分。这里有必要对民俗之"民",即"民众"的含义做出界定,与政治学、社会学偏重以阶级、阶层、社会地位划分群体不同,民俗学注重的是从"传承"的意义上来定义民众。在特定地域空间内凡是参与了该地民间文化创造、传承活动的人,无论其担任什么职务,从事何种职业,具有多高的文化程度,都应该包括在"民众"的范围之内,对促动介子推传说传播的三类人员动力也应作如是观。

普通民众是传说资源的最初继承动力,同时也是其他动力的积极响应者。在沁源地区的传说讲述中发挥了重要作用的"民众"更多地应该指向"普通民众",就目前而言,当地的介子推传说虽然已经出现了由"资源"向"遗产""资本"过渡的趋势,但是普通民众原生态的口口相传仍然是基本的讲述模式。而在介休绵山地区调查时发现,当我们期待当地普通民众能够讲出一些有价值的叙事文本时,受访者的回答多是"你们可以直接到绵山去看,那儿建筑修得好,传说故事多,什么都有。"即使讲述传说故事也是围绕绵山景区而展开,似乎已经遗失了原始的创作能力与讲述兴趣,更多的是自豪于绵山风景区的修建。可见普通民众已经意识到景区给自己带来的"福利",而自觉、热情地参与到对景观传说的宣传中。

文化学者是促使传说"走出去"的一种推动力。我们将其分为内部的与外来的文化学者。"内部"指的是地方文化学者,他们具有一定的文化水平,又有着强烈的责任感与地域认同感,在传说的讲述与传承中起到了重要的作用。例如致力于沁源郭道村寒食节申遗活动的退休职工杨良如,力图将传说的传承空间突破地缘限制不断扩大,将寒食节向外推广,结合省级非物质文化遗产"九曲黄河阵"形成捆绑的品牌效应来打造沁源的寒食节文化。"外来"指的是以外来者的身份参与传说调查与搜集工作的传说参与者,他们往往具有较高的专业素养与知识技能,通常带有一定的目的性来到该地域内对传说资源进行深层次的挖掘。例如 2008 年 4 月 2 日—15 日在介休举办的"寒食清明文化节",邀请了众多国内知名的专家学者,他们为介休"寒食清明文化节"的打造提出了很多中肯的建议,使文化节具有更加深远的精神内涵。

政府官员是传说资源实现资本化的支持者,他们对传说本身的关注度通常比文化精英要少,他们关注传说的出发点往往始于该传说是否能给本地带来实质性的利益。在沁源调查时我们发现在拥有介庙的村落中,每当有文化学者到访时,村干部们往往都会积极主动地传播本村历史,会引荐相关传说讲述者来介绍传说,而他们自己却并不热衷于传说故事的讲述过程。他们对待传说的立场显得更加"行政化",多将传说视为一种可以使当地百姓脱贫致富的社会资源。

(三)经济动力

文化资本是以财富的形式具体表现出来的文化价值的积累[1],而经济动力是文化资源转化为文化资本的关键因素。介子推传说本身固有的文化价值毋庸置疑,但是其经济价值却是需要人为开发的,即文化资本最终的财富表现形式需要通过经济动力对文化资源的运作来完成。

介休介子推传说的发展以旅游开发的方式实现了传说资源向资本的转化过程,经济动力对其发展具有重要的意义。介休市三佳公司为打造绵山景区累计投入了 8 亿多元资金,首先取得了绵山景区 50 年的经营权,并对景区实行了现代化的管理,修复了损毁景点,完善了相关的基础服务设施,在 2000 年正式对外售票营业,三佳集团成功将传说资源打造成为一个经济资本运作下的旅游景区。文化资本的"隐蔽与秘密"功能指的是行动者在进行文化资本的投资、积累和持有过程中所表现出来的一种"虚假的非功利性",即文化资本具有一种掩盖其自身可以与经济资本进行互相转换的功能。[2] 三佳集团大力开发绵山以传说为主的文化资源,其实质是为了获取更大的经济利益,这一点也正是文化资本与文化遗产互动后首先要克服的一个发展弊端。

相较而言,沁源的传说资源正是因为没有经济动力的支持,所以至今无缘于旅游开发,保持着传统的传承模式。但是在后期申遗过程中,它的文化资本趋势逐渐显现出来。除去资金投入之外,沁源的传说资源遇到的另一个发展困难是传说的物态资源分布不集中,遗迹散落在各个村落,使得传说资源的产权不清晰,开发难度较大,因此导致了资本的闲置问题。

---

① 陈珏、何伦志:《文化资本、文化产业与经济发展》,《新疆大学学报》(哲学·人文社会科学版)2007 年第 4 期。

② 朱伟珏:《"资本"的一种非经济学解读——布迪厄"文化资本"概念》,《社会科学》2005 年第 6 期。

（四）市场动力

市场经济的发展需要文化的参与,介子推传说作为历史资源的文化属性非常突出。中国正处于市场经济急剧变化的时期,文化成为参与市场经济发展的重要生产要素。作为民众日常生活中的精神调剂,传说在市场经济的洪流中逐渐显露出所谓的"文化经济"效应,其文化价值被日益挖掘出来,可以说传说资源是文化旅游的增量。介休借此机会进行了大刀阔斧的传说资源改造,使得传说资源的文化属性成为消费的热点。沁源在申遗后同样力图通过对介子推传说资源的开发,来推动新农村的经济建设。

在时代多元动力的刺激下,传说逐渐成为旅游业看好的新生资源,实践了传说与旅游的现代观照。介休的介子推传说资源更加具有成为旅游资源的内在特质,企业的经济运作结合"旅游热"的时代背景,介休绵山文化景区应运而生。以传说资源为依托,介休开发出了类型丰富的特色旅游项目,包括生态游、宗教游、军事游、民俗游、度假游、红色游等,满足了游客视觉与感官消费的挑剔性。但是沁源因为种种客观原因导致市场动力对其发挥的影响甚小,在未来的规划中,沁源欲将传说资源打造成可以为农村转型产业增添特色的文化资源,形成特色的民俗村旅游景观。

（五）政策动力

对介休绵山而言,政策的支持是传说资源得以开发的重要保障。政府积极引导民营企业参与旅游业的投资,为其提供了前所未有的宽松政策环境,这是民营企业发展的一次机遇。同时也使得传说资源有了被开发的机会,走出了成为文化资本至关重要的一步。

随着人类的现代化建设,古老、传统的优秀文化资源受到冲击,介子推传说也面临着流失的可能,而非物质文化遗产政策的出台,为传说的发展提供了坚实的政策保障。申遗行为变成两地介子推传说发展的巨大时代动力。沁源寒食文化节在 2014 年申报为市级非物质文化遗产名录,介休寒食清明习俗(清明节)在 2011 年申报为国家级非物质文化遗产名录。申遗行为使得介子推传说成为一种大众消费的精神产品,其"忠孝义"精神在当代展现出重要的历史价值与现实意义。申遗之后,传说的价值往往会被抬高,其实现资本化的可能性也会相应增加。文化遗产是文化资本的支点,即文化遗产助力传说变成文化资本。同时,相关非遗理论也为传说资源的保护与发展提供了方法论指导。

我们不难发现,介子推传说最终的发展归宿是在非物质文化遗产相关理论的指导下,实现传说的文化价值、历史价值、社会价值、经济价值的协调发展,更好地发挥文化软实力的功用。"资本化"只是传说资源保护与发展长远战略中的举措之一,它是传说在当代社会新的文化背景下生存所必须要面临的革新与蜕变。传说发展绝不能在"资本化"的驱动下,使文化遗产的多重价值属性让位于经济价值。文化资本的实现过程中要谨防传说资源保护的异化行为,即使保护传说的初衷成为获取经济利益的附庸。

小　　结

传说的历史记忆具体指民众对传说的记忆过程,从民众历史记忆的角度来考证传说的文本书写与空间播布情况,实际上是对传说本体进行历时态与共时态两方面的研究梳理。民众对传说的历史记忆包含了传说最原初的发展形态与遗留下来的深刻印记,它是传说在当代发展的重要依据。将民间传说与文献资料、空间遗迹进行三重对照解读,既能摆脱文字记录的局限,克服口头传讲的苍白,同时又加入物的叙事进行佐证,可以较为全面地勾勒出介子推传说历史记忆的建构过程。在新世纪社会转型发展的历史条件下,古老的传说故事正经历着时代风雨的洗礼,逐步形成富有地域特色的传承模式。沁源与介休两地是介子推传说的重要承载地,两地迥异的文化环境型塑出了原生态传承与旅游景观化传承两种不同的地域传说发展模式。在多种动力机制的作用下,介子推传说在当代拥有了一种新的发展姿态,它是资源、遗产、资本三者在博弈中形成的一种最优状态。注重传说文本文学审美构成与传说语境变化关系的考察,将民间传说的历史与现实、民间与官方、文学文本与外部条件对接贯通,追求"文化诗学"的整体研究,应成为民间传说研究的一个学术取向。

第二十四章 狐突传说信仰与山西 区域社会文化变迁

狐突是春秋时期晋国的大夫，因为他生前有勇有谋，忠心不二，受到后世历代统治者和民众的推崇，逐渐被神化，成为民众崇信的神灵。狐突信仰具有明显的地域性，山西交城、清徐二县交界的狐爷山一带是狐突生前活动以及死后埋葬的地方，因此以这一地域范围为中心，扩展至周边地区，形成一个辐射多县市的狐突信仰圈。狐突信仰集中的地区流传着大量关于狐突的民间传说，形成了狐突传说圈。随着时代的发展，狐突的神职功能不断发生变化，从兴云布雨的雨神转变为无所不能的地方保护神，这与山西特殊的地理环境、地方社会历史以及民众文化心理的嬗变都有关系，因此狐突传说信仰的发展可以从一个侧面反映出山西区域社会文化变迁的历程。

一、狐突传说的"本事"及其信仰圈播布

狐突，姓狐，名突，字伯行，春秋时晋国大夫。晋国位于晋南地区，多山谷高原，既有华夏族居住，也有戎狄族活动，"戎狄与之邻"①，故中原农业民族与北方游牧民族毗邻接壤、错综交往，民族关系错综复杂。"启以夏政，疆以戎索"的治国方针纵贯于晋国的全部历史行程，它所固有的背离周礼的异端色彩及其趋同存异的宽容性格，客观上有利于华夏民族与戎狄民族的交往，推动了中原农耕文化与北方游牧文化的融合。春秋时期不同民族之间，或是征战讨伐，通过激烈的军事争夺和政治较量，或是缔约结盟，通过朝聘、职贡、通婚、通商的和平方式，展

---

① 杨伯峻：《春秋左传注》，中华书局 1981 年，第 1371 页。

开了全方位的文化大交流。① 其中通婚是民族文化交融的途径之一，并且渗入到政治领域。晋国周围的戎狄之中，有一支大约生活在今太原市西南吕梁山中的狐氏之戎。《国语》记载："狐氏出自唐叔。狐姬，伯行之子也，实生重耳。"②又云："狐氏，重耳外家，与晋俱唐叔之后，别在犬戎者。"③叔虞封唐后，其子孙逃逸于戎狄间者，有了狐氏之戎。可见，晋国与狐氏之戎为同一族属，其成员间存在血缘关系，拥有相同的文化心理和历史情感，他们在相互交往的过程中产生了族群认同，故狐氏之戎与晋国的关系十分密切。晋献公娶了狐突的女儿，生公子重耳，"狐突以狐姬故，事晋为大夫。"如同《史记》所言："重耳母，翟（狄）之狐氏女也。"④正是因为这种姻亲关系，狐突得以成为晋献公大夫，为献公时的重臣。⑤ 晋献公在夫人齐姜死后专宠后娶的骊姬，骊姬想废掉太子申生而改立自己的儿子奚齐为嗣君，用诡计陷害太子申生，面对骊姬恶毒的阴谋，狐突断然决定亲自赴曲沃辅佐太子申生。《国语·晋语》曰：申生处曲沃，"甚好仁而强，甚宽惠而慈于民"。东山皋落氏猖獗强悍，骊姬便对晋献公进谗言，使申生伐东山，狐突这时态度坚决，想方设法助申生一臂之力。重耳出逃在外，狐突命他的儿子狐毛、狐偃紧紧跟随并保护其安全。晋怀公下令跟随重耳在外逃生的人如期归来，违其命者，便诛杀其全家。《史记·晋世家》载："乃令国中诸从重耳亡者与期，期尽不到者尽灭其家。狐突之子毛及偃从重耳在秦，弗肯召。怀公怒，囚狐突。突曰：'臣子事重耳有年数矣，今召之，是教子反君也，何以教之？' 怀公卒杀狐突。"⑥狐突因此遭到杀害。狐突深谋远虑的政治才能、为晋国献身的忠义气节，得到晋文公的赞赏，对后世产生了重大的影响，在山西历代百姓心中具有很高的地位。

狐突作为春秋时期晋国的大夫，有勇有谋，忠心耿耿，为晋文公重耳执政立下不可磨灭的功劳。狐突智勇忠信的精神品性既符合最高统治阶层对下臣的要求，又顺应了下层民众为人处世之道，因此受到历代统治者和乡村民众的推崇，

① 李元庆：《三晋古文化源流》，山西古籍出版社1997年，第218页。
② 徐元浩：《国语集解·晋语四》，中华书局2002年，第330页。
③ 徐元浩：《国语集解·晋语四》，中华书局2002年，第330页。
④ （汉）司马迁：《史记》，中华书局1959年，第1641页。
⑤ 徐元浩：《国语集解·晋语一》，中华书局2002年，第268页。
⑥ （汉）司马迁：《史记》，中华书局1959年，第1656页。

逐渐由人转神,成为山西的地方性神灵。根据历代县志及田野调查统计,有明确记载狐神信仰的县市包括交城县、清徐县、文水县、祁县、太原市、晋中市、晋中市太谷区、榆社县、阳曲县、寿阳县、盂县、平定县、昔阳县、兴县、长治市、沁源县、武乡县、曲沃县、洪洞县、忻州市、定襄县、河曲县、阳高县、天镇县,甚至外省有张家口市万全区(河北)、荥阳市(河南)等。① 形成以清徐和交城交界的狐爷山为中心,辐射诸多县市的狐神信仰圈。最初这些地方的百姓修庙祭祀只是崇拜狐突的忠诚,但是伴随着历代统治者的推崇和敕封,狐突的神性地位得到进一步强化,百姓根据自己的生活愿望赋予狐突更多的神职功能并加以祭祀供奉,应验之后,狐神便得到更广泛的崇信。狐突信仰集中的地区流传着大量关于狐突的传说,特别是在山西的交城、清徐、古交、太原、太谷、娄烦、阳曲、阳高等地,形成了一个狐突传说圈。狐突传说作为狐突信仰的载体,既是古老的灵魂信仰观的遗留,又反映了民众的真实情感。它丰富了民众的精神生活,促进了狐突信仰在乡村社会的传播,具有调节人际关系,维护社会秩序的文化功能。

"宗教在农村生活中的功能不是单纯的,它是渗透在农民生活的各个方面的……民众一切解决不了的问题,都要求之于神佛,所以我们说各种宗教的崇拜,都是反映生活上的某种问题"②。民间信仰是指"在民众中自然产生的一套神灵崇拜观念、行为习惯和相应的仪式制度"③,在民众日常生活中,各种不可预料的突发事件常常让人有种不安的感觉,防范这些难以预测事件的主要方式是到寺庙向神灵寻求保佑。狐突信仰是存在并流传于山西民众生活中的民间信仰之一,主要是指对历史人物狐突产生的崇拜和信仰。他不仅具有降雨的职能,还兼具保佑其他与民众生活息息相关事件顺利的职能。在民众心目中,狐神几乎成了万能神,从多个方面影响着民众生活。

民间信仰的产生是有其特定的地理、历史条件及民众心理动因的,狐突信仰也是这样。西方传播学派格雷布尔提出了"文化圈"理论,该理论假定文化是从原点慢慢扩散出去,跨越空间,一圈圈推动,使文化散布于各个地方。文化圈的

---

① 王永锋、李富华:《从山西清徐狐突庙看中国民间信仰的变迁》,《山西大同大学学报》(社会科学版)2012年第2期。

② 李有义:《山西徐沟县农村社会组织》,燕京大学法学院社会学系学士毕业论文(北京大学图书馆藏),1936年,第134页。

③ 钟敬文:《民俗学概论》,上海文艺出版社1998年,第187页。

定义可以让我们联想到物理学中的声波,声波从声源发出,在媒质中各方向传播,如果波长比声源尺寸大得多,声波就以声源为球心,以同样的速度,向各个方向辐射出去。① 信仰圈的概念也与之相类似,它是指以一个神(或他的分身)的信仰为中心的区域性信徒所形成的志愿性信徒组织。② 狐突生前活动及死后埋葬的地方都在山西,这个狐突信仰圈的标志是以同一个崇拜神(狐神)为中心,各个地方都有狐神庙存在,每年都会举办庙会和相关仪式,由生活在该地区的信众出钱出力,承担与狐突信仰相关祭祀活动所需费用。

狐突信仰圈范围广阔,然而其中心点则在今清徐与交城交界的马鞍山一带,信仰圈的分布状态与历史事实有密切联系。晋文公重耳功成业就之后,为怀念忠贞不渝、大义凛然的外祖父狐突,"哀其死,嘉其节",在梗阳(今清徐县)、却波(今交城县县城)之间的马鞍山下重整坟茔,隆重安葬。狐突建功于春秋时期之晋国,影响却极为深远,成为三晋名臣。③ 感于狐大夫的忠贤,后人建祠纪念他。光绪《山西通志》载,"方舆纪要狐突山有晋大夫狐突庙,因名县之镇山也"④;"狐大夫祠在交城县北关及阳曲各县,旧通志祀晋大夫狐突,明代韩祐狐公新建碑亭记云'神为却波故城人,墓在马鞍山,立祠已久,唐长史王及善徙山南遗祠于县北,屡著灵应',宋封忠惠利应侯。"⑤;清光绪《清源乡志》载:"利应侯狐神庙,在西马峪马鞍山下,祀晋大夫狐突,至元正二十六年修"⑥。当地民众为了纪念狐突,在交城与清徐交界处的马鞍山(又名"狐突山")修建庙宇,并举行祭祀活动。狐突庙宇的修建逐渐从狐突山扩展到周边地区,由中心向外辐射的信仰圈的范围不断扩大。狐突信仰圈可以形象地描绘为一个平面波截面图(见图24-1 山西狐突信仰圈波形图),由声波理论可知离声源越近,声波的强度越大,受到的影响也越大。狐突信仰圈第一圈层内的地域范围离信仰中心最近,因此在这一圈层地域中的县市受到的影响最大,狐突信仰播布于 11 个县市,传播范

---

① 太原理工大学机械工程学院课件第二章,《噪声控制中的声学基础》,内部资料。
② 林美容:《彰化妈祖的信仰圈》,台湾"中研院"民族学研究所集刊,1990 年,转引自张宏明:《民间宗教祭祀中的义务性和自愿性——祭祀圈和信仰圈辨析》,《民俗研究》2002 年第 1 期。
③ 清徐县政协文史资料委员汇编:《清徐文物集锦》,内部资料,1987 年,第 126 页。
④ (清)王轩等纂修:《山西通志》,中华书局 1990 年,第 3005 页。
⑤ (清)王轩等纂修:《山西通志》,中华书局 1990 年,第 4057 页。
⑥ 清徐县政协文史委编:《清源古城》,北岳文艺出版社 2008 年,第 185 页。

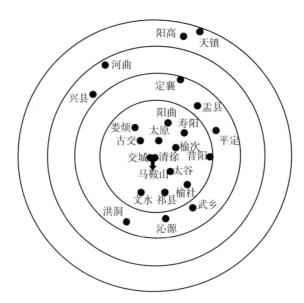

图 24-1 山西狐突信仰圈波形图

围也最广。交城县"忠惠利应侯庙,北门外又曰广惠庙,又曰狐大夫祠"①;清源"利应狐神庙,在西马峪马鞍山下,祀晋大夫狐突,元至正二十六年建。"②"阳曲县祠三,一在南关小木桥门外;一在牛站门外;一在萧家营,元大德初年建。"③太原"狐大夫祠,在大槐树村,祀晋大夫狐突。"④除了交城、阳曲、太原这一带外,晋中地区的分布也较为广泛。如文水县"忠惠利应侯庙,一在韩城,一在桑村;狐大夫庙,一在东城都,一在南城都,祀晋大夫狐突及所谓狐神庙也"⑤;祁县"利应侯庙祀晋大夫狐突,一在西建安村北邑人温昉有记,一在县东南一里许"⑥;晋中市太谷区有"狐大夫庙,一在县北街路东,一在县西南十五里白城村祀狐大夫"⑦;榆社县"狐突庙在县西三十五里狐家沟"⑧;明清时期狐神信仰达到了高

① (清)沈树声:《太原府志·祀典》第十九卷,清乾隆四十八年(1783),第 16 页。
② 《光绪清源乡志·卷七·祀典》,中国地方志集成·山西府县志辑,第 460 页。
③ (清)王轩等纂修:《山西通志》,中华书局 1990 年,第 5083 页。
④ 《道光太原县志·卷三·祀典》,中国地方志集成·山西府县志辑(2),第 531 页。
⑤ (清)沈树声:《太原府志·祀典》第十九卷,清乾隆四十八年(1783),第 19 页。
⑥ (清)沈树声:《太原府志·祀典》第十九卷,清乾隆四十八年(1783),第 12 页。
⑦ (清)沈树声:《太原府志·祀典》第十九卷,清乾隆四十八年(1783),第 10 页。
⑧ 《光绪榆社县志·卷八·祠庙》,中国地方志集成·山西府县志辑(18),第 610 页。

潮,各地纷纷重修狐神庙,如昔阳县"狐突庙在凤凰山,乾隆二十四年知县陶墉倡捐重修。"①狐突信仰圈的第二圈层离信仰中心的距离比第一层远,因此所受的影响也相对小些。就目前查找到的方志资料来看,只有 6 个县市有狐突信仰的分布。据《平定县志》记载:旧时,农历七月二十二日为县城庙会。凡遇久旱不雨,人心惶惶之时,县城七街绅士便相聚一庙共议迎驾祈雨事,多迎请柏井明灵王和狐突老大王出巡。直至民国初年,每于迎请,县城官吏绅士也骑马乘轿前往。② 随着圈层的进一步扩大,离中心距离更远的第三、四圈层分别仅有两个县市存在狐突信仰。如兴县"狐突庙,县东南崔家,原狐突食邑于此。"③"又蒲县五鹿山祀五鹿大夫志以为即狐大夫也。"④在信仰圈的第四圈层,雁北地区阳高、天镇也信奉狐神,"俗传神祀冰雹,故雁门以北,祠宇相望而太、汾二郡亦无县不祀"⑤天镇"雹神祠,在南洋河北,祀晋大夫狐突。乾隆十七年知县张坊建",修建缘由是,"因民每岁祷神远在阳高许家园,会大雨雹,为民其祷,建新祠三间"。⑥ 阳高、天镇两县信奉狐神,但狐神不是本境固有之神,而是由山西中部传入。明代山西北部沿边驻扎了大量军队,其中部分军户从山西中南部征调而来,明代及清初移民实边与屯田垦荒的政策也造成人口流动,狐神信仰必定也随人口迁移在这里传播。⑦ 由此可见,愈是与信仰圈中心距离遥远的地方狐突信仰的影响力愈为微弱。

二、狐突传说的主要类型及其地方性演述

民间传说是一方社群的集体记忆,是围绕客观实在物,运用文学表现手法和历史表达方式构建出来的具有审美意味的散文体口头叙事文学。⑧ "客观实在物"在民间传说中处于核心地位,所以将它称为"传说核","传说核"可以是一个

---

① 《民国昔阳县治·卷二·祠庙》,中国地方志集成·山西府县志辑(18),第 21 页。
② 平定县志编纂委员会编:《平定县志》,社会科学文献出版社 1992 年,第 569 页。
③ (清)沈树声:《太原府志·祀典》第十九卷,清乾隆四十八年(1783),第 21 页。
④ (清)王轩等纂修:《山西通志》,中华书局 1990 年,第 5084 页。
⑤ (清)王轩等纂修:《山西通志》,中华书局 1990 年,第 5084 页。
⑥ 《光绪天镇县志·卷二·典祀志》,中国地方志集成·山西府县志辑(5),第 457 页。
⑦ 王鹏龙:《雁北明清剧场及其演剧研究》,山西师范大学研究生博士学位论文,2012 年。
⑧ 刘守华、陈建宪:《民间文学教程》,华中师范大学出版社 2006 年,第 12 页。

历史人物或历史事件、也可以是一个地方古迹或风俗习惯。围绕一定的客观实在物,原有的地方历史记忆,遇合特定的社会历史条件,并渗透进民众的文化心理,民间传说就会获得传承的动力,得到广泛传播。在狐突信仰圈中,伴随着狐突信仰的形成和发展,在当地流传着与狐神相关的各类传说,乡村百姓通过口耳相传的狐神传说使狐突的神奇力量得到了确证。这些传说来自民众,播布于乡间,是民众现实生活和理想愿望的反映。

柳田国男在《传说论》中提出"传说圈"的概念,认为人们只是在固定的小集团内谈论传说。"这个'小集团'有大有小,因之,也就又被人们分成为'著名的'或'不著名的',而又形成了传说的另一特征。为了研究工作上的方便,我们常把一个个传说流行着的处所,称做'传说圈'。……无论多么小的(不著名、范围窄)传说,也必有核心。"①柳田国男强调了两点:一是民间传说大多流传于一定的范围,从而形成一个传说圈;二是每一个传说圈,往往会有自己的核心(或称"中心点")也就是以资凭藉的"纪念物"。② 狐突传说在山西的交城、清徐、古交、太原、太谷、娄烦、阳曲、阳高等地都有流传,形成一个狐突传说圈(见图24-2狐突传说圈示意图),狐突传说圈的中心点即清徐与交城交界处的"狐突山"。狐突传说按其内容可分为以下六种类型。

1. 生平传说

狐突作为历史人物,在晋国的历史舞台曾扮演过重要角色。他既具有深谋远虑的政治才能,又具有忠义守信的高尚品质,其悲惨遭遇最能激发历代民众的同情心,成为民间社会忠义的象征。狐突一生极具传奇色彩,在古交、交城、清徐一带的百姓中间流传着关于狐突生平逸闻或传说,这些传说以描述狐突事迹为主,主要包括狐突御戎传说、狐突被害传说。

(1)狐突御戎传说

狐突为晋太子申生的御戎,负责驾驭戎车。一年,晋献公派申生攻打"皋落"族时赐其杂色衣和缺口玉环。狐突感叹杂色衣是缺温润之情,缺口玉环显离异之意。申生攻打皋落之际,狐突劝诫申生到他国避难,认为大夫在外会受朝中谗言,国家出现纷乱。申生执意攻打,胜利

---

① [日]柳田国男:《传说论》,连湘译,张紫晨校,中国民间文艺出版社1987年,第49页。
② 巫瑞书:《论炎帝陵传说圈及其原始文化意义》,《湖南师范大学社会科学学报》1993年第3期。

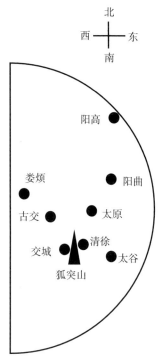

图 24-2　狐突传说圈示意图

而归。回国后国内谣言四起,申生继母骊姬频繁在献公前挑拨离间,狐突闭门不出。献公大怒,令申生自杀。申生死前悔意万分,嘱托狐突辅助其父治理国事,虽死心安。①

（2）狐突被害传说

骊姬再献谗言诬蔑公子重耳。狐突之子狐毛、狐偃助重耳逃亡国外。晋怀公执政,令随重耳流亡之人三月内回国,过时抄家惩罚。狐突执意不肯召唤其子回国。怀公大怒,抓捕狐突,使尽手段威逼利诱,狐突严厉拒绝。七月初五狐突全家被杀,葬于晋阳马鞍山。至今此山仍遗有大小坟丘七十余座。②

民间传说是特定地域民众群体口头流传的历史记忆,流传的时间愈长,扩布的范围愈广,事实的因素会逐渐削弱,想象的成分会不断增加。上述两则传说的

---

① 太原市民间文学集成编委会:《太原民间故事》,内部资料,1990年,第245页。

② 太原市民间文学集成编委会:《太原民间故事》,内部资料,1990年,第246页。

基本情节与典籍文献记载相似,可是在人物性格刻画、具体细节描述上更加形象生动,语言表述也更具备口语化的特点,这正是由历史事实向民间传说转化的重要特征。狐突一生对晋国做出不可磨灭的贡献,在长达三十余年的政局动荡中,赤胆忠心地保护申生和重耳两位"储君"的人身安全。狐突的辅佐使得申生在开辟晋国疆土上建立了功勋;狐突事前派他的两个儿子(特别是狐偃)随重耳逃亡,保护重耳,充分体现了政治家的深谋远虑。狐突的行为表面上看是对君主个人尽忠,实质上关乎到社稷安危,百姓平安。因此在他死后,百姓感念他的忠义仁勇,述说着他生前护国为民的动人故事。

2. 建庙传说

建筑物的选址讲究风水,风水好坏直接关系到建筑物主人的命运。庙宇选址同样要讲究风水,但是在民间的建庙传说里,不少庙宇的选址原因往往简单地归之于某则神奇的传说,或是有人得到神灵托梦,百姓就在其显灵的地方修建神庙,供奉神灵。古交狐爷山的狐爷庙修建相传是从某个人的"托梦"开始的。

> 很久之前,有人睡觉梦见一个长白胡子老头儿。老头告诉他没有地方可去。此人觉得很奇怪,认为这是狐神在给他托梦。第二天,他把这个梦告诉了大家,于是大家商量修建一座狐爷庙。[1]

当地某人睡觉时梦到狐爷无处安身,大家认为这是神明的暗示,需要在这个地方建一座神庙。此时,庙宇的选址与所谓的风水就没有了直接联系。狐神"托梦"后,百姓一般不敢轻易违背,他们认为神明是万能的,得罪神明定会遭到报应。他们通常会根据梦境内容寻找这个地方,不仅为神灵完成所托之事,同时也为自己寻求心理安慰。

受到"神仙托梦"后,百姓为其修建庙宇,关于古交狐爷山狐爷庙的选址有这样一个传说。

> 当年原平川的西川、南川及西治川社头集资修建狐爷庙。庙址选择在背风向阳的骡圪洞。开工当天早晨木料全部消失,莫名躺在了东山与西山之间的马鞍型平阔地上。众人奇怪,却认为此地山势高耸,没有水源无法建庙,将木料搬回原处。第二天木料又消失,出现在前一天的地方。人们认为神仙显灵,磕头祈祷,发现一根粗檩立在山石旁,一

---

[1] 李小溪:《山西狐爷山狐突信仰研究》,山西师范大学硕士学位论文,2012年。

大汉将檩子扛起，一股清泉喷涌而出。众人方才悟出在此处建庙是神的旨意，于是将庙建在这里。①

百姓在某个地方给狐神建庙，原因并不是这里风水好，而是因为这是"神仙故意安排的"，因此这个地方就有了灵气。建座神庙可以庇佑一方百姓，并且能够使人们切身感受到神明的神通广大。

娄烦县下静游村的狐突庙据说是在光绪年间所建，关于庙的来历在当地也有一则神奇的传说。

　　一年夏天的中午，下静游村在岚河畔锄苗归家的村民听见河中传来"救命啊！救命啊！我姓狐"的求救声，他下水用锄头捞起漂来的"人"，发现是一尊木制神像。神像打捞上来了，河里的呼救声也消失了。他和大伙将神像背回村，立在"狐爷"庙供奉。从此，村中一旦有人犯错，长辈命其在此认罪悔过。②

静游镇的百姓看见河里漂浮的神像，听到神像发出求救的声音，便给神像修庙并供奉起来，体现出民众对神明的一种敬畏心理。此时，木制神像不再是原始的物质，而是进入了显现并在自身的显现中承载着一定的象征意义，它作为一种"介质"，其物质材料已经不是自然的物质材料，也不是冷漠的、与人的存在没有关系的纯粹自然物，而是在被动的物质材料中灌注了创作主体的"生命意味"，承载了特定的文化内涵与民众心理。于是，它的物性便触动着人们的身体和精神。③百姓对神明有敬畏之心，木制神像让人们认为是有神明在暗示，于是便不敢怠慢。即使不知道所谓何神，也会按照所见所闻为其修庙并供奉起来，他们认为这样就不会得罪神灵。

3. 显灵传说

显灵传说的产生与我国长期存在的魂魄观念、鬼神崇拜紧密相联，在下层民众看来，生前就不平凡的狐突，死后也会化为半仙半鬼，其灵魂会在凡间显现。自人类有埋葬意识以来，便与灵魂信仰紧密不分，人们认为灵魂是活动的并会随时出现，灵魂出现后形成的一系列活动被人们加以想象渲染，便产生了灵魂传说。狐爷山是埋葬狐突的地方，因此这一地区流传着这类传说是自然而然的，当

---

① 傅中和：《可爱的古交》，山西人民出版社 2005 年，第 110—111 页。
② 张贵桃：《娄烦民间传奇故事》，内部资料，第 2009 年，第 193 页。
③ 牛宏宝：《美学概论》，中国人民大学出版社 2012 年，第 221—223 页。

地民众把他亲切地称呼为"狐爷",每当谈及狐神显灵时,都称为"狐爷显灵"。

(1)狐爷显现真身传说

> 一个岚县人去娄烦卖草帽时碰到一个老人。老人向岚县人赊了一顶草帽,并说自己姓狐,是下静游村人。次日,岚县人卖完草帽,去村里找老人索要草帽钱。他根据地址来到狐爷庙,方知老人正是狐爷所变。于是岚县人买贡品叩拜狐爷后高兴地回家了。①

狐神与卖草帽人的传说在村子里传开以后,人们更加相信狐爷灵验,这个村子以及整个镇上的人都认为狐神是他们的保护神。

(2)狐神替民解难传说

民众在日常生活中常常会遇到一些意想不到的难题,于是在狐神传说中,将狐神塑造成充满正义感的人物形象,为民众扶危济困,排忧解难。在清徐、太原、娄烦一带的百姓中间广泛流传着这样的传说。

> 有一年,晋源区大旱,阴历八月初二才降下一场雨。一个卖荞麦籽的老汉对村民说,此时种荞麦可获大丰收。老汉承诺把种子赊给村民,待荞麦丰收后再还钱,无收成则不必还钱,并说自己是白石沟涧人,姓狐。人们把荞麦籽买回下种到地里,结果获得大丰收。村民们到白石涧沟还钱,方知老汉正是狐爷所变。此后,凡遇天旱,村民就来涧沟拜狐爷。②

传说中的狐神乔装成凡人,拥有和普通百姓一样的容貌、神态和口音,看起来完全是一个具有亲和力的长者,是生活在民众中的"狐爷爷",这样就消除了百姓与狐神之间的神秘感。然而,和蔼可亲的"狐爷爷"有鲜明的个性特征,他爱憎分明,惩恶扬善,对于贫苦善良的百姓会出手相助;对奸诈的恶人,绝不姑息纵容。

在民众日常生活中常常会有一些恶霸、财主使尽手段刁难百姓,想方设法从百姓的身上得到好处,扰乱民众正常的生活秩序。狐神嫉恶如仇,如果知道哪个恶霸欺负百姓,定会加以惩罚,交城"方秃子"传说就演述了这样的内容。

> 农历五月初六,交城县人要出北门上卦山。恶霸方秃子要求出北

---

① 张贵桃:《娄烦民间传奇故事》,内部资料,第 2009 年,第 193—194 页。
② 杨栓保:《清徐古寺庙》,北岳文艺出版社 2010 年,第 167 页。

门的人给他捎上一担粪去自家地里。狐爷变作样貌温和的人走到方秃子跟前。方秃子要求狐爷替他担粪,于是狐爷挑上粪出了北门。十多天后,方秃子的几十亩玉米越来越不景气。人们才想到那天的老人很像狐神庙里的狐爷,方知是狐神显灵。①

在这则传说里,"方秃子"作为地方恶霸的代表,欺压百姓,人们虽然痛恨这样的恶人,却没有办法与之抗衡,只能寄希望于狐神。狐爷作为神灵,法力无边,靠神奇的力量惩治恶霸,替百姓出气。民间传说将狐神塑造为正义之士,并赋予它更多的传奇色彩。

4. 宝物传说

程蔷认为"活跃于文明社会的宝物观念,来自远古时期的神物幻想。原始社会人们天真幼稚的思维经过时代的淘洗、磨砺和加工,演变成为文明社会人类意识形态的一个方面,但它们的内核仍然有着相通之处。原始人的神物幻想是构成古代神话的有机组成部分,神话离不开神,也离不开神物。如此说来,有关神物的幻想,有关宝物的观念,确实是很早就进入了民间叙事"。② 处于社会底层的乡村民众物质资料匮乏,生存艰难困苦,但精神生活却是充盈丰裕的,他们在各种艺术创造活动中自娱自乐,寻求自我精神的解放,并获得自我尊重、自我创造的满足,在幻想中不断地发现自我、找回自我、张扬自我。狐爷山一带流传的宝物传说可以分为以下两类。

(1)宝物幻想与道德观

宝物幻想是艺术创造最好的原料和催化剂,它可以使民间叙事创造者超越沉重而乏味的日常生活,徜徉在诱人的幻想之中,使这类民间叙事的接受者暂时地摆脱和忘却困窘忧患的处境,获得精神的慰藉和愉悦。③ 正因为如此,生活在狐突山狐突墓周围的民众,自然会联想到其中埋藏了大量的宝贝,这些宝物会惠赐于民众,让民众过上富裕美满的好光景,因此,以宝物为叙事核心、以寻宝探宝为主要内容的口承作品在狐突传说中颇有艺术魅力,深受民众喜爱。在古交一带流传着这样一则传说。

狐突死后被晋文公厚葬于晋阳马鞍山上,文公制作的数万匹马在

① 田瑞:《西街志》,天马图书有限公司2000年,第167页。
② 程蔷:《骊龙之珠的诱惑——民间叙事宝物主题探索》,学苑出版社2003年,第40页。
③ 张佳:《武则天传说的民俗文化研究》,青海师范大学硕士学位论文,2009年。

葬礼上附魂成活。翌年,一老翁手持拐杖将山拗开,数万匹马涌入山内。百姓见之,皆拜祈老翁,老翁霎时化作白光杳然无踪,但天空飘下一方丝帕,帕上写着:"马驹本是黄金铸,狐爷造化百姓富,若要发财须忠孝,单等吉日开宝库。"还有:"若要再相会,七月初五来。"每年七月初五,百姓牵牲畜集会于狐爷庙前,祭祀狐爷的同时意欲引出金马驹。凡善良的百姓在祭祀完后,其牲畜群里会增添一匹金马驹。也有贪婪之辈因捕捉抢夺金马驹,得罪了狐爷,于是老翁关严山门,金马驹从此不现。但善良的百姓每年依旧牵着牲畜来狐爷山祭祀赶集。①

凡是勤劳善良、忠诚孝顺的庶民百姓就能得到金马驹,这里提出了一个重要观念,即宝物的获得和拥有,必须与人的"德行"相称,有德行的人才能有福。中国民间叙事常有这种含蓄、多层的意味,暗寓某种伦理道德的训示,引导人们人心向善。在中国百姓的思想深处,总愿意相信上天会降福给那些勤劳本分、心地善良的人,机缘和运气也只对这样的人才会起作用。这种思想贯穿于民间叙事作品中,特别是宝物主题传说,因为它已经渗透到中国人的心灵深处,是一种存在于民间的普遍观念。传说对贪婪、狡诈、不讲信义等恶德的尖锐讽刺,与朴实善良的劳动农民形成鲜明对比。

(2)寻宝传说与财富观

人们相信有大量的金马驹埋藏在狐爷山底,这些金马驹就成为后来觅宝者寻求的对象,继而又构成了寻宝的情节。以下是两则关于狐爷山寻宝的传说。

狐爷山里的金马驹

有位道长来到狐爷山,离开时送给一位老大爷一颗黄瓜种子。道长告之种子下种后一百天,用熟黄瓜打开山门,金马驹会出来。于是老大爷把黄瓜种子种下去。到九十九天时,他听见黄瓜有动静,认为黄瓜成熟了。他用黄瓜打开山门,金马驹奔跑出来。看到金马驹,他很高兴。忽听一声巨响,山门被关上了。老大爷气得晕倒在地上。他醒后看见用黄瓜所撬的地方,不停流出水。他认为这是狐神的安排,就在此

---

① 傅中和:《可爱的古交》,山西人民出版社 2005 年,第 86—87 页。

地挖了口井,说是"仙泉"。此后,他饮用"仙泉"水,据说活了九十九岁。①

狐偃山的传说

交城狐偃山上住着南蛮子,其头领叫"大蛮子",他告诉同伴狐偃山中有金马驹。同伴们没有找到,都放弃了,但大蛮子还是独自寻找。他在睡梦中遇到一位仙女,仙女送给他一粒种子。并告诉他种子必须单独种进二亩良田里,每日锄地三次,百日内不可摘下,否则前功尽弃。一日,大蛮子不小心揣着种子跌下山崖。遇到一位老翁救了他,他便把一切都告诉了老翁。于是老翁让出二亩良田种下种子。大蛮子回南方,临走前叮嘱老翁牢记仙家的话。到了第九十九天,老翁忍不住摘下黄瓜在崖上一碰。狐偃山拦腰分开时金马驹出现,可是山盖突然落下,金马驹没能得到。②

这两则传说虽然情节有所不同,但其实属于一个母题,即主人公得到神仙的指点,寻找狐爷山里的金马驹,但是由于他们没有完全按照神仙的旨意去做,最终未能得到宝物。从民众心理因素分析,渴望摆脱贫穷变得富裕起来是农民们的普遍愿望,从很多传说中都可以看出,农民们热爱自己的生活,热爱一切与自己日常生活和生产劳动有关的事物,因此他们常常把对于宝物的幻想寄托在一些自己觉得十分亲切的事物上。他们幻想一颗种子经过培育长出的果实能够打开狐爷山的宝库,生活中常见的黄瓜成了开启宝库的钥匙,这种美丽的幻想,是民间叙事的现实性和传奇性的有机结合。如果只是单纯的偶然得宝,情节就显得单纯朴素,但是经过神仙指点而获宝,就多了一个转折,把得宝的缘由归于某种客观因素的引导,是因为神仙的帮助,主人公才得到宝物,神仙与宝物,二者都具有超现实的特性。这样的幻想具有一定的现实意义,因为它与农民勤劳的美德有关,而且关于人类寻宝过程的奇妙幻想能满足民众的审美需求,所以这类传说获得了广大劳动民众的喜爱。

寻宝传说是典型的复合型传说,其艺术手法是把该地的狐爷传说与全国各

---

① 傅中和:《可爱的古交》,山西人民出版社 2005 年,第 87—88 页。
② 张德一、贾莉莉:《太原史话》,山西人民出版社 2000 年,第 118—121 页。

地普遍流传的南蛮盗宝型传说粘连在一起,把宝物与特有的风物相附会,丰富了传说的内容。第一则传说叙述寻宝者取宝失败了,却在当地留下某种遗迹,即狐爷山狐爷庙中的神井。这种"觅宝""取宝"情节与地方山川风物的黏合,使这类传说带上了鲜明的地方色彩,更容易被当地群众接受。

5. 神亲传说

"神亲是村落之间把世俗亲缘引入信仰领域而结成的一种长期、稳定的亲密关系;它以共同信奉的某位神灵为纽带,确立了村落与该神的亲属关系及村落之间由此而来的亲戚关系。"①婚姻关系在乡村社会民众日常生活交往中极为重要,百姓认为人与人之间要喜结连理,神与神之间也需要成双配对,因此人们会为"独身"的神明牵线搭桥,使之结成神亲,阳曲县就流传着这样一个给狐神结神亲的传说。

> 阳曲县大川村常家庄村民趁夜来到洄沟将狐神偷走。祈雨应验后,村民将狐神临时寄放在一条沟里。刘庄放羊人将此事告诉村民。于是刘庄村民将狐神请回供入娘娘庙。洄沟村村民发现狐神在刘庄,就将此事告到官衙。官衙老爷最后判定,洄沟的狐爷爷和刘庄的娘娘结为神婚。洄沟村正月十五闹红火初七将狐神请回。②

一个村落供奉着"狐爷爷",周围村落的人们听说祈求狐爷爷降雨很灵验,因此把神像偷来供奉,这个传说其实和灵验传说是不可分割的,狐爷爷灵验,所以才有偷神像的情节,从而推动了故事的进一步发展。后来又一个村落的人发现了神像,想到自己村里娘娘庙里供奉的"娘娘"是独身,于是就想让"狐爷爷"和"娘娘"结神亲,这样就可以共同供奉狐神,因此这两个村落就形成了共同的狐神信仰。两村的百姓把世俗的姻缘关系引入信仰领域,在给两个神结亲的同时,两个村落之间也结成了长期、稳定的亲密关系。这则传说具有浓郁的喜剧性,在离奇曲折的情节和出人意料的结局中,隐含着乡村民众的生活智慧与生存策略。

6. 狐神与神龙传说

根据中国人的传统信仰,司雨之神应该为龙。狐神既然可以司雨、司雹,自

---

① 王守恩:《诸神与众生:清代、民国山西太谷的民间信仰与乡村社会》,中国社会科学出版社2009年,第303页。

② 杨栓保:《清徐古寺庙》,北岳文艺出版社2010年,第166—167页。

然与龙有了密切联系,于是出现了狐爷养育神龙的情节。

> 西隅坊的居民常常在深夜被巨大的声音惊醒,他们看到金色巨龙
> 落于狐神庙。庙中善友看到金龙潜入庙院井中,于是西隅坊人为这口
> 井安装了栅栏,阻止金龙腾云而去。人们都认为那是狐爷养育的神龙,
> 因此只有在七月十四狐神庙古会这一天,才会破例将井的栅栏打开。①

以上是流传在交城一带的狐爷养龙的传说。为了显示狐神的灵验,在大同
阳高县广泛传播着狐神是小白龙的故事,这也是狐神信仰在长期的流传过程中
发生的变异。

> 胡神原名小白龙,专管人间降雨。小白龙被张天师派回山西后,他
> 非常高兴,使尽了全身本领。于是狂风大作,冰雹漫天,颗粒无收,酿成
> 大祸。为了赎罪,小白龙在阴历七月初三将麦种赔偿给乡亲们,并起名
> 赔麦。乡亲们就为小白龙建庙,起名胡神庙。乡亲们每年七月初三为
> 胡神唱戏。②

在这个叙事文本里,民众把“狐神”称作“胡神”,他本是小白龙的化身,他是
神祇,具有呼风唤雨、掌控丰歉的“神力”。同时,他又像一个顽童,天真可爱,大
胆任性,因一时过错给人间带来灾难。这就使这位神灵更具“人性”,传说文本
把传奇性和现实性巧妙地结合在一起。

三、狐突传说信仰与山西社会文化变迁之轨迹

狐突本是春秋时期晋国的大夫,由于他的忠诚,受到百姓的崇拜并加以祭
祀。历代统治者从维护自身政治权威、进一步统治底层民众的需求出发,不断对
狐突予以加封;历代民众出于对本地历史人物的敬仰和现实生存的需求,靠口头
语言传讲着狐突的传说故事。官方与民间的两种力量相遇合,互为促进,使狐突
从忠臣形象逐渐演化为雨神,进而成为该地具有多种神职功能的保护神,狐突传
说信仰的演变从一个侧面昭示了山西区域社会文化变迁的历史。

---

① 田瑞:《西街志》,天马图书有限公司 2000 年,第 165—167 页。
② 李富华、陈纪昌、王鹏龙:《从阳高青云寺看山西民间狐神信仰的历史与现状》,《山西大同
大学学报》(社会科学版)2010 年第 1 期。

（一）从贤臣到雨神的演化

在历代民众构筑的传说信仰世界里，常常可以看到这样一种现象：民众对一些历史人物的崇拜不是因为他们死后显灵，也不是因为他们长生不老的仙性，而是因为他们在世时表现了大德、大智或大勇，他们的文治武功有利于民，为世人尊崇和敬仰，所以把他们推上神位，赋予一定的神性，这是中国民间信仰对人物崇拜的最直接体现，称之为圣化或圣贤化①。山西境内对狐突的崇拜，可从一些文人诗词中窥见一斑。明代乔宇曾写诗纪念狐突："晋家争立衅谁开，霸业中衰未可回；诸子为君从患难，当时谋国总贤才。丹青遗像忠魂在，香火空山祀典来；自古英雄常死节，不须重起后人哀。"②清人柯樟《过狐突祠》亦写道："闲来狐突祠，剔苏读残碑。创建知何代，荒凉适此时。苔封松柏少，僧寂鸟声迟。亮节千秋在，遗忠立晋基。"③清康熙年间潘耒《狐大夫庙》写道："皋落千年泪，韩原一片云；儿能开霸业，魂尚拥储君。故里堪遗庙，空山况有坟；灵旗风过处，寒雨暮纷纷。"④这些诗句都是颂扬狐突的高风亮节，道出了后人祭祀他的原因。与此同时，围绕狐突生前事迹形成的传说故事也开始流传开来。

依据现有文献记载，可以断定清徐、交城一带为狐突建庙的时间为唐朝。明韩祐《碑亭记》云："神为却波故城人，墓在马鞍山，立祠已久，唐长史王及善徙山南遗祠於县北，屡著灵应。"⑤到了北宋时期，朝廷正式加封狐突为正祀之神并赐"狐神庙"，据《宋会要辑稿》云："狐突祠，在交城县，徽宗大观二年（1108）五月赐额忠惠。"⑥金元占领山西后沿用了宋朝的政策，继续支持鼓励百姓对狐突的崇拜，在祁县、太谷、清源等地建庙祭祀狐突。山西经历了从上古时期以晋南为中心，逐渐向北迁移，形成以太原为中心的晋文化区这样一个转变过程。在这一过程中，宋金之际显然是一个重要的"历史性时刻"，⑦因此这一时期是晋中地区

---

① 程宇昌：《明清鄱阳湖区元将军崇拜探析》，《江西师范大学学报》（哲学社会科学版）2012年第5期。

② 《道光阳曲县志·卷一·舆地图》，中国地方志集成·山西府县志辑（2），第156页。

③ 《道光阳曲县志·卷一·舆地图》，中国地方志集成·山西府县志辑（2），第156页。

④ 《光绪交城县志·卷十·艺文》，中国地方志集成·山西府县志辑（5），第423页。

⑤ （清）王轩等纂修：《山西通志》，中华书局1990年，第5083年。

⑥ （清）徐松辑：《宋会要辑稿》，中华书局1957年，第776页。

⑦ 赵世瑜：《从贤人到水神：晋南与太原的区域演变与长程历史——兼论山西历史的两个"历史性时刻"》，《社会科学》2011年第2期。

狐突信仰发展的重要阶段。

　　每种信仰的背后既有历史因素,又潜藏着地域因素。明清时期连续不断的旱灾把山西民众推向了灾难的深渊,人们在绝境之中向神灵寻求救助,对狐神的崇信达到了高潮。明崇祯七年(1634)至九年(1636)山西连年不雨,饿殍遍野;清光绪元年至四年(1875—1878)山西连续四年大旱,颗粒无收,死者不计其数。① 各地纷纷开始对狐神庙进行重修,政府官员甚至亲自致祭狐神,"狐大夫庙在南关小木桥门外,牛站门、萧家营俱有庙,二月十五日知府主祭"②。光绪四年,狐神又重新得到加封,"晋省大宪以求雨普泽,奏请敕加封灵弼忠惠利应侯,遣官诣马鞍山致祭。"③光绪《清源乡志》记载:"狐突墓,在马鞍山下,宋宣和五年封利应侯,乡人建庙以祀,坐下有泉,遇旱祷雨辄应。"④另据狐突庙中碑文记载:"若利应侯者,生则忠于君,没犹庇其民,聪明正直而为神,其非同于淫祠也明矣!"认为他为民御大灾,捍大患,所以"每遇旱魃之年,邑侯之来守是邦者,往往率诸父老,祷雨于斯,随求随应,历有明证。"⑤这些资料表明,民众深信狐突就是自己心目中的雨神,具有救民于危厄之中的神职功能。

　　狐突被奉为雨神,百姓遇到干旱少雨的时候会向狐神祈雨,民间流传着很多关于狐神灵验降雨的传说,娄烦一带的传说最具有代表性。

　　　　清光绪三年,娄烦一带土地干旱严重。三个小孩将土地庙里的泥像搬回家中求雨,未成。小孩在狐爷庙前哭诉,承诺显灵就为狐爷唱戏谢恩。狐爷显灵,庙外降雨,老百姓为狐爷唱谢雨戏。⑥

　　生活在农耕社会的乡村百姓靠天吃饭,人们认为大自然的雨水由神灵掌管,于是在干旱少雨时祈求神灵降雨以缓解旱情。狐突作为地方性神灵,与其他神灵相比,更了解下层百姓的苦衷,老百姓遇到灾难也容易与他沟通,求雨更为灵验。山西境内十年九旱,大多数农民把珍贵的雨水看作他们生存、生活的重要保障,于是潜意识里赋予狐爷雨神的身份。狐突便依据百姓的生活需求逐渐由人成神,由贤人变为雨神,山西特殊的地理气候条件和农耕文化土壤成为狐神降雨

---

①　王鹏龙:《雁北明清剧场及其演剧研究》,山西师范大学博士学位论文,2012年。
②　《清道光阳曲县志·卷八·礼书》,中国地方志集成·山西府县志辑(2),第288页。
③　(清)王轩等纂修:《山西通志》,中华书局1990年,第5083年。
④　王效尊纂,王勋祥修:《清源乡志》卷十一,清光绪八年(1882)刻本,第20页。
⑤　《重修狐突神庙碑记》,清乾隆二十九年(1764),现存于清徐县马峪乡狐突庙内。
⑥　张贵桃:《娄烦民间传奇故事》,内部资料,2009年,第53页。

职能形成的重要原因。

冰雹是山西区域内仅次于干旱的第二大气象灾害,《阅微草堂笔记》载:"山西太谷县西南十五里白城村,有糊涂神祠,土人奉事之甚严。云稍不敬,辄致风雹。然不知神何代人,亦不知何以得此号。后检《通志》,乃知为狐突祠,元中统三年敕建,本名利应狐突神庙。'狐'、'糊'同音,北人读入声皆似平,故'突'转为'涂'也。"①可见,清代太谷一带的民众视狐突为雹神,稍有不敬,便致风雹,所以对狐神的崇祀非常认真。明清时期,雁北、晋中东山地区及河曲、五寨等县的冰雹灾害尤为严重,因此这些地区的民众普遍尊奉狐突为雹神。"俗传神司冰雹,故雁门以北,祠宇相望,而太、汾二郡亦无县不祀"②。天镇"雹神祠,在南洋河北,祀晋大夫狐突。乾隆十七年知县张坊建",修建缘由:"因民每岁祷神远在阳高许家园,会大雨雹,为民祈祷,建新祠三间"。③ 在山西中部或南部某些区域,凡遇旱灾时,祈祷狐神,狐神的神职功能主要是司雨;而上述两地祭祀狐神则是为了防雹,这是民间信仰传播到一个新的区域之后形成的在地化调整。晋北地区的狐神不是本土固有的民间神灵,而是由晋中传入的,明代在山西北部沿边驻扎着大量军队,部分军户就是从山西中南部征调而来的,与此同时,明代及清初的移民实边与屯田垦荒政策造成人口流动,晋中大量民众迁移到了晋北,因此狐神信仰随着人口迁移在这里传播开来。又因阳高、天镇二县临近河北,明代北部军事防御体系确立后的人口变迁使得狐神信仰也流传到与山西邻近的河北省个别县区。清俞鸿渐《印雪轩随笔》载,"万全县往北十里许,有名胡涂庙者,不知所始。或云县与山右接壤,庙祀晋大夫狐突,音之讹而为此,理或然也。今之庙额则曰胡神,其貌须猬卷,而状狞恶,绝类波斯胡。相传七月朔为神诞辰,土人演剧酬神,远近毕至,男女焚香膜拜,三四日乃已。土人云:神司雹于此土,稍慢之,则硬雨为灾,秋稼必受其害,固奉之不敢不虔,……"④狐突信仰传播到河北万全之后,虽然"狐突"音转为"胡涂",然而其雹神的神职功能与山西北部无异,尤其是"其貌须猬卷,而状狞恶,绝类波斯胡",狐突神像明显保留了春秋时期山西西部少数民族的外表体质特征,为我们探讨春秋时期汉族与周边少数民族的

---

① (清)纪昀:《阅微草堂笔记》卷十一,清光绪六年(1880)刻本。

② (清)王轩等纂修:《山西通志》,中华书局1990年,第5084页。

③ 《光绪天镇县志·卷二·典祀志》,中国地方志集成·山西府县志辑(5),第457页。

④ 吕宗力、栾保群:《中国民间诸神》,河北教育出版社2001年,第463页。

部族融合及族群认同提供了难得的图像资料。

（二）由雨神到全能神的转变

晋中地区清徐、交城一带的民众最初把狐突塑造为雨神的形象并赋予其司雨的职能,进而崇拜与祭祀之,屡次应验后更增加了民众的神秘感及依赖心理,对狐爷的神力深信不疑。明末清初,晋商异军突起,狐突的神格由雨神转变为商业保护神。商业兴起之初并未形成规范有序的体系,交通、治安、管理等制度均不完善,商业活动过程中存在着很多不确定因素干扰买卖正常进行,于是缺乏安全感的商人们急需要从本地原有神灵谱系中"提拔"一位神灵作为该行业群体的精神依靠,于是,狐突作为山西有名的民间神灵,当之无愧地得到擢升。据山西太谷保存的民国十四年夏历九月《重修狐公庙碑记》记载,当时为狐突庙捐资的商业团体有:省城太原书业城、范华公司、双合成、商务书馆、中华书局、晋新书社等,还有祁县、榆次、介休、丰天、平邑、曲沃、忻县、晋城、寿阳、孝义等地商号,甚至还有外省如河南、石家庄、天津、北京、张家口、吉林、保定等各大商号。① 从这一碑刻史料中可看出,为狐突庙捐资的仅商业店铺就有310个,遍布山西各市县乃至外省,其商号数量之多、分布范围之广令人惊叹。说明狐突信仰底蕴深厚,扩布广阔,同时也反映了商人群体在长期从事商业经营过程中寻求保护的心态。

新中国成立后,社会环境发生巨大改变。一方面,科学技术的发展提高了人类对环境的控制能力,水利设施的兴建和人工降雨的发明使狐突作为雨神的信仰职能逐渐减退;另一方面,社会发展所带来的竞争压力和生活压力已经成为困扰现代人的重要因素之一。人们需要从信仰的世界找到皈依,寻求心灵的救赎,而信仰具有心理暗示的作用,人们把技术或组织手段无法解决的问题诉诸这种神秘力量,通过祈求神灵,满足自己的心理需求,使心理得到调适。山西很多地方的民众把狐突庙作为解决心理问题的心理治疗所,狐突信仰也成为帮助他们治疗在现实社会中所造成的心理问题的良药。人们赋予狐突地方保护神的功能,这种保护是多方面的,包括生活富足、身体健康、事业成功、感情幸福等。因此狐神的职能随着社会的发展不断变化,在雨神职能的基础上,衍生出更多符合

---

① 史若民、牛白琳:《平、祁、太经济社会史料与研究》,山西古籍出版社2002年,第373—379页。

百姓生活愿望的神职功能,成为无所不能的地方保护神。

在狐突诸多神职功能里,最显著的职能有两种,一是惩恶扬善的职能。狐突凭借"忠"而闻名于世,受到统治者的推崇和百姓的敬仰。百姓认为狐神富有正义感,会为百姓打抱不平,伸张正义,每每遇到恶人恶行时便会在狐神面前诉说,祈求狐神显灵。在古交、娄烦一带就流传着一些狐神惩治恶霸的传说;二是生育神的职能。中国传统社会"不孝有三,无后为大"的思想观念根深蒂固,人们希望借助神灵的力量求得子嗣。狐神具有不可估量的神力,因此人们在狐神塑像前上香跪拜,祈求子嗣,在清徐一带就有向狐神"摘花求子"的习俗。

此外,人们赋予狐神的神职功能还有求功名利禄、求平安幸福、求寻找失物等,百姓根据自己的生存需求创造了无所不能的狐神形象。随着现代化生产方式和科学知识的普及,狐神降雨的神职功能在民众意识中逐渐淡化。相对而言,来自家庭、工作、学习等不同方面的压力使人们急需找到心灵的归宿和精神的寄托,狐突信仰内化为民众心灵深处的一种精神诉求,其神职功能走向多元化。

(三)狐突传说信仰的现代传承

中国的民间信仰是传统农耕社会的产物,随着社会发展和科技进步,民众的生活方式、思想观念也在发生转变。狐突信仰产生初期,民众将其作为雨神供奉,在现代社会,狐突传说信仰仍然得以存在和延续,并在保持原有形态的同时适应社会变迁增加了新的内涵。

狐神信仰空间的现代变迁。狐神庙是人神共处的空间,庙会和祭祀仪式等活动的举行加强了民众与狐神之间、民众与民众之间的互动。因此不管是传统社会还是现代社会,狐神庙、庙会等信仰空间的存在都具有增进人和神、人和人之间交流,满足精神需求的作用。在社会现代化进程中,随着农村经济的发展,庙会的性质由祭祀神灵向商品流通转变,进而成为乡村演剧、人群交流的公共文化空间,娱乐性逐渐成为庙会文化的重要功能。狐神庙会期间,民众可以欣赏到地方戏曲及各种文艺表演,这些民间艺术的展演为庙会增加了热闹的气氛,娱神的同时也达到娱人的目的,无论对表演者还是对各个社会阶层的观众,都会在精彩的表演中感受到精神的愉悦,一扫心中的苦闷和烦恼。庙会还起到物资交流、互通有无的作用,有效调节了乡村经济的商品需求;此外,狐神庙会是在古朴的信仰活动中传承和发展的,是一种地方标识,也是村际关系的凝合剂。作为一个公共信仰空间,它不仅可以为百姓提供交际平台,还可以有效加强村与村之间的联络。庙会那天,亲戚之间相互走动,民众之间交往频繁,气氛融洽,有利于营造安定祥和的社会氛围。

狐神信仰内涵的现代价值。狐突信仰活动与集贸市场、文化交流及旅游观光等相互交织,地方政府也参与到狐神庙的重修、扩建和庙会活动安排等信仰活动中。比如狐爷山狐爷庙景区开发,政府大力投资人力、财力和物力对庙宇进行扩建,吸引更多人来狐爷庙参观、祭祀,在弘扬狐爷庙文化内涵的同时,还可以满足人们的旅游需求,从而带动地方经济发展。因此,狐突信仰的发展带动了各地经济文化的发展,官方力量的加入也为狐突信仰的未来发展奠定了坚实的基础。狐神庙逐渐成为弘扬忠文化的场所,狐神的历史事迹、口头传说等内容丰富了民众精神文化生活,对民众的思想道德发挥了潜移默化的作用。狐突传说信仰作为民众的精神寄托,对民众的生活产生了一定的影响。古交狐爷山流传的“金马驹”传说,一直影响着当地百姓的生活。古交市矿藏丰富,狐爷山周边的采矿企业较多,狐神也成了当地矿工和矿主的保护神。据说,“本来狐爷山底下藏的应该是金马驹变成的金矿,但是由于看门人的过急行为,走漏了风水,故将金矿变成了铁矿,而金马驹集中居住的地方形成的矿体为‘整体矿’,零散居住的地方为‘窝儿矿’,活动打滚的场所成为‘粉体矿’。还由于金马驹熟悉狐爷山的地形地貌,故钻入山底就有了‘山有多高,矿有多厚’的说法了。”[1]因此,附近人们在开采铁矿的时候,要感谢狐爷恩赐,到狐爷山狐爷庙里祭祀狐爷,祈求财运亨通。民间传说的演述促进了民众对狐神的崇信,实质上蕴含着特定地域环境中的俗民们追求人与自然的平衡,始终以敬畏的心态对待大自然赐予的生存资源的文化心理。这种文化心理正契合了当代文化生态理念,对乡村文化生态重建有着一定的现实意义。

小　结

传统农耕社会向现代社会的转型使人们思想观念逐渐改变,与此同时,城市化进程带来的人口流动加剧,以及新农村建设的推广都使民间信仰的生存环境

---

① 傅中和:《可爱的古交》,山西人民出版社 2005 年,第 88 页。

发生着变化。狐突信仰发展到今天,兴云布雨的神职功能在民众意识中逐渐淡化,然而他作为历代民众的精神伴侣具有顽强的生命力,以多元多样的形态出现在日常生活世界。考察民间信仰的演变发展,关注当下民间信仰与民众生活的关系,成为当代文化建设的重要议题。

第二十五章 祖先崇拜、家国意识、民间情怀

——晋地赵氏孤儿传说的地域扩布与主题延展

"赵氏孤儿"作为民间传说的经典,在典籍文本的凝固与民间叙事的活态传承中,承载了每个时代特有的历史记忆与精神内涵,映射着广大民众丰富的情感世界与道德追求。赵氏孤儿传说最初以口头传承的形式展演在民间,后有文人的介入使民间叙事走向文本化,逐渐从活态的口头文本固化为书面文字。在口头与文本的交融中,赵氏孤儿传说故事情节得以扩展、人物形象得以建构,并表现出鲜明的层累性。层累的历史造成传说中心人物——以程婴为核心的忠义之士的突出与放大,并形成忠义的永恒主题。同时由于民众心理、历史背景、流传地域等方面的差异,赵氏孤儿传说在历史演进过程中发生中心的转移,传说核心人物不再指向单一的对象,而是更换衍生出其他次生主题,不同的主题叠加与延展进而形成主题的流变。赵氏孤儿传说发源于以襄汾为中心的晋南地区,随着赵氏家族政治中心的北移传播至忻州一带,在民间信仰的推动下辐射至盂县藏山等地,在晋地形成了三个各具特色的传说亚区,三地传说的差异性突出表现在主题的区别上。"忠义"精神是赵氏孤儿传说的"大主题"①,三地在凸显这一精神的同时,由于实际传承的差异,形成了各具特色的"小主题",即晋南以褒扬赵盾为核心的祖先崇拜、忻州以赞颂程婴为中心的家国意识、盂县藏山以崇信赵武

---

① 英国人类学家拉德克利夫—布朗将安达曼人的传说故事分为"大主题"和"小主题",其在《安达曼岛人》一书中提出:"只有同一个传说有好几个版本的时候,才能够做到这一点。在该传说的所有版本中都出现的,就是大主题,各版本之间互有差异、但对传说本身不造成重大改变的,就是小主题。"对于此处而言,赵氏孤儿传说中的"忠义"主题可以看作该传说体系的"大主题",在此基础上各地流传的版本中所存在的其他主题可称之为"小主题"。

为雨神的民间情怀。在民间传承过程中,赵氏孤儿传说"随顺了文化中心而迁流,承受了各时各地的时势和风俗而改变,凭借了民众的情感和想象而发展。"①民众"根据具体的自然环境、社会伦理道德要求、自身的世界观和价值观"②以及不同的历史语境,重新建构着赵氏孤儿传说。

一、祖先崇拜:晋南以赵盾为核心的传说发源

晋南襄汾、新绛一带,作为古晋国都城所在地,是史事"下宫之难"的发生地,由此演绎形成的赵氏孤儿传说,便发源于这片沃土之上。真实的历史事件与翔实的文献田野资料,为赵氏孤儿传说发源地的探究提供了佐证,此外,传说的核心人物之一赵盾亦诞生在襄汾县赵康镇东汾阳村。赵氏孤儿传说起源于晋南一带,形成了以赵盾为核心探索传说发源的传说圈,并在追根溯源的文化心理之下,蕴含了祖先崇拜的主题内涵。

(一)信史基础上传说的发源

历史不仅指社会过程的客体本身,也指人作为主体和历史叙述者对这一过程的叙述。历史人物的历史事实即是一种客观存在的社会过程,是人们进行叙述的对象。历史人物传说就是民众的历史叙事,是民众对历史人物和历史事件的记忆与阐释。③ 主体在阐释历史记忆的过程中,自然会对记忆对象进行重新组合与创造,使其符合自身的发展需要,宣泄内心情感,追求道德教化作用,满足审美娱乐需求,历史人物得以在这一过程中逐渐传说化。民间传说中的确映射着历史的影子,但又不完全等同于历史,只要能达到典型塑造的目的,它"可以将不同人物、不同时代的东西概括在一起……黏合了不同历史时期的类似的东西……形成历史的多层黏合体"④,赵氏孤儿传说正是整合了不同时代的文化元

---

① 顾颉刚:《孟姜女故事研究》,钱小柏:《顾颉刚民俗学论集》,上海文艺出版社1998年,第160页。

② 向轼:《民间传说与文献记载的关联:以巫山神女传说为例》,《重庆社会科学》2010年第12期。

③ 张勃:《历史人物的传说化与传说人物的历史化——从介子推传说谈起》,《民间文化论坛》2005年第1期。

④ 万建中:《民间传说的虚构与真实》,《民族艺术》2005年第3期。

素而形成的,是对真实历史的重构。

真实发生的历史事件作为传说形成的根脉,是探讨传说发源地的出发点。大部分传说都或多或少包含着历史的真实,"传说也是一种历史话语,是一个特定的群体对所记忆的历史事实的阐释"①。因此,要探究赵氏孤儿传说的发源地,还需从史实着手。

赵氏孤儿传说的记载最早见于《春秋》,仅一言以概之,"晋杀其大夫赵同、赵括"②。《左传》将其情节加以扩充,赵婴因通于赵庄姬被原、屏放诸齐,庄姬因故以"原、屏将为乱"谮之于晋侯,晋遂讨赵同、赵括。这一事件,史称"下宫之难",又称"原屏之难"。赵氏之孤赵武从姬氏畜于公宫,故事情节与《史记》中所载差异颇大。

"下宫"乃古晋国之亲庙。古晋国受封建国起,一直将晋南地区作为王畿之地。成王"封叔虞于唐。唐在河、汾之东,方百里,故曰唐叔虞。"《正义》:"《括地志》云:'故唐城在绛州翼城县西二十里,即尧裔子所封。'"③唐尧部落的活动地域是以陶寺为中心的汾河河谷地带,考古学已证实唐尧之墟即今襄汾县陶寺遗址。晋献公八年,"使尽杀诸公子,而城聚都之,命曰绛,始都绛。"《索隐》:"杜预曰'今平阳绛邑县'。应劭曰'绛水出西南'也。"④后景公十五年迁都新田(今山西省侯马市),而以旧都为"故绛"。或认为今襄汾县城南三十公里处赵康古城遗址乃晋国古都"故绛"所在地。《太平县志》载:"古晋城,在县南二十五里。城故址周九里十三步。献公都此。"⑤该地现存城堡九关八门,北城、西城外有水蚀壕沟痕迹,应原为护城河,城北二里许有古烽火台遗迹。"下宫之难"发生在晋景公三年⑥,即迁都之前,可见,赵氏孤儿传说的发源地或当在晋国古都"故

---

① 万建中:《民间传说的虚构与真实》,《民族艺术》2005 年第 3 期。
② 杨伯峻:《春秋左传注》,中华书局 1981 年,第 836 页。
③ (汉)司马迁:《史记》,中华书局 1959 年,第 1635—1636 页。
④ (汉)司马迁:《史记》,中华书局 1959 年,第 1641 页。
⑤ 张钟秀、周令德:《太平县志》,清乾隆四十年(1775)刊本。
⑥ 《史记·赵世家》载景公三年,屠岸贾诛赵氏,十五年赵武复立。《韩世家》载景公三年诛赵氏,十七年赵武复立。而《史记·晋世家》载景公十七年,诛赵同、赵括,族灭之。《左传》载成公八年六月,晋讨赵同、赵括。鲁成公八年即晋景公十七年,按信史,灭赵同、赵括当在景公十七年,即迁都新田之后。然而,民间流传的赵氏孤儿传说以《赵世家》所载情节为蓝本,今晋南新绛、襄汾一带仍活跃着大量赵氏孤儿传说。虽言信史,但更从民间传说的角度探讨问题,故此处从《赵世家》所载景公三年。

绛",即今襄汾县赵康镇一带。

此外,襄汾县赵康镇东汾阳村现存刻于唐代的"晋上大夫赵宣子故里"碑保存基本完好。① 东汾阳村东西城门楼上各镶嵌两方石刻门额:东城门楼阳面横刻"升恒"二字,眉上刻"赵宣孟故里",上款刻"大清康熙三十六年丁丑三月吉旦"(1697),下款刻"本庄总理同协创立";门楼里面横刻"金汤"二字,落款"康熙丁丑"。西城门楼阳面横刻"熙宁门"三字,眉上刻"赵宣子故里",额右上角刻"康熙己酉吉旦"(1705);门楼里面横刻"咸丰"二字,眉上刻"赵宣子故里",右上角刻"古汾阳",落款"雍正四年仲春重建"(1726)。碑刻中"赵宣子、赵宣孟"即赵盾,襄汾县赵康镇东汾阳村当是赵盾故里。另西汾阳村现存赵盾墓与程婴墓,赵雄村留有赵氏家族九冢坟之第七冢,为赵氏孤儿发源地的确立提供了更多佐证。赵氏孤儿传说当发源于故绛,即襄汾县赵康古城,并以此为核心辐射至襄汾县赵康镇、汾城镇及新绛县泉掌镇泉掌村、龙兴镇候庄村、阳王镇苏阳村等地,形成了丰富的民间口承传说,保存了大量真实可信的风物遗迹。

(二)文献记载与田野资料的互证

文献记载在历史的传承与实践中逐渐被解读和使用,经典文本中的英雄人物及其所负载的思想逐步进入底层社会,"影响并模塑了底层社会的历史经验"②,最终形成种种民间传说与信仰。文献与田野之间存在着互动,凝聚的文本为传说的形成提供了范本,传说的发展为文本的重构提供了新的素材,愈是最初形成的传说愈包含着更多的历史真实。离真实历史的范畴越近的传说,其信实性也就越高;反之,离真实历史的范畴越远的传说,在历史考证上的可信度也就越低。③ 民间传说与文献记载的契合程度,从一个侧面反映了该传说在不同地域形成的时间早晚。《史记·赵世家》所载的史实作为民间赵氏孤儿传说的蓝本,其巨大的影响力使得传说基本情节在各地表现出较高的一致性。而襄汾县赵康镇作为传说的发源地,其民间传说与史料记载具有更高的契合度,这主要

---

① 碑为青石质,双龙碑首,高足方趺,通高305厘米,碑首高77厘米,宽82厘米,厚23厘米。碑身高173厘米,宽78厘米,厚19厘米。碑趺高55厘米,宽97厘米,厚61厘米。

② 杜靖:《文献与田野间的双向阅读——西方社会科学与中国传统人文学相结合的人类学之路》,《探索与争鸣》2017年第5期。

③ 何顺果、陈继静:《神话、传说与历史》,《史学理论研究》2007年第4期。

体现在当地把解救赵盾的义士作为描述对象,塑造了鉏麑、提弥明、灵辄等一组光彩照人的"义士"形象。

《左传·宣公二年》:"宣子骤谏,公患之,使鉏麑贼之。晨往,寝门辟矣,盛服将朝,尚早,坐而假寐。麑退,叹而言曰:'不忘恭敬,民之主也。贼民之主,不忠;弃君之命,不信。有一于此,不如死也。'触槐而死。"①襄汾民间流传着一则《鉏麑跟五色槐的故事》,在东汾阳赵盾府第有一苏阳村,村里有一棵槐树,乃鉏麑触死之处,其后槐树开出黄、白、粉、绿、紫五色花,后人将其称为"国槐",又名"五色槐"。②《左传·宣公二年》传:"秋,九月,晋侯饮赵盾酒,伏甲,将攻之。其右提弥明知之,趋登,曰:'臣侍君宴,过三爵,非礼也。'遂扶以下。公嗾夫獒焉,明搏而杀之。盾曰:'弃人用犬,虽猛何为!'责公不养士,而更以犬为己用。斗且出,提弥明死之。"③襄汾流传的关于提弥明的传说与之相合,至今赵康一带仍有不养狗、抓狗杀狗的习俗。④《左传·宣公二年》载赵盾途中遗食救饿夫,灵辄倒戟御徒解盾困。纪君祥杂剧《冤报冤赵氏孤儿》描写灵辄救盾的情节更为详尽,"赵盾出得殿门,便寻他原乘的驷马车。某已使人将驷马摘了二马,双轮去了一轮。上得车来,不能前去。旁边转过一个壮士,一臂扶轮,一手策马,逢山开路,救出赵盾去了。你道其人是谁? 就是那桑树下饿夫灵辄。"襄汾一地将史料记载与风物遗迹相结合,传说赵盾在马首山打猎,途径绛州侯庄村遇灵辄救之,后逢赵盾遇难,灵辄遂负盾而亡。⑤

单纯地复制文献的民间传说,存在着被文化精英刻意加工创造的嫌疑,而世代相传的习俗与风物遗迹,使得传说的可信性大大增强。文本记载推动着传说的传承,传说表现着民众对历史记忆的自我叙述,并结合地方风物形成在地化阐释,烙上民众生活的印记。文献记载、口头传说、民间习俗、风物遗迹的相互交织与融合,使得民间传说富有强大的生命力与可信度,得以世代传承。鉏麑触"五色槐",侯庄村救灵辄,赵康不养狗,这承载着历史厚度与民间张力的风物习俗,

---

① 杨伯峻:《春秋左传注》,中华书局1981年,第658页。
② 王学程:《古绛州的传说》,山西新绛县博物馆,内部资料,1994年。
③ 杨伯峻:《春秋左传注》,中华书局1981年,第659—660页。
④ 襄汾县政府:《襄汾县赵康镇东汾阳村·申报国家非物质文化遗产名录材料——赵氏孤儿故里故事》,内部资料,2013年。
⑤ 襄汾县政府:《襄汾县赵康镇东汾阳村·申报国家非物质文化遗产名录材料——赵氏孤儿故里故事》,内部资料,2013年。

使得赵氏孤儿传说能够活态地展演在民众的生活之中,顽强地生存在襄汾这片土地上。

襄汾赵康一带三义士的传说,一方面印证了赵康镇作为赵氏孤儿传说发源地的可信性,另一方面,突出了该地传说以赵盾为核心人物的地方特色。每则传说虽然表现"义士"之义,但从侧面烘托出了赵盾故里长久沿袭的对祖先赵盾的崇拜心理。除了指向核心人物的三义士传说,赵康镇还流传着大量有关赵盾辅政的传说,民众依据信史并结合自身的精神需求,刻画出了一个忠诚清廉、仁爱慈善的忠臣形象,这些传说均未见于忻州、盂县两地。襄汾赵氏孤儿传说跨越故事本体的核心人物,即程婴、公孙杵臼等,而以赵盾为主要叙述对象,其中隐含着该地作为故事发源地所形成的民众追根溯源的崇祖观念,并发展为以赵盾为家族代表的祖先崇拜。

(三)祖先崇拜的民间表述

晋南地区的赵氏孤儿传说虽然充满了时空错置与幻想虚构,但如果不去探究其事迹的真实性,而是将之视为一种历史信息,那么,就可以解释历史为何要如此记忆与传播,从而对历史有更全面的理解。赵氏孤儿传说中表现出来的历史情景与传播者的心态、观念是真实的,这种心态和观念就是传说得以传播的"历史心性"。历史心性是指人们由社会得到的一种有关历史与时间的文化概念。在此文化观念下,人们循以固定模式去回忆与建构"历史"。[1] 晋南地区的赵氏孤儿传说就是在"祖先崇拜"这种文化心理的驱动下得以传播的。

祖先崇拜是以祖先亡灵为崇拜对象的宗教形式,这是一种在亲缘意识中萌生、衍化出的对祖先的敬拜思想,"是建立在灵魂不灭和鬼神敬畏观念的基础上,通过一系列丧祭活动来实现的。"[2]襄汾赵氏孤儿传说蕴含的祖先崇拜有三个特点:一是以血缘为纽带建立的宗族制度下形成的祖先崇拜,具有本族认同性和异族排斥性;二是笃信其祖先神灵会庇佑后代族人并与之沟通互感,祖先崇拜外化为一系列祭祀活动;三是祖先崇拜的道德教化功能,使其成为本族的象征,由此转化为一种人文崇拜。

---

① 王明珂:《历史事实、历史记忆与历史心性》,《历史研究》2001 年第 5 期。
② 梁漱溟:《中国文化要义》,上海人民出版社 2005 年,第 78 页。

1. 血缘观念下的排他性

祖先崇拜包括家族祖先崇拜、民族祖先崇拜、行业祖先崇拜等多种类型。家族祖先崇拜的形成以血缘观念为心理基础,日本学者池田末利指出"祖先崇拜是以家族制度的确立为前提"①,家族在形成与扩大的过程中,血缘宗法观念得以不断强化,被族人共同敬仰的祖先成为维系家族内部宗法制度与血缘关系的核心,祖先崇拜由此生成。在崇拜本族祖先的同时,祖先崇拜还通过对仇敌异姓的排斥来规范族内制度,加强族人凝聚力。

襄汾赵康镇流传着"赵屠两家不结亲"的习俗。《程婴救孤》《赵氏孤儿》《八义图》等剧目在赵康、永固一带上演会引起赵、屠两家发生冲突;赵、屠后裔祭祀各自祖先的日期相去不远,在此期间,赵、屠两家也多发生冲突;屠氏后裔为能在当地生存下去,便将"屠"姓改为"原"姓,赵、屠两家因为宗族之间的对立,立下了两家不结亲的规矩,这一族规一直延续到解放前。② 赵姓族人对仇敌屠氏的排斥,旨在维护家族尊严,凸显了其祖先崇拜情结。

家族祖先崇拜"是整合和凝聚家族的巨大精神力量。家族之所以成为一个稳定和谐的组织和聚合体,在某种程度上说正是由于祖先的引导和号召。在家族内部,祖先崇拜还是强化、巩固家族伦理秩序的有效手段。"③血缘观念下形成的祖先崇拜的本族认同性与异族排斥性,在赵康镇的民间生活中体现得淋漓尽致,在认同与排斥的并行演进中,赵氏族人对赵盾的崇拜愈加虔诚,其对祖先的祭祀也逐渐制度化和规范化。

2. 外化的祭祀仪式

宗族祭祀建立在祖先崇拜的基础上,同时又是加强祖先崇拜的重要手段。"宗族祭祀的祖先,是有选择的祖先,而不是所有的祖先。这个选择,首先就是世代的选择。"④同时也影射着民众追求道德信仰与生活理想的精神需求。赵康古城作为赵氏孤儿传说的发源地,世代生活在此的赵氏家族选择以忠诚仁爱的

---

① ［日］池田末利:《中国古代宗教史研究——制度与思想》,日本东海大学出版会1989年,第183页。

② 襄汾县政府:《襄汾县赵康镇东汾阳村·申报国家非物质文化遗产名录材料——赵氏孤儿故里故事》,内部资料,2013年。

③ 赖萱萱:《祖先崇拜伦理观及其当代价值》,《湖北民族学院学报》(哲学社会科学版)2014年第3期。

④ 王善军:《宋代的宗族祭祀和祖先崇拜》,《世界宗教研究》1999年第3期。

赵盾作为其祖先加以崇拜,并将这种祖先崇拜的心理需求外化为祭祀仪式,以此来沟通族人与先祖,期盼得到先祖的庇佑。

赵康镇赵氏一族在对赵盾的世代崇拜之中形成了一套模式化的祭祀仪式。每年农历二月十五赵盾生日这天,赵姓八村的赵氏后裔都会聚集在赵盾墓与赵家祠堂前举行盛大的祭祀活动。祭祀仪式包括祭前准备、叩头祭拜、祭后活动三个步骤。祭祀之前当地会准备肉类、水果、糖、蛋等祭品,其中肉类多半是半熟或全熟品。人类学家认为祭品的"熟"或"生"代表着信众与被祭者关系的亲密程度,"熟"表示双方关系的熟稔。民众以半熟或全熟的祭品充当着人神沟通的媒介,以此来表达自身与祖先的亲密关系,这种关系体现着血缘的牵连,蕴含着族人对祖先虔诚的崇拜。祭祀过程分为摆供、上香、斟酒、祈祷、叩拜、鸣炮。祭祀完毕,赵氏族人会以分食祭品与祖先共享的方式完成人神间的交流,并希望得到先祖的护佑。完整的祭祀仪式表达着赵氏后裔对祖先的敬畏与依赖,当地民众正循以这种外化的固定模式去强化祖先崇拜的文化心理。

3. 伦理观念下的人文崇拜

"祖先崇拜是原始道德信仰生成的基础,祖先崇拜为道德信仰提供了社会秩序伦理基础。"[①]世代选择的祖先,首先必然是道德的楷模,祖先崇拜的内核是忠孝伦理的道德观念。祖先崇拜兼具宗教性与伦理性,其宗教因素与传统社会的伦理思想紧密相联,形成了系统而丰富的伦理体系,对调适人与自然、人与社会之间的关系起着重要作用,其在传递、弘扬某一族群普遍认可的价值道德观念时,唤起了民众内心的道德感与良知。赵康镇一带赵氏孤儿传说中的祖先崇拜观念赋予当地一种忠义为先的道德教化功能。

当祖先崇拜融合进相当浓厚的德育内容时,便超出了宗教范围而具有宗法和道德意义,这种独特的文化现象,标志着祖先崇拜的世俗化。赵氏家族祖先崇拜的形成与延续的根基便是以忠义为核心的道德信仰。祖先崇拜在世俗化过程中,逐渐成为宗族内部精神与信仰的象征符号,转化成一种人文崇拜。赵康镇赵氏祖先崇拜的世俗人文性,主要表现在对祖先姓名的执念及对祖先故里的追溯之中。

襄汾县赵康镇是赵盾传说的主要传播区域,以东汾阳村为中心形成的"赵

---

① 任建东:《道德信仰生成的文化人类学透视》,《陕西师范大学学报》(哲学社会科学版)1999 年第 4 期。

姓七村"赵康、赵雄、赵豹、大赵、小赵、南赵、北赵相传是从赵氏家族里分居出来的后裔,七村皆以赵氏祖先的姓名命名,以此来纪念先祖。东汾阳村东门外有唐代碑刻"晋大夫赵宣子故里",东、西城门楼眉上均刻有"赵宣孟(子)故里"。西汾阳村外建有赵盾墓,有碑"晋上大夫赵宣子之墓",1984 年被列入古墓葬保护范围。① 另外,西汾阳村有赵宣子庙,周围七村春秋奉祀。2007 年政府建造"东汾阳忠义文化广场",立赵盾雕塑。当地民众不忘家族仇恨、怀祖敬祖的祖先崇拜心理,对忠义仁爱道德伦理的信仰追求,通过这种人文崇拜体现在民众的生活当中,塑造着民众的精神世界。

赵康古城作为下宫之难的发生地,赵氏孤儿传说当发源于这片土地之上,以信史为依托,在文献与田野的对读之中可以寻出蛛丝马迹。有别于忻州、盂县两地,该地的民间传说以赵盾为核心,体现出了"祖先崇拜"的主题,在血缘观念的影响下产生的本族认同性与异族排斥性,外化的系列祭祀仪式,在伦理观念下形成的人文崇拜,印证着赵氏孤儿传说在当地的世代传承过程中蕴含着的"祖先崇拜"精神需求。晋南地区的赵氏孤儿传说体现着深厚的历史性与教化观,随着时代变迁,传说在向其他地域扩布的过程中,无论是思想内容还是叙事方式都发生了变化,带有鲜明的时代印记。

二、家国意识:忻州以程婴为核心的传说北移

传说在传承过程中,其流传地域随政治中心的转移而扩大,民间传说被统治阶层借用,成为传播主流意识形态的工具。赵氏孤儿传说随赵氏家族北移流传至忻州一带,至宋金时期,在内忧外患的时代背景之下,被赋予了家国意识的主题内涵,在国家、文人、民间不同阶层产生了广泛而深刻的影响。

(一)政治背景下传说的北移

在国家政治话语的影响下,赵氏孤儿传说随着赵氏家族活动范围的扩张与政治中心的迁徙而北移,并在自上而下的促动中形成了广泛的影响力。赵简子归卫士五百家置之晋阳,至赵襄子时"赵北有代(今隶属山西省忻州市),南并知

① 襄汾县志编纂委员会:《襄汾县志》,山西古籍出版社 2007 年,第 452 页。

氏,强于韩、魏。"①后"襄子弟桓子逐献侯,自立于代。"②敬候元年赵始都邯郸,至十一年,魏、韩、赵共灭晋,分其地。《资治通鉴》载"周威烈王二十三年,初命晋大夫魏斯、赵籍、韩虔为诸侯③,史学界以此为东周时期春秋与战国的分界点。赵、魏、韩三家分晋之后,分别在晋阳(今山西太原)、安邑(今山西夏县)、韩原(今山西河津)建立政权,并不断扩张迁都。赵武灵王二十六年,"复攻中山,攘地北至燕、代,西至云中、九原。"④赵武复立延其祖祀之后,赵氏家族历经"简襄功烈",逐步将其中心势力转移至晋北、晋东北一带,终与魏、韩分晋并立,建立赵国,成就伟业。

忻州,"《禹贡》冀州之域。三代讫秦并同太原府。汉为太原郡阳曲县及汾阳县地。后汉建安二十年,徙定襄、云中、五原、朔方、上郡等五郡于此,郡为一县,立新兴郡领之,治九原城,即今州治也。"隋开皇十八年"立忻州治之,取州北忻川水为名也。"⑤《元史·本纪》载"至元三年七月,以崞、代、坚、台四州隶忻州……《明一统志》:忻州,元初改九原府,置宣抚使。"⑥"《檀弓》志晋大夫之葬,直谓之九原。《水经》谓滹沱经九原城北流,此其地也。金何师常《公孙厚士祠记》:'今之九原,即古赵氏田邑。'《檀弓·晋献文子成室篇》疏曰:'九京即九原,文子世家旧葬地也。或云在襄陵,乃武之后,非武之先。'隋《精道寺碑》云:'地连三晋,城带九原。卢君窃号之邦,赵氏言归之地。迁史以为南并北代,非此何谓焉。'"⑦今之忻州,当囊括战国时赵之代、云中、九原等地,并占据边塞要地,影响着赵国国势的强衰兴败,占据着至关重要的战略地位。作为战国时赵国的政治活动中心与军事要塞,统治阶层为巩固政权,势必会在思想上引导当地百姓,决定赵氏一族命脉存亡兴衰的赵氏孤儿传说成了最好的媒介。赵氏孤儿的传说随着赵氏家族势力的北移而在此地生根发芽、广泛流传,传说中蕴含着的忠义精神成为统治阶层凝聚百姓思想的手段与规范民众行为的道德标准。

至宋时,忻州地区赵氏孤儿传说的发展达到高潮。宋神宗时国家统治制度

---

① (汉)司马迁:《史记》,中华书局1959年,第1795页。
② (汉)司马迁:《史记》,中华书局1959年,第1796页。
③ (宋)司马光:《资治通鉴》,中华书局1956年,第2页。
④ (汉)司马迁:《史记》,中华书局1959年,第1811页。
⑤ (清)王轩等纂修,李凭点校:《山西通志》,中华书局1990年,第2567页。
⑥ (清)王轩等纂修,李凭点校:《山西通志》,中华书局1990年,第2568页。
⑦ (清)储大文:《山西通志》,中华书局2006年,第1397—1398页。

出现诸多流弊,边境辽与西夏虎视眈眈,靖康之变后,宋被迫南下与金南北而治。国家内忧外患的政治局面,使得宋朝统治阶层对百姓"家国意识"的精神建构迫在眉睫。忻州作为宋与辽的边境之地,屡次遭辽侵犯,战乱不断,生活在这片土地上的民众自觉将守护家国安宁作为自身民族使命,"家国意识"成为跨越阶层的上下共通的民族情感与精神需求。赵宋与赵孤一脉相承,在忻州具有一定民间基础的赵氏孤儿传说在血脉的联系中,自然成为宗法制与专制制结合而成的"家国同构"民族精神的最佳载体,在这动荡的历史时代中走向高潮并一直延续。至元代,屈身异族的民族意识,加深了儒家大一统思想下形成的以汉族统治为中心而排斥异族统治的社会文化心理,文人阶层"反元复宋"的追求在其文学作品中得以体现,经典的赵氏孤儿民间传说在文人的改编与重构中凸显出愈加浓烈的复仇色彩与家国意识。发轫于上层阶级的对赵氏孤儿传说的推崇能在各个阶层与群体中得到响应并形成互动,正是由于传说中蕴含着的深沉的家国意识主题契合了时代与地域的特征,满足了各个阶层的精神需求。

赵氏孤儿传说随着赵氏家族的北移在国家政治话语的引导下流传至忻州一带,传说中蕴含的忠义精神迎合了忻州处于国之边境的特殊地理位置,在战乱频繁的时代,这种忠义精神更被各阶层大肆宣扬,在特殊的时空背景下上升为更高层次的家国意识。程婴作为代表忠义精神的灵魂人物,成为忻州地区赵氏孤儿传说的核心对象,对家热爱、对国忠诚的民族精神成为上层阶级、文人阶层、广大民众的共同追求。

(二)家国意识的体现

家国意识是民族精神的本源,对促进民族融合、加强社会团结以及维护国家统一有着深远的意义。"由家而有国,次亦是人文化成。中国俗语连称国家,因是化家成国,家国一体,故得连称。亦如身家连称。又如民族,有了家便成族,族与族相处,便成一大群体,称之曰民族。此亦由人文化成。"[1]由身及家,由家及国,中国自古以来便形成了家国同构的民族心理,家族、国家的集体利益远高于个人利益,舍生取义、舍家为国的精神体现着华夏民族勇于牺牲自我的家国意识。

---

① 钱穆:《晚学盲言》,广西师范大学出版社 2004 年,第 57 页。

家国意识的本源是忠义精神,家国意识最先体现为对家、对国的忠诚。在家国危难之际,忻州赵氏孤儿传说中的忠义精神冲破时空的界限,被赋予"家国意识"的主题,"忠义"并非赵氏一族之忠,也不是程婴一人之义,而是升华为对整个家国的赤诚之心。以程婴为核心的传说体系体现出深刻的家国意识主题,主要表现在三个层次,即官方对忠义形象的塑造、文人对复仇母题的置换、民间对忠义精神的传承。

1. 官方对忠义形象的塑造

宋时,统治阶层通过国家话语体系的建构将赵氏孤儿传说的忠义精神提升为主流意识形态,程婴、公孙杵臼、韩厥三义士作为忠义精神的象征,成为皇室册封的主要对象,官方通过对传说中典型忠义形象的塑造,来激发民众的忠义精神与爱国情怀,希冀以此对抗外族侵扰,维护家国一统。

对程婴三义士册封的史料记载最早见于吴处厚《青箱杂记》卷九:"神宗朝,皇嗣屡阙,余尝诣阁门上书,乞立程婴、公孙杵臼庙,优加封爵,以旌忠义……敕河东路访寻二人遗迹,乃得其家于绛州太平县。诏封婴为成信侯,杵臼为忠智侯,因命绛州立庙,岁时致祭。"①宋神宗时,始册封程婴、公孙杵臼为侯,于绛州建庙祭祀。《宋史·礼志八》载宋高宗"绍兴二年,驾部员外郎李愿奏:'程婴、公孙杵臼于赵最为功臣,神宗皇嗣未建,封婴为成信侯,杵臼为忠智侯,命绛州立庙,岁时奉祀,其后皇嗣众多。今庙宇隔绝,祭亦弗举,宜于行在所设位望祭。'从之。"②宋高宗时,程婴、公孙杵臼庙数量增多,分布地域更广,且多隔绝。理宗"宝庆二年十一月甲寅,修祚德庙,以严程婴、公孙杵臼之祀"。③ 这是见于史料中的官方对程婴、公孙杵臼二义士的册封与祭祀。

宋哲宗元符三年(1100),韩厥始与程婴、公孙杵臼并祀于祚德庙。崇宁三年(1104),宋徽宗封韩厥为义成侯。绍兴十一年(1141)"中书舍人朱翌言:'谨按晋国屠岸贾之乱,韩厥正言以拒之,而婴、杵臼皆以死匿其孤,卒立赵武,而赵祀不绝,厥之功也。宜载之祀典,与婴、杵臼并享春秋之祀,亦足为忠义无穷之劝。'礼寺亦言:'崇宁间已封厥义成侯,今宜依旧立祚德庙致祭。'"④韩厥与程

---

① (宋)吴处厚:《青箱杂记》,中华书局1985年,第97页。
② (元)脱脱等:《宋史》,中华书局1977年,第2560—2561页。
③ (元)脱脱等:《宋史》,中华书局1977年,第789页。
④ (元)脱脱等:《宋史》,中华书局1977年,第2561页。

婴、公孙杵臼三义士共享春秋之祀。"绍兴十一年八月戊辰,立祚德庙于临安,祀韩厥。"①宋高宗时,在临安为韩厥建庙祭祀。绍兴十六年(1146),宋高宗对三义士进行加封。"加婴忠节成信侯,杵臼通勇忠智侯,厥忠定义成侯。后改封婴疆济公,杵臼英略公,厥启侑公,升为中祀。"②

在宋朝国君对赵氏孤儿传说核心人物的册封中,以"忠义"精神为化身的程婴、公孙杵臼、韩厥成为主要受封对象,所授封号也直接以"忠、义"为名。官方通过屡次敕封行为,重塑了以程婴为核心的忠义形象在民间的重要地位,为民众树立了忠义的道德楷模,利用国家主流话语的影响力形塑着民众的家国意识。

2. 文人对复仇母题的置换

文人阶层通过创作文学作品传达着自身意愿,民间传说是其改编对象之一,他们有选择地将活跃在民间的传说故事经过文学加工与改造,赋予其新的时代特征与主题内涵。赵氏孤儿传说因其蕴含的忠义精神,成为生活在战乱时期的宋元文人的主要书写对象,在当时的时代语境中承载着特殊的意义。元代文人纪君祥《冤报冤赵氏孤儿》杂剧,通过置换变形的方式,增加情节戏剧冲突,突出故事复仇母题,表达了自己反元复宋的爱国情怀。

"现实主义的虚构作品中存在的神话结构,要使人信以为真则会涉及某些技巧问题。而且解决这些问题所用的手段皆可以划归'移用'"。③ 移用,即置换变形,又译作移位、移置,"是指无意识的移置、换位或转换的意思"④。在文学作品生与死的基本原型中,可以置换出多种母题,而文学发展演变规律的线索则在于多种母题的"置换变形"。源于信史的赵氏孤儿传说,发展初始阶段围绕程婴三义士之生死形成了单一的忠义主题,传说在传承过程中被植入越来越多的虚构成分,为使得传说更为可信,忠义主题在不同流传地域、不同时代背景下被置换为不同的主题。宋元时期,这种忠义精神在文人笔下转变成了更加深刻的复仇母题。"只有在产生这种情感的地方,只有在把这种情感表现为爱与恨、恐

---

① (元)脱脱等:《宋史》,中华书局1977年,第550页。

② (元)脱脱等:《宋史》,中华书局1977年,第1722页。

③ [加]诺思罗普·弗莱:《批评的剖析》,陈慧等译,百花文艺出版社1998年,第150—151页。

④ 胡志毅:《置换变形、复仇母题与象征意象——〈赵氏孤儿〉的神话原型阐释》,《同济大学学报》(社会科学版)2015年第4期。

惧与希望、欢乐与忧伤的地方,才能引起那种创造出特殊表象世界的神话幻想。"①"爱与恨"的情感可以置换出复仇母题,复仇是人类的一种本能,是人类自然法则的体现,"在这种最基本的形式中,自然法则的观念是以复仇法则的形式起作用的"②。赵氏孤儿传说的复仇母题突出体现在元杂剧《冤报冤赵氏孤儿》中,纪君祥将《史记》中替孤而死的"他人婴儿",换作程婴亲生骨肉,以此来激化人物矛盾,为其后复仇之路埋下伏笔。替孤风波后,程婴携赵武投奔屠岸贾门下,命赵武认敌作父并最终手刃仇敌,完成复仇大计。戏剧化的故事情节,丰富了人物的感情,在爱与恨的情感交织中,置换出了复仇母题,此时的赵氏孤儿传说可以说是一部伟大的复仇史。

以忠义精神为基础置换出的复仇母题具有伦理性,一脉相承的赵宋与赵孤建立在血亲基础上的复仇行动,更具正义感和使命感,隐喻着元代汉人"反元复宋"的民族抱负与善定胜恶的决心。赵氏孤儿传说时刻警醒着宋代遗民理当与赵孤一样踏上复仇的道路,实现"反元复宋"的政治理想,重新获得统治地位,并将这种血亲关系和民族的血脉一直传承下去。

3. 民间对忠义精神的传承

在国家话语主导与文人阶层创作的共同推动下形成的以家国意识为主题的赵氏孤儿传说,与忻州特殊的地理战略位置相契合,得以在地方上传承,形成了以忠义人物为核心的传说体系。忻州赵氏孤儿传说以程侯山为中心扩布至南关、北关及城北,相较于晋南、晋东两地,该地传说在传承忠义精神的同时被赋予了浓重的家国意识。忻州地区对蕴含着家国意识的忠义精神的传承,集中体现在以程婴等义士为核心的民间传说当中,这类传说按内容可分为以下几个类型:

(1) 人物传说

忻州赵氏孤儿人物传说形成以反映历史事件为基础的程婴传说系列和以弘扬侠义精神为目的的韩厥传说系列。当地流传程婴以子替孤将赵武救出后,从晋都一路北上逃至忻州一带,由此在该地形成程婴藏孤、育孤的一系列民间传说及与之相附会的风物遗址。如《程婴含辱养孤》③讲述了程婴与妻子携赵孤离开绛州进

---

① [德]恩斯特·卡西尔:《神话思维》,黄龙保等译,中国社会科学出版社 1992 年,第 78 页。
② Frye Northrop, *Anatomy of Criticism:Four Essays*, Princeton:Princeton University Press,1957,208。
③ 山西省忻州市政协忻府区委员会:《春秋大义》,内部资料,2013 年,第 21 页。

入九原藏匿金山,金山也因此改名为程侯山,其后多次带着赵武与妻子转移、迁徙各地。这类传说体现了信史随着历史的久远逐渐去真实化与传说化,反映了民众特有的历史记忆。赵武的复立离不开韩厥的仗义举荐,《忻州志》载:晋卿韩献子厥墓,治南十五里,韩岩村,今有韩家沟,其故里也。现忻州豆罗镇韩沟村西二里处,有韩厥墓,故该地形成了以韩厥为核心的系列传说,如忻州百姓得知韩厥率兵抄杀屠岸贾全家,碾米磨面,杀猪宰羊,载歌载舞、敲锣打鼓,在劳师台举行了盛大的欢迎仪式。① 忻州人物传说传达了民众的"侠义"观,这些义士在民间传说中虽然仅属于从属人物,但他们自我牺牲、反抗强权的侠义精神是可歌可泣的。

（2）风物传说

忻州风物传说包括与自然景观相附会的人文遗迹和传说在地化传承中形成的风俗习尚。当地为纪念、祭祀程婴等义士形成了一定规模的景观遗迹风物传说群。忻州南关有程婴墓、程婴祠和程婴妻子王阿娘娘庙,南关大街立有"韩献子遗风"坊,北关有"程婴故里坊",城北逯家庄有公孙杵臼墓、忠烈祠,城北四十里程侯山有阿后娘娘庙。文庙内建有"忠义祠",北关、程侯山的七贤庙将赵盾、程婴、公孙杵臼、韩厥、灵辄、钮麑和提弥明尊为祭祀对象。以程婴为核心的风物传说群体现着民众对忠义之士的敬仰,是忠义精神的物化体现与传承载体。此外,民众对忠义精神的追求在历代的传承中逐渐演化为具有地方特色的风俗习尚。当地民众为感念程婴夫妇赐予父老乡亲脆爽可口的白菜,每年农历九月初一白菜收获时都要举行庙会,祭祀程婴。②《系舟山顶藏儿洞》将忻州系舟山与盂县藏山联系起来,民众以他们独有的智慧为程婴的藏孤路线做出了合理的解释。③ 以风物传说形态呈现的忻州地区赵氏孤儿传说背后表现出的是"在地化"的民众经验,风物的存在是客观性受主观性文化的影响,反映到民众的思想观念中,并将其转化为关乎自身的实践行为。

（3）显灵传说

忻州被誉为"程婴故里",程婴信仰在当地极其兴盛,程婴显灵的传说经久

---

① 山西省忻州市忻府区人民政府:《中国程婴故里文化之乡申报书》,内部资料,2011 年,第345 页。

② 山西省忻州市忻府区人民政府:《中国程婴故里文化之乡申报书》,内部资料,2011 年,第331 页。

③ 山西省忻州市忻府区人民政府:《中国程婴故里文化之乡申报书》,内部资料,2011 年,第348 页。

不衰,其中较有代表性的是《程婴神鞭赠尉迟》:

> 唐代初年,尉迟恭驻扎在忻州程侯山一带练兵。但当地遭遇灾害,百姓们食不果腹,军队难以筹集粮饷。在这危难之际,一位道人赠给尉迟恭一柄钢鞭。尉迟恭用这钢鞭破开山门,山门中满是黄金白银。尉迟恭将这些银两分为三份,一份酬谢众神;一份赈济灾民;一份作为粮饷。原来那老道是程婴显灵而成。①

除此之外,《程婴赐瓜李孝子》《白马天神赐白马》等传说都讲述了程婴于百姓危难之际显灵的故事,百姓感念程婴恩德,纷纷建祠庙祭拜。民众对程婴的信奉程度在传说中得到转化和加强。不论是真实还是非真实,程婴显灵传说都是对程婴信仰的一种想象性叙事,是对当地程婴祭拜行为的诠释。叙事和诠释的目的在于确认和提升所有与程婴有关的信仰活动的历史文化地位,并注入历史的逻辑力量。为信仰提供的传说一般不是一个发生过的事实,却成为当地人一种“集体记忆”的历史资源。② 程婴显灵传说的出现,表明程婴已从一个历史人物进入到民间信仰的殿堂,作为程婴信仰重要内容的显灵传说是程婴走向神坛的必由之路。除了传说所具有的独特魅力之外,程婴的信仰化过程还受到多重因素的影响,如国家对程婴的敕封。民间传说当年宋神宗为报答程婴忠义救祖的恩德,追封程婴为“诚信侯”,并下旨让忻州的官员在程婴墓北新建一座程婴祠堂和程婴庙。忻州地区程婴显灵传说的盛行说明,从传说到信仰的文化运动既有民众不自觉的创作,又有上层文化“精英”的合目的的改造,既是传说自身演化规律的展示,又是民众心灵情感依托的必然结果。③

赵氏孤儿传说随着政治中心的迁徙而北移至忻州一带,经过官方的塑造、文人的置换、民间的传承,各阶层合力推动了以家国意识为主题的传说在该地的形成与传播,衍生出了内容丰富、特色鲜明的人物传说、风物传说及显灵传说等,这些传说皆以程婴等忠义之士为主要叙述对象,体现了民众在历史的抉择中树立的根深蒂固的家国意识。

---

① 山西省忻州市忻府区人民政府:《中国程婴故里文化之乡申报书》,内部资料,2011 年,第 332 页。

② 万建中:《非物质文化遗产的生存机制——以广东汕尾妈祖信仰为例》,《广西民族大学学报》(哲学社会科学版)2008 年第 3 期。

③ 林继富:《神圣的叙事——民间传说与民间信仰互动研究》,《华中师范大学学报》(人文社会科学版)2003 年第 6 期。

三、民间情怀：盂县以赵武为核心的传说辐射

忻州赵氏孤儿传说在对周边地区形成辐射的过程中，逐渐向生活化的方向发展，走进了民众的生活世界。盂县地区受特殊地理环境的制约，人与自然的矛盾十分突出，民众解决生存需求的问题迫在眉睫。赵氏孤儿传说传播至该地后，衍生出浓厚的民间情怀主题内涵，传说的核心人物也因流传地域的差异而发生转移，形成以赵武为核心的传说圈。

（一）民间需求中传说的辐射

赵氏孤儿传说在忻州产生一定的影响力之后，开始向周边地区辐射。盂县因其隐蔽的地理环境与赵武藏匿的传说情节相附会，成了藏孤的绝佳之地，并在此形成了富有地方特色的赵氏孤儿传说体系。赵武作为赵氏孤儿传说的核心，是"存孤""救孤""育孤"等系列情节的表述对象，但在襄汾、忻州两地的传说中其地位并不十分重要，更多是作为陪衬他者精神的形象出现。赵氏孤儿传说辐射至盂县一带后，赵武的核心地位才因民间的需求凸显出来，作为该地传说的关键人物，并形成一种民间信仰。

宋绍兴十一年（1141），高宗封赵武为"藏山大王"。《大明一统志》载"藏山，在盂县北五十里，相传程婴、公孙杵臼藏赵孤之处，山有庙，祀婴及杵臼。"[1]该地现存最早的碑刻为金大定十二年智楫撰《神泉里藏山神庙记》，碑刻云"藏山之迹，乃赵朔友人程公藏遗孤之处也"。[2]可见在金以前最晚至宋时，赵氏孤儿传说就已辐射至盂县一带，藏山成为程婴藏匿赵孤之地。以藏山村为核心，传说在盂县境内乃至周边地区广泛流传。

盂县藏山赵氏孤儿传说在民间生存需求的推动下，形成对赵武的民间信仰。盂县地理位置偏北，处太行山之巅，四周群山环绕，境内山脉纵横，属中纬度地区，虽距海不远，但因山脉屏障受季风影响不大，春季干旱少雨，夏季高温炎热。《神泉里藏山神庙记》载："我盂之境环处皆山也，土地硗瘠，士庶繁多，既无川泽

---

① （明）李贤等：《大明一统志》，三秦出版社1990年，第288页。
② 刘泽民等：《三晋石刻大全·阳泉市盂县卷》，三晋出版社2010年，第21页。

以出鱼、盐之利,又无商贾以通有无之市,人人无不资力穑以为事。向若一岁之内颇值灾旱,饥寒之患不旋踵而至。"①处在这种交通闭塞、耕种面积小、春季干旱频发的地理环境之中,人与自然的矛盾成为当地的主要矛盾。对自然环境的敬畏,对自身生存的渴望,促使当地民众自发地寻求守护之神以得到精神寄托。传说中藏匿此地十五载的赵武便成了人们的首选目标,赵武既然有扭转乾坤、平定天下的能力,自然也有拯救百姓于水火的神力,于是赵武被推举为地方司雨之神,赵氏孤儿传说被赋予了一种民间情怀。

(二)赵武信仰生成的渊源

"信仰"是推动传说传播的核心动力。"从民间传说发展到民间信仰,也就是从口头叙事到行为模式,从表层言语到深层民俗心理的演化。"②民间信仰是底层社会在历史的嬗变与传统文化的抉择中形成的对神明、鬼魂、祖先、圣贤、天象等的崇拜奉祀。赵武作为圣贤的历史人物被传说化,其传说在藏山的在地化传承中逐渐超越表层的口头传承,演变为民众祈求风调雨顺的仪式叙事模式,在当地形成一种广泛的民间信仰,成为民众生活的有机组成部分。历史人物传说在特定地域演变为民间信仰,反映出中国民间信仰的多元性与地域性。

民间信仰多数情况下具有非官方性,不能得到官方的认可与支持,处于自生自灭的状态中。但在藏山,官方对赵武地位的擢升及其雨神功能的确立起到了重要的推动作用。自宋朝开始,官方曾多次对赵武进行加封,宋元丰四年(1081)神宗封赵武为"河东神主",宋绍兴十一年(1141)高宗封其为"藏山大王",赵武在藏山的核心地位得以稳固,成为该地民众崇信的对象。清同治八年(1869)穆宗封其为"翊化尊神",清光绪五年(1879)德宗封之为"福佑翊化尊神",赵武信仰继续在该地发展壮大。

中国民间信仰具有强烈的功利性特征,是否灵验是推动民间信仰发展的强大动力,民众可以不问信仰对象的出身来历,神祇有灵则香火旺盛。藏山赵武信仰不断发展壮大,并在周边地区形成广泛的影响力,这与其祈雨的灵验性密不可分。盂县藏山神祠现存碑刻共 109 通,其中记事碑 49 通,诗词碑 8 通,助缘、施

---

① 藏山文化研究会:《藏山文化通览》,方志出版社 2005 年,第 3 页。

② 林继富:《神圣的叙事——民间传说与民间信仰互动研究》,《华中师范大学学报》(人文社会科学版)2003 年第 6 期。

银、捐资及好事题名碑 52 通。藏山文化研究会编纂的《藏山文化通览》一书中辑录碑文 43 通,包括金代 1 通,元代 1 通,明代 16 通,清代 24 通,清以后 1 通,这 43 通碑刻中明确记录向藏山大王求雨应验内容的有 14 通。金大定十二年(1172)智楫撰《神泉里藏山神庙记》中记载颇为详尽:

> 天德间,岁大旱,旬月不雨,邑宰尝往吊之,洎归似有亵慢之意,须臾而雹雨大降;宰复反已致恭虔,俄雨作以获霑,足其灵异。又有如此者,人皆谓我,既往而不足究。予大定戊子来宰是邑之明年也,自春徂夏,阴伏阳愆,旱魃为虐,众口嗷嗷,皆有不平之色,或告之曰:藏山之神,其神至灵,祷之必应。予始未孚勉行之。于是同县僚邦人,斋戒沐浴备祀事,洁之以牲,奠之以酒。往迎之,笙镛杂遝,旌旗闪烁,徜徉百舞;既迎之来,恍兮降格,油然而云兴,沛然而雨作,霑霈[濡]一境,使旱苗、槁草皆得蕃滋,百谷用成而岁大熟。

又明景泰六年(1455)马能撰《新建藏山大王灵应碑记》载:

> 景泰甲戌祀,大尹清苑蒋宽莅政之后,适值亢阳之愆,躬拜雨泽之贶,采获圣水,大降甘霖,苗禾浡然,麦豆若然,非惟一邑之蒙其护祐,抑且四方之慕其灵通。乃者,太原守、阳曲令命民耆遣信士越境而来,潜影而入,窃负圣像而去之,过其村则村无不雨,经其乡则乡无不雷,见之无不恐怖,闻之无不惊惶,藩府为之远接,臬司为之近迎,乐音震天,旌旗连地,倾刻中阴云密布,倏忽间大雨淋漓,竟三日而后息。[①]

从碑文记载可知,藏山一地凡遇亢旱,向赵武祷雨必应,水涝之灾同样灵验。清雍正三年(1725)王玮撰《重修藏山赵文子庙碑记》中云,己亥秋八月,山水暴作,"四方以欷告,哀鸿之声延数百里,孟岁独无恙"。[②] 旱干水溢之时,藏山大王无不灵应,满足了民众的生存需求,成为民间的信仰并影响至今,其神职在发展过程中不断扩大,从司雨神上升为全能的地方神。今盂县当地称赵武为灵感大王,司人间风雨及祛病消灾,赐福寿吉祥,招财富晋爵位,有求必应,灵感异常。

在民间与官方的共同推动之下,藏山赵氏孤儿传说的核心人物从代表忠义精神的程婴等义士转变为能解人间疾苦的被神化了的赵武,在当地形成了广泛

---

① 藏山文化研究会:《藏山文化通览》,方志出版社 2005 年,第 11 页。
② 藏山文化研究会:《藏山文化通览》,方志出版社 2005 年,第 37 页。

的民间信仰,信仰对象的灵验程度进一步促进了传说的发展。

(三)传说的多重民间叙事

口头叙事是赵氏孤儿传说传承的主要路径,并一直向着文本化的方向发展。传说的口头传承在民间信仰的生成与发展过程中积淀为一种深层的民俗心理,表征为模式化的行为方式与风俗习惯,以仪式叙事的方式不断重演。空间叙事为仪式的发生提供了物化的神圣空间,使传说有了稳固的、可靠的传承载体,藏山赵氏孤儿传说以多重民间叙事方式在当地展演。

1. 文本化的口头叙事

口头性是民间叙事的基本特征,"以口头创作方式出现的民间叙事,是民间叙事的主体"①。民间叙事因其口头性特征而具有不稳定、易散失的特点,因此在保存与传承中,口头叙事形式逐渐向文本化、经典化演进。凝聚为文本的口头叙事成为民间文学搜集过程中最易得到的资料,是民间文学研究的重要对象。通过对盂县藏山赵氏孤儿传说文本化口头叙事资料的搜集分析,可按内容将该地传说分为两种类型,即救孤传说和藏山大王传说。

(1)救孤传说

此类传说文本数量较多,内容奇特,救孤主体身份多元,有普通民众、有菩萨圣灵、有灵性动植物等。在流传过程中,救孤传说吸纳融合了新的元素,即佛教圣灵。如《程婴和赵氏孤儿在打围村脱险》讲述了普贤菩萨在程婴与赵武命悬一线之时帮助他们解除了危险。② 民间信仰的对象在神职功能上能够应付各个社会阶层、各种类型的信仰者及各式各样愿望和要求,信仰客体不呈体系,宗教之间颇多融合,民间信仰体现出多元性的特征,这是佛教圣灵能够融入赵氏孤儿传说的深层原因。此外,富有灵性的动、植物也成为救孤功臣,盂县流传最广的动物救孤故事有"蝼蛄救孤""灰鸽子救孤""鼓肚蜘蛛和绿头大王救孤""石虎救孤"和"马蹄刨泉救孤"等。这些"动物救孤"情节在王莽赶刘秀传说或其他传说中同样出现,这类传说尽管同特定的风物、人物结合较紧密,但它在流传过程中,一方面失去了原有的可信物,另一方面又附会到新的风物、人物上,成为同类

---

① 董乃斌、程蔷:《民间叙事论纲》(上),《湛江海洋大学学报》(社会科学版)2003年第2期。
② 盂县政协:《盂县赵氏孤儿传说故事》,内部资料,2009年,第10页。

型的新传说。传说的这种故事本体与所附人、物之间可分离、可移动的特质,正是传说向民间故事转化的表现。① 从"救孤型"传说可以发现,传说中营救者不仅趋于多元化,内容更为饱满丰富,其情节也在向民间故事转化。

（2）藏山大王传说

由于赵氏孤儿传说的盛行,赵武逐渐由传说中的人物演变为民间信仰中的雨神,被民众尊为藏山大王,建庙祭拜。每逢天旱少雨,民众便到大王庙中叩拜求雨,藏山现存的许多碑刻都记载了向藏山大王祈雨灵验的故事。藏山大王信仰的兴起,使得其相关传说应运而生,其中赵武于藏山坐化、因德行感动玉帝被封为"藏山大王"等传说解释了赵武名号的由来。更多传说则讲述了赵武被封神后显灵降雨的事迹,如《大王爷和财主侯伯良打赌》,大王爷不仅降雨帮助百姓摆脱了干旱少粮的困窘生活,更用大水淹了黑心财主的家,惩治了财主。② 同类传说还有《武士豪请大王爷》《藏山大王瓮打磁州》等。赵氏孤儿传说在已有基础上进一步向周围地区辐射传播,在历时的传承过程中逐渐远离传说的原始主题,向着更加生活化的方向发展,表达了民众的生存理想与美好愿望。

2. 仪式叙事

"活态民间叙事中一种重要的形式是不以语言文字为载体而以身体动作为主要媒介的叙事——民间行为叙事。"③行为叙事使民间传说以身体表演的形式活灵活现地展现在民众生活之中,体现出顽强的生命力。行为叙事在不同的叙事氛围中表现出不同的行为类型,或为轻松愉悦的游戏叙事,或为神圣庄严的仪式叙事。赵氏孤儿传说中的民间信仰是促成传说神圣叙事特征的重要因素,神圣性的行为叙事即仪式叙事,是藏山赵氏孤儿传说在民间的重要传承形式。

仪式叙事,指祭祀、祷祝、祈求等民俗活动中的叙事。盂县每年都会举行祈雨会,即藏山老会,又称藏山赶老会。藏山老会形成年代最早可追溯至唐代,宋代已初成规模,历经元明清三代,已发展到千人规模,民国初期尚且存留,抗日战争爆发后消失。藏山老会是由当地群众自发组织,集祭祀、供奉、集会、娱乐、交流于一体的综合性民俗活动,是当地百姓天旱祈雨之后回谢藏山大王的一种纪

---

① 李扬:《简论民间传说和故事的相互转化》,《青岛海洋大学学报》(社会科学版)1997年第4期。

② 盂县政协:《盂县赵氏孤儿传说故事》,内部资料,2009年,第56页。

③ 董乃斌、程蔷:《民间叙事论纲》(下),《湛江海洋大学学报》(社会科学版)2003年第5期。

念性表演活动。藏山赶老会队伍由开道锣、门旗、头锣、头牌、高罩、铁炮、大旗、战鼓、围子、八音会、八仙过海、八义救孤、金瓜、钺斧、朝天镫、万人伞、灯笼、銮驾、龙凤扇、随护、敬香盘、执事等组成,参加人数从 108 人至上千人不等,均身着表演服装,手持道具,按照规定的步伐、动作、节奏统一表演。场地表演分"过街""踩海眼"两种,古时有东乡会、西乡会、南乡会、北乡会之分,其中清城三月十五的"起神会"最负盛名。赶老会"迎銮驾"仪式最为隆重,每逢农历四月十五,分散在各地的 108 尊"小大王"同回藏山落驾,享受祭拜。① 现经多年的挖掘与整理,失传约 70 载的藏山赶老会终在 2014 年于盂县重新上演,延续着该地富有特色的民间信仰与祈雨文化。

围绕赵武民间信仰生成的藏山赶老会仪式,在情景化的叙述语境中,形成了一整套程式化的叙述动作,以集体表演的形式在动态中传承。这一系列表象的仪式行为实指向精神层面,是民众心理需求与民间意识形态的集中体现,是功能、形式与主题的有机融合。藏山赶老会作为一种仪式叙事,同样蕴含着藏山赵氏孤儿传说的民间情怀旨归。

3. 空间叙事

空间与时间同为叙事存在的基本维度,从内部决定着叙事的发展。空间叙事作为一种新的叙事方式与理论转向受到重视。物质性是空间存在的第一维度,思想性、观念性是空间领域的第二维度,物质维度与精神维度的融合及超越形成第三空间。"第三空间"是一种既真实又想象化的存在,既是结构化的个体的位置,又是集体经验的结果,具有空间性、社会性与历史性。② 赵氏孤儿传说以具有特定精神内涵的物质空间为载体,在传承过程中形成空间叙事方式。这种物质空间的选择与建构并不是随机的,而是建立在外在物化对象与内在精神世界相契合的基础之上,是物质与精神深度融合的第三空间。藏山赵氏孤儿传说的空间叙事集中体现在藏山神祠。

藏山神祠是供奉赵武的主要场所,具体始建年代不详,约建成于北宋中叶以后。庙内现存最早的碑刻是金大定十二年(1172)县令智楫所作。神祠从藏山半山腰处一直延展到山谷,前后四进院带两个东跨院,规模较大。南北中轴线自

---

① 盂县藏山旅游风景名胜区:《藏山老会》,内部资料,2013 年,第3—5 页。
② 潘泽泉:《空间化:一种新的叙事和理论转向》,《国外社会科学》2007 年第 4 期。

下而上依次为牌楼、山门、戏台、正殿、献殿、寝宫、梳妆楼,加之两侧配殿中的藏山大王祠、双烈祠、韩厥祠,及东二院之报恩殿、八义殿,共有庙宇 30 余处。牌楼建于明代,为木式结构,三头四柱,造型高大,斗拱密集,外额题有"藏孤圣境"。正殿为明代建筑,殿内供奉赵武,着明代王爷服饰。殿内柱上刻有盘龙一直延伸至梁顶,墙壁上绘有四十二幅壁画,描绘了赵氏家族从蒙灾受难到平反昭雪的整个过程,《崇增藏山神祠之记》曰:"中殿一所,内塑威灵,壁绘行图,乃圣者之根源也。"[1]寝宫为典型的元代建筑,祀奉赵文子夫妇。寝宫东侧是藏山大王殿,内供奉盂县各地藏山大王像近百座;西侧是假孤殿,内祀程婴之子。报恩祠祭程婴、公孙杵臼与韩厥。八义殿供奉程婴、公孙杵臼、假孤、韩厥、灵辄、鉬麑、提弥明和草泽医人。除藏山神祠之外,盂县各村还分布着大大小小的藏山神庙,据统计,目前县境内藏山神庙有 89 座,县城西关有 2 座大型神祠,当地民众反映尚有 5 座未统计在内,全县约有神庙 96 座,均以藏山神祠为"庙之祖",名为藏山神庙、藏山神祠、藏山行祠、藏山大王庙、藏山大王行祠、藏山大王神祠等,这些散布于各村镇的庙宇共同组建起了以藏山神祠为中心的传说风物群。藏山神祠风物群是民众祈祷祭祀的神圣场域,也是赶老会仪式的活动空间,该地以寺庙风物为主的空间叙事形态,是民间信仰的心理需求与行为仪式在物质世界传承中的客观表征,空间叙事是盂县藏山赵氏孤儿传说的主要叙事方式之一。

相较于晋南、忻州两地而言,盂县赵氏孤儿传说中的主人公不再是以程婴为核心的忠义之士,而是被神化了的赵武。赵武也已不再是襄汾、忻州等地文本中所展现的配角人物,民众对他的描述更细致、更传奇、更具神力,其地位因"藏山大王"这一称号的确立而被无限提升,并最终成为民众祭祀的主神。这种寄托在赵氏孤儿形象中的民间情怀,体现着这一传说与当地社会、文化的深入融合,反映着底层广大民众的生活状态与精神情感世界,民众将自己对生命的期盼、对生活的热爱、对各种世俗欲望的追求依附在了赵氏孤儿传说之中。除了对忠义精神的宣扬,对家国意识的建构,一种植根于底层广大群体中的民间情怀得以在盂县这片土壤上滋生,这是赵氏孤儿传说在此地所展现出的主要精神内涵。由此而形成的种种具有地方特色的风俗,也使赵氏孤儿传说得以向着生活化的方向继续传承下去。

---

[1]　明嘉靖四年(1525)。碑刻,规格高 247 厘米,宽 80 厘米,现存于寝宫东侧。

小　　结

历史事件的发生时间可以去考证,但世代口承的民间传说跨越时间的局限,打破空间的束缚,体现出无时间性,这"有可能为故事的展开提供最大限度的自由"①。赵氏孤儿传说便在这种最大限度的自由状态中打破地域界限与时间束缚,在晋南、忻州、盂县三地形成具有地域特色的传说体系并传承至今。赵氏孤儿口承民间叙事经文人记录得以文本化,后经权力者的介入逐渐经典化,经典化的文本反哺民间形成新的民间叙事。在文本与口头的两相融合中,赵氏孤儿传说在晋地形成新老民间叙事和经典化文本并存的多元化局面,在不同的地方呈现出不同的地方特色与主题内涵。活态的民间传说从来不会因为经典文本的凝聚而失去其灵性。

民间传说层累的凝聚与转移,使赵氏孤儿传说的核心人物与主题内涵随着传承地域的改变发生转移与延展,在晋地形成三个不同的传说体系:襄汾作为传说的发源地,形成以赵盾为核心,表达祖先崇拜主题的传说体系,在民间体现为血缘观念下的排他性、外化的祭祀仪式及伦理观念下的人文崇拜;赵氏孤儿传说随着政治中心的迁徙北移至忻州一带,在官方对忠义形象的塑造、文人对复仇母题的置换及民间对忠义精神的传承中形成以程婴为核心、以家国意识为主题的传说体系;在民间需求的推动下赵氏孤儿传说辐射至盂县藏山,在当地形成具有广泛影响力的民间信仰,传说以多元的叙事方式展演在民间,形成以赵武为核心、以民间情怀为主题的传说体系。

赵氏孤儿传说以山西为中心传播至河南温县、陕西合阳等地,形成了各具地方特色的传说类型与风俗习惯。赵氏孤儿传说经过历史的沉淀、文人的加工与民间的抉择,在每个历史阶段及不同地域,体现出不同的时代特征与主题内涵,从而使得赵氏孤儿传说能够在层累的历史中不断丰富扩展,并逐渐深入民众的精神世界,走进寻常百姓的生活之中,成为一种精神、一种文化的象征得以久传不衰。

---

①　卞梦薇:《论民间叙事的"无时间性"》,《民间文化论坛》2017 年第 1 期。

第二十六章　窦犨传说信仰与
　山西水利社会

　　窦犨是春秋时期晋国贤大夫,因其兴修水利,造福一方百姓,得到世人称颂。金元以降,在太原地区的深度开发过程中,他扮演了重要的水神角色,完成了贤臣神化的形象转变,太原上兰村及周边地区盛行着祭祀窦犨的风俗。然而,随着社会文化的变迁和生态环境的变化,窦犨传说信仰正逐步淡出民众视野。本章从文化生态学的角度,通过对上兰村及周边地区现存与窦犨相关的历史文献、传说与祭祀活动的研究,分析区域生态文化对窦犨传说信仰产生的影响,推动窦犨信仰的现代传承。同时,以窦犨传说信仰作为研究案例,有助于探讨民间传说信仰与生态环境的关联,为研究山西以泉水灌溉为中心的水利社会提供思路。

一、窦犨传说信仰的分布与区域环境

　　《阳曲县志卷十三·人物列传》记载:"窦犨,字鸣犊,赵简子之臣也",[1]"今邑之西北烈石山有窦犨祠,祷雨多应".[2] 窦犨为山西阳曲县人,曾在上兰村附近活动。窦犨信仰肇自烈石寒泉水域,泉水养育了一方百姓,形成当地独特的水神信仰文化。该地区的自然环境和生产生活需要决定了水在所有资源中占据重要的地位,必然形成对水的崇拜;并在贤臣窦犨文化的推动下完成了对水神的型塑,窦犨信仰在当地孕育而生。

(一)古代窦犨传说信仰的分布

　　窦犨信仰从一开始就与烈石寒泉相联系。信仰窦犨的区域,主要是烈石寒

---

① (清)李培谦监修,阎士骧纂辑:道光《阳曲县志》,台湾成文出版社1976年,第762页。
② (清)李培谦监修,阎士骧纂辑:道光《阳曲县志》,台湾成文出版社1976年,第762—763页。

泉流经之地,包括:上兰村、西村、横渠、向阳店和东留庄等,但是也绝不仅限于这些村落。

元至正八年(1348)《冀宁监郡朝列公祷雨感应颂》①的碑阴中提到的有镇城、榆次县、呼延村、翟村、府南关、土康净因院、宁福惠觉院、蒙山开化大禅寺、宝泉院、刘村、崛围院、隆化院、清真观、宁福村、向阳村等。除泉水流经之地外,还有众多的寺院进行捐助。清雍正十一年(1733)《重修西廊碑记》②的碑阴记载有向阳镇、翟村、下薛村、横渠村、镇城村、西村、龙王堂村、窑村、洞窿村、火路平村、下水浴、交城镇、灵石县、火烧官、下薛村、新城隍、南寨村、柴村、立梁村、本村、白道村等。除阳曲县境内的村庄,还有来自晋中灵石县的信众。清乾隆十九年(1754)《重修烈石口英济祠碑记》③的碑阴中记载的捐款地区有翟村、横渠村、监县周家沟、善姑村、呼延村、太原县、文水县、静乐县、省城、向阳镇。省城和吕梁文水、忻州静乐的百姓也在重修英济祠中捐款。清嘉庆二十一年(1816)《英济侯庙重修碑记》④的碑阴记载施银和施车的情况,有太原县上庄村、西村、横渠村、向阳店、西瑶村等。西瑶村位于晋中市左权县龙泉乡。清道光十五年(1835)《重修膳亭彩画禅院碑记》⑤的碑阴中记载的施银、施车、施牲畜和施工村庄有上兰村、镇沟村、五堤村、后斧柯村和土堂村等。这些村庄均位于阳曲县

---

① 《冀宁监郡朝列公祷雨感应颂》,元至正八年(1348),碑刻规格:碑首高71厘米、宽89厘米、厚26厘米;碑身高157厘米、宽89厘米、厚26厘米;底座高51厘米、宽100厘米、厚54厘米,石碑立于窦大夫祠南殿右侧廊檐下。该碑文又载于刘泽民主编,苗元隆分册主编:《三晋石刻大全》,太原市尖草坪区卷,三晋出版社2012年,第5—7页。

② 《重修西廊碑记》,清雍正十一年(1733),碑刻规格:碑首高35厘米、宽78厘米、厚13厘米;碑身高190厘米、宽78厘米、厚13厘米;底座高38厘米、宽72厘米、厚36厘米,石碑立于窦大夫祠正殿右侧廊房下。该碑文又载于常清文:《上兰村志》,山西人民出版社2011年,第91页。

③ 《重修烈石口英济祠碑记》,清乾隆十九年(1754),碑刻规格:碑身高288厘米、宽100厘米、厚19.5厘米;底座高57厘米、宽120厘米、厚61厘米,石碑立于窦大夫祠正殿左侧廊檐下。该碑文又载于刘泽民主编,苗元隆分册主编:《三晋石刻大全》,太原市尖草坪区卷,三晋出版社2012年,第76页。

④ 《英济侯庙重修碑记》,清嘉庆二十一年(1816),碑刻规格:碑身高236厘米、宽89厘米、厚17厘米;底座高55厘米、宽96厘米、厚53厘米,石碑立于窦大夫祠正殿右侧廊房下。该碑文又载于刘泽民主编,苗元隆分册主编:《三晋石刻大全》,太原市尖草坪区卷,三晋出版社2012年,第108页。

⑤ 《重修膳亭彩画禅院碑记》,清道光十五年(1835),碑刻规格:碑首高32厘米、宽63厘米、厚14厘米;碑身高150厘米、宽63厘米、厚14厘米;底座高44厘米、宽77厘米、厚48厘米,石碑立于窦大夫祠正殿左侧廊房下。该碑文又载于江涛:《崛围碑帖》,团结出版社2012年,第40页。

境内。清光绪二十六年(1900)《重修乐楼碑记》①的碑阴中记载的施银、施车和施工地区有向阳镇、柴村、土堂村、翟村、西村、向阳店、五梯村、北固碾、南固碾、张家庄、横渠、柏板、文水、西关口、营村、西京庄、南街、省城、池家水、宇温、北下温、北头崖等。省城和吕梁文水的村民在重修乐楼活动中也有捐助行为。《重修英济侯庙募化捐银碑记》②涉及到的地区有省城、朔州、谷邑、青龙镇、徐邑、南固碾、西村、狄村、柏板、拐角村、向阳镇等,省城和朔州的民众在重修庙宇中也有捐银行为。

综上可知,窦犨信仰主要集中在烈石寒泉流经的村庄,民众在窦大夫祠祭祀、修缮的各种活动中捐钱捐物。窦犨信仰扩布广泛,阳曲县境内的很多村庄也信仰窦犨,参加相关活动,甚至省城、晋中、吕梁、忻州、朔州等较远地区的部分村庄也参与到窦大夫祠的修建捐助活动中,窦犨信仰几乎遍及全省。

(二)窦犨传说信仰形成的生态环境

上兰村及周边地区属于汾河中上游,汾河出烈石山口进入太原平原,水流湍急,视野陡然开阔。上兰村位于兰村泉的泉源处,是重要的水利枢纽。"兰村泉是山西省著名的岩溶大泉,也是太原市居民生活的主要饮用水源"③,兰村泉由洌石寒泉、大海子、小海子泉群组成,其中洌石寒泉最为有名,也称烈石寒泉,它北靠二龙山,东临窦大夫祠,旧时水量极大,汾河得洌石寒泉,势始波涌。

上兰村及周边地区与阳曲县接壤,是农耕与游牧、汉族与少数民族的交汇地带,该地区很早就进入了精耕细作的农耕时代。春秋时期,晋国周边有很多戎狄部落聚居。晋国与戎狄之间战乱频发,戍边人士众多,粮食问题突出,直接关联着军队给养供需。由于烈石山的阻隔,军队很难从外地调运粮食,当地人便依靠优越的水资源条件,种植稻黍,就地解决了粮食需求。公元前525年左右,"晋

---

① 《重修乐楼碑记》,清光绪二十六年(1900),碑刻规格:碑首高36厘米、宽83厘米、厚18厘米;碑身高207厘米、宽83厘米、厚18厘米;底座高46厘米、宽99厘米、厚54厘米,石碑立于窦大夫祠正殿左侧廊房下。该碑文又载于常清文:《上兰村志》,山西人民出版社2011年,第95页。

② 《重修英济侯庙募化捐银碑记》,碑刻规格:碑首高50厘米、宽63厘米、厚15厘米;碑身高177厘米、宽63厘米、厚15厘米;底座高50厘米、宽91厘米、厚58厘米,石碑立于窦大夫祠正殿左侧廊房下。

③ 山西省水利厅:《山西省岩溶大泉变迁与保护》,山西经济出版社2011年,第7—12页。

国周围的戎狄部族靡有孑遗了"，①即晋国周边的戎狄邻邦都融入华族聚居区
内,开始从事农耕,该地聚集了大量的农业人口。但是,频发的旱灾严重影响到
该地农业丰产,这也是山西境内普遍存在的问题。清道光《阳曲县志》载:"三晋
地瘠山多,天高地冷,十年中旱常八九。"②"山西每年都有不同程度的旱灾发生,
其特点是旱年频繁、连年发生、时间变化大、地域分布不均"。③

《山西通志》载:"晋惠王十六年(前661)至清道光二十年(1840)的2501年
间,山西共发生527个旱灾年,平均4.7年一遇;道光二十年至民国元年(1840—
1912)的72年中,共发生42个旱灾年,平均1.7年一遇;民国元年至民国三十八
年(1912—1949)的37年中,共发生23个旱灾年,平均1.6年一遇;1949—1995
年的46年中,共发生全省性和局地性旱灾36年次,平均1.3年一遇,其中全省
性旱灾年10次,局地性旱灾26年次。"可见,山西旱灾年频繁发生,而且近代以
后旱灾年次更多。其原因可能一是"年代愈久记载愈疏",二是"近代工业发展、
生态环境恶化导致旱灾频繁"。④ 元至正二年(1342)大同、冀宁、平晋、榆次、徐

表15 山西历史上连旱情况汇总表

山西连旱两年时间段					
305—306	536—537	1212—1213	1303—1304	1433—1434	1455—1456
1472—1473	1480—1481	1490—1491	1497—1498	1560—1561	1598—1599
1633—1634	1685—1686	1689—1690	1811—1812	1928—1929	1935—1936
山西连旱三年时间段					
1285—1287	1427—1429	1493—1495	1585—1587	1720—1722	
山西连旱四年时间段					
1327—1330	1483—1486	1531—1534	1609—1612	1696—1699	1811—1814
1875—1878					
山西连旱五年时间段					
1637—1641					

---

① 李孟存、常金仓:《晋国史纲要》,山西人民出版社1988年,第258页。
② (清)李培谦监修,阎士骧纂辑:《阳曲县志清道光》,成文出版社1976年,第1148页。
③ 山西省史志研究院:《山西通志》第三卷《气象志》,中华书局1999年,第82页。
④ 山西省史志研究院:《山西通志》第三卷《气象志》,中华书局1999年,第83页。

沟、汾州、孝义、忻州皆大旱,自春至秋不雨,有相食者。清嘉庆九年至十年(1804—1805)山西大旱,饿殍满路。清光绪三年(1877)《山西通志》卷八二大事记:"通省合计赈册贫民三百四十万二千八百三十三口,死亡十之七八……诚自来未有之奇惨也。"①

　　在漫长的历史时期,由于技术条件有限,水利设施不完善,很难实现调水,无法解决水资源空间分布不均的问题。灌溉受限直接影响作物的产量,粮食问题突出。在水为资源生态位的区域社会中,水资源的多寡和质量关乎百姓生活和区域社会治理。②水在一定程度上决定着民众的生存命脉,民众的力量有限,无法控制降水,所以转向祈求神灵。他们认为万物有灵,水也如此,肯定有专职的神灵司水。只要真心诚意地祈求,就会得到神灵的眷顾。由此,在以水为资源生态位的地区形成水神信仰是合情合理的现象。在特定的生态环境中,太原上兰村及周边地区形成了区域社会内部独特的水神崇拜。生态环境是该地民间信仰生成的前提,区域文化背景则直接影响信仰内容,二者相结合,形塑了该地的窦犨信仰。

二、窦犨传说形态与窦犨信仰仪式

　　"民俗系统可以从人如何表现民俗上归纳为三个:一是口头语言系统的民俗;二是行为习惯系统的民俗;三是心理感受系统的民俗。简言之,就是表现在口头上、行为上、心理上的三个民俗系统。这三个系统的民俗经常相互组合成生动的民俗事象,覆盖在俗民生活的各个层面上,从三个角度可以测察到人们进行民俗活动的手段、方法和隐藏着的动机和价值观。"③就太原上兰村及周边地区的窦犨民俗信仰而言,其口头语言系统的民俗表现为窦犨传说,其行为习惯系统的民俗表现为对窦犨的信仰手段和祭祀仪式,其心理感受系统的民俗表现为影响人们精神生活的信仰情感或力量。

---

　　① 山西省史志研究院:《山西通志》第三卷《气象志》,中华书局1999年,第86页。
　　② 生态位是生态学的概念,由美国生态学家约瑟夫·格林内尔提出。江帆《生态民俗学》指出:"生态位这个概念的核心内涵,指的就是生物体所依赖和利用的生活资源在广度上和深度上所占有的位置。"
　　③ 乌丙安:《民俗学原理》,辽宁教育出版社2001年,第30页。

（一）窦犨传说的历史记载与民间叙事

在太原上兰村及周边地区的民间记忆中，窦犨的形象从一个精英话语中的"贤人"，逐渐变为具有降雨灵验的正统神祇，最后由于上兰地区水利的发展，成为与民众息息相关的水神，与之相关的传说广泛存在于历史记载与人们的口头传播中。

1. 作为贤臣的窦犨

《国语》卷第十五记载："赵简子叹曰：'雀入于海为蛤，雉入于淮为蜃。鼋鼍鱼鳖，莫不能化，唯人不能。哀夫！'窦犨侍，曰：'臣闻之：君子哀无人，不哀无贿；哀无德，不哀无宠；哀名之不令，不哀年之不登。夫范、中行氏不恤庶难，欲擅晋国，今其子孙将耕于齐，宗庙之牺为畎亩之勤，人之化也，何日之有！'"①春秋中后期，六卿多权势纷争，割据一方。范、中行氏因争权失败，被贬为庶民。窦犨借此来讽谏赵简子，劝其放弃争霸，恪守君臣之礼。后续之事在《史记》中记载道："孔子既不得用于卫，将西见赵简子。至于河而闻窦鸣犊、舜华之死也，临河而叹曰：'美哉水，洋洋乎！丘之不济此，命也夫！'子贡趋而进曰：'敢问何谓也？'孔子曰：'窦鸣犊、舜华，晋国之贤大夫也。赵简子未得志之时，须此两人而后从政；及其已得志，杀之乃从政。丘闻之也：刳胎杀夭则麒麟不至郊，竭泽涸渔则蛟龙不合阴阳，覆巢毁卵则凤皇不翔。何则？君子讳伤其类也。夫鸟兽之于不义也尚知辟之，而况乎丘哉！'乃还，息乎陬乡，作为《陬操》以哀之。"②孔子在卫国传教失败后，打算来晋国访问。孔子认为晋国有贤大夫窦鸣犊和舜华，他可以在这里实现自己的政治理想。不料在即将渡黄河入晋时，听说赵简子杀死了贤臣窦犨，赵简子过河拆桥的行为为孔子所不齿，对窦犨的死甚是惋惜。孔子看到晋国正处于僭越横行，礼崩乐坏的境地，这样的政治环境下，他看不到实行政教的希望，终身不再踏入晋国土地，在历史上留下了孔子回车的典故。

历史文献对窦犨的记载有限。赵世瑜认为："贤人窦鸣犊只是在讨论孔子入晋的语境中一个不太重要、而且生平事迹语焉不详的小角色。"③他提出，在晋

---

① 徐元浩：《国语集解·晋语九》，中华书局 2002 年，第 452—453 页。
② （汉）司马迁：《史记》，中华书局 1959 年，第 1926 页。
③ 赵世瑜：《从贤人到水神：晋南与太原的区域演变与长程历史——兼论山西历史的两个"历史性时刻"》，《社会科学》2011 年第 2 期。

东南的民间传说中,孔子回车的故事与窦犨毫无关系。窦犨在正史中地位卑微,但在太原地区,尤其是上兰村及周边地区,其形象则很丰满。上兰村村民张智明说:

> 以前没有他(窦犨),太原市就空不出来。有一句话说是"打开烈石口,空出晋阳湖"。就是打开烈石口以后,才把太原空出来,有了大片良田,以前这里都是水。①

窦犨积极与自然环境抗争,才有了上兰村这一块风水宝地,在村民们看来,没有窦犨,就没有他们的家园。民间还流传着窦犨"打开烈石口"的传说,该传说的大概情节是:

> a.春秋战国时期,太原地区连年干旱,粮食歉收,百姓温饱问题得不到解决,社会秩序混乱。
>
> b.君主派一位大臣打开上兰村西北角的烈石山(俗称羊圈山),引出汾河水。
>
> c.大臣因未能按期完成开山取水任务而被处以死刑。
>
> d.熟知地理水利、爱护百姓的窦犨被派来开山取水。
>
> e.窦犨带领当地百姓夜以继日地开山,仍旧没有成功,无奈谎报情况。
>
> f.限期已到,窦犨仍未完成任务,愧对百姓,在烈石山下梧桐树旁自尽。
>
> g.百姓祭奠窦犨,哭声撼动山岳,烈石山自动打开,汾河水缓缓流出。②

在这则充满传奇色彩的传说中,窦犨被认为是当地的英雄,受到百姓爱戴。大臣们多次开山未果,体现出进行这项工程的艰难。窦犨把山凿开后,一夜间又合住,这一情节给故事增添神秘感,反映自然力量的强大与难以把控。窦犨死后,百姓哭声感动天地,完成开山取水任务,体现人心和天意可以互相沟通,反映中国传统的天人感应思想。

关于窦大夫祠的选址,民间也有相关的传说:

---

① 讲述人:张智明,男,1959 年生,上兰村委会文书。调查人:段友文、马翠翠、赵丽婷。调查时间:2019 年 1 月 8 日。调查地点:上兰村委会办公室。

② 常清文:《上兰村志》,山西人民出版社 2011 年,第 172—173 页。

a.百姓准备在烈石山顶为窦犨修建祠庙,动工立架后第二天就倒塌。

b.烈石山上刮起旋风,把木料刮到山底,落在窦犨自尽的梧桐树旁。

c.百姓为他在此兴建祠庙,为他塑像,并把那棵梧桐树也圈在大殿里。

d.每逢农历七月十五赶庙会,民众不但到祠庙祭奠窦犨,而且还要摸一摸梧桐树,据说可消灾祛病。

e.从此此山称为"烈石山"、山脚下的泉水为"烈石寒泉",庙称"烈石庙"。又因窦犨的官职为大夫,所以该庙又叫"窦大夫祠。"①

窦大夫祠选在窦犨的葬身之地,突出窦犨与这一方水土的紧密联系,使窦大夫祠这一信仰空间更具有神圣性,更能激发百姓的崇敬之心,吸引后人朝拜。

历史记载非常简约,没有对窦犨的事迹进行详细的叙述。民间传说则突出窦犨与区域社会的联系,反映窦犨在当地民众心目中的神圣地位,这是当地窦犨信仰能够形成的重要原因,是当地百姓对窦犨这一历史人物的在地化阐释。

2. 作为雨神的窦犨

金大定年间县令史纯的《英济侯祷雨感应碑记》记载:"汾水之滨,有祠曰英济,俗呼为烈石神。考之图籍,乃春秋时赵简子臣窦犨,……英灵能兴云雨,里人立祠祀焉,旧无碑记可考"②。在这份现存最早的碑文中,只字未提窦鸣犊与孔子的关系,谈论的完全是与水利有关的内容。由此我们可断定,最晚在金代,窦犨就已经承担司雨的神职功能。

史纯的金大定二年碑今已无存,庙中现存最早的碑是元至正八年(1348)八月所立《冀宁监郡朝列公祷雨感应颂》:"皇元至正之年,有若朝列公以必里杰帖木儿大王之邸驸马贵臣监牧于冀宁,每值时□,必躬至英济侯祠下,有祷辄应焉,如是者三载矣。……下车之初,辰在丙戌,夏五旱,公诣祠行雩祷礼,膏泽以降,岁为之熟。明年夏大旱,公复至祠,所如前礼。"从碑文看,元代英济侯庙是发生旱灾时的祈雨之所,每逢干旱之时,官员、乡村社首、普通百姓等都来祭祀窦犨,

---

① 常清文:《上兰村志》,山西人民出版社 2011 年,第 172—173 页。

② (金)史纯:《英济侯祷雨感应碑记》,(清)李培谦监修,阎士骧纂辑:道光《阳曲县志》,台湾成文出版社,第 1104 页。

认为他可以沟通天人,让大地普降甘霖。

此外,从窦大夫祠的神像供奉与献殿构造上也能证实窦犨雨神形象的合理性。上兰村窦大夫祠正殿供窦犨神像,东配殿供狐突像。据村民回忆,20 世纪50 年代以前,西配殿供二郎神像。窦大夫祠东邻保宁寺,保宁寺供关公像。狐突与窦犨的经历有相似性,他是"春秋时期晋国大夫,死后因其忠心贤明被神化,成为地方性的雨神,而后实现了向全能神的身份转变。"①二郎神的神祇身份众多,有天神二郎、水神二郎、行业神二郎、战神二郎、保护神二郎、担山逐日二郎等。侯会认为"二郎神的雨神(水神)、马神、雷神、戏神、酒神、战神、火神等信仰与袄教蒂什塔尔信仰存在渊源关系,二郎神源自袄教雨神。"②关公的神职角色同样众多,有雨神、保护神、武财神、生育神等。每年五月十三要祭祀关公,关于这一现象有两种看法:一为五月十三是关公诞辰,二为关公磨刀节。磨刀节这一天必要下雨,民间还流传着"大旱不过五月十三"的谚语。概而言之,狐突、二郎、关公均有雨神的神职功能,将他们三位神祇与窦犨置于同一信仰空间内,强化了窦大夫祠求雨的功能性,也使窦犨的雨神身份更加明晰。

窦大夫祠献殿是元代建筑的遗存,也称为"祭亭",位于正殿前方,是由四根木柱搭建起来的四面通透的亭式建筑,台基略低于正殿。献殿主要用于摆放祭品、行礼拜神,为主祭人和参祭人划分区域,保证仪式的庄严性。在干旱的时候,地方守臣和老百姓会将献殿作为一个祭祀的场所,进行祈雨。献殿八卦藻井的设计也体现着天人合一的思想。崛围山文物保管所的卫志鹏告诉我们,窦大夫祠献殿采取开放式的结构,与求雨密切相关:

> 这个献殿就是进行祭祀的一个主要场所。山西地区献殿的一个特色在于采用开放性构造。北京的天坛、祈年殿,都是用围墙围起来的,是封闭的,山西地区的献殿比较特殊。开放性献殿的特点是对普通老百姓开放,能保证在献殿进行求雨祭祀活动的时候,院子里站在任何一个角度的人,都能看到整个仪式的进行。③

---

① 段友文、杨洁:《狐突传说信仰与山西区域社会文化变迁考论》,《晋阳学刊》2014 年第6 期。

② 侯会:《二郎神源自袄教雨神考》,《宗教学研究》2011 年第 3 期。

③ 讲述人:卫志鹏,男,1994 年生,太原市崛围山文物保管所办公室文员,从事窦大夫祠的文物保护和宣传工作。调查人:段友文、马翠翠、赵丽婷,山西大学文学院。调查时间:2019 年 1 月 8日。调查地点:窦大夫祠办公室。

窦大夫祠的建筑形制与祈雨要求相结合,突出了这一信仰空间求雨的功能性和窦犨的雨神身份。

3. 作为水神的窦犨

最迟在明天启七年,窦犨实现了从雨神到水神的转变。所谓水神,一方面要保护一方水源,镇压邪魔;另一方面也在因水资源分布不均而发生的械斗中起重要的调节作用。曹尔祯是明代钦差提督,志在水利事业,曾致力于解决上兰村和横渠村的水利纠纷。明天启七年(1627)《烈石渠记》记载:"兰村据上流,每岁旱不足以遍润,诸村辄数数相哗,小民相友、相助之谊反坐此,而携初议改修之。而兰人惧失其利,皇皇弗安。余曲为规划,详为劝谕,倮口旧渠深浚之,便注水而下。口口地最高,又从旧渠之岸疏一浅湿以供兰人,诸村之民乃忻然从事。"①其将烈石旧渠挖深,获得更多的地下水来供给横渠,但是也要保证兰村在用水方面的优势地位,就专修一条渠,仅供应兰村。挖渠占用了兰村土地三十四亩,就通过补偿金的方式来抚慰兰村人心。官府这样做,也就是承认兰村泉源区的优势地位,承认其在水资源分配中的优先权。村落之间争水纠纷解决之后,还有一项重要的程序就是祭祀窦犨。"祭谢神祇约用一百四十余金",②这里提及的神祇即为窦犨。祭谢神祇的目的既是希望窦犨保佑,也是通过祭祀窦犨,沟通两村村民关系。这一仪式向村民们暗示,这样的解决方式是神灵的旨意,村民们都应该服从。这就将官府的解决方式合法化、权威化,以免某方还心存不满,引起不必要的纠纷。窦犨作为水神,在调节水利关系,分配水资源方面发挥不可替代的作用。

窦犨本是圣贤人物,因其兴修水利,解决上兰村及附近村庄的用水问题,给老百姓带来福祉而逐渐被神圣化,成为地方雨神,后又成为渠水之神。窦犨的作为与当地老百姓的迫切诉求不谋而合,敬水和尊贤文化相融合,产生了窦犨信仰。这是历史人物传说化的过程,也反映了区域文化的独特性。水生态环境的特殊性和贤人窦犨精神文化共同造就了窦犨信仰。

---

① 《烈石渠记》,明天启七年(1627),碑刻规格:碑身高 190 厘米、宽 86 厘米、厚 22 厘米;底座高 70 厘米、宽 97 厘米、厚 40 厘米,石碑立于窦大夫祠正殿左侧廊房下。该碑文又载于刘泽民主编,苗元隆分册主编:《三晋石刻大全》,太原市尖草坪区卷,三晋出版社 2012 年,第 37 页。

② 《烈石渠记》,明天启七年(1627),碑刻规格:碑身高 190 厘米、宽 86 厘米、厚 22 厘米;底座高 70 厘米、宽 97 厘米、厚 40 厘米,石碑立于窦大夫祠正殿左侧廊房下。该碑文又载于刘泽民主编,苗元隆分册主编:《三晋石刻大全》,太原市尖草坪区卷,三晋出版社 2012 年,第 37 页。

（二）窦犨信仰的文化空间与行为仪式

1. 窦犨信仰空间

烈石寒泉上游的上兰村和下游的东留庄均建有窦大夫祠,成为传承窦犨信仰文化的重要场域。上兰村窦大夫祠,又称烈石神祠、英济侯祠,位于山西省太原市尖草坪区,北依烈石山(今二龙山),南临汾河,西傍烈石寒泉,依山傍水,风景秀美。窦大夫祠在 2001 年被列为全国重点文物保护单位,由太原市崛围山文物保管所管理。窦大夫祠文物景区自西向东依次为烈石寒泉、窦大夫祠、保宁寺、观音阁和赵戴文公馆。窦大夫祠位于上兰村西北,将山野建筑和乡村建筑相融合。现存窦大夫祠创建于宋元丰八年,有碑刻 18 通,汇集了元、明、清三代的建筑,极具考古学、历史学和建筑学研究价值。窦大夫祠内有八景:鼓楼石柱、石洞出檐、透灵神碑、明三暗五、神龛梧桐、二郎手印、红马出祠和香台砂座。窦大夫祠中轴线由南向北依次为乐楼、南殿、献殿和正殿。正殿两侧有配殿,东西配厢房,南殿两侧有钟鼓楼,鼓楼之下是傅山的书斋"虹巢"。南殿有匾额"仁周三晋"和"霖雨乡邦";献殿有匾额"灵济汾源"和"鲁阳比烈",前柱有对联曰:"太行峰颠,孔圣为谁留辙迹;烈石山下,晋贤遗泽及苍生",是乾隆乙亥凤台令浙西沈荣昌所题对联的复印版;正殿门前有"乾坤正气"匾额。这些牌匾和对联,都在讲述着窦犨的历史,寄托着民众的感激与崇敬之心。

窦犨塑像位于正殿佛龛内。他左手托膝,右手置于胸前,面容端正,神态严肃,身披黄绸,端坐于椅上。窦犨神像左侧有一梧桐木。相传,在 20 世纪 50 年代前,每逢农历七月十五庙会,村民在祭祀完窦犨之后都要抚摸一下这棵梧桐木,据说可以祛灾祛病。久而久之,梧桐木被抚摸得光滑油亮。佛龛上有张一在癸未年秋所题的牌匾"泽被苍生",佛龛下正中央置窦犨牌位"英济侯之神位"。左右各置一花瓶,插有仿制荷花,另外还有一个香坛和供品盘。

下游东留庄为了感激窦犨,不忘其开凿烈石渠,为村民找到水源的功绩,也修建了一座窦大夫祠。但是,这座祠庙在 20 世纪 50 年代被毁。这样,上兰村的窦大夫祠成为现存唯一的窦犨祭祀场所和神圣空间。

2. 窦犨信仰主体

窦犨信仰群可分为三类,一是地方官员,二是地方绅士,三是乡村民众,他们的信仰出于各自的立场和利益诉求,有着不同的现实性考量。

（1）地方官员

从历代碑文来看,祈雨仪式多由地方官员组织,窦犨信仰主要由他们倡导和传播。但是他们并不是简单地信仰窦犨,而是有着深层的政治需求。窦犨是春秋贤臣,兴修水利造福老百姓。地方官员把窦犨当作榜样,借信仰窦犨表明自己的政治立场与态度。另外,地方官向窦犨祈雨也是其业绩之一,传达其体恤百姓,关心民情的信息,以期获得民心。如:金大定二年(1162)《英济侯感应记》中县令史纯的手下即对其说"子为邑长,此有灵神,何不祈祷,而岂忍坐视生民之毙耶"①。地方官如果在干旱之时不祭祀窦犨,就会被认为是对老百姓的苦难坐视不管,可见地方官员崇祀窦犨大都出于维护自身官位的政治目的,但对窦犨信仰传播产生了积极影响。

（2）地方绅士

从现存的碑刻中,我们发现,清代的碑文中出现了大量的乡绅、经理纠首、乡约、渠长等,且苗姓占很大比例。据《上兰村志》,在从 1366 年至 2011 年长达600 余年的时间里,苗姓一直是兰村大姓,拥有较强的氏族力量。这些人或是因为参与管理祭祀活动,或是在祠庙的修缮中有捐款行为,都被镌刻在碑上。对于他们来说,信仰窦犨不是因为业绩的需要,也不是因为他们渴求水神庇佑,他们要求官方给窦犨正名,借此来提高自己在民众当中的影响力,获得民众的信任,从而能够掌握部分的地方权力。"地方绅士普遍要求政府给以本地祠庙、祠神以赐额、封号,民众也普遍认为官方的承认会影响神的威灵。因此,赐额和封号的问题就成为地方势力借着为地方神争取地位以扩大自己力量的手段,地方官为维持地方秩序,也不得不依赖地方势力的支持,从而对地方神表示认同。"②

（3）乡村民众

村民是窦犨信仰的直接参与者和受益者。窦犨作为水神,他的直接服务对象就是村民,他的神职功能决定他与土地的密切关系。村民靠天吃饭,水源的多寡和质量直接影响农作物的产量,在相对欠发达的时代,这些农作物收成在他们

---

① 刘泽民主编,苗元隆分册主编:《三晋石刻大全》,太原市尖草坪区卷,三晋出版社 2012 年,第 317 页。

② 赵世瑜:《狂欢与日常——明清以来的庙会与民间社会》,生活·读书·新知三联书店2002 年,第 32 页。

的口粮中占很大比例,也是他们的主要经济来源,可以说,土地和水源就是老百姓的生存命脉。从窦大夫祠保存的历代碑文中可以发现,村民们去窦大夫祠祭祀的主要目的就是求雨,不仅上兰村村民信仰窦犫,邻村的老百姓也会来祭拜窦犫。金大定二年(1162)《英济侯感应记》中有"加以邻道之人,亢阳愆岁,则不远千里,扶老携幼,奉香火,修礼仪,俯伏祠下,恭虔请水"。①

3. 仪式活动

关于窦大夫祠的仪式活动主要分为两种:一为求雨仪式和游神活动,这种活动具有临时性,只有在干旱时才会举行。在金、元、明、清留下的碑文中有关于求雨的记载。20世纪50年代后,求雨、游神活动被取消。一为定期举行的庙会,即上兰村农历七月十五的烈石庙会。《上兰村志》载:"二十世纪五十年代以前,每年七月十五为这里的古庙会。"②

(1)求雨仪式

在窦大夫祠存有元明清三代祈雨碑刻18通,上兰村常清文家藏有金代古碑全文。从碑刻中我们可以窥见自金至清四个朝代求雨仪式的概貌,例如:金大定二年(1162)《英济侯感应记》③;元至正八年(1348)《冀宁监郡朝列公祷雨感应颂》④;明正统元年(1436)《列石祠祈雨感应碑》⑤;清光绪五年(1879)《冽石泉英济侯祠敕加封号碑》⑥。

通读四通碑文发现,祈雨仪式主要都在春夏干旱之时举行。春夏干旱严重

---

① 刘泽民主编,苗元隆分册主编:《三晋石刻大全》,太原市尖草坪区卷,三晋出版社2012年,第317页。

② 常清文:《上兰村志》,山西人民出版社2011年,第126页。

③ 刘泽民主编,苗元隆分册主编:《三晋石刻大全》,太原市尖草坪区卷,三晋出版社2012年,第317页。

④ 《冀宁监郡朝列公祷雨感应颂》,元至正八年(1348),碑刻规格:碑首高71厘米、宽89厘米、厚26厘米;碑身高157厘米、宽89厘米、厚26厘米;底座高51厘米、宽100厘米、厚54厘米,石碑立于窦大夫祠南殿右侧廊檐下。该碑文又载于刘泽民主编,苗元隆分册主编:《三晋石刻大全》,太原市尖草坪区卷,三晋出版社2012年,第5—7页。

⑤ 《列石祠祈雨感应碑》,明正统元年(1436),碑刻规格:碑身高205厘米、宽89厘米、厚25厘米;底座高84厘米、宽100厘米、厚100厘米,石碑立于正殿右侧廊房下。碑文又载于刘泽民主编,苗元隆分册主编:《三晋石刻大全》,太原市尖草坪区卷,三晋出版社2012年,第13—14页。

⑥ 《冽石泉英济侯祠敕加封号碑》,清光绪五年(1879),碑刻规格:碑首高30厘米、宽68厘米、厚15厘米;碑身高123厘米、宽68厘米、厚15厘米;底座高46厘米、宽85厘米、厚50厘米,石碑立于窦大夫祠正殿左侧廊房下。碑文又载于刘泽民主编,苗元隆分册主编:《三晋石刻大全》,太原市尖草坪区卷,三晋出版社2012年,第147页。

影响作物生长,在传统的农耕社会里,对农业丰产威胁最大。金大定二年(1162)《英济侯感应记》:"大定二年……入夏已来,雨泽愆期"。元至正八年(1348)《冀宁监郡朝列公祷雨感应颂》:"辰在丙戌,夏五旱……明季夏大旱……又明年其时"。明正统元年(1436)《列石祠祈雨感应碑》:"宣德癸丑岁,自春徂夏"。清光绪五年(1879)《冽石泉英济侯祠敕加封号碑》:"三月……遇旱"。这些碑刻对时间节点的强调,充分说明在这一特殊的时间段内,祭祀水神成为乡村生活中重大事件。因此,村落民众参与祭祀仪式,希望神灵保佑,早降甘霖。

求雨仪式主要由地方官员主持,参祭人群包括上兰村和附近村庄的老百姓。金大定二年(1162)《英济侯感应记》:"吏民祈祷……加以邻道之人,亢阳愆岁,则不远千里,扶老携幼、(史纯)遂率吏民"。元至正八年(1348)《冀宁监郡朝列公祷雨感应颂》:"朝列公以必里杰帖木儿大王之邸驸马贵臣"。明正统元年(1436)《列石祠祈雨感应碑》:"钦差镇守山西都督李公谦询于部使者及藩臬诸公、若郡邑吏"。清光绪五年(1879)《冽石泉英济侯祠敕加封号碑》:"知县锡良到官……躬帅吏民"。

关于求雨的过程,碑文的记叙比较简略。金大定二年(1162)《英济侯感应记》:"奉香火,修礼仪,俯伏祠下,恭虔请水、恭祷祠下,焚香奠拜"。元至正八年(1348)《冀宁监郡朝列公祷雨感应颂》"公诣祠行雩祷礼、公复之祠所如前礼,且奉灵泉朝夕拜祝、奠鬯酒分为牷牺"。明正统元年(1436)《列石祠祈雨感应碑》"涓吉备礼,斋沐致祷"。只有以上三通碑文中进行了描述,多数碑文未提及。刻碑的主要目的就是感念前人恩德,表彰时人功绩,以求得后人的传承。所以省略求雨过程的碑文记述方式也具有合理性。

如何预测求雨的结果,就要依靠祠内八景之一的透灵神碑,关于这通碑有个神奇的传说:

> 相传祠堂在很久以前,有一位白发老者在此居住,他每日都要用烈石寒泉中的清水擦洗这块赑屃驮着的石碑,天长日久,这块石碑越来越明亮、透明,和明镜一样可以照人。白发老者很是喜爱,视为爱物。一天夜里,他做了一个奇怪的梦,梦见一只赑屃驮着他心爱的透灵石碑,爬向河边。老者情急之下,顺手拿起一根火柱,追上赑屃后照着赑屃的鼻子就狠狠地打了一下。老者从梦中醒来后,忙跑去看那块透灵石碑,只见透灵石碑失去了往日的光泽,而乌龟的鼻子上却少了一大块,这一

定是被老者打掉的。从此以后,透灵石碑便再也不透明了。据说现在来窦大夫祠有灵气和有缘的人,仍然会看到石碑上面有一个身着官袍,双手持笏板的影像在其中。①。

窦大夫祠管理人员卫志鹏进一步做了解释:

> 传说在这个地方求完雨,如果灵验的话,上面就会有水渗出来。水越多证明雨越大,如果整块碑都变得湿润的时候,意味着要下大雨,只有那么一块小水滴往外渗,就会下小雨,水滴流下来意味着要下中雨。②

关于求雨的实际效果,叙述则较为详细。金大定二年(1162)《英济侯感应记》:"起之时到之日无不雨足、须臾雨泽□需,比及还城三十里间,如线不绝。抵暮,猛若翻盆,拂旦,则天气廓清,云收大野"。元至正八年(1348)《冀宁监郡朝列公祷雨感应颂》:"膏泽以降、岁为之熟、不旬浃获霖雨之应,境内赖以活、雨之至若取携而易者。"明正统元年(1436)《列石祠祈雨感应碑》:"当致祷之初,灵风振衣,微霭触石,而光景为之渐伏,神之听之若响若答。比旋车而云阴四垂,雷电交作,甘霖诞降,若六丁挽天飘而下注之,沛然莫之能御"。清光绪五年(1879)《冽石泉英济侯祠敕加封号碑》:"越宿而雨,众庶欣慰"。

以上几个方面较为详尽地描述了金、元、明、清四代记载的求雨仪式。由于历史悠久,相关文献保存有限,仅能从以上碑文中窥见历史上求雨仪式的面貌。求雨仪式在 20 世纪 50 年代消失,只尘封在年长村民的记忆中。上兰村民常清文回忆起他八九岁时村里求雨的情况时说:

> 附近哪个村旱,就从五龙祠③请上龙王,前头打着幡和圆伞,穿着服装,敲锣打鼓,长长的队伍从五龙祠一直到窦大夫祠,把龙王供在正殿窦犨神像的旁边。下雨后再把龙王送回去。很多村都来,如横渠,柏板,镇城,西村。④

---

① 透灵神碑位于正殿右侧廊房下,所载碑文为《列石祠祈雨感应碑》,夏惠英的《太原窦大夫祠建筑群略考》记载了这个传说。

② 讲述人:卫志鹏,男,1994 年生,太原市崛围山文物保管所办公室文员,从事窦大夫祠的文物保护和宣传工作。调查人:段友文、马翠翠、赵丽婷。调查时间:2019 年 1 月 8 日。调查地点:窦大夫祠办公室。

③ 五龙祠位于上兰村村内。

④ 讲述人:常清文,男,1941 年生,山西省太原市上兰村人。调查人:段友文、马翠翠、薛栋,山西大学文学院。调查时间:2019 年 3 月 30 日。调查地点:上兰村常清文家。

这是村民记忆中的游神活动,将龙王请到窦大夫祠,实现了民间神祇与官方神祇的互动,让两位雨神共同发挥作用,是老百姓发挥主观想象的结果,也是中国泛神信仰功利性的体现。

(2)烈石庙会

庙会在窦大夫祠举办,名为烈石庙会,因祭祀窦大夫而起。每逢庙会,"庙前的戏台要唱戏三天"。① 乐楼始建于清道光年间,庙会唱戏也始于此。清光绪二十六年(1900)《重修乐楼碑记》载"止知岁享御祭,特修俎豆之仪,并无戏演优觞、图报弦歌之榭。至道光年间,楼之宜成也。村人不谋而合,一倡百和,半为阖村风水,半为演剧酬神"。② 乐楼正面的四根石柱上各有一个龙头,龙面呈海蓝色,表情威严。龙头这一装饰也与求雨理念不谋而合,乐楼上曾有两条木刻对联,上联为"一碗清茶解解解元之渴",下联为"七弦妙曲乐乐乐府之音",横批为"景概亭"。关于烈石庙会,只知"每岁七月望日,献剧一期,以为永久之别"。③ 历史上相关的文字记载甚少,目前仅有七八十岁的老人尚能回忆起来。每逢庙会之时,在烈石山上山下,烈石寒泉旁,汾河边,都挤满了附近的村民。窦大夫祠对面的戏台在唱戏,观众们津津有味地观赏着;泉水清凉,年轻小伙子们在里面游泳,消夏的同时展示他们的技艺,引得周围人连连叫好;待嫁姑娘看上哪个小伙子,就会向泉水里扔苹果,引得他们一阵争抢,颇有古代富家小姐抛绣球选婿之遗绪。村民牛改英回忆说:

> 七月十五是过去的庙会,泉水上面就是花栏墙,妇女们一半,男人们一半。就在花栏墙上看戏。找对象的看对眼,男的跳到海子里,女的往下扔果子。④ 如果逮到果子,就是待见她,就跟泼水节一样。⑤

庙会活动酬神娱人,民众参与庙会时既感谢神灵保佑一方平安,又借庙会活动来娱乐身心,同时,庙会以共同的信仰为核心,把窦大夫祠周边的村民们维系

---

① 常清文:《上兰村志》,山西人民出版社 2011 年,第 126 页。

② 《重修乐楼碑记》,清光绪二十六年(1900),碑刻规格:碑首高 36 厘米、宽 83 厘米、厚 18 厘米;碑身高 207 厘米、宽 83 厘米、厚 18 厘米;底座高 46 厘米、宽 99 厘米、厚 54 厘米,石碑立于窦大夫祠正殿左侧廊房下。该碑文又载于常清文:《上兰村志》,山西人民出版社 2011 年,第 95 页。

③ 常清文:《上兰村志》,山西人民出版社 2011 年,第 95 页。

④ 上兰村村民称"烈石寒泉"为"海子"。

⑤ 讲述人:牛改英,女,1939 年生,上兰村村民,现为五龙祠服务人员。调查人:段友文、马翠翠、薛栋,山西大学文学院。调查时间:2019 年 3 月 30 日。调查地点:上兰村五龙祠正殿门口。

在一起,增强了村际关系,使人们获得地域认同感。20 世纪 50 年代后,由于社会历史与人们的信仰观念发生变化,烈石古庙会被停办。

三、窦犨传说信仰的生存现状与现代传承

(一)窦犨传说信仰的生存现状

1. 窦犨传说信仰呈衰落趋势

元明清历代的碑文中有大量关于窦犨祭祀仪式的记载,然而就田野调查的实际情况来看,窦犨信仰正呈衰落甚至消亡态势。对于上兰村村民来说,窦犨只是留存在他们记忆中一个名字,很多人对于窦犨的事迹全然无知。窦大夫祠虽在 2001 年被列为全国重点文物保护单位,却少有人去祭拜,求雨祭祀仪式也已消失,农历七月十五的上兰村的庙会虽仍在举行,其内涵却发生了根本性的转变。庙会的地点改到了村内,在 2011 年重新选址修建戏台,窦大夫祠乐楼废弃,庙会酬神的功能消失。庙会中已无与窦犨相关的因素,变成了单纯性的经济贸易活动。东留庄的情况更是不容乐观,不仅拆毁了窦大夫祠,连村民都集体搬迁到阳曲镇。东留庄窦犨信仰的神圣空间完全被毁,信仰主体也融入到其他的文化环境中。

2. 窦犨传说信仰衰落原因分析

窦犨传说信仰逐渐衰落,是多方面因素相互作用的结果,其中既受自然生态的制约,也是文化作用的结果。既有官方意识的渗透,也有老百姓自我需求的影响。

第一,资源生态位——烈石寒泉消失。窦犨的神职功能得益于水,他兴修水利,开凿烈石寒泉,又掌控雨水、管理泉水。窦犨信仰的衰落同样与水有重要的关系,就目前情况来看,烈石寒泉在当地的资源生态位已经消失。江帆认为:"当原有的资源关系不复存在,即必要的生态位不能维持时,相应的这一民俗事象也就没有了立足之地,开始退出民众的生活,这也是促动民俗文化发生变迁的背景性原因之一"。[①] 生态环境是民俗文化建构的基础,生态环境的变化使民俗

---

① 江帆:《生态民俗学》,黑龙江人民出版社 2003 年,第 347 页。

活动的空间发生改变。当资源生态位发生变化时,民俗文化便失去了环境依托。

首先,烈石寒泉是目前唯一可考的与窦犨水利功绩相关联的实物遗存,窦犨兴修的其他水渠由于没有历史的记载和百姓的口头传承,已经湮没于世。由于地下水的严重超采,烈石寒泉泉域社会的水利生态环境遭到了严重的破坏,1986年,烈石寒泉断流。泉水断流,相关的水利工程废弃,窦犨的传说故事就失去了实物的依托,窦犨作为水神的神职功能逐渐淡出民众的生活世界。

其次,由于社会的进步和地方社会的产业转型,水并不是紧缺的资源,不是影响生产生活的首要因素。在小农经济下,村民自给自足,粮食要自己播种。而在现代社会,交通便利,粮食获取渠道多元,温饱问题得到解决。另外,由于城镇化发展需要大量征地,上兰村的耕地面积锐减,约有3100亩被征用,需要灌溉的土地大量减少。现在,村北浇地来自跃进渠,跃进渠抽汾河水来灌溉附近的村子,包括横渠、柏板和镇城等,每年春秋两季就会开渠放水。村南浇地来自清水渠,清水渠的灌溉范围包括上兰村、西村、横渠和土堂等。这两条渠的水,已经足够灌溉上兰村的土地。即使遇上干旱的情况,也可以采取人工降雨的方式。总之,由于水利设施的完善和技术的进步,人们完全可以靠自己的力量解决灌溉用水问题,不需要通过祈求神灵来获取水资源。

最后,在上兰村曾经存在很多水利产业,对水资源的要求比较高,如太原造纸厂。1934年西北实业公司就在当时行政隶属于阳曲县的上兰村创建了"西北造纸厂",即太原造纸厂,占地一百多亩。"初引烈石寒泉水造纸,后因寒泉水干涸,自打深井"。[①] 后因水资源短缺、设备老化和环境污染严重,最终于2002年倒闭。建于1958年的上兰电灌站,"原在上兰村提引寒泉水,1964年因寒泉水减少,改从汾河提引汾水"。[②] 这些本来依赖寒泉水的产业,也因为泉水的减少甚至枯竭而破产或转型。依靠烈石寒泉的大批水利产业消失,烈石寒泉的水量和水质对于工业的影响减小甚至消失。上兰村实现了区域产业转型,第一二产业逐渐衰落,服务业和旅游业成为后起之秀,资源生态位实现了从水到技术、人才的转型。

第二,国家政策缺位。历史上的窦犨祭祀为官方正祀,属于官方话语体系。

---

① 常清文:《上兰村志》,山西人民出版社2011年,第126页。
② 常清文:《上兰村志》,山西人民出版社2011年,第415页。

直到清道光年间才出现乐楼,民间影响扩大。窦犨本是晋国贤臣,他倡导礼乐教化,遵循等级秩序、正义爱民的品格符合官方意识形态,把他推向神坛有利于实行政治教化,因此他的神职功能是由官方建构的。《礼记·祭法》"能御大灾则祀之,能捍大患则祀之"。① 宋崇宁元年,皇帝赵佶为烈石寒泉题名为"灵泉"、宋大观元年,宋徽宗加封窦犨为"英济侯"、献殿"泽被苍生"为清乾隆皇帝御笔,后殿"仁周三晋"为清同治皇帝御赐。并且,从碑文中我们可以发现,从金代开始的祈雨仪式就是由官方组织,窦犨的雨神信仰也是由官方推动的。求雨仪式不是村庄性的,而是由巡抚等省级官员主办,可见当时官方对窦犨信仰的重视,干旱时向窦犨祭拜祈雨也成为官员体恤民情的体现。直到清代,才出现老百姓自发组织、捐钱修庙的记载。一方面是由于官方意识实现了在民间的深度渗透,另一方面则是由于该朝旱灾频发,对水神窦犨的信仰也在强化。至少在20世纪50年代以后,由于政治环境的变化,祈雨仪式消失。祈雨祭祀是一种大规模的仪式活动,具有区域群体性特征,往往是有核心人物的领导,大规模民众参与的神圣活动。当上层不再提倡之后,民众个人是无力举行这种仪式的。

第三,民众需求降低。"中国民间信仰的神祇十分庞杂。同各大宗教相比,民间神祇缺乏谱系化,基本上无甚经典"。② 中国没有一套严格的神灵谱系,特殊的自然风物和有历史功绩的人物都可以成为神灵,且他们的神职功能既相似又互补。不同的区域由于独特的环境,形成了不同的需求,也就创造了属于当地人理想的神。中国的神灵之间没有严格的等级划分与派别归属,民众可以自由地根据需求选择他们的信仰,形成了中国功利性的泛神信仰。窦犨只负责司水,窦大夫祠也只有求雨功能,所以以窦大夫祠的香火很难维持祠庙的运行。因此明万历十三年在窦大夫祠东面兴建了保宁寺,达到以寺养祠的目的,有碑为证:"养赡是需耳",③后又兴建了观音阁。万历三十四年,境内又发生了一次旱灾,庄稼枯毁,饥荒泛滥。万历三十六年,又兴建了一座五龙庙,同为祈雨的场所。现今,窦大夫祠门庭冷落,五龙庙香火旺盛。原因之一是五龙庙中不仅供奉五龙神、雨师菩萨,还有圣母一尊,财神、菩萨若干尊,能够满足老百姓求财运、求平安和求子嗣等各种愿望。

① (清)阮元校刻:《十三经注疏》,中华书局1980年,第1590页。
② 金泽:《中国民间信仰》,浙江教育出版社1995年,第2页。
③ 常清文:《上兰村志》,山西人民出版社2011年,第103页。

窦犨信仰衰落甚至消亡,烈石寒泉的断流对其影响是显而易见的,但却只是导火索,社会文化的变迁才是导致信仰衰落的根本原因。自然生态环境变化之后,引发的是社会思想的改变,这种文化的因素才是社会大文化变迁所要关注的重点。王玉德说:"文化生态学是研究文化与环境的互动关系的理论,这里所说的环境包括影响文化生存发展的一切因素,大体上包括外环境与内环境。外环境如社会经济制度、政治制度和自然地理状况等;内环境是指文化范围内的不同文化,如不同民族、不同宗教、不同学派和不同地域的文化等。"①

(二)窦犨传说信仰的现代传承

窦犨传说信仰存在于太原上兰村及周边地区,是区域社会中独有的特色文化。在口头传统中,窦犨正义贤明、以民为本、不畏艰难的品德是当地人的榜样。而水神信仰作为一种普遍性的民间信仰,既反映了人在自然力量面前的渺小,也体现了人对水的敬畏。在现代生态环境恶化的现实境遇下,水神信仰可以成为一种软控力量,在保护生态环境中发挥微妙的作用,如植树造林可被视作为水神改善生活环境,随意浪费水或者污染水源即是对神的不敬,这些禁忌会形成一种无形的约束力,规范着人们的行为。窦犨传说信仰承载着老百姓对于历史的记忆,为区域内的老百姓架起沟通人与自然、人与社会的桥梁,增强了他们的认同感与归属感。传承窦犨传说信仰,就是在传承老百姓的生存智慧。

具体而言,传承窦犨传说信仰的路径可从以下几个方面进行。首先,引导民间传说信仰为保护生态环境服务。烈石寒泉是窦犨信仰的实物依托,实现烈石寒泉复流将是一场持久战。虽然有关专家一致认为烈石寒泉复流可以实现,但是必将经历一个漫长的过程。上兰村作为太原市重要的水源地之一,不可能为了景观而牺牲经济的发展,只能在保证地下水供应充足的情况下,实现泉水复流。这就涉及到如何合理配置水资源,是民生工程与景观工程的博弈与妥协。其次,促使窦犨信仰与现代社会发展相适应。窦大夫祠是窦犨信仰的空间依托,要在尽量保持历史原貌的基础上进行遗产旅游。需要关注的是窦大夫祠遗产旅游必须首先建立在保护文物之上,单纯追求经济利益的做法是不可取的。窦大夫祠的宣传工作可分为口头和行动两个方面。口头宣传的重点是要积极发掘窦犨传说信仰

---

① 王玉德:《生态文化与文化生态辨析》,《生态文化》2003 年第 1 期。

的时代价值,要大力弘扬窦犨不畏险阻、迎难而上的治水精神,甚至可以把大禹、台骀等与窦犨一起做成一个山西治水英雄谱系,宣传三晋儿女勇敢与大自然抗争的精神。窦大夫祠也可以通过承办活动,助力宣传,当然要在窦大夫祠空间可承受的范围之内。最后,建立崛围山生态文化旅游区。崛围山景区景点分布疏散,要整合当地的资源,进行整体性的保护开发,通过旅游来宣传当地的文化。

小　　结

　　典籍文献对窦犨的记载比较简略,与之形成鲜明对比的是,在太原上兰村及周边地区,窦犨的形象丰满,事迹生动。他由精英话语的贤臣发展成为民间崇拜的雨神、再成为全方位的司水之神,形成了窦犨信仰体系。当地这一独有的文化事象,与该区域独有的文化生态密切相关。窦犨传说信仰的形成发展源于当地独有的区域生态环境,而其衰落也是当地文化生态作用的结果。在多旱灾的自然环境和悠久的农耕文明的背景下,窦犨传说信仰与烈石寒泉景观相结合,形成当地独有的民众叙事和泉域水利习俗。在生态环境恶化和社会文化变迁的现代社会,窦犨传说信仰遭遇危机。从这一个案中我们可以发现区域生态影响民间信仰的内容,生态的变化促进区域文化的变迁。同时民间信仰也会影响生态环境,实现民间信仰的现代性传承有利于更好地保护生态环境。这一个案也反映了泉水灌溉在中国传统农业社会的重要地位,民间信仰的内容总是与农业社会生产生活密切相关,它将为研究山西境内以泉水灌溉为主的水利社会提供思路,如洪洞霍泉水利社会、临汾龙子祠泉水利社会、介休洪泉水利社会、宁武雷鸣寺泉水利社会等,触及到了泉水灌溉区水利习俗现代性传承这一富有现实意义的重要问题。

第二十七章　晋东南二仙传说信仰内涵的
三次转变及其社会文化图景

　　民间传说拥有完整的"生命场",这一动态系统促使传说遵循生命的运动逻辑,经历了从胚芽到生长再到茁壮化的过程。二仙传说作为"活在人们心灵上的传说"①,随着时间的推移而转变。二仙原本是两个普通的民间女子,因"至孝感天"飞升成仙。在不同历史时期,口头传说文本不断融入新的元素,其内涵发生了三次转变,即从孝女到神女、从民间俗神到正祀之神、从地方雨神到全能神。二仙传说信仰内涵的转变由时代背景及社会心理相互推动,是在"生命场"中进行能量交换的结果。

　　近年来,二仙传说以其独特的故事情节和广泛的地域信仰引起学界的关注,涌现出一些关于二仙传说及信仰的研究成果。主要集中在两方面,一是文化学的研究,阐述了二仙传说形成的原因及地域文化特色②;二是建筑学的研究,介绍了二仙庙的建筑结构和建筑风格③。虽成果较为丰富,但论述相对零散,对二仙传说内涵的探讨尚欠深入。本项研究运用民间文学与民俗学的相关理论与方

　　①　[日]柳田国男:《传说论》,连湘译,张紫晨校,中国民间文艺出版社1985年,第11页。

　　②　段建宏:《民间信仰与地域社会:对晋东南二仙故事的解读》,《前沿》2008年第11期;易素梅:《战争、族群与区域社会:9至14世纪晋东南地区二仙信仰研究》,《中山大学学报》(社会科学版)2013年第2期;《道教与民间宗教的角力与融合:宋元时期晋东南地区二仙信仰之研究》,《学术研究》2011年第7期;李留文:《豫西北与晋东南二仙信仰比较研究——兼论区域文化之间的互动》,《世界宗教研究》2010年第5期;张利、柳利娅:《山西南部大舜传说与二仙神话的转换》,《长治学院学报》2012年第3期;张薇薇:《晋东南地区二仙文化的历史渊源及庙宇分布》,《文物世界》2008年第3期。

　　③　李会智、赵曙光、郑林有:《山西陵川西溪真泽二仙庙》,《文物季刊》1998年第2期;师振亚:《陵川西溪二仙庙》,《文物世界》2003年第5期;张薇薇:《晋东南地区二仙庙宇建筑平面分析》,《文物世界》2009年第2期。

法,通过爬梳历史文献,结合田野调查掌握的口承文本资料,从生理之维、心理之维和空间之维三个角度解读二仙原型,结合传说"生命场"的生成规律,分析二仙传说信仰内涵的三次转变,旨在揭示文本背后隐藏的社会文化图景。

一、从孝女到神女:二仙传说的原型追溯

民间传说有一个逐渐积累、日趋丰富和不断完善的过程。传说生成之初的雏形只是其生命的开始,此后将在历史的流动中发育成为开放的系统,逐渐由幼小的胚芽成长为枝繁叶茂的大树。二仙作为晋东南的地方性神灵,其传说的内涵经历了由人到神的第一次转变,乐氏姐妹从普通农家女孩成为民间神灵,其中不仅包含着丰富的传奇色彩,也表达出民众充满想象的情感寄托,在一定程度上反映了唐代民众的心理愿望。

(一)二女成仙传说的来源

关于二仙传说的来源,晋东南地区口承资料较为丰富,呈现出不同的讲述版本。其中流传最广泛的是金大定五年(1165)《重修真泽二仙庙碑》记载的乐氏二女成仙过程:

> 真泽二仙显圣迹于上党郡之东南,陵川县之界北,地号赤壤,山名紫团,洞出紫气,团团如盖,故谓之紫团。所居任村,俗姓乐氏,父讳山宝,母亲杨氏,诞降二女。大娘同释迦下降月日,二娘诞太子游门时数。生俱颖异,不类凡庶,静默不言,七岁方语,出言有章,动合规矩,方寸明了,触事警悟。有识知其仙流道侣。继母李氏酷虐害妒,单衣跣足,冬使采茹,泣血浸土化生苦苣,共待一筐,母犹发怒。热令拾麦,外氏弗与,遗穗无得。畏母捶楚,踏地凌竞,仰天号诉。忽感黄云,二娘腾举;次降黄龙,大娘乘去,俱换仙服绛衣金缕,绘以鸾凤宝冠绣履。又闻仙乐响空,天香馥路,超凌三界,直朝帝所。[①]

---

① 《重修真泽二仙庙碑》,金大定五年(1165),现存于陵川县西溪真泽宫,赵安时撰,王良瀚书,程良佐篆额。碑刻规格:高216厘米,宽105厘米,厚33厘米。《泽州府志》收全文。碑文又载于(清)胡聘之撰:《山右石刻丛编》卷二十,山西人民出版社1988年,第26—27页。

碑中谈到二仙是壶关县紫团山人氏,①俗姓乐,父名乐山宝。其母杨氏于唐大历年间感神光生二女,姐妹俩出生后聪慧异常。但二人不幸年幼丧母,父亲续弦吕氏(一说李氏),姐妹俩即遭继母虐待。虽受千般刁难,她们仍对继母百依百顺。寒冬腊月,二女被逼上山采茹,苦于无茹可拾啼哭山间,直至泪尽血出,血浸荒山变作苦苣,可拾得一筐而归;盛夏之时,继母逼她们到田间拾麦,二女苦于无麦可捡仰天痛哭,悲痛感动上天,天空忽飘来一片黄云,将二姐托举天空;又降下一条黄龙,使大姐乘之高飞。乐氏姐妹俱换仙服,幻化成仙。此后,两位神仙兴云布雨,救苦救难,天旱之时,乡民有祷必应,甘霖立降,灵验异常。

除了碑文中的详细记述,民间还流传着活态的口承故事,形成各种异文。如长治市荫城镇唐王岭村有一则乐氏二女成仙传说,故事情节也是"后母酷虐害妒,二女纯孝不渝",不同之处是姐妹俩因不堪忍受继母的长期虐待,决定于深夜跳崖自尽。她们先后跳下悬崖却相继被青龙、飞马驮走,腾云驾雾而去。原来正遇王母娘娘神游人间,见两女子轻生,遂派青龙白马前去相救。二女在天宫修炼七天后下凡,从此为父老乡亲排忧解难,带来福祉②。此外,乐氏姐妹的祖籍屯留也流传着二仙传说③:屯留北关村有母女三人。一日,姐妹俩为满足患重病的母亲想喝鲜党参汤的心愿,顶风冒雪上太行山寻找。连续几日无果,两人抱头痛哭。这时忽见迎面悬崖上闪出金光,金光中罩着一株党参。二人赶紧攀岩去摘,正待伸摘之时,脚下一滑,坠落悬崖。玉皇大帝被她们的善良和孝道所感动,便派小神将二女接上天庭,还治好了母亲的病。人们为了弘扬孝道,纪念诚孝成仙的姐妹,便在北关村修了一座二仙庙,并将村子更名为二仙头村④。现在长治市屯留区余吾镇二仙头村的二仙庙仍立有保存完好的碑刻,不仅述说着两位仙人来历,也记录了百姓对二女诚孝的崇敬之情⑤。

不同地区的传说对二仙俗世生活陈述的差异,从各个侧面显示出二仙传说

---

① 陵川与壶关交界处有一座赤壤山,赤壤山有一个名曰紫团的洞口,时常紫气升腾,云雾弥漫,故此山又称紫团山。

② 讲述人:宋栓柱,1955年生,长治市荫城镇唐王岭村村民。调查人:段友文、刘金蕾、张晓芳。调查时间:2012年8月20日。

③ 据明万历版《潞安府志》卷十四记载,二女的祖籍在今山西省长治市屯留区李村。

④ 史耀清主编:《魅力长治文化丛书·民俗寻根》,燕山出版社2005年,第212页。

⑤ 《重修二仙庙碑》,立碑年代不详,现存长治市屯留区余吾镇二仙头村,保存完好。该碑收入王怀中、孙舒松、郭生玹编著:《三晋石刻总目·长治市卷》,山西古籍出版社2000年,第134页。

的丰富性。就其身世背景的传说来讲，虽然版本繁杂，但都围绕着一个主题：乐氏姐妹"纯孝不渝，诚感动天"。对此，清人顾应祥在《翠微仙洞》一诗中对乐氏二女的至孝之举极尽赞美："乐家二女此登仙，留得芳名百世传。岂有灵丹能蜕骨，只因纯孝自通天。"①二女成仙传说里记载的姐妹俩出生于普通农家，身着女性服饰，由此显示出二仙具备民间女子的特征。在二仙传说里，乐氏姐妹由人成神，实现了从人格到神格的转变，由此赋予了传说崭新的内涵。

（二）从"二妃"到"二仙"的原型置换

民间传说是人民大众群体创造的产物，其原型自身隐含着潜在的结构功能，这种潜在的结构功能蕴藏着多方面的生长点。通过促使故事新变的"生长点"，民间传说得到多次的"换血"和"变脸"，实现了传说主题和艺术内涵的新变②，其中原型置换是实现"换血"和"变脸"的重要途径之一。二仙传说同样经历了这样的转变，并在置换过程中展开对传说原型的深层追溯。

大定五年（1165）《重修真泽二仙庙碑》首次将二仙与舜之二妃并提，为二仙传说与二妃传说的结缘联姻提供了依据："两妃企舜于湘川，二女解佩于交甫。虽姮娥月奔，弄玉凤鬎，皆不足以俪迈踪而蹑高步也。"③碑将成仙的乐氏姐妹与嫦娥、舜之二妃相类比。比之嫦娥，是感叹其由人成神的过程和升仙的飘逸；比之舜之二妃，则赞其感人至孝与二妃德纯行笃的品德一样崇高。这很容易使人联想到，舜之二妃传说与二仙传说产生于同一个民族文化之根，即二者拥有相同的族群心理和集体无意识，二仙传说是在二妃传说的基础上生发而成的。

"原型"这一名词源自心理学家卡尔·荣格，他指出原型是神话、宗教、梦境、幻想、文学中不断重复出现的意象，源自民族记忆和原始经验的集体潜意识。这种意象可以是描述性的细节、剧情模式或角色类型，它能唤起观众或读者潜意

---

① 壶关县志编纂委员会重印：清道光光绪版《壶关县志》卷九《重修真泽二真人序》，内部资料，1983 年，第 283 页。

② 邓心强、李建中：《民间文学史中的"误解"与"话语较量"——以孟姜女传说故事为例》，《中州学刊》2008 年第 6 期。

③ 《重修真泽二仙庙碑》，金大定五年（1165）立，赵安时撰，王良瀚书，程良佐篆额，现存于陵川县西溪真泽宫。碑刻规格：高 216 厘米，宽 105 厘米，厚 33 厘米。《泽州府志》收入全文。（清）胡聘之撰：《山右石刻丛编》卷二十，山西人民出版社 1988 年，第 27 页。

识中的原始经验,使其产生深刻、强烈、非理性的情绪反应①。它以一种不明确的记忆形式积淀在人的大脑中,在一定条件下能被唤醒、激活。这里要谈的原型特指文学艺术作品中塑造的人物形象所依据的原始意象。此外,文学批评家弗莱在原型理论的基础上又提出原型变体的说法和置换的原则,认为原型具有生殖力,会在文学发展的历史中以变体的方式反复出现,构成一种似曾相识的意象群。童庆炳在《原型经验与文学创作》中谈到:"原型作为人的一种潜能存在着,永远不会消失,而且一旦有合适的土壤和气候,它就要被激话,并一再地以变体出现,以唤回人类童年的记忆,让人们一次又一次地重温它的美丽与温馨。"②从二仙传说中明显可以看到,舜之二妃是二仙的原始意象,她们拥有相似的意象群,此时的二仙以二妃变体的形式展现,用反复出现的"与曾经相似的精神事件"唤起了人们对二妃的记忆。原型作为事物的原始模式,其表现形式是多元化的,二妃作为原始意象,与二仙各方面有着多重联系,她们之间主要是通过生理、文化、空间三个维度进行原型置换,并在此过程中实现原始意象的承传和瞬间再现。

生理之维:神灵的生理趋同性是二仙与二妃原型置换的外在条件和重要前提。《列女传》云:"有虞二妃者,帝尧之二女也。长娥皇,次女英。"③二仙"俗姓乐氏,父讳山宝,母亲杨氏,诞降二女。"④可见帝尧爱女与乐氏二女同为女性,且均属同胞姐妹。此外,二仙与二妃皆拥有美丽外形。《屯留县志》介绍二仙时说"幼有奇德,克孝于家"⑤,各地二仙碑文用"生俱颖异,不类凡庶"描述二仙出众的外貌⑥,传说常以"眉清目秀""美丽善良""聪慧颖异"形容二仙的内质与外表超凡脱俗。唐人李群玉赞美舜之二妃,作《黄陵庙》:"小姑洲北浦云边,二女啼

---

① 于开拓等:《原型理论在电影作品中的应用》,《电影评介》2009 年第 5 期。

② 童庆炳:《原型经验与文学创作》,《北京师范大学学报》(社会科学版)1994 年第 3 期。

③ (汉)刘向:《列女传译注》卷一《母仪传》,山东大学出版社 1990 年,第 3 页。

④ 《重修真泽二仙庙碑》,金大定五年(1165)立,赵安时撰,王良瀚书,程良佐篆额,现存于陵川县西溪真泽宫。碑刻规格为:高 216 厘米,宽 105 厘米,厚 33 厘米。《泽州府志》收入全文。(清)胡聘之撰:《山右石刻丛编》卷 20,山西人民出版社 1988 年版,第 26 页。

⑤ 长治市地方志办公室整理:清顺治乾隆版《潞安府志》卷七《庙学》,中华书局 2002 年,第538 页。

⑥ 《重修真泽二仙庙碑》,金大定五年(1165)立,赵安时撰,王良瀚书,程良佐篆额,现存于陵川县城西溪真泽宫。碑规格为:高 216 厘米,宽 105 厘米,厚 33 厘米。《泽州府志》收入全文。(清)胡聘之撰:《山右石刻丛编》卷二十,山西人民出版社 1988 年,第 26 页。

妆自俨然。野庙向江春寂寂,古碑无字草芊芊。风回日暮吹芳芷,月落山深哭杜鹃。犹似含颦望巡狩,九疑如黛隔湘川。"①这首诗将二妃描绘成如玉美人。于是"二妃"与"二仙"在性别、血缘及外形等生理特质上建立起了联系。人的生理本能作为人类共同反应的生物基础,是原型生成的要素之一。生理之维是原型能够体现"集体"心理的生物基础。两者生理特质趋同性使得人们在看到二仙形象时实现了二妃形象的"再现",并拉近了民众对她们的心理情感距离,因此很自然地把二者粘连在一起。心理情感的再现离不开人的生理反应,如视觉、听觉、感受、体验等。当人们通过生理本能将二妃与二仙两对神仙"嫁接"在一起时,由此及彼,从生理感觉到心理情感,从感性直观到展开联想,由此产生了从表层生理对应到深层意蕴的领悟与置换。

文化之维:道德的趋同性是二仙与二妃原型置换的文化本质和关键要素。原型的最终呈现,为人们所知、所见,且被后世承传,都离不开文化。原型是根植于一定文化模式基础上的心理情感模式。司马迁云:"天下明德皆自虞帝始"②,说明我国比较系统的道德文明始自虞舜。家庭伦理方面,舜主张忍辱负重,以孝道为主。《尚书》载舜:"瞽子,父顽,母嚚,象傲;克谐以孝,烝烝乂,不格奸。"③尽管父亲愚蠢固执,后母说话悖谬,异母弟象傲慢骄横,其家人甚至多次对他进行陷害,但舜却能够与他们和谐相处,依然疼爱父母,关心弟弟,一旦父母兄弟有所求时,就会鼎力相助,绝不冷眼旁观。这种感天动地的孝虽然发生在舜的身上,但二妃因舜孝而嫁之,她们与舜同样成为孝的承载。二妃嫁与虞舜之后,其贤慧宽厚、恪守妇道的品性,使得二人在相夫教子、孝敬公婆、和睦邻里方面甚得赞誉。她们遇事机敏、思虑周备,帮助夫君成功规避各种风险,使舜顺利排除政敌,登上帝王宝座。二妃与舜一生始终相敬如宾、患难与共,成为后世理想的治家典范。乐氏姐妹则在继母一再酷虐的情形下仍然笃定尽孝,毫无怨言,为天下子女做出榜样,也自然成为孝道推崇的典型。因此,二仙与二妃共同承担着家庭伦理道德教化的使命。文化因素是原型的载体,也是原型的重现方式,文化之维的原型才是真正"集体"性质的、"可见"的、可承传的原型,是一种社会性承传的共同心理。二妃与二仙虽相距千年,"孝"却把二者紧密地联系在一起。从精神

① 萧涤非等:《唐诗鉴赏辞典》,上海辞书出版社1983年,第1239页。
② (汉)司马迁:《史记》,中华书局1959年,第43页。
③ (清)阮元校刻:《十三经注疏》,中华书局1980年,第123页。

内核来看,"孝"是二者内在统一的真正精髓和动因,体现为人们与远古祖先拥有共同的情感和一致的道德取向,以及对前人积累的文化成果的承续沿用。二妃与二仙文化本质的相同性促使二者从文化的深层产生连结,并在此基础上进行置换与重释。

空间之维:地理的趋同性是二仙与二妃原型置换的空间前提和客观条件。任何传说都有其生发的土壤和自己独特的传衍范围。二仙传说与舜传说的生成与传衍有着共同的地理指向,即属于同一个地理单元。横向空间的相同性使原型有着类似生物本能的普遍性和精神的先天性意味,使之拥有"族属意识"的本能。晋东南东以太行山与河北、河南阻断,南由太行、王屋与中原堵塞,西横中条与晋南相隔,北有太行太岳诸峰与晋中盆地分离,形成一块自成体系的高原山地,这块山地被古人称为上党。古上党的多山地形对气候影响显著,雨水常偏多或偏少,非旱即涝,灾害不断。百姓不甘屈服于恶劣的生存环境,形成与自然抗争的思想意识和精神力量,二仙传说正是这种民众意愿的生动反映。上党地区在两万多年前创造出灿烂的"下川文化",并带动山西南部农耕文明的发展与壮大,由此生发出舜与二妃的传说也是极其自然的事情。据史料分析,舜的活动范围主要在山西南部的古河东地区,他曾躬耕的历山在运城市垣曲县和临汾市洪洞县都有遗迹,由此在晋南形成了两个舜帝传说圈,即以洪洞历山、羊獬、万安为传播范围的舜帝传说圈和以垣曲、运城、永济为传播范围的舜帝传说圈。尤其是晋南与晋东南两地紧相毗连,舜与二妃的传说以垣曲历山为传说圈中心点向四周扩散,播布于晋南、晋东南地区。古上党地区即是舜与二妃传说传衍最早的地理单元之一。[①] 该地区的族群成员拥有共同的文化心理,操持着相近的方言土语,享有同样的民族信仰和文化记忆。二仙与二妃两种群体文化相互接触后进行了文化对话,在不断涵化的过程中产生了族群认同。二妃传说作为该地域的"族群记忆",复现在一代又一代上党人的心灵深处,一旦遇到相似的历史情境与人物,便会产生类似的情感需求和体验,从而形成与前人相同的心理机制,这种"族群记忆"就会与新的人、事、物建立起内在联系,在客观上表现为原型的激活和重现。正是二妃与二仙在同一地理空间里生发出同一"族属"的心理情感,才产生出相同的地域文化,促使二者产生共鸣与置换。

---

① 张利、柳丽娅:《山西南部大舜传说与二仙神话的转换》,《长治学院学报》2012年第3期。

总之,舜之二妃通过原型置换成为二仙,不仅源于传说有着多方面的生长点,还源于共同的地理生存环境和农耕文化背景,蕴含着同传说原型生命结构中所隐含的内容发生同频共振的社会现实生活需求。更重要的是,二仙与二妃之间有孝文化的社会心理基础,这作为一定社会群体的内在精神需求,当积蓄到一定程度就会向外寻求表现。两个传说的生长点一旦相遇,便气韵贯通,彼此吸引,在相互融合中孕育出丰富动人的故事,促成其发展、演变。万建中说:"在民间传说中,只要达到典型塑造的目的,就可以将不同人物、不同时代的东西概括在一起"①。原型置换顺应了民间传说的口头传播规律,符合广大民众的接受心理和审美习惯。原型的置换、再创与民众的情感、思想、心理及愿望是契合、一致的,二者皆偏重于和普通民众息息相关的社会、历史、文化和心理层面,因而无论是二妃还是二仙,都会受到人们的爱慕与激赏。

(三)唐代至孝女神"民间俗神"地位的确立

"因孝成仙"是乐氏姐妹成仙传说的基本故事情节。二仙因恪守孝道,孝感动天,其事迹被广为流传,最终由普通民女演变成传说人物。在民间口头文本里,人世间的"善良"与"邪恶"形成鲜明对比,二仙的故事对世人起到了教化作用。这种"恪守孝道"的精神与儒家的伦理道德不谋而合,因此后人都将二仙传说的主题集中在对孝道的传颂上。二仙信仰最初产生于唐代,只是单纯地代表了民众美好的生活理想。壶关县神郊真泽二仙庙,创立于唐乾宁三年(896),五进院落,庙外挂着"弘扬传统文化,发扬孝道精神"的条幅,庙内第三进院专门建有圣公、圣母殿,内奉两位仙人的父母塑像。② 可见人们对二仙的至孝精神是极为推崇的。唐代之所以产生推崇二仙孝道的现象,与上党地区的农耕文明以及孝文化的繁荣有着密切关系。

上党地区的农耕文明是孝道产生与发展的文化土壤。上党地区是典型的农耕文化区,以家庭作为生产、生活的基本单位,家庭关系成为上党人社会生活的最主要关系。恶劣的自然环境和落后的生产方式,低下的社会生产力和不合理的经济结构,这一切都加深了生活的艰辛程度。人们在日常农业生产中逐渐地

---

①　万建中:《民间传说的虚构与真实》,《民族艺术》2005 年第 3 期。

②　神郊真泽二仙庙,创立于唐乾宁三年(896),位于长治市壶关县树掌镇神郊村北,山西省重点文物保护单位。

意识到经验的重要性，开始注重对于农业知识的积累和运用，而掌握丰富生产经验与农业知识的长辈就很自然地得到人们的尊敬和爱戴。这种建构在农耕基础上的文化模式派生出安土重迁的乡土观念，而由家族和血缘关系作为维系乡土观念的纽带，其表现出来的亲情，自然成为农耕文化真正的内核。亲情需要以孝为精神支撑，二仙传说便成为孝文化的精神营养品。没有上党地区农耕文明的深厚土壤，就不可能产生绵延千年的孝道文化。二仙传说表现的家庭伦理与道德，正是人与人和谐相处的规范，是社会协调发展的规则。在农耕文明基础上形成的孝文化规范了上党人的思维和行为方式，形成了上党人共同的文化价值观。

唐代孝文化的空前发展为推崇二仙孝道提供了良好的文化环境。孝道作为家庭伦理道德的核心，在规范家庭成员行为，维护社会稳定方面发挥着主导作用。唐代家庭重视对女子孝道的教育，并出现了一大批女子列传和女训著作。如太宗长孙皇后《女则要录》，薛蒙妻韦氏《续曹大家女训》，王搏妻杨氏《女诫》，武则天《列女传》《孝女传》、陈邈妻郑氏《女孝经》及宋若华姊妹《女论语》等。这些著作大部分出自女性之手，其核心内容在于宣扬儒家的纲常名教，突出强调女子应遵循孝道。宋若华、宋若昭仿《论语》体例，撰写《女论语》，从立身、学作、学礼、早起、事父母、事舅姑、事夫、训子女、营家、待客、和柔、守节等方面对女子的教育提出要求①。二女成仙传说折射出唐代浓厚的孝文化内蕴，她们"事父母"的故事无疑是宣扬女子孝道的绝佳教材。此外，唐朝统治者还实行了崇圣尊儒的文教政策，孝道正是唐代教育的核心内容之一，乐氏二女传说的内容恰恰符合统治者利用文教政策统治民众思想的要求。作为纯孝女神的典型和宣扬孝道的"代言人"，二仙的民间祭祀地位由此被确立了。

二仙除了在唐代受到推崇外，其他朝代的碑刻也对"二仙之孝"有所记载。明洪武二年(1369)《二仙感应碑记》载："继母李氏，遇之不慈。值岁歉，俾二女采茹以供养。虽敝衣跣足，冒苦寒而不辞。间有不给，辄加箠楚。每仰天号泣，反躬自责。坚白一心，孝敬愈笃。"②碑中谈到乐氏二女虽遇继母不慈却对其百依百顺，粮食歉收时，二女采茹供养其母。她们冒着苦寒，采不到茹时十分自责，孝敬之心，坚定不移。明万历己卯(1615)许谷《真泽行宫感应碑记略》云："余退

① 季庆阳：《唐代孝文化研究》，陕西师范大学博士学位论文，2011年。
② 《二仙感应碑记》，原存于陵川县西溪真泽宫。明洪武二年(1369)立，吴善撰。今碑不存。晋城市地方志丛书编委会：《晋城金石志》，海潮出版社1995年，第474页。

耕东山之麓，怀云武公鐍固举其乡中二真人事以告，且示以宋元碑记。余读而叹曰：'异哉！二女同居，苦遭继母之虐，顾能孝敬不衰，其至诚必有感动天地者。'"[①]道出其对二女虽受虐待却能纯孝不渝的敬佩之情。此外，康熙十六年(1677)冯肇万在《重修真泽祠碑记》中也抒发了对二仙孝道的感慨之情：

> 后之人忠孝节义，做到恰当处，精诚所贯，亦时而为圣、为神、为仙、为佛，与日星河岳同其悠久，此亦数之所不能囿也。吾邑冲惠、冲淑二真人，其仙迹由来载之邑乘，已无容赘矣。至以茕茕柔质，遭继母之酷虐，此数之无可如何者也。而独能纯孝不渝，精诚格天，白日飞升，与造物者游。是非理定足以胜数耶！[②]

碑文谈到乐氏二女以孝报怨，忠孝节义，之所以能为圣为神，实乃精诚所至，金石为开。因此两姐妹得以飞升成仙，遨游于天际，是实至名归、无可厚非的。

二仙传说反映了晋东南民众在恶劣的自然环境中对亲情的向往与追求。它在唐代带给人们更多的是关于孝道的思考，农耕文化使上党人民在处理人与自然、人与人之间的关系时，讲究和谐统一，崇尚和睦礼让，注重仁爱亲善。由此产生的重视血缘亲情的观念与唐代尊崇孝道的社会氛围无不展示出唐代孝文化繁荣的社会文化图景。这一时期，儒家孝道思想与民众的血亲观达成契合，并体现在社会生活中。二仙传说内涵第一次转变背后的社会文化意蕴深厚，赋予了二仙从民间孝女到地方神灵的崭新内涵，为传说在宋代进一步"茁壮成长"奠定了坚实基础。

二、从民间俗神到正祀之神：北宋末年二仙"国家正祀神"敕封之成因

民间传说的构建是通过一个精神文化生命的孕育而实现的。柳田国男认为，"传说正因为活着的缘故，所以便不能不成长变化"。[③] 传说在充满生机、无

---

① 《真泽行宫感应碑记略》，许谷撰。晋城市地方志丛书编委会：《晋城金石志》，海潮出版社1995年，第540页。

② 《重修真泽祠碑记》，清康熙十六年(1677)，现存于陵川县城西五里西溪真泽宫。《陵川县志》收入全文。张正明、科大卫、王勇红主编：《山西明清资料碑刻选》(续一)，山西古籍出版社2007年，第469页。

③ ［日］柳田国男：《传说论》，连湘译，张紫晨校，中国民间文艺出版社1985年，第14页。

限延伸的"生命场域"里不断运动,它的生命才得以完成①。乐氏二女在唐代飞升成仙后,成为"在野皆知神母之威仪,而芳声以下播于海宇,见德泽足以被苍赤,威灵足以震四方"②的地方神灵。她们显灵于当地,为民众排忧解难,得到百姓的普遍敬重与祭祀。宋代,二仙传说的内涵发生了巨大变化,二仙的地位由民间祭祀上升为国家正祀,其职能也产生了重大改变,二仙在民众心目中不仅仅是孝的代表,更具有了护国惠民的功能。

(一)二仙显灵助宋军

宋代,晋东南流传出一则"二仙显灵助宋军"的传说,赋予了二仙保家卫国的英贤身份。金大定五年(1165)《重修真泽二仙庙碑》对此有完整的记载:

> 至宋崇宁年间,曾显灵于边戍。西夏弗靖,久屯军旅,阙于粮食,转输艰阻。忽二女人鬻饭救度,钱无多寡,皆令餍饫,饭瓮虽小,不竭所取,军将欣跃。二仙遭遇验实,帅司经略奏举。于时取旨,丝纶褒誉,遂加封冲惠、冲淑真人,庙号真泽,岁时官为奉祀。敕功丰碑,至今犹存。正所谓载在祀典,有功于国与民者也。③

碑文谈到宋崇宁年间(1102—1106),西夏侵扰边疆,在宋军久攻不下,供给中断之时,乐氏姐妹显灵,携瓦罐粥饭救度宋军一事。事后二仙被当朝皇帝宋徽宗敕封为"冲惠""冲淑"真人,并敕庙号"真泽",每年派官员祭祀。④ 二仙的地位由民间崇祀提升到国家正祀的高度,使得二仙传说增添了更多神异色彩。康熙十六年(1677)冯肇万在《重修真泽祠碑记》中谈到此事:"其一二遗事,如大宋用兵西夏,馈饷以足军食,非所谓有阴骘者得登上仙耶!"⑤明万历己卯年(1615)

---

① 贺学君:《中国四大传说》,浙江教育出版社 1989 年,第 8 页。

② 《重修二仙宫碑记》,明万历二十九年(1601)立,现存于南村二仙宫。碑为石灰岩,规格为:高 54 厘米,宽 37 厘米,厚 33 厘米。碑身周边刻龙凤望日月祥云图和缠枝仙草图。碑保存完整。王树新主编,高平金石志编纂委员会编:《高平金石志》,中华书局 2004 年,第 209 页。

③ 《重修真泽二仙庙碑》,金大定五年(1165)立,赵安时撰,王良瀚书,程良佐篆额。现存于陵川县西溪真泽宫,碑规格为:高 216 厘米,宽 105 厘米,厚 33 厘米。《泽州府志》收入全文。(清)胡聘之撰:《山右石刻丛编》卷二十,山西人民出版社 1988 年,第 28 页。

④ 朱向东等编:《宋金山西民间祭祀建筑》,中国建材工业出版社 2012 年,第 88 页。

⑤ 《重修真泽祠碑记》,清康熙十六年(1677)。现存于陵川县城西五里西溪真泽宫,碑规格为:高 210 厘米,宽 100 厘米,厚 32 厘米。《陵川县志》收录全文。张正明、科大卫、王勇红主编:《山西明清资料碑刻选》(续一),山西古籍出版社 2007 年,第 469 页。

许谷在《真泽行宫感应碑记略》中感慨道:"自晋至赵宋,善百有千祀久矣。方用兵西夏,粮饷告绝,三军馁甚。二人乃化为两妪,卖饭以济之。何其异哉!"①冯肇万、许谷的评论皆道出对二仙助军渡难关一事的惊异和赞叹之情。

二仙在宋军陷于困顿时显灵送饭,使得宋军在抗击西夏入侵的战役中大获全胜。这一传说比二仙"孝事父母,飞升成仙"更具神奇性,其意义功用也由家庭行孝提升到了救赎国家的层面,它的产生并非民众群体凭空杜撰,而是由当时特殊的历史条件决定,有着深刻的社会时代背景。

"二仙显灵助宋军"传说来源于宋夏间的紧张格局和战争环境。西夏的前身是古代西北的党项族,居住在四川松潘高原一带,以畜牧为生。宋仁宗时期,西夏建国,定都兴庆府(今宁夏银川),而后形成宋、辽、西夏三足鼎立的局面。随着经济、军事实力不断增强,西夏撕毁与宋的和约,连续对宋发动军事进攻,并接连取得三川口、好水川、麟府、定川四次战役大捷。② 于是宋朝停止了按年给予西夏的"岁币",封闭了边关榷场。西夏无奈之下与宋签订了和平条约。宋夏和约签订不到二十年,西夏又以不满"不复榷场"之由骚扰宋西北边境。严峻的形势迫使宋廷大力加强西北防务,制定了"出塞进筑"方针。终于在重和二年(1119),宋夏全线停战。"二仙显灵助宋军"传说中的战事讲的正是宋崇宁年间,西夏滋扰宋朝西北边境,宋朝用军西北战场的其中一场战役。

宋军攻夏时遭遇不利的战争时局成为"二仙显灵助宋军"传说产生的主要原因。宋夏交战时,宋军遇到粮食用尽、三军气馁的困顿形势,才有了"二仙显灵助宋军"一事。由于西夏以南占据着山区和沙漠,形成了对宋的天然军事屏障,所以宋军攻西夏的难度就在于沙漠阻隔。西夏正是利用了西北沙漠化的地势,使宋朝难以对付。宋朝宰相曾布说:"朝廷出师,常为西人所困者,以出界变入沙漠之地,七、八程乃至是州,既无水草,又无人烟,未及见敌,我师已困矣。"③宋神宗时期大举进攻灵州(今宁夏灵武西南),结果大军粮尽,人皆四散,直到宋哲宗、宋徽宗时才吸取教训,用修筑城寨、逐步蚕食的军事策略取得成效。因此出现"久屯军旅,阙于粮食,转输艰阻"的情况也就不足为怪了。因此,后勤的粮

---

① 《真泽行宫感应碑记略》,许谷撰。晋城市地方志丛书编委会:《晋城金石志》,海潮出版社1995年,第540页。

② 翁独健:《中国民族关系史纲要》,中国社会科学出版社2001年,第418页。

③ 王曾瑜:《王曾瑜说辽宋夏金》,上海科学技术文献出版社2008年,第110页。

草供应是宋军攻西夏至关重要的条件也是最大难题。宋夏战争中,晋东南作为紧邻边境的重要支边地区,是入侵者南下进攻的主要对象。宋朝廷蠲免泽、潞二州的赋税、徭役,但需要二州承担为前线提供军士、粮食的任务。正因为地理区域的接近与人力物资经泽潞送往前线的可能性成为了二仙助军渡难关可信的客观基础,晋东南地区才衍生、流传出人物刻画细致、情节逼真生动的"二仙显灵助宋军"的传说。[①] 二仙在宋军戍边,军需运输艰难之时为宋军提供了粮食,鼓舞了士气,振奋了军威,才使宋军在此次战役中获得大捷。这无疑是雪中送炭之举,由此大大提高了二仙在整个神灵信仰中的地位。

由民间俗神成为正祀之神,朝廷往往是以嘉奖或赐予某些荣誉称号的形式对民间神灵加以认可,有时会御赐匾额,甚至由朝廷承担庙宇营造和修缮的费用。二仙正式被国家承认是在宋徽宗时期,现在壶关县真泽宫内竖立着一通朝廷赐额加封的碑刻,是二仙受敕封的明证,碑上镌刻着当年的封敕谍文,昭示着二仙的崇高地位:

尚书省牒隆德府壶关县

礼部状承都省府下河东路转运司奏,隆德府壶关县乐氏二女仙庙祈求感应乞特赐封加敕额爵号,寻下太常寺勘会,今据本寺状捡准,令节文诸神祠应旌封者,先赐额合取自朝廷指挥

牒奉

敕宜赐真泽庙为额牒至准

敕故牒

崇宁四年八月十二日牒

中大夫守右丞邓押　太中大夫守左丞何押　司空左仆射押

敕隆德府真泽庙乐氏女,得道者以善贷为心,体仁者以博施为德,既阴功之昭著,宜显号之褒崇。惟神虚缘保真,名摽乎仙籍,爱民利物,泽被于一方,人用安宁,岁无水旱,特颁涣渥锡以徽□式,彰茂烈之崇,俯慰黎元之望,尚祈福荫永胙。

此邦可特封

---

① 易素梅:《战争、族群与区域社会:9 至 14 世纪晋东南地区二仙信仰研究》,《中山大学学报》(社会科学版)2013 年第 2 期。

冲惠真人 冲淑真人

奉

敕如右符到奉行

政和元年四月十一日□①

碑文谈到壶关县乐氏二女以厚德待人,有博施之行,泽被一方民众,功德显著,因此赐以封号给予褒奖推崇,封乐氏姐妹为"冲惠""冲淑"真人,敕庙号"真泽",并每年责成官府祭祀。地方性神灵成为国家正祀之神并非易事,民间信仰只有符合《礼记·祭法》中的经典定义,才能成为官方信仰:"夫圣王之制祭祀也,法施于民则祀之,以死勤事则祀之,以劳定国则祀之,能御大灾则祀之,能捍大患则祀之。及夫日月星辰,民之所瞻仰也,山林川谷丘陵,民所取材用也,非此族也,不在祀典。"②显然,二仙凭借"以劳定国""能御大灾""能捍大患"之功才得以升格为正祀之神,载入国家祀典,从此接受官方祭祀。嘉庆二十一年(1816)《南赵庄村重修二仙庙碑记》强调了二仙作为正祀神灵,有功烈于民的显著功德:

夫以示之琳宫梵宇,前人创之,增补修葺之后人不能继之,犹引为耻。况二仙之孝以事母,显灵饭军,为民之表,云龙上升,赐号惠淑,为民之勤,祷雨辄应,御灾捍患,为民之福。前碑、邑乘具在,不必复赘此。祭法所云,有功烈于民可载祀典者,岂若他淫祀之比。③

碑中谈到二仙不仅在孝敬父母之事上成为表率,而且替民求雨,抵御自然灾害,如今为国立功,有利于国家社稷,其中"有功烈于民可载祀典者,岂若他淫祀之比"一句,将二仙的地位提高到了其他地方性神灵无可比拟的位置。

"二仙显灵助宋军"传说是在历史真实的映照下凸显出来的艺术真实。这则传说寄寓着人民群众对历史事件的评价,使民众的情感得到了公开的表露与

---

① 《敕赐真泽庙额诰词碑》现存于壶关县神郊镇树掌村真泽宫。宋政和元年(1112)四月十一日立。碑刻规格:高138厘米,宽75厘米,高28厘米。(清)胡聘之撰:《山右石刻丛编》卷二十,山西人民出版社1988年,第21页。

② (清)阮元校刻:《十三经注疏》,中华书局1980年,第1590页。

③ 《南赵庄重修二仙庙碑记》,清嘉庆二十一年(1816)五月十七日,尚东阳撰,王藩翰书,贺廷蘭、常全刊。现存于南赵庄村二仙庙内。碑为石灰岩,高220厘米,宽68厘米,厚22厘米,碑为圆首,上刻双龙祥云图,中镌"寿诸贞珉"字样,碑保存完整。王树新主编,高平金石志编纂委员会编:《高平金石志》,中华书局2004年,第285页。

抒发。朝廷的赐额对于二仙来说是巨大的转折点，由唐末的民间神灵一跃成为国家祀典重神，二仙从此拥有了正祀之位，得到更高的尊崇。

（二）二仙功高得敕封

二仙从地域俗神成为正祀之神，是朝廷通过敕封的形式将民间信仰纳入国家祀典的一个典型个案。敕封之事奠定了二仙在上党地区的地位，得到擢升的二仙信仰也在进一步发展，逐渐形成了以壶关县紫团山真泽二仙庙为祖庭、遍布晋东南的神庙系统。二仙祭祀地位的演变并非偶然，它的发生是国家、地方、社会等多方面因素互动互融的结果。

二仙获得敕封源于宋夏战争时局下朝廷维护统治的需要。地方性神灵是民众的精神支撑，对民众思想起着重要的制导作用。统治阶级对地方神的崇拜是必要的，承认一些地方神的正祀地位有利于恢复秩序，但这必须由朝廷来确定其合法性。宋廷作为维护国家秩序的代表，认识到安抚民心、加强国内统治的重要性，于是承认一些既定的民间神灵，赐予封号并将其在官府造册登记。二仙在宋朝统治者、民众心目中不仅是守护一方水土的神灵，还具备助战女神的形象。朝廷借助二仙的力量对百姓加紧统治，增强中央对地方的管理，给予二仙一个被官方承认的国家正祀地位，实乃战局之下安抚民众的策略。二仙正祀地位的确立不仅使统治阶级和下层民众在思想上达到空前一致，而且有利于宋廷与地方上下形成团结统一的局面，为宋军打败西夏提供了良好的社会环境和群众基础。此举既促成了泽潞之治，又顺应于天下大治，还印证了各级统治者的治理有方。因此，从"二仙受敕封"的背后不难看出，二仙封为正祀之神是朝廷维护统治秩序的需要，其中蕴藏着统治阶级想通过提高地方神的地位以加强对百姓思想控制的政治愿望。同样的情况也发生在明代，明崇祯元年（1628）《南村二仙庙碑记》载："元末，我大明兵驱胡至此，二母显圣，化为餐婢，饭万兵出困。"①从这个角度看，官方在利用民间信仰，企图运用神灵的力量以达到政治目的。

二仙的道教身份是获得敕封的重要原因，这得益于宋朝统治阶级对道教的格外重视。宋朝是中国的本土宗教——道教发展的重要时期，最高统治者对道教情有独钟，使得大量的神灵被赐以封号，从而进一步使道教走向民间。"徽宗

---

① 朱向东等：《宋金山西民间祭祀建筑》，中国建材工业出版社2012年，第89页。

皇帝喜听鬼神祷祈之应,地方凡有奏请,莫不赐额及至敕封,上下一气,遂汇合为12世纪中国一股造神、礼神的声浪。"①在这种背景下,道教神灵信仰在众多神灵信仰中迅速崛起。诸多道教神灵被朝廷加以封号与赐额,取得了护身符,便可在社会中长久保存下去。公元1240年《重修悟真观记》记载了二仙与道教的渊源:

> 大金贞祐甲戌岁,国家以征赋不给,道士李处静德方纳粟于官,敕赐二仙庙作悟真观,俾其徒司见真主之额,之后有慊于心,为其名位之乖也。其意若曰:以庙为观,则是无庙矣;以观为庙,则是无观矣,不亦诬于神违于人乎!惴惴然不安积有日矣。于是市庙东之隙地,为三清殿,为道院,蠲庖逼表坛,垺外力所施田以资工役。②

碑文记述了道士李处静敕赐二仙庙为悟真观的缘由以及在庙内设三清殿的过程。二仙庙由道士来敕赐,并设道教供奉最高尊神三清祖师的殿堂——三清殿,由此可看出二仙庙的道观性质。二仙被宋廷敕封为"真人",这一称呼也体现出其道教神仙的身份。

为推行教化,统治者常常通过制定繁杂的制度来达到目的,但政治制度并非全能,于是他们采取利用鬼神之道的方法对民众进行管理,以维护统治秩序和传统的伦理道德,此方法被称为"神道设教"。这种观念在宋代通过民间信仰,已成为传统政治制度中的固定组成部分。朝廷通过神灵护佑与世俗统治两种渠道共同治理,实现对社会更好的控制。民众通常认为,在神灵保佑之下可过上安定富足的生活。统治阶级则会积极构建各种神系,对某些神作充分肯定与认可,利用"神道设教"的方式达到社会教化的目的。二仙在此时恰好迎合了统治者爱好道教的喜好,作为道教神仙,很自然地被朝廷敕封为国家神,成为神系中的上层神灵,实现了二仙传说与信仰地位的向上流动。

地方社会力量对民间神灵的积极塑造是二仙获得敕封的关键。地方势力极力塑造神灵,将其上升到国家信仰的层面。地方社会认可的神灵被纳入官方体系,在增加其控制势力的同时也为人们的合法崇拜增添了更多内容。宋代,祠神的合法性源自朝廷,但其存在的状况则更多取决于地方社会,毕竟只有少数民间

---

① 冯俊杰:《戏剧与考古》,文化艺术出版社2002年,第367页。
② 《重修悟真观记》,蒙古庚子年(1240),李俊民撰文,现存西李门村悟真观。碑为石灰岩,碑今未见。晋城市地方志丛书编委会:《晋城金石志》,海潮出版社1995年,第401—402页。

祠神具备进入祀典的条件,大部分民间祠神会涌向申请赐额、封号之路,以求得官方的承认。① 地方社会力量争取本地祠神信仰合法性的态度是积极主动的,他们会利用有利时机,既树立威望,又对地方社会进行有效的控制和管理,成功地满足国家和社会的双重要求。地域神灵能给民众带来福祉,神灵信仰成为民众生活中极为重要的事情。二仙得到敕封与道教势力的发展关系密切,宋代统治者重视道教并给予其很高待遇,晋东南地方势力(包括地方官和地方士绅)在这时抓住了大好时机,将上党地区的民间神上升为国家神。在"二仙受敕封"一事中,晋东南的本土势力充分发挥了地方社会力量的作用。关于"二仙助宋军渡过难关"的传说,宋军兵困粮绝的情况也许属实,但二仙显灵之事很可能是因为受到了当地群众的资助,使宋军度过了危机。晋东南地方势力想通过扩大二仙神灵的影响来达到树立威信、控制民众思想的目的,便借助帮助宋军的事件使得二仙获取正祀地位,以此来加强地方与朝廷的联系。同时宋廷也可借此机会宣扬道教,推进社会教化,这在当时可谓是地方与朝廷的双赢之举。

自宋代以来,国家通过敕封的方式,将某些民间信仰纳入国家信仰系统,反映了当时的时政环境下,朝廷、地方官府与民间社会在文化资源上的互动和共享。二仙传说正是在这种社会洪流下不断发展,内涵逐渐丰富。柳田国男认为,应把传说看成处于不断发展和演变中的事物,他提出,由于历史发展和文化进步,人们的思想变化等现象"交织在一起,便使传说走上新的命运"。② 从"孝感至天、飞升成仙"到"助军脱困、封为正祀",二仙传说的内涵在其生命场域的运动中经历了又一次飞跃式的成长。

三、从地方雨神到全能神:明清时期
二仙神职功能的多元化展现

二仙信仰作为特定区域范围内一种群体规范而存在,是民众心意信仰心理的积累与外现,其表现出来的神职功能是民众思维与观念的产物。经过朝代更迭,二仙的神职功能发生了显著变化,即由最初的地方性雨神成为无所不能的全

---

① 皮庆生:《宋代民众祠神信仰研究》,上海古籍出版社 2008 年,第 279 页。
② [日]柳田国男:《传说论》,连湘译,张紫晨校,中国民间文艺出版社 1985 年,第 10 页。

能神。通过研究其信仰功能的变化,可以窥视不同时代民众的思想与心理需求。

(一)二仙在唐代至元代时期的祷雨神职

二仙在唐至元代的主要神职功能是祈雨,这是由晋东南独特的地理环境决定的。晋东南位于太行山西麓,境内主要以山地为主,地区属半湿润偏旱区,地瘦缺肥,干旱少雨是最显著的气候特征,因此灌溉一直是不易之事,尤其是在古代社会,农业丰产主要依赖于风调雨顺,农事极其艰难。刘健《屯留记》云:"其地在万山之中,险狭而硗薄,民力田辛苦,岁获不及他郡之半,故土俗自古称纯俭,其势然也。"①多山的地理环境导致土地较少,难以垦种,百姓生活艰苦,且缺乏水利灌溉的条件,使得干旱缺水成为农作物丰产的最大威胁。泽州全境只有沁水、丹水两条较大的河流,由于山川阻隔,除了沿两岸的狭长谷地以外,灌溉系统甚不发达,且山地多石少土,掘井灌溉也无法推广。②晋东南地区干旱少雨的情况,除了以文献记载的形态存在,还与口承民间传说相互交织。壶关县树掌镇神郊村流传着"二仙与河神斗法"的传说,据说壶关之所以干旱缺水,是二仙与河神斗法所致:

> 二仙在民间受到人们的崇信,神郊河的河神爷对此心存不满。一日,河神爷挑衅二仙,发誓要搅起大水冲垮二仙庙,并说如果冲不了二仙庙,甘心河水干涸;如能冲掉,再不许修造二仙庙。二仙无奈,只好与河神斗法。当天晚上,二仙真人给村里的百姓托梦,说明天借用各家的牲口。次日,人们发现每家的牛角、马尾上都系有红布条。牲口卧在圈内,大汗淋漓,喘息不止。原来是昨晚神郊村的牛马把二仙庙驮起来才未被大水冲垮。河神输了,从此神郊河干涸了,壶关真的没了水,成为晋东南有名的缺水之地。③

民众在这则传说中赞扬了二仙的大智大勇,也从一个侧面反映了晋东南地区干旱缺水的现实。对于频繁的旱灾,百姓无能为力,只得虔诚祈求二仙护佑,

---

① 乾隆版《潞安府志》卷8《风俗》,乾隆三十五年(1770)刻本。

② 杜正贞:《村社传统与明清士绅——山西泽州乡土社会的制度变迁》,上海辞书出版社2007年,第24页。

③ 讲述人:宋传水,1952年生,壶关县树掌镇神郊村村民。调查人:段友文、刘金蕾、张晓芳。调查时间:2013年12月3日。

免除祸患,以此安居。《壶关县志》记载了晋东南地区灌溉艰难的情况及求雨的习俗:"上党之俗,质直好礼,勤俭力穑,民勇于公役,怯于私斗,自昔称为易治,然独丰于事神。凡井邑、聚落之间,皆有神祠,岁时致享其神。非伏羲、神农、尧、舜、禹、汤,则山川之望也。以雩以禜。先穑邮畷皆于是奔走焉。"①典籍中阐述了上党人勤劳节俭、踏实耕作的美好品质,但当地干旱缺水,需要采用雩祭的方式祈雨以获得生活用水及农田灌溉用水。可见,对于一个以农耕文明为主的地区,水源是人们生活的第一要著。山地阻隔、缺少河流灌溉的现实困境导致"向天祈雨"成为晋东南地区民众获得水源的唯一方式,每年的降水量、降水时机对上党人尤为重要。晋东南天旱严重,历来就有祷雨之俗,成为民间信仰的基础。② 由此也催生出晋东南地区悠久、繁杂的雨神信仰和雩祭传统。

二仙的求雨神职功能在历代碑刻中均有体现。唐乾宁元年(894)《乐氏二女父母墓碑》载:"岁俭求之即丰、时旱求之即雨。名传九州,声播三京。"③自从乐氏二女成仙后,她们就担负起了兴云布雨的职责。宋元时期,人口增多,粮食需求急剧增长,晋东南干旱缺雨成为制约粮食产量的最大障碍。此时,二仙的求雨神职能发挥到极致。至元七年(1270)《重修真泽庙记》记录了大旱之时宰杀牲畜祭祀并置酒求雨的过程:

> 岁正月始和农事作,父老率男女数十百人会于里中祠下,丰牲洁盛,大作乐,置酒三日,乃罢香火,相望比邑皆然。至十月农事毕乃止,岁以为常。壶关县紫团山有两女仙祠,居人传仙人姓乐,学道此山,得不死而去。相与率而奉祀之,灵应如响。宋大观中,旱,守臣祷之而雨,请之有司,得庙额曰:真泽仙人,号曰:冲惠、冲淑。④

碑文谈到每年正月初是高平南赵庄的求雨时节,祭祀过程中不仅要用宰杀后清洗干净的牲畜作为祭品,而且还要置酒作乐,一次求雨有几十人甚至数百人参加,场面极为盛大。此外,元至元二十一年(1284)《南赵庄村重修真泽庙记》

① 清道光《壶关县志》卷九《艺文志》,道光十四年(1834)刻本。
② 朱向东:《宋金山西民间祭祀建筑》,中国建材工业出版社2012年,第89页。
③ 《乐氏二女父母墓碑记》,唐乾宁元年(894)立,乡贡进士张瑜撰,今存于壶关县树掌镇森掌村。碑为青石质,圆首,已横断为二,风化严重。碑的规格为:高106厘米,宽61厘米。(清)胡聘之撰:《山右石刻丛编》卷九,山西人民出版社1988年,第42页。
④ 《重修真泽庙记》,元至元七年(1270),宋渤撰。原存于陵川县西溪真泽宫,今碑不存。(清)胡聘之撰:《山右石刻丛编》卷二五,山西人民出版社1988年,第16页。

也谈到了此时期的求雨程序:"由是奉祀之民,其心愈敬。每遇旱干,大田枯槁,加以精诚祷之,果沛甘□。复有置净瓶于前者,以绛纱蒙幂,拜不移时,圣水盈溢。取而祭之,膏则需足。神之灵异,可谓大哉!"①

唐至元代,司雨一直是二仙最重要的神祇功能之一。民众祈雨的目的是希望雨神降雨,风调雨顺,以保农业丰收。二仙信仰与生俱来的本土性与民间性注定了其神职功能与民众生活需要息息相关,司雨职能与世俗生活紧密结合,符合百姓的现实利益,因此二仙得到百姓崇信的同时也获得了广阔的生存空间。

(二)明清时期二仙神职功能的多元构建

明清时期,随着经济逐步恢复,朝廷对社会的控制日渐松懈,人口大幅度增长,一向"靠天吃饭"的上党人对粮食有了更多需求,但上党地区干旱的自然条件依然制约着粮食丰产。这时,民众需要一位神灵满足他们对土地、雨水、粮食、医疗等多方面的需求,解决生活中的各种难题。二仙顺应了民众生活的诉求,由最初具有单一功能的雨神成为多功能神灵。她们庇佑家族和地方安宁,治病救人,送子送福,被民众擢升为集雨神、守护神、生育神、医神等多种神职于一体的道家女仙,成为涵盖多种神职功能的复合体。该时期的二仙信仰呈现出"功能性神灵的大杂烩"现象②。

明代,二仙的神职功能仍旧以求雨为主,因为粮食产量始终是民众生存的大事,关乎整个社会的稳定与发展。此时的求雨主体由民间转变为官方,地方官员亲自虔诚祈雨,以求普降甘霖。明洪武二年(1369)《二仙感应碑记》记录了陵川县丞亲自在祠中祷雨一事:

> 陵川县据太行绝顶,崇冈涧堑多而平畴鲜。……自春徂夏,亢旸不雨。苗将焦槁,民惧无以为食。县丞宋从善,乃明心洁体,躬致祷于祠下,雨即应时而降。但未及饶足,宿又与主簿贾焕、典史邵审道、暨务使邢守元,率士民荐绅虔告。翌日乃获大雨。深慰群望,不啻拯命于水火

---

① 《南赵庄村重修真泽庙记》,元至元二十一年(1284),韩德温撰,董怀英篆并书,靳珪刊,今存于高平南赵庄村,碑保存完整。碑的规格为:高160厘米,宽65厘米,厚20厘米。碑为石灰岩,圆首,上刻双龙祥云图,中镌"重修真泽庙记",碑身四周刻折枝菊花和莲花纹图。王树新主编,高平金石志编纂委员会编:《高平金石志》,中华书局2004年,第118页。

② 杨庆堃:《中国社会中的宗教——宗教的现代社会功能与其历史因素之研究》,范丽珠译,上海人民出版社2007年,第5页。

之中。及秋,黍稷方秀,雨复不续。县丞又躬自恳祷,祝币甫登,澍雨荐至。①

碑中谈到,洪武二年,陵川雨泽愆期、灾役流行,县丞宋从善在西溪真泽宫虔诚求雨,雨未丰沛,又与主簿、典史一同虔诚祷告,第二日终于获得大雨。同年秋,复求又得大雨。从官方的求雨行为可以看出,明代晋东南地方官府对粮食的丰产十分重视。

除了对粮食的需求外,生老病死也是民众关心的头等大事,乡村缺医少药始终困扰着人们的生活。明代人口大幅度增加,导致"看病难"的问题进一步凸显,这种现实使得民众对病痛疾患的治疗、家庭生活的幸福等方面有了更加迫切的需求。作为百姓心目中最亲切的神灵,二仙逐渐转换成了以"水信仰"为主,混合诸种祈祷的综合体。二仙信仰的多功能性体现在她们不但延续了求雨神力,而且延伸出治病、求子、改运等附加功能。长治市荫城镇唐王岭村流传着"二仙惠民"的传说:

> 二仙从天界回到凡间,决定为乡民解决难题。她们来到西岭山,张口吐出仙汁,顿时有清泉喷涌而出,流经南北两个村落。从此北村叫北仙泉,南村叫南仙泉。还有三村无水,姐妹俩画地为池,滴汁为水,于是出现了三个形如银盘的大水池。自此,三村命名为西池、东池、南池。凡求助看病的,二仙赐予一杯圣水便药到病除。谁家无子,二仙用泥捏个小人,回家便怀孕得子。两位仙人在唐王岭住了二年后,九个村都争请二仙住。最后商定:除在唐王岭上住两年外,其余八村各住一年,十年一轮回。②

这则传说提到二仙不仅为民造泉,而且给民看病,替民求子,表现出"祷无不应"的多重神祇功能。每年农历四月十五,长治市荫城镇的庙会上要举行"十转赛",村民们抬着二仙的神像,将姐妹俩送到邻村"居住"。人们手持灯笼、合抱高香,还把拿手的民间技艺虔诚地献给两位仙姑,感恩戴德地纪念姐妹俩给人们带来的福祉,这种仪式相传至今。

---

① 《二仙感应碑记》,明洪武二年(1369),吴善撰,原存于陵川县西溪真泽宫,今碑不存。晋城市地方志丛书编委会:《晋城金石志》,海潮出版社 1995 年,第 473—474 页。

② 讲述人:李永林,1953 年生,长治市荫城镇唐王岭村村民。调查人:段友文、刘金蕾、张晓芳。调查时间:2012 年 7 月 26 日。

二仙神祇功能的多元化在明代碑刻里也有体现。元太宗十一年（1240）李俊民在《重修真泽庙碑》中这样概括二仙的各种功能："是庙也,自唐天祐迄今三百余年,庇庥一方,实受其福,水旱疾疫,祷无不应。"①《重修真泽庙记》："合微子之务,动少女之风,时而雨若却旱母之虐;时而寒若敛霜女之威。有疾而祷者,获湘媪之验。无后而祈者,有圣姑之效。戚者休,惨者舒,俭者丰。所欲无不从,此真泽之惠也。神之应也必,故俗之信也笃。吹箫击鼓,岁时迎送者,香火不绝,何其盛哉!"②碑中谈到二仙有无所不能的神力,字里行间充满了赞叹之情。可见此时的二仙已经由单纯的"雨神"转变为以祈雨为主,兼具治病、生育等多方面功能的神灵,以"多功能性保护神"的形象出现。

二仙的求子功能在民众心中占有重要位置。根据高平南赵庄二仙庙田野调查了解到,久婚未育的妇女会来此求子。二仙庙内的真泽大殿前摆满了泥塑的小孩,求子妇女会趁人不备"偷"一个回去,想生男则拿男,想生女则拿女,"偷"走后抱着泥孩睡觉,待到真正怀孕时再把"偷"走的泥孩还回,同时还要另还两个泥孩,当地人把这种做法称为"拿一还二"。据高平南宋庄二仙庙的信众介绍,来此求子的人很多而且都说非常灵验,经常有人在还愿时送锦旗、衣服、被子等,以表达对二仙恩赐的感激之情。③

二仙还具有护佑孩童的功能。我们在陵川县西溪二仙庙调查走访的过程中见到父母带孩子到二仙庙除病求平安的过程:一对面容肃穆的父母来到大殿前,他们把水果、饼干等供品放在供台上,燃上高香,双手合握,在神像前鞠躬祭拜,再把高香插入殿前香炉,同孩子一起跪在神像前虔诚磕头。父母嘴里念念有词,自报家门说明来由,祈求二仙保佑孩子疾病消除,身体健康。据孩子母亲讲述,儿子从小体弱多病,听说二仙专门保护儿童,故每年带孩子来烧香,数年内儿子果真未病。④ 二仙以儿童保护神的身份护佑孩子成长,因此还衍生出流行于晋

---

① 《重修真泽庙碑》,元太守十一年(1240),李俊民撰,原存于高平市牛庄乡西里门村与张庄之间的真泽庙。今碑不存。晋城市地方志丛书编委会:《晋城金石志》,海潮出版社1995年,第403页。

② 《重修真泽庙记》,元至元二十一年(1284),晋城市地方志丛书编委会:《晋城金石志》,海潮出版社1995年,第415—416页。

③ 讲述人:张秋英,1947年生,高平市南赵庄村民。调查者:段友文、刘金蕾、张晓芳。调查时间:2012年8月20日。

④ 讲述人:李晓梅,1975年生,晋城陵川县人。调查者:段友文、刘金蕾、张晓芳。调查时间:2013年12月5日。

东南地区的"圆锁"习俗。"圆锁"在当地的说法是儿童在未成年期间魂魄不全，每长一岁就会增之一分，且成长过程中要受二仙保护。由于乐氏二姐妹飞升成仙时的年龄分别是 15 岁和 12 岁（"大娘仙时，年方笄副；二娘同升，少三岁许"），所以要在这两个年龄开锁。①"圆锁"之时，父母要带孩子到二仙庙举行"圆锁"仪式，预示着孩子从幼年的弱小中解脱出来，从此长大成人，这一习俗寄托着家长对子女的美好期望。

清代，二仙神祇的多功能性得到了更加充分的发挥。这一时期，除了具有生云致雨，替人治病，为人求子的功能外，二仙还代表着村中的最高权威，具有维护村社秩序的职能。光绪六年（1880）《纪荒警示碑》记载了丁丑之年发生在高平的饥荒之灾：

> 光绪元年乙亥冬，流寇作乱，掳掠河北，四乡避难，鳞集城头。丙子春亢旱，夏无麦，秋禾半，丁丑春徂夏。旱既太甚。……五谷不登，何以生为？则见剥树皮，刈草籽、拾桑叶、搂瓜秧、并骡马牛羊宰尽，以及鸡犬无声，凡下咽充肠者无不食。……且又有杀子女以省米食，更有父食子，兄食弟，夫食妻，妇食夫。婴儿幼女抛弃道旁，遍野填巷，惨不忍见。……后世睹斯纪者，知天变足畏。虽不能如古之耕三余一，耕九余三，亦可使务积粟，荒不成灾。父子祖孙各保室家，永终天年，绵之无数，斯不负里社勒石之意云儿。②

碑文通过对灾荒时期五谷不生、牛羊宰尽、卖儿鬻女惨状的描述，以起到"后世睹斯纪者，知天变足畏"的效果。这通碑之所以置放在二仙庙内，是因为民众认为神灵拥有至高无上的地位，作为最高权威的象征，二仙在村中扮演着见证者和监督者的角色，承载二仙的庙宇也成为无比神圣的空间，村中大事的商议、村规民约的制定都要在这个庄严的场所中进行。

明清时期，百姓注重现世生活，对神灵的最显著需求是功能性需求，于是给予二仙更强的神力，使之满足民众生活和心理上的各种需要，其神祇功能的多元性使

① 讲述人：牛海炉，1945 年生，陵川县城关镇西溪村村民。调查者：段友文、刘金蕾、张晓芳，调查时间：2013 年 12 月 5 日。
② 《纪荒警示碑》，清光绪六年（1880），史纪模撰，牛炳箕书，牛世修纂额。现存高平市牛庄乡西李门村南岭二仙庙内。碑的规格为：高 210 厘米，宽 108 厘米，厚 35 厘米。晋城市地方志丛书编委会：《晋城金石志》，海潮出版社 1995 年，第 843—844 页。

得崇信二仙的人越来越多,信众数量不断增长。若以长治壶关神郊真泽宫和晋城陵川西溪二仙庙为中心,以二仙信仰为核心文化特质,向周边县推延扩散,可形成晋东南地区的"二仙祭祀文化圈"。根据资料统计得出,长治、晋城两地共有二仙庙 39 座,其中,长治地区有 10 座,长治市、长治县、沁县、长子县、屯留县、平顺县、壶关县、襄垣县、潞城县各 1 座,黎城县 1 座。晋城地区有 29 座,晋城市内有 6 座,陵川县 14 座,高平县 9 座。二仙信仰在晋东南地区庙宇众多,几乎覆盖两市所有县区。总之,明清时期的二仙可以说无所不能,至此成为一个有求必应的全能神,所谓"神之应也必,故俗之信也笃",故有"香火不绝,何其盛哉"的场面。

小　　结

二仙历经千年之变,形成以传说故事为表现依据、信仰祭祀为外在形式的民间文化体系。作为该体系密不可分的两部分,二仙传说与信仰相互联系、相互依赖,深深影响着晋东南当地百姓的物质与精神生活。它们宛如生命旺盛的千年古树,枝繁叶茂的顶冠显示出时代风貌,年轮重重的躯干隐含了历史信息,盘根错节的根须牵连着文化深层。从孝女到神女,再由地方神灵到正祀之神,二仙传说表达出的不仅是民众的心理需求,还有道德认知、是非评判等思想感情。民众希望通过信仰二仙得到神灵庇佑,从最初的"祈雨抗旱"到后期的"无所不能",二仙信仰既与百姓生活息息相关,又隐性地表达出民众丰富多彩的思想世界与情感寄托。

从二仙传说信仰内涵的三次转变过程中可以看出,民众对二仙的塑造是一步步深入到地域社会的。其内涵的每一次转变,很大程度上取决于当时的文化背景以及不同阶层的社会群体状况。传说内涵不断"茁壮化"的背后蕴藏着不同朝代特殊的文化底蕴,展现出该时代独有的社会文化图景。正如柳田国男所说:"国民的智能越发达,经验越丰富,传说也会像参天大树,抖落着陈枝枯叶而挺身高拔,摒弃一些已失去作用的东西生长着。"①民间传说在时代长河中既有所演变也有所保留。直到今天,二仙的传说故事仍为晋东南民众津津乐道,他们对乐氏姐妹的神力崇信不疑。二仙文化作为具有多重内涵的民俗"活化石",以它旺盛的生命力接受着多方面积淀,将在上党大地上长期广泛地流传。

---

① 　[日]柳田国男:《传说论》,连湘译,张紫晨校,中国民间文艺出版社 1985 年,第 12 页。

第二十八章　晋陕豫李自成传说圈
及其英雄叙事

　　明末农民起义领袖李自成,是一位在中国历史上叱咤风云、威震四方的农民英雄。在众多的农民起义传说中,李自成传说流传广泛,影响深远。本章以20世纪80年代以来出版的省卷本、县卷本民间故事集成为依据,同时笔者亲自赴陕西米脂、延安、榆林、富县等市县实地调查,获取了大量李自成传说的新资料,口承文本累计达二百余篇,在此基础上勾勒出陕西、京晋豫、鄂湘三个李自成传说圈,概括出三类八种类型。这些传说文本成为我们透视特定历史时期民众生活、解读民众思想、洞悉地域民间文化的一扇窗口。

　　李自成曾引起过上、中、下三个阶层的关注,在正史、俗文学与文人文学、民间文学中均有表述,尤其是后两方面文本资料颇丰。与正史和文人文学传承方式不同,在民间,数百年来是通过口承文本的形式述说着民众眼中的李自成,在对李自成的艺术塑造中表达了民众对李自成的评价和理解,形成了与正史、文人迥然不同的思想观念、史评史观。可以说,民间传说在事实的意义上存在大量虚构成分,而在思想和情感的意义上却有着显见的真实性。在历朝历代统治阶级处于权力中心、获取"话语"霸权地位的语境下,民间传说表述的是民众话语与民众观念,它可以让人们真切地看到历史的另一面,提供了政权社会准则之外的另一极,也为考察历史人物提供了另一标准。民众眼中的李自成一方面与广大下层民众一样地位卑下,生活悲惨;另一方面又超凡脱俗,敢于改变自己的命运,实现了对现实的超越。他是民间的英雄,是民众心中的"草龙",民间传说为李自成树起了一座永不凋谢的丰碑。

一、李自成传说圈的传播范围及分布状态

历史人物传说常常与历史人物的行踪或活动范围相联系,并在相关地带形成一定的传说圈。早在 1938 年,日本民间口承文艺学家柳田国男受文化人类学研究中文化圈学说的影响,把文化圈方法论应用到民间传说研究中,提出了"传说圈"理论。他在《传说论》一书里说:"为了研究工作上的方便,我们常把一个个传说流行着的处所,称作'传说圈'。"并且指出同类、同内容的传说圈在相互重叠的区域,往往趋于统一,但是任何一个小的传说,哪怕是不出名的流传范围很小的传说,也都有个"核心",即传说的中心点。"传说的核心,必有纪念物。无论是楼台庙宇、寺社庵观,也无论是陵丘墓冢、宅门户院,总有个灵光的圣址、信仰的靶子。"①李自成传说也是这样,其叙事文本大多与特定的历史相联系,在一定的范围内与具体事物结合流传、扩散,往往借助于特定的"纪念物"让人们深信不疑。柳田国男所提到的"纪念物"有其中心点,认为距离传说的中心地点愈远,人们就愈加冷淡,这是对传说的一种平面的解释,是用若干圆心来标明地理特征,但它似乎还不能概括所有历史人物传说圈的状态及特征。李自成的活动范围基本遍布全国各地,包括其出生地陕西米脂县,征战地河北、山西、甘肃、四川、河南、湖北、湖南等省。李自成传说的构思,具体的依据则是李自成的行踪点,它的讲述与传播就是围绕此线索进行的,这就决定了李自成传说圈的形成、分布迥异于其他传说,它不一定是以核心点为中心向四周扩散,其形成的影响因素不仅与地形地貌有关,而且与起义军的活动范围、民众的认同程度紧密相连。具体来说,李自成出生地米脂县及陕西境内的传说呈点状分布,其征战地传说为线状分布形态,而死后葬地扑朔迷离,网状分布是其突出特征。

(一)陕西李自成传说圈

李自成的出生地陕北米脂是一片贫瘠又神奇的土地,到处沟壑纵横,满目黄土厚垒,自然环境恶劣,庄稼生长期短,"春当种而冻未消,秋未收而霜已降",加上统治阶级的层层盘剥,劳动民众挣扎在死亡线上。然而,因地处黄河中游地

---

① ［日］柳田国男:《传说论》,连湘译,张紫晨校,中国民间文艺出版社 1978 年,第 26 页。

区,这里历史悠久,自古就是华夏文明的重要发祥地之一,中原文化与草原游牧文化的对接、碰撞,共同铸造了该地区民众既质朴又豪放,既笃实又侠勇,既善良又彪悍的心理气质和文化性格。这里的山寨窝庄、沟沟峁峁都留下了李自成的身影,每一处自然景观都承载着民众的情感,成为"有意味"的纪念物。有关李自成的风物传说、历史传说不断被细密化、神奇化,传说故事因附着于明确的地点又增加了可信性。世俗生活里常见的自然物、人工物因和李自成相联系而具象可感,气韵顿生,在李自成故乡形成了以李自成起义前为叙事中心的陕西传说圈。

陕北米脂等地流传着关于李自成祖茔风水、神异出生、童年非凡的传说。李自成祖茔风水传说折射了世俗民众的风水观念。在普通民众看来,坟茔不仅是安葬死者的地方,死者也在冥冥之中荫庇后人,坟茔选址直接关乎到后代的兴盛荣衰,坟茔四周的树木更是整个家族的象征。树木荣则家族兴,树木枯则家族亡,树木成为家族命运的"生命指示物"。《刨祖坟》说李自成的祖茔,处于群山环抱的三峰子山,林木翳天,其中有一颗大榆树,既粗又高,枝叶繁茂,树荫几乎遮掩半亩土地。李自成义军迅猛发展,明朝政权受到威胁,有人认为肯定是李自成祖茔护佑着他,于是朝廷就派大臣边大绥掘李自成的祖坟。当刨开李自成家祖坟时,其祖李海额头上长着白毛,长达六、七寸有余,又有白蛇一尺二寸。民众认为蛇即小龙,预示着李自成将会成为新的皇帝。关于李自成神奇出世的传说也有多种异文,有的说他是紫微星下凡解救民众(《奥妙的名山锁》),有的说他的出生是米脂西城西角楼被洪水冲出个洞,引得草龙出世,还有的说李自成的出生是由于其父积德行善梦中得神人指点而得子(《闯王龙窑》)。这些口头文本都是民众对起义领袖的肯定,对世事发展合乎情理的解释。在家乡民众眼中,少年时期李自成便聪明过人、机智勇敢,有着不同常人之处。传说《坐朝峁情由深》,讲到距李自成故居敞阳湾村不足一华里的地方,有个前沙峁,在四处接壤的中心点一平展开阔地的中央,神奇地突起一个自然形成的有四五米高、七八米宽的土墩子,这里有许多形状黑而长的"地黄蜂",一般人不敢接触,唯独李自成与众不同,地黄蜂不仅不蜇他,反而像迎客似的在他的头部上空盘旋飞舞,李自成安然地在地黄蜂附近的土墩上"坐朝峁"。① 《牧童坐朝》也提到了相似的场

---

① 冯生丽:《李闯王故里传奇》,榆林市横山区,内部资料,第 5 页。

景,童年时的李自成与小伙伴们做游戏时,在黄龙岭上修了一座土金銮殿,并在沟里找到一块大石头当蛟龙椅,修好后只有李自成能坐稳它,伙伴们对着李自成高呼:"万岁",至今,人们还称这里为"龙墩"。① 民众以自己熟悉的生活、常见的风物演绎着他们的"政治想象",龙宫就在身边,真龙行将出世,太平盛世还会远吗?

除了米脂、横山,在铜川、清涧、吴堡、临潼、绥德、榆林、宝鸡、渭南、延安等地区也流传着关于李自成出世以及青少年时期的传说及类似文本,大都描述李自成青年时代所显示的神性。

(二)京晋豫李自成传说圈

在北京、山西、河南境内流传最多的是关于李自成征战的传说,它们循起义军进军路线呈线状分布,其中著名的战役以及对民众影响较大的事件成为构思传说的关键点,这些传说流传广,异文多。如山西境内的宁武关战役,是李自成统率百万农民军由西安直至北京,与明王朝展开的一场规模最大最惨烈的战役。宁武关位于管涔山麓,关城北居华盖山,南控凤凰山,恢河水自城南向东流去,关城两翼顺河而筑,战略地位十分重要,而且宁武关位居三关之中,为控扼周围云、朔、马邑、忻等地的指挥中心,是三关镇守总兵驻所所在地。明崇祯十七年,明朝骁将、山西镇(驻宁武)总兵周遇吉时守代州。他凭城固守,设伏奋击,最终难以抗御,退守宁武关。"二十余万农民军浩浩荡荡兵临关城,将凤城紧紧包围。周遇吉领明军数千守城顽抗。经过四天四夜激烈战斗,农民军以火炮轰毁城垣,杀入城内,经过激烈巷战,周遇吉全军覆没,其全家自焚。"②因此,有关这一史事的传说很多,如《李自成倒取宁武关》的传说在宁武、朔州、神池等地区广为流传。

明朝后期,政繁赋重,官绅横征暴敛,民不聊生,崇祯年间,连年旱涝,饥馑相继,天人交困。积渐之势既成,李自成率领的起义军所到之处响应者众,《直隶绛州志》载:"流寇之起于秦也,二年于兹矣。渡河而犯晋,自崇祯三年二月始也……始之寇晋者秦人也,今寇晋者半晋人矣。二、三月间从贼者十之一,六、七月间从贼者十之三,至今冬从贼者十之五六矣。"③尽管史志撰写者站在统治阶

---

① 李泽民:《李自成的故事》,三秦出版社1996年,第38页。
② 王树森主编:《宁武县志》,山西省宁武县,1985年,第596页。
③ 《明史》卷三百九,中华书局1974年,第7956页。

级立场上称起义军为"寇""贼",但从之者"十之五六"这一事实充分说明了起义军代表了广大农民的根本利益,发展才会势如破竹。晋、豫、京流传的传说大都是有关战事的内容,其中有起义军攻破明军驻守的城墙,解救城内处于水深火热之中的民众的传说,如《马踏三关》《试刀石》《李闯王进北京》《瞎闯王名称是怎么起的》《为啥闯王留关东》等;有闯王在征战途中犯错而自省的传说,如《李自成与"人血匾"》《李自成自责斩盔》《李自成认错》等;也有出于对闯王的崇拜而认为他有神力相助的传说,如《闯王跃马过鱼桥》《闯王被》《螃蟹搭桥》《李闯王渡黄河》等;还有一类则是广大民众感恩而流传下来许多地名风物传说与物产传说,如《锅底山的传说》《挂甲庄》《侯马的由来》《家乡名吃——酸粥》等。"风物传说叙事和诠释的目的在于确认和提升景物、习惯的文化地位,并注入历史的逻辑力量。给风物提供的传说一般不是一个发生过的事实,却成为当地人一种'集体记忆'的历史资源,并为当地人的生活注入了生存环境的意义。"①这些物质形态的风物强化着民众潜意识,巩固着李自成传说,给传说以发展的动力。

(三)鄂湘李自成传说圈

李自成起义军京城失守之后,退至江南,流传在湖北、湖南境内及相邻地域的李自成传说大多是讲述他的归宿与死因,其内容众说纷纭,莫衷一是,且情节、时间、地点各不相同。在民间传说里,有的讲李自成被官军所杀,有的说李自成最终出家为僧。前者就有六种说法,其被害地点大致分布在湖北通山九宫山、固关、湖南黔阳、江西宁州、安徽宿松及浙江新昌等地,如《殉难九宫山》《英灵逝九宫》《闯王落难》《复仇姜家村》;后者则有三种说法,其出家为僧地点有湖南石门、黔楚交接地带、湖南益阳白鹿寺、山西五台山及贵州正宁县等地,如《夹山寺院连天下》《闯王当和尚》《李岩献计》《钟鼓自鸣》《出家》《三皇会》《闯王改相》等,起义失败以后的李自成身影遍及华南各地,呈网状分布形态。

与以上三个地域范围相对应,从李自成一生的经历来看,李自成传说圈分别形成了点、线及网状分布的状态。李自成的故乡——陕西等地传说的流传是来

---

① 万建中:《非物质文化遗产与"物质"的关系——以民间传说为例》,《北京师范大学学报》(社会科学版)2006 年 6 期。

自血缘的动力,在家乡人的心目中,山水草木的自然生命也和李自成流淌着同样的血脉,同一族源的族群自我认同感较强烈,"远祖墓地或祠堂的好风水及相关的传说故事,既是家族和房派藉以宣扬其在乡里的势力和地位的寓言,也是家族和房派维系姓氏的自豪感,强化血缘和地缘认同的寓言"。① 因此陕西各地域的民众在互相诉说、传承着关于李自成出世神异、少年非凡的传说,以家乡有这样的英雄人物为荣,把李自成的事迹和家乡高山、流水、村落、古宅附会在一起,呈现出点状分布的特点。随着起义军征战活动范围的推进,途经的各地民众因闯王的勇猛善战、为民造福而铭记着他,义军所经沿线都留存了传说故事,当地民众至今讲来仍绘声绘色,煞有其事,这些叙事文本保留了历代民众对重大历史事件的"群体记忆"。每场战役都包蕴着有情感的传说,而每一个传说又串联并勾勒出起义军的行军路线,这种呈线状分布的特点正是区别与其他传说的明显标志。至于闯王归宿的传说则异文繁多,在江南各地广泛传播,好似一张网罩住了诸多传说。当然,以上三种分布特点并非决然分割,他们之间存在着模糊地带,如传说《金马镫》在陕西、湖北等地广为流传;传说《瞎闯王名称是怎么起的》在河南、河北等地流传广泛,这里面涉及到了其他因素,包括事件的重大、民众的感情及传说的扩布地域等。总的来说,上述三个地域的传说构成了民间以李自成这一历史人物为中心的,以英雄毕生经历为线索的,不同阶段类型性较为集中的英雄叙事的总体系。

二、英雄叙事类型的"意义"分析

在对李自成传说地域分布状态研究的基础上,我们可以看到在不同的流传地,也即英雄经历的不同阶段,传说具有明显的类型性。以这些较为集中的故事类型为研究对象,有利于解读叙事文本中隐含的人物经历、民众叙事方式及思想情感,把握英雄叙事的地域特征。美国学者斯蒂·汤普森认为:"一个类型(type)是一个独立存在的传统故事,可以把它作为完整的叙事作品来讲述,其意义不依赖于其他任何故事。当然它也可能偶然地与另一个故事合在一起讲。但

---

① 施爱东:《理性策略,非理性表达——〈信仰、仪式与乡土社会〉中的风水现象与风水功能》,《民俗研究》2007年第1期。

它能够单独出现这个事实,是它的独立性的证明。组成它的可以仅仅是一个母题,也可以是多个母题(一系列顺序和组合相对固定的母题)。"①这里讲的类型由母题构成,单一母题构成单一故事,多个母题按一定顺序构成复合故事,已成为故事学家的共识。丁乃通认为:"许多中国故事为相似类型的研究者提供了广阔的天地,它们的变化同国际类型相比,无论多少,都将为那些对民间风俗的影响、传播、发展和民间故事等方面感兴趣的学者提供珍贵的资料。"②类型的概括绝不仅仅局限于叙事文本情节的研究,它还有助于我们从更广阔的范围内探寻民间叙事的历史文化意蕴,去感应民众的思维方式和思想观念。为了研究的便捷,我们围绕李自成传说的"英雄叙事",对搜集到的 202 篇李自成传说文本归纳分析,从中提炼出八种典型的传说类型,有的类型里面还包括若干亚型。这里所说的类型包括一个较大的传说群,同一类型的传说文本在结构上有着较多的相似性,亚型则是从属于一个大类型之下的传说异文。

(一)起义前的传说

流传地集中在陕西境内,主要包括草龙出世、英少神奇、巧斗地主三个类型。

类型一、"草龙出世"型

亚型 1. 父祈祷,神赐子

a.李自成之父李守忠行善积德,曾救助过一条大白蛇。

b.大白蛇为了报恩,化为白胡子老人为其指点佳宅。

c.李守忠听从指点,建成了宅院。

d.在一个风雨交加、电闪雷鸣的夜晚,一条龙跃入河中,草龙李自成出世。

亚型 2. "宝地出龙"型

a.李自成的出生地是一个三面环山、两眼泉水流淌的龙脉宝地。

b.皇帝派人毁宝地,在西城门上盖楼镇压龙气,以防止真龙出世。

c.当地官绅不相信,并未按旨行事。

d.第二年,一场暴雨冲毁西城门,草龙降世。

类型二、"英少神奇"型

---

① [美]斯蒂·汤普森:《世界民间故事分类学》,郑海等译,上海文艺出版社 1991 年,第499 页。

② [美]丁乃通:《中国民间故事类型索引》,孟慧英等译,春风文艺出版社 1983 年,第15 页。

a.李自成和小伙伴一起放羊,他的羊群既不乱跑也不偷吃庄稼,其他小伙伴尽管看在眼里,可是并不服输。

b.玩民间游艺节目时,自成掷六颗骰子全为红点,其他伙伴则无人能成,但他们仍是口服心不服。

c.李自成和伙伴们堆起土来,修了一座金銮殿,坐蛟龙椅,唯独自成能坐稳,小伙伴们只得戏称其为皇帝。

类型三、"巧斗地主"型

a.家乡贫苦的农民们被地主欺负。

b.李自成想出妙计帮助受苦人摆脱困境。

c.自成从此受到乡亲们的拥戴。

"草龙出世"型传说充满浓郁的传奇色彩,"草龙"诞生在陕西米脂,这集中体现了家乡民众的精神向往,也包含着征兆、预示等民俗信仰。"草龙"是当地民众对李自成的称谓,体现了民众对李自成身份地位的理解与品评。"草龙"之"草"象征李自成地位卑贱如草,"龙"则是天子、皇帝的代称。李自成平步青云,由草夫一跃而成为真龙,他是民众社会理想的象征,也是民众对自己力量的确证。民众把心目中的伟人、英雄想象为与真龙天子一样的龙,同时,又因其出身、经历、思想等方面的局限,其结局难免以失败告终,故谓之"草龙",这形象地表达了民众对李自成的情感认同及历史评价。在我们搜集到的传说文本中,亚型1"父祈祷,神赐子"型传说有《李自成出世》,亚型2"宝地出龙"型传说有《闯王龙窑传说》《闯王龙窑》《祖茔风水》《米脂城的传说》等。"英少神奇"型传说讲述李自成小时候已经显露出非同凡人的特征,小伙伴们对李自成言听计从,就连他身边的事物也受其调遣,极具神性色彩,这类传说有《坐朝崰》《牧童坐朝》《人小志大》《羊圈崰有因》《坐朝崰情由深》《坐朝廷》《李自成拜锄把》等。"巧斗地主"型诉说着李自成自小家境贫寒,苦大仇深,这为他参加起义军之后义无反顾、勇往直前找到了注解。

（二）征战传说

流传地不限于陕西,而是随着起义军的行进路线扩展到了河南、陕西、河北、北京等更广阔的地域,内容包括两个方面,一是英雄在经历激烈的战争后大获全胜;二是英雄的祖坟被统治者焚毁而遭致失败。

类型一、"智取战地"型

a.官军派人深入大顺军内部打探粮草的情况。

b.闯王察觉后,连忙传令部下将苇席搭在沙滩上制造假象。

c.探子远远望去,真的以为大顺军粮草如山。

d.官军知道后撤退,大顺军不战而胜。

类型二、"神灵相助"型

亚型1."动物相助"型

a.闯王攻打某地,遇到险境,不得不退兵,需要迅速渡过黄河。

b.六月的黄河没有结冰,大顺军无法渡河,闯王由于着急,一夜之间头发由黑色变成灰白。

c.第二日得知黄河还未结冰,闯王头发全白。

d.第三日大军顺利过河,原因是螃蟹搭桥,闯王心中欢喜,头发又变成黑色。

e.由于螃蟹搭桥让大顺军骑马从背上踏过,所以,螃蟹类的动物背上至今都有一个马蹄子印。

亚型2."神人相助"型

a.闯王攻打某地,遇到难关。

b.神人(白胡子老人)赐予闯王宝物。

c.宝物显示神威,成为闯王的得力助手。

d.闯王在战斗中一次次获胜。

类型三、"祖坟被毁"型

a.李自成领导的义军连连获胜,统治者惊恐不安。

b.统治者找到英雄得胜的原因,是其祖坟所占之地为龙脉。

c.统治者派人潜入李自成的家乡,刨了祖坟,毁坏了龙脉宝地。

d.英雄战败。

"智取战地"型传说体现了李自成不仅英勇刚烈,而且足智多谋。农民起义军由小到大,由弱到强,经历了数不尽的艰难困苦,在与强大的官兵战斗中,他们磨炼了意志,积累了丰富的经验,历代农民起义的成功经验与失败的教训为李自成的迅速成长奠定了基础。在众多战役中善于运用攻破对方心理防线这一战术来获取战争的主动权,显示了起义军领袖杰出的军事才能。有一些情节是讲闯王部下为鼓动民众起义而想出妙计,让民众相信李闯王就是真龙天子下凡,这类传说包括:《一幅神奇的画》(《一幅画吓倒了崇祯皇上》)、《崇祯测字》、《李闯王算命造反》等。"神灵相助"型传说显示出李自成的神性,在他遇到危难时,神仙、动物等都会帮助他,尤其是"白胡子老人"这一角色,更富有民间宗教信仰的特点,他和玉皇大帝、太白星君、山神等神祇一样,法力无边,能支配非人间的力量,主持正义,帮助人们摆脱危难。神仙"白胡子老人"平时远离人间,居住在天国水府或人迹罕至的仙人宝洞,来无影去无踪,当故事中的主人公陷入危难时及时出现,指点迷津,运用神奇非凡的力量为主人公解危。李闯王随身携带的物品,无论是跟他征战多年的玉玺,还是佩带的宝剑,都是"白胡子老人"赐予的,在战场上显示出非凡的威力。这类传说有《螃蟹搭桥》《闯王跃马过鱼桥》《自成得剑》《花马洞》《花马洞得花马剑》《李闯王越长城》《李闯王进北京》等。这些传说也从一个侧面反映了在强大的敌对力量面前,民众相信李自成能得到超人间力量的支持,"神人""宝物"是依照他们意愿安排的,体现出民间的"正义性原则"。"祖坟被毁"型传说讲述统治者通过破坏李自成祖茔风水来遏制起义军力量的发展,英雄因祖茔风水遭到破坏而以失败告终,这在一定程度上反映出民众的风水观、信仰观。

(三)李自成死亡原因与战败后归宿的传说

在民间,关于李自成死亡原因和战败后归宿的说法各异,文本数量较多,大致可将其归为两类。

类型一、"误遭杀害"型

A.李自成被官军一路追杀,不得不逃至某地。

b.在驻扎调养期间,遭当地乡勇杀害,英雄遇难。

b_1　误遭村民杀害;　b_2　遭明末某官员子女杀害;　b_3 遭地主武装杀害。

c.部下为英雄复仇,民众烧纸纪念英雄。

类型二、"出家为僧"型

a.英雄战败,与起义军十余人逃至某地。

b.英雄逃入庙宇。

b_1 受军师指点做和尚以避追杀;b_2　住持即将圆寂,指出钟鼓自鸣时将有新住持来庙内。

c.英雄在危难时刻,只得出家做和尚以遮人耳目。

d.他仍在幕后指挥起义军继续作战。

"误遭杀害"型传说在史书记载里常见,多是叙述英雄败走湖北、湖南等地后,因势单力薄而被当地人误杀,有《殉难九宫山》《英灵逝九宫》《闯王落难》《复仇姜家村》等传说。"出家为僧"型传说则是20世纪80年代初期,考古发掘出了新的实物,经过学者考察论证,认为李自成最后并未被误杀,而是以出家为僧做掩护继续在幕后指挥战斗。这一类型传说其实反映的是民众的"英雄不死"观念,隐含着"大团圆结局"的情结,这恰恰体现出中国文化的独特性。这类传说包括《闯王当和尚》《钟鼓自鸣》《出家》《李岩献计》《闯王改相》《三皇会》《夹山寺院连天下》等。

三、上中下三个阶层的英雄叙事比较

钟敬文从中国社会结构的实际出发,将中国文化内部划分上、中、下三个阶层,提出"中国传统文化三个干流"之学说,他写道:"文化的范围很广泛,层次也不单一,它是一个庞大的复杂的综合体,我向来认为中国传统文化有三个干流。首先是上层社会文化,从阶级上说,即封建地主阶级所创造和享有的文化;其次,是中层社会文化,即城市人民的文化,主要是商业市民所有的文化;最后,是底层社会的文化,即广大农民所创造和传承的文化。"①这里的上层即封建社会统治阶层,他们对历史人物的记载和描述多见于史官撰写的正史、方志等官方典籍。中层即市民阶层,他们是上、下阶层的中间接触面,是上下文化交叉渗透的媒介,他们所创造的精神财富主要是通俗文学,其主要形式有戏曲、弹词、鼓词、宝卷等种类。而下层则是处于封建社会之底层的农民阶层,他们的文化以民间口承文艺为代表。本章依据钟敬文"中国文化三个干流"的划分,从叙事模式入手,以民间传承的李自成传说的口承文本为中心,兼与上、中两个阶层相关的书面文本做叙事的、文化的比较,进而考察不同阶层在李自成英雄叙事的表述上所体现的历史评价与思想观念。

本章所使用的研究资料主要有以下六种:

1.《明史》,清张廷玉等撰,中华书局。

---

① 钟敬文:《话说民间文化·自序》,人民日报出版社1990年。

2. 乾隆《宁武府志》,收入全国古籍整理出版规划领导小组《中国地方志集成》。

3. 佚名《绘图定鼎奇闻》(鼓词),民国四年上海茂记书庄石印。

4. 阿英《李闯王》(五幕历史剧),创作于 1945 年,收入《中国新文学大系 1937—1949》"戏剧卷三",陈白尘序,上海文艺出版社 1990 年 12 月。

5. 姚雪垠《李自成》,中国青年出版社 1981 年。

6. 已出版的李自成传说书面资料和本章作者实地调查中搜集的活态口头文本。

以上资料里,第一种是正史,第二种为清代地志,它们都属于上层统治阶层的历史文化范畴;第三、四、五种应归入中层文化,它们分别代表了不同历史时期文人对待李自成的史观、史评,其中《绘图定鼎奇闻》是鼓词艺人站在统治阶级立场上,用民间说唱的形式,对李自成起义持反对、歪曲的态度。阿英创作于革命战争年代的《李闯王》是站在民族国家的立场上,对李自成起义这一史实进行的艺术加工,通过赞扬李自成,鼓励民众参加到民族革命的行列中去。姚雪垠《李自成》反映了新中国成立后,站在主流政治立场上的无产阶级作家对李自成为代表的农民起义较为全面的历史评价,肯定、颂扬是全书的主调。而以广大乡村民众为创作主体的李自成传说,无论是已整理出版的书面文本,或是仍在传播的活态口头文本,均是从下层民众生存实际出发,用讲故事的方式述说李自成起义与农民切身利益的血肉联系,表达的是一种民间立场,与上、中两个阶层相比较,形成了不同的评价机制与价值体系。

(一)叙述视角的选择

美国学者查特曼认为,叙述文本具有自身独特的交流过程,他用符号学交际模式描绘了这一交流过程:

真实作者→隐含作者→叙述者→受述者→隐含读者→真实读者。

该图表列出了六个参与者,其中有两个参与者被置于叙述交际范围之外,即真实作者与真实读者。[①]《小说修辞学》的作者布斯进一步强调了隐含作者的作用,指出隐含作者和真实作者不是同一个人,而是作者写作时"他自己"的隐含替身,这个隐含作者在智力和道德标准上常常高于真实作者本人。用这种叙事

---

① 谭君强:《叙事理论与审美文化》,中国社会科学出版社 2002 年,第 24 页。

理论来评述民间叙事活动则不适用,民间传说是广大民众用口头创作形式表述自己生存状况、理想愿望的叙事文本,既具有真实作者与隐含作者的一致性,又具有隐含读者与真实读者的同一性,具有创作主体、表现客体、接受主体"三位一体"的特征,这主要体现在叙述视角的选择上。

叙述视角指涉的主要是叙事文本中叙述者或人物观察、讲述故事的角度,用热奈特的话来说就是"选择(或不选择)某个缩小的'观察点'"。① 他将视角划分为全知视角、限制视角、客观视角和转换视角四个基本类型。在对李自成传说的考察中,我们发现,传说的叙述视角形式上都是使用"第三人称"的全知视角,但从内容上分析却包含着第一人称视角。如《紫微星救驾》讲,李自成年轻时在米脂县衙门里只是一个跑邮差的脚夫,有一天跑差路过绥德赵家山,碰上了一个身穿红衣红裤的年轻女人,李自成不知她是红煞星下凡,而她一见李自成就双膝跪拜,称为"大星主",并告诉他要去前面一个村庄惩罚冒犯红煞的办婚事的人家,李自成告诉她穷人家娶个媳妇不容易,要天界煞星免其灾祸,并不得索取米酒。后来李自成又找到办婚事的主家,告知对方今天办事会遇到红煞,择日子的先生告诉他"今日正逢红煞当值不假,可你不懂得另有紫微星救驾哩。"这时,李自成才想,常听老人说,紫微星是真龙天子,难道自己这么一个跑邮差的脚夫,竟然会做真龙天子吗?② 这篇传说文本,虽然整体上用的第三人称,实际上李自成就是"故事内叙述者",也担负着叙述故事的任务,既以一个人物的身份活动,也与故事中其他人物形成交流,隐性地包含着第一人称叙述。这种第三人称视角隐含着第一人称视角的叙述方法,无疑拉近了叙述者与叙事内容的距离,使文本增加了亲切感。故事同样有隐含听众和真实听众,由于讲故事者与听故事者都是普通下层民众,二者具有社会阶层与生活利益的一致性,他们作为兼具隐含听众与真实听众身份的接受主体,同样具有一致性。"三位合一"的特征从叙事视角和故事内涵两方面都可以得到充分显示。

阿英的五幕历史剧《李闯王》创作于1945年,当时抗日战争即将胜利,中华民族抗日救国的热潮空前高涨,在民族国家的背景下,作者把李自成对最高统治者的反抗与中国人民对外族侵略的反抗相联系,将斥责吴三桂投降拜见九王多

① [法]杰拉尔·热奈特:《论叙事话语》,张寅德选编:《叙事学研究》,中国社会科学出版社1989年,第240页。
② 《中国民间故事集成·陕西卷》,中国ISBN中心,1996年,第127—128页。

尔衮与坚决反对卖国求荣的民族情绪融合在一起进行构思。作者在剧情梗概即"本事"的介绍中就明确表露了对李自成及其领导的农民起义持赞扬态度:"李自成是明朝末年的一个很好的农民领袖,他领导当时饥民起义,前后有十几年,一直到把明朝的封建统治推翻,但由于他本身的缺点,和汉奸吴三桂的借外力来攻打,终于失败了。本戏演的,就是这一运动所留给我们的一些血的教训。"①为了突出戏剧的主旨,作者注意结合戏曲代言体特征,处理好视角选择,它不同于小说文本那样多用第三人称为主的全知视角,而是用了第一人称为主的限制视角。同时通过戏剧演员的角色扮演,增加了转换视角,在同一戏剧文本中嵌入多个角色,形成多个视角,这样,参与故事进程的若干人物就使文本形成了多重限制视角,即以多个人物的视角表述故事或理念。剧本在第一幕就设置了一位"花鼓女",通过演唱凤阳花鼓,道出了当时官府对百姓层层盘剥,下层百姓忍无可忍奋起反抗的历史真相。第三幕通过李岩和刘宗敏的对话,把李自成起义失败归咎于臣子部下胡作非为,而没有从历史发展的高度或李自成自身找原因,流露着"奸臣乱国"观念之痕迹。李自成得知吴三桂出山海关,通过汉奸拜见了鞑子,愤怒地说:"吴三桂投敌,我李闯王决不容忍! 吴三桂甘心做汉奸,我李闯王决不饶恕!"有影射当时时事的意味。这种限制视角与转换视角的结合,形成了戏剧叙事文本的"多声话语",与民间叙事相比视角选择更为多样,叙事方式更为灵活,叙事内容更为丰富。

(二)叙述结构的安排

托多罗夫认为,叙述结构的主要类型有两种,一种是按照时序,遵循因果原则安排的逻辑和时间布局;另一是脱离所有时间概念的形式,组成无视任何内部因果关系的序列的空间布局。② 前者可以称为线型结构,后者则为非线型结构。用这样的理论评价民间传说,难免削足适履。从整体来看,李自成传说贯穿于其童年、起义、各地征战、做皇帝、失败各个阶段,单个看每一篇传说故事,不仅叙述结构单一,而且往往是一两个故事核或某一次行动就组成了一个小故事,长篇的

①　阿英:《李闯王》(五幕历史剧),《中国新文学大系(1937—1949)》戏剧卷3陈白尘序,上海文艺出版社1990年,第137页。

②　[法]兹维坦·托多罗夫:《文学作品分析》,张寅德编选:《叙述学研究》,中国社会科学出版社1989年,第74页。

复合型结构较为少见,作品的时间也是模糊的,具有不确定性。然而,若把一篇又一篇叙事文本连缀起来,放在一起来看,则有着前后连贯的时间顺序。这说明,李自成作为英雄,依据他个人出生、成长、经历所形成的传说非一次性完成,而是具有时间阶段性、故事叙事的事件性及明显的地域性特征,需要把不同的时间段、不同的传说群组建起来,方可看出其以起义过程为时间线索、以各地传说圈为空间板块的"全景式"结构,这正是民间文学人物传说叙事结构的特殊性。

民国时期刊印的鼓词《绘图定鼎奇闻》,上海茂记书庄民国四年(1915)石印本,共八卷六十四回,明显是文人加工、整理、创作的书面文学作品。作为通俗文艺,它具有内容形式和趣味上的世俗化、"传播"的世俗普及性与商业消费性。① 为了迎合读者或听众,它比一般小说或叙事诗的故事情节更集中、更强烈,也更加曲折动人。整篇鼓词讲述李自成作为贼寇的首领如何由陕西米脂起兵叛乱,一路烧杀至北京,逼崇祯皇帝自尽,搅乱大明王朝,最后由吴三桂剿灭的故事。鼓词在围绕主要线索展开叙述的过程中,安排了许多意想不到和扣人心弦的情节,做到单纯而又曲折。所谓单纯,是指一回鼓词大约二十分钟演完,每一回围绕中心人物讲述一个相对完整的故事,有头有尾,脉络清晰。所谓曲折,是适应面对面对听众讲述的这一"即时表演"的特点,要有声有色,变化多端,故事情节波澜起伏,有时还采用"花开两朵,各表一枝"的并叙方法。例如第二十六回至三十三回,写周遇吉与夫人一同抗击流寇双双为国尽忠的故事,先是讲周遇吉误中流寇诡计,被困山中,幸得夫人相救一起杀贼。没想到又中敌人奸计自杀尽忠。其夫人看到丈夫被害,与敌人以死相搏,最后流寇把夫妻二人的首级挂在宁武城头。其事迹被后世传颂,并起名为"城头双烈"。此段以周遇吉夫妻二人的命运为中心,营造曲折引人的故事,达到了抓住听众好奇心理的艺术效果。

阿英剧作《李闯王》,为五幕历史剧,适应剧作在特定场合有限时间内演完的要求,截取了李自成"攻打北京城"前后,通过李自成与官方、李自成义军内部之间的矛盾冲突安排情节,形成一种一维线型发展的脉络结构。

姚雪垠的长篇历史小说《李自成》创作于 20 世纪 70 年代,是以凸显主流意

---

① 谭帆:《"俗文学"辨》,《文学评论》2007 年第 1 期。

识形态话语为特征的个人创作,全书以明末清初李自成领导的波澜壮阔的农民起义为主线,形象地展现了李自成为代表的农民起义运动的悲壮历史。姚雪垠在 1977 年 6 月 26 日致胡乔木的一封信中谈到他的创作意图:"我有意通过这部小说写出明清之际各个阶级、阶层的生活、动态、相互关系,各个地区的生活画面。"作品包含的深刻社会意义就在于高度地提炼李自成起义失败的历史动因和悲剧因素,从而揭示中国历史上农民运动失败的必然性。在人物刻画方面,塑造了李自成这一英雄人物及其起义军英雄群像,作者把他们置身于历史发展的潮流中,在他们所处的特定社会环境中表现其悲剧性。作者一开始就设置了"潼关南原大战",让李自成和他周围的英雄人物在遭受毁灭性的失败中,显现出百折不挠、坚忍不拔的精神品质。中间又构思了第一次起义失败之后在商洛山的惨淡经营。随着小说情节的推动,他们在艰苦的斗争中经受磨炼,如南原大战、谷城夜会、商洛山战役,以及入河南破洛阳,杀福王,最后攻破北京城。鼓词《绘图定鼎奇闻》是把李自成刻画成"扁形人物",只是做着皇帝梦,遇事靠宋矮子打卦问卜决定是否采取行动,呈现出单一的特性或素质。姚雪垠的《李自成》则不同,既刻画了李自成足智善谋、英武神奇,又刻画他严于律己、善待部下,主导性格突出,多重性格侧面丰富,人物刻画既具有人性的深度,又给人以新奇感和说服力,是一种"浑圆人物"。人物刻画使叙事结构更为完整,二者有着内在的契合。

(三)叙述立场的表达

叙述视角的选择与叙述结构的安排,说到底是为了更好地表达作者的叙述立场。叙述立场是叙述者对人物事件作出的评价性判断,并试图使隐含读者接受它,按照作者在文本中给定的意义去对事件和人物加以理解,使叙述接受者与隐含作者在价值判断上趋于一致。一句话,即叙述者在叙事文本中所表达的思想观念或主体意识。

中国是一个农业大国,千百年来中国农民处于社会最底层,承受着来自官方或地方的重重政治压迫与层层经济盘剥,他们除了通过农民起义这一种极端的方式获得非常态的利益,通常情况下,基本上是以沉默和分散的姿态承受政治压迫和社会灾难。由于他们地位是最底层的,没有人去倾听他们的声音,他们用口头创作流传的叙事文本始终在边缘和低层次的状态中生存,有人用"沉默的大多数"来形容中国历史和传统文学,这是一点也不为过的。① 但是民间传说传达的是民众的心声,这种声音汇集在一起会形成巨大的潜流,对中国历史与文化产生隐性的、潜在的影响。在民众的心目中,李自成不仅仅是紫微星,会成为真龙天子,而且他起义途中杀富济贫,没有一件事是非正义的。《李自成一箭定中黄》讲,李自成少年时家境贫寒,有次在米脂县城街上忍不住饥饿,捡起地上的西瓜皮吃。恰巧被米脂知县张邙华看见,一脚踩在他的手上,他发誓要报仇雪恨。后来,李自成领导的农民起义军东渡黄河,打到了晋南太平县,得知米脂知县张邙华早躲回老家太平县的西中黄村,就让义军把村子围得水泄不通。村里的群众听了张邙华的宣传,都以为李自成的义军杀人放火、奸淫妇女,不敢出来迎接。李自成把写好的告示绑在箭上,射在村内,村民拆开一看,上面写着"不动西中黄半钱油,只要张邙华一颗头!"人们真相大白,把张邙华的脑袋劈下扔在城外,李自成见张邙华已死,连村也没进,一声令下,队伍便浩浩荡荡开走了。② 在河南、陕西都有同类传说的异文,在这类传说里民众表达的观念是当权作恶者被斩杀是罪有应得,"冤有头,债有主",义军决不伤害百姓。李自成起义沿线好多地名都与之相关,如"侯马"是义军半夜到达这里,不忍打扰百姓,在城墙外马旁边蹲(侯)着休息了一会就走,因此得名;临汾的"挂甲庄",是因为李自成休息时曾在此处挂过战甲而有此称;汾阳杏花村因为热情款待李自成起义军,李自成改称其为"尽善村",此名一直沿用到解放前夕。几乎起义军经过的每一个地方都烙刻上了当地民众强烈的主观感情色彩,这些传说流露着民间的情感倾向,表达了鲜明的民间立场。

正史与之相反,履行的是为封建帝王作"家谱"的职责,主要记载统治者改朝换代的历史,或承担为封建文化"载道"的任务,代表的是统治者的利益,传达的是封建正统观念。《明史》为李自成作传,将其划归为"流贼"项,这表明了《明史》撰写者的立场。史官一方面承认陕北地瘠民穷,灾害深重,史书中多次出现"民大困""无所得食""延民饥"等词语,也秉笔直书了有大臣提出赈灾而"帝不听"是民众起而造反的社会根源。而另一方面史书称农民起义军为"贼""寇",对起义军头目用绰号称之,如"神一元""不沾泥""可天飞""红军友""点灯子"

---

① 贺仲明:《一种文学与一个阶层——中国新文学与农民关系研究》,人民出版社 2008 年,第 1 页。

② 《中国民间故事集成·山西卷》,中国 ISBN 中心,1999 年,第 94—95 页。

"李老柴""混天猴""独行狼"等,流露着极端的蔑视。对李自成的相貌心性也作了贬毁性描述:"自成为人高颧深䫄,鸱目曷鼻,声如豺。性猜忌,日杀人斲足剖心为戏。所过,民皆保坞堡不下。"①这里"日杀人斲足剖心为戏"显然是夸张不实之词,且与同篇列传所记,"自成不好酒色,脱粟粗粝,与其下共甘苦。汝才妻妾数十,被服纨绮,帐下女乐数部,厚自奉养,自成曾嗤鄙之。"前后自相抵牾,试想这样一位关爱部下,节俭朴素、不近酒色,不慕荣华的农民起义领袖,以"日杀人斲足剖心为戏",实在不可令人置信。在正史里,农民领袖的形象被丑化了,农民起义的事实被歪曲了,这应是不争的事实。

正史与民间传说所表达的历史观也是截然不同的,可从对同一人物的记述中表现出来,《明史》记周遇吉官至宁武、雁门、偏关三关总兵,当李自成攻入忻州时,"遇吉先在代遏其北犯,乃凭城固守,而潜出兵奋击,连数日,杀贼无算",义军与官兵经过残酷的争战,周遇吉最后被包围,"身被矢如蝟,竟为贼执。大骂不屈。"②乾隆《宁武府志》除了沿袭官方正史,还补充了周遇吉夫人"刘氏素勇健,率妇女数十人据山上公廨,登屋而射,每一矢毙一贼,贼不敢逼。纵火焚之,合家尽死。"夫勇妇烈,对忠烈贞节行为给予褒奖,代表的是统治者的立场。在民间传说里表达的政治立场与思想观念却恰恰相反,至今在代县全境流传着一则民间传说《试刀石》:李闯王带领几十万义军东渡黄河,来到代县北面山坡下一个村子,听说镇守代州郡的周遇吉逃往宁武,这会给义军继续北上攻打北京添麻烦,于是断然决定先倒取宁武关,斩杀周遇吉。从四面八方赶来慰劳义军的百姓们,无不夸赞李闯王大谋大略,为民举义,从此,"试刀石"就成了这个小山村的村名。③ 按封建正统观念来衡量,周遇吉是个好官,然而,当社会动荡不安,牵扯到各个阶层根本利益的时候,民众与代表上层统治阶级利益的周遇吉形成对立,而将情感的天平偏向了李自成。

鼓词属于俗文学,其演唱者与听众群体大多是城市市民阶层,这个阶层人员成分复杂,既包括有闲贵族富人,也包括能够自食其力的小市民,从政治地位、经济状况来看应划归为中层。鼓词《绘图定鼎奇闻》是鼓词艺人用于说唱活动的底本,在鼓词艺人眼中,李自成是"贼寇",并直呼"李贼",他的手下是"无籍棍

---

① 　《明史》卷三百九,中华书局1974年,第7956页。
② 　《明史》卷二六八,中华书局1974年,第6900页。
③ 　忻州市民间文学三套集成编撰委员会:《忻州市民间故事集成》,内部资料,第180页。

徒",起义军是"强贼""流贼""草寇""众贼"。李自成起义的动机仅仅是听信了宋矮子算命说他可以做皇帝,从此就铤而走险,与朝廷抗争。他领导起义军每次胜利总是靠牛金星、宋矮子出谋划策,打卦问卜。这不仅把李自成起义的阶级根源一笔抹杀,同时也把义军迅猛发展的客观历史条件和起义领袖的主观因素等都简单化了。鼓词宣扬封建正统观念还表现在文中"干预叙述"的手法的大量采用,即在客观陈述事件或描绘人物时,兼具议论与解释的功能,彰显其思想意识。具体体现在两个方面,一是用散文体形式叙述故事情节,用韵文体唱词表述观点;二是在叙述的间隙,大量插入议论,表明态度。例如第六十三回写道:"大明国运尽,流寇破都京。文武具藏躲,全无影共踪。公侯推疾病,世辅假装聋。唯有襄城李,挺身要尽忠。煤山殒帝王,守孝在灵棚。亲杀二奸佞,血恨祭先灵。贼诏无心受,横吞二刃锋。壮哉忠又烈,万古表芳名。"此段用韵文形式对前面故事做了概括,夹叙夹议地赞颂襄城李,敌视李自成,鲜明地体现了作者的创作意图。总的来说整部鼓词表现的思想观念、审美情趣和占统治地位的封建阶级趋于一致,表露了对李自成农民起义的敌视。当然,鼓词作为俗文学,内容也并非单一单调,而是驳杂多元的,它的思想内容表现出既有显在的统治阶级的主流意识,又有隐形的民间文化内涵,如开头就表说李自成是五火神转世,风水先生宋矮子给李自成选祖茔,预知未来可以位至天子,阎知县儿子遇害时土地神显现,张献忠妻子与公公私通的陕北陋俗"公公烧媳妇",吉安副总左良玉娶舅舅女儿为妻乃"姑舅表婚",婚俗还有吃"会亲酒"的习俗,这些都增强了鼓词文本的世俗化内涵,也使作品更具有一种文化张力。俗文学与民间文学除了内容与形式上的"通俗性"相一致外,在创作主体、传播机制、思想观念、审美情趣等方面有着本质的差异,俗文学是从属于城市市民阶层的说唱艺人以满足接受者娱乐的或精神的需求为目的,同时有意识地向读者灌输占主流地位的统治阶级的思想道德观念的文学形式;而民间文学是广大民众创造传承的以表现自己日常生活或者是以历史事件、历史人物为重心的口承文本,传达的是"民间"思想感情和审美情趣。

小　　结

民间传说与正史相比,它不具有官方依托政治权力、经济权力,进而占有话语霸权的优势;与俗文学相比,不是以个人创作的方式表达主体意识,以世俗性、商业性见长;也不像现代作家那样顺应社会时代需要,受政治视野的制导,单一地从阶级角度表现文学与政治的关系。民间传说的存在状态是散在的,处于社会底层的,犹如"小草"生长于泥土之中,它虽柔弱,不为人们注目,却根基深厚,是人间社会不可缺少的一道风景。民间传说是广大下层百姓创作、传承的口头叙事文本,体现着下层百姓的话语权,由于它传达了民众的心声,是社会舆论的一种表现形式,在某种程度上,它是一种超越皇权、超越政府行政权力的无形权威,①是一种在野的权威。民间传说在千百年传承过程中自发、自由地表达着民众的群体意见,它不能等同于历史,但包含着一定的合理性、正当性,乃至艺术的真实性。李自成传说凝聚着民众共识、共同的生存经验和审美需求,传达着沉淀于底层百姓群体意识深处的历史记忆,其中既有远古神话"英雄情结"的回音,充溢着中华民族"不以成败论英雄"的气度,也有在现实社会境遇中对自身生存的关注和利益诉求。传说的传播者组合成了舆论的群体,用口头文本表达着群体的普遍情绪,也以精神共鸣为基础,获得群体的共属感、伦理感,形成了接近于宗教团契的审美团契,②民间文学不仅数量广泛,而且不乏经过历代民众千锤百炼而形成的经典类型和名篇佳作,它拥有最广大的受众群体,用文学的方式体现着一个民族的心灵世界,表达着民众群体对史政、史实的评判,这也正是民间李自成英雄叙事的社会功能。

---

① 董乃斌、程薔:《民间叙事论纲》(下),《湛江海洋大学学报》2003 年第 5 期。
② 尤西林:《审美共通感与现代社会》,《文艺研究》2008 年第 3 期。

第二十九章　民间传说中傅山士大夫形象的多维构建

　　士大夫是士、大夫、文人、官僚、绅士等概念的综合体,学界对其范围所指已有比较统一的认识,即"士大夫阶层是官员、文人、教师和地方绅士的复合体。"①士大夫身份在一定历史条件下会有所变化,遗民便是其在换代之际的一种特殊形式。傅山既是明末清初士大夫的中坚人物,也是明遗民的典型代表,得到了官方与民众的双重认可。傅山传说既进入了国家话语的"大传统",也进入了民间文化的"小传统"。比较而言,"大传统"中的傅山形象单一而平面化;"小传统"中的傅山形象全面而立体化。近年来学界关于傅山的研究著述颇丰,主要集中在两个方面:一是对傅山作品的整理、批注与出版;二是对傅山思想与艺术各个领域的研究。这些研究成果涵盖了傅山书法创作、诗歌风格、思想转变、医学成就等多个领域,但是对傅山民间传说的研究却稍显单薄,特别是对民间传说中傅山士大夫形象的关注更显不足。本章以傅山民间传说为研究对象,以民间传说中塑造的傅山士大夫形象为切入点,分析传说中傅山的多维形象,以揭示明清之际士大夫身份的典型性。同时,通过挖掘明末清初士大夫具有的责任担当意识与浓烈的爱国情怀,可为当今中国梦的践行提供丰富的精神资源。

一、文献记载中的傅山形象

　　从源头上来说,傅山民间传说的来源有两种,一是民众的共同创作,一是文

---

　　① 袁德良:《中国古代士大夫政治文化传统的两重性分析》,《河南大学学报》(社会科学版) 2008 年第 2 期。

人的历史书写。所谓历史书写，"它是一种以帝王将相、英雄以及知识精英为中心，以保存历史经验、构筑意识形态为目的的历史叙事。"①较之民众口头传承来讲，文人的历史书写在傅山传说的产生、流传方面起着至为重要的作用并有着巨大的优越性。因此研究民间传说中的傅山形象必须从历史记载中的傅山谈起。有关傅山形象的文献记载多集中在《阳曲县志》《忻州志》《太原府志》等志书以及《清史稿》《清史列传》等史书中。此外《清儒学案》《霜红龛集》等学术专著与历代学者如戴廷栻、魏象枢、全祖望等所作关于傅山传记中均有相关方面的记载。典籍文献对傅山的记载集中在两个方面，一是傅山家世的传承以及家庭因素造就的其士大夫身份；二是由于明清易代而形成的傅山遗民形象。

（一）对傅山士大夫身份的记载

《阳曲县志》对傅山家世的记载："六世祖天锡以春秋明经为临泉王府教授，始徙居太原忻州。曾祖朝宣，宁化王府仪宾、承务郎，正德十五年寓居太原。祖霖登明嘉靖壬戌科进士，历官山东辽海参议、朝议大夫。父之谟明经，养亲不仕，号离垢先生"。② 由此可知，傅山有着"王孙之后"的家世背景，祖父辈之上历代在朝为官。父亲傅之谟是万历年间的贡生，但一生养亲不仕，授书乡里，精于治学，并自号"离垢先生"。同时，傅之谟的几位弟弟傅之诏、傅之诲、傅之谦或为举人，或为贡生，均未出仕。

族人精于治学而不再出仕的集体行为使得傅家由官宦世家转变成为书香世家，傅山在《家训》中曾说："吾家自教授翁（六世祖傅天锡）以来，七八代皆读书解为文，至参议翁（傅霖）著；下至吾，奉离垢君教，不废此业。"③在这样的书香家族氛围中，傅山少时便受到严格而正统的教育，他15岁补博士弟子员，在文太青的主持下，通过考试而成为秀才，至20岁试高等廪饩。后就读于三立书院，受到山西提学袁继咸的指导和教诲，是袁氏颇为青睐的弟子之一。郭紘评价傅山"累世仕宦，而青主无膏梁习。"④虽然有着"王孙之后"的家族背景与深厚渊

① 周元雄：《历史书写与民间演绎——刘伯温传说研究》，温州大学硕士学位论文，2011年，第8页。
② （清）阎士骧、郑起昌：《阳曲县志》卷十五《徵君事实》，台湾成文出版社1932年，第24页。
③ （清）傅山：《霜红龛集》，山西人民出版社1985年，第703页。
④ （清）阎士骧、郑起昌：《阳曲县志》卷十五《徵君事实》，台湾成文出版社1932年，第23页。

博的文化素养,但是傅山并未走上科举取士的道路,而选择了"觉民行道"的人生方向。他不重视追求功名,认为"以举子业不足惜",因此在明亡之前,傅山一直未仕。明亡后,傅山奔走各地为反清复明而努力,及至复明无望后隐居家乡,致力于著述立说、行医救人、教学乡里,极大促进了地方民风的教化与家乡文化的建设。

(二)对傅山遗民身份的记载

赵园在《我读傅山》一文中说:"明清之际,傅山首先是以明遗民而为世人瞩目的"[1],的确,傅山在"时间概念"与"内在质地"两方面均符合明遗民的要求。首先,从时间上来说,1644 年清军攻占北京时,傅山年仅 37 岁,因此他的后半生是在清朝度过的;其次,从其对清政府的态度和行为选择来说,傅山积极参与反清复明斗争,在复明无望之后,他坚决不仕新朝而隐居乡村。国难当头之际,为了表示对清廷的抗争和对明王朝的忠诚,是年八月,傅山于寿阳五峰山拜道士郭静中为师,出家为道,号"真山"。《清史稿》对此事的记载为:"甲申后,山改黄冠装,衣朱衣,居土穴,以养母。"[2]因常着红色道袍而自称"朱衣道人",别号"石道人"。因明朝为"朱"姓,"朱衣道人"之称暗含对故国的怀念。入道后不久,傅山写下了"留侯自黄老,终始未忘韩"的诗句,表明自己效仿留侯张良,不忘故国,坚持复明斗争的决心。

清朝建立的很长一段之间内,傅山都从事着反清复明的事业,如组织晋东民众的反清活动、支持交城山农民义军的反清活动、远赴江南声援南方抗清斗争等。随着清政府政权的日益巩固,深感复明无望后,傅山返回太原,隐居于太原东山松庄,过起了"松庄烟树十余年"的"侨居"生活,其别号"松乔""侨黄"等均来源于这个时期,寓意明亡之后,自己已无国无家,只是到处做客罢了,作于此时期的"太原人作太原侨"诗句更是这种痛苦心情的真实写照。康熙十七年,清王朝在全国范围内推行旨在荐举优异、笼络汉族知识分子的"博学宏词科",傅山被荐举后,虽一再称疾固辞,但地方长官不允,在康熙十八年初被役夫抬着进京。于是便有了"至京师二十里,誓死不入。大学士冯溥首过之,公卿毕至,山卧床

① 赵园:《明清之际士大夫研究》,北京大学出版社 1999 年,第 512 页。
② 《清史稿·列传二百八十八》,中华书局 1997 年,第 13855 页。

不具迎送礼。"①的记载。傅山到京城后,住在崇文门外的圆觉寺,以病重为由,坚决不去应试,表明了他作为明遗民对故国的忠诚,鲜明地表现了他不屈的品格和高尚的情操。

以上是文献中对傅山士大夫身份与遗民身份的记载。如果采用美国学者罗伯特·雷德菲尔德社会二元分析法来分析傅山传说传承所包含的社会文化层次归属,则可将其传说传承所涉及的复杂社会阶层简化为两个层面,即大传统与小传统。"大传统是代表着国家与权力的,以城市为中心,社会中少数上层人士、知识分子所代表的文化传统。小传统是指代表乡村的,由乡民通过口传等方式传承的大众文化传统。"②傅山传说传承的大传统是指历史典籍对傅山的记载;小传统则指民众口头文学对傅山其人其事的演绎。一般而言,大传统中的传说由于记录者受阶级与时代的影响较大,因此有明显的人为性特点;而小传统中的传说是民众为了满足自身现实功利性目的自然而然产生并传承的,因此表现出鲜明的自发性特点。典籍文献对傅山的记载虽在突出其"王孙之后"的家族背景与士大夫身份的同时,兼及了其遗民身份的时代特性,但是这些记载所呈示的傅山形象比较单一。特别是由于众多记载傅山的史籍为清人所作,出于政治需要,所记傅山的为人行事大多按照主流话语予以规训,无法全面立体地展示傅山士大夫形象。因此,要想了解傅山士大夫形象的多维构建及其丰富的情感世界,我们必须将目光投向数量众多、传承广泛的傅山民间传说。

民间文学是广大民众传导、表述自身人生感悟、生活诉求与生存状况的一种途径与方式。与傅山民间传说作为官方意识形态的历史书写相对,民间流传的傅山传说是作为传统社会中普通民众生活中的重要组成部分而被传承的。民众在自己构筑的传说世界中,表达自己的见解、传达自我的愿望,民众的社会心理需求是传说得以不断传承的重要原因。毕竟,"许多民间传说和神话故事的具体情节或者人物都有可能是虚构的,但是他们所表现出来的历史情景与创作者和传播者以及改编者的心态与观念却是真实存在的。"③通过研究民间流传的傅山传说,不仅可以挖掘傅山士大夫形象在民间话语系统中的演绎,也可以窥视传

---

① 《清史稿·列传二百八十八》,中华书局 1997 年,第 13856 页。
② 向松柏:《关羽崇拜中的大传统与小传统》,《中南民族大学学报》(人文社会科学版)2012年第 6 期。
③ 万建中:《民间传说的虚构与真实》,《文化研究》2005 年第 3 期。

统社会中普通民众的社会文化心理。

二、民间传说形塑的傅山士大夫形象

傅山一生学识渊博,精通领域甚广,举凡经史子集、诗文书画、钟鼎文字、佛道典籍、医药武术等无不博涉旁通且造诣甚高。邓之诚《清诗纪事初编》曰:"述傅山事者,杂以神仙,不免近诞。然至今妇人孺子咸知姓名,皆谓文不如诗,诗不如字,字不如画,画不如医,医不如人,其为人所慕如此。"①傅山形象的多面性在历史典籍记载中已经有所反映,然而对其形象的记载不仅仅是史学工作者的特权,广大民众同样具有记忆、叙述和传播傅山形象的本能与爱好。以傅山在世时所展现的形象为"核心",这一历史真实在进入民众话语系统之后"经过群体的口口相传,在传递中被添枝加叶,逐渐附会和融合上一些与本事相关联的事件、人物、故事、情节和细节"②,这一过程即"历史人物的传说化"。历史人物传说文本虽然在一定程度上偏离了历史事实,但是由于民间传说是民众的思想感情的一种表达方式,所以通过深入分析这些传说文本可以检视民众对傅山形象的多维构建及其社会心理。

(一)"人称医圣":传说中的名医形象

傅山对医术研究的直接原因是源于家传,他在亲笔书写的"行医招贴"中说道"世传儒医,西村傅氏,善疗男女杂症,兼理外感内伤。"③;蔡冠洛也说他"家传故有禁方,遂精其术。"④傅山高超的医术在生前已名闻四方,戴梦熊说他"擅医之名遍山右,罔弗知者。"⑤傅山去世后,世人认为其"医术入神",因此"人称医圣"。傅山医德高尚而为后人称道的原因主要有两个,一是他行医具有强烈的人民性,对贫苦百姓不计酬金,尽力诊治;二是其行医具有鲜明的革命性,他恪守遗民精神,坚持不为满清新贵治病。傅山行医传说在山西境内广为流传,极具

---

① 邓之诚:《清诗纪事初编》,上海古籍出版社 1984 年,第 164 页。
② 刘锡诚:《民间传说及其保护问题》,《西北民族研究》2008 年第 4 期。
③ 常清文:《中国文化奇人傅山》,山西古籍出版社 2007 年,第 235 页。
④ 《清史稿·列传二百八十八》,中华书局 1997 年,第 5057 页。
⑤ 钱超尘:《傅山医事考略》,《中医文献杂志》2011 年第 3 期。

代表性的有传承久远的《傅山先生开处方》以及当代傅山显灵治病传说。

1. 傅山先生开处方

一天,有个枣儿刘村的浮肿病人来求诊,傅山得知他很贫穷,便提笔开了个简易处方:每天吃十个烧焦存性的红枣,五个炒枣仁。病人回去依方吃了多时,果然病好。又有一天,一个清府官员送帖来请傅山给他看病。先生一看落款,竟是曾与自己订过"宁死不作清朝官"盟誓的旧时好友。傅山骂道:"哼,死人也来看病!"便提笔写了一个"秘"方,差人带了回去。那官员看后,立即血滚心门,没过几天就死了。原来处方上写的是首《八满诗》:满州衣冠满州头,满面春风满面羞;满眼河山满眼泪,满腹心思满腹愁。①

2. 傅山显灵治病

傅山是大名医,以前人们没钱治病,生了病就去傅山祠拜老爷,非常灵验。一次是 1953 年,西村有个人生了病没钱买药,就去傅山祠磕头烧香。临走的时候,把傅山祠院内的蒿草抓了一把,回家自己煎药喝。喝了这个蒿草煎的药以后,第二天他的病就好了。这个事情后来一传十、十传百,人们都说是傅山显灵了,最后全西村,还有周边村子,甚至有南方的人都来采傅山祠周边的这些蒿草。那时候国家禁止这些迷信活动,最后国家派了公安局的人来西村,禁止人们采这个蒿草。还有一次是 1975 年,那时候人们都说拜傅山可以治百病,所以有很多人都来拜。我那时候是村里民兵队的,当时还专门被派到傅山庙前做守卫,不让人们拜傅山。②

作为一名具有民族气节的士大夫行医者,傅山对普通百姓格外照顾,奉行"医王救济本旨"的医德观,在《傅山先生开处方》传说中对贫穷的浮肿病人在不花医药费的基础上就地取材,采用食疗的方法使其病愈,体现了傅山坚持"穷人穷治"的原则与济世爱民的士大夫情怀,再现了他"避居僻壤,时与村农野叟登东皋,坐树下,话桑麻或有疾病,稍出其技,辄应手效"③的乡村生活;同时,傅山

---

① 袁尔铭:《傅山故里系列丛书——民间故事》,山西春秋电子音像出版社 2007 年,第 7 页。

② 讲述人:董树林,男,1953 年生,太原市尖草坪区西村村民。调查人:段友文、张小丁。调查时间:2015 年 3 月 20 日。调查地点:中华傅山园园内。

③ 霍润德:《晋阳文化研究——历代名家论傅山》,山西古籍出版社 2007 年,第 4 页。

对"奴人""胡人"等则嫉恶如仇,深信"奴人害奴病,自有奴医与奴药,高爽者不能治。胡人害胡病,自有胡医与胡药,正经人不能治"①的观点,面对做了清朝官员的昔日故友,先生对其嗤之以鼻,作《八满诗》表达对背叛明朝友人的讽刺,其士大夫所具有的民族气节凌厉凛然。《傅山显灵治病》是笔者在傅山故里实地考察期间搜集到的口头文本,多位村民表示确有其事。显灵传说是傅山走向神坛的重要表征,说明傅山在当地已不仅仅是口头讲述而已,他已经完成了从人格到神格的转变而进入到了民间信仰领域。看守傅山祠堂的老人陈勇敢说:"傅老爷很灵验,在这儿生病时许下愿的,十有八九都会好,墙上挂的这么多旌旗,都是病好的人送的。"②生前是名医的傅山,现已成为当地民俗信仰的重要对象,其显灵治病传说表达的是普通民众美好的情感寄托和心理愿望。

(二)"诗文书画奇":传说中的奇才形象

出生于书香世家的傅山,从小便受到了极好的教育,多年在书山墨海中浸染,以致"古今典籍,诸子百家,靡不淹贯",因此诗文创作极佳。傅山的书法成就也非常高,曾言"贫道二十岁左右,于先世所传晋唐楷书法无所不临",并提出了"作字先做人,人奇字自古"的习书论。此外,傅山的绘画在当时也独树一帜,并被后世所推重,王士祯的《池北偶谈》评傅山之画是"画人逸品"。傅山诗文书画样样精通,友人毕振姬评他:"来历奇,行事奇,诗文书画奇。"傅山生前即被世人称作"奇人",以致后世对其一生作为也渲染为"奇人行奇事",流传在民间的众多传说为我们塑造了一个"奇才绝世"的傅山形象。

1. 题联公孙祠

忻州城西公孙杵臼祠进行维修,一天中午,来了一位老头,提出愿给公孙祠书写对联。工匠们很高兴,于是便让老人在木板上题写楹联。午饭过后,工匠和村民陆续来到祠堂,发现老人已不见了踪迹,而地上摆着一副楹联,上书"打开生死路生也在赵死也在赵;识破难易关难亦存孤易亦存孤"。该联书体为草书,笔势遒劲,气势磅礴。这时来了一位小童说寻找傅山先生,并告知众人先生上午来到过这里。众人才恍

① 霍润德:《晋阳文化研究——历代名家论傅山》,山西古籍出版社2007年,第29页。
② 讲述人:陈勇敢,男,1930年生,太原市尖草坪区西村村民,傅山祠堂看祠老人。调查人:段友文、张小丁。调查时间:2015年3月20日。访谈地点:西村傅山祠。

然大悟,原来老人正是傅青主。再看那楹联,其字已入木三分,自成雕刻品了。①

2. 为穷人作画

傅山先生来到一个小镇,与给镇上财主家扛长工的农民喝酒。临走时傅山为长工们作了一幅画:纸上画了一棵白菜,左面一片菜叶上站着一只蝈蝈。长工们回到住处,将那张画贴在半墙上。一日阴天下雨,长工们看见画儿上的蝈蝈钻在了菜叶底下。他们觉得很奇怪,后来每日观看才看出了眉目:晴天蝈蝈就站在菜叶上,天气一有变,它就事先钻在叶子下面了。这张画竟成了众长工的观天画儿。后来,财主发现了长工们依画观天,便趁长工们不在偷了画儿。不想偷回家里后,就再也不灵了。②

"奇才绝世"的傅山去世后,他的奇闻逸事在民间不断流传,其形象也被逐渐神化。历史人物的神化,是指民众赋予历史人物某种超现实的能力与奇异的色彩,他们在进入民众叙事后,便具有了某种神异性,或能力超群,或勇力过人。正如鲁迅所说:"传说之所道,或为神性之人,或为古英雄,其奇才异能神勇为凡人所不及。"③传说人物的神异性是增强传说生命力与满足民众心理期待的重要方式,"没有神异性的传说也就失去了人们的心理期待,那么传说就没有生命力。为满足人们对神异性的期待心理,传说者极力把历史人物塑造得超凡脱俗。"④诗文书画创造无所不通的傅山在进入民间传说话语后,其神异性不断被放大。在传说《题联公孙祠》中,傅山所题对联能够自动入木三分而变成雕刻品;在《为穷人作画》中,傅山的画作中由于蛐蛐能够感知天气变化并移动位置,竟然成为长工们观天象的道具。这些对傅山才能的夸张化乃至神异化的表述,均是傅山形象在民众心中神化的表现。

(三)"朱衣道人":传说中的道人形象

甲申国难后,傅山于寿阳五峰山入道,师父为当时名道郭静中,号还阳真人,

---

① 袁尔铭:《傅山故里系列丛书——民间故事》,山西春秋电子音像出版社 2007 年,第 64 页。
② 袁尔铭:《傅山故里系列丛书——民间故事》,山西春秋电子音像出版社 2007 年,第 29 页。
③ 《鲁迅全集》第 8 卷,人民文学出版社 1963 年,第 12 页。
④ 高梓梅:《历史人物传说的神异性》,《史学月刊》2005 年第 6 期。

身份为"神宗庙雨师"。对入道一事,傅山似乎早有预感。《石道人别传》记载"岁壬午,道人梦上帝议劫,给道人单,字不可识。单尾识高尚字,且赐以黄冠衲头。心知无功名份,遂制冠衲如梦中赐者……甲申之变,竟服之不脱,为真道士。"①由此记载可知,在壬午年,即甲申国难发生的前两年,傅山已经做了加入道教的梦,并深知此生没有功名可取,因此制作了道士衣冠。及至明亡后,他立即加入了道教,拜雨师郭静中为师。傅山入道之事在民间广为流传,并逐渐将其道人形象神化,流传着的《傅山作法降黄雨》和《傅山托梦解放军》传说是这方面的代表。

1. 傅山作法降黄雨

有一年春旱成灾,村里三位老者上崛围山找傅山想法子。傅山安慰他们不要着急,并说先去做点饭。只见傅山在院里走了一圈方步,口中叙叙叨叨,把淘了小米的水,往空中一泼,又进了厨房。不一会儿,傅山端着在小沙锅里做好的米饭和咸菜回来。看着小小的砂锅,可是里面的饭怎么吃也不见少。吃饭的时候,傅山东家长西家短地询问村里的事,就是不提求雨的事。到太阳快下山时,傅山告知三位老者要办的事情已经办好,可以下山了。三人回到村里,才知刚刚下了百年不遇的黄色雨水。原来,傅山在院子里迈方步,向空气泼淘米黄水,就是在布雨。②

2. 傅山托梦解放军

1948 年解放军准备解放阳曲县时,提前埋伏在了周边的山上,准备找机会攻打县城。有一天晚上解放军领导们做了一个同样的梦:一个白胡子的老道士跟他们说,阳曲县的百姓们正在受苦受难,快来解放他们,现在是最好的时机,而且不需要打一个子弹就可以解放阳曲县。后来,解放军果然不费一个子弹便进驻了阳曲县,那些领导人问起当地的老乡,才知道白胡子老道士就是咱们这里的傅山先生。③

---

① 霍润德:《晋阳文化研究——历代名家论傅山》,山西古籍出版社 2007 年,第 1 页。
② 袁尔铭:《傅山故里系列丛书——民间故事》,山西春秋电子音像出版社 2007 年,第 95 页。
③ 讲述人:陈勇敢,男,1930 年生,太原市尖草坪区西村村民,傅山祠堂看祠老人。调查人:段友文、张小丁。调查时间:2015 年 3 月 20 日。调查地点:西村傅山祠。

面对国家的灭亡,文化道统的丧失,明朝士大夫进行了艰难的人生抉择。众多士大夫秉持"奉君忘身,徇国忘家"的忠国观念而"捐躯报主恩";一部分士大夫则选择"隐忍偷生"。那些选择存活于世的士大夫的人生抉择又可分为两类,一部分人选择"出就寇廷",做清朝官员;而更多的人则"绝意仕进",他们或徜徉江湖,寄情山水,或遁入佛门,逃于方外,傅山便属于"逃于方外"者。但是,傅山加入道教,并非要逃避现实,不问世事。相反,他是在"朱衣道人"之名的掩护下,更加积极地参加反清斗争,恰如其诗所言"贫道初方外,兴亡著意拼"。民间流传的傅山道人传说所讲的也正是身为道人的傅山先生关心民众疾苦,帮助民众解决困难的故事。传说《傅山作法降黄雨》中,傅山先生对前来寻求帮助的村民以礼相待,并运用法术降雨以帮助民众生产生活;在《傅山托梦解放军》传说中,他可以运用神异功能托梦给解放军,从而不费一颗子弹便解放了县城,没有造成任何伤亡。在生灵涂炭、民不聊生的战争年代产生的这则传说,从一个侧面反映了民众对道人傅山仙术本领的肯定。

(四)"松侨老人":传说中的遗民形象

傅山是明朝遗老的杰出代表,其遗民身份及遗民精神为世人所称颂。清朝入关后,傅山遁入道门,以示对明王朝的忠诚,并在"朱衣道人"身份的掩护下,在山西境内,甚至远赴南方组织、声援各类反清斗争。"达则兼济天下,穷则独善其身"历来是中国传统士大夫的处世立身准则。深感反清无望后,"傅山的心境发生了明显的转变,由血脉贲张的激情转变为孤独自守的内敛。"[1]于是他返回太原,在城郊僻壤松庄隐居下来,并自号"松侨""侨黄",寓意自己已无家国所属,虽居故土却如同侨居异域,其"太原人作太原侨"的诗句正是这种无家无国痛苦心境的真实写照。民间流传着的《傅山不拜朝廷爷》《傅山题字雁门关》等传说生动地表明傅山坚持明朝遗老精神,以恪守民族气节为宗旨,表达了民众对傅山高尚民族气节的肯定与赞美。

1. 傅山不拜朝廷爷

康熙皇帝下旨令地方派人送傅山进京。傅山走上金銮大殿,直挺挺站着,不给皇上下跪。皇上非常恼火,命武士将他摁倒行礼。傅山宁

---

① 王丹凤:《傅山及其诗歌研究》,山东师范大学硕士学位论文,2012年,第9页。

死不跪,皇上大怒,让他说个不跪的理由,否则以欺君之罪查办。傅山回答说,一年前,自己两膝下生了烂疮,故而不能下跪。皇上命武士当面去验,送傅山进京的人目瞪口呆,因为一路上从未见他腿上有过病,这时傅山把裤脚卷起,只见两腿膝盖以下长满了烂疮,又是浓又是血,皇上看到这个样子,只好让傅山下殿。傅山一瘸一拐走出殿外,用手在两腿上一抹,烂疮立刻好了。①

2. 傅山题字雁门关

清初雁门关修建完工时,代州知府接到皇帝谕旨要傅山写门匾,知府派手下王石(傅山的外甥)去办这件事。王石知道要想叫舅舅写字,只有行骗术。有一天王石去看傅山,说自己要练字,叫舅舅写个"雁"字给自己作帖子用。过了几天他又叫傅山写了个"门"字。又过了几日,王石让舅舅再写个"关"字。傅山高兴地拿起笔就写"關"。挥笔写完"门"时,傅山突然醒悟到这是外甥在骗字。于是放下笔训斥王石,见舅舅发火,王石卷起那个残字回家了。回到家后,王石计从心来,在门字里加了一个黑点,以示为"關"。便拿上"雁门关"三个字向知府交了差,还得了丰厚的报酬。②

同为明遗民的黄宗羲在《谢时符先生墓志铭》一文中说道:"故遗民者,天地之元气也。然士各有分,朝不坐,宴不与,士之分亦止于不仕而已。"他将"不仕"作为遗民的最高原则,并将不仕清朝的遗民视为"天地之元气"的承载者。作为明遗民杰出代表的傅山,在明亡后拒仕清朝,拒绝为清朝统治者服务。他的这种行为,并不仅仅出于儒家所强调的"忠",更出于其士大夫身份所承载的"道",是真正的"天地之元气",这种士大夫之"气"与民众的抗争精神及追求自由的天性是一致的。《傅山不拜朝廷爷》传说中傅山对事关民族气节与个人品格的下跪一事以死抗争,以致皇帝无奈到让其说出不下跪的理由;传说《傅山题字雁门关》中,傅山多次拒绝康熙皇帝的题字要求,代州知府不得不派傅山的外甥去求字。而王石为完成任务,不得不运用骗术得到傅山题字。这两则传说叙述的傅山拒绝下跪与不轻易题字的故事,生动鲜明地将具有民族气节的傅山形象表现

---

① 袁尔铭:《傅山故里系列丛书——民间故事》,山西春秋电子音像出版社 2007 年,第 5 页。
② 袁尔铭:《傅山故里系列丛书——民间故事》,山西春秋电子音像出版社 2007 年,第 43 页。

了出来。

傅山逝世至今四百余年间,关于他的民间传说广为流传,其作为士大夫所具有的博学多才、行医救人等形象引起了当代地方民众的膜拜。早在民国 24 年(1935),傅山故里西村百姓便修建了傅山庙,该庙文革期间被毁。改革开放后,西村村民在自己的责任田内经过村民筹资,在村东北角康西路边兴建了傅山祠堂,建筑面积约二十平米,内塑傅山雕像。虽然规模很小,可是这座祠堂却成为村民祭祀傅山的一个重要场所,每年农历六月十九都在此举行庙会。2006 年,在傅山诞辰四百周年之际,为满足人民群众的要求,也为了全面系统地反映傅山生平,展示傅山文化,弘扬傅山精神,太原市政府在西村的西北角开工兴建了占地七十余公顷的中华傅山园并于 2007 年一期工程落成后向游人开放。中华傅山园的兴建极大地满足了民众纪念傅山的需要,同时也扩大了傅山在当代百姓生活中的影响,一位工作人员讲道:

> 每月初一、十五来傅山像前拜傅山爷的人很多。傅山是名医,有些人身体不好或者得了病就来求傅山保佑,还有的孩子们身体不好,就由父母带着来烧香磕头。到每年中考、高考的时候,来这儿许愿的人更多,因为傅山是大文人,学问好,是全才,考试前来拜拜傅山爷是很灵验的。[1]

民众根据自己的现实需要,赋予了在他们心目中具有神异性的傅山众多的神职功能,傅山信仰由此而变得世俗化、生活化、大众化。民国 24 年与改革开放初期进行的两次傅山庙的修建均由当地民众自发进行,土地对普通农民的重要性不言而喻,而他们却能够出让自己的土地用来修建傅山庙,足以见得傅山在民众心目中的重大影响。在实地考察期间,我们看到来中华傅山园与傅山祠堂烧香祈福的香客络绎不绝。可以看出,傅山多样化的士大夫形象仍在民间广泛流传并成为膜拜的对象从而深刻地影响着当代普通百姓的生活。

傅山形象的多元性正是中国古代士大夫形象的缩影,在传统社会里,士大夫往往扮演着一身多任的社会角色:他们"通常认为自己理所当然地负有造福家乡的责任,具有完善、维持地方和宗族组织的责任,而旁人对他们也有这样的期待。"[2]可喜

---

① 讲述人:王爱梅,女,1980 年生,太原市尖草坪区西村村民,中华傅山园工作人员。调查人:段友文、张小丁。调查时间:2015 年 3 月 20 日。调查地点:中华傅山园。

② 张仲礼:《中国绅士研究》,上海人民出版社 2008 年,第 243 页。

的是,明清之际在野士大夫所承担的社会责任与民众的期待有一致性,因为"未出仕的绅士所能提供的最重要的服务之一,是处理各种地方事务。这是因需要和习惯造成的事实。这种服务由具有特别政治和社会地位的男子即绅士来承担。"①傅山在世时,仗义疏财,济弱锄强,凭着自己高超的医术和诗文书画本领以及显赫的社会声望,为故乡及其行迹所至区域的民众做了大量的善事。傅山去世后,其生前所作善事不断在民众口头中流传以致神化,进而形成众多民间传说,这正说明了傅山所承担的社会责任契合了民众的社会心理需求。

三、民间传说中傅山士大夫形象的革新与转变

明末清初,士大夫阶层经历了一次深刻的革新与转变,傅山形象的变化是此阶段士大夫阶层变化的缩影。从思想层面来说,傅山对社会制度的认识跳出了一朝一代的局限,而站在历史发展的角度对封建专制主义提出了批判,并萌发了早期启蒙主义思想;从遗民身份来说,他由传统的政治遗民转向了文化遗民,将主要精力用于历代传统文化的挖掘与传承,促进了有清一代北方甚至全国文化的繁荣。此时期傅山形象革新与转变的突出特点是更多地关注普通民众的生存现状与民间文化的历史地位,这使他有了更多与社会民众接触的机会,为其形象进入民间话语创造了时代条件,促进了众多民间传说的生成。

(一)革新:启蒙思想的萌发

历史学家萧萐父说,"明清之际南北崛起了一代思想家,顾炎武、傅山、黄宗羲、王夫之、方以智、陈确、唐甄、李顺等,更以对宋明道学的批判、总结和扬弃,而掀起了一代新思潮、新学风,宛似西方文艺复兴时期的思想巨人。"②此处提到的"新思潮、新学风"即明清之际出现的启蒙思想,它的萌发是士大夫阶层自身思想倾向的重大革新,也是传统文化进一步丰富深化的重要表现。傅山以自己独到而深刻的"反常之论"而成为清初启蒙思想家的典型代表,其启蒙思想的独到

---

① 张仲礼:《中国绅士研究》,上海人民出版社 2008 年,第 211 页。
② 萧萐父:《吹沙纪程》,上海文艺出版社 1998 年,第 222 页。

性主要体现在两个方面：一是反对专制主义，提出"贵贱一等"的平等爱众观；二是反对禁欲主义，提出"质不可为"的个性解放要求。

长期的民间生活，让傅山看到了封建专制主义对普通民众的残酷戕害，在反清斗争以及反清无果后的长时间学术研究中，他逐渐认识到了明清王朝专制主义弊端的共性，从而在学术思想上跳出了作为"明遗民"的身份局限，转而对整个封建专制制度进行了批判，并且发出了"天下者，非一人之天下，天下之天下也"的呼喊，提出了"爱无差等""市井贱夫最有理"的爱民观，表现出强烈的平等意识与反专制思想。同时，傅山极力提倡"质不可为"的人性解放思想，反对封建制度对人性自由的压迫。他告诫统治者在治理社会时，不能够将统治者自己的思想强加给天下的每一个普通百姓，而应该让百姓依自己的天性自由发展，这充分体现了他尊重个体生命，倡导自由发展的启蒙思想。

民众心目中的傅山平等爱众与"质不可为"的启蒙思想经由民间传说而得以体现。首先，傅山关爱民众思想在其行医传说中多有体现。如《傅山先生开处方》《煮石头治病》等传说都表现了傅山体恤普通老百姓，在治病时贫贱一视，并且坚持"穷人穷治"的原则，就地取材开药方，减轻普通民众的看病压力。《傅山作法降黄雨》《傅山托梦解放军》等传说也都在一定程度上体现了傅山对民众生产生活的关心而表现出"有求必应"的神异性。其次，傅山"质不可为"的自由发展思想多体现在其题字作画传说中，他在艺术创作时追求"纯任天机"的自然本真，反对刻意为之，民间广泛流传的《傅山八月十五作画》传说便突出体现了这一点。该传说大意是傅山在答应给一位朋友作画后，并未立即行动，而是等到八月十五月圆之夜，自己的感情足够丰富后才边饮酒边作画，他陶醉在激扬的情感氛围中，以致"手舞足蹈，或踊或跃，其状若狂"。朋友见傅山这个样子，以为是他酒醉欲倒，便上前一把抱住了他。傅山从创造氛围中惊醒，叹气说朋友打断了自己的画兴，便掷笔于地不再作画。此传说中傅山绘画本是任情而发的自然表现，但是由于朋友的干扰而打断了画兴，傅山"宁率真毋安排"的自由思想在这则传说中得到充分展现。

（二）转变：由"政治遗民"到"文化遗民"

由"政治遗民"到"文化遗民"的转变是傅山遗民身份独特性的一个重要方面。相较"政治遗民"强调复辟思想、武装斗争、拒仕新朝等行为来讲，"文化遗民"则强调学术研究、文化传承与道统担当①。清朝政权的巩固使傅山等一批明遗民深知反清复明无望,而康熙皇帝推行的多项怀柔文化政策则使他们看到了清政府对文化道统的尊重,从而逐渐与清政府取得了文化认同。在这种时代背景下,众多明遗民放弃武装反抗清政府的行为,而致力于著书立说,以使汉文化与儒家礼仪制度得以延续与推广。由此,明遗民由传统的"政治遗民"转向了"文化遗民"。傅山在这种全国性文化活动的浪潮中隐居故乡潜心进行典籍整理与学术研究,成为清初著名学者。

魏宗禹在《傅山评传》一书中将傅山的生平概括为"青年时期""反清复明时期"与"学术思想总结批判时期",其中第三时期的起始时间为清康熙元年(1662年),这与清初"文化遗民"的出现时间相契合,表明傅山向"文化遗民"的转变是与整个遗民阶层的转型相同步的。傅山说自己在这段时间内"无处无时不读书"。总体来说,他在这段时间内的学术活动主要是"批判以理学为主体的传统思想,研究并阐述子学思想的精义,汲取道家人性解放的观点,批判继承佛学思想中的因明之学。"②由于傅山学识渊博,时称"学海",因此以"文化遗民"身份而进行的学术研究领域非常广泛,其著述涉及经学、子学、史学、书画、医学、武术等多个方面,这不仅在明末清初学术界,甚至在中国古代学术史上都是极为罕见的。

傅山的"文化遗民"身份在众多传说中均有表现,突出表现在其题字传说和治学传说中。傅山书法艺术在生前已享誉全国,是明末清初最负盛名的书法家之一。在传说《题联公孙祠》中,傅山自拟对联,深刻精准地概括了公孙杵臼的忠义行为,并且亲自书写,体现了作为文化传承者的傅山对前代义士的尊重敬仰之情。在传说《题字雁门关》中,傅山的书法成就得到了清政府最高统治者的认可,并钦点要其为雁门关题字。从这两则题字传说可知傅山的学养丰厚,且书法成就在当时已饮誉天下,文化遗民的特征已非常鲜明并得到了世人的认可。傅山治学传说虽然数量较少,但主题鲜明。传说《虹巢治学》中讲道:"傅山在这种

---

① "文化遗民"是指在因朝代的更替、时序的鼎革等因素导致的民族盛衰、学术兴废、文化价值被凌逼时,坚持以从事学术研究、赓续学术思想或从事文化典籍的考镜、整理、出版等为职志,借助自己的心智塑造,将固有的文化价值或思想观念以潜隐或外显的方式显现出来,从而使学术传统和文化、思想得到挖掘、传承、开拓或创造出新的文化产品之遗民。见罗惠缙:《民初"文化遗民"研究》,武汉大学出版社 2011 年,第 16 页。

② 魏宗禹:《傅山评传》,南京大学出版社 2007 年,第 48 页。

环境中度过了三年的岁月,开始他通读史书,后来又潜心于《春秋人名韵》《春秋地名韵》和《两汉书姓名韵》的写作。期间还批注了《老子》《庄子》《管子》等史书。"①同时,传说《霜红著书》中说:"傅山不由想到,将自己的著作搜集成册,待机而发,是激励后人奋发有为重振河山的最好方式。"②这两则傅山治学传说表述了傅山在晚年归隐期间的心理转型和治学行为以及学术成果,是民众对傅山转型为"文化遗民"身份的直接表述。

刘振华认为:"'文化遗民'作为易代之际'士'的固有角色,是士与过去历史时代的联结,这不仅是一种特殊的身份,而且是一种生存状态与思想心态。"③这个观点不仅肯定了"文化遗民"的承载者是易代之际的士大夫,而且将"文化遗民"视作易代之际士大夫的"生存状态与思想心态"。具体到傅山个案来讲,"文化遗民"已不仅是傅山在易代之际政治角色的表现形式,更是他所坚持的一种人生态度与生活方式,同时也是其思想情感与价值取向的表达方式。同时,傅山在放弃武装反清,"以潜隐或外显"的方式开始文化活动之时,他已经重新承担起了士大夫作为精英阶层所应该承担的"以天下为己任"的义务,他所具有的遗民意识终于被士大夫所承担的儒家传统道德所吸纳,完成了遗民本身向士大夫这一本来角色的回归过程。"文化遗民"只是傅山这些明末士大夫在时代背景下的一种特殊化角色,而"士大夫"才是他们的本真,是他们的安身立命之根本。

小　结

余英时指出,"至于终身'仁以为己任'而'造次必于是,颠沛必于是'的'士',在历史上原是难得一见的。"④然而,傅山却正是历史上难得一见之士。典籍文献记载中的傅山形象单一而平面化,而民间传说中的傅山形象多样而立体化。同时,民间传说塑造的傅山名医形象、奇才形象、道人形象与遗民形象并非孤立存在,而是互相叠加或重合,从而展示出了士大夫傅山的整体形象。傅山形象在民间传说流传过程中逐渐被神化,进入民间信仰领域,成为地方民俗信仰

---

① 张中伟:《傅山传奇》,山西人民出版社2000年,第32页。
② 张中伟:《傅山传奇》,山西人民出版社2000年,第109页。
③ 刘振华:《论钱谦益的"文化遗民"心态》,《东南文化》2000年第11期。
④ 余英时:《士与中国文化》,上海人民出版社2013年,第8页。

的对象。民间传说展示的傅山士大夫形象是明清易代之际士大夫形象的缩影与代表,这些民间传说为我们立体全面地形塑了明清之际士大夫风范。他们不仅是传统文化知识的主要创造者与政治生活的主要参与者,也是地方社会建设的重要力量,他们作为士大夫所具备的家国情怀与责任担当意识较之前朝更为突出。同时,明清之际的遗民不再单纯地考量一朝一代的政治得失,摒弃了狭隘的民族主义情绪,站在历史发展的高度,萌发了启蒙主义思想,并自觉完成了向"文化遗民"的转型,促进了满汉文化的交汇与民族的融合。需要注意的是,清初政治遗民向文化遗民角色的转变,是士大夫身份在特殊时代背景下的一种表现方式,其实质是士大夫"以天下为己任"与"明道救世"意识的自觉回归。在当代,弘扬与传承以傅山为代表的士大夫精神,倡导学习其责任担当意识与高尚的爱国情怀,对培养民众的主人翁意识和中国梦的践行具有重大意义。

附录一　中国上古神话与原始宗教发生的文化逻辑

　　上古神话是原始初民在远古社会时期的特定文化心理折射,是"通过人民的幻想用一种不自觉的艺术方式加工过的自然和社会形式本身"。① 跨入人类文明时代之前,初民处于一个混沌的尚未分化的社会环境,对未知自然领域的恐惧与幻想使他们在头脑中自发构造出一个奇特世界。这个世界则恰恰是初民对自然和社会的意义诠释,是真实与虚构的二重伴奏。上古神话作为人类精神活动的最初产品,是真实的,是未开化人线性思维的直观印象;而原始宗教作为神话的意识层面,是虚构的,是原始人形象思维的加工创造。中国上古神话与原始宗教是源于同一历史文化形态的"统一体",是原始初民特定历史阶段的文化心理缩影,二者共同保留了久远的历史记忆,诉说着人类历史的发生、演进、相承、转变的历时性发展,蕴积着原始的生命伟力。然而,上古神话与原始宗教作为一对"异卵"双胞胎,在同一块土壤上开花结果、相伴相生,相互促动的文化演进逻辑使其发生了不同的文化转向。这种转向恰构成了神话—宗教的文化原质态内涵,其凝定的"诗性"特征、野性思维则是不同空间观念下的文化意蕴所在。共同的社会环境土壤与文化心理机制促成了二者的"联姻",通过对神话—宗教文化意蕴的解构,构拟出同质母体下"原始共同文化",从而揭示初民的文化心理;又可以从深层文化的形成、变动等角度,来探究出人类文化底蕴与人的精神活动。且用心谛听原始文化的生命律动,抖落时空下的尘土,投片石于苍茫荒古,踏着金乌腾飞的遗迹,寻觅人类文明之光。

---

　　①　[德]马克思:《〈政治经济学批判〉导言》,人民出版社 1964 年,第 112 页。

一、神话—宗教结缘的文化生态

关于神话与宗教二者关系的论述,国内外大致有三种声音:一是以鲁迅为代表的学者视神话为宗教之萌芽;二是袁珂等神话学家持宗教产生早于神话的观点;三是潜明滋等人与前两种意见相左,认为神话与宗教源于一个统一体。我们认为,第三种观点更符合实际,认为神话与宗教实则诞生于同一母体,有着共同的文化生态场。换言之:"许多神话既是宗教观念的基础,也是民间文学推广的泉源,二者表里杂糅,难分难解。"①

(一)自然与社会的同态结构

1. 孕育神话—宗教的自然形态

人类社会蒙昧期的中高级阶段至野蛮期低级阶段,人与大自然是混杂的,人类所享有的一切都来源于大自然的馈赠,人与自然的这种"一体感"因为生存的需求而被紧紧黏连在一起。"兽处群居,以力相争"②,是初民与自然二者关系的真实写照。人类也由于自身力量的弱小而任由自然欺凌,正所谓:"古之长民者,不堕山,不崇薮,不防川,不窦泽……"③神话宗教思维的初始阶段,原始人的生活方式依旧需要依靠自然环境的引导。自然环境的险恶,使得我们的先祖不得不屈服于自然,甚至为了获得生存空间,原始人开始竞相献媚于自然。这里的献媚,更多的是对自然的恐惧与崇拜,不论是上古神话的叙述中,还是在原始宗教信仰里,都深刻地体现出自然物或自然力的痕迹,初民对自然的敬畏之情可见一斑。人生活在自然之中,依赖于自然生存,故而通常处于自然的引导之下。

此时,自然并非仅仅作为人的外部影响力而存在,更是人自身内部素质发生变化的内动力。自然作为原始人感知层的刺激点,可将其看作是初民心理缩影的反映,亦即是原始先民固有的直线性思维方式导致其对事物的认知往往停留

---

① 马学良、王尧:《民族民间文学与宗教》,《民间文学》1980 年第 2 期。
② (唐)房玄龄注,(明)刘绩补注,刘晓艺点校:《管子·君臣》,上海古籍出版社 2015 年,第 209 页。
③ 陈桐生译注:《国语》,中华书局 2013 年,第 110 页。

在客观物的最表层阶段,大脑接受刺激后所做的反应成为原始先民最为直观的心理投射。"蒙昧时代是以采集现成的天然产物为生的时期。"[①]在采猎社会阶段,人类更多依赖的是大自然的馈赠,通过采集和狩猎获得食物。当人类进入野蛮时期后,人的生存能力提高,开始学会驯养动物和种植作物,但是这种靠天吃饭的生存状态,迫使原始初民必须选择较为优越的自然环境从而来获取食物。从采猎社会过渡到农业社会,由从前直接从自然界中获取食物到依靠自然条件来改善生存状况,初民对自然环境的依赖度依旧未能减少。肥沃的土壤,充足的水源,温和的气候,都成了原始居民选择栖居地的首要条件,自然形态的优劣自然也就成为初民关注的对象。

可以说,对自然的敏感源于初民最基本的生存欲望,大自然中的一切对其来说都是奇幻和独特的。一方面,人类因自身从自然界中获取食物而心生感激;另一方面,他们也对自然界中的未知力量而心生恐惧。这种矛盾的心理促使原始人渴望寻求庇护者来佑助平安,由此产生了"神灵的信仰"。这位"神灵"并非特指,而是被人格化的自然物或自然力,这些客观实体往往以"神格"为中枢,拥有着至高的神力,是原始初民将人类生活行为抽象化的结果。

2. 滋养神话—宗教的社会形态

原始文化的发展源于社会,亦即是在社会因素的滋养下生长。神话与宗教的产生是以人类生理进化为基础的,原始初民智力的提高,使其空间感知力与抽象思维能力也随之提升。在此基础上,直立人逐渐从人兽混同的自然界中苏醒,从杂交的原始状态走向以血缘和姻亲关系为主的家族阶段。以夏威夷式血缘家庭为例,其血缘亲属被分为五个范畴,均是以我为中心向同一等级扩散,从而形成某种血缘关系,每一等级的亲属,均属同一亲属关系。[②] 这种亲属等级类似于中国的"九族"制,且这种血缘家庭还是以同胞兄弟姐妹通婚为基础。后来婚姻范围逐渐扩大,旁系兄弟姐妹也被纳入了婚姻关系中,血亲婚配的弊端随着婚配范围的扩大而变小。血缘家庭的形成标志着第一个有组织的社会形式出现了,同时也成为人类社会的开端。

神话与宗教二者都是人作为主体而进行的精神文化创造,最大的共同点在

---

① 《马克思恩格斯选集》第 4 卷,人民出版社 2012 年,第 23 页。

② 李义天、田毅松编著:《马克思〈路易斯·亨·摩尔根《古代社会》一书摘要〉研究读本》,中央编译出版社 2013 年,第 90—91 页。

于它们的非理性。人类在进行文化创造时,通常是以反映社会现实与满足自我心理需求为前提的。人的实践活动与物质生产推动着社会的进步,当原始先民逐渐由采猎社会过渡到农业社会,人类的自主性大大增强,从而减少了对自然的依赖感。人作为社会的主体,越来越独立于自然,最初对自然的崇拜感减弱,更多的是将自然物作为其自身发展的物质基础。至此,自然因素对人的影响开始消退,而社会因素的影响开始增强。人类的文化意识在这样一种社会形态中孕育萌芽了,那么接下来他所创造的文化必然会更多带有社会因素的痕迹。而社会形态的发展,又直接促进了原始人神话思维的转变,即人性战胜了兽性。① 上古神话发展的趋向是由自然性趋于社会性,即社会因素对自然因素的战胜。而新旧神的对决乃是原本驾驭"自然原素"的自然神与富有精神性、伦理性的人格神二者之间的博弈,新神对旧神的俘获其实质是社会因素打败自然因素的过程。

在氏族公社末期,生产力的提高直接导致了社会阶级性的增强,群体意识开始为更高阶层的上层意志所代替。因而,不论是神话抑或是宗教,它们所反映的思想开始被少数人所控制,此时虽仍为全体氏族人员所信仰,但其服务对象却偏离了群众,尤其是宗教,成为族内上层统治者管辖多数人思想活动的工具。社会环境对神话—宗教思维的影响渠道大抵有两种:一是通过社会环境进行直接作用于人的感知;二是社会因素逐渐沉积、凝定为某一文化场,通过文化氛围来影响人的内在情志。社会因素的产生,滋养了神话宗教思维的生成,人们在日常生活中逐渐形成的属于氏族或部落全体成员共同的情感,在日后成为民族的集体记忆和共同的文化心理基础。初民对世界的情感感知,是将生活经验变为现实的能动构拟,上古神话与原始宗教在这种社会形态的温床上茁壮生长。

---

① 关于神话思维的发展,黑格尔曾有过论述:"第一个要点是贬低动物性因素,把它排斥到自由的纯洁的美的领域之外;第二个更重要的方面是通过克服原先看作神的一些原素性的自然力量,使真正的神的种族获得不容争辩的统治,这就涉及旧神和新神之间的斗争;第三,精神既已获得了自由权之后,上述否定的趋向又变成肯定的,原素性的自然就变成了由神们的个体精神渗透的肯定性的方面,这些神从此仍把动物性因素摆在自己的周围,尽管只是作为外在的符号或标志。"转引自[德]黑格尔:《美学》,朱光潜译,商务印书馆1996年,第179页。

(二)神话—宗教产生的时间坐标①

在原始文化中,神话—宗教亦与科学、艺术一样,属于原始初民的文化精神创造。对于浸染着民族意识的上古神话与原始宗教,我们应以一种动态发展的态度加以关照。各部族神话乃是其现实生活的真实折射,原始宗教则体现出初民最真实的生存状态,二者在发展过程中亦不断吸收各种成分,最终成为孕育后世科学、文学甚至哲学的源流。

1. 神话—宗教产生的上限

对于神话产生的历史上限,国内外学者认为神话产生于"人类童年时代"与"低级野蛮时代",两种说法各执一词,曾占据了主流话语。实际上,神话产生的上限,应早于上述两个时期,大致可以将其确定在新石器时期之前。"人类童年时代"这一术语由马克思在《〈政治经济学批判〉导言》提出,他将早期人类分为粗野儿童、早熟儿童和正常儿童三类,而正常儿童所创造出来的原始艺术恰好与其所处的社会阶段相符合。② 马克思将希腊民族看作是正常儿童的代表,上古神话作为原始艺术的一种,也恰是产生于这一时期。但是我们也应清楚地认识到,当希腊文明进入人们视线之前,俨然已出现了文明时代的曙光。在这一时期,随着人类对社会生活需求越来越大,渴望征服自然力的欲望也愈发强烈。原有的以女性为主导地位的社会形态已经无法满足社会发展的需要,男性凭借着其强于女性的劳动能力逐渐在社会群体中占据了主导地位,父权和母权彼此之间开始了话语权的争夺,新的社会时代即将到来。随着劳动力的提升,剩余产品增多,私有财产由此逐渐产生了,原始社会开始向奴隶社会过渡。原始宗教观念也正是在这一时期开始萌发,"马克思恩格斯沿用摩尔根《古代社会》的分期法所说的蒙昧时期的中级阶段,也就是新分期法的旧石器时代的上古氏族公社时期,才开始有了朦胧的原始宗教观念。"③

摩尔根在《古代社会》一书中将人类的古代社会分为蒙昧期、野蛮期与文明

① 王锺陵曾在《神话思维的历史上限、坐标及走向》(发表于《中国社会科学》1991年第1期)一文中提出神话思维的上限应在早期智人阶段。以此为依据,继续深入探讨了神话—宗教产生的上限与下限,分析其产生的时间坐标。

② [德]马克思:《〈政治经济学批判〉导言》,人民出版社1964年,第32—47页。

③ 袁珂:《中国神话传说:从盘古到秦始皇》,世界图书出版公司北京公司2012年,第5页。

期,这三个不同的时期又分别呈现出低级阶段、中级阶段、高级阶段三种形态。①音节清晰的语言恰是产生于蒙昧期的低级阶段,语言作为人类意识的外化表现,可以说是人类思维的集中体现。当原始人开始用简单的语言进行交流时,表明我们的先祖其具象思维已经形成,因而上古神话具备了发生的载体。如果进一步追溯神话—宗教的初始萌芽,我们可以将视线投置于冰河期之前原始人的生活状态与意识状况。

关于人类早期智人的争论,就欧洲与近东而言,几乎可以肯定的是30万年前在西部的直立人中产生了早期智人,即1875年于德国尼安德特山洞里发现的尼安德特人。考古推断,距今约25万至3万年前可称之为尼安德特人的繁荣期,在这一时期他们就已创造出较为高级的工具,开始使用简单的符号,同时审美意识也已初步萌发,形成了独特的莫斯特文化。据考古发现,在莫斯特遗址中存有大量动物崇拜的痕迹,较为清晰的是熊崇拜。熊作为大自然中凶猛的野兽,早期人类难以驾驭它,为了获求平安,先民将其作为一个精神支柱加以膜拜。先民赋予了熊这种动物以人性品格,并加以跪拜,恰是原始先民对大自然或崇拜或恐惧的真实表现。对未知力量的恐惧迫使先民去寻求精神的慰藉,于是人类开始在自己的头脑中不断构造一个奇特而又真实(他们信以为真的)的世界,这种想象恰成为神话萌发的重要标志。除此之外,晚期智人的代表—中国山顶洞人对红色(血)的崇拜,不仅代表了原始初民生命意识的折光,也印证了在这一时期已有了神话—宗教萌发的心理基础。

对世界、对自然的认识以及对生命的理解,在漫长的人类演变过程中以动态累积的方式沉淀在人类文化的长河中,而这种文化积累的方式又是以神话为口径,逐渐展现在世人面前。因此,我们认为神话—宗教产生的上限应早于旧石器时代的晚期,从摩尔根对社会历史的分期来看,至迟也应将确定为高级蒙昧社会,甚至是中级蒙昧社会的晚期。

2. 神话—宗教产生的下限

上古神话是原始人在头脑中不自觉加工、想象后所反映出来的混沌的生活状态。说它不自觉是因为在其认知世界里,所幻想出来的一切在初民看来都是

---

① [美]摩尔根:《古代社会》,杨东莼、张栗原、冯汉骥等译,商务印书馆1971年,第12—17页。

信以为真的；说它混沌则是因为其所表现的生活状态还是一个未加分割的整体，残留着人类原始时期的历史痕迹。原始初民"更容易通过精神刺激的方式发泄情绪和进行自我表现"①，出于对生存的需求，他们率先对自然中的食物产生了某种直接的感知。在采集和狩猎时期，原始人对自然界中的动植物产生了前所未有的依赖与渴望，这种本能需求是他们最为直观的生存感受与生活体验。

摩尔根在《古代社会》一书中提及在人类野蛮期的低级阶段，东半球的人类开始驯养动物，而西半球的人类则学会灌溉作物。② 对自然和社会的鲜活感知所产生的动植物崇拜思维成为神话滋长的温床，较为成熟的神话思维也在这个时期初步形成，原始的动植物崇拜与多神信仰构成了上古神话鲜明的特征。而"原始社会的自然崇拜、多神崇拜是原始宗教思想最初的表现形态。"③因此，可以说，在野蛮期的低级阶段，神话—宗教观念已然形成。上古神话与原始宗教产生的下限，至迟也应早于野蛮期的低级阶段。在这一时期，氏族制度已达到了全盛，对于劳动力的需求也在不断扩大。出于生存的需要，男性越来越在社会中占据主导地位，女性却逐渐丧失了话语权，最终母系氏族社会走向崩溃，父系社会进步的车轮碾压着母系氏族日益衰微的历史痕迹而初步兴盛，人们所盛赞的希腊文化便产生于这个阶段。因此在人类迈入文明时代之前，神话—宗教便臻于成熟了。

上古神话与原始宗教反映出原始初民感知世界的独特方式，是初民对未知世界所作出的合理想象与真实解释。表象上看似乎是荒诞不经的，但其实是初民对现实生活真实的反映，对生命的质朴追求。记载于《山海经》中的各种怪异形象、奇异故事，无不曲折地表现出初民的审美意识与心理状态。通过对神话—宗教产生时间坐标的厘定，我们可以将神话—宗教萌芽的上限定在蒙昧期的中高级阶段，其下限至迟也应为野蛮期的低级阶段。界定的目的在于揭示神话—宗教发生的时空坐标，说明二者的形成并非是一蹴而就的，而是漫长历史作用下的沉淀与凝定。只有通过对这一动态过程的追寻，才能探究出神话—宗教深层

① Armin W.Geertz, "On recovering the indigenes of indigenous religions in the academic study of religion", InJacob K.Olupona ed., *Beyond Primitivism*, p.46.
② ［美］摩尔根:《古代社会》,杨东莼、张栗原、冯汉骥等译,商务印书馆1971年,第28—29页。
③ 吴蓉章:《民间文学理论基础》,四川大学出版社1987年,第299页。

的感知内涵,对上古神话与原始宗教的同源性做整体认知与把握。

(三)神话—宗教的结构层序

神话—宗教的形成是一个动态的构拟过程,随着历史的积淀,其初原层、历史层与现实层逐层累积,形成了神话—宗教的最终形态。[①] 三个层次之间相互勾连,因袭转变:神话—宗教的初原层是初民们文化—心理的原始沉淀,代表着原始文化的感性结构层;而历史层则是人类跨入文明后的层垒,体现民族文化思想,是神话—宗教的理性结构层;新因子和旧因子的相互渗透塑造出了神话—宗教的现实层,是其深层的文化思想结构层。多层次的沉积和凝聚,最终实现了二者文化多维立体的历史建构。

1. 神话—宗教的感性结构层

马林诺夫斯基说:"宗教、巫术、神话体系出于某种深刻的需要和文化的迫力。"[②]原始宗教作为人类实践与信仰空间的产物,是一个群体的某种共同心理,集特定区域、文化空间下的初民的情感于一体,在原始社会的胚胎中滋养着各种各样的思想观念。而主观臆想式的认知以及对自然的恐惧与崇拜又产生了上古神话。但是单纯的恐惧感造成的只是对自然的畏惧,当人类试图认识世界、把握世界时才产生了对自然的崇拜,崇拜直接表现为将自然物神灵化,即万物有灵观初步萌生。

原始宗教在产生初始,与神话相似,都是源于初民们对世界认知与解释的心理渴望,对自身生命现象与精神现象的探索。而当梦作为一种正常的生理现象伴随人类出现时,原始人类逐渐意识到了梦的存在。但在最初,人类对自身的构造还是一无所知的,仅是将梦看作是独立于自身的某种感召活动。认为梦中所出现的人和物,都脱离了肉体而以灵魂的方式存在,原始人的思维中,既然灵魂可以不再寄居肉体而存活,那么灵魂便是不死不灭的,灵魂不死观由此产生。与此同时,随着自然力的人格化,宗教中的"神"的形象也产生了。而此时的"神"是超自然超理性的,在伦理上它可称作是沟通"人"与"超自然神力"的桥梁,目的在于鼓励人与人、人与自然的交往和了解,但在实际表现中它却成为人与人相

---

① 王锺陵在其著作《中国前期心理文化研究》第五编中将中国文化的心路历程分为原始层、历史层、现实层三个历时层序。

② [英]马林诺夫斯基:《文化论》,费孝通译,中国民间文艺出版社 1987 年,第 24 页。

互激烈斗争的砝码。

"神"的形象在"万物有灵观"与"灵魂不死观"的思想基础上产生,而"灵魂观念在同原始人浑化人与自然的自然观及其以人为基准的类比心理相结合以后,便幻化出了一个精灵的世界。"①这个世界,便是神话—宗教生长的胚胎和赖以发展的营养液,也是原始人对自然和社会的意义诠释。

2. 神话—宗教的理性结构层

在远古时代,初民对梦中的情景均是信以为真的。随着原始宗教的向前发展,梦的因素逐渐开始参与到实践中去,与非梦的现实性因素共同构成了原始宗教的历史层,即理性结构层。原始宗教作为多种意识的混合体,可以称之为原始人的精神文化创造。一个民族的历史愈久,原始宗教感性因素的影响力便会愈发薄弱,理性因素的浸染则会愈发浓厚。同时,我们也应意识到理性结构层的累积并非是静止不变的,内在生命力的运动性和多面性是其发展的动力。原始宗教自称拥有着绝对真理,而它实则阻碍着理性思维的成长,因而它的历史是一部自我否定的历史,是一部充斥着谬误与理性认知的历史。

当人类从自然的荒莽中获取某种神力的引导时,原始宗教便以新的形态萌发,即兼具宗教性质的祭祀活动应运而生。这种祭祀活动具有宗教礼仪的诸多要素,往往以具体的行为和客观存在物来表达原始人的思维象征。弗雷泽《金枝》描述,初民一方面将动物作为祭品而杀害;另一方面却将其视为神灵而加以供奉,以求莫让灾祸降临于自身。这种看似天真而可笑的行为在原始人看来却是神圣而不可亵渎的,令人忍俊不禁的背后折射的是原始人最为真实的心理状态。原始宗教在这一过程中,便充当起中介作用,使得看似充满儿童稚气的行为实则变得神秘而赋有灵气。从中不难发现,从动物意识发展起来的人类意识依旧保存着动物性特征,原始先民以蛮野的精神抗争自然,却又因自身力量的薄弱而跪拜于异己的力量面前,这种对自然的抗争与臣服使得原始人同周围环境处于一种全面混融的状态,是人作为主体进行主动的双向交流的结果。

3. 神话—宗教的文化思想结构层

神话—宗教的文化思想结构层面最富有活力,是其不断向前发展的初原动力。它以过去的历史积淀为基础,又从现实中吸取新的因子,在整个剔除、增添

---

① 王锺陵:《中国前期文化—心理研究》,上海古籍出版社 2006 年,第 354 页。

的过程中,神话—宗教逐渐形成了独特的现实层。这一文化思想结构层是新的民族心理的体现,亦是社会因素的渗透,在新旧交替的漫长发展历程中,是不同阶层、个体间的交汇融合。

原始宗教在人类智力抽象化的"蒸馏过程"中出现了"唯一神的表象"。由之前泛神论到一神论的转变,是人类智力进化的结果,宗教观念至此有了一个大体的演化过程:万物有灵论的产生,灵魂不灭观的推进,人格化"神"的出现,多神到一神的转换。在这一进程中,原始宗教被不断世俗化,"它给予我们一个远远超出我们人类经验范围的超验世界的诺言和希望,而它本身却始终停留在人间,而且是太人间化了。"①人为的抽象化是原始人借原始宗教这一精神动力来发挥主观能动性、创造性的产物。例如在原始社会,图腾崇拜可以看作是原始宗教集中力量的最初方法,利用初民们共同的文化心理来抗争自然,以精神文化作用于物质现实,最终将精神力量变为物质成果。上古神话亦经历了一个社会化的过程,由最初的自然崇拜,到神灵崇拜,再到英雄崇拜,恰是发生在原始人将要认识自我却再度丧失自我认知的时候所产生的一种文化心理,这一阶段并非是人类发展的倒退,而是初民们试图把握现实的尝试。

理性化的清除使得原始宗教成为初民思维活动的束缚力,但随着人的意识苏醒,人类开始认识到自己的价值所在,逐渐摆脱了在异己面前的被统治和被主宰地位。人类将神话与宗教人格化,新的社会性因素渗入神话—宗教意识中,以服务于自己的某种精神需求。在现实生活中具体表现为,把对"神灵的依赖感"转变为对"人造神灵的依赖感"。

二、同质母体下"神"的文化转向

(一)神话—宗教中"神"的混沌与变形

1."神"形象的多重建构

(1)"兽神"

人类感观接触某物时,心里明白它的意义,知其意,则是懂其效,如此感知生

---

① [德]恩斯特·卡西尔:《人论》,甘阳译,上海译文出版社1985年,第93页。

成。神话最初所感知的"自然"是一个充斥着各种矛盾、冲突的世界,纷杂的感受形成了原始人的某一种或者几种情绪。所谓情绪的质,是指或爱或恨,或悲伤或欢乐,或恐惧或崇拜的种种情愫,这种情绪是最为真挚、热烈的。原始人通过最直接具体的方式来表达自我感受,再加之实践过程中所形成的生活经验,最终产生了对自然客观体的情感。因此,不论是神话,还是宗教,其真正的基质在于情感而非思维。体现在上古神话中便是"万物有灵"的质朴情感,作用于原始宗教则是"活物感"的形成,即物我混同的平等生命观。在原始人的认知喜好中,自然万物皆是有生命、有意志的,先祖们"把我的情感移注到物里去分享物的生命",①故而万物同人类自身一样,是有情志的活物。

出于"万物有灵"的原始思维模式,初民们将自然界中的猛兽视为膜拜对象也是理所当然的事情了。如上古时期的中国神兽——貔貅,又名天禄。其形态与日常动物相异,龙头、马身、麟脚,是多种动物的结合体;而其形状又似狮子,且有会飞的本领,乃为原始先祖的极度夸张和想象。相传貔貅生性凶猛,故而可以保卫天庭,以维护天庭秩序,防止妖魔作乱犯上。同时,它有嘴无肛门,吞万物而不泻,可谓是只进不出,有招财聚宝之意。② 从貔貅的形态来看,其状虽异,但不过是众多动物外形的拼凑,未能脱离兽性;但从貔貅所蕴藏的文化内涵来看,体现出人类自古有之的利己心理,带有一定的人文色彩。

如果说原始人的生存需求形成了其人兽杂糅的自然观的话,那么由此生发出来的天人混为一体的空间观念则是前者的派生物。在初民的观念王国里,人与兽相与群居,兽与神浑成一体。因此,人、兽、神生存于同一空间,三者混沌联为一片,难分彼此。不仅如此,他们观念中的聚居地:天上、地下也是难以分割的统一体。

(2)"兽魔"

从动物界脱离出来的原始人类,逐渐开始有了自己的生产活动。在进行简单的物质生产的同时,人类学会了交流,由最初的手势、符号,到单音节语言的产生,都表达着我们先祖最为淳朴自然的思想情感。在这个成长的过程中,总有一部分人率先萌发了人的自我意识,与依旧混沌的自然人开始有所区别。正如列宁所言:"在人面前的是自然现象之网。本能的人,即野蛮人没有把自己同自然

---

①　朱光潜:《文艺心理学》,安徽教育出版社1996年,第40页。

②　貔貅又称辟邪,是五大瑞兽之一,传说为龙的第九个子女。貔为公,其功能是招财;貅为母,其功能是守财。

界区分开来,自觉的人则区分开来了。"①

可以说,原始人本身所固有的巫术—神话观念,和对自然认知的渴望、对空间方位的神秘感,使得他们在头脑中逐步形成了一个独特的世界。在这个世界里,存在着大量的奇珍异兽,形象多以半人半兽型为主。如《山海经》曾记载:长生女神西王母在原始形态中,并不是后世所描绘的那般形态,而是"有人,戴胜,虎齿,有豹尾,穴处。"②甚至女娲、伏羲、炎帝等也都是以半人半兽的形象示人,正所谓:"伏羲鳞身,女娲蛇躯。""近世出土的许多汉代石刻画像和砖画,伏羲女娲确都是腰身以上作人形,穿袍子,戴冠帽,腰身以下为蛇躯,紧紧缠绕相交。"③这些奇异的动植物,虽是原始先民的夸张幻想,带有浓厚的荒诞色彩,但在一定程度上也可称作是原始居民的思维投影。同样,其"首"为人形,"尾"为兽形,则表明了代表智慧的大脑仍由人所掌控,一切能力都集中在人的本身,人才是行为活动的主体。

除此之外,这些"半人半兽"的神灵通常寄予了人的情志,体现人的精神活动。在宗教领域,自然崇拜与人格化的神灵崇拜二者杂糅,人类对自然力的敬畏与幻想战胜自然的信念,都使早期的神话—宗教思维脱离了动物性具有了人的素质。

(3)"人神"

自然界万物皆有物性,而这种物性,仅是自然物存在的生理基础。当原始人对某些自然物心生崇拜时,其特性便被扩大为超自然的灵性,最终灵性发展为神性。初民在企图利用神性去掌控自然的过程中,又被自身因素影响,两种因素在相互抗争中,人为因素占据上风,自然物的特性由神性演化为人性。以此推之,无论是上古神话,还是原始宗教,其生成与发展都曾经历了一个物我同化到物我分离的阶段,自然物由最早的崇拜对象继而通过外在形式的凝定最终成为人的附庸。至此,其原本的群体意识逐渐被个体认知所代替,而随着人为因素的增强,其实用价值也发生了增殖。

随着社会生产实践的发展,在自然面前,人的力量逐渐增强,不仅摆脱了对自然的依赖,也强化了对社会的控制,人的意志开始附加于各类自然物,这使得

---

① 《黑格尔〈逻辑学〉一书摘要》,《列宁全集》第 38 卷《哲学笔记》,人民出版社 1959 年版,第 90 页。
② 袁珂校注:《山海经校注》,上海古籍出版社 1980 年,第 407 页。
③ 袁珂:《古神话选释》,人民文学出版社 1979 年,第 18 页。

后期神话形象具有了人的外形与性格,亦可认为是人化自然的表征。如在原始宗教中,人作为神灵的代表、中介——巫师的出现。他们作为沟通神灵与原始人的桥梁,亦可称作是上天旨意的传递者,虽被赋予了各种神秘色彩,但其本质依然是人而非动物,所传递的一切是人的需求。神话、宗教中的神灵形象由兽形到人形的蜕变,是人类"我"的意识的觉醒后而产生的文化自觉,"人神对兽神和魔神的胜利,是人类对于动物的历史性胜利和脱离动物界而自立在观念上的反映。"①与此同时,随着人类的高级属性逐步发展,其审美意识也开始孕育、萌发了。从"人面兽身"到"人面人身"的演化,是人类将自身与动物逐渐区别开来的过程,人类凭借着自身的智力获得了对万物的掌控权,是人类真正认识自我价值与美感存在的形象写照。

2. 起源于同一母体的"神"形象

共同的自然社会土壤滋养着神话—宗教的生长,人类对原始世界未知领域的恐惧与希冀,对自我认知的发生,促成了神灵形象的萌芽。神话中的"神"最初起源于原始人思想观念中的"万物有灵观",宗教则源自"对神的绝对依赖感",即原始宗教恰是万物有灵观念统辖范围内的拜物教,与上古神话的实质相似。从思维角度来讲,早期原始人对自然物的认知尚且还是朦胧的,这种朦胧的意识是由于初民缺乏对主客体之间的逻辑区分。他们所关注到的大多是自然物外在形式的一举一动,并习惯性地"以己度物",于是便由最初的天人一体观逐渐生成了原始人类虚实相生的"混沌感"。因此,二者均由依赖而产生崇拜,加之对自然物的形象化,最终形成种族的共同信仰,这种积淀在人类心灵深处的集体无意识便成为"神"出现的心理支柱。

在上古神话与原始宗教中,自然万物均可充当"神",但在这里,绝非是常人所理解的"万物有灵论",这里的"物"在原始人眼中象征着生命,是有意志的活物。但它并非仅是医学意义上具有生命迹象的生物,也包括无生命事物,可以说是以原始人的视角为标准所确定的万物范畴。原始人对"灵"的理解,更多的是指操纵万物的神灵,由此上古神话和原始宗教才逐渐上升到"神"的层面。"神"意识的萌发,一方面表现出人类匍匐在大自然面前,对超自然力量所产生的心理恐惧与膜拜;另一方面自身却又无法遏制对生命最原始的欲望,企图通过神灵来掌控自我的命运。这两

①　李申:《宗教论》第一卷,中国社会科学院出版社 2006 年,第 146 页。

种矛盾的伴生体恰好成为原始人在开拓前进历程中的野性与活力的真实写照。

按照人类的历史进程来讲,不管上古神话抑或是原始宗教,都经历过物我混沌的时期,最初的图腾崇拜,便是上古神话与原始宗教相互融合的典型形态。据现有资料考证,一个部族图腾的背后不仅伴随着神话的发生,亦有相应的宗教禁忌存在。土家族的五姓部落的酋领"廪君"相传死后化为白虎升天,因此该部族人在神龛中挂白虎以表崇奉。当地居民建房亦有"白虎对户坐,无灾必有祸"之说,不仅禁止伤虎,甚至在祭祀时也要以虎作为祖先祭祀。始祖化虎的神话与宗教禁忌共同构成了土家族的图腾崇拜,可以说,图腾恰是以神话、宗教等为主要载体和传播方式。在原始人的信仰中,神话、宗教中的"神"同属一体,他们拥有着至高无上的权利,是整个宇宙的统治者。可以说,神话中的神灵与宗教中的上帝相互佐证,上古神话对"神"的描述恰是对宗教中"神"的渲染。除此之外,基督教中的耶和华创世神话,道教中的西王母神话等,都体现出神话与宗教的密切关联。集神话与宗教于一体的"神"承载着初民的美好意愿与祈求,具备支配人类社会生活的超自然力量,统一于原始的信仰形态。

3. 实践中逐渐分离的"神"形象

到了原始社会末期,私有制逐渐出现,阶级也随之产生,原始社会开始瓦解。不同阶级代表了不同需求,各阶层为了表达自己的心理诉求,开始赋予"神"不同的色彩,这恰成为神灵形象分离的主要缘由。尤其是在上古神话与原始宗教中,"神"形象越来越被人格化,而出于不同的功用目的,"神"也开始充当起不同的角色,成为人类思想的象征符号。神话中的"神"形象更多寄托着对道德理想的追求,成为圣人形象的化身;而宗教中的神更多传达的是人类的实际需求,二者最终分化成为两个不同的文化系统。

在上古神话的历史化过程中,"神"成为人格化的神,具有人的情感。这一点在西方希腊神话中体现得尤为明显:不同于赫俄西德《神谱》中"永生神灵中最荣耀、最伟大"的宙斯,《荷马史诗》里的他风流成性,残酷专断,具有普通人的性格缺陷。在中国上古神话中,"神"的人格化更多表现在其"圣人化"倾向,"神"往往成为理想道德的化身,充当起言教的工具。如舜为天子,是由其母见大虹所感生,《史记·五帝本纪》载:"天下明德皆自虞帝始。"①俗文学作品《敦

___

① (汉)司马迁:《史记》,中华书局1959年,第43页。

煌变文集》中《孝子传》斯389卷末亦录诗两首：

其一：

> 瞽叟填井自目盲,舜子从来历山耕。
>
> 将来冀都逢父母,以舌舐眼再还明。

其二：

> 孝顺父母感于天,舜子涛(淘)井得银钱。
>
> 父母抛石压舜子,感得穿井东家连。①

此时的舜褪去了"神"的光环,成为民众的道德楷模,他不仅仅属于五帝之一,更是道德完美的圣者,实现了由"神"到"人"的转变。

原始宗教亦称非理性宗教,属于宗教的早期阶段,是指"大量神秘的巫术力量和不可控的因素起作用的宗教……在早期宗教中,巫术、禁忌、图腾等神秘主义的意识形态占有主导地位,或者说是一种主要构成。"②在实际的发展过程中,原始宗教经历了一个"祛除巫魅"的过程,逐渐演变成理性化宗教。可以说,随着世俗社会的发展,初原的"神"俨然不能满足原始先民的需求,他们迫切需要新的神灵来庇护自己。于是,宗教作为原始人信仰的凝聚,率先开始了对神灵的改造。其结果便是宗教之神越来越多地沾染上了人的气息,与人的生活形成呼应之势。例如,佛教中的观音崇拜,便是宗教与民俗相互杂糅的典型代表。据《佛像图》所载,民间曾有三十三观音的说法,③这三十三种观音像形态各异,所被赋予的职能虽有所差异,但其本质均与人的实践需求有关,民众对其的信奉程度更是与其能否满足人的心理预设有关。在人类早期社会,初民把国王或祭司看作是神的化身,认为他们具有支配自然的能力,"因此,如果旱灾、饥馑、疫病和风暴发生,人民便归咎于国王的失职或罪尤,从而相应的鞭笞、桎梏以惩治之,如果他执拗不悔,便废除他的王位,甚至处死他。"④国王或祭司在享有至高权利

---

① 《敦煌变文集》中约有五卷具有情节,即斯4654、伯2721、伯2621、斯389、伯3536。

② 王德保:《神话的意蕴》,中国人民大学出版社2002年,第120页。

③ 三十三观音是指:杨柳观音、龙头观音、持经观音、圆光观音、游戏观音、白衣观音、莲卧观音、泷见观音、施乐观音、鱼篮观音、德王观音、水月观音、一叶观音、青颈观音、威德观音、延命观音、众宝观音、岩户观音、能静观音、阿耨观音、阿么提观音、叶衣观音、琉璃观音、多罗尊观音、蛤蜊观音、六时观音、普慈观音、马郎妇观音、合掌观音、一如观音、不二观音、持莲观音、洒水观音。

④ [英]弗雷泽:《金枝》,徐育新、汪培基、张泽石译,刘魁立审校,新世界出版社2006年,第171页。

的同时,也背负着巨大的职责,原始初民在进行国王或祭司选择的时候体现出其现实性、实用性心理。附加在国王或祭司身上的各种禁忌造成了神权与世俗政权的分离,政治统治中的宗教因素也越来越薄弱。

当理性因素逐渐占据世俗活动的主导地位,神话—宗教观念中的"神"形象被拉入凡尘,成为初民选择、利用的对象。人类最终甩掉了背负在身上"关于自然界虚假观念"的巨石,进入了思维认知的新历程。

(二)神话—宗教中"神"的序化与整合

1. 神话—宗教中"神格"的序化

在中国的神话传说中,"神"的形象可以说经历了一个由兽到半人半兽再到人的一个过程。"神"最初的"兽形"源于原始先民头脑中所产生的直觉,在初民受到外界的刺激后,通常会做出一定的反应,这一反应则体现在对同一事物的三种认知方式,最初始的为直觉,知觉次之,概念居末。当"神"开始向半人半兽转变时,说明先祖已经在与动物的接触中,逐渐产生了自身与万物的区别意识,由此对"神"的知觉生成。形成真正概念意义上的"人形神灵"是出自于人类的"移情作用",即外射作用。所谓"外射作用就是把在我的知觉或情感外射到物的身上去,使它们变为在物的。先说知觉的外射,事物有许多属性都不是它们所固有的,它们大半起于人的知觉。本来是人的知觉,因为外射作用便成为物的属性。"①当神话中的"神"被完全人化后,开始形成了带有强烈"神格"色彩的"神"形象。神格一词源于人格,是以人为中枢,亦即将幻想出来的"神"赋予人的品格。

与欧洲神话不同的是,中国上古的"神"往往形体上虽不与人形完全相应,但其内在情感却携带着道德的色彩。从神灵形象的转变中我们可以大致推断,中国神话中推崇的原始神被一种新的力量所冲击,它所遭受的压迫恰是来源于伦理神的规约。在最初的原始阶段,人类并未意识到这种道德力量的存在,对美与恶的标准也没有明确的界定。原始人类多从自身利益出发密切关注着自然的一举一动,他们从四季变换中认识到春种秋收冬藏的播种规律,甚至在庄稼地中通过男女交媾来刺激谷物生长。而"神"作为先民心理序化和意识化的产物,体

---

① 朱光潜:《文艺心理学》,安徽教育出版社 2006 年,第 29 页。

现出他们在实践中对事物的探索与知识的累积。各种图腾、灵物等被杂糅到"神"的形象中,成为人类意志的表达。随着社会生产力的提高,人自身力量的成熟,他们也开始寻求一种新的约束力量以满足其心理需求与维护社会秩序,于是道德力量被异化为宗教意义上的束缚力,开始了对人类思想的约束。在他们的头脑中,"认为神祇永恒地降附在某些人身上或以其他不为人知的方式赋予某些人高度的神力,以致这些人可以列入神的地位享受祈祷与祭祀等敬奉。有时候这些化身为人的神祇具有纯粹超自然的或神灵的职能,有时候他们还具有最高政治权利。"①人神化的"神"往往就是国王或祭司,成为统治阶级的代言者、情志的表达者。至此,作用于全民的原始宗教开始成为统治者的工具,沦为政治的附庸,最后逐渐演变为服务于剥削阶级的人为宗教,"虽然充满着虔诚的狂热,但在其创立的时候便少不了欺骗和伪造历史。"②

2. 神话—宗教中"神格"的整合

"神格"的序化发展可以看作是社会与历史相互作用的结果,神话—宗教中"神格"的整合则表现为人性色彩的集约化。上古神话与原始宗教"幻想要利用神和神化了的力量,去和大自然作斗争。"③即社会化内容的丰富与个人意识的觉醒催生了神灵形象的进一步发展,此时的神灵形象,不仅性格趋于人化,外形也更是与人形相似。人不再服从于自然的力量,开始相信自身的力量,企图通过自我能力征服与控制自然,最终人成了有神性的人。"那时人们心目中,人—神,或神—人,只不过是较高程度的同一超自然力量而已,他们完全相信自己也具有这样的力量。"④

就神的职能而言,多与现实生活相关联。为保一方平安,故而多地方神;为祈风调雨顺,又有雨神龙王信仰;为获麦黍丰稔,则有了农神祭拜。社会生活赋予了人的灵动,而人类的内心世界则丰富了神的形态。此时的"神",奇异而意蕴逸出,它浓缩着原始人强烈的情感体验,或可称作是初民的原始记忆,经过一

---

① [英]弗雷泽:《金枝》,徐育新、汪培基、张泽石译,刘魁立审校,新世界出版社 2006 年,第 96 页。

② [德]恩格斯:《布鲁诺·鲍威尔和早期基督教》,《马克思恩格斯全集》第 25 卷,人民出版社 2001 年,第 549—550 页。

③ 万建中:《民间文学引论》,北京大学出版社 2006 年,第 133 页。

④ [英]弗雷泽:《金枝》,徐育新、汪培基、张泽石译,刘魁立审校,新世界出版社 2006 年,第 93 页。

切生活因素的内在强化后被重新染色,成为"种族的共同记忆"。在这个由种种意象组合而成的文化世界中,不仅仅是人类认知的进一步提升,也不单单是人作为主体的简单价值观的评价,而是多种历史情感的积淀与凝定。换言之,人的这种主体性,是自觉或不自觉的生存需求欲望,他们对生命的向往,对情感的宣泄,显得如此细腻而深刻。

(三)"神"形象的演变与初民文化心理

人类在漫长的历史进程中,也在不断构建着一个日趋丰融的文化世界。当我们的目光聚焦于东方,定格在黄河流域的古老中国时,似乎清楚地意识到"原始意识之源"所倾泻的支流就如同梵高笔下的向日葵,幻化出原始文化的热烈与粗犷,流淌着对生命生活的渴望与激情。通过对中国上古神话与原始宗教中蕴藏的文化心理透视,能够窥探到中华民族的心路历程。

1. 人格化与"利己主义"

各民族的神话都有一个从低级发展到高级的过程,在这一过程中往往裹挟着原始初民最为质朴的思想观念。中国上古神话的原始形态,往往是以异兽异人作为叙事的对象,虽然面目狰狞可怖,神力无穷,但剥其面纱,终不过是人的异化与想象。

神话是初民思维、实践发展到一定阶段的产物,他们对自然物的感知使其赋予了客观物体以某种文化意蕴。对于自然界中的一切,他们并非是完全依赖的,只是对自身无法掌控的事物才会产生崇拜感。在原始人看来,这些自然物与切身利益相关,关系着整个氏族或部落的生存。因此,在他们的想象中,自然中的野兽成了凶猛残暴的异兽,未能安居的地方成了凶险的荒蛮之地。也正因如此,留给后人的神话叙述才会如此怪诞不经。在这看似奇特的神话世界背后,遗留着中国上古神话中人格化与"利己主义"的历史痕迹。

首先,中国上古神话中神灵通常具有人的外形与性格,即神话形象被施之以人化。《山海经·南山经》曾述:"有鸟焉,其状如鸠,而白首、三足、人面。"[1]而颙"其状如枭,人面四目而有耳。"[2]可见书中所记述的奇兽异事,并非是荒唐离

---

① 袁珂校注:《山海经校注》,上海古籍出版社1980年,第15页。
② 袁珂校注:《山海经校注》,上海古籍出版社1980年,第18页。

奇的,不论是其外貌形态,还是其功用价值,说到底还是离不开人的附形,亦为人的主观色彩较为浓厚。其次,上古神话中出现各种神灵,这些神灵或好或恶,但评价善恶的标准往往是以人的感情价值为尺度,于人有利的便供奉敬拜,于人有害的则会加以贬斥。这一点,明显体现了原始初民的"利己"心态,对自身未能驾驭或者有利的事物则奉为神灵,加以贡拜,在《山海经》里经常用"见则天下安宁"①来描述这些奇珍异兽。这些动植物与初民们的生活有着直接的联系,有的寄托着原始初民美好的心理愿望,有的则表达出初民强烈的生命意识与顽强抗争。

2. 社会化与"实用主义"

神话置身于社会发展的大背景下,不可避免会使其浸染着时代的气息。卡西尔曾认为:"社会才是神话的原型,神话的所有基本主旨都是人的社会生活的投影。"②人类在历经世代繁衍后,积累了大量的生活经验,这些生活经验又被初民二次返回运用到实践中去,重新作用于现实。这样逐渐在初民头脑中形成了一种新的思维观念,即实用主义观。

所谓实用主义是将人的利益作为出发点,把获取实际效果当作最终目的。因而,它的一个显著特征在于对结果、效果的重视,信仰的意义在于它能够带来实际作用,而对于现实客观物的解释,则是取决于人自身的预想效果。这种以人为中心的哲学思考方式在上古神话中也是有迹可循的,甚至可以说它与"利己主义"是一脉相承的,都可以理解为原始人自我意识的觉醒。在上古神话中,人与兽"相与群居",天地浑成的空间观念使得原始人似乎无法将自身与兽类区别开来,因其力量的弱小而对某种动植物产生膜拜,甚至将其视为先祖,这些都源于人的实用心理,即渴望这种动植物对自己有所庇护。当这种实用功能失效时,崇敬之心也自然消失了。

神话不仅仅包含着人类对自然的直观印象,更体现出原始初民的"集体意识"。女娲补天,是初民们渴望解释自然、认识自然的首次尝试;羿射九日,是有生产经验的原始人对自然气候的试图改变;精卫填海,是初民异想天开背后依然前进的坚毅步伐。这看似一桩桩不合情理的故事中,是中华先祖逐渐被社会化

---

① 袁珂校注:《山海经校注》,上海古籍出版社 1980 年,第 35 页。
② [德]恩斯特·卡西尔:《人论》,甘阳译,上海译文出版社 1985 年,第 101 页。

的过程,是人类力量逐渐壮大的过程。

3. 审美化与"人文主义"

上古神话作为原始艺术的一部分,具有独特的审美价值。随着历史前进的步伐,上古神话逐渐被历史化,而这个历史化的过程通常离不开人的参与。依马克思所阐释的美学来看,人类审美意识的萌发与生产实践、生活方式都是密不可分的,换言之,人的实践经验加之虚构幻想使得神话有了独特的民族审美。当人的自觉意识开始觉醒时,自我意识开始融入新的生活经验中,人文色彩浓厚。从日月同辉,到四象分野;从星河璀璨,到北斗相转;从昆仑仙境,到王母戴胜;从神乌蟾蜍,到龙凤飞天,其体现出来的壮阔、和谐、怪诞奇异、恢诡谲怪,正是先民们的独特历史审美蕴含。这种审美,在悠远绵邈的历史长河中,会愈发彰显出其淳朴、真实、自然的魅力。

从"神化"到"人化"的转变,是华夏先民们由最初对天地之神的敬畏转而走向对英雄的崇拜的开始。无论是夸父还是后羿,都是民间的英雄,他们的胜利,是战胜自然的光荣凯旋。这种英雄崇拜可以看作是人文主义精神的体现,人作为主体,充分发挥了其主观能动性。神话中所体现出来的对人性的尊重,对美的理解,展现出这一时期上古神话的独特美感。

人类的各类文明如同一条条小溪在历史的长河中融汇、分流,在漫长的历史演进中,上古神话最终凝定在绚烂的文化长河里。这样的动态发展并非是被动的适应,而是人作为主体的一种能动选择,由上古神话所发掘到的民族的独特的文化心路历程,恰是一个民族抗争自然、顽强生存的完美诠释。上古神话中所包裹着的"利己主义""实用主义""人文主义"其实更多体现的是人自我意识的苏醒,是原始人野性未尽、人性初始的活力。当中华民族的文化心路历程穿越荒诞瑰丽的神话与现实相视时,我们似乎能够触碰到先祖们与自然的亲近,一种渴望征服自然的决心,一种对与天地争高下的恢宏气魄!

三、神话—宗教的文化"原质态"

原质作为某种事物的构成要素,蕴含着其最初的物质形态。关于世界的原质的问题,不论是中国先秦时期或是西方古希腊时期,均对此有所阐释。古希腊哲学家泰勒斯以"水"为万物原质;赫拉克利特以"火"为世界原质;在中国一些哲学家的眼中"气"实为万物原质。上古神话与原始宗教作为初民的某种精神认知,其原质不是"水""火""气",而是生命的野性张力,这种原始张力蕴含在初民"以化为生"的心理补偿中,"图式演变"下的意象转换中,亦表现在不同文化空间下的神话—宗教意蕴中。

(一)"诗性"与"现实"

1. 复生背后的狂欢

狂欢是"一种自由意识的突然放纵","一种压迫被移除的快感"。[①] 它用死亡与复活、禁忌与破除,甚至个体欲望来表达某种心理期盼或欲求,是在精神极度的自由状态下所呈现出来的迷狂。这种迷狂,极具浪漫色彩,恰是原始初民对生命认知的"诗性"体现。所谓"'诗性'是纯粹的精神性,是人类精神追求的自由展现形态,是本真与此存的深情对话,是人类内省与外悟的最高情致和最充分精神承享。"[②]当原始初民面对死亡,面对凶险的自然,他们内心恐惧、迷茫、无助,于是企图通过狂欢仪式中的"复生"来满足对生命永恒的心理诉求。这种狂欢背后恰恰体现出"诗性"的三个维度:终极迷茫时此岸向彼岸泅渡;现实困顿时大地向心灵召唤;命运关怀时本真向世界隐喻。[③] 因此,狂欢与诗性二者代表了极度自由状态下原始初民的精神诉求,对"复生"的幻想是初民的一种狂欢体现或心理补偿。

(1)"化生"与心理补偿

"神话乃是对以欲望为限度的行动的模仿,这种方式以隐喻的方式出现。换言之,神的为所欲为的超人性只是人类欲望的隐喻表现。"[④]在原始人的思维观念中,"生命"是一个最为直接且重要的母题,但是面对死亡他们是深感无力的。于是在初民心里就形成了"天命"与"人为"的偏差,这种偏差就需要补偿来平衡。对生的渴望和对死的无能为力,激发了初民强烈的求生意识,又使其在潜意识中幻想出一种永恒的生命力。这种永恒,恰是通过化生变形来实现的,即通过不同的生物形态来延续生命。例如上古神话中,就存在大量的变形情节,如盘

---

① 夏忠宪:《巴赫金狂欢化诗学理论》,《北京师范大学学报》(社会科学版)1994 年第 5 期。
② 王列生:《文艺人类学》,文化艺术出版社 2008 年,第 168 页。
③ 王列生:《文艺人类学》,文化艺术出版社 2008 年,第 168 页。
④ [加]弗莱:《批评的解剖》,百花文艺出版社 1998 年,第 434 页。

古化身,他的肉体虽死,但却化作世间万物而留存于世;女娲溺水,灵魂托生为精卫,以获求重生。众多的上古神话,都表明"原始初民叙述'变形'是在不自觉地否定死亡,拒绝死亡,宣泄了一种强烈的生命不可毁灭的意识。"①体现上古初民意识层面的原始宗教,同样也表现出其"以化为生"的心理补偿。在上古时期,有着"处死树神"的风俗,当然这里的树神衹是泛指,"杀神,也就是说,杀他的人体化身,不过是使他在更好的形体中苏醒或复活的必然步骤。这绝不是神灵的消失,不过是神灵的更纯洁更强壮的体现的开端。"②这里的"化"与神话中生命形态变异不同,更多体现的是同类替代物的转化。但是无论内涵如何改变,其实质是原始初民对生命的渴望,他们企图通过化生来实现自我生命的延续,满足其心理需求。

原始人的思维感知直接来源于离自身最近的外部环境,也就是说他们所思考的对象源于自身的直观感受。自然界中生物的生死变化唤起了原始人心灵中的某种反应,依据初民固有的类比思维来看,他们往往会将这种现象同样作用于自身,从而建立起某种类比联系。在原始宗教中,巫术将这种类比思维体现得尤为明显,这种类比思维实则与弗雷泽所说的"相似率"有异曲同工之妙,原始人通过模仿便可实现内心想要完成的事情。受这种类比思维的影响,故而在未开化人的头脑中,他们始终"坚信宇宙万物的生成乃变化所致。"③因此,原始人类便天真地企图通过变形来规避死亡,解释死亡。

在整个"以化为生"的思维主导中,原始人的生命观、世界观清晰可见。在强大自然力面前,人类清楚地感受到自我的渺小与软弱。因而在早期社会,大宇宙观下原始先民对生命的肯定,对各种生命形式的尊重,乃是初民们对生命的最高礼赞。"对神话和宗教情感来说,自然成了一个巨大的社会——生命的社会。人在这个社会中并没有被赋予突出的地位……生命在其最低级的形式和最高级的形式中都具有同样的宗教尊严。人与动物,动物与植物全部处在同一层次

---

① 万建中:《原始初民生命意识的折光——中国上古神话的变形情节破译》,《南昌大学学报》(社会科学版)1996年第2期。

② [英]弗雷泽:《金枝》,徐育新、汪培基、张泽石译,刘魁立审校,新世界出版社2006年,第289页。

③ 万建中:《原始初民生命意识的折光——中国上古神话的变形情节破译》,《南昌大学学报》(社会科学版)1996年第2期。

上。"①生命与生命的无界限转化,构筑着原始先民的生命逻辑,也是人类企图获得永生的美好祝愿。

(2)"混沌"与有无印证

道,混沌而成,先天地生,"道一而生天地阴阳二气,阴阳交合而生成和谐之气,阴、阳、和三气生成万物。"②因此,道即是万物的原初状态,蕴含一切又可幻化为一切,它体现出人类远古时期"物我合一"的混沌状态。而混沌,实为中国上古神话中的一位天神。《山海经·西山经》载:"有神焉,其状如黄囊,赤如丹火,六足四翼,浑敦无面目,是识歌舞,实为帝江也。"③他本为中央之帝,有天南海之帝儵(同倏)与北海之帝忽"相与遇于浑沌之地,浑沌善待之。儵与忽谋报浑沌之德,曰:'人皆有七窍,以视听食息,此独无有,尝试凿之。'日凿一窍,而浑沌死。"在各类创世神话中,混沌死则代表着天地开辟,《太平御览》卷二引《三五历纪》:"天地浑沌如鸡子,盘古生其中。万八千岁,天地开辟,阳清为天,阴浊为地,盘古在其中,一日九变。"④生命的生死转化将自然客体与生命主体相结合,最终形成了天人合一、物我统一的形态。这种混沌的状态与原始社会天地万物相融的情景是密不可分的,在巨大的社会场中,"物我同一"的思维模式也对后世中华民族文化心理产生了影响。

道家哲学的有无论证恰好是对"万物混沌"的发展,集中表现为"合",即虚实相生,有无相伴,二者合而为一,混同一体。在虚实有无之间,道家奉"无"为上,认为"无"乃世间万物的最高原则。这种以"无"为本的大智慧,早在先秦时期就有表述,老子云:"无,名天地之始。"⑤又曰:"天下万物生于有,有生于无。"⑥再曰:"天下有始,以为天下母。"⑦因此,道家所推崇的"无"并非是虚幻的不存在的,而是"道生一,一生二,二生三,三生万物"⑧的有无转化。这里所论述的"由无生有",恰与"由死化生"的思维相契合。在原始宗教中,祖先崇拜可以

① [德]恩斯特·卡西尔:《人论》,甘阳译,上海译文出版社1985年,第106页。
② 饶尚宽、骈宇骞译注:《老子·孙子兵法》,中华书局2010年,第9页。
③ 袁珂校注:《山海经校注》,上海古籍出版社1980年,第55页。
④ 该句话源自于《三五历纪》一书,原书已佚失,转引于《风俗通义》。
⑤ 朱谦之:《老子校释》,中华书局1984年,第5页。
⑥ 朱谦之:《老子校释》,中华书局1984年,第165页。
⑦ 朱谦之:《老子校释》,中华书局1984年,第205页。
⑧ 朱谦之:《老子校释》,中华书局1984年,第174页。

称作是宗教活动的主题之一,对死后生命的信仰,也正是建立在"无中生有"的基础之上。乌克兰的复活节往往会举行春神柯斯特鲁邦柯的葬仪,仪式中歌手们围着一个假死的女孩站成圆圈,神情哀然,他们边走边唱:

> 死了,死了,我们的柯斯特鲁邦柯!
>
> 死了,死了,我们的亲爱的!

待女孩儿突然苏醒,歌手们会瞬间愉悦起来:

> 苏醒了,苏醒了,我们的柯斯特鲁邦柯!
>
> 苏醒了,苏醒了,我们的亲爱的![①]

生命的终结,是无;而死后灵魂托生,为有,经过主体投射后又呈现出一种虚实相伴的混沌性。在原始人看来,他们的祖先本是由某一自然物化生而来,这是从无到有;死后其灵魂又往往依附在某一自然物上二次化生,则经历了从有到无,再从无到有的辩证转换。在远古先民看来,其先祖以某种新的形态面貌重新出现,便称得上是由无到有的相互印证,遵循着生—死—生的模式循环。

2. 生命意识的残酷异化

(1)原始宗教的残酷性

人类文明之火的点燃是以征战动乱为代价,历史前进的战车在血与火的混乱中奔驰。原始宗教在解释世界的同时,也被人加以利用,成为排斥异己的尖刀。可以说,文明繁盛背后掩盖着杀戮、纷争、死亡,看似神圣的祭坛之火更多的是在粉饰太平。

以巫术为中心的原始宗教依靠某种信仰将同一地域的人们集结在一起,初民们以原始宗教为信仰纽带,形成了属于自己的群落。由于每个区域都有自己独特的文化信仰,因而原始群落之间的宗教观念有所不同,这种相异性则导致了原始宗教的排他性。可以说,排他性有效保护了原始部落自身的文化,然而也是各部族相互攻伐的重要缘由。原始人通过仪式、咒语等形式来达到伤害敌人的目的,而且加之动物性在人类身上的存留,使得原始人通常像对待动物一样伤害俘虏,视人的生命为草芥。

原始宗教的凶狠甚至达到了令人发指的程度,在原始社会,为了获求丰收,

---

① [英]弗雷泽:《金枝》,徐育新、汪培基、张泽石译,刘魁立审校,新世界出版社 2006 年,第304 页。

人类便会猎取人头来娱悦谷神;又会为了求雨而去焚烧女巫;在中国众多原始遗址中,也曾发现了人祭现象。这些人牲,其实就是所谓的替罪羊。他们要代替其他人做出生命牺牲,同时要他背负起所有人的罪孽,以带走全部灾害。"公元前2世纪末高卢克尔特人将判处死刑的罪犯提供五年一度的重大节日作为祭神的人牲……这些人牲都由督伊德巫师或祭司来杀祭,其方式有的用箭射死,有的在木桩上钉死,也有活活烧死的。"①在后人眼中神秘高洁的文明,实则却是凶残与血腥的二重奏。人类文明前进的步伐裹挟着生命的血泪,有多少的血泪方能唤起人类理性意识的觉醒? 这本是历史前进的必然选择,还是原始荒莽中人类旅途的踟蹰?

(2)血祭中的生命异化

原始人类受自然节律的影响,自然中季节流转、植物衰荣给了原始人极大的刺激,从而产生了强烈的感性冲动。这种冲动,是人类的本能意识,源于人性中最为真实的一面,未经道德教化,因而显得凶残狂热。

原始人的平等生命观是造成生命异化的主要缘由。在初民眼中,自然同人类一样,有着共同的生命需求,因此他们企图通过自身行为来引导自然界的运行以获取丰收。血作为生命力的代表,常常被用于满足和促进自然。当一代代人类跪拜于充满血腥气的宗教祭祀时,多少无辜的生命就此断送! 人类获取生命的长度以另一部分人的生命为代价,而"我"的生命是以"他者"生命的毁灭为成长的支点,这不得不算是生命的异化现象。一方面,是对生命扩展、保持的渴望;而另一方面,是对异己者生命的冷漠。

以人祭人殉来供奉神灵,这种凶残的行为在原始人看来却是极为正常的,甚至在整个祭祀过程中他们都是怀着一颗虔诚之心,因为在这些行为的背后是以他们的生命需求为支撑点。"原始宗教乃是一曲对于生和死的迷惘之歌,其中有着强烈的感性生命的冲动。在它凶残的背后,不仅有着一种狂热的渴望,而且有着一种无可奈何的哀怜。"②因此,对生命的极度渴望造成了原始人近乎变态的杀戮,而这种异化心理下的狂热造成了对凶恶自然力的乞怜。用血铸就的人类文明终于唤醒了人类心灵深处的理性意识,在后世的理性思维净化下,原始宗

---

① [英]弗雷泽:《金枝》,徐育新、汪培基、张泽石译,刘魁立审校,新世界出版社 2006 年,第609 页。

② 王锺陵:《中国前期文化—心理研究》,上海古籍出版社 2006 年,第 212 页。

教逐渐附加上了"理性"的色彩,又通常以道德约束的面貌示人,甚至成为了道德理想的符号表达。

(二)图腾崇拜与"意象图式"

人类的思维意义通常借助于某一形象来表达,而这一形象我们称其为意象。所谓意象图式,则是指在原始人头脑中所形成的意象与图景、场面的画面性结合。较早的原始人缺乏对事物的完整的认知预设,多从自我情绪出发来认识事物,因而在其头脑中的意象图式往往是人类早期最为直观的心理感触。随着图式的扩展,文化意义不断地摄入,形象组合的确立与意义的凝定最终构成了民族的最初思维模式。

1. 图腾崇拜中的原始意象

图腾(Totem)一词为美洲印第安鄂吉布瓦人的方言语,译作"他的亲族"。这就是说图腾在原始先民心中是将其看作自己部族的祖先或保护神,二者之间存在着某种血亲关系,先民企图通过图腾崇拜来实现自我庇佑。图腾中的意象到底是如何产生的,是其祖先崇拜的延伸还是对自然物无意识的加工幻想?

首先,原始先民神话—宗教思维的一个显著特征在于想象,而想象的最终落脚点在于"象征"。当原始人为了捕获猎物而伪装成动物时;当原始人在宗教庆典中头戴面具而祈求神灵时;当原始人将某一动植物作为图腾符号崇拜时,在其心灵深处,隐藏着一个加工过的幻想的形象世界。这种虚构属于集体无意识行为,是集体心理经验的集中体现,类似于人的本能行为。因而我们说,图腾崇拜是早期原始人的一种集体思维活动,最直观地体现了人类早期的心理状态。图腾崇拜的产生,源于初民最质朴的愿望,这种无意识的"集体表象"也被当成原始人的无意识心理行为,又通常外化为某种集体信仰。

其次,图腾作为一种象征符号,是人类经过外在观察与感知后所形成的心灵图景,是由集体共同认可的。在人类的早期阶段,原始人的认知预设还未达到成熟,仅是从自我情绪来认识事物,解释事物,因而通过对图腾崇拜的剖析,来对其所蕴含的原始意象进行解读。图腾的产生,一方面是由于初民祖先的精神遗存——集体无意识,另一方面则是源自初民心理认同感,是初民、部族与自然物一体感的集中表现。我国的纳西族、朝鲜族、赫哲族、傈僳族等都以虎作为自己本族的保护神,例如傈僳语中有"腊扒"一词,即为虎族之意,傈僳族中有一族自称"腊扒",相传他们的始祖母与神虎相结合共同繁衍了本族,因此这一族以"虎"为图腾。在初民看来,他们的先祖死后化身为某种图腾,自然他们便与图腾有了某种天然的亲缘联系,其先祖以图腾的形式存在来庇护和引导他的族人。

再者,图腾的类型多种多样,同一部族可能存在多种图腾意象,抑或是在不同阶段其图腾意象也会发生改变。《列子》中提及:"黄帝与炎帝战于阪泉之野,帅熊、罴、狼、豹、貙、虎为前驱,雕、鹖、鹰、鸢为旗帜……"[1]而在《诗经·商颂·玄鸟》也有记载:"天命玄鸟,降而生商。"郑玄笺:"天使鳦下而生商者,谓鳦遗卵,娀氏之女简狄吞之而生契。"[2]这种图腾符号,其实正是直观的意象图式。它也可以分为静态与动态两种形式:出现在族徽、衣饰、建筑、旗帜等地方的都为静态画面式图像;而衍化为神话故事的主角则为动态图像。人类的文化心理和图像意义是同步生成的,人作为思维主体,其内心世界所产生的心理暗示,构成了神话意象思维的象征性。由此,促成了原始人图像意义世界的生成。

2. 神话意象图式的转换

意象图式展现的是一种画面感,意象所体现的是文化意蕴。由"象"到"意"的转换,是形象与意义的双重发展;意象的转变,既是图式的衍化,亦是文化含义的变异。

在创造神话的时代,人类企图用隐喻的感知方式来表达他们的历史。象征物所代表的形象与意义的融合,是原始人类沿着意象图式而发生的意义增殖,他们通过数种静态图画符号的组合,最终获得动态性的意象图式。比如在中国上古神话中,蛇的意象较之欧洲文化,则显得更为原始性。《山海经》一书中关于蛇的意象众多,《北山经》中的大蛇"其毛如彘豪,其音如鼓柝。"[3]虽形象被极度夸张,然而其本质形象并未发生改变。在后世的描述中,我们也不难发现蛇的形象也开始由自然原形向虚幻构图转变,对此,做如下推测:在远古时期,自然环境极其恶劣,蛮荒之地众多,浑夕之山、帝囷之山、柴桑之山等均为蛇的藏身处。蛇作为自然力的象征,同时也是人化力量的标志,中华民族的始祖女娲便是人面蛇身的代表,即荒诞的自然力借助于幻想抽象成为人类心灵世界的真实写照。同样,共工之臣相繇,为九首蛇身的怪物,因其"所歇所尼"乃为水泽,故而亦可称

---

① 杨伯峻:《列子集释》,中华书局1979年,第84页。
② (清)阮元校刻:《十三经注疏》,中华书局1980年,第622页。
③ 袁珂校注:《山海经校注》,上海古籍出版社1980年,第75页。

得上是水灾的象征。禹为治水患而杀鲧,实则是人力战胜自然力的意象化讲述。在这个过程中,大蛇意象也开始发生改变,社会影响作为一股更为强大的力量,日益消除了原始人对蛇的恐惧感,蛇的这一意象转而从以下两个方面演化:一是从神话角度出发,实现了由蛇到龙的变异;二是从宗教视角出发,成为非凡神力的象征。无论是龙身人面,抑或是人身龙首,都体现了由蛇到龙的意象转变。

中国神话中关于蛇的变化轨迹大致如此:由爬虫到蛇,蛇又发展为飞蛇,而后再演变为龙,最终成为权利和身份的象征。从蛇的意象演变来看,其形象的变动通常伴随着含义的变化:前期象征水患,后期代表美德,最后又具有了生殖器、生育、繁殖的意味。这种同步的内涵累积,恰是人类观念世界的丰富。动物性形象与人的形象相互交叉融合,构成了带有浓厚巫术意味的世界。在祈子仪式中,蛇又成为性的象征,汉画像中伏羲女娲均为人首蛇身,二者交尾蟠曲,似是男女交合而后人类繁衍。可以说,外在形象变幻的同时,其内在含义也开始暗转,神话—宗教中各类意象在传播中的变形、演化,使其内涵更加迷离、曲折。

(三)空间观念下的文化分割

1. 不同空间观念下的文化场

文化场即文化空间,其本义是指具有文化意义或性质的物理空间,属于"唯物"的空间。因此"既有一定的物化的形式(地点、建筑、场所、实物、器物等),也有人类的周期性的行为、聚会、演示,而且这种时令性、周期性、季节性、时间性的文化扮演和重复反复,才是一种独特的文化空间或文化形式。"①它应是物理空间、自然空间与文化意蕴的统一体,在这个场域中,以特定地域为范围,以特定族群为核心,二者共同作用下所孕育的文化是极具独特性的。

因此,地域空间的不同,会形成不同的民族文化,其生活习性,民俗风情也各异。《礼记》曾载:"凡居民材,必因天地寒暖燥湿,广谷大川异制。民生其间者异俗:刚、柔、轻、重、迟、速异齐,五味异和,器械异制,衣服异宜。修其教不易其俗,齐其政不易其宜。中国、戎夷五方之民,皆有性也,不可推移。东方曰夷,被发文身,有不火食者矣;南方曰蛮,雕题交趾,有不火食者矣;西方曰戎,被发衣

---

① 向云驹:《论"文化空间"》,《中央民族大学学报》(哲学社会科学版)2008年第3期。

皮,有不粒食者矣;北方曰狄,衣羽毛穴居,有不粒食者矣。中国、夷、蛮、戎、狄,皆有安居,和味,宜服,利用,备器。五方之民,言语不通,嗜欲不同,达其志,通其欲,东方曰寄,南方曰象,西方曰狄鞮,北方曰译。"①从上述记载可以看出:地理环境对一个民族文化心理的深远影响是毋庸置疑的,"一个民族永远留着他乡土的痕迹,而他定居的时候越愚昧越幼稚,身上的乡土的痕迹越深刻。"②自然的印记对每个人来说都是深刻存在的,神话、宗教作为自然作用下的文化产物,再次影响了原始人的内在素质。人在进行自然感知时,其思维方式也不自觉地被烙上了自然的印记。

各地域迥异的风俗影响原始人的思维活动,不同的民族文化心理是产生不同神话的心理基础。上古神话作为初民的精神创造,往往具有浓厚的地域色彩,其形态必然也会大相径庭。造成形态相异的缘由在于各区域的不同物象,不同程度地刺激了该区域的人类感知层,原始人对不同自然物的心灵模铸又直接促成了不同的神话意象系统。《山海经》中曾记载了大量的区域神话与地方信仰:中原地区的蛇龙图腾,吴越地区的崇鸟文化,东夷部落的灵魂归山,都体现了不同文化场的文化差异。相异的文化基因,展示出文化的多样景观,通过对不同区域神话—宗教思维的关照,我们似乎可以窥探到不同文化空间下的文化构成心理。

不同的部落氏族,其神话与宗教信仰各异。在上古神话中,各部族都有自己的先祖与图腾崇拜,炎帝、黄帝虽同在黄河中下游流域,但炎帝为姜姓部族首领,号神农氏;而黄帝为有熊氏,二人后来为了争夺生存空间,引发了阪泉之战。与蚩尤涿鹿之战胜利后,蚩尤逃至苗蛮地区,炎黄就此成为华夏部落联盟首领。故而在后世中,北方地区奉炎黄为先祖,南方地区又多视蚩尤为祖先。

2. 不同文化场中的神话—宗教意蕴

不同的文化空间形成了相异的文化场,相异的文化场又形成不同的文化心理和思维方式。生活在同一文化空间的人,又都积淀着共同的文化心理经验。这种相似的心理经验,荣格将其称之为"种族记忆"。即它并非个人的,而是集体的、种族的共同记忆,或许这种"集体无意识"让人难以察觉,但是它沉积在人

---

① (清)阮元校刻:《十三经注疏》,中华书局 1980 年,第 1338 页。
② [法]丹纳:《艺术哲学》,傅雷译,生活・读书・新知三联书店 2011 年,第 243 页。

类心灵深处,显现于人的无意识活动。①

以东夷、华夏、苗蛮部族三个迥异的文化场为例,分析其神话—宗教意蕴。"凡在殷商西周以前,或与殷商西周同时所有在山东全省境中,及河南省之东部,江苏之北部,安徽之东北角,或兼及河北省之渤海岸,并跨海而包括辽东朝鲜的两岸,一切地方,其中不是一个民族,见于经典者,有太皞少皞有济有穷徐方诸部,风盈偃诸姓,全叫做夷。"②由此可见东夷地域广阔,文化多元,其宗教意蕴可通过颛顼的"绝地天通"来表现。相传颛顼为黄帝的曾孙,在他当中央天帝时,为解决人神杂糅的现状,"乃命重、黎,绝地天通,罔有降格。"③借此来垄断神权,将神权视为统治贵族所特有,从而也推进了多神崇拜向一神崇拜的转变。从实际考察来看,此举措可能源自于对上古时期祭祀活动的现实需求。远古的祭祀活动往往天、地、祖相混,至颛顼时,逐渐分离,各类祭祀均有"分主",巫觋作为人、神沟通的中介,权能不断扩大。

"早期华夏文明是以中原文化和海岱文化为底色的,同时也吸收了南、北各方部族文化的成分。"④可以说,华夏文明最大的特征在于它的多元一体性,这种包容性既是华夏文明多样性的缘由,亦是其得以发生、发展的动力。它融合了多个部族的文化基因,可谓是"一体中包含着多元,多元中拥戴着一体。"⑤华夏文明素以"礼乐"著称,《绎史·尸子》载:"帝舜弹五弦之琴,以歌《南风》。其诗曰'南风之薰,可以解吾民之愠兮;南风之时兮,可以阜吾民之财兮。'"⑥南风之乐,一是道其志以护礼,二是弹其歌以和声,不论是以乐娱人或是以乐通神,都体现出华夏文明的"礼乐"文化传统。后又有"舜窜三苗于三危"之说,以纠苗蛮不正之风,起教化民众之用。上层阶级通过"礼乐"来维护其统治,"礼乐"之风作

---

① "种族记忆""集体无意识"均源自于荣格的原型批评理论,该批评强调从神话、宗教仪式、梦、个人隐秘幻想和文学作品中,寻证出一套普遍的原初性意象、象征、主旨、性格类型和叙述模式,发掘积淀在其中的种族以至人类的集体无意识和深层心理特征。

② 傅斯年:《夷夏东西说》,《史学方法导论:傅斯年史学文辑》,中国人民大学出版社 2004 年,第 239 页。

③ 相传上古蚩尤煽动苗蛮民众作乱,被杀害的冤魂都跑到黄帝面前诉冤。黄帝为"遏绝苗民",故命颛顼"绝地天通"。

④ 张富祥:《东夷文化通考》,上海古籍出版社 2008 年,第 372 页。

⑤ 费孝通:《中华民族多元一体格局》,中央民族学院出版社 1989 年,第 116 页。

⑥ "南风"为乐歌名,《礼记·乐记》:"昔者舜作五弦之琴,歌《南风》。"文中该句引用(清)马骕:《绎史》卷十引《尸子》。

为华夏部族的文化符号表征,亦展现出独特的华夏空间观念。

有苗地域作为巫文化存在的母体,彰显出浓厚的鬼神文化意蕴。据《山海经·大荒东经》载:"有司幽之国。帝俊生晏龙,晏龙生司幽,司幽生思士,不妻;思女,不夫。"①思士和思女即为代神受祭的尸主,不夫不妻的目的在于避免亵渎神灵,实为原始巫风的留存。《国语·楚语》也录:"九黎乱德,民神杂糅,不可方物。夫人作享,家为巫史,无有要质。"②说明有苗好神信巫并非无稽之谈。此外,受东夷文化影响,有苗祭祀时"必作歌乐鼓舞以娱神。"③祭祀时先巫师起舞,并伴有琴瑟钟鼓,既有巫术文化的神秘感,又体现出肆意歌舞的浪漫气息。

由此可见,不同的文化场往往蕴藏着不同的神话—宗教内涵,这个"场"中有某一族群的自我文化建造与认同,包含着某一氏族部落思维、语言、行动或是风俗传统本身的文化意蕴。

小　　结

神话、宗教表达的都是原始人的生存感受与生活体验,自然社会结构对一个民族的影响则是通过文化这一中介实现的。文化场的相异,自然衍生出了不同的民族精神。当人类开始不满足于现状时,抗争、好胜、冒险的文化氛围便成为原始人反抗自然的燃料。上古神话中精卫填海、刑天舞干戚,无不是先民自我意识觉醒的真实写照。这种反抗精神,更多的是对自我认知的超越,神话作为民族性格、民族情感的载体,是中华民族的共同记忆,表现出中华民族自古有之的顽强抗争精神。神话中的神灵形象,亦可看作是救世英雄的原型。恶劣的生存环境,迫使原始人寻求拯救自我的"神",这位救世主是中国上古神话中的补天后力竭而死的女娲;是窃息壤而被杀的鲧;是宗教信仰中操控一切的"暗示力";是预知命运的巫术。他对生命个体的拯救,赢得了原始人的虔诚信奉,这种对生命的救赎,也成为勇于奉献与牺牲的精神源头。至于化生思维模式,在上古神话与

---

① 袁珂校注:《山海经校注》,上海古籍出版社 1980 年,第 346 页。
② 《国语·楚语下》第十八卷,上海古籍出版社 1978 年,第 378 页。
③ (汉)王逸:《楚辞章句》卷二《九歌章句第二》云:"《九歌》者,屈原之所作也。昔楚国南郡之邑,湘之间,其俗信鬼而好祀,其祀必作歌乐鼓舞以乐诸神。"影印文渊阁四库全书,台湾商务印书馆 1986 年。

原始宗教中更是体现得淋漓尽致。这种化生观念,本质是原始人对生命长度与广度的认知,是先民最为强烈的生命信念和最为淳朴的生命意识。通过"化"这一过程,来获得新生,体现出原始先民对生命的留恋,对宗族繁衍的渴盼,亦是先民自强不息的精神体现。

追溯上古神话与原始宗教发生的文化逻辑,其目的不在于追问,亦不在还原历史的真相,而是希冀留给后人一份思索,从中获取向善的力量;同时也是对过往历史、现实生活的重新解读与尊重。上古神话与原始宗教发生的文化逻辑在于先合后分的动态演进,在于二者共同孕育的"诗性"与现实、图腾与生命的野性张力。因此,对二者文化逻辑的探究,不仅是停留在对历史、文化致敬的层面,更是落脚于"人"的本身,对民族文化心理的认知。人作为苍茫大地上渺小的一物,唯有匍匐于真理面前,方生对历史的敬畏之心。历史不代表过去,是为了现在和未来而存在,对原始初民的文化心理与生存状态的探知,实为一种皈依生命与民族精神的诉求,亦是人性回归的体现。在浩渺如烟的历史长河中,所有的一切都裹挟着时代的气息而悄然沉寂,所有的一切又携带着旧时的基因转寄于新的生命体重新萌芽。

附录二　重述神话:华夏民族的
集体记忆与精神再造

——《碧奴》《后羿》《人间》解读

　　"重述神话"是 2005 年英国坎农格特出版公司发起,由英、美、中、法、日、韩等 30 多个国家和地区的知名出版社参与的全球性的合作项目,这些出版社邀请了众多全球知名作家加盟。这是一次在尊重作家的创作自由和独立性前提下重述影响世界文明发展的神话经典的活动,被欧洲媒体称为国际出版界的一大奇迹。在这样的"全球化"背景下,中国作家积极投身此项活动,既应和着当代优秀的世界神话创作实践的潮流,又填补了 20 世纪后半叶以来中国文学中神话重述创作领域的空白,为中国当代小说开辟了一个新方向,也为中国的经典文化走向世界疏通了道路,使之在当代文化语境下具有新的生命力。

　　重述神话不是对远古神话的照搬或简单改写,也不是对神话传统进行学术研究,而是当代作家们放飞自己的想象力,结合各自的创作风格对远古的神话进行充满想象力和创造力的建构。作家苏童将孟姜女传说重述为《碧奴》时,对主人公碧奴在寻夫过程中的苦难经历进行了重新构思,小说情节与人物设计都是全新的,深深地打上了苏童式的浪漫印记。作者抓住了民间大众赋予孟姜女泪水强大的力量这一母题,将其铺陈放大。"我做的事情就是捉住那瑰丽的东西,打破沙锅问到底"①,碧奴的泪水便具有了文学的想象力和更加浓郁的神话色彩。叶兆言的《后羿》用现代感十足的文笔展现了处于爱河中的人们飞扬灵动的生命激情,以一种看似轻松实则沉重的方式完成了奇谲的故事新编,让读者畅享了一次重新体悟神话的文化内蕴、思考人生存在意义的精神旅行。李锐和蒋

---

① 苏童、张学昕:《〈碧奴〉:控制和解放的平衡》,《文艺报》2006 年 10 月 14 日。

韵的《人间》则将白蛇传的古老传说置放在社会处于深刻裂变的时期,表现进行身份转换和人生态度革新的一代人的内心隐痛和艰难处境。在现代语境下,重述的重要性是发现原型的创造性意义,启发现代人重新获得心灵自由。从某种意义上,重述行为也可理解为一种中国传统文化与"现代性"的碰撞与对接。在作家"重述的森林"里,神话被寄予了特定的内容,它们身后隐喻着作家对现代性的深刻反思,是作家对于中国文化传统的某种全新意义上的理解与阐释。

一、神话:远古先民的心灵回音

中国上古神话是华夏民族集体无意识的表征,闪现着民族灵魂的搏动,这些仍然活跃在民间的历史回音以巨大的向心力将各民族成员凝聚在一起。神话故事中的既务实守成、恋土乐耕又不畏强暴、奋起反抗的英雄人物和舍生取义、正道直行、坚韧顽强、贵和持中的古老主题,都体现出华夏民族自强不息的性格特征和坚持正义、追求真理的民族精神。"重述"行为其本质就是对种族群体生存状况的追忆,挖掘潜藏在民众内心深处的超越个人的内容,是对神话原型中那些被压抑、被遗忘的心灵体验的呼唤。当代作家的重述神话作品,让人们重温了文学经典,那些耳熟能详的生动故事再一次回荡在人们的耳畔,令人沉醉于美妙的幻想之中,从民族情感和审美情感上产生"双重共鸣"。

重述神话是对远古文明的认同和致敬,无论作家如何调整对原有文本的阐释方式或改写文本的阅读效果,都不可能完全脱离传统的文化场域。苏童改写孟姜女故事为《碧奴》时,赋予了传说中那个面目模糊的女子一个清晰的轮廓,一个细腻丰富的内心世界,一个明确的指称——碧奴,不过书中情节依旧离不开孟姜女哭倒长城的古老传说,延续的仍是人物性格中的主体因素:执着与深情。叶兆言的《后羿》重新设置了新的人物关系和人物性格,以浓重的笔调渲染了后羿与嫦娥的依恋和爱情,却仍以后羿射日和嫦娥奔月的神话为蓝本。李锐、蒋韵的《人间》呈现了对于"身份认同"和"文化认同"问题的现代性思考,但小说中主要承载的还是民间流传的白蛇传故事,着重描述了白娘子忠贞不渝的爱情。

科学研究表明,人类在最近四万年的发展历程中身心素质并无明显变化。人类可以在神话的坦诚讲述中看到自己的身影,原始神话的精神渗透在人类的血液和自觉的幻想与希望中。动人心魄的力量来自民众内心深处对民族情感的认同，神话传说恰似一座沟通远古与当下的桥梁，在这些民族的口头史诗里凝聚了人类的理想追求和情感愿望，积淀着集体无意识的原始意象，唤醒了民众的族群意识和隐藏在心灵深处的集体记忆。神话寄寓了先民对人类根源的认知与期望，这些认知与期望经由神话的遗存与讲述有力地传导给后世，成为民众内心深处"永恒的情侣"，并激发了民众对祖国、对人类、对大自然的爱，这种民族情感可以突破物理的、实在的时间，伴随着人们对过去的记忆和对未来的期待而化作精神生命的存在方式长久绵延。

按照文艺美学原理的解释，"共鸣"是指审美主体在对审美客体进行审美观照的过程中，在自身的审美意识和艺术表现蕴含的审美意识之间产生一致性趋向的审美心理活动。作为一种口耳相传的民间文学的艺术形式，神话具有作家文学所不具备的亲和力与感悟力。神话的审美体验就在于大众对自己熟悉的口头传统的记忆，体现着一种民间世界里的精神美。神话传说是历代民众口口相传、千锤百炼的民间经典的活态文本，作为远古流传至今的精神产品，它蕴含着庄严神秘的主题情节和对自然、生命的崇高追求。当代作家出于对民众情感和民间文化的尊重，在重述神话的过程中，都力图保持神话的原始风貌，把远古生命的灵光异彩再次书写在时代的天空，读者在阅读那些生动熟识的故事时，审美情感不断地被激发和深化。再次讲述这些借由民间口头力量传承的神话，使读者与重述神话作品中的人物产生了强烈的感情激荡，爱其所好，恨其所憎，神游于作家所创设的审美空间中，产生心灵的共振，达到美感的极致。

二、人性的丑陋：现代化负面效应的展示

从古至今，人类始终在追问自我的根源，思考人性的本质。重述神话作品联系着远古和当代，在对古老神话的追忆中势必蕴含着现代人对人性的反思。故事还是那个故事，故事里的人却具有当代人的情感和意志。人性中有一种叫作欲望的本能，心理学家称之为"力比多"，是一种个人的生命能量。荣格认为"力比多"是一种创造性的生命能量，是人类文明发展进步的根本推动力。欲望可以创造财富、激发人的热忱与激情，也可以腐蚀心灵甚至毁灭人性。正因如此，作家笔下的人物圣洁与肮脏并存，称颂和批判互补，正义和邪恶杂糅。作家能够挖掘目不能及之处，探索人类灵魂和意识的最底层，将潜藏在心灵深处的人性欲

望和精神困惑挖掘并表现出来。

　　凭借神话特有的神秘和超自然的荒诞性,重述作品穿越了神界、人间、地狱,展现了多种人性异化现象,那些美丽的文字背后,潜藏着对生命沉沦的大悲痛。荣格认为,原始意象中有一种表现为阴影的形式,是集体无意识中人类祖先遗传下来的心灵中最黑暗、最深入、最低级的像动物的部分,是人性中兽性的象征,它使人具有邪恶倾向,迫使人去做违背伦理道德的事情。① 人性的弱点是禁不起生存的挑战,人的丑恶行径是人的潜意识突破意识的界限,仅仅靠了生物性本能的推动而进行的活动,无止境的欲望和需求势必会造成伦理道德的背叛。《碧奴》中有像鹿的人,像马的人,还有野猪人,就是没有一个像"人"的人。作品里多次提到,人类的疯狂举动与兽无异,让人为之胆寒。在百春台,鹿人男孩不仅抢走了碧奴唯一的财产——杞梁的冬衣,还要把她这个泪人当宝物献给衡明君。碧奴失望地想"人心总能打动人心,可是对一群鹿,她怎么才能说动他们的心?"②当金钱、财富成为人类唯一的追求时,人心就会变得冷酷无情,于是作家笔下的"人"徒有人的形体,行径却如同动物。异化的灵魂在权贵面前表现出卑微的奴性,当衡明君的箭射向为了争宠而相互厮打的鹿人和马人时,"在火把的映衬下所有的鹿人看上去都像一头亡命的鹿,所有的马人都变成了一匹匹驰骋如风的野马。"③《人间》中的人虽有人类的形体和灵魂,但是他们以怨报德的丑恶行为在白娘子的伟大牺牲面前是那样渺小猥琐。动物只存在维护生存权利的斗争,人类则不同。一方面,人类懂得用理性和社会道德控制自身的欲望,人类独具的文化创造性使其凌驾在万物之上;另一方面,人类的欲望比动物大的多,在成长中人渐渐失去了纯真,学会了伪善、学会了欺骗。当具备优势力量征服所有自然界的其他生物时,人类逐渐开始为自己的利益肆意破坏自然,以至于最终受到自然的惩罚。《人间》中的那场人蛇大战即是缘于人心的贪婪。动物的需求简单、直接、明了,他们真诚善良,没有害人之心。《碧奴》中孟姜女通往长城的路上,漠然生息的大众表现出的是物欲蒙心的冷漠,只有一只青蛙成为她唯一的知音,"盲了的青蛙流出的晶莹的水珠。比人还要亮,还要圆润"④。《人间》

---

① 武文:《宏观文化人类学》,兰州大学出版社1989年,第164页。
② 苏童:《碧奴》,重庆出版社2006年,第61页。
③ 苏童:《碧奴》,重庆出版社2006年,第118页。
④ 苏童:《碧奴》,重庆出版社2006年,第69页。

也有一个"碧绿、苍翠、干净,楚楚动人"①的青蛇,她"聪明剔透,水晶似的心肝"②有着欢腾健康灵异的生命。

众多可爱、纯粹的动物形象愈发反衬出人心的丑恶和深不可测,正如《人间》中观音对白蛇所讲:"你最终没能修炼出人心的残忍。"③白蛇,这自然孕育的灵物,可以克服本能的欲望,可以修炼求善的真谛,却怎能参透人的一颗世俗心呢? 白娘子绝不会想到,导致其悲剧命运的竟然是自己的一桩善举。她救人的行为换来的却是"人"类险恶叵测的猜疑。"她行此大善举,居心何在? 害人者为妖,为妖者岂能不害人?"④,这一番话竟然出自于一再接受白蛇帮助和恩惠的胡爹,我们真的不能不从内心深处为人性的险恶与黑暗感到震惊! 阿尔诺德·格伦认为,动物对自然环境的适应由其特定的机能所限制,是定性的;而人则是未完成、未确定的,人对世界是开放性的⑤。某种程度上讲,也许正是人的这种"未定性",使得人类从远古到现代在进化为"人"的轨道上变得越来越复杂。重述神话让我们反思:综观人类发展的历史,社会文明确实使我们越来越不同于动物;但是,人类是否真的超越了动物? 人类的人性道德是否在不断提升?《人间》中的粉孩始终在蛇性与人性中挣扎,在人间他看到了强者对弱者的欺凌与压榨,而且人类不能容忍他这样的异类;他本想重归自然做一条蛇,却偏偏还长着人的身体。粉孩进退两难、十分尴尬,找不到解决方式。他的困惑是身份确认的苦恼,也是人性本质的困扰。

三、人性的美善:隐藏在神话中的灵魂拯救力量

在创世神话中,神给予宇宙"原始动力"以促成宇宙的诞生。神的力量强大无比又变化莫测,他将混沌质朴的生存环境幻化为五光十色的万有世界。在人的身体里同样隐藏着这样一种神秘的"原始动力",激发人前进的脚步,赋予人坚强的意志、伟大的抱负和自我牺牲精神,人在这种动力的导引下变得坚韧刚

---

① 李锐:《蒋韵,人间》,重庆出版社2007年,第136页。
② 李锐:《蒋韵,人间》,重庆出版社2007年,第17页。
③ 李锐:《蒋韵,人间》,重庆出版社2007年,第15页。
④ 李锐:《蒋韵,人间》,重庆出版社2007年,第123页。
⑤ 武文:《宏观文化人类学》,兰州大学出版社1989年,第134页。

毅,具有超人的意志力。这种原型力量就是隐藏在潜意识底下的生生不息的生之欲望,是人类追求理想的精神动力。

自古以来,命运一直是困扰人类的一个敏感话题。人一旦来到世上,与命运的抗争便开始了。在这个动荡不定、变幻莫测的世界里如何把握自己的命运,是人类始终需要关注的生命课题。面对世态炎凉、人心险恶,经历了重重的灾难和阻挠,神话中的主人公表现出执着的近于固执的抗争精神,最终完成精神的蜕变,走向光明的人生之路。无论是寻夫的孟姜女,还是因爱而自我放逐的嫦娥,抑或是为成人而到人间受难的白蛇,她们都遭遇了生活的苦难、命运的嘲弄。但是,为了实现心中的理想,凭借惊人的勇气和顽强的毅力,她们将抗争进行到底,即使坠入人生谷底甚至牺牲生命,也从来没有动摇对生命尊严和人性美善的坚守。痴迷、坦率、真实、坚贞,成了他们性格中的共同特征。《后羿》中幼年的羿是一个非常不招人喜欢的孩子,嫦娥对他倾注了大量的母性之爱。为了让羿做一个正常的人,嫦娥对他的任何过错都决不姑息,为让羿改掉尿床的毛病嫦娥与他进行了长期的斗争。"在这场比拼意志的较量中,羿很顽固,嫦娥比他更顽固"[1]。可以说正是嫦娥顽强的意志和强大的爱的呵护使后羿从一个顽劣的孩童成长为一个射日的英雄,最终成就了一番惊天动地的英雄事业。《人间》中白娘子以成人的信念来到"人间",虽然遭遇了背叛侮辱和误解,但做个"有人味儿、有血性的人"的目标使她义无反顾地走了下来。当人类处于危难之际,白蛇心甘情愿地为"人类"奉献出滚烫的鲜血,一直到被人类以正义之名驱逐时也没有后悔。奇迹就在她失去宝贵生命的那一刻出现了,她的身体竟然没再化为蛇,而是确确实实的人的身体。在香消玉殒的瞬间她完成了成为一个人的使命。在苦难的人生历程中坚持美好的品性而不动摇,最能够体现人性美的至高境界。虽然那些凝聚了人性良善的人物常常会陷入困境,命运使他们屡屡受挫,主人公却从不敷衍生命,他们的生命个体都在真实自然地活着,从没有放弃良善正道。

神话是一首生命的颂歌,在质朴单纯的叙事中洋溢着生命的热情,表达和呈现着生命的庄严和重量。在将万物生命化、人格化的过程中,神话的本质反映着原始人的生命力。重述神话作品都致力于把生命当作一个重要的命题,力图将神话中令人震撼的生命意识从无意识的原始意象中挖掘出来,转化为当代人的

---

① 叶兆言:《后羿》,重庆出版社 2007 年,第 92 页。

心灵所理解和接受的形态。"真正的文学是一种刻骨铭心的生命体验的自然流露"①,生命,对于每一个人来说只有一次。生与死是生命的契机,能不能尊重生命,能不能平等友善地对待生命,是人性善恶的一个界碑。女性天然地与生命亲近,更接近"人"的重要本质。为了杞梁,碧奴毫不畏惧死亡,不过这并不代表她不重视自己的生命。葫芦是碧奴的魂魄,是她连接前世今生的纽带,也是生命得以存在的标志。在临行前她认真地抱着自己的葫芦将它埋葬。"人人都能从碧奴严峻的脸上发现某些端倪,她要做一件什么大事情了。""一只葫芦的落葬仪式竟然举行得如此严谨如此隆重。"②从中可以看出碧奴十分看重生命的尊严和分量。葫芦本身就是生命母题的象征,《后羿》中嫦娥遭遇到一场突如其来的洪水时,依靠了葫芦才侥幸生还,这使得后羿的出生具有了拯救苍生的意味。葫芦原型的生命意义让小说彰显着对生命尊严的礼赞和对生命价值的深刻表述。人不仅应该尊重自己的生命而且应该平等对待自然界的其他生命形态。混沌的神话世界里,初民物与我的界限并不清晰,常常把万物想象成和自己具有一样的生命和意识,人与自然有着天然的依存与和谐关系。回眸古老的神话时代,我们体验到了生活的美丽和超越世俗的精神魅力。李锐在重述白娘子传说时塑造了一个神话式人物——香柳娘。香柳娘身世凄凉,母亲因难产而死。她生而残疾,可她天生不会哭,只会笑,是一个笑人,是那样地热爱生命。由于世人的嘲讽和冷漠,香柳娘只能与人之外的生灵和生命们交谈。和生灵们文雅地谈话,是对生命的尊重,是灵魂间的对话,是作者对一尘不染的生命之美的礼赞。小说再一次向我们昭示了生命的重量,一切生命之间的关系应该是相互平等和关爱的。

小　结

神话是人类远祖智慧的渊薮,是现代人类灵魂的归宿。当代文学家有责任、有义务彰显人类社会的良知,带领大众从自然科学呆板冰冷的理论知识中解脱出来,借助原型的力量释放生命的本真直觉与情感。古老的神话追诉远逝的历史,流露出人类童年时代的深层意识,是童年的梦。它不仅美,而且率直天真地

---

① 李锐、王尧:《李锐王尧对话录》,苏州大学出版社 2003 年,第 152 页。
② 苏童:《碧奴》,重庆出版社 2006 年,第 22 页。

表达了人类内心深处执着不休的诉求。人类不可能生活在神话时代,但是,未被现代物质文明浸染过的,人类社会最初对生与死、情与欲等诸多情感的执着求索,仍然会引发忙碌劳作的现代人的深刻思考,是学者探索人类文明发展、进步历程的利器。中国作家奋力投身"重述神话"的项目,既唤醒了华夏民族的集体记忆,又蕴含着崭新的时代精神。古老的神话正是在被不断阅读、不断改写的过程中,焕发出强大的生命力。

主要参考文献

文献著作

1 . (汉)司马迁:《史记》,中华书局 1959 年。

2 . (汉)郑玄注,(唐)贾公彦疏,彭林整理:《周礼注疏》,上海古籍出版社 2010 年。

3 . (宋)李昉:《太平广记》,中华书局 1961 年。

4 . (清)纪昀:《四库全书精编·史部·风俗通义序》,中国文史出版社 1999 年。

5 . 刘文英:《漫长的历史源头:原始思维与原始文化新探》,中国社会科学出版社 1996 年。

6 . 陈望衡:《文明前的"文明":中华史前审美意识研究》,人民出版社 2017 年。

7 . 袁珂:《中国古代神话》,中华书局 1960 年。

8 . 袁珂:《中国神话史》,上海文艺出版社 1988 年。

9 . 袁珂校注:《山海经校注》,上海古籍出版社 1980 年。

10 . 袁珂:《古神话选释》,人民文艺出版社 1979 年。

11 . 袁珂:《中国神话传说》,中国民间文艺出版社 1984 年。

12 . 袁珂、周明编:《中国神话资料萃编》,四川社会科学文献出版社 2002 年。

13 . 林惠祥:《神话论》,商务印书馆 1933 年。

14 . 凌纯声:《中国的边疆民族与环太平洋文化》,台北联经出版公司 1982 年。

15 . 丁山:《中国古代宗教与神话考》,上海文艺出版社 1988 年。

16 . 萧兵:《楚辞与神话》,江苏古籍出版社 1986 年。

17 . 萧兵:《楚辞新探》,天津古籍出版社 1988 年。

18 . 徐旭生:《中国古史的传说时代》,文物出版社 1985 年。

19 . 刘城淮:《中国上古神话通论》,云南人民出版社 1992 年。

20 . 刘城淮:《中国上古神话》,上海文艺出版社 1988 年。

21 . 潜明兹:《中国神话学》,上海人民出版社 2008 年。

22 . 潜明兹:《神话学的历程》,北方文艺出版社 1989 年。

23．赵沛霖:《先秦神话思想史论》,学苑出版社 2002 年。

24．古添洪、陈慧桦:《从比较神话到文学》,(台北)东大图书公司 1983 年。

25．顾颉刚:《古史辨》(第七册),上海古籍出版社 1982 年。

26．王锺陵:《中国前期文化—心理研究》,重庆出版社 1991 年。

27．叶舒宪:《中华文明探源的神话学研究》,社会科学文献出版社 2015 年。

28．叶舒宪:《中国神话哲学》,中国社会科学出版社 1992 年。

29．叶舒宪:《比较神话学在中国》,社会科学文献出版社 2016 年。

30．叶舒宪:《神话—原型批评》,陕西师范大学出版社 1987 年。

31．张振犁:《中原古典神话流变论考》,上海文艺出版社 1991 年。

32．张振犁:《中原神话通鉴》,河南大学出版社 2017 年。

33．常金仓:《二十世纪古史研究反思录》,中国社会科学出版社 2005 年。

34．龚鹏程:《国学入门》,北京大学出版社 2007 年。

35．汉学研究中心编:《中国神话与传说学术研讨会论文集》,(台北)东大图书公司 1996 年。

36．杨利慧:《现代口承神话的民族志研究——以四个汉族社区为个案》,陕西师范大学出版社 2011 年。

37．陈泳超:《尧舜传说研究》,南京师范大学出版社 2000 年。

38．解希恭:《襄汾陶寺遗址研究》,科学出版社 2007 年。

39．金立江:《苏美尔神话历史》,南方日报出版社 2014 年。

40．李立:《汉墓神画研究:神话与神话艺术精神的考察与分析》,上海古籍出版社 2004 年。

41．林炳僖:《韩国神话历史》,南方日报出版社 2012 年。

42．陆思贤:《神话考古》,文物出版社 1995 年。

43．马昌仪:《中国神话学文论选萃》,中国广播电视出版社 1994 年。

44．那木吉拉:《狼图腾:阿尔泰兽祖神话探源》,民族出版社 2009 年。

45．那木吉拉:《中国阿尔泰语系诸民族神话比较研究》,学习出版社 2010 年。

46．那木吉拉:《蒙古神话比较研究》,民族出版社 2001 年。

47．史宗:《20 世纪西方宗教人类学文选》,上海三联出版社 1995 年。

48．王宪昭:《中国各民族神话研究外文论著目录》,辽宁民族出版社 2007 年。

49．王湘云:《中国希腊古代神话对比研究》,山东大学出版社 2000 年。

50．苑利:《二十世纪中国民俗学经典·神话卷》,社会科学文献出版社 2002 年。

51．张爱萍:《中日古代文化源流——以神话比较研究为中心》,浙江大学出版社 2005 年。

52．张隆溪:《中西文化研究十论》,复旦大学出版社 2005 年。

53．向柏松:《中国创世神话形态研究》,中国社会科学出版社 2017 年。

54．邓启耀:《中国神话的思维结构》,重庆出版社 1992 年。

55．张启成:《中外神话与文明研究》,学苑出版社 2004 年。

56．周延良:《夏商周原始文化要论》,学苑出版社 2004 年。

57．刘魁立、马昌仪、程蔷:《神话新论》,上海文艺出版社 1987 年。

58．陶阳、钟秀:《中国神话》,上海文艺出版社 1990 年。

59．陶阳、钟秀:《中国创世神话》,上海人民出版社 1989 年。

60．谷德明:《中国少数民族神话选》,中国民间文艺出版社 1984 年。

61．吴天明:《中国神话研究》,中央编译出版社 2003 年。

62．张开焱:《世界祖宗型神话——中国上古神话源流与叙事类型》,中国社会科学出版社 2016 年。

63．张开焱:《神话叙事学》,中国三峡出版社 1994 年。

64．林玮生:《中西文化范式发生的神话学研究》,中山大学出版社 2017 年。

65．康琼:《中国神话的生态伦理审视》,北京师范大学出版社 2014 年。

66．颜翔林:《当代神话》,中国社会科学出版社 2015 年。

67．叶永胜:《中国现代神话诗学研究》,合肥工业大学出版社 2014 年。

68．谭佳:《神话与古史:中国现代学术的建构与认同》,社会科学文献出版社 2016 年。

69．《中国民间故事集成·山西卷》,中国 ISBN 中心,1999 年。

70．《中国民间故事集成·陕西卷》,中国 ISBN 中心,1996 年。

71．《中国民间故事集成·河南卷》,中国 ISBN 中心,2001 年。

外文译著

72．[美]路易斯·亨利·摩尔根:《古代社会》,杨东纯、马雍、马巨译,商务印书馆 1992 年。

73．[英]爱德华·泰勒:《原始文化》,连树声译,上海人民出版社 1992 年。

74．[英]詹·乔·弗雷泽:《金枝》,徐育新、汪培基、张泽石译,中国民间文艺出版社 1987 年。

75．[法]列维-布留尔:《原始思维》,丁由译,商务印书馆 1981 年。

76．[法]列维-斯特劳斯:《野性的思维》,李幼蒸译,商务印书馆 1987 年。

77．[德]恩斯特·卡西尔:《人论》,甘阳译,上海译文出版社 1985 年。

78．[德]麦克斯·谬勒:《比较神话学》,金泽译,上海文艺出版社 1989 年。

79．[法]莫里斯·哈布瓦赫：《论集体记忆》，毕然、郭金华译，上海人民出版社2002年。

80．[日]大林太良：《神话学入门》，林相泰、贾福水译，中国民间文艺出版社1988年。

81．[日]高木敏雄：《比较神话学》，东京博文馆1905年。

82．[日]松浦史子：《〈山海经〉在汉魏六朝的接受和传播——神话的时空与文学·图像》，东京汲古书院2012年。

83．[美]马丽加·金芭塔丝：《活着的女神》，叶舒宪译，广西师范大学出版社2008年。

84．[美]张光直：《美术、神话与祭祀》，郭净、陈星译，辽宁教育出版社1988年。

85．[美]阿兰·邓迪思：《洪水神话》，陈建宪等译，陕西师范大学出版社2013年。

86．[美]阿兰·邓迪思：《西方神话学论文选》，朝戈金译，上海文艺出版社1994年。

87．[美]阿兰·邓迪斯：《西方神话学读本》，朝戈金译，广西师范大学出版社2006年。

88．[美]理查德·鲍曼：《作为表演的口头艺术》，杨利慧、安德明译，广西师范大学出版社2008年。

89．[美]克利福德·格尔茨：《地方知识——阐释人类学论文集》，杨德睿译，商务印书馆2014年。

90．[美]克利福德·格尔茨：《文化的解释》，韩莉译，译林出版社1999年。

91．[英]E·霍布斯鲍姆、T·兰杰：《传统的发明》，顾杭、庞冠群译，译林出版社2008年。

外文原著

92．Joseph.S.Nye Jr, *Bound to Lead：The Change Nature of American Power*, New York：Basic Books, 1990.

93．Major, J.S, *Chinese Ideas about Nature and Society*, *Studies in Honour of Derk Bodde*, Hong Kong：Hong Kong University Press, 1987.

94．Hans Robert Jauss, *Toward an Aesthetics of Reception*, trans.by Timothy Bahti, Minneapolis：University of Minnesota Press, 1982.

95．Frye Northrop, *Anatomy of Criticism：Four Essays*, Princeton：Princeton University Press, 1957.

96．Winifred Milius Lubell, *The Metamorphosis of Baubo：Myths of Woman's Sexual Energy*, Nashville&London：Vanderbilt University Press, 1994.

期刊论文

97．程蔷：《祭祀与民间行为叙事》，《民俗研究》2001 年第 1 期。

98．董乃斌、程蔷：《民间叙事论纲》（上）（下），《湛江海洋大学学报》（社会科学版）2003 年第 2、5 期。

99．常金仓：《〈山海经〉与战国时期的造神运动》，《中国社会科学》2000 年第 6 期。

100．常金仓：《伏羲女娲神话的历史考察》，《陕西师范大学学报》（哲学社会科学版）2002 年第 6 期。

101．陈建宪：《论比较神话学的"母题"概念》，《华中师范大学学报》（人文社会科学版）2000 年第 1 期。

102．陈建宪：《中国洪水神话的类型与分布——对 433 篇异文的初步宏观分析》，《民间文学论坛》1996 年第 3 期。

103．陈泳超：《从感生到帝系：中国古史神话的轴心转折——兼谈古典神话的层累生产》，《民俗研究》2018 年第 3 期

104．陈泳超：《民间传说演变的动力学机制——以洪洞县"接姑姑迎娘娘"文化圈内传说为中心》，《文史哲》2010 年第 2 期。

105．陈子艾：《古代黄帝形象演变论析》，《北京师范大学学报》（社会科学版）1993 年第 4 期。

106．董晓萍：《传说研究的现代方法与现在的问题——评杜德桥的〈妙善传说〉》，《民族文学研究》2003 年第 3 期。

107．傅修延：《从西方叙事学到中国叙事学》，《中国比较文学》2014 年第 4 期。

108．顾颉刚：《孟姜女故事研究》，钱小柏编：《顾颉刚民俗学论集》，上海文艺出版社 1998 年，第 116—161 页。

109．顾颉刚：《五德终始说下的政治和历史》，《清华大学学报》（自然科学版）1930 年第 1 期。

110．韩建业：《龙山时代的文化巨变和传说时代的部族战争》，《社会科学》2020 年第 1 期。

111．江林昌：《远古部族文化融合创新与〈九歌〉的形成》，《中国社会科学》2018 年第 5 期。

112．李子贤：《存在形态、动态结构与文化生态系统——神话研究的多维视点》，《云南师范大学学报》（哲学社会科学版）2006 年第 3 期。

113．林继富：《民俗谱系解释学论纲》，《湖北民族学院学报》（哲学社会科学版）2008 年第 2 期。

114．刘全志：《先秦话语中黄帝身份的衍生及相关文献形成》,《中国社会科学》2015年第11期。

115．刘守华：《蚕神信仰与嫘祖传说》,《寻根》1996年第1期。

116．刘锡城：《民间传说及其保护问题》,《西北民族研究》2008年第4期。

117．刘毓庆：《华夏日月神话文化意蕴之考察》,《民间文学论坛》1996年第3期。

118．刘毓庆：《黄帝族的起源迁徙及炎黄之战的研究》,《山西大学学报》(哲学社会科学版)2008年第5期。

119．刘毓庆：《中国神话的三次大变迁》,《文艺研究》2014年第10期。

120．刘宗迪：《黄帝蚩尤神话探源》,《民族艺术》1997年第1期。

121．罗小东：《神话思维与神话解读》,《中国文化研究》1998年第4期。

122．吕微：《神话信仰——叙事实践的内容与形式》,《民族艺术》2013年第5期。

123．孟繁仁：《黄土高原的"女娲崇拜"》,《中国文化研究》1999年第2期。

124．庞建春：《传说与社会——陕西蒲城县尧山圣母传说传承与意义研究个案》,《民族文学研究》2004年第2期。

125．钱杭：《帝系:传说时代的世系观念及其表达方式》,《天津社会科学》2010年第2期。

126．孙正国：《全球性与全球化:"人类灾难"神话的母题阐释》,《文化研究》2003年第1期。

127．谭佳：《中国神话学研究七十年》,《民间文化论坛》2019年第6期。

128．唐嘉弘：《西周"高禖"源流考》,《人文杂志》1987年第6期。

129．唐嘉弘：《炎帝传说考述——兼论姜炎文化的源流》,《史学月刊》1991年第1期。

130．田兆元：《神话的构成系统与民俗行为叙事》,《湖北民族学院学报》(哲学社会科学版)2011年第6期。

131．汪晓云：《云神:"夸父"神话叙事本源》,《民俗研究》2007年第1期。

132．王晖：《盘古考源》,《历史研究》2002年第2期。

133．王晖：《尧舜大洪水与中国早期国家的起源——兼论从"满天星斗"到黄河中游文明中心的转变》,《陕西师范大学学报》(哲学社会科学版)2005年第3期。

134．王锺陵：《神话思维的历史上限、坐标及走向》,《中国社会科学》1991年第1期。

135．王锺陵：《神话中的生死观》,《汕头大学学报》(人文社会科学版)1993年第7期。

136．巫瑞书：《论炎帝陵传说圈及其原始文化意义》,《湖南师范大学社会科学学报》1993年第3期。

137．吴晓东：《论蚕神话与日月神话的融合》，《贵州民族大学学报》（哲学社会科学版）2018 年第 3 期。

138．向柏松：《中国创世神话形态演变论析》，《文艺研究》2014 年第 6 期。

139．杨利慧：《伏羲女娲与兄妹婚神话的粘连与复合》，《北京师范大学学报》（社会科学版）1997 年第 6 期。

140．杨利慧：《世界的毁灭与重生——中国神话中的自然灾害》，《民俗研究》2018 年第 6 期。

141．杨向奎：《先秦儒家之一统思想——兼论“炎黄”、“华夏”两实体之形成》，《山东大学学报》（哲学社会科学版）1988 年第 4 期。

142．杨知勇：《洪水神话浅探》，《民间文学论坛》1985 年第 2 期。

143．叶舒宪：《班瑞：尧舜时代的神话历史》，《民族艺术》2012 年第 1 期。

144．叶舒宪：《〈山海经〉神话政治地理观》，《民族艺术》1999 年第 3 期。

145．叶舒宪：《四重证据的立体释古方法——〈熊图腾〉与文化寻根》，《华夏文化论坛》2010 年第 1 期。

146．于省吾：《略论图腾与宗教起源和夏商图腾》，《历史研究》1959 年第 64 期。

147．余红艳：《走向景观叙事：传说形态与功能的当代演变研究——以法海洞与雷峰塔为中心的考察》，《华东师范大学学报》（哲学社会科学版）2004 年第 2 期。

148．詹冬华：《中国早期空间观的创构及其形式美意义》，《中国社会科学》2021 年第 6 期。

149．张开焱：《从尸化型和宇宙卵型到世界祖宗型神话——盘古创世神话流传过程中类型转化的考察》，《民族文学研究》2013 年第 4 期。

150．张维鼎：《隐喻与诗性思维》，《南开语言学刊》2005 年第 1 期。

151．赵沛霖：《鸟类兴象的起源与鸟图腾崇拜》，《求实学刊》1983 年第 5 期。

152．赵世瑜：《祖先记忆、家园象征与族群历史——山西洪洞大槐树传说解析》，《历史研究》2006 年第 1 期。

153．钟敬文：《洪水后兄妹婚再殖人类神话》，《钟敬文民俗学论集》，上海文艺出版社 1998 年。

154．钟敬文：《中国的地方传说》，《钟敬文民间文学论集》（下），上海文艺出版社 1985 年。

155．庄春波：《舜征三苗考》，《中南民族学院学报》（哲学社会科学版）1988 年第 1 期。

后　记

　　这本书是我主持的国家社会科学基金重点项目"山陕豫黄河金三角区域神话传说文化意蕴与当代表述研究"的结项成果。该项目 2015 年立项，2019 年结项，表面上仅四五年时间，实际上这项研究长达三十年之久。在它付梓之时，恰逢国家实施优秀传统文化传承发展工程，将全面复兴传统文化作为重大国策，教育部在 2024 年新一轮学科目录调整中让"民间文学"恢复到"中国语言文学"一级学科下，成为名副其实的二级学科，作为长期坚守在民间文学、民俗学教学科研第一线的一名老兵，其欣喜之情难以言表！也期盼本书的问世能为优秀传统文化传承保护，为民间文学学科建设发挥积极作用！

　　我 1991 年至 1992 年在北京师范大学作为国内访问学者，跟随民间文学、民俗学一代宗师钟敬文先生从事学术研究。访学结束时，钟老意味深长地对我说："在河南有张振犁先生做中原神话研究，你在山西师范大学工作，如果能依托地域优势研究晋南古河东地区的神话传说，就能与他形成呼应，产生一定的影响。"在钟敬文先生的引领之下，我选定古河东地区及黄河中下游的神话传说作为自己的学术研究领域。这个学术规划固然看似宏伟，却要经历漫长艰难的学术跋涉。在学术征程上，不光有惊喜，更多的是寂寞、困惑和学力难以企及的痛苦。我花大力气从资料做起，首先查阅梳理典籍文献资料，同时，有计划地分专题做实地民俗调查，搜集第一手的活态神话传说资料，建立起资料库。2001 年在《山西师范大学学报》（社会科学版）发表了《黄河流域上古神话探源》，提出从历时态与共时态角度，对关中、晋南、豫西交接的黄河三角地带神话加以研究，研究步骤由核心区域走向中心区域，再扩大到中心边缘区域，最终实现对晋陕豫黄河金三角区域神话传说予以整体性研究的学术目标。

　　2000 年我作为学科带头人，为山西师范大学争取到"民俗学（含：中国民间文学）"硕士点，2001 年开始招收硕士研究生。我确立了民间文学、民俗学双轨发展、并驾齐驱的学科发展方向。此后，虽然主持过几个民俗学方面的国家级课题，然而，民间文学尤其是神话传说的研究始终是我情有独钟、念兹在兹的主要研究领域。我指导硕士研究生田洁、黄阳艳、王景霞、刘彦、付艳芳，分别以帝尧、舜帝、大禹、后稷，以及中西神话比较为题，完成了他们的硕士论文，也使我在理论与实践的结合上研究神话传说打牢了基础。2004 年我调入山西大学，先后指导博士生、硕士生以黄帝、炎帝、蚩尤、舜帝、伏羲、女娲、盘古、风后神话传说为研究对象，完成了学位论文。2015 年获得"山陕豫黄河金三角区域神话传说文化意蕴与当代表述研究"的国家社科基金重点项目立项。同时，我牵头申报成功"中国民间文学"二级学科博士点，有更多的博士研究生、硕士研究生加入研究队伍，保证了国家课题调查研究的顺利进行。

我在这一课题研究中，确立了运用"流域+地域"的方法，用典籍文献资料、口头访谈资料、碑刻考古地方资料等"多重证据"，尽力做到竭泽而渔，在此基础上爬梳整理晋陕豫黄河中下游神话传说资源谱系，将历史探源与当代展演相结合，彰显黄河中下游神话传说传承演变的整体风貌，探索创新发展的可行性方案，为黄河流域优秀传统文化传承和高质量发展奉献学术智慧。

国家社科基金重点项目的获得，为我的学术研究提供了经费支持，也为研究生的科研创新能力的提升搭建了很好的平台，使他们的学术研究从一开始就能有开阔的学术视野，其研究成果能够跻身国内学术前沿，学术团队的精诚合作推动了课题的顺利完成。在课题调查研究中，出力最多的是四位博士研究生闫咚婉、柴春椿、林玲、王旭，硕士研究生刘彦、郑月、张小丁、秦珂、刘金蕾、冀荟竹、王子仙、张燕、叶蕾等也做了大量工作。博士后杨慧、博士后夏楠、博士生贾安民帮助校对，使书稿减少了错讹。特别要感谢的是我的妻子徐雪，几十年与我相濡以沫，默默承担着繁重的家务，让我能心无旁骛地全身心投入课题研究中。

这本书的许多章节以学术论文的形式先行发表，感谢《民族文学研究》《民俗研究》《西北民族研究》《中国农史》《中原文化研究》《山西大学学报》《贵州民族大学学报》等刊物的大力支持！感谢人民出版社刘畅编辑为本书的出版付出的辛勤劳动！

段友文

2024 年 2 月 18 日